U1005300

倾君心之墨染千城（上）

素子花殇【著】

新世界出版社

图书在版编目（CIP）数据

倾君心之墨染千城 ： 全3册 / 素子花殇著. -- 北京 ： 新世界出版社，2016.10

ISBN 978-7-5104-5992-4

Ⅰ.①倾… Ⅱ.①素… Ⅲ. ①言情小说－中国－当代 Ⅳ.①I247.5

中国版本图书馆CIP数据核字（2016）第232205号

倾君心之墨染千城

作　　者：素子花殇
策划编辑：张铁成
责任编辑：佟　盟
责任印制：李一鸣　　黄厚清
出版发行：新世界出版社
社　　址：北京西城区百万庄大街24号（100037）
发 行 部：（010）6899 5968　　（010）6899 8733（传真）
总 编 室：（010）6899 5424　　（010）6832 6679（传真）
http://www.nwp.cn
http://www.nwp.com.cn
版 权 部：+8610 6899 6306
版权部电子信箱：nwpcd@sina.com
印　　刷：三河市南阳印刷有限公司
经　　销：新华书店
开　　本：710mm×980mm　1/16
字　　数：688千字　　印张：40.5
版　　次：2016年10月第1版　2016年10月第1次印刷
书　　号：ISBN 978-7-5104-5992-4
定　　价：85.00元（全三册）

版权所有，侵权必究
凡购本社图书，如有缺页、倒页、脱页等印装错误，可随时退换。
客服电话：(010)6899 8638

倾君心之墨染千城

目录 [上]

倾君心之墨染千城

目录
[中]

倾君心之墨染千城

目录［下］

第一章　品香识人

西苍文帝二十八年三月初三，宫中一年一度的品香会。数十个手提小竹篮的年轻女子，在一个风韵犹存的中年妇女的带领下缓缓走进了宫门。她们都长得绝艳倾城，是御香坊技术高超的调香师。

御香坊，顾名思义，就是专门给宫中研制各种香料的地方。御香坊虽设在民间，可坊中这些女子的体态气质却并不逊色宫中女子。数十人穿着一样的锦衣华裙，身姿曼妙，莲步轻移，步调一致，走到哪里都是一道亮丽的风景。其中有一个女子也同众人一样轻抬下颚、浅笑盈盈，可是一双水眸却不时敏锐地左瞧右看，她的名字叫千城。

三月的后花园蝶舞花梢、莺穿柳带，煞是美丽。

“穿过后花园，便是未央宫，此次品香会就在未央宫举行，到时候皇上和各位娘娘、王爷和各王府的女眷都会参加，你们可都得仔细着点，不得有任何差池，听明白了吗？”说话的正是走在最前面的那个中年妇女，她是御香坊的坊主，大家都叫她柳姨。

“明白了。”齐刷刷的女声响起，清润如珠，如黄莺出谷。话说队伍中的千城在回答柳姨的叮嘱时，微微地抬起头，却看到园中不远处的另一条花径上，三个年轻男子正缓步而行。三人皆冠玉束发、锦衣华服、玉带蟒纹，虽然只看得到侧脸，却已看得出三人各个雄姿英发，似乎正低笑交谈着什么。忽然，走在最前面的紫衣男子微微侧首，眼梢微抬，朝千城这边看了过来。

“啊！”她惊呼了一声，心跳也似乎停止在这一刻，随后心潮又难以遏制地澎湃起来，是他，真的是他！

众人听到她的叫声，纷纷看过来，柳姨更是转身蹙了蹙眉：“怎么了？”

胸口微微起伏，千城快速地将竹篮中的一个小瓷瓶不动声色地藏于袖中，支吾道：“我……我的香油不知什么时候掉了。”眼梢微掠，眼角的虚光睨向花径的另一方，却见那人早已收目，一行三人往花园的另一头走去了。

“什么？香油掉了？”柳姨顿住脚步，眉头皱得更高了，“你呀，平日里见你极其稳重，怎么关键时候就给我出岔子。没有了香油，如何调香？”

“对不起，”千城抿了抿唇，“方才在后花园的门口，我隐约感觉到有东西掉了，却也不曾上心，我现在就回头找找，你们先走，反正路我已识得，等会儿我自己过来。”说完，千城掉头就走，心中却如同有小鼓在敲，再不追过去，怕是连人影都寻不到了。

“你……”柳姨本欲阻止，想了想，又作罢了，反正时辰还早，没有了香油等于失去了资格，也难怪这丫头心急如焚，换谁都会沉不住气。

“柳姨，要不，我陪千城一起回去找？”说话的女子叫云蔻，是千城在御香坊里最好的朋友。

“不行！”柳姨瞪了她一眼。这两个丫头是御香坊里最好的调香师，一个已经这样了，她决不允许另一个再有什么闪失。见她这般冷硬，云蔻轻咬了下唇，不敢再强求，只微蹙了黛眉，边走边回头望向千城疾跑的背影，美眸中尽是忧虑。

这厢，千城终于追上了三人，满心满脑都是欣喜和激动，哪里顾得上矜持，上前一把抓住紫袍男子的衣襟。三年的时间没白等，她终于见到了他，一直在她的脑海中梦境里出现的他。几人皆是一愣，顿住脚步望向这个突然从后面冲过来的莽撞女子，一时感到莫名其妙。

他果真像梦境中的一样高大，她必须扬着脸才可以看见他，凝着那张魂牵梦萦的俊颜，千城一时心绪大动，只觉得有什么东西哽在喉间。

紫袍男子面色稍凝，拢了拢眉，垂眸看向她紧紧拉着自己衣襟的手，轻抬眼梢，看向她，一双漆黑如墨的眸子缓缓地眯起：“我们认识吗？”

千城身子一晃，我们认识吗？他说，我们认识吗？怎么会不认识？你不是一直在我的脑海里吗？千城凝眸看着他，只觉得难以置信，忽然间，她想起，自己只是和他在梦境里相会，难怪他会不认识，千城将视线紧紧凝在他的脸上，期待着他的反应。但他却连眼皮都没有动一下，倒是他旁边的一个俊朗少年笑着开了口："四哥，她是谁？"

紫袍男子弯了弯唇，带着一丝陌生的玩味，抬手轻轻拂掉她的手："我想，姑娘是认错了人。"千城的手一空，随着一起空落的还有那颗殷盼的心。认错了人？她怎么可能认错了人？那俊美无俦的五官、那风度翩翩的身姿，甚至连微蹙眉心的小动作都是那般熟悉，你总是在我的梦里出现，难道我们没有关系吗？

她是西苍国染将军的三女儿染千城。因为想去御香坊学习制香、调香，但父母不允，所以服毒相逼而亡。在出殡的头一天，她却死而复生，染将军又惊又喜，怕她再做傻事，便同意她乔装打扮、戴人皮面具去了御香坊，但葬礼依旧进行。因为，御香坊只收留无父无母的孤儿。只是死而复生的千城却失去了部分记忆，但这些记忆却又总是不间断不定时的闪现在梦境中或脑海里。她在御香坊一待就是三年，因为，只有满了三年且资历好的调香师才可以进宫参加品香会。在这三年里，总有一张熟悉的脸牵引着她向前走。

终于等到了这一日，真的见到了梦中的人，却换来相见不相识！她不相信，也不甘心。眼见着三人继续往前走，她脑子一热，又冲上前去，抓住紫袍男子的手臂，她不是一个低声下气的人，但是，此刻的她真的慌了神。

是这张熟悉的脸牵引着她才走过了这三年，才进入御香坊，自从死而复生那刻起，脑海里总是会出现这张脸，虽然不知道这是为什么，可是她知道只有接近皇宫，她才能找到答案。她有些哽咽，却不知该怎样说下去？紫袍男子蹙了蹙眉，带着一丝不耐，正欲张嘴说什么，身边另一个一直未说话的蓝袍男子突然伸出手大力地将千城一推，千城猝不及防，踉跄着后退了两步，直直摔倒在地上，袖中的瓷瓶顺势甩了出来，瓶盖摔开，里面的香油洒了一地。紫袍男子眸光一敛，似乎也没想到蓝袍男子会如此："十四弟……"

"四哥，休得跟她纠缠，我看她就是一个想攀龙附凤想疯了的女人！"

男人眼梢微掠，淡看向她，她以为他会来扶她，他没有，倒是身后传来惊呼："千城……"是回来寻她的柳姨和云蔻。柳姨到底是深谙世事的人，一看此番光景，顿时明白七八分，面色一凝。云蔻淡淡地扫了三人一眼，在看到紫袍男子的时候，目光微顿，旋即又弯下腰将摔在地上的女子扶起："千城，你没事吧？"

千城摇了摇头，花径上铺满了小石子，暖春薄裳，怎会没事？可这些都没有心痛来得强烈。攀龙附凤！他怎么能如此看轻她？她，直直地凝着他；他，淡漠地别过脸。边上，柳姨已经对着三个男人毕恭毕敬地伏下身子："千城第一次进宫，不懂宫中规矩，冒犯之处还请四王爷、九王爷、十四王爷大人大量，饶过她这次。"说完，见千城还木桩一般杵在那里，连忙拉了拉她的衣襟，冷叱了一声，"还不赶快给三位王爷道歉！"

千城未动。云蔻见状，也是心中一急，搀着她的手臂兀自用力，想强行将她一起按跪下去，她却不知哪里来的倔劲，背脊笔直，水眸依旧灼灼地深凝着紫袍男子。见她如此，众人皆是一怔。

"怎么，不服气？"蓝袍男子冷哧一声，讥诮的目光盘旋在她的脸上，还欲再说什么，却是被紫袍男子打断："算了，十四弟，本是小事，不必如此大动干戈。本王只想提醒柳姨一句，柳姨也算是这宫里的熟人了，应当时刻谨记管好自己的人才是。"

柳姨埋首谢恩，连连说是。紫袍男子说完，眼梢轻抬，寡淡地瞟了千城一眼，转身离开了，另外两个男人便连忙抬步跟了上去。

千城一动不动地望着三人衣袂翩跹的背影，再也没有了追上去的力气，只觉得心中空落落一片。柳姨和云蔻已站起身来，千城恍惚地侧首，正看到云蔻别回视线，朝她微微一笑，轻声责怪道："你呀，怎么如此不小心？如今没有了香油，可如何调香啊？"

柳姨黑沉着脸色，深剜了她一眼，没好气地说道："都是你自找的！"

自找吗？的确是。千城弯了弯唇，未语，弯腰拾起地上早已空了的瓷瓶。她进宫本就不是为了调香，有没有香油，又有什么关系？

品香会在未央宫前面的广场举行。初春时节，春意盎然、韶华明媚，一派繁华景致。正上方，西苍国文帝端坐在明黄的华盖下面，两侧分别是各宫嫔妃，再下面就是各府王爷和府中女眷，场中央数十名御香坊的女子行过礼之后，娉娉婷婷站成一排，每人手中均端着一个托盘，托盘上是一个小瓷瓶，瓷瓶里面装的是每个女子自己提炼研制的香油。

她们两年磨一剑，为的就是今日这个时刻。因为如果自己研制的香油被哪宫娘娘或哪个王府看上，那她就成了专供者，无论是燃的香、用的香，还是熏衣服上的香，都将由她来调。而且，每年的品香会上，都会出现御香坊的女子被皇上看中纳为妃子、被王爷看中纳为妾室的事情。无论是哪一种，那都是一步登天、富贵开来的事，对她们来说改写命运只在这一日。

千城站在队伍的中间，微抿着唇，很想让自己淡定下来，可是视线却总控制不住地被端坐在前方的那抹紫色身影牵引过去。他竟然是当今四王爷苏墨沉，这是千城万万没想到的。在他旁边依偎而坐的是一名女子，一袭素雅的罗裙，白璧的脸上略施粉黛，可眉目如画，眉宇间的一抹羸弱，我见犹怜。他不时地低头和女子轻声说着什么，从千城的这个角度看过去，依稀可以看到四王爷的唇边弧光点点，她想到一个词，宠溺。女子细细地听着，温顺地点着头，最是那垂眸颔首的娇羞一笑，顿时让天地万物都失了颜色。

收回视线，千城抬头望了望天，只觉得这早春的太阳竟是有了夏日的感觉，明晃晃、刺目得很。他不是脑海中的他，只是与他有着一模一样的脸，她反复提醒着自己。

品香会正式开始，第一个环节——品香，就是御香坊的女子端着托盘里的香油，上前让各宫嫔妃以及王府中人一一闻过，让他们从中挑选出各自中意的香油。当然，皇帝不用闻，因为皇帝有象征天子的龙涎香。但是，他也不会闲着，通常众人品香的时候，他在品着人——女人。所以每年的品香会都很隆重，男人女人都能各取所需。

数十名女子在柳姨和一名老太监的带领下莲步轻移，依次走向端坐在前方的皇亲贵胄。往年都是从位分最高的品起，先是皇上和皇后，然后依次是贵妃、昭仪、婕妤等妃嫔，最后是各个王府。今年文帝突然起意，先从位分最低的开始，十四王爷苏墨宇便成了第一人。

千城发现，他便是那个将她推倒在地、说她攀龙附凤的男子。和众人一样，她端着托盘，毕恭毕敬地上前，十四王爷抬头见是她，冷哼一声，直接别过视线，对着她后面喊道："下一个！"一副余怒未消、不屑一顾的模样。千城微微一怔，看来此人已认定她便是那攀龙附凤之人，连闻一闻她的香油都不屑。弯了弯唇，她只得不以为意，对着他鞠了鞠身，便继续到下一位王爷身前。一人接一人地闻过，她只当完成任务，根本不理会那些人闻完她的香油以后或诧异或嫌弃的表情。

终于到了四王爷面前。她轻轻地跪在前面的蒲团上，抿着唇，双手呈上托盘，一颗心却难以抑制地狂跳起来，眼睫轻垂，她尽量让自己不看面前之人，可是，她还是能感觉到那淡淡的目光。

四王爷苏墨沉睨了她一眼，白璧纤长的大手取过托盘中的瓷瓶，并没有放到鼻下，而是将其递到身边女子的手中："素倾……"

素倾？好好听的名字，跟她的人一样。千城终究忍不住抬眼，只见女子浅笑盈盈，如葱的手指摸着瓷瓶微探了片刻，才接了过去。她的动作？千城一震，难以置信地看向女子的眼，只见她一双水眸黑如曜石，却照不进人影。她，眼睛竟然看不见！心下不免惋惜，轻抬眼梢，又偷偷睨向苏墨沉，不想正撞上他看过来的深瞳，她心尖儿一抖，慌忙别过视线，一下一下的心跳，仿佛都能撞进耳朵里。

那样的眼神如此熟悉！蓦地，一声女子的惊呼突兀地响起，将她从恍惚中拉回现实："这里面装的是清水！"

如平地惊雷，只这一句，就成功地将场上所有人的目光吸引了过来，包括皇上帝。

可不就是清水，千城弯了弯唇，她的香油尽数洒光，她只得在后花园里装了点湖水。抱着在宫里多一事不如少一事、明哲保身的心思，前面那么多人闻过都没有吭声，这个眼睛看不见的女子终究心思单纯，叫了出来。

全场一片静谧，文帝已沉了脸色。品香会，算得上是皇家盛事，从上至下，无一人不上心，用清水代替香油，简直是对皇家的轻视和亵渎。文帝伸手，随侍的老太监连忙过来将女子手中的瓷瓶取了去，文帝放到鼻子下轻嗅，骤然甩手，瓷瓶重重地砸在地上，一声令人心悸的脆响，瓷屑四溅。他直直地指向立在一旁的柳姨，沉声问道："这便是你们御香坊挑选出来的高级调香师？"

柳姨脸色一变，连忙跪在地上。皇帝冷哼一声，如炬的目光射向千城："如此敷衍了事，你当皇家的尊严何在？"

千城心中一惊，她知道用清水替代香油不好，却没往深里想，更没想到皇上会如此震怒。不自觉地抬眼睨向苏墨沉，却见他薄唇微抿、面沉如水，深邃悠远的目光不知落在何处，如同一个完全置身事外的陌生人。她垂眸，自嘲地弯了弯唇，自己在奢望什么？

在众人的注视下，她缓缓地站起身，来到文帝的面前，挨着柳姨跪了下去，俯身一拜：“皇上请息怒，就是借千城十个胆子，千城也断不敢轻视皇家之事。千城只是觉得，这世上的奇香异香何止千万，千城斗胆用了清水，意在无香胜有香，并非有意敷衍，还请皇上恕罪。”她不能说香油被泼掉之事，说了不仅于事无补，还只会让她落了个鱼目混珠、欺君的罪名。

好一个无香胜有香！众人一阵压抑的唏嘘，文帝也是为之一怔，不仅仅是因为这个女人的话，更是因为这个女人的态度，字字珠玑、目光澄净，既无丝毫不敬，也无半分胆怯。

“你叫千城？”文帝微微眯了眼，一时兴致大起。

“是！”声如润珠、沁人心脾。

“按照你的意思，宫中每年一度的品香会可以取消了，御香坊也可以解散了，世人都不需要用香了，都只需用清水便可，是吗？”文帝倾身凝着她，一双凌厉的眸子凝着几许玩味。

“千城不是这个意思，千城是说……”

“分明就是此意！”文帝骤然直起腰身，厉声打断她的话，“一个小小的女子，竟然如此大言不惭，你可知说这些话的后果？”文帝眸色寒凉，直逼着千城。威逼利诱，天下没有他折服不了的女人。

千城心中一颤，被他眼中的戾气吓住，正不知所措，就听到一个温润的男声响起：“父皇，今日品香会本是乐事，父皇何必为这种事情生气？儿臣想，这位姑娘也并无恶意，不过是想在这么多佼佼者之中，能与众不同、脱颖而出罢了。”

千城一怔，循声望过去，看到一个男子立于不远处的王爷席间，一身白衣胜雪、温润月华，如同不沾一丝凡气的谪仙，言语间，淡笑着朝她一瞟，仿若春风拂面。千城心神一荡，他自称儿臣，又立于四王爷苏墨沉上方一席，应该是当今三王爷苏墨风。只是，她与他素昧平生，他为何出言相救？来不及思量，文帝已然开了口：“怎么，风儿可是看上了她？”全场一阵骚动，千城更是呼吸一滞。

苏墨风淡笑着看向千城，不语。隔得有些远，光影偏逆，却依旧难掩他凤眸中的万千光华。千城一惊，慌乱地别过视线。文帝尽收眼底，讳莫一笑，再次倾身睨向跪在前面的女子，缓缓眯起眸子：“一瓶清水果然能让人与众不同、脱颖而出。剑走偏锋，看来，你成功了！”骤然，他直起身子，唇角扬起一抹嘲讽，“如你所愿，朕现在便将你赐予三王爷做妾室。”

啊！众人又是一阵压抑的唏嘘，特别是御香坊的那些女子，一个个顷刻红了眼睛，给三王爷做妾，这是多大的殊荣啊！

苏墨风轻轻抱拳，对着皇帝躬身：“儿臣……”他的话还未说完，却是被一声清亮的女声打断：“请皇上收回成命！”

众人骇然，难以置信地睁大眼睛，只怀疑自己听错了，苏墨风也是微微变了脸色，一旁的柳姨更是吓得不轻，慌忙扯着她的衣角，轻声提醒着：“千城！”而她却恍若未闻。

“你可知自己在说什么？”文帝沉声，一字一顿，凌厉的眸子紧紧地锁在她的脸上，似乎想要将她看穿。敢如此不识时务，她是第一人。莫非她醉翁之意不在酒，而在更高的位子，譬如，做他后宫的女人？不知为何，这样一想，他心里竟是有几分欣喜，还未等她回答，他又补充了一句，“你不愿意？”

“不愿意！”千城抿了抿唇，口气笃定。她心中有人，如何能做别人的妾室？

“为何？”

“因为……因为千城……”她该怎么说呢？

“因为什么？”文帝步步紧逼，他突然想，只要这个女子敢说出来，他便敢要了她，即使她是他儿子看上的女人。

“因为她与儿臣早已有情！”一声低醇的声音突兀地响起。

众人都变了脸色，包括皇帝，也包括千城。因为说话的不是三王爷苏墨风，而是另一个男人，四王爷苏墨沉。她与他有情？全场一片静谧，气氛有些诡异。

千城抬眸，怔怔地看向已长身玉立在席间的男子，眼角突然有了潮意。他说，她与他早已有情？他们早已有情？恍恍惚惚间，她看到文帝明显有些不悦：“沉儿，到底怎么回事？”是啊，到底怎么回事？不仅皇帝，千城也很想知道。

苏墨沉弯唇一笑，离席，优雅地走到千城的边上，挨着她缓缓地跪下，对着文帝答道：“回父皇，是这样的，素倾向来喜欢淡香，而淡香又是千城姑娘的最拿手之作，所以柳姨便安排千城姑娘来儿臣府上给素倾调香，儿臣因此与其相识，一来二去，便有了情愫……”

一来二去，便有了情愫？他说得云淡风轻，众人皆是愕然不已，包括文帝，也包括千城。在文帝和众人的眼里，四王爷苏墨沉一向内敛稳重、清冷寡淡，从未像今日这般，如此直白地轻言爱一个女子，更何况这个女子还是他的兄长看上的人。一时间，有人诧异、有人探究、有人羡慕、有人嫉妒，只有千城心里是一阵大起大落、百折千回。她本以为，他真的对她一见钟情，可是并没有。

可她也不知道，他为何要帮自己解围？明明自己从未去过四王府，也从未给素倾调过什么淡香，他却编得如此有板有眼，他到底是什么意思？鼻尖萦绕着浅淡轻檀的香气，千城转头看着他俊美如俦的侧脸，有些恍惚。而他竟也侧首凝上她的瞳，含笑的目光温柔得似能滴得出水来，就像他们真的是这世上最两情相悦的情人。他说：“父皇可否将千城赐予儿臣？”

三王爷苏墨风眸光微闪，微微凝了脸色，却也没有多言。文帝皱了皱眉，沉吟半晌，才道：“好，朕成全你，只是……沉儿也要答应朕一件事，近来，东墨国欲与我西苍交好，提出让其公主来我西苍和亲，朕想将东墨公主指与沉儿，可否？”

苏墨沉垂眸：“但凭父皇做主！”

一直到日头西斜，品香会才算结束。

宫门口，苏墨沉打开马车的车幔，先将素倾扶进了车厢，正准备也弯腰进去。

“四哥……”是赶过来的十四王爷苏墨宇和九王爷苏墨逸。

“四哥，你今日是怎么了？那样一个为了上位不择手段的女人，你当真要她？”

“是啊，四哥，我也觉得四哥今日缺乏稳重，竟公然与三哥和父皇去争一个女人。”如今龙行浅水，应该韬光养晦才是。

苏墨沉弯唇一笑，转身，从马车上翩然而下，伸手拍了拍二人的肩：“试想，一个三哥的细作，是让她待在父皇身边好呢，还是待在本王眼皮底下好呢？”

两人皆是一震：“她是三哥的人？”

苏墨沉抿了唇，未语，九王爷苏墨逸忽然恍然大悟地低呼：“原来是这样！”

“哪样？”十四王爷一下子反应不过来，心中焦急。九王爷神秘一笑，睨了一眼苏墨沉，又睨了一眼十四王爷，“此女在后花园死缠烂打也要缠上四哥，四哥怀疑其必有所图。而为了查清她幕后之人，四哥故意让素倾喊出瓶中不是香油，而是清水，目的就是为了将此女推到风口浪尖上去，看幕后之人的动静。”他顿了顿，又接着说，“果然，三哥沉不住气了，只得自己要了自己的人，可是此女为了撇清与三哥的关系，竟是冒死也不同意，而父皇也流露出对此女的兴趣，所以，四哥才出手，将此女要了过来。明着看，似乎我们如了三哥的愿，将他的人揽到了自己的身边，实际上，如同四哥所说，这样做总好过这个女人被安插到父皇身边去。四哥，我说得对不对？”

苏墨沉但笑不语，一双漆黑如墨的眸子深邃悠远。十四王爷这才幡然醒悟，一拍脑袋，讪讪地笑着：“还是四哥心思缜密。”

“只是……”九王爷苏墨逸骤然敛了笑容，“未免代价大了点，还摊上个什么东墨公主到头上。”

苏墨沉似乎并不为意，垂眸淡笑：“即使没有这件事，父皇也未必就不将和亲公主指给本王。好了，天色也不早了，各自回府吧。”说完，又拍了拍二人的肩，转身准备上马车，却在看到马车后面的那个身影时微微一怔。十四王爷和九王爷也觉察到他的异样，转身顺着他的目光看过去，就看到了怔怔地站在马车后面，脸色微白的女子，正是千城。她来了多久了？

“千城姑娘……”出声的是九王爷苏墨逸。

千城轻轻一笑，缓步上前，对着三人一鞠：“见过四王爷、九王爷、十四王爷。”十四王爷冷哼一声，别过脸，九王爷有些尴尬，抿了唇，看向苏墨沉，苏墨沉黑眸清冷寡淡，无波无澜，淡淡地问道：“有事吗？”

“本来有事，”千城垂眸一笑，“现在没有了。”

十四王爷和九王爷皆是一怔，齐齐地看向苏墨沉，苏墨沉却并不打算多问，点了点头：“嗯，你先回御香坊，本王会选个日子让王府的人去御香坊接你。”千城没有吭声。苏墨沉已径自打开车幔弯腰入了马车。

厢房内，一豆烛火。千城临窗而立，微扬着下颚，静静地望着天边那一弯朦胧的月牙儿，不知在想些什么。一只白色的小猫温顺地躺在她的脚边，两只黑亮黑亮的眸子小心翼翼地望着它满腹心事的主人，还不时用小脑袋轻蹭着她的软履。千城垂眸，低叹一声，弯腰将它抱在怀里，轻抚着它光滑的白毛：“小白啊小白，你说这样的他，会像我对他一样对我吗？”

她只觉得迷茫。

四王府。

灯下，男子一袭中衣胜雪，头顶冠玉簪成一个公子髻，脑后墨发轻垂，纤长的大手握着一本书卷，不时地翻过一页。灯光橘黄氤氲，打在男人刀刻一般的五官上，将他的脸映衬得俊美无比。有细碎的脚步声传来，男子没有抬头，直到一枚青瓷杯盏被轻轻置于他面前的桌案上，他才缓缓地抬起眼。看到来人，他弯了弯唇："这些事情可以让下人去做的。"后面的话，他没有说下去，你的眼睛不方便。

来人并不以为意，调皮地一笑，照不进人影的眸子竟也晶亮得如同暗夜里的星辰，她骤然将身子一歪，倒在男子的怀里，双手随即勾住他的脖子，在他的耳边吹着气："这样的事情也可以让下人去做吗？"

男人怔了怔，但笑不语。怀中之人继续不安分，一只小手摸索着探进他的开襟，抚上他结实精壮的胸膛。男子隔着衣服抓住她的手，轻声说道："别闹，我在看书。"

"爷尽管看便是。"女子也不生气，却笑得狡黠，在他的怀里微微扬起头，温软湿热的唇舌精准地吮上他的喉结，轻轻一咬，男人的身子一僵，将手中的书卷大力地掷于案上，打横将她抱起。女子带着一丝得意的俏皮，咯咯咯地笑着，清脆如黄莺，笑声却在下一瞬被男人堵在嘴里。两人滚在床榻上，男人将大手一挥，帷帐轻落，衣物罗裙被尽数抛出，委于一地。破碎轻吟的声音愈发浓重，巫山云雨如火如荼，骤然，传来细碎的敲门声："四爷，马已经备好了。"

"知道了。"清冷的声音透帐而出，顷刻，男人撩帐起身。

"这么晚了，爷还要出去？"

"嗯。"男子应了一声，黑眸深邃，竟未见一丝情欲。

御香坊，柳姨走在最前面，后面静静地跟着五个女子，一行人正穿过迂回曲折的长廊。千城走在最后面，心中满是疑惑，听说，现在是要去见她们真正的坊主。也是到今日，她才知道，原来，柳姨身后还有一个大人物。

七弯八拐，柳姨带着几人来到后院。后院是御香坊的禁地，荒芜多年，任何御香坊的人都不得入内。听说曾经有女人吊死在里面，午夜时分甚至还能听到女鬼凄厉的哭笑声。

"柳姨……"已经有人开始打哆嗦，不知道这真正的坊主为何要神秘兮兮地深更半夜地在这种鬼地方见她们？柳姨回头冷觑："就你们这点儿胆子，以后还怎么在宫门和侯门内讨生活？"只这一句，众人便都噤了声。

是啊，一入侯门深似海。她们五人都是今日品香会上胜出的人，云蔻的香油被皇后看上了，让其去宫里随侍，千城被四王爷要了去，还有三人也是被其他几个王府挑了去。这往后到底是荣华富贵、锦衣玉食，还是水深火热、生不如死？谁人知道呢。

院中长年无人清扫，杂草落叶委于一地，软履踩在上面发出沙沙沙的声响。偌大的院子只有门前的苍树上挂着一枚风灯，昏黄的灯光影影绰绰，如同暗夜里的鬼火，更透着几分诡异。她们中间忽然有人"啊！"的惊呼一声，众人抬眼，就看到不远处，幽幽的夜色下，有一抹白色身影长身玉立，夜风吹过，只见其墨发飞扬、衣袂翩翩，似仙，似魅，却绝对不是鬼。鬼应该没有这么伟岸挺拔的背影、没有如此气度高洁的丰姿吧？千城当时心里就是这样想的。

"司空大人。"柳姨虔诚地对着那抹翩跹的背影一鞠。众人皆是一震，原来，御香坊真正的坊主姓司空，司空？莫非跟江湖上黑煞门门主司空畏有什么关系？

"嗯。"男人应了一声，声音清冷低沉，却透着不怒自威的凛然。在众人复杂的目光中，男人缓缓地转过身来。

"啊！"又有人发出低呼，却又因为害怕便生生地咽了回去，大气不敢出。男人脸上的青铜面具依稀可见，蒙蒙的月色下，泛着幽冷骇人的光泽，面具下一双冷冽的黑眸快速地扫过众人。如果说眼神可以杀人，千城觉得，他那冷冽的目光便可做到。也不知道是不是眼花，还是心理作用，她竟觉得那人在看她时，黑眸中似有一丝微澜，可是她还来不及捕捉，却已是沉寂一片。

"柳姨，将规矩好好讲与她们听听。"男子幽幽地开口。

再次想起后院的这件事情，已是第二日的早上。要不是袖管里面的一块红绳黑玉，千城真的以为那是自己的一场梦魇。原来，御香坊真的是黑煞门的旁支，只是没有人知道而已，因为只有在品香会上胜出的女人才有资格见到那个戴着青铜面具的男人——黑煞门门主司空畏。

品香会上的胜出实际上也就意味着黑煞门细作身份的开始，她们的任务是打入各个王府，负责监视每一个王爷的一举一动。可悲的是，对于这样的安排，她们还没有拒绝的权利，因为生死已捏在了那个男人的手里。

千城从未看过一个人的身手会有那么快。她到现在都想不起来，她们几人是怎样被那个男人同时喂进了毒？只记得当时眼前白影一晃，喉间骤苦，等反应过来时，已是有什么东西滑入腹里。接着，便是那男人阴冷如鬼魅的声音响起："你们刚刚吞下的东西叫'月盈霜'，顾名思义，此毒只会在月盈之日发作，只要你们乖乖听话，本门主保证每月的解药一定会准时送到你们的手中。否则……一旦过了子时，你们的头发便会一寸一寸地成霜，容颜一点一点地老去，只需一夜，你们便会变成一个迟暮的老太婆，随之，身体机能也会一项一项地丧失，直到死去。"

谪仙一般的男人，魔鬼一般的心灵。现在想起那双幽如寒潭的黑眸，千城还是忍不住打了个寒噤。她不明白，江湖上以除恶扬善、劫富济贫闻名的黑煞门几时竟管起宫闱之事了？监视这些王爷的行动又是为了哪般？心下不禁苦笑，苏墨沉误会她是一个细作，她如今倒真是坐实了这个误会。

三月初八，黄道吉日。四王爷苏墨沉大婚，迎娶东墨公主西陵雪，同时娶进门的还有孤女童素倾以及御香坊的调香师千城。三女同纳，这对一向深居浅出、人淡如菊的四王爷苏墨沉来说，实乃罕事，以至于使朝野震动。当今圣上更是亲临四王府为其主持大婚，百官同贺。红绸铺天盖地、喜乐连绵不绝，迎亲的队伍更是浩浩荡荡绵延了几里路。当然，这个队伍只是迎接东墨公主西陵雪的，因其身份尊贵，被立为四王爷正妃，而童素倾因本就长居四王府便也省了迎亲的麻烦。当千城抱着小白坐在喜轿中扯下红盖头，轻轻撩开窗幔往外看的时候，就只看到三个人，两个轿夫，一个喜娘。

清华苑，满室的婚庆大红，熏香袅袅、红烛摇曳。鸳鸯雕花楠木床上，千城头顶喜帕坐在那里，素手有一下、没一下地抚摸着怀中小白的软毛，心中的滋味五味杂陈，却独独没有作为新娘子的喜悦。这几日发生的事就像做梦一般，让她有种不真实的错觉。她就这样嫁人了吗？没有祝福、没人迎接，甚至连拜堂的过场都没有走一下，就被送进了这个幽深的小苑里。

她不是一个委曲求全的人，从来不是，可今日她竟然跟着别的女人一起嫁给了同一个男人，想想都不可思议，可这就是事实。她到底图的是什么？她不知道。会后悔吗？她问自己。答案还是不知道。其实后悔又能怎么样？她已然没有了退路。她身上还中着“月盈霜”的毒。黑煞门的细作？她想着都觉得好笑，就凭她今日这般待遇，又如何能监视那个男人？

觥筹交错的喧嚣声远远地传来，欢声笑语中夹杂着礼花的噼啪声，愈发显得清华苑的冷清。看来，那个男人今夜是不会来的。西陵雪是正妃，又是尊贵的边国公主，所有的热闹都应该是她的。即使没有西陵雪，也还有一个素倾在前面，那个男人对此女的宠溺，她也早已见识。所谓春宵苦短，就这两个女人，他只怕早已分身乏术，又如何会想到清华苑？这样也好。他对自己来说不过是梦想变成了现实而已，要真正接纳，无论是心，还是身，她都还没有做好准备。

红烛过半。千城的肚子有些饿了，一整天竟没有一个人过来问一声，连原本送她进来的那个喜娘都不知道跑到哪里瞧热闹去了。千城一时气闷，抬手准备扯掉喜帕寻些吃食，却骤然听到一阵脚步声从门口传来，她一惊，连忙作罢。

脚步声越来越近。他终究还是来了吗？千城咬着唇，一颗心却突然难以抑制地狂跳起来，来人在她面前站定，透过喜帕的下面，可以看到一双金线黑靴和一截白色袍角，她屏住呼吸，一动不动。骤然，有什么东西划过大脑，白色，怎么会是白色？不应该是大红袍角吗？她一惊，还没作出反应，眼前已蓦地一亮，喜帕已经被人掀开：“千城！”

她的心跳骤停，怎么会是他？三王爷苏墨风。他就那样紧紧地凝着她，剑眉长飞、皓月薄唇，只是一双凤眸迷离，似蒙上了水雾，又夹杂着一丝猩红。他再次喃喃地低呼：“千城……”一股浓郁的酒气扑面而来，千城不禁蹙了蹙眉，本能地伸手戒备地抵在二人之间，冷声说道：“三王爷，你喝多了。”

苏墨风似乎并不为意，依旧目光黏浓，眸中纠结着痛苦的神色：“千城……我知道是你……染千城……”千城心头一跳，自从易容进了御香坊后，没有人知道她姓染，他又是如何得知？正惶恐思量之际，脸颊骤然一热，男人滚烫的大手竟已捧起了她的脸，而他手中的动作更是让她大惊失色。他……他竟然在摩挲她脸颊的边缘，似乎想找到并揭下她的人皮面具。

“啊！”她惊呼，想挣开他，“放开我，三王爷，请自重！”可是男人似乎认定了什么一般，依旧紧紧地捧着她的脸，指腹在她的脸颊边缘不停地摸索。

“啊！三王爷……你干什么？”千城嘶哑着喉咙厉喝，又惊又恼地挣扎着，一颗心几乎就要跳出胸腔。骤然，面上一松，身前的人影被人拽开，一股浅檀味入鼻，她还没反应过来，已经被人轻拥入怀。

“三哥在做什么？”低沉的嗓音响在头顶，虽不重，却透着瘆人的寒。是他，他来了！千城说不出心中的感觉，那一刻眼角竟微微地湿了，她靠在他的怀里，抬起头，正好撞上他垂眸看向她的目光，他弯了弯唇，轻声道：“别怕，没事了。”今夜的他一袭红衣似火、赤玉冠发，俊美得无法比拟，他柔柔地看着她，黑眸中的深情似乎能将人淹溺。以前萧寒也是这样看着她的。千城一时痴怔，忘了反应。

骤然，啪的一声，一记清脆的耳光突兀地响起，“孽障！她是你的弟媳！”千城一震，侧首，一袭明黄入眼，正是当今圣上文帝，在他的身后是数道错愕的目光。这么一会儿竟然就站了一屋子的人。各府王爷女眷、皇后，甚至连皇后的随侍云蔻也在，她抿着唇，看着千城，水眸中流转着担忧。苏墨风捂着发烫的脸，酒顿时醒了不少，这才意识到自己的失控，心中一时又是窘迫又是懊悔：“父皇……儿臣……”苏墨风还想解释，却又被文帝厉声打断：“怎么，还嫌丢人现眼得不够？”

苏墨风眉心微拢，不得不抿唇住了口，在被侍从搀扶着走出去的时候，他又回头朝千城望了一眼，千城别过脸，眼角的虚光却是蓦地看到十四王爷苏墨宇淡笑着朝苏墨沉几不可察地点了点头。千城心中一震，抬头，果然也看到苏墨沉睨了十四王爷一眼、唇角微微一勾，只一瞬，又恢复了面沉如水的表情。一股蚀骨的寒意兜头淋了下来，顷刻便渗透至四肢百骸，她怎么给忘了，苏墨沉本就觉得她是苏墨风的人。看来，皇帝和众人是苏墨沉故意引过来的，目的就是为了看这一场好戏。她甚至怀疑，连苏墨风醉酒也不排除是有心人故意为之。局，玲珑局，她不过是局中人而已。方才的温情在瞬间灰飞烟灭，她闭了闭眸，将脸埋进男人的怀里。依旧轻檀入鼻，依旧心跳有力，可她却丝毫感觉不到一点暖意，他们那么近，却又那么远。

可在众人的眼里，却是另一番光景。他们只看到新娘子在四王爷的怀里埋首不抬，似是被吓得不轻，而男人的大手来回抚摸着她的背脊，似乎是在安抚。鹣鲽情深，似乎第三个人都是多余。众人一时尴尬，征询的目光齐齐看向皇帝，皇帝沉了眸，终于发话：“夜已经深了，各自都回吧，朕和皇后也回宫了。”众人纷纷行礼，鱼贯而出。

“父皇……”是苏墨沉，他起了身，手臂却还保持着紧紧抱着怀中女子的姿势，“三哥也是替儿臣高兴，一时喝得多了，请父皇莫要再怪三哥。”

皇帝顿住脚步，回头深望了他一眼：“难得你还替他说情！”话落，复又转身离去。

“儿臣送送父皇。”

皇帝扬手制止。

屋里恢复了初时的静谧，千城挣脱了苏墨沉的怀抱，缓缓地走向案桌边坐下，红衣妖娆、小脸清冷。苏墨沉眸光微闪，方才她的柔弱似乎不过是一场梦，他也不想解释，转身便往外走。

“苏墨沉！”她第一次直呼他的名字。他回头，只见灯光下的女子一脸的落寞，却硬是将下颚倔强地扬起，“我不是非要嫁给你不可的。”

他怔了怔，只一瞬便又轻轻一笑：“知道，你也可以嫁给三哥，或者父皇。”他说得云淡风轻，眼梢微抬，目光斜斜地落在她的脸上，黑眸中的嘲讽毫不掩饰。千城一时气苦。如果说她想说明点什么，其实也不过是想在他面前争点自尊而已，可是这个男人却偏偏不给她留一丝余地。她抬手轻捂着阵阵闷堵的心口，微微粗重了呼吸：“苏墨沉，不管你信是不信，我跟三王爷半分关系都没有，好了，我的话说完了，你可以走了。”

苏墨沉倒也不恼，眸光下移，落在她捂着胸口的手上，若有所思，片刻又抬起眸子淡淡地睨向她：“这些已经不重要了。”说完，便转身离开，不作一丝停留。直到那抹红衣翩跹的背影彻底消失在幽幽的夜色里，她都没明白过来他最后一句话的意思。过了许久，胸口的闷痛才缓和了些，她起身，准备关了房门，这才发现小白不见了。

夜凉如水、月色如雾。王府水榭的游廊上，一抹挺拔的身影负手而立，他微微抬着头，凝着天边如钩的月影，一动不动，不知在想些什么。如水的月光倾泻下来，将他刀削一般的五官镀上一层清冷的光泽。千城第三次揉眼看过去，才敢肯定那人是苏墨沉。她不明白，今夜是他的洞房花烛，他为何让三个女人独守空房，却独自一人站在此处？她以为，以他心思缜密、顾大局的性格，定会留在西陵雪那里，即使他不愿意去西陵雪那里，最起码也会去素倾那边。

夜风拂过，带起他的墨发和红袍，妖冶地盘旋，竟让人生生萌出一种感觉，似乎他是天地宇宙间独行的一人，有着浓烈的孤单。他垂眸，低低地叹息一声，幽幽月色下甚至还能看到他脸上的萧瑟沧桑，千城有些吃惊。他不是擅长算计吗？不是一切都被他捏在手心吗？他如何会有如此孤寂的身影？鬼使神差的，她准备抬步走过去，却蓦地发现眼前的红影一晃，一抹娇俏的身影蓦地跑出来从身后抱住了他。

男人起先没有动，后来又反手将女子拉进怀里："春寒料峭，素倾眼睛又不方便，为什么跑到外面来？"女子吃吃地一笑："春宵苦短，爷还是新郎官，又为什么跑到外面来？"

男人轻笑着摇了摇头，似是对女子的伶牙俐齿甚是无奈："我在想事情。"

"那我在想爷。"女子扬着小脸，明明眼睛看不到，却还是对着男人的方向，梨涡浅浅。月光如丝绸般铺下来，清辉洒满她的小脸，苏墨沉看着那一双水汪汪的却毫无焦距的大眼睛，心中一阵愧疚，低头，轻轻吻上女子微微噘起的唇。

千城微微苦笑，不能再看下去了，被人发现误会为有心偷看可就不好了，那样，她连最后的一丝自尊都会失掉。涩然转身，却听到身后传来一声冷喝："谁？"她脚步一滞，强作镇定，应该不是叫她的吧？她蹑手蹑脚根本没有发出一丝声响啊。偷偷回头，就看到水榭游廊上的两人已经分开了，正面朝着她的方向。不是叫她，又是叫谁呢？背对着月光，看不到两人的表情，只看到男人的一双黑眸熠熠生辉，甚至还能隐约看到他薄唇上泛着的水泽。她心口一撞，只一瞬，便扬唇一笑："不好意思，打扰了……你们继续。"说完，扭头就走，甚至有些慌不择路，以致脚下被什么东西一绊，重重地摔在地上。她也顾不上疼痛，爬起来，继续脚步不停，心中却莫名地被悲怆填满。

染千城，你还能再狼狈一点吗？她紧紧地咬着唇问自己。身后，男人沉了眼眸，好看的眉宇微拧："等一下。"她恍若未闻，步子反而迈得更快了些。他的声音又提高了几分，"本王让你站住！"

她依旧不停。

"你敢再往前走一步，你信不信本王可以让你这辈子都走不了路？"

千城戛然而止。闭了闭眼，她强行忍住想破口大骂的冲动。这样一个男人怎么会如此的霸道！

一阵衣袂的簌簌声从头顶掠过，再睁眼，就看到苏墨沉已经翩然落于她的面前。男人探寻的目光落在她的脸上，她的右颊有一块灰黑，那是刚刚摔跤时蹭上的尘土。他唇角一挑，戏谑道："真脏。"

千城一怔，好一会儿才反应过来他的意思，心中却被那个脏字刺痛。一个女人可以忍受男人的冷漠，却决忍受不了男人说她脏。她抬手随意抹了一把脸，轻轻一笑："如果爷和千城换个处境，爷也会这么脏。"

她以为苏墨沉会生气，他没有，反而勾了勾唇，笑得意味深长。他抬手自袖中取出一方锦帕，轻擦上她的脸，像是对待一个淘气弄脏的孩子。帕子是上好的蜀锦，带着凉滑的触感，随着他大手的动作，甚至还能嗅到他袖风中的浅淡檀香，千城心尖一抖，慌乱中，她抬手将他的手挥开，后退了一步："皇上和其他的王爷都不在，四王爷无须这样。"她回头望了望水榭游廊，素倾还站在那里，面朝着他们的方向，红袍簌簌。或许是因为夜里的原因，又或是心虚，明明知道那人看不见，她却恍惚感觉到了炙热的目光。心头一颤，她连忙别回视线，就看到苏墨沉也正循着她的目光看过去，眸光收回时，黑眸中的玩味更浓了几分，他低低一笑："你在吃醋？"

"哪有？"几乎不假思索，说完以后，她才发现自己反应太快了点，竟有些欲盖弥彰的意味，一时心中懊恼，"如果四爷没有其他吩咐，我先行告退。"说完，也未等他反应，便抬步离开。

"这么晚了，你为何会在这里？"男人脸上的笑容骤冷，对着她慌乱的背影沉声问道。

千城一怔。看来，对她，他终究是戒备的。先前的种种温情和调侃不过是试探而已。他以为她出来做什么，细作吗？她回过头轻轻一笑："小白不见了，我出来找它，无意打扰四王爷。"

"小白？"男人黑眸微眯，"小白是谁？"

"一只白猫。"

"猫？"男人唇角抽搐，以为自己听错了。

"是，一只陪伴我三年的猫。"千城幽幽地说道，末了，又淡然一笑，"我可以走了吗？"

男人面色冷峻，薄唇紧抿，静默了片刻，骤然抬手击掌，空气中顿时异流涌动。千城还没反应过来是怎么回事，七八个黑衣人就已经翩然落在他们的身后，齐齐对着苏墨沉一拜："爷。"

“夫人的猫不见了，去帮她找回来。”

就为了一只猫调动隐卫？几个黑衣人互相看了看，却也不敢多言，连忙领命而去。来去一阵风，眨眼间众黑衣人已消失不见，千城怔怔地站在那里，久久回不过神来。

“好了，回去歇着吧！明日还要去宫里请安。”等千城反应过来，男人已经拥了一直等在游廊上的女子走远。

“爷怎可以轻易调动隐卫？”女子轻倚在男人怀中，小脸却带着少有的凝重。男人未语，黑眸却更显深邃。

记挂着小白，又心中有事，千城拥着薄被，辗转难眠，一直到天蒙蒙亮才有了睡意，可刚睡着就被人唤醒：“千主子，奴婢伺候您更衣，一会儿要随王爷去宫里请安，误了时辰可不好。”千城睡眼惺忪，茫然四顾，看着一室的大红，又看了看站在床前的两个陌生女子，有种不知身在何处的错觉。

“奴婢春兰，奴婢夏莲，奉王爷之命，侍奉千主子。”见她醒了，两个女子连忙躬身行礼自我介绍了一番，也不等她反应，便一人准备衣袍，一人准备盥洗用具地忙开了。千城半天才回过神，又想起小白，刚想张嘴问，眼前骤然白影一晃，一团毛茸茸的东西就扑进了她的怀里。她先是一惊，下一瞬又忍不住失声尖叫：“小白！”真的是小白。她喜极，抱起小家伙又是搓又是揉，惹得那厮“喵呜，喵呜”地叫个不停。

见新主子这般心性，春兰和夏莲也是心情大好：“千主子，小白是早上王爷命人送过来的。”

他？千城一愣，想起了昨夜的那些黑衣人。是传说中的隐卫吗？隐卫不是只有皇上才有的吗？一个王爷也有隐卫？

按照规矩，王爷大婚翌日去宫中请安只需带正妃即可，侧妃、妾室之类的可以不必去。可苏墨沉愣是带上了三人。两辆马车，苏墨沉和西陵雪一辆，素倾和千城一辆。千城是第一次看到西陵雪，免不了上前施个礼，对方却眼梢未抬、视若未见，倨傲地站在苏墨沉的身边，她身着一袭艳色宫装，风情万种、美得招摇。果然是个公主。千城也不以为意，淡然一笑，转身上了马车，马车里素倾早已坐在里面，听到她上来，开心地叫着她："千城姐姐，千城姐姐……"小手更是摸索着抓住她的手拉她坐到了自己的身边。

女人的美真的有千百种，如果将西陵雪比作牡丹，那素倾就是清莲，前者的美肆意耀眼，后者的美清新入骨。

"千城姐姐，听爷说，素倾用的香是千城姐姐调的，素倾好喜欢，以后千城姐姐也教素倾调香好不好？"女子一袭鹅黄对襟云锦裙，扬着小脸，照不进人影的大眼睛对着她的方向，眉眼弯弯、梨涡浅浅，如破晓的朝阳一般明艳动人。

千城笑着说："好。"她发现，对于这样一个女子的要求，似乎任何拒绝都是残忍的，她也终于明白，为何苏墨沉宠她如斯，她的确有着她的资本。

龙吟宫，文帝和皇后端坐在大殿的最上方，两侧是各宫妃嫔，依次按位分而坐。在她们的身后，立着各自随侍的婢女，云蔻也在其中，她站在皇后的身边，眼观鼻鼻观心。

首先是跪拜。苏墨沉带着三人在殿中央的蒲团上对着众人一一伏地拜过，不卑不亢、谦逊有礼，众人便或调侃几句或说一些吉祥话语。

接着是敬茶。数个宫女手端托盘鱼贯而入，托盘上是玉瓷茶盏，茶香袅袅。西陵雪是正室，所以她是第一个，从皇上开始，依次按照位分将茶敬上。然后是素倾。虽然她和千城都是妾室，但其在四王府的资历较长，且在皇上和这些女人的眼里，早已是熟人，所以苏墨沉便让她第二个敬茶。她的眼睛不方便，全程都是由苏墨沉陪同着，他扶着她跪下，他接过宫女托盘上的茶盏递到她的手里，他提醒她面前的主子是谁，面面俱到、体贴细致。

看着这一切，千城心中涩然，她也终于明白为何这个女子虽然眼睛看不到，但还是那般的乐天单纯，是因为她还有另一双眼睛吧？千城不知道素倾是如何失明的，但她想，有如此尊贵优秀的男子甘愿做自己的眼睛，素倾肯定是幸福的。她也想这样的幸福。

千城沉浸在自己悲伤的情绪中，突然一阵巨大的声响将她的思绪拉回。声响来自殿门口，以极快的速度直直地往大殿而来，她愕然回头，就看到密密麻麻的黑点从头顶飞过，嗡嗡声震耳欲聋。

黄蜂！千城一惊，大殿中的人也是大惊失色，尖叫声、脚步声、茶盏落地声此起彼伏，场面极度混乱。“护驾，护驾！”太监总管李公公惶恐地大叫，大批禁卫鱼贯而入。可是很快，众人发现，黄蜂的目标只有一个。

“啊，啊……”女子的惨叫声响起，盖过殿中所有的喧嚣，是素倾。这些黄蜂似乎认准了她一般，齐齐落在她的身上，顷刻间鹅黄的衣服上就黑乎乎、密密麻麻的一片。众人大骇，旁边的苏墨沉更是脸色一变。

“别怕。”他一边沉声安抚着，一边劈着掌风驱赶，可又恐掌风伤到她，所以下手很是顾忌。如此一来，被驱赶的黄蜂只是一小部分，而且这一小部分盘旋了两下又会再落于她的身上，女子的惨叫声越来越大，“爷……救我……素倾好痛啊……”她哭喊着，胡乱挥舞着小手，又是蹦又是跳，脸颊、脖颈、手腕这些裸露在外的肌肤上已经出现一个个凸起的红斑，那是被黄蜂蜇过的痕迹，密密麻麻的红斑触目惊心。苏墨沉拧着眉，一向深邃沉静的黑眸此刻也起了微澜，他紧紧抿着薄唇，掌风越来越快。

众人皆是被这突如其来的变故吓住，忘了反应，直到率先回过神来的文帝厉声命令着禁卫：“快，快帮四王爷将黄蜂驱走！”禁卫们这才硬着头皮上前，却又根本不知该怎么办。

“火折子，给我火折子！”苏墨沉沉声吩咐，混乱中有人喊：“四王爷，接住。”一个火折子从云蔻手里脱手而出，在空中划出一道抛物线后，被苏墨沉稳稳地接在手里。他快速地朝云蔻投去感激的一瞥，手中的掌风却不停，随即将火折子点着。翩然一个旋身，他提起内力，将内力凝在手上，大力对着火折子一挥，顿时，火光大起。众人瞠目，没想到四王爷武功竟是如此出神入化，一个小小的用来取火的火折子在他手里愣是发挥出了类似大火把的作用，而且火焰跟素倾近在咫尺，却又分寸极好，不伤她一厘一毫。黄蜂怕火。终于，随着一阵嗡嗡声，蜂群离开素倾，又齐齐地朝殿外飞去。

“素倾……”苏墨沉扔掉火折子，长臂一捞，将已经被黄蜂蜇得面目全非的女子揽进怀里。

“爷……”女子紧紧抓着他的衣襟，浑身抖个不停，终是眼睛一闭，孱弱的身子软软地倒在他的怀里。

“太医，快宣太医！”文帝大声吩咐着众人。

千城愕然地看着这一切，只觉得哪里不对，蓦地，有什么东西划过大脑。她眸光一敛，快步上前，一起上前的还有云蔻。两人互看一眼，心照不宣，千城明白，云蔻和她想到了一块儿。果然，一抹淡淡的清香盈过鼻尖，缥缥缈缈、若有似无，不近在咫尺根本闻不出来。可身为御香坊的调香师却很清楚，这种香对于黄蜂来说，就是致命的诱惑。

“蜂迭香！”千城和云蔻异口同声地低呼。这时，太医和医女也已经赶了过来，苏墨沉凌厉的目光扫了一眼千城，便径直抱起素倾入了偏殿。千城微微蹙眉，心中大概明白了他那一眼的意思。一阵凉风卷进殿里，她怔怔地回头看向殿外，天色黑沉，竟是变天了。大殿中已有宫女收拾着残局，惊魂未定的众人都偷偷抬眼看向脸色黑沉的皇帝，不知出了这样一档子事，这敬茶还要不要继续。皇帝还没有开口，苏墨沉却是已经从偏殿走了出来。

“这位姑娘，方才你说蜂迭香，可否再说得明白一点儿？”明明说蜂迭香的是两个人，可他却独独只问云蔻。众人都变了脸色，包括千城。大家都不笨，一看此景便都心知肚明。各种复杂的眼光齐齐地看向千城。云蔻也不例外，她微微蹙了柳眉，担忧地睨了一眼千城，抿了抿唇，才说道：“回四爷，蜂迭香香气清淡、几不可闻，可对于不同于人类嗅觉的蜂类来说，却是极易识别的，且有着极强的诱惑，所以此香一般都只为养蜂人所用，目的用来召唤蜂虫，从没有人会用它来做香料。”众人一片唏嘘，果然，是有人设计陷害。

“原来是你！你竟然这么歹毒。”一道清冷的女声划破众人的嘈杂声。众人循声望去，说话之人是苏墨沉的正妃、东墨的公主西陵雪，只见她直直地盯着千城，目光灼灼，一脸的讥诮。虽然陷害之人在大家心里已经大概有数，可西陵雪如此直白地指明还是让众人为之一震，于是抱着各种心思的众人又将目光齐齐地投向苏墨沉。说到底，这是四王府的家事，关键还是要看这个男人如何处理。而这个男人却只是凝着千城，眸色寒凉，薄唇紧抿成一条冰冷的直线，似乎在等着千城自己认罪。

千城倒也不为所惧，微微扬起下颚，坦然地承接了他的目光，四目相对。“如果我说不是我，四王爷信吗？”她声音不大，却字字铿锵。男人未语，依旧眸色深沉。显然，他不信。千城自嘲地一笑，换作是她，她也不信，她是调香师，深谙各种香道，素倾用的香都是她调的，进宫时两人又同乘一车，而她和素倾又都是苏墨沉的女人。作案动机、作案时间、作案方法，条条都直指她而来。

“虽说女人争宠是常有的事儿，可是这样做心肠也未免太狠毒了吧？”说话的是丽妃，三王爷苏墨风的母妃。千城弯了弯唇，那日品香会她当众拒绝嫁给苏墨风，看来此人是怀恨在心了。既然没人帮她，她只能靠自己了，她正欲说话，却是被一道清脆的声音打断：“不是千城！”

众人一怔，齐齐地看向发声之人。竟是云蔻。云蔻抿了抿唇，给了千城一个安定的眼神，便缓缓地走至苏墨沉的面前，对着他微微一鞠：“四王爷，此事绝对不是千城夫人所为。”苏墨沉敛眸，还未说话，一旁的西陵雪却已冷哼一声：“是非曲直，大家心知肚明，这位姑娘，凡事不要说得那么绝对。”

“千城不会那么笨。”云蔻语气笃定。

“呵……谁不知道你们是御香坊朝夕相处的好姐妹，自然是相互帮着说话。”丽妃扬起唇角，笑盈盈地看向坐在上方的皇后，“皇后姐姐您说对不对？”皇后闻言，自是不想趟这浑水，遂凝了脸色，轻斥了一句：“云蔻，休得胡闹！”

“云蔻姑娘说得没错！”一记低沉醇厚的声音蓦地响起。众人皆变了脸色，包括千城，也包括一直沉脸不语的文帝。因为说话之人是苏墨沉。这，又是唱的哪出？全场一片静谧，凝息等着他继续说下去。千城也是怔怔地抬眼看向他，眼睫轻颤，硬是忍住了双眸的酸意。

“众所周知，素倾平日的用香都是千城调的，今日两人又同乘一辆马车，如果是她在香料上动手脚，那岂不是明摆着告诉大家是她做的吗？”苏墨沉面沉如水，说得不徐不疾，眼梢微掠，睨了一眼端坐在上方的文帝，复又淡淡地落在千城的身上。众人一阵压抑的唏嘘，觉得似乎是那么个理儿，连一直嚣张的西陵雪也只是咬着唇不敢多说一语。千城一时心绪大动，这些其实就是方才她准备开口说的话，没想到被这个男人说了出来。

“四王爷睿智。”云蔻眉眼弯弯，甚是欣喜。千城亦是觉得心头一松。

“但是……”苏墨沉骤然话锋一转，“所谓最危险的办法未免不是最安全的办法，知道常人所想，却故意剑走偏锋、反其道而行之也不是没有可能。”

什么？千城愕然抬眼，白了脸色。众人又是一阵唏嘘。原来说了这么多，不过是先一步堵住两个女子的嘴而已。

辩无可辩，是吗？千城苦笑，扬了小脸：“苏墨沉……”

见她直呼王爷名讳，众人大骇，云蔻亦是一急，双膝跪于地上：“奴婢有证据证明不是千城。”

“什么证据？”一直沉脸不语的文帝骤然开了口，凌厉的目光看向跪在地上的云蔻。云蔻抿了唇，有些犹疑，半晌才说道：“千城根本就不会去调制蜂迭香。”

“为何？”皇帝凤眸微眯，沉声逼问。

“因为……因为千城她……她……”云蔻秀眉微蹙，有些为难地看向千城，不知自己当讲不当讲。这时，有医女拿着素倾的外衫从偏殿中走出，欲拿到火场焚掉。毕竟上面还沾有蜂迭香的气息，留着终究是隐患。殿中的气氛依旧紧张，众人都看着云蔻，云蔻却支支吾吾、欲言又止。

“呵……”一声轻笑，众人一怔，又将目光转向那个笑得不知所谓的女子。

“不要为难云蔻，不就是要证据吗？我给你们。”女子眼梢轻抬，掠过皇帝、掠过苏墨沉，粲然一笑，骤然疾步追上快要走出殿门的医女，夺过她手中的衣衫，紧紧地捂住自己的口鼻。众人愕然，不明所以。皇帝凤眸深深，苏墨沉瞳孔微敛。云蔻脸色大变，起身奔了过去：“千城……”

千城埋首在鹅黄的衣衫中，深深地呼吸，云蔻上前用了很大的蛮力，才将衣衫夺过，交与边上不知所措的医女。千城脚下一软，云蔻连忙伸手扶住，秀眉微蹙，“千城……你又何必？”

女子喘息着，抬起头，朝她勉力一笑：“我没事。”缓缓撩起广袖，露出自己的手臂，高举过头顶，她虚弱地笑着，水眸一一掠过众人，清冷倔强的样子就像是在向世人展示着自己的胜利。

“这……就是证据！”她一字一顿。众人大惊，苏墨沉也是变了脸色。只见女子原本莹白的手臂上，一块一块的红肿，平素的纤纤素手此时就像是个发酵的馒头，衣领处，也是红迹斑斑，骇人的样子比方才的素倾好不到哪里去。女子靠在云蔻的身上，微微张着嘴，喘息着，呼吸越来越急促，豆大的汗珠从额头上渗出。

“千城天生患有心疾，而蜂迭香中的一味香料却是此类心疾者的大忌，久闻或者久碰，轻者会全身红肿、呼吸短促，重者则会心跳失律、导致猝死！所以，她绝对不会碰这类东西。”云蔻拧着眉，幽幽地说着，声音不大，一字一句却真切地敲进了人们的心里。全场的人都倒抽一口凉气，苏墨沉也将薄唇越抿越紧。

在众人复杂的目光中，千城缓缓地直起身子，云蔻伸手要扶，却被她的一个眼神儿制止。她迈着迟缓的步子，走到苏墨沉的面前站定，背脊笔直：“不知四王爷认为这个证据有用还是无用？”苏墨沉深深地凝着她，眼波微动，不发一言。她轻轻一笑，别过视线，踉跄着转身，自袖中摸出一个小瓷瓶。那里面装的是紧急控制她心疾的药，她一直随身携带。可由于一双手肿胀得厉害，几乎失去知觉，她拧了半天，也没能将瓷瓶的盖子揭开。正兀自倔强地做着努力，只觉手上骤然一空，她愕然地抬头，看到的却是微微蹙着俊眉的苏墨沉，他拧开瓶盖，从里面取出一粒红褐色的药丸，递到她的唇边。

这算什么？她冷冷地抬手一挥，药丸掉在地上。伸手欲从他手中夺回瓷瓶，他却将手一缩，捏得死紧。一个要夺，一个不给。千城气结，恨不得骂人，过激的动作也终于让她承受不住，脚下一软，耳边传来云蔻的惊呼：“千城……”一抹浅檀入鼻，她的身子在倒下去之前，已被人稳稳地拥在怀中。不知为何，她的脑海里突然蹦出两个词。狗血，矫情。千城张口，欲让苏墨沉放开她，却只见眼前蓦地紫袖一晃，喉间骤苦，等她反应过来时，一粒药丸已经滑入喉中。她噎得咳了起来，那一刻，她也终于忍不住泪流满面。不是感动，不是心痛，而是难受，脸上难受啊！她戴着人皮面具，而自己的脸已经红肿，撑得面具紧绷欲裂，又不能揭，又不能挠，那感觉比让人死还难受。

她突如其来的情绪让众人一震，苏墨沉更是眸色一沉。恍恍惚惚中，她听到他说：“父皇，千城和素倾皆是情况危急，请恕儿臣先行告退。”总算结束了。她暗暗地松了一口气，也终是眼前一黑，晕了过去。

望春苑，女子衣衫半敞，倚在软榻上，男人坐在床边，轻柔地给她涂着药。

“哎呀，好痛，爷，轻点，轻点……”

男人叹息着摇了摇头：“我还没开始擦呢。”

“可是，就是很痛嘛！”女子噘着嘴，睁着空洞的眸子，小脸上满是委屈。男人看着她，不知为何，脑海中竟浮起另一张女子的脸，一张泪流满面的脸。

“对了，爷，素倾觉得这事儿不是千城姐姐干的。”

男人的手一顿，淡淡地开口：“我知道。”

“爷知道？”女子吃了一惊，“爷知道是谁？”

“嗯，”男子眯眸，眸中寒芒一闪，半晌，薄薄的唇边轻吐出三个字，“是父皇。”

第二章　他的选择

夕阳西下，如火的晚霞斜斜地照进清华苑的院中，红彩一地。院中的一个女子素衣黑发，正弯腰执着小锄松着一畦地的泥土，落日的余晖倾泻在她的身上，一眼望过去，还以为是误落凡尘的仙子。苏墨沉眸光微凝，还是走了进去。

“在忙什么？”他淡笑着走了过来，口气温润得就像刚从外面回来的丈夫问着在家忙碌的妻子。千城一怔，没有抬头，依旧一锄一锄地松着地上的泥土，眼角的虚光却已看到男子的金线黑靴在她身边站定，对于她理不理他，他似乎也不着急。想了想，她才淡淡地开了口，却是依旧眉眼不抬、手中不停：“院中的这些地就这样荒着也是可惜，我打算种一些可以做香料的花草。”末了，她似想起了什么，又冷冷地加了一句，“你放心，绝对不是什么害人的香料。”

男子一笑，似乎并不为意，转身径直往里屋走：“听说千城会泡各种花茶，本王今日不知可否讨一杯喝？”

苏墨沉倚窗而坐，随手拿起桌案上千城原本在看的一本关于调香的书翻着。千城一边净手，一边瞟着他俊美的侧影，不知这个男人葫芦里卖的什么药？她的心中虽有一万个不愿意，却也没有表现得太强烈，于是打开壁橱，取出从御香坊带过来的茶具，忙碌起来，小白也在她的脚边跑来跑去。

煮水、泡茶、装杯……半个时辰后，一杯茶盏已轻轻地递到了苏墨沉的面前。苏墨沉没有立即接，而是缓缓地抬起眼睑，顺着茶盏看向端着茶盏的人，半晌，淡淡地开口："你的病……无碍吧？"

千城一怔，不明白他是什么意思，他来这里就是为了问她这个吗？她直直地凝视他的眼，希望能从里面看到一些蛛丝马迹。却只见那一双黑瞳就像两汪深潭，既清澈无比，又让人永远无法看清。她轻轻一笑："爷是在关心我吗？"苏墨沉怔了怔，亦是一笑，未语。千城的笑容微冷，这算什么？打人一巴掌，然后再来揉揉吗？遂将手中的茶盏直接置于他面前的桌上，冷声说道："爷放心，死不了的。"

苏墨沉倒也不生气，似乎这样的回答是意料之中的，他唇角微微一勾，伸手端起面前的茶盏，轻轻地吹过茶面，品茗。动作流畅优雅，透着一种与生俱来的尊者气息。温茶入口、唇齿留香，一股清凉甘醇沁人心脾。

"果然是好茶。"他笑着，又垂眸轻啜了一口。这时，王府侍卫统领杨痕走了进来，对着两人一鞠："四爷，千夫人。"

"何事？"苏墨沉微微蹙了蹙眉。

"九爷和十四爷来了。"

"知道了，你让他们先在书房等本王。"

杨痕领命而去。苏墨沉一直坐在那里不徐不疾地将一杯茶喝完，方才起身，走到门口的时候，又顿住，没有回头，只有声音淡淡地飘过来："今日龙吟宫的事是个意外，你不要往心里去。"

意外？千城笑笑，心里明镜一般。

"就因为那人是高高在上的皇帝，是你的父皇，所以是意外吗？"她知道不该说，但是她忍不住。在她看不到的方向，苏墨沉面色一凝："你知道？"

她当然知道！当她得知是蜂迭香的时候，她就知道。如果素倾身上一早就沾染上了蜂迭香，那黄蜂肯定早就寻来了，不会偏偏在龙吟宫敬茶敬到一半的时候来？这说明香是在进了龙吟宫以后才沾染上的。可进了龙吟宫以后，有机会接近素倾的，除了苏墨沉，便是被素倾敬茶的人。但是苏墨沉一直陪同在她身边，要想在他眼皮底下下手也非易事，她记得皇帝在接素倾敬茶的时候，喊了一声李公公，后来却又说没事了，其实，他是在分散人的注意力，特别是苏墨沉的注意力。

"皇上为何要这样做？"他陷害的可是他的儿媳，是他的亲人。难道他就不怕伤了他儿子的心吗？

"圣心又岂是你我可以揣测的？"苏墨沉回头凉凉地看了她一眼，转身抬步离开。

揣测？她弯了弯唇，对着他的背影沉声说道："我不想揣测什么圣意，我只想告诉你苏墨沉，这世上谁没有苦衷，谁没有难处，只希望以后利用我之前能不能先告诉我一声？难道你就不怕我坏了你的事吗？"

书房，三人倚案而坐，茶香袅绕。

"四哥，今日的事我们都听说了，到底是谁要害素倾？"虽然素倾已经嫁给了苏墨沉，理应喊人家一声嫂子，可是，对于苏墨宇和苏墨逸来说，那个女子依然还是和他们一起打闹的那个小女孩。

苏墨沉慢慢地饮下一口茶，然后放下手中茶盏。以前觉得这雨前龙井很是不错，今日才发现这茶的滋味竟不及清华苑的花茶半分。"是父皇。"他淡淡地开口。

"父皇？"十四和老九皆是一震，"他为何要这样做？"

苏墨沉垂眸，弯了弯唇："或许是报复，或许是试探，又或许是在为某一件事情铺路？"见他说得云淡风轻、似是而非，十四爷快被急死了："喂，四哥，你就不能说明白点儿？你以为我跟九哥都有你那样的脑袋？"

"是啊，四哥，快说！怕是当时在场的，也就只有你一人看出来了吧？"

一人吗？不，还有一人。白璧纤长的手指摩挲着茶盏的盖子，苏墨沉唇边的笑容慢慢地敛起："那日品香会，你们也看到了，其实父皇也看上了千城，而千城最终却跟了我，想必对于一个觉得天下女人都应该是他的帝王来说，应该是落下了一些恨，所以素倾只是明着的受害者，实际上他真正想陷害的人是千城。另外，如今太子之位空悬，父皇最忌讳的就是各皇子之间的帝位之争，他想试探我是不是有家小之念？一个有家小之念的人，是不会有大的夺权野心的。当然，这两种只是我的猜测，最有可能的是第三种，他在为某一件事情铺路。"

"铺路？会是什么事呢？"

"没猜错的话，应该不出几日便会知道了。"苏墨沉缓缓地抿起薄唇，黑眸深邃。

直到第三日的早朝，一道让三王爷苏墨风带兵出使北国助其平定叛乱的圣旨颁了下来，三人终于明白了过来，果然是铺路。

皇帝在金銮殿上跟众大臣说："原则上此次出兵北国，应该派四王爷去的，毕竟他曾在北国游历，与北国太子交好，但是，他新婚燕尔，而且府中两位夫人又出了点儿事情，身子违和，所以才派其兄三王爷前往。"

众人默然，苏墨风领旨谢恩。苏墨沉也含笑谢恩，谢皇帝体恤。大家却心知肚明，谁出使北国，谁就将握住十万精兵的兵权，而且，还会让北国欠其一个人情。

一连几日，千城都没有看到苏墨沉，她种种花、种种草，与小白嬉闹，日子倒也过得清净自在。转眼已是三月十五。用午膳的时候，她才陡然想起身上的"月盈霜"，那个戴青铜面具的男人不是说，每月会有人准时秘密地将解药给她们的吗？她为何一直没有收到？

打听到苏墨沉不在府中，她跟春兰、夏莲二人扯了个谎，说自己要回御香坊拿一些香料，便匆匆出了门。没有办法，解药一直不送来，她只得自己去拿。回到御香坊找到柳姨，柳姨得知她竟没有拿到解药甚是吃惊，问她："你不会是做了什么让坊主生气的事吧？"

千城冷汗涔涔，想了又想，没有吧？再说，难道她在王府做的每一件事，那个男人都知道吗？他是人，还是神啊？柳姨说她也没有解药，而且平日都是那个男人来找她，她也不知道如何联系那人。千城欲哭无泪。在她失落地返身出门时，柳姨许是心下不忍，又喊住了她，犹豫再三，才说让她去沁芳茶楼碰碰运气，传闻，每月十五都有人在那里看到过黑煞门的门主司空畏。

传闻？传闻是什么意思？就是有可能是真的，也有可能是假的。但是，没有办法，现在这是唯一的希望。千城一口气赶到沁芳茶楼，此时正是生意的高峰阶段，茶楼里座无虚席、人来人往，都是出来喝下午茶的客人。她气喘吁吁地站在柜台前，一双水眸环顾着大厅，快速地过滤着每一张喝茶人的脸。一颗心扑通扑通地狂跳，如果他在，她要怎样跟他说？直接说要解药？如果他不在呢？又该怎么办？难道就回去眼巴巴等死？脑海中又蓦地掠过那一双冷厉的寒眸，她禁不住打了一个寒战。

"姑娘是来喝茶的吗？走，跟哥哥走，哥哥请你喝，好不好？"千城一惊，转过头，却看到一个穿着锦衣华服的年轻男子，两只小眼睛冒着猥琐的光。正不怀好意地对着她笑，她头皮一麻，刚想厉声拒绝，那人的脏手已经搭在了她的腰间。

“浑蛋！你干什么？”千城大叫，刚想甩开他的手，眼前骤然白影一晃，接着便是咔嚓一声脆响，再接着就是男人鬼哭狼嚎的声音道：“我的手，啊，我的手……”男人滚在地上，痛苦地举着手，手掌耷拉着，显然是被生生断了骨。千城大骇，愕然地抬头看向那个从天而降断他手掌的男人。一袭白衣胜雪，一张铁面如冰，不是司空畏，又是谁？她心中一喜：“坊……”主字还没说出来，只觉领口猛地一紧，她的身子已经被男人呈老鹰抓小鸡状拧起，被带着飞身上了二楼。进了一间雅阁，男人才放开她，巨大的惯性，让千城猝不及防，一个重心不稳，身子踉跄着朝一边倒去。她吓得惊呼一声。预期的疼痛却没有到来，那人又伸手稳稳地拉住了她，只是……只是依旧用的是拽衣领的方式。

就不能换个方式？千城心中狠狠地将他鄙视了一番，面上却不敢表现出来，还得赔着笑说：“谢谢。”

“为什么到这里来？”司空畏逼视着她，黑眸中没有一丝温度。

“我……”千城有些惊慌，垂眸避开他的目光，这个男人天生有一种气场，仿佛泰山压顶，让人压抑、透不过气来，她抿了抿唇，才道，“我来找坊主拿解药。”

“解药？”司空畏凤眸微眯。

“是，千城自问没有做什么对不起坊主的事，不知为何迟迟收不到‘月盈霜’的解药？”说到这里，千城有些激动，强行按捺住内心的惧意，她强迫自己抬起头，目光灼灼直直地看进他的眼睛。

“苏墨沉对你好吗？”

千城一怔，不知他为何突然冒出这么一句答非所问的话。这好像跟解药没有关系吧？

见她不语，男人又冷酷如冰地问了一遍：“他对你好不好？”

“好。”不假思索、脱口而出。她不想在这些无谓的事情上浪费时间，她要赶快回去，在那个男人回府之前赶回去。

“是吗？”男人勾了勾唇，寒眸中浮起一丝玩味，突然倾身凑了过来，“好到碰都不碰你？”温热的气息喷薄在她的耳畔，男人湿滑的唇甚至有意无意地碰到了她的耳垂，她呼吸一滞，惊慌失措地后退了一步。不知是因为他的话，还是因为他暧昧的动作，一颗心竟狂跳起来，那感觉很奇怪。他果然什么都知道，他当真无处不在吗？兀自镇定了一会儿，她抬起头：“难道这个就是坊主不给千城解药的原因吗？”

“当然不是，”男人轻嗤，“解药没给你那是本门主一时忘了而已。”

一时忘了？千城气结，这么严重的事怎么可以忘了？不仅忘了，竟还说得如此轻描淡写？难道一个人的性命在他的眼里就这么轻贱？可气归气，她却不敢发作，毕竟自己的小命还在人家的手里。

“那现在坊主可以将解药给我了吗？”

“当然，”男人优雅地从袖中取出一个小瓷瓶，伸到她的面前，她抬手刚准备接，他又猛地一缩，收了回去，“关于苏墨沉，难道你就没有什么有价值的消息带给本门主吗？”

千城心中一惊。男人眸光犀利，夹杂着一丝促狭，紧紧地凝着她。千城假装抬手随意地顺了顺额前的碎发，转眸看向窗外：“他……他很正常，没有什么特别的举措。”话还没说完，下颚蓦地一疼，男人抬手捏住她的下巴强行将她的脸扳了回来，逼迫着她不得不与他对视。四目相对，千城逃无可逃！

“你再好好想想。”男人轻声吐息，不徐不疾，像是蛊惑人心的诱哄，可千城却感觉到了蚀骨的寒意。忍着下颚的疼痛，她艰难地开口：“坊主……坊主想知道他哪方面的举措？”

“哪方面都成，譬如，他都跟哪些人来往？有没有什么秘密的动作？有没有暗中培养自己的势力，例如隐卫之类的？”

隐卫？千城心中咯噔一下，蓦地想起那夜那几个帮她寻小白的黑衣人。见她神思变得悠远，男人瞳孔一敛：“是不是想起什么了？”

“没有，我看四王爷深居简出、人淡如菊，很少跟什么人来往，这几日也就听说九王爷和十四王爷来过一次。至于他有没有什么秘密的动作我不知道，隐卫什么的我也没有看到过。”她不知道，这几日发生的事情，这个男人到底知道几许？但她知道，让她出卖苏墨沉，那个和她脑海中长得一模一样的男人，她做不到。之所以说到十四王爷和九王爷，只是为了增加她话里的可信度，而且她知道，苏墨沉并不避讳与那两个兄弟的来往，这不是秘密。

“是吗？”青铜面具下的薄唇几不可察地一勾，男人的黑眸愈发深邃，“你可知道知情不报的后果？”

“知道，所以我断不敢欺瞒坊主。”她说得笃定，天知道，故作镇定的背后，她的心跳得有多快。她的话音刚落，骤然唇上一紧，男人修长的手指竟覆上了她的唇瓣。如同瞬间被一团火焰击中，千城浑身一颤，忘了反应。他的手指，微凉，带着些许薄茧，缓缓地描绘着她的唇形，低沉邪魅的声音响在她的耳畔：“希望这张嘴没有骗人。”

千城不知道司空畏是什么时候走的，也不知道他是怎样走的，只知道当她的神思收回来的时候，雅阁内空无一人，自己的手中已攥着一个小瓷瓶。天啊，她都在想些什么？一定是中邪了，心里狠狠唾弃了自己一番，不敢再多作停留，外面天已经擦黑，她打开瓷瓶取出解药咽下，便连忙出了雅阁。

回到四王府的时候，天已经全黑了下来，各处的风灯都被掌起，星星点点，泛着橘黄朦胧的光。千城远远地看到清华苑中一抹紫色的身影负手而立，夜风拂过，衣袂飘飘，似是等候多时。是苏墨沉。她心神微敛，走了过去。

“去了哪里？”男人没有回头，声音依旧清冷。千城这才看到伏跪在他脚边的两个瑟瑟发抖的身影，是春兰和夏莲。

“回御香坊取点香料。”她淡淡地应了一句，走上前，欲弯腰将二人扶起，无奈两人愣是摇头不敢起来。

“不想她们受罚，以后就少私自外出。”男人缓缓地转过身，幽深的黑眸轻轻地睇着她。皎皎月色下，如刀削般的轮廓、俊美的五官，恍若神祇。千城第一次发现，一个人竟然连生气都可以生得如此平静。可越是这样，越让人心生畏惧，因为你根本不知道他真正的心思。

“这跟她们没有关系！”她直起身子，迎上他的目光。

“只要是清华苑的人，就都有关系，罚跪是轻的，若有下次……”苏墨沉顿了顿，薄唇轻轻吐出两字，“杖毙。”千城浑身一震，恍惚间只以为自己听错了，她怔怔地看着他，还没作出反应，男人已经越过她的身边往外走去，等她回神，男人已走到了苑门口。看着幽幽夜色中那抹紫衣翩跹的背影，那种茫然无力的感觉又袭了过来，她不禁怀疑，她的一念执着，真的值得吗？

“苏墨沉，你将我娶过来，就是为了禁锢和利用我吗？”她以为他又会像以前一样置若罔闻，却不料，这次他竟是顿住了脚步，夜风将他清冷的声音送了过来：

"本王明日要去一次大漠，本王不在的这段时间里，你好自为之。"

夜凉如水，千城走得极快，来到苏墨沉的云轩阁，云轩阁里的烛火亮着，苏墨沉却不在，被婢女告知他去了王妃西陵雪那里。她想了想，又去了西陵雪的紫霞苑，苑外竟是一个婢女和侍卫都没看到，显然是被人有意支走，她正好生奇怪，就听到了里屋女人似愉悦、似痛苦的呻吟。千城脑子一热，已明白过来里面正发生着什么。不知为何，耳畔竟蓦地响起今日司空畏的一句话："好到他碰都不碰你？"她自嘲地弯了弯唇，转身准备离去，这时，骤然一阵夜风吹了过来，吱呀一声，竟是将可能原本就没关好的窗户吹开了。千城本能地回头看了看，就只一眼，便让她震惊得不能呼吸。

屋内熏香袅袅、灯火氤氲，榻上帷幔轻垂，透过帷幔依稀可以看到一个女子如蛇一般扭动。一个人？千城犹不相信，又仔细瞧了一眼，的的确确只有西陵雪一人，西陵雪柳眉微蹙、目光迷离、粉面含春，红唇半启溢出一声一声娇吟。西陵雪一边扭动着娇躯，一边意乱情迷地喊着："四爷，四爷……"并且玉臂攀箍，似乎在紧紧抱着一个人，虽然，虽然她抱着的只是空气。

千城瞳孔一敛，有什么东西从脑中划过。虚合欢！虚合欢是一种香，也是一种毒，它可以使人产生幻象，幻象中是自己与心爱之人行男女床笫之欢，而当事人却还会以为那是现实。天啊！苏墨沉竟然对她用这个！说不出心中的感觉，她不知道该庆幸苏墨沉不是个滥情的男人，还是该失望他竟腹黑至此。是非之地，不宜久留。转身正欲离开，就猛地撞进一个人的怀里。浅檀入鼻，她心尖一抖，想退后，慌乱中却踉跄了一步，手臂适时地被人扶住，她抬起头，便直直撞进一双黝黑的深瞳里。

"你怎么在这里？"苏墨沉看了看她，又眼梢微掠，扫了一眼洞开的窗户，眸光微敛。女人的呻吟声依旧如火如荼。

"我……"千城窘迫地抽回手，别过视线，面红耳赤，"我找四爷。"

苏墨沉静静地睨着她，她只穿一件薄薄的寝衣，在皎白的月光下，身体若隐若现，微微勾着头，露出一截粉颈。不知为何，他突然想到一个词：不可方物。

两人离得很近，呼吸可闻，也不知是不是因为方才看到了火热画面，千城觉得自己的心跳得很快，强烈得都能撞进耳朵里。她没有抬头，却能感受到男人盘旋在她身上的目光，那一刻，心中竟隐约有些期待。两人都没有说话，夜风撩起千城的墨发，飘飘扬扬，有几缕甚至飞到男人的手臂上，轻漾。夜变得宁静，气氛变得微妙。骤然，男人将衣袖一挥，用掌风带上还在春光外泄的窗，淡淡地开口："找本王有事？"

千城浮浮沉沉的心瞬间被拉回了现实，脸上红潮渐退，她抬起头："四爷去大漠所为何事？"

男人怔了怔，似乎没想到她是为了这个，静默了片刻，才道："这个你无须知道。"

千城心中翻个白眼，她就知道这个男人会这样说。

"非去不可吗？"

"是！"

"那四爷可以带我一起去吗？"

男人再次一怔，黑眸微眯，探寻的目光打在她的脸上："理由。"

因为我担心你，因为我怕再失去，因为我要跟你同生共死，可以吗？"因为我小的时候在大漠待过，熟悉那里的气候环境。"她在路上已经想好了说辞。

男人弯唇轻笑道："你在质疑本王的能力？"

"不是，多一个人总归多一份照应。"

"心领了，回去吧，以后深更半夜还是少出来的好。"男人语罢，淡然地转身。

"苏墨沉，你听我说……"

"四爷……"一声软糯的轻唤，来自苑门口，千城一怔，顿了话语，还没反应过来，眼前白影一闪，苏墨沉已上前将正缓缓摸索而来的女子轻轻拥住，语带轻责："春寒料峭，为什么穿这么少出来？"

素倾抬头一笑，明媚了半个夜空："听说爷明日要去大漠，素倾舍不得爷、担心爷。"

苏墨沉低叹一声，打横将女子抱起，出了苑门，一步也不曾停留，全然忘记了，在这个凉夜，在他的身后，还有一个女子同样穿得那么少。

望春苑，红烛飘曳，芙蓉帐暖。素倾虽说是苏墨沉第一个女人，可是每一次欢爱，都是她情动到化作春水，而他却总少那么一点激情。外人都道当今四王爷温润如玉，只有她知道，真正的他从不像外表一样温润。都说情字入心，性才会变得无法控制不是吗？可是直到云罢雨歇，她依旧没能让男人热烈起来，男人起身拉过外袍穿在身上，随手如常地抛了一把香到雕花镂空的香炉里，顿时，暗香袅袅。

出了门，杨痕立在门口。男人眸光微敛："是她来了吗？"

"是！"

屋内，素倾侧耳凝听，却只听到男人渐行渐远的脚步声。

清华苑，千城抱膝坐在床上，面容惨淡，心里将那个男人臭骂了千百遍。竟然不让她去，不让就不让，还将她当空气。算了，不想了，想着只有气。她抬手，准备挥灭床头的烛火，却骤然看到好像有人影从窗前快速地掠过，她一惊，起身下了床。

王府后院，风灯未掌，除了月光，几乎一片黑暗。一人黑衣黑裤，黑纱掩面，静静地立于院中，见到翩翩而来的男人，轻呼一声"墨沉"，扑进了男人的怀里。男人伸手揽了她的肩头，垂首，在其耳边轻语："怎么那么晚了还出来？"

"听说明日你要去大漠？"

"嗯。"

"其实，那只老狐狸不止派你一人去大漠，六王爷、七王爷和十一王爷也都分别被派了出去。"

千城来到后院的时候，远远地就看到两个相拥的身影，一人紫袍、一人黑衣，即使看不清楚脸，她也认识紫袍那人是苏墨沉，可是黑衣……唯一能确定的就是，她是个女人。天，这个男人到底有多少秘密？他要去趟大漠，又有多少人不眠？今夜的她也不知中了哪门子邪，怎么什么事都让她撞上？涩然转身，她准备悄声离去。

"谁？"随着一声冷喝，一阵掌风袭来，她骇然回头，只见风起云涌、落叶漫天，一股痛意迷了眼。她还没反应过来，一道强大的外力已经将她卷起，天旋地转，等她再有意识的时候，苏墨沉纤长的手指已经掐上了她的咽喉，而他的身边哪里还有人。

“为何在这里？”他一字一顿，似从牙缝中迸出，黑眸中的阴霾，直欲摧城。这是今夜他第二次这样问她。为了保护那个人，他甚至屏退了附近所有的婢女和侍卫，可总有不怕死的人闯进来，而且又是她。

千城在他的手里摇摇欲坠，喉间呼吸紧窒，她张着嘴，想解释，可除了破碎的呜咽，却根本发不出一个全音。她本能地挣扎，伸手去掰他的手指。然而他的手就像钢筋铁爪一般，越收越紧。千城第一次从他的眼里看到了杀气。方才，她撞破西陵雪的秘密，他也不曾如此，现在，一向深藏不露、沉稳内敛的他竟为了一个她根本连脸都没看到的女子，动了杀意。那人，才是住在他心尖上的吧？忽然，她垂下手，放弃了挣扎。缓缓地合起眸子，一动不动，任由他的手指无情地收力，她对自己说，算了，就当前世欠他一命，今生还他。

意识慢慢地变得混沌，她甚至闻到了死亡的气息。可是这时，喉间却是蓦地一松，眼前的紫袖一晃，她的身子如同一片凋零的落叶，被甩出老远，重重地落在地上，她张嘴，一股腥甜从口中喷薄而出。

“既然，你那么喜欢跟着本王，好，明日便随本王去大漠吧！”风带起他的衣袂，簌簌起舞，墨发妖冶地盘旋在头顶，此刻，他俨然是一个杀神。

千城喘息着，抬手拭去嘴角的鲜血，看着金线黑靴从她的眼前走过，听着他踩在落叶上咯吱咯吱地细响。她伸手，扯住他的袍角，将头，高高地扬起：“我无心窥探四爷的秘密，四爷还是赐我一张休书吧。”或许，一开始，她便错了。她被自己的执念蒙蔽了眼、牵制了心，才有了今日这样不堪的境地。

男人的薄唇紧紧地抿成一条直线，看也不看她，冷冷地挥落她的手，出了后院。一阵夜风吹来，她不禁打了一个寒战，撑起身子，她抬头望了望天。快五更了吧？今夜，注定不眠。

翌日清晨，王府所有人都到门口送行。苏墨沉一身琉璃白，冠玉束发，脑后墨发轻垂，俊美的样子直眩人的眼睛。西陵雪美目殷殷、依依不舍，素倾紧咬下唇、悬泪欲滴。侍卫统领杨痕恭敬地掀开马车的门帘，苏墨沉将黑眸缓缓地掠过众人，身形未动。那人没来？正微怔间，一抹纤瘦的身影缓缓地穿过众人走了出来，雪衣黑发，素雅娴静。看到来人，苏墨沉唇角微勾：“本王还以为你不去了。”

千城没有吭声，径直朝马车走去。身后有多少道目光，不用回头，她也知道，至少有他的、西陵雪的、还有童素倾的。他嘴角的那一抹微弧是嘲讽吧？她也管不了那么多了，她想了一宿，此次沙漠之行，就当作最后一次诀别之行吧，她该做的已经做了，以后还是不要再有任何纠复。马车边上，杨痕已经置好踏脚的板凳，千城刚准备抬脚，骤然，眼前白影晃动，等她反应过来，自己已经横在了苏墨沉的怀里。本能地想要挣脱，却又觉得自己矫情，于是便一动不动，任由他抱着将她塞进马车。对，是塞，她感觉得到他隐忍的怒气。气什么呢？该气的人是她才对。见他随后也弯腰进了马车，她将身子往窗边挪了挪，抬手撩起窗幔看向外面。

马车走了起来，素倾和西陵雪一声声不舍地唤着“四爷，四爷……”素倾甚至还摸索着追赶着马车，吓得边上的婢女连忙上前将她拉住。好感人的画面。千城弯弯唇，放下窗幔，偷偷睨了一眼身边的男人，却只见他面色沉静、恍若未闻，白璧似的大手拿起一本书看着。她也懒得理会，将头靠在车壁上，缓缓地合上眼睛。昨夜一宿未睡，现在才感觉到困乏。可刚刚浅浅而眠，就被马儿的一声嘶鸣惊醒，她睁开眼睛，发现马车竟然停了，而对面的苏墨沉正转过头去，那瞬间的动作竟让她生出一种在她醒来之前，他在看她的错觉。

“怎么回事？”苏墨沉对着外面沉声问道。

“是九王爷和十四王爷。”回答的是车外骑马随行的杨痕。杨痕的话音刚落，车内光线一亮，门帘已经被人撩起，探进两人的脑袋，正是苏墨宇和苏墨逸。

“都说江南烟雨、大漠孤烟是世间风景的两种极致，一直心向往之，难得四哥有此机会，竟不带上我和九哥？”

苏墨沉抬手，用手中的书卷敲了敲二人的脑袋：“我是去办事，又不是去游山玩水。”

“知道，不就是奉父皇之命，前去追回宫里失窃的舍利子吗？”

“知道还要去？”苏墨沉剜了一眼二人。

“当然要去，我们不仅想看大漠孤烟的盛景，还想看江湖第一大门派黑煞门门主大婚的盛况。”

千城心中一震，司空畏？

车行数日，越走越荒凉。漫天黄沙飞舞，天地一色，一望无垠的沙漠出现在眼前。因马车在沙中行走不方便，苏墨沉卸了车厢，带着千城打马前行。他的手臂有力地环过她的腰,拉住缰绳，她的背脊紧紧贴着他的胸膛，她甚至能闻见他身上的浅淡檀香、听到他胸口沉稳的心跳，那一种感觉让人恍惚，好像他们是这世上最相濡以沫的情人。可她知道，不是。他带她来，定是有他的目的。

越走越深，千城的心情也变得越来越复杂沉重起来。

“不舒服吗？”头顶男人的声音将她的思绪拉了回来。她怔怔地回头，就看到苏墨沉俊美无俦的脸，一时心中的悲恸更甚。人似乎还是那人，心却全然不是那心。她的样子和眼里的湿意让苏墨沉一怔，眉心微拢道：“是不是风沙迷了眼睛？”说着，大手已经从马背后面的包袱里取出一件斗篷披在她的身上，并拉过宽大的帽子盖住她大半个脸。他的这种举措又让她生出恍惚来。

“苏墨沉……”她疲惫地靠在他的怀里，“我们的水带的够不够？”

“嗯。”男人淡淡地应了一声，以为她渴了，取出水袋递给她。

“不用，”她挡了回去，“我只是问问。”

男人怔了怔，垂眸凝了她片刻，却也没有多问，又将水袋放了回去，双腿一夹，马儿顿时跑得更快起来。一行五人，四匹马，驰骋在广袤的黄沙中，渺小得如同几个黑点。中间路过几个采水井，千城都要求大家无论还有没有水都必须下马将水袋装满。谁都知道，在沙漠里，水跟血一样金贵，所以，对于她的要求，几人也都默然接受。

穿过千里沙漠，到达达旇绿洲已是几日之后。达旇绿洲是最大的一个绿洲，也是繁华的商业基地，聚集着各国的商人、各地的游客，还有很多武林人士，当然，也有沙匪。黑煞门的总舵就设在这里。三月二十八，黑煞门门主司空畏大婚，大宴天下。所谓大宴天下，就是无论谁，只要愿意都可以去喝杯喜酒。喜宴在达旇最大最豪华的悦来酒楼举行。

千城他们一行人赶到的时候，喜宴还没开始。红绸铺天盖地、喜乐连绵不绝，宾客济济一堂，好不热闹。苏墨沉带着众人找了一个偏僻不起眼的位子坐下。这一路下来，千城也大概明白了事情的始末。有位高僧赠了一枚舍利子给文帝，可是当晚，舍利子就在宫中被盗，而窃贼在与禁卫打斗时，不小心掉了腰牌，那腰牌是黑煞门的人专有的，所以文帝派苏墨沉前来，趁黑煞门门主大婚，所有黑煞门的弟子赶过来聚集之时，将舍利子追回。只是，舍利子会放在哪里呢？

“你们等在这里，我先四下看看。”苏墨沉说完，起身走了出去。千城很想跟过去，却又不想被他瞧不起，只得作罢，一颗心如同有只小鼓在敲，待会儿要是司空畏发现她也在这里怎么办?

“喂，你没事吧? 脸色这么差？”十四王爷冷瞟了她一眼，没好气地问道。在心里，他还是非常排斥这个女人的，要不是看在苏墨沉的面子上，他都不会跟她说话。千城笑笑，倒也不以为意：“我没事。”

“要不我先送四嫂回客栈休息吧。”一旁的苏墨逸的性格倒是温润不少。

“不用，我真的没事。”千城摇摇头，心中竟忽然有些澎湃起来，为那声四嫂。他的好兄弟叫她四嫂。

这时，厅中爆出一阵阵欢呼声和掌声：“新郎新娘来了……”

千城随着众人循声望去。首先映入眼帘的是被众人簇拥而入的男人，一袭大红喜袍、衣袂翩跹，虽然脸上戴着一顶冰冷的青铜面具，但是，那深邃如潭的黑眸，那微微抿起的皓月薄唇，依旧难掩其龙章凤姿、霸气天成的气质。另一个由众人簇拥的大红身影被他手里的红绸牵引着，也缓步走了进来，头顶着喜帕看不清女子的面容，但看其窈窕的身姿也定是个倾城之人。好一对天作之合。不知为何，千城竟然有种说不出来的感觉，她收回视线，环顾了一下四周，苏墨沉还是没有回来。

“九弟，你说四爷不会遇到什么麻烦了吧？”她忍不住问道。苏墨逸还没答，却是十四爷已经抢了先道：“四哥武功盖世，能有什么麻烦? 肯定还在找舍利子，这人生地不熟的，那么小一个东西，人家有心藏起来，哪有那么好找的？”

放舍利子的地方? 千城默念着，骤然，脑中精光一闪。这时，厅上二人已经行完大礼，正准备进入洞房，她猛地从座位上站起，对着那抹挺拔的大红身影朗声喊道：“司空门主，请留步。”

众人一怔，纷纷朝她看了过来，司空畏亦顿住脚步，缓缓地转身，睨向她这边。她以为他看到她会震惊，至少眼波应该有所起伏，然而，那黑眸很平静，虽少了平日的森寒，却也只是淡淡的，似乎不认识她，又似乎早知道她在。

“姑娘有事吗？”他微微一笑，谦逊却也淡漠。

“久闻司空门主侠肝义胆、义薄云天，小女子慕名而来，想亲手送上一份薄礼贺门主大婚，聊表敬仰之情。”千城一边说，一边抬步往厅前走去，边上的苏墨逸和苏墨宇想阻止已是来不及。

送个啥呢？事先又没有准备，随身携带的只有一些香料。全场静谧，落针可闻，众人目光复杂。

“本门主何德何能？”司空畏依旧淡笑着，如同这个季节的春风。这时，千城已经走至他的跟前，许是因为裙裾太长，脚下一绊，她惊呼一声，整个身子朝前扑去。如她所料，她没有摔下去，因为有人已经伸手扶住了她。

“姑娘小心。”司空畏笑得绝艳，一抹玩味从黑眸中掠过。

“多谢门主，”千城抬头看着近在咫尺的男人，笑靥如花，微微倾身，快速地在他耳边耳语了一番，复又很快后退一步与其分开，将手中香料呈上，“请门主笑纳。”

“多谢姑娘。”司空畏凝了她片刻，浅笑吟吟，黑眸深邃，伸手接过了香料。千城转身回席，司空畏牵着新娘在众人的簇拥下出了厅门。众人意兴阑珊，原本以为会有一场好戏，却不想就这样落了幕。大厅又恢复了初时的嘈杂。在苏墨逸、苏墨宇、杨痕三人愕然的目光中，千城款款而坐，含笑端起一杯茶盏，骤然笑容一敛，沉声说道：“快派一个人跟踪司空畏，必能知道舍利子所藏之处。”

三人愕然，将信将疑，但见其语气笃定，似是成竹在胸，苏墨逸起身道：“我去。”

“等等，”千城放下茶盏，“切莫打草惊蛇！只需远远地跟着他，找到放舍利子的地方即可，一切等四爷回来再作打算。”别人不知道，她可是见过司空畏的身手，出神入化，如同鬼魅，绝非一般人能够对付。而且，不知为何，潜意识里，她也不想他们与他有什么冲突。

三人闻言皆是一怔，眼前的女子一脸从容淡定，声音不大，却透着让人无法拒绝的凛然。杨痕微微眯眼，不知心中意味。苏墨宇眸光微闪，落在她身上的目光多了一分探究，似乎从前自己看轻了这个女子。苏墨逸抿唇点头，道了句“四嫂放心”就转身离去。

喜乐再次响起，上百个小厮手端托盘鱼贯而入，喜宴正式开始，一时间，觥筹交错、推杯换盏，好不热闹。喜宴吃到一半的时候，苏墨逸回来了，一脸难以掩饰的喜色，人还没坐下来，就说道：“果然不出四嫂所料，我已经知道那东西藏在哪里了，现在就坐等四哥了。”

千城微微一笑，一切都在意料之中。杨痕亦是垂眸一笑，端起酒盏饮了一口。苏墨宇难以相信，“真的假的？”

“当然是真的！”苏墨逸黑眸晶亮，看向千城，“快说，四嫂，你是怎么知道只要跟踪司空畏就可以的？”

千城含笑不语。

“哎呀，快说！卖什么关子？”十四爷亦是迫不及待，“你怎么跟四哥一样喜欢故作高深？”

“其实……”千城顿了顿，看了看四周，倾身凑到三人面前，低声说道，“我只是跟他说了一句话而已。”

“什么话？”三人更是被挑起了兴趣。

“我告诉他，我在来时的路上，无意中听到有人想要趁喜宴之机偷他的舍利子。”

“啊！”三人愕然，这不是主动将他们来的目的给暴露了吗？千城自是了然他们的忧虑，微微一笑，“有的时候，只得剑走偏锋，你们想，如果是你，你知道了有人要偷你的东西，你的第一反应是什么？”

“废话，”十四爷冷嗤一声，“首先当然是确认那东西还在不在？放得安不安全？”

苏墨逸眸光一敛，顿悟了过来：“所以，司空畏去了。”

“对，”千城笑着点头，“所以才让你跟踪他。”

“原来是这样，”几人恍悟，苏墨宇啧啧嘴，斜睨着她，“没想到你还有两下子。”

“没什么，”千城弯了弯唇，端起茶盏抿了一口，“我不过是利用了一个人正常的心理反应而已。”其实，她当时跟司空畏说的是，“我们这次来的目的是取回舍利子，现在苏墨沉已经去找了。”这样既表达了她这个细作对主人的忠心，又最终达到了她帮苏墨沉找到舍利子藏放之处的目的。

“不对啊，”苏墨宇骤然将眉心蹙起，“那这样的话，他岂不是就知道有人要偷那东西了吗？一定会加派人手保护，或者干脆随身携带。”

“这个我也想过，”千城放下茶盏，微叹了一声，“但知道东西在哪里，只需想办法去取，总比大海捞针、根本不知东南西北要强吧？再说，他也不一定会加派人手，所谓最危险的地方便是最安全的地方，他如果突然加派人手，不是明摆着此地无银，暴露目标吗？”

“也是。”几人纷纷点头，觉得似乎是那么个理儿。千城顿了顿，又接着说道：“而且，四爷来时的路上跟我说，那东西司空畏不会带在身上，至少今日不会，因为那东西再玄再有用，也毕竟是尸骨火化之物，大婚之日带在身边是为不吉。”

“是啊！”几人还要说什么，厅中却是欢呼声骤起，“快看，新郎出来敬酒了。”

千城抬头，就看到一袭大红喜袍的司空畏走了进来。他在厅前站定，端起边上随侍托盘中的酒盏，黑眸环视过众人，朗声说道：“感谢诸位百忙之中来参加本门主的婚礼，这杯酒司空先干为敬。”说完，仰脖一口将杯盏中的酒饮尽，又接着说道：“诸位一定要吃好喝好，我黑煞门别的东西没有，美酒佳酿应有尽有，诸位尽管放开了喝，不醉不归。”

他的话音刚落，席间便有人开始闹开了。

“来来来，司空门主，我敬你一杯。”

“我们也敬门主一杯。”

“司空门主，还有我，也敬你一杯。”

司空畏绝艳地笑着，说：“好！”言罢便穿梭在席间，一一回敬着众人，一时，欢呼声、哄笑声一片。千城这桌的几人都没说话，各自默然地吃着东西。心想着，苏墨沉怎么还不回来？

当司空畏手端杯盏出现在千城边上的时候，她吓了一跳。

“这位姑娘，司空也敬你一杯，你送的香，司空的夫人很是喜欢。”

千城没想到他会主动过来敬酒，有些慌乱，端起面前的酒盏，朝他举了举，准备喝的时候才发现里面是空的，一时窘迫，所幸边上的杨痕见状连忙起身提壶将她的酒盏添满。

“姑娘的朋友？”司空畏看了看几人，笑问道。

“嗯。”千城点了点头，心想这厮装得还真像。

“司空也敬大家一杯，若有什么招待不周的地方，还请诸位海涵。”话落，仰脖，又是一杯下肚。几人亦是纷纷饮尽杯中酒。

"你们继续，司空先失陪了。"司空畏又到别处敬了几杯，似是有些薄醉，这才脚步虚浮地出了厅门。

一直到喜宴快要结束的时候，苏墨沉才终于回来。苏墨宇和苏墨逸两人迫不及待地告诉他这边的情况，他静静地听着，凝眸朝千城看了过来。千城假装饮茶，一颗心却是难以抑制地澎湃，她第一次从他的眼里看到了别样的东西，当时的她以为那是惊艳。一直以来，她都是一个局外人，她第一次有了走进他的世界与他携手并肩的豪迈感。她不是一个喜欢沾沾自喜的人，从来不是，但是，那一刻，她的心中真的被一种东西填满，那感觉强烈得无以名状。直到许久以后的某一天，她想起今日，才发现自己有多么的可笑，上蹿下跳，不过是这个世上最好的小丑。当然，这是后话。

苏墨沉没有立即行动，而是气定神闲地坐在那里饮酒，他说，客人散场之时才是最混乱之际，到那时再下手。

喜宴结束，众人作鸟兽散。按照苏墨沉的安排，杨痕负责护送千城先回客栈，苏墨宇负责制造混乱，苏墨逸负责声东击西、引开黑煞门的人，而他自己负责取舍利子。最后在客栈碰面，连夜回京。

客栈厢房内，千城一会儿睡下，一会儿坐起，烦躁不堪，又是担心他们几人的安全，又有些觉得对不起司空畏，一颗心经受着从未有过的煎熬。

沙漠里的天气变化无常，沙漠中的绿洲也一样，下半夜，天空竟然下起雨来。她站在厢房的窗前，看着外面雨幕成帘，一颗心越拧越紧，不行，得让杨痕出去看看。刚一拉开房门，骤然，一道人影夹杂着夜的湿冷卷了进来，她还没反应，来人已经砰的一声将门挥上。一袭红衣似火，一顶铁面如霜。

"坊主……"她心中一惊，春宵苦短，他怎么来了这里？还是说……苏墨沉那边出了事？

"舍利子被人偷了。"男人转过头，看着立在门后面的她。

再次见到苏墨沉，已是翌日的清晨。雨一直下，天地灰蒙蒙一片，长长的街，没有一个行人。千城被几个黑煞门的男人钳制着立于街头，苏墨沉、苏墨宇、苏墨逸、杨痕四人手执黄油伞立于街尾。

久久地对峙。

雨水瓢泼一般冲刷下来，千城有些睁不开眼睛，她设想过司空畏知道舍利子被盗之后可能采取的种种举措，独独没想到像现在这样。他竟然用她来要挟苏墨沉。有用吗？她记得来时的路上，她问苏墨沉，非要拿到舍利子不可吗？他说非要不可。她问，如果拿不到呢？他说，那就几时拿到几时回去。舍利子于他势在必得，又如何会为了她而舍弃？

“四王爷，我们黑煞门与朝廷历来互不干扰、互不侵犯，只是这舍利子本就是我黑煞门之物，被恶僧抢去给皇帝献宝，如今我们只是想拿回本门自己的东西，并不想与四王爷为敌，只要四王爷将舍利子还与本门，本门便放了尊夫人。”终于，站在千城边上的一个男人率先开了口。

雨很大，雨声嘈杂，又隔得比较远，千城看不清苏墨沉脸上的表情，只知道他面朝着她的方向，伟岸的身姿一动不动。许久，才听到他清冷的声音划过雨幕：“让你们门主出来跟本王谈。”

“我们门主新婚燕尔，没有时间，本人是黑煞门右使，全权代表门主，四王爷有什么话就跟本人说好了。”

新婚燕尔，没有时间？千城冷笑，昨夜怎么就有时间了？还洞房花烛呢，深更半夜、大雨滂沱，他还不是去客栈将她擒到了黑煞门。他肯定在，只是在他们看不到的地方，她有感觉。她环顾了一下左右，各家各户都是门窗紧闭，连个瞧热闹的人都没有。也是，这朝廷和江湖第一大派的纷争，谁敢瞧？人人都只怕惹火上身。那头，苏墨沉没有说话，千城都能想象得出他脸上冷凝的表情。

“四王爷，快作决定吧，我们倒是无所谓，有的是时间，只怕尊夫人的身子受不了。”男人故意取下自己头上的斗笠试了试雨势又重新戴上。

其实千城也希望给个痛快的。换，立马换；不换，她再被带回黑煞门，总好过在这里被暴雨淋。不仅全身湿透冷得要命，更重要的是她的脸，她可是戴着人皮面具的，虽然防水，可如此冲刷也难保不出事。

“好，本王答应你，你放人，本王还你舍利子。”苏墨沉的声音透雨而来。千城一怔，恍惚间，只以为自己听错了。雨声喧哗，都匿声不见，却唯有那句“好，本王答应你！”回荡在耳边。他愿意换？

“四王爷爽快，”男人朗声一笑，“我们一手交人，一手交物。”男人说完，便推着千城往前走，那头，苏墨沉也持伞缓步向前。

“且慢！”一记冷厉的男音从身后传来。双方皆是脚步一顿，苏墨沉垂眸，微不可察地勾了勾唇，终于沉不住现身了。他回头，雨中多了三把黄油伞，分别是六王爷、七王爷和十一王爷。说话的是六王爷苏墨鸿，他似笑非笑地看着苏墨沉，“四哥，父皇说必须拿回舍利子。”言下之意很明显。众人都看向苏墨沉。却只见他微微抿了唇，静默了片刻，又转过身继续朝前走，恍若未闻。

“四哥，你想抗旨不遵吗？”苏墨鸿敛起笑容，眸中掠过一抹狠戾。众人皆是一震，特别是苏墨逸和苏墨宇，更是变了脸色。他们只以为皇帝派了苏墨沉来，没想到竟然还另派了几人监视，这是怎样的不信任？

“四哥……”

苏墨沉轻轻一笑，依旧脚步不停：“我只想问六弟一句，如果换做是六弟的女人，六弟会如何做？”

苏墨鸿顿时语塞。他从没想过这个问题。震住的又何止他一人？众人皆被震住，也包括千城。他的女人？他说她是他的女人？雨越下越大，千城只觉得眼睛酸痛难忍，闭了闭眸，任眼中的泪水混着雨水在脸上蜿蜒。再睁眼，双方已走至跟前，在距离自己两三步远的地方站定。黑煞门右使一手钳着千城，一手伸向苏墨沉。苏墨沉没有看他，而是凝眸看着那个淋得一身狼狈的女人，衣袖一挥，有什么东西脱手而出。男人欲伸手接过，骤然，一个身影飞了过来，是苏墨鸿。苏墨沉眸光一敛，复又伸手，以迅雷不及掩耳的速度将抛出去的东西卷了回来。

“四哥，将舍利子给我！”苏墨鸿扑了个空，不禁面露愠色。钳制千城的那个男人见半路杀出个程咬金，甚为恼怒，拖着千城后退了两步：“想她死，四王爷大可以将舍利子给他！”话音刚落，大手已掐至千城的咽喉。

苏墨沉紧抿了唇，转眸看向苏墨鸿，目光寒凉：“六弟，奉旨来寻舍利子的人是我，成与不成都是我苏墨沉一人的事，今日种种，回京以后我自会给父皇解释，也请六弟不要横加干涉。”

苏墨鸿一怔，有那么一刻，甚至被他眼中的寒气吓住，他真的相信，如果他再执意，这个男人定会对他不客气。这哪里是那个平日和善的四哥、温润如玉的四王爷？就在他微微失神之际，苏墨沉再次大手一挥，将舍利子掷向钳制千城的男人。

男人伸手接过，看了看，确认无误后，将千城猛地朝他面前一推，就脚尖一点，飞身而去，苏墨沉长臂一捞，将摇摇欲坠的女子卷进怀里，一手执伞，一手脱了自己的外袍将女子裹住。

“为什么……”千城说不出心中的感觉，只觉得这一切就像做梦一般不真实。虽然幸福得快要昏厥，她还是强迫自己清醒，她从未走入过他的心里不是吗？他又为何这样？

“不为什么。”苏墨沉淡淡开口，似乎并不想回答这个问题。这时，众人也纷纷反应过来，苏墨逸和苏墨宇快步上前，满脸忧色：“四哥，接下来该怎么办？”

苏墨沉看了看一旁的苏墨鸿，又垂眸看向怀中的女子，薄薄的唇边轻轻地吐出两字：“回京。”

再次回到京中，已是几日之后的清晨。苏墨沉直接去了宫里，苏墨宇和苏墨逸不放心，随后也赶了去，千城和杨痕回了王府。

千城一直没缓过神来，那个男人竟然为了她放弃了舍利子？可没有了舍利子，那个腹黑阴冷的皇帝又会对他怎么样？虽然只见过皇帝三面，可她看得出他与苏墨沉虽为父子，关系却极其淡漠，如今出了这事，他应该不会轻易作罢。一整天她都在忐忑不安中度过，让春兰和夏莲到前门看了又看。一直到太阳快要落山，苏墨沉都没有回来。

“春兰，去让杨痕备一辆马车。”

“这天儿马上就要黑了，主子是要去哪里？”

“进宫。”此事因她而起，她不能袖手旁观。

当千城来到宫里的时候，天已经黑了下来，因杨痕给了她苏墨沉的腰牌，进宫倒是顺利。问了几个宫人，她终于在龙吟宫的外面，见到了苏墨沉，他跪在龙吟宫台阶前的空地上，一动不动，月色如水般倾泻下来，将他整个人镀上一层清冷的光，越发显得孤寂凄冷。也不知他跪了多久，却是依旧笔挺着身子，如雕塑一般。那一刻，千城的眼睛又开始酸痛。她轻轻地走过去，挨着他在他的边上跪下，也不知他在想什么，这时才回过神来，看到是她，眉心微微一拧：“你怎么来了？”

“陪你。”千城淡淡一笑。他怔了怔，似乎没想到她会如此，静默了片刻，复又转过头看向灯火辉煌的龙吟宫："你不该来，回去吧。"口气极淡，听不出心中意味。可千城的心里却有着暖暖的东西在涌动，凝着他俊美如俦的侧脸，她说："不回！"口气坚定。

苏墨沉默然半晌，终是低低地轻叹一声，不再强求。千城嘴角一勾，抿了唇，又稍稍将膝盖往他的边上挪了挪，轻轻挨着他的一侧臂膀。青石地面很硬，带着夜露的湿冷，跪了一会儿膝盖就很不舒服，可这些都没有此刻她心中的感觉来得强烈。抬头，宫殿飞檐中的一轮新月，竟是分外明亮。夜凉如水，两人都没有说话。

不知过了多久，有两个人影从龙吟宫出来，急急地拾阶而下，走到近前，才看出是九王爷苏墨逸和十四王爷苏墨宇。两人看到千城皆是一怔，却也没有太理会，一脸急色地说道："四哥，父皇根本不理我们。"

倒是苏墨沉很平静，淡淡地一笑："没事，你们都回吧，我办事不力，理应受罚。"

"可是……"苏墨逸还想说什么，却是被苏墨沉沉声打断："都回去！"

"不行，我去找母妃。"苏墨宇一跺脚，扭头就走，任凭苏墨沉在后面喊他也不理会。苏墨沉微叹一声："九弟，你快跟过去看看，十四弟那脾气，莫要惊扰了梅妃娘娘才好。"

"嗯。"苏墨逸点头，也一溜烟不见了踪影。夜又静谧了下来。

千城越想心中越不是滋味，都是因为她。如果她不自作聪明地用暴露这个男人的目的来探出放舍利子的位置，司空畏也不会知道是何人所为；如果不知道是何人所为，也不会用她来威胁这个男人；如果不威胁这个男人，舍利子就不会得而复失。

"对不起……"虽然这句话很无力，但是她找不到别的语言。苏墨沉微怔，转过头看着她，半晌，眸光微闪，别过视线："跟你没有关系，你无须自责。"

无须自责？他这样说，她就更自责了。

不多时，一个妆容清淡却气质天成的女子搭着婢女的手缓缓地走了过来，正是十四爷苏墨宇的母妃梅妃。梅妃淡扫了苏墨沉和千城一眼，轻提裙裾、拾阶而上，苏墨逸和苏墨宇紧步跟在后面，苏墨宇还回头得意地朝两人做了一个鬼脸，用夸张的口型无声地说道："四哥，你们等着。"梅妃回头一瞪："你和老九也在外面等着！"

苏墨宇目瞪口呆："哇，母妃，莫非你长了后视眼不成？"梅妃冷睇了他一眼，转身进了龙吟宫。他挠头，一脸的无辜和不解。千城忍俊不禁，侧首看向苏墨沉，见他亦是弯了唇角。

龙吟宫

"朕记得梅妃这些年都不问宫中诸事，今日竟为了老四来求情，看来，朕平日里小瞧了老四的能耐。"文帝将手中的奏折合上，抬眼看向淡然立于案前的女子，凤眸深深、似笑非笑。

"不，跟他没有关系，臣妾是自己过来的。"虽是来替人求情，女子却面色清冷，无半点低声下气之态。文帝怔了怔，笑道："梅妃可知道朕为何罚他？"

"知道。"

"知道你还来？"

梅妃弯了弯唇，夹着丝丝苦涩："难道皇上不觉得老四很像曾经的皇上吗？皇上不是曾经也为了一个女子违背先帝旨意吗？既然爱她于斯，为何就不能对她的儿子网开一面？"文帝骤然笑容一冷，啪的一声将奏折大力地掷于案上："不要跟朕提那个贱人！"

梅妃微怔，旋即又是一笑："看来，这么多年了，皇上还是放不下。"

"是，朕恨不得将她挫骨扬灰！"文帝咬牙，一字一顿，一向表情不多的脸竟有些狰狞。看着他气急败坏的样子，梅妃冷笑："良妃不是已经挫骨扬灰了吗？难道她的死还不能解皇上心头的恨吗？"

她的死？文帝一震，似乎才回过神来，脚下一软，他伸手扶住龙案。是啊！她已经死了，不是吗？

看着他颓然地坐在龙椅上，一脸的挫败，梅妃又有些不忍，微蹙了黛眉，轻叹："其实，臣妾今日来，是想说，老四这件事，皇上为何不往好了想？"

文帝沉默，似乎还沉浸在自己的情绪里，良久才道："何为好？"

"这么多年，皇上四处寻找舍利子，不就是为了医治良妃的头疾吗？可是，良妃已经不在了，不是吗？老四为了一个女人舍了舍利子，正说明他的至情至性啊！臣妾以为，如果当时，他为了刻意表现给皇上看，狠心舍弃自己的女人，那倒是真要好好想想他的居心了。可他没有那样做，甚至自己背着抗旨的后果，可见他在意的是人，而不是名利，一个情字当先的男人是坏不到哪里去的，皇上说呢？”

文帝眸光微敛，他何尝不知道这个理儿？可他是皇帝。他与苏墨沉既是父子，也是君臣，所谓君让臣死，臣不得不死。而那浑小子竟公然视圣谕如无物，不罚他实在难消心头之气。他承认，这些年，他亏待了他，甚至一直像防贼一样防着他。那是因为他这个儿子的心思太过内敛深沉了，一个永远让人看不懂的人是可怕的。而且在众多皇子中，苏墨沉最像他，难保他不像当年的他一样，无争只是表象，龙行浅滩、韬光养晦才是事实。另外，良妃之死多少也是因他而起，虽苏墨沉面上不说，但他知道，这个儿子怀恨在心了。所以，他不得不防啊！

可是，近段时间以来的种种，又让他有些怀疑了。或许是他多心了，或许这个儿子真的只有家小之念，没有争权之心。既然梅妃给了台阶，他便顺势下了吧。

“李公公，宣四王爷觐见！”

“是。”

梅妃弯了弯唇，松了一口气，微福了身子：“那臣妾也告退了。”话落，便转身离去。

“萍儿……”

梅妃脚步一滞。

“朕……今夜去你那里。”

梅妃眸色一痛，静默了片刻，才回头笑道：“臣妾近日身体不适，恐怠慢了皇上，皇上还是去其他姐妹那里吧。”这个男人有多久没去她那里了，她已经忘了。但她记得良妃是怎么死的。在这幽幽的深宫里，这个男人的宠爱便是最锐的杀人利器。她不想那样。

第三章　剖腹取物

龙吟宫，灯火通亮。殿下跪着四人，苏墨沉、苏墨逸、苏墨宇、千城，皆是眼观鼻鼻观心。文帝凌厉的目光在几人身上打来打去，半晌，才沉声开口："老四，关于此次取舍利子失败，朕念你也是救人心切，并非有意为之，姑且放过你，但你要记住，若有下次，朕，决不轻饶。"

闻言，几人皆是一喜。看来，梅妃果然是重量级啊。苏墨沉俯首谢恩。

"夜也深了，都回吧。"文帝抬手捏了捏眉心。

几人连忙行礼起身。千城暗暗地吁出一口气，一颗高悬的心也终于落了下来，事情总算是过去了。可就在几人准备返身退出的时候，一道男音蓦地从门口传来："慢着！"

众人一怔，循声望去，只见一华袍男子急急地走了进来，众人定睛一看，正是被文帝秘密派去大漠的六王爷苏墨鸿。他冷眼睇过众人，再转眸看向殿前的文帝，行了个礼："父皇，不要被四哥骗了，真正的舍利子就在他的手上。"

一句话，如平地惊雷，在众人的耳边炸响。所有人一震，包括皇帝，也包括千城，都齐刷刷看向苏墨沉，犹不相信。千城离他最近，隐约中似乎看到他的眼中快速掠过的一抹微光，稍纵即逝。她的心蓦地一沉，难道……耳边划过一声轻笑，苏墨沉沉静的声音响起："六弟，此话怎讲？"

"哼！"苏墨鸿冷嗤，"四哥心知肚明，何必在这里装？"

文帝皱眉："到底怎么回事？"

“回父皇，事情是这样的，那日四哥本已得到舍利子，后来黑煞门的人绑架了四嫂，以此来要挟四哥，四哥便受其所迫，又将舍利子归还给了黑煞门……”

“这些老四已经都跟朕说了，”文帝再次蹙眉，不耐地挥手打断他的话，“说重点！”

苏墨鸿怔了怔，颔首：“是！四哥将舍利子还与黑煞门的那个男人之后，便启程返京了，而儿臣却追上了那个男人，杀了他夺下了舍利子。”

杀了那人，夺下舍利子？众人骇然，都睁大眼睛、难以置信地看向苏墨鸿。谁也没有注意到苏墨沉广袖中的大手已紧紧地攥握成拳。

“等等，”文帝敛眸，骤然从龙椅上站起，“你的意思是，你拿到了舍利子？可为何方才又说，舍利子在老四身上？”

苏墨鸿斜睨了一眼苏墨沉，嘴角噙起一抹冷笑：“这就是四哥高明的地方，他李代桃僵，用假的舍利子去跟黑煞门的人交换四嫂。”顿了顿，他又补充了一句，“所以我拿到的舍利子是假的，真正的舍利子还在四哥手上。”

众人愕然。苏墨沉垂眸一笑，正欲说话，边上十四王爷却已经先嚷开了：“六哥，你不要含血喷人！凭什么说真的就在四哥手上？要是四哥偷的本来就是假的呢？”

“就是！有可能我们都被司空畏骗了，舍利子本身就是假的。”九王爷苏墨逸也忍不住愤愤不平地帮腔。

“假的？”苏墨鸿冷笑，“绝不可能！”

十四王爷也以冷笑回之：“六哥何以那般肯定？难道四哥拿到舍利子后给六哥看了不成？”

“当然不是！试想，如果四哥偷取的是假的舍利子，黑煞门有必要挟持四嫂吗？如此兴师动众，只能说明一点，真的被四哥拿走了。”

十四王爷一时语塞。想想似乎是那么个理儿，但是……

“说不定又是黑煞门演的戏呢？”苏墨逸依旧不死心，可语气却明显地低了下来。

“对啊，对啊！”十四王爷连忙随声附和。

“演戏？吃饱了撑得他们。历来，黑煞门与朝廷都互不干涉，他们怎会为了无聊地演一出戏，去绑架一个王爷的女人？这不是明摆着找皇家不痛快吗？四哥说是不是？”苏墨鸿唇角弧度更深，洋洋之意溢于言表。

看来今夜他是有备而来。千城不禁为苏墨沉暗暗地捏了一把汗。众人齐齐地看向苏墨沉，特别是文帝，嘴唇抿成一条冰冷的直线，似乎在隐忍着心中的怒火。苏墨沉倒是不急，浅浅地一笑：“我就问六弟两个问题，第一，如果我跟黑煞门交换千城的时候，给他们的是假的舍利子，他们怎会轻易就放了千城？难道六弟觉得司空畏会派一个连舍利子都不认识的人来跟我谈判？第二，倘若如六弟所说，我拿到了真的舍利子，那为何回来后我甘愿受罚也不交出来？那东西我留着有何用？”他的声音不大，却字字铿锵，直指苏墨鸿。

苏墨鸿先是脸色一白，抿唇静默了片刻，又是扬唇轻轻笑开：“至于司空畏派的人认不认识舍利子，我不知道，但是我却知道，四哥留着舍利子想必是有用处的。听说……舍利子能医头疾，如果没有记错，当年四哥的母妃良妃娘娘就患有此症……”

他的意思是……

众人大骇，连苏墨沉都变了脸色。这是千城第一次从他的脸上看到慌乱。

“六弟什么意思？我的母妃已经不在了，难道为了栽赃于我，你连她也要扯进来吗？”苏墨沉上前一步，直接抄起苏墨鸿的衣领，厉声质问。他一字一顿，字字似从牙缝中蹦出来一般，寒气逼人。众人错愕。他们第一次见这个男人如此失控，甚至还当着皇帝的面。苏墨鸿亦是被他眼中喷射的紫气吓住，伸手想拂开他的手，却是被他抓得更牢，只得求助地喊了一声：“父皇……”

文帝眸光微敛，沉声喝道：“老四，放开他，兄弟之间有什么说不开的，还要武力相向？”

苏墨沉未动，半晌，才松开手。

苏墨鸿虽说是六皇子，可因是皇后的儿子，所以平日里受敬仰惯了，哪里受过这种气？他正了正衣领，不服气地嘀咕道：“本来就是，听说当年冷宫的那场大火，良妃娘娘葬身火海，可是后来也只是看到烧焦的尸体，已经面目全非、无法识别，不是吗？”

他的言下之意很明显，良妃没死，大火只是金蝉脱壳，而苏墨沉拿舍利子就是为了她的头疾。众人大惊，皇帝更是脸色黑沉一片。千城担忧地看向苏墨沉，她以为他又会冲上去。然而，他身形未动，只是紧紧抿着薄唇，面容冷峻，直直地盯着苏墨鸿，一声不吭，可是，众人分明听到了手指骨节交错的声音从他的广袖中传来。气氛再一次剑拔弩张，苏墨鸿也吓得识趣地噤了声。皇帝微眯着眸子，复杂的目光盘旋在苏墨沉身上，良久都没有一个人说话。

“够了！”最终还是皇帝打破了静谧，他抬手一一指过殿下的众人，痛心疾首地摇头，“你看看你们，还像是一家的兄弟吗？分明就像是有着深仇大恨的仇人，传出去也不怕让天下人笑话。好了，今夜之事到此为止，真舍利子的下落，朕自会派人去查清楚，你们都跪安吧。”

众人俯首。苏墨鸿唇角上扬、丝丝得意，苏墨宇、苏墨逸惊魂未定、浑浑噩噩，千城抿了抿唇，眼梢微掠，偷偷睨向苏墨沉。苏墨沉眸光微闪、眉心轻蹙，他派人去查？怎么能让他去查呢？

礼毕，众人起身。骤然，一个身影又扑通一声跪于地上：“父皇，都是儿臣的错，请父皇恕罪！”

所有的人皆是一怔，苏墨沉亦是变了脸色。跪地之人不是别人，正是千城：“父皇，六王爷说的没错，四爷的确拿到了真的舍利子，然后李代桃僵，给黑煞门的是假的，但，那都是因为儿臣。”

众人错愕。文帝抬眼，朝她看了过来，凤眸中满是难以置信和探究。边上的苏墨沉亦是沉了眸，眸色深深。不知大家是被这突如其来的状况震惊得一时忘了反应，还是在等着她继续说下去，所有人都没有说话。

千城抿了抿唇，继续说道：“儿臣从记事起，身体就不好，除了心疾，儿臣还有头痛之症。心疾虽然不能根治，但是靠药物却能够稳住，可头痛之症却不行，根本无药可医，每每发作之时，头痛欲裂，直教人生不如死。”千城一边幽幽地说着，一边偷偷睨着皇帝脸色，“当年良妃娘娘受头疾困扰，太医都束手无策，四爷也是遍访天下寻找能治疗头疾的舍利子，可直到良妃娘娘仙逝，四爷都未能如愿，这也成为四爷这辈子心中最大的遗憾。四爷是个至情至性的人，见不得儿臣亦受着头痛的折磨，他跟儿臣说，他的母妃已经去了，他不能再让身边的人受这样的苦。”

文帝缓缓地眯起眸子，眼神深邃悠远，若有所思，苏墨沉抿紧了薄唇，深深地凝着千城，一眨不眨。还是苏墨鸿最先反应过来，上前一步，逼视着千城：“所以，四哥就将舍利子给了你？”

“是……我的头疾已经好了。”千城有些哽咽，有那么一刻，她甚至被自己编的故事感动得想哭。

“父皇，这是欺君！”苏墨鸿难以掩饰心中的狂喜，他没想到这个傻女人竟然将这么严重的事给抖了出来。

文帝眸光微敛，看向苏墨沉：“是啊，老四，如若真是如此，你大可向朕禀明，让朕将舍利子赐予你便是，为何还要擅自欺瞒？”

千城呼吸一滞，暗叫不好，情急之下光想着编故事，倒没想到这茬儿。偷偷抬眼朝苏墨沉看去，一颗心如同捣鼓，不知他要如何应对？只见苏墨沉垂眸一笑，带着一些苦涩，一些自嘲：“因为儿臣不敢确定父皇愿不愿意给。”

众人闻言，皆是大骇得变了脸色。这话说得……

“放肆！有你这样跟父皇说话的吗？你这是大逆不道！”苏墨鸿岂会放过这样难得的好机会，忙不迭落井下石。

“四哥……”苏墨逸和苏墨宇急得不行，这又是欺君，又是忤逆的，这还了得？

“你这话是什么意思？”文帝黑沉了脸色，可声音却不徐不疾，让人吃不透他心中的真正意味。

“就是话面的意思。”苏墨沉倒也不为所惧，淡淡地应道。

“你在怪朕？”文帝眯眸，探究的目光深凝着他。这么多年了，他的这个儿子今天第一次表现出自己的不满。可不知为何，他竟然有种欣慰的感觉。或许这才像父子，他讨厌那个成日对他恭敬有加、滴水不漏、永远没有情绪也永远让人看不懂的苏墨沉。

“儿臣不敢。”苏墨沉垂眸颔首，谦逊有礼，却不卑不亢。

文帝抿紧了唇，视线落在他的脸上，凌厉的目光能将人灼出洞来。众人大气都不敢出，包括千城。不过，她知道，两个男人正在进行着一场心理战，苏墨沉在赌。

殿中一片静谧。骤然，文帝将袍袖一挥：“你终究是在怪朕，怪朕当初不该那样对你母妃。”

苏墨沉眸光微闪，依旧颔首：“儿臣说过，儿臣不敢。”

“是不敢还是没有？”文帝步步紧逼。

“儿臣没有想那么多，只想着不要让千城再像母妃一样受苦，才冒死犯下欺君大罪。都是儿臣不好，请父皇责罚。”苏墨沉一撩袍角、跪在了千城的边上。苏墨逸和苏墨宇皱眉对视了一眼，心急如焚，也跪了下去。剩下苏墨鸿一人，跪也不是，不跪也不是，跪非他所愿，不跪显得他不顾手足之情，犹疑了半天，才勉为其难地跪了下去，可嘴角却浮起一丝邪佞。老四啊老四，看你今日怎么逃？

也不知过了多久，对千城来说，就像是过了一个世纪，才听到文帝低沉的声音响起：“算了，所谓关心则乱，老四也是因为一心想救千城，才有如此之举。念你们也已主动悔过、承认错误，朕今日便不跟你们计较了。”

众人为之一震，一个个只怀疑自己的耳朵。苏墨鸿更是难以相信：“父皇……”

“都回吧，朕累了……”皇帝疲惫地合上双眼，朝众人挥了挥手。

“可是，父皇，你有没有想过，这有可能是四哥和四嫂合唱的双簧？四嫂有没有头疾，是不是真的食用了舍利子，这谁也不敢保证是不是？舍利子是不是被四哥另有所用，也还是不一定，是不是……”苏墨鸿气急败坏。

看来，他是非要置苏墨沉于死地。一声轻笑划破静谧，是千城。她缓缓地站了起来，走到苏墨鸿的面前，站定：“六王爷可否听过舍利子的来历？”见苏墨鸿脸上微露诧异，她轻轻一笑，又接着说道：“传说，它是得道高僧或大师圆寂后尸骨火化之残留物，如此不惧火的东西，入腹以后也不易消化，通常会在腹中滞留半月，而千城食用不过十日。千城想，四爷肯为了千城冒欺君之罪，那千城怎可让四爷如此被人猜疑？六王爷如若怀疑，千城愿剖腹取物，还四爷清白。”

苏墨鸿脸色一白，冷哼一声别过脸去。众人亦是以为她只是一时意气。谁知，她忽然转过头朝苏墨沉粲然一笑：“千城别过四爷！”说完，也不等众人反应，以迅雷不及掩耳的速度冲到立在门口的带刀侍卫面前，唰的一声拔出对方的佩剑，对着自己的腹部就要剜下去。众人惊恐的声音划破整个大殿，一股袖风骤然袭上手腕，力道用得刚刚好。她吃痛，手中的剑哐当一声掉在地上，可锋利的剑尖依旧划破了她的衣衫，她只感觉到腹上一凉，抬手一摸，玉手便沾满红色的血液。她低咒，果然刀剑无眼，想做个戏都不好拿捏分寸，还真划破了自己腹上的肌肤。

“千城……”男人低沉喑哑的声音响起。一抹浅檀入鼻，她被人卷进怀里，熟悉的温暖和味道包裹着她，她忽然想哭。心里想着有她这么演戏的吗？不过，见血了，戏也就真了。耳边一阵嘈杂，“太医，快宣太医，快宣太医……”是十四王爷和老九边喊边向外跑去。

苏墨沉默不作声，只是将千城紧紧地抱在怀里。苏墨鸿早已被眼前的一幕震住，声息全无。连殿前的文帝亦是脸色煞白。自从那日品香会，他就知道这个女子非同一般，却没想到竟刚烈至此。

许久都没听到苏墨沉的声音，千城从他怀里想抬起头看看，却是猛然感觉到身子往下一沉，是他抱着自己蹲下身拾起了地上的长剑。

“苏墨鸿，为何要如此相逼？”一道带着怒气和蚀骨寒意的质问声响起，苏墨鸿只觉脖子上一凉，冰冷的长剑已经抵在了他的喉间。他大惊失色，语不成句：“我……我又没让……是四嫂自己……”

众人大惊。

“老四，你做什么？他是你弟弟。”身后文帝略带愠怒地说道。苏墨沉身形未动，半晌，冷声道：“他却未当我是哥哥。”

文帝一怔，今夜这个儿子的表现着实让他吃惊：“那你想怎么样？杀了他不成？”

苏墨沉未语。

那一刻，千城有些恍惚。就好像她真的是那个住在他心尖上的女人，那个他拼死也要护她周全的女人，但是，她知道，她不是。可戏也不用做得这么足吧？她想提醒他见好就收，苦于不便开口，只得伸手在他的腰上掐了一下。他依旧未动。她又用了些蛮力，可似乎还是像掐在别人身上一样，他没有一丝反应。

“老四，你想一错再错吗？”文帝终于怒了，拍案而起。边上的十四王爷和老九见状，吓得不轻，连忙上前夺苏墨沉手中的剑：“四哥，六哥素来口无遮拦，其实也并无恶意。而且父皇不是已经相信你和四嫂并原谅你们了吗？六哥的话，你大可不必往心里去。”

“是啊，四哥，你糊涂啊，父皇刚刚赦免你，你怎可以在这个时候如此冲动呢？”

苏墨沉眸光微闪，似乎才回过神来，哐当一声丢掉手中长剑，抱着千城缓缓地转过身，对着文帝屈膝一跪：“请父皇责罚！”

文帝只觉得气结，又觉得无力，长叹一声，挥了挥衣袖：“等太医来了，包扎包扎都回去吧。”说完，径直转身入了内殿，似乎疲惫至极，再也不想理殿中众人。苏墨鸿看了看三人，冷哼一声，拂袖而去。门口，李公公带着太医急急而入。

“四哥，太医来了。”十四弟伸手扶起跪在地上的苏墨沉。他却缓缓起身，面色冷峻，骤然身形微动，等众人反应过来，已是抱着怀中女子出了殿门。

马车上，千城半倚在软垫上面，苏墨沉轻轻撩高她的上衫，借着微光检查着她的伤口。夜很黑，只有车厢外面挂着一枚风灯散发着微弱的光，灯光透过车幔而入，打在狭小的车厢内，朦胧氤氲。千城僵直着身子，一动不敢动，倒不是怕痛，而是他们两个人的姿势……一人被撩高上衣，一人倾身细看，怎么看怎么暧昧。

哗啦一声，苏墨沉撕掉自己中衣的袍角，缠在了她的伤口上。她痛得轻嘶了一声，又连忙咬牙忍住，一点皮外伤而已，她不想让这个男人看轻。

“你也知道痛？”男人低哼，继续着手中的动作，“方才视死如归的那股劲哪里去了？”

视死如归？千城一时气结：“苏墨沉，我可都是为了帮你，你不心存感激也就算了，还在这里说风凉话？”

男人嘲讽地弯了弯唇：“本王并没让你帮。”清冷淡漠的样子让千城只以为方才殿中那个为她出头、拼死护她的男人只不过是自己的一场梦。可不是，他的确没有让她帮。她活该吗？

“所以……”她闭了闭眸，再睁开，极力让自己看起来是平静的，“所以，连让太医给我包扎一下都不愿意？”男人眼梢不抬，手中不停：“你觉得方便吗？”

千城一怔，没想到他会如此答，想了一会儿才明白过来他话里的意思。那李公公也是的，明明太医院有医女，偏生请了个男太医，而她伤在这个部位，似乎是有那么一点不方便。

“四爷在意？”借着微光，她凝着他的脸，心潮微漾。在意别的男人看她的身体，是不是表示他在意她？男人的手微微一顿：“本王在意的是四王府的名声。”

千城怔了怔，半晌，轻弯了唇角：“四爷不累吗？”这个男人总是那般理智，总能将自己的心包裹得严严实实，人前戴着虚伪的面具，人后拒人于千里。

“累？”男人嗤笑，“别以为自己很了解别人。”

“你知道本王最讨厌哪种人吗？”他顿了顿，抬眼看向她，“就是像你这种，喜欢头脑发热、自以为是的人。”是什么让这个女人那么笃定，她将责任揽在自己身上，他心机深沉的父皇就会放过他们？又是什么让她那么坚信，她提起长剑剖腹取物，他就一定会在长剑剜下之前将它击落？如果刚才他没有出手呢？或者出手晚那么一点呢？后果又是什么……

他的话让千城有些懵，半天反应不过来。莫非方才她一腔热血地冲上去，就为了换来如此八个字。头脑发热、自以为是，而且还是他最厌恶的。

“既然这样，四爷方才大可不必陪着千城演戏。”还演得那般天衣无缝、那般真实。

“本王那也是不得已而为之。”

“呵……”千城气极反笑，“千城还以为四爷不想让皇上再查舍利子之事，所以才说舍利子被千城食了，好断了他的念，看来，是千城痴了。”

男人沉眸，默然，倏地眸光一敛：“你都知道什么？”

“四爷以为我知道什么？我什么都不知道，只知道真的舍利子在四爷手里，而且对四爷来说很重要。”这些话她本不该说，可是她忍不住，而且第一次用吼的方式。她太憋屈了，有这么不识好歹的男人吗？好像全天下的人都觊觎他的秘密似的。她染千城对那些没有兴趣，她不过是知道，能让他这样一个深藏不露的男人慌乱和失控的东西，必定是他十分在意的。可是，这世上，付出和得到总是不能对等，好心未必就有好报，如今的她就是。她本也没奢求什么，不过是在那一刻随了自己的心。

也不知是因为她的话，还是因为她突然失控的样子，男人有些震惊，一时竟忘了手中的动作。千城睨了他一眼，抬手将他的手推开，自己将布条随意地打了个结，扯下上衣盖住，便斜靠在车厢上，闭目不语。她以为她如此这般，那个男人会再说点什么，可是没有，一路无语。

马车在四王府门前停了下来。苏墨沉先下了车，转身就准备将她抱下去，她却蓦地一侧身，冷冷地避开他的双臂。可是，就在她避开他从侧边一跃而下时，她才知道，所谓倔强有的时候是清高，可有的时候却是逞能，而逞能往往是没有好果子吃的。因为用力，腹上的伤口被牵扯到，她痛得瞳孔一缩，脚下一软，惊呼一声，本能地伸手想扶住什么稳住身体，但什么也没有扶到，便直直地摔倒在地上。

头顶传来一声轻笑：“还真当自己是铜墙铁壁？”她抬头，就看到苏墨沉俊美如俦的脸，一双黑眸却带着玩味。这个男人！明明就在身边，却愣是不帮不扶。千城气结："苏墨沉，你……"可话还没有说完，她已经横在了男人的怀里。

门口，等待多时的西陵雪冲下台阶，火红的披风随风扬起，如同一只翩然的蝴蝶，她欣喜地唤着："四爷，四爷……"

"嗯。"苏墨沉应了一声，平静得让人听不出任何情绪，脚下却是依旧不停，抱着怀中女子快步拾阶而上。朱漆门前，素倾凭槛而立，对着他们的方向开心地笑着，梨涡浅浅，如同破晓的朝阳一样，明媚了黑夜。

"怎么还没睡？"苏墨沉眉心微蹙，看了看素倾，又看看西陵雪，沉声命令边上的婢女，"还不快扶两位夫人回房休息！"说完，也不等两人反应，径自入了大门，直奔千城的清华苑而去。

清华苑

春兰和夏莲因千城未归，也一直未睡，听到门口的动静立即赶了出来，一看苏墨沉抱着千城，千城身前的衣服血迹斑斑，两人皆是大惊失色："千主子……"

"一人准备热水，一人找杨痕拿金疮药！"苏墨沉脚步不停，直接进了屋。屋里，一豆烛火，小白蜷在床前的地上慵懒地打着盹。苏墨沉将千城轻轻地置于床榻上，转身将烛火调到最大，听见动静的小白爬起来，跑到他的脚边，轻蹭着他的软履。夜很静，也很安宁。不一会儿，春兰和夏莲就取来了药和热水。苏墨沉朝二人扬了扬手，二人便识趣地退了出去，并轻悄地带上了房门。

"折腾了一天，四爷也早些回去歇着吧。"千城戒备地看着他走到床边，一颗心不规则地跳动着，她有些害怕两个人这样的相处。床板一沉，男人坐了下来，伸手就准备解她的外衫，吓得她连忙将他的手按住，"你要做什么？"

"难道你准备一直穿着这件脏衣服？"男人挑眉，说得云淡风轻。千城先是一怔，旋即脸上一热："这些就不劳四爷费心了，我自己来。"

男人的黑眸凝着她，静默了片刻，起身说："好，这是上好的金疮药，擦在伤口上，不仅痊愈得快，日后也不会落疤痕。"将一个小瓷瓶置于她的枕边，他便转身走了出去。

听到门吱呀一声被带上，千城又忽然失落起来。女人都是这样，嘴上说的往往不是心里想的，就像她，虽然害怕两人的独处，却也期待两人的独处，可她没想到，她遇到的是一个不解风情的榆木脑袋。她说自己来，他便说好。哪有这样的男人？连坚持也不坚持一下，分明一点诚意都没有。拿起枕边的小瓷瓶，上边依稀还残留着他掌心的温度，手指摩挲着瓶壁，她心中涌起各种怨念。上好的金疮药？呵，谁稀罕？抬手一掷，瓷瓶在空中划出一道抛物线，飞出了窗外。

她闭眸躺了一会儿，心中依旧无法平静，睁眼，又起身缓缓地下了床，趴在窗棂上往外看。幽幽的夜色下，依稀可以看到瓷瓶正静静地躺在草丛中。不管那个恶劣的男人有多讨厌，她不能跟自己的身子过不去。药，还是得去捡回来。她拉开房门，门口的苏墨沉正转过身，四目相对，两人都吃了一惊。

“你……没走？”千城几乎不敢相信自己的眼睛，一颗心难以抑制地狂跳着。

“怎么还没换？”男人没有直接回答她，而是垂眸看了看她依旧血迹斑斑的衣衫，眉心微蹙，“药肯定也没上？”

“我……还没来得及。”千城讪讪地一笑，有那么一刻，竟被他眼中的薄怒震慑到。生气？为什么生气？因为关心吗？那才怪。

“苏墨沉……”她清清有些哑的喉咙，“其实，你不必这个样子，这里不是龙吟宫，没有皇……”

她的话还没有说完，骤然，唇上一重，属于这个男人特有的气息就铺天盖地地席卷了过来，生生地将她未完的话堵在了喉间。如同瞬间被一团火焰击中，她忘了反应，只是睁着大大的眸子看着近在咫尺的俊颜，浑身僵硬。他……他竟然在吻她。他的气息清新好闻，干净得如同这个季节的风，带着一丝丝浅檀的味道，让人一旦沾染，就忍不住沦陷。一种久违了的熟悉感紧紧地裹了过来，她缓缓地闭上眼睛。

他将她轻抵在门板上，缓缓地放开她的唇，幽深的视线紧紧地盯着她，气息微重。她如中梦魇。长衣滑落，夜风的寒凉透体而来，她打了一个寒战，才蓦地清醒过来。

“你……”她正欲说话，苏墨沉已经将她抱起来，以迅雷不及掩耳的速度将门关上。她有些懵，脑中一片凌乱。

等到再回过神来的时候，这个男人已为她上好了药，换上了干净的衣衫。看着穿戴整齐的自己，她有些茫然。原来刚才在门口他对她那样，就是为了让她温顺地任由他上药换衣？这般想着，心中竟隐隐地失落起来。

“都四更天了，睡吧。”他起身。她以为他要回房，却只见他走到桌边，捻灭烛火，又走了回来。

什……什么意思？她还没明白过来，床沿倏地一重，他已经坐在床边，脱下软履，径直掀开被子在她的边上躺了下来。千城彻底懵了。

“四……四爷……”她僵硬着身子，绷直了声线，她想提醒这个男人是不是上错了床？

“睡吧。”男人翻了个身，脸朝外，留给她一个冰冷的背脊。黑暗中，千城怔了很久。她知道，他肯定有他的缘由。他不说，她便也不问。只是心中却莫名地大恸，她轻轻地翻了个身，想脸朝里面，却不想猛地牵扯到了伤口，她痛得浑身一颤，差点落下泪来，她连忙咬住手背，不让自己发出一丝声响。

“还是平躺吧。”男人的声音从头顶传来。她一怔，回过头，却看到他不知何时已经翻过身来，双手枕在脑后，眼一眨不眨地望着帐顶，不知在想什么。她犹豫了一下，才缓缓地放平了身子，却又悄然地往床里面挪了挪，尽量离他远一点。苏墨沉忽然侧首，冷冷地一笑，“本王又不是食人的猛兽，再说，你不是连死都不怕吗？”

她一怔，想了想，亦是一笑：“那是爷认为千城不怕死而已，死，谁不怕呢？”回府下马车的时候，他说她真当自己是铜墙铁壁了，其实，当时她就很想回他一句。自始至终，当她是铜墙铁壁的是他才对。要是将她当作是一个有血有肉的人，怎么就一点都未想过她的感受、她的痛呢？即使不爱也不应该是这样子的不是吗？

半晌没有听到苏墨沉的动静，她以为他睡了，低叹一声，想要合上眼睛休息，却听到他清冷的声音响起：“既然怕死，以后冲动的事情就给本王少做一些。”

她一愣，笑道：“爷放心，千城自当谨记。”末了，又觉得心中气苦，又补了一句，“以后不会再有了。”对他说，也对自己说。

“嗯。”黑暗中，男人淡淡地应了一声，听不出任何情绪。

许久，两人都不再说话。夜很静，似乎只有两人的呼吸和心跳，一下一下，是那样清晰。两人同盖一床被平躺着，中间隔着一人的距离。淡淡的轻檀萦绕，千城甚至能感觉到被褥里面从他的身体上传过来的温度。她突然想，跟一个人的距离到底是多远？咫尺，还是天涯呢？

骤然，腹部一阵尖锐的疼痛将她的思绪拉了回来。她明明一动未动，怎会痛成这般？火烧火燎一样。汗珠从额头上渗出，她十指抓紧了被褥，银牙暗咬，强自忍住。骤然手背一热，她心口一颤，连忙松了被褥，男人的大掌就顺势裹了她的手。一颗心狂跳着，她慌乱地看过去，黑暗中却看不到男人的表情，只有一双眸子晶亮如星："先忍着点，是药力起效了，这特制的金疮药虽好，可反应却极强烈，先热后冷，会有一个过程。"男人淡淡地说着，大手将她的手心拂开，掌心对着掌心。

好半天她才知道他在做什么。当一股真气随着交握的掌心度人体内之后，她觉得疼痛似乎真的轻了不少。如他所说，很快，灼热又被彻骨的寒冷代替。虽然他不断地给她度着真气，可她依旧冷得打颤，又怕被他发现，她只得拼命咬牙隐忍着。耳畔，一声叹息低低地传来，待她反应过来，她已经被他轻裹在怀里。

龙吟宫，文帝慵懒地倚靠在龙榻的床头上，榻前两个黑衣人虔诚而立。

"四王爷回府后一直在千主子那里？没去任何别的地方？"文帝抬眼看着两人，一张脸在宫灯闪烁的光影中忽明忽暗。

"是，中间两人似乎闹了点不愉快，四王爷出了门，后来，千主子也开了门大概是准备追出来，然后两人就……"脑中划过两人激情拥吻的画面，黑衣人面上一热。

"就如何？"文帝瞳孔一敛。

"就……就和好了，四王爷将千主子抱进了屋里，不一会儿屋里就黑了灯。"

"知道了，下去吧。"文帝皱眉抬了抬手。

其实他同老六一样，这些年也一直在怀疑，虽然当年冷宫的那具尸体体形特征都跟良妃一样，甚至还有着良妃一样的六指，但是，他就是有种很奇怪的感觉，那女人还活着。舍利子被偷，他第一个怀疑的人就是老四，怀疑他偷去治良妃的头疾。可是在现场却发现了窃贼掉的黑煞门的信物，他才免去了对他的怀疑。但是为了再次试探，他还是故意派他去大漠取舍利子，并暗自派了人跟着。谁知半路杀出一个千城，也患有头疾，老四还和她生死情深。只是不知这戏几分是真，几分是假？他眯眸，眸中寒芒一闪。倘若哪一日被他查出，良妃果然还活着，他定要所有人跟这个骗他两次的女人一起陪葬。

再次醒来已是第二日的清晨，外面哗啦啦的竟是雨声。千城揉了揉眼睛，昨夜的点点滴滴钻入脑海，她觉得像是做了一场梦。身边早已空去，但仍旧有淡淡的清檀香若有若无，她弯了弯唇，又拉上被子闭眼感受着那个男人的气息。有那么一刻，她甚至觉得他是爱她的。他吻她，他的深瞳那样浓烈地凝着她。她痛，他度真气给她；她冷，他抱了她一夜。她甚至告诉自己，昨夜他留在清华苑，大概就是担心她上药以后的不良反应吧？这般想着，心潮就难以抑制地澎湃起来，她伸手，触摸向边上的床单，那是他躺过的地方。

骤然，手碰到一个凉滑的东西，她一怔，摸出细看竟是一块玉，红绳绿玉，色泽圆润，状如花朵，一看便知是质地上乘、精雕细琢而成的。千城哑然失笑，没想到沉稳内敛的四王爷竟戴着这样一个有些女气的玉。她将玉抓在手里，掀被下床。

雨幕中，苏墨沉和杨痕各执一把黄油伞，一前一后地走着。

“老夫人服了舍利子情况可好？”

“头疾已经痊愈了。”

“嗯，”黑眸望着前方，苏墨沉面色冷峻，脚下不停，“跟她说，本王近段时间不便去看她。”

“四爷……”一声娇脆的声音划过雨幕，从身后传来。两个男人皆是停住了脚步回头，便看到一袭薄衣的素倾婷婷立于雨中，边上一个婢女替她撑着伞。苏墨沉微微抿了唇，看了一眼杨痕，杨痕会意，默然离开。

“下那么大的雨，为什么出来？”他淡淡地一笑，朝对方走过去。素倾未答，忽然从雨伞中走出，径直往他的方向走，吓得边上的婢女连忙跟上：“童夫人。”

“不要跟着我！”素倾抬手，气恼地一推，婢女踉跄着后退了两步，便立在原地，跟也不是，不跟也不是。正不知所措间，只见眼前紫影一晃，素倾已经被人拉入伞中。

“下去吧，”苏墨沉淡淡地瞥了一眼婢女，又转眸看向伞内之人，轻轻一笑，“为什么生气？”素倾冷哼一声，别过脸去，头顶青丝早已被雨水打湿，正滴滴答答地往下淌着水滴。

苏墨沉轻轻一笑，一手执伞，一手从袖中掏出锦巾，替她擦拭着头发：“有话不说，可不像你的作风。”

“还说呢，”素倾转回脸，小嘴一噘，接着一撇，一副委屈得要哭的模样，“昨夜素倾等了爷一夜。”

苏墨沉微怔，旋即又是一笑："本王昨夜在清华苑。"

"素倾知道，可是爷也太偏心了，去大漠带着千城，回来也只顾着千城，素倾可是二十多天没见到爷了……"话还未说完，眼泪就像断了线的珠子一般簌簌地往下掉。苏墨沉静默了片刻，轻轻一叹，轻揽了女子的肩："那是因为要做戏给父皇的人看，今夜，本王便去你那里。"

"真的吗？"女子梨花带雨地抬起脸，一双没有焦距的眸子通红。

"嗯。"男人轻应。

婢女行礼的声音透过雨幕远远地传过来："千主子。"

男人一怔，抬头，就看到雨中的地上，不知何人遗落的一柄黄油伞任风儿吹得翻滚着，花径的尽头，有一女子落荒而逃的背影。男人沉眸，缓缓地抿起薄唇。

千城走得极快，连手中的伞掉了也顾不上去拾捡，冰冷的雨水瓢泼一般打在脸上、身上，也打在心上。视线有些模糊，她抬手一抹，也不知是雨水还是泪水，纵横了一脸。其实，那人和素倾的恩爱她也不是第一次看到，可不知为何，方才，那一伞一双人的画面还是深深地刺痛了她的眼。

做戏给人看？呵，她笑，笑容在雨中破碎。染千城，你就是一傻子，只有傻子才相信一个骗子的片刻柔情。

千城不记得自己是怎样回的清华苑，只知道等她再有意识的时候，自己躺在床上，已经被春兰和夏莲换好了干净的衣衫，而屋里空无一人。外面，依旧风雨交加、灰蒙蒙一片。她起身，站在窗前，静静地看着外面雨幕成帘。

放手吧！她告诉自己。其实，到现在，她都没搞明白自己对这个男人到底是怎样的感情。这样的男人不是她能招惹的，她能做的已经做了，她不能强迫人家来爱。她闭上眼，深深地呼吸。得找个机会跟司空畏谈谈，如果能拿到"月盈霜"的解药，就离开吧。这般想着，心里也就释然了一些。也不知道是什么时辰了？

"春兰，夏莲……"抬手拉开门，一股雨的湿凉扑面而来，她的话蓦地顿在了嘴边。映入眼帘的是两个女子规规矩矩地跪在大雨中的身影。两人狼狈不堪，显然已跪淋多时。怎么回事？她眉心一蹙，连忙撑起门边的纸伞走了过去。

当千城冷凝着脸，闯入云轩阁的时候，吓坏了守在门口的婢女。苏墨沉正坐在案前看着书，一袭紫袍，风神如玉、冷漠俊雅。听到门口的动静，他缓缓地抬起头来，静静地看着她，目光淡得能拧出水来，许久，才微微拢了拢眉：“怎么了？”

“王爷，奴婢刚想通报，千夫人她……”紧随千城一起进来的婢女慌忙地跪在地上。苏墨沉抬了抬手，婢女退下。

“说吧，什么事？”合上手中书卷，他再次看向她，目光依旧淡漠疏离，就像昨夜的那人不是他一样。千城冷冷地凝着他。这个男人的确有着让女人为之疯狂的资本，俊美的外表，尊贵的气质，哪怕再寻常的一个举手投足，也潇洒优雅得无法比拟。都说人如罂粟，或许就是说的这种人吧？美好却带着剧毒。

“昨夜只是做给人看？”千城绷直了声线，尽量让自己的声音听起来是平静的。男人一怔，似乎没想到她会说这个，半晌，才云淡风轻地一笑：“知道还问？”

皆在意料之中，千城并无一丝吃惊，亦是轻轻地一笑：“那千城敢问四爷，门口，是做给外面的人看，那屋里，四爷又是做给谁看？”

苏墨沉一怔，黑眸中划过一丝震惊，似乎没想到她会问出这样的问题，半晌，才垂眸一笑：“你想说什么？莫不是以为……”他的话故意顿在那里，尾音上扬，嘲讽之意毫不掩饰。

千城自是知道他那未完的话是什么，莫不是以为他对她动了情吗？她也不以为意，再难听的话语她都听过，这个心理准备，她有。所以，她不怒反笑：“我不想说什么，也没有以为什么，只是想告诉四爷一声，以后做戏适可而止就行，不必做得那么足。”戏演得太深，会让人误会，梦醒了，心碎了，原来，她什么都不是。

“你过来就是为了跟本王说这些？”苏墨沉抬眸，凝着她。

“当然不是！”春兰和夏莲还跪在雨里，无论她怎么说，两人就是不起，因为是这个男人罚的，“我是来请四爷放过我清华苑的人。”

苏墨沉一愣，脸色骤冷：“你可知本王为何罚她们？”

“知道，不就是早上四爷离开的时候吩咐两人监视好我，不要让我出门，结果我出去了吗？”

监视？苏墨沉冷冷一笑，明明他说的是，看好你们的主子，不要让她出门。

“既然知道，为何还要替她们说情？一个下人不听主子吩咐，当罚！”

“不是她们的错！”难掩心中激动，千城上前一步，“我出门的时候，她们正好不在，要罚也是罚我。”

“你在教导本王？”

“不，是请求。”藏在广袖中的手攥了又攥，千城紧紧抿着唇看着他，目光灼灼。

“这就是你请求的样子？”苏墨沉轻哧，缓缓地起身，伸手优雅地掸了掸袍袖的褶皱，又抬眸看着她问道。千城本就心中气苦，如今又见他这般，更是又气又恨，只觉得一股怒火彻底被激起来了：“苏墨沉，你至于这样不依不饶吗？我是人，不是囚犯，也不是细作，你没必要限制我的自由，防贼一般防着我。我告诉你，对于你那些见不得人的秘密，我一丝一毫都不感兴趣。你以为我今天出门是为了什么？为了探听你的秘密吗？我不过是想将你的东西还给你。”

千城很激动，以致探进衣袖的手都在抖，她掏了半天，从袖中掏出一块东西，扬起：“这个，是你的吧？”

红绳绿玉。苏墨沉顿时变了脸色：“它怎么在你那里？”

千城冷笑：“你该不会以为是我偷的吧？是你自己掉在了我的床上。”最后四个字，她故意咬得很重。

“给我！”苏墨沉伸手，低吼。

“不给！”千城后退一步，将玉抓在掌心，“放过春兰夏莲。”

“威胁本王？”苏墨沉眸色骤寒。

“不敢，既然事情因这块玉而起，那就由这块玉结……”千城的话还没有说完，眼前紫影一晃，已有人毫不留情地欺上了她的喉。

“再说一遍，给我！”男人一字一顿，似从牙缝中迸出，黑眸中的阴霾更是越聚越多，如同暴风雨前夕天上的乌云。千城被他眼中的寒气吓住，心中一颤，可这也更加坚定了她拿这块玉作交换的决心。能让一个沉静内敛的人如此失态，这定是他十分在意的东西吧。是哪个女子送的？不知为何？脑中骤然闪过那夜后院看到的那个黑衣女子的身影。是了，就是她了。上次，他也动了杀意。千城心中涩然，一张脸因为呼吸受阻憋得通红，可她却硬是拼了全力将手中的东西抓得更紧。男人伸手欲夺，却是一时掰不开她的手。

“你找死吗？”寒凉的声音响在耳畔，喉间的大手骤然用力。千城痛苦地张着嘴，一双水眸直直地凝着男人盛怒的深瞳，喘息道：“杀……杀了我吧……”

男人冷哼：“你以为本王不敢？”千城艰难地一笑，没有再说什么，而是缓缓地合上了眼睛。与其说，她是在以自己的命在赌，倒不如说，这一刻，她是有些真心求死的。或许，也是一种解脱吧。

可就在她静静等着死亡降临的时候，颈间的力道却是蓦地一松，男人放开了她：“疯子！”

忽然没了支撑，她脚下一软，跌倒在地上，张着嘴，大口喘息着。

“来人！”男人转身冷喝。门口有人应声而入，是杨痕。看到屋里的情景，杨痕微微一怔，本想上前扶起倒在地上的女子，想想又觉不妥，便只好作罢。对着男人冷硬的背影微微一鞠：“四爷。”

苏墨沉没有回头，看不到他脸上的表情，只听到他寒凉的声音响起：“放了清华苑那两个受罚的奴才。”

杨痕一愣：“是。”转身之时，又睨了一眼地上的女子，微微一叹，方退了出去。

屋里一下子静谧了下来，两人都不再说话，全世界似乎只剩下大雨喧哗的声音。千城缓缓地从地上站起，不知为何，明明她赌赢了，心中却没有一丝得逞的喜悦，相反，满满的都是悲怆。苏墨沉始终负手立在背对着她的方向，一动不动。望着他清冷的背影，千城疲惫地一笑：“你的东西，还你！”她打开掌心，脸色却骤然一变，难以置信地睁大了眼睛。莹白的手心上，一根红绳，两半碎玉。

这时，男人也缓缓地转过身，视线轻落在她的手心，瞳孔猛地一敛，下一瞬，已将凌厉的目光射了过来。千城浑身一颤。心道完了。

“四爷……我……”咬了唇，她不知该怎样说。肯定是刚才摔倒在地的时候，在地上碰的。只是这玉，对这个男人来说如此重要，却碎在她手，她想到四个字，在劫难逃。她以为他会狂怒，就像刚才一样。他紧紧地抿着薄唇，抬步走了过来，她心尖一抖，脚不自觉地后退了两步。她忽然觉得，这样没有情绪的他比刚才失控的他更让人害怕。

男人走到她面前站定，将她手中的玉接过，紧紧地握在自己的掌心，眼睛一眨不眨地深凝着握紧的手掌。低垂的长睫遮去了他眸中所有的神色，千城完全不知道他心中所想，只看到他面色冷凝，薄唇死抿成了一条冰冷的直线。她的心如鼓捣，从未有过的凌乱。许久，男人的视线才从玉上离开，缓缓地朝她投了过来，原本黑亮的瞳中根根血丝乍现，有很多很复杂的情绪翻涌着。千城心口一颤，她从未见过他这个样子。

他冷冷地一笑："你满意了？"声音说不出的破碎喑哑。

千城的心一痛："我……我不是有意的……对不……"

"滚！"

他的声音很轻，甚至比他寻常说话时都要轻上几许，可却生生让千城有种瞬间置身冰窖的感觉。她忘了动。

杨痕走了进来，见到屋里的情形微怔，当看到男人手中的碎玉时，亦是脸色大变。这玉是那人送的，他识得，这个男人有多在乎，他也知道。可是，发生了什么？男人寒凉喑哑的声音再次响起："趁本王还没改变主意之前，还不快给本王滚蛋！"

杨痕一震，心下大概明白了几分，连忙走过去，对着千城示意："走吧。"

千城依旧未动。

"对不起！"她真的不想这样。

唰的一声脆响，是男人抽出了杨痕腰间的佩剑，手一扬，剑尖直指千城的咽喉："看来你是求死，本王便成全你！"彼此四目相对，他的猩红似血，她的难过沉痛。

一抹身影跪在了男人面前，是杨痕。他喊了一声"四爷"，便只是跪在那里。两人都没有理他。千城缓缓地垂下视线，看向面前的寒剑，微微一笑，骤然伸手，想抓住剑锋。电光石火之间，只见紫袖骤扬，银光一闪，男人已将手中的长剑掷出，铛的一声插在玉石地面上，剑身轻晃。

"滚，本王再也不想看到你这个疯子！"男人怒吼。杨痕却是心头一松，连忙起身，连拉带拽、强行将木桩一般的女子推了出去。

千城病了，确切地说，清华苑的人都病了。春兰和夏莲是因为暴淋，感染了极重的伤寒，而她自己，或许是淋雨所致，或许是心理原因，她自己也不知道。只知道从云轩阁回去之后，她就开始头痛、高烧、四肢无力，甚至连腹部已经痊愈的伤口都开始红肿，一个人躺在床上，时而睡去，时而醒来，浑浑噩噩。

再次醒来是因为口干，她想喝水。想来已是夜里，屋里很黑，没有掌灯，她沙哑着喉咙唤了声"春兰夏莲"，半天无人应，她才想起，那两人也还病在床上。她强撑着身子想坐起来，却都失败了，身子如同烂泥一般，腹部伤口处更是痛得如同有钢刀在绞。无力地瘫倒在床上，她告诉自己，还是睡吧，睡过去，便不知道渴，也不知道痛了。

迷迷糊糊中，不知是醒是梦，似有人上前，若有若无地轻叹一声，那人将她轻拥扶起。接着就有温热的东西触碰她干涸的唇瓣，像是杯壁，她本能地张嘴，一股甘泉入喉。千城一口气将杯中的水喝完，意识似乎也回笼了不少，她缓缓地睁开眼睛，屋里一豆烛火飘摇不定，一顶铁面入眼。

司空畏！她瞳孔一敛，彻底清醒了过来，连忙挣脱出他的怀抱："坊主……你怎么来了？"四王府到处都是苏墨沉的眼线，看不见的地方还有隐卫，这个男人怎么就公然来了这里?

"不欢迎吗？"男人倒也不以为意，起身，邪气地一笑，"要不是我来，或许你死在这里都没人知道。"

千城眼神一黯，又想起今日的事，心中涩然。是啊，那人说再也不想看到她了。

"坊主，如果我离开四王府，你还会给我解药吗？"也不知道是不是人病了胆子就特别大，还是今夜的司空畏少了一些寒气，反正，千城决定彻底跟他摊牌。

男人眸光微闪："为何要离开？"

"因为……"千城垂下眼睑，掩去眸中苦涩，幽幽地道，"因为四王府没有千城容身的地方。"

男人眯眼凝着她。见他不回应，千城以为他不愿意，轻轻一笑："知道坊主不会给的，不过，对于如今的千城来说，给与不给解药，已经不重要了。千城不怕发如霜，也不惧死。"

男人沉眸："你想怎么样？"或许连他自己都未察觉，他的语气中竟带着一丝从未有过的慌乱。

"我不想再做细作了，"千城虚弱地靠在床头上，破败地笑着，"其实，我也不是一个好细作，帮不上坊主的忙。"不仅没帮忙，还曾经设计了他，一想到这里，她就觉得有些对不住这个男人。

"不是一个好细作？"男人冷冷地一笑，"是因为舍利子那件事吗？你利用了本门主，你在内疚？"

千城一震，原来他都知道。那他……

男人冷睇了她一眼，又接着说道："苏墨沉如此处心积虑地要得到舍利子是为了救他娘吧？"

"不是！"想都没想，脱口而出。说完，她又觉得回答得太快了，显得有些欲盖弥彰，连忙掩饰道，"其实，我也不知道。"跟皇帝可以说自己吃了，跟他却不能，身为御香坊的坊主，她有没有头疾，想必他一清二楚。

一声嗤笑传来，男人倾身凑到她的面前："到这时，你竟然还在帮他？"

千城愣了一下，她在帮他吗？好像是。似乎这些都是她的本能反应，她自己想都没想。沉默了片刻，她突然想起什么，看进他的眼，一本正经地问道："坊主会因为舍利子的事对苏墨沉不利吗？"

"怎么？"男人眸光一闪，直起身子，唇边的冷笑更深了几分，"你在担心他？"

千城沉默。

"苏墨沉这个人腹黑凉薄，城府极深，你难道不知道他只是在利用你吗？"男人仍旧是笑着，眸中幽光忽闪。

这句话就像刀子一样直戳千城的要害。她当然知道。弯了弯唇，她凄苦一笑："坊主似乎对苏墨沉很了解？"

"当然，知己知彼，才可百战百胜。"男人笑容未变，依旧夹着一丝冷嘲，可面具下的脸却是微微的僵滞。这时，门口传来细碎的敲门声："千夫人，歇下了吗？"

是杨痕，千城心中一惊，看向司空畏。司空畏挑起唇角，邪魅地一笑，骤然凑到她的面前，她一惊，以为他要亲她，脸一偏，男人温热的唇正好缠上她的耳垂："如果想本门主不对付苏墨沉，你就好好地在四王府待下去，否则，本门主随便放点消息给那个老皇帝，就能要了他的命。"如同一股电流击过，千城浑身一颤，还没作出反应，只见眼前白影晃动，男人已不见了踪影。杨痕还在门口询问："千夫人……"

千城想起身，可是一点力气都没有，只得对着门口哑声道："进来吧。"

杨痕推门而入，许是男女避讳，不敢抬眼看她，将手中的两瓶东西放在桌上，便远远地立着，勾着头："这白色瓶子装的是涂抹的药，可治愈千夫人腹部的外伤，这绿色瓶子装的是内服的，可祛头疼发热等症。"急急说完，转身便走。

"等等……"

杨痕顿住脚步。

"是他让你来的吗？"千城的声音极轻，略带着一丝犹豫、一丝期待。杨痕一怔，自是明白这个他指的是谁，一时不知该如何回答是好，索性没有回头。

见他这般样子，千城心下当即明了。怎么会？他今日差点杀了她。他说，再也不想看到她。她弯唇，黯然一笑：“千城知道了，多谢杨统领给千城送药。”话语中的落寞杨痕听在耳里，竟是心口微窒，犹疑了一下，还是回了头。远远地看着女子虚弱地靠在那里，静静地看着他，眸中水色氤氲，在烛火的摇曳下泛着粼光。他第一次发现，原来，眼睛真的可以说话。

“杨统领还有事？”千城微微一笑。杨痕顿时红了脸：“其实……”他抿唇顿了顿，似是在犹豫，半晌才道，“其实，今日四爷吩咐下人不让千主子出门，是因为千主子腹部伤口上涂抹过特制的金疮药，在药效期间是不能碰到水的，四爷见今日下雨，所以才会有此吩咐。如今千主子头疼发热并不是风寒，而是伤口处恶化的并发症状。”

杨痕走了很久，千城都还没回过神来。什么意思？他原本是好心的吗？她错怪他了吗？可是，他跟素倾说的话是真的吧？他差点杀了她是真的吧？他说她是疯子是真的吧？他说再也不想看到她是真的吧？算了，不想了，反正再也不见了，等病好了便离开吧。可是千城骤然又想起司空畏临走前丢下的话，一时心绪纷乱，身体就越来越难受，头痛欲裂、喉间肿烧、腹部又痛又痒，额头也越来越烫。她想起身拿杨痕放在桌案上的药，却又无一丝力气，于是，不得不再次强迫自己睡过去。

朦朦胧胧之间，她感觉到腹部一片清凉，轻柔的触感来来回回，似乎有人在涂抹着什么。是春兰夏莲？不会，她们的状况不比她好。杨痕？更不会，那厮在独处的时候连看她都不敢，更别说这样。司空畏？肯定是他，只有他胆大包天，一个激灵，她睁开眼睛：“坊主！”

“柳姨会在你的清华苑吗？”来人淡淡地说道。

千城心尖一抖，是他，苏墨沉。他怎么来了？他不是今夜要去素倾的望春苑吗？他不是再也不想见到她这个疯子吗？千城睁着眼一眨不眨地看着他，犹以为自己在梦中，生怕眼睛一眨，梦醒了，人也不见了。

“怎么？不认识？”男人专注着手中的动作，眼梢微掠，轻轻地睨向她。

千城不作声，依旧看着他。

“敢情脑子烧坏了？”黑眸中夹着一丝促狭，男人抬手，探了探她滚烫的额头。

“脑子早坏了，不然怎么能成为四爷口中的疯子？”好半天，千城才肯相信这不是梦，又想起白日里的种种，心中气苦，便冷声相向。男人倒也不恼，微微勾了唇角，起身将药放回到案桌上，顺手拿起另外一个瓷瓶。脑中又不禁想起今日这个女子从云轩阁走后，他和杨痕的对话来。

他问杨痕："为何替她求情？"

杨痕说："不想爷日后后悔，再说，千夫人也不是故意要毁了那玉。"

他当时冷哼："后悔？笑话！她就是一疯子。"

杨痕笑道："可不就是一疯子，不然，哪有一个女子像她那样勇敢、执着、不怕死的？"

勇敢、执着、不怕死……怎么听杨痕说着……像说一个人的优点呢？苏墨沉转身，扬了扬手中的瓷瓶："杨痕来过？"

千城睨了他一眼，冷笑："怎么？四爷是想因此也责罚杨统领吗？"

"既然有药，为何不用？"男人直接将她的问题忽略，沉眸看着她。

她也想用啊，那也得有力气去拿才行！

"这不是正好合了四爷的意吗？"病死痛死，就不会再讨嫌地出现在他的面前。

苏墨沉垂眸，弯了弯唇，走过来坐在她的床边，伸手想将她扶着坐起来。千城却冷冷地别过脸，用尽力气僵着身子不动。他愣了一下，复又弯起唇角，大手骤然用力，直接将她拽起，扣在怀里。哪有如此霸道的男人？千城虚弱地抗拒，他的大手就钳得更紧。

"来，吃药！"男人已拧开瓷瓶递到了她的唇边。她闭唇不接。瓷瓶又碰了碰她的唇。她便将唇抿得更紧。骤然，下颚一痛，一股腥苦入喉，等她反应过来，药已经滑入肚里。这个男人竟然强行掰开她的下巴，将药灌了进去。

"咳咳咳……咳咳……"她被呛得眼泪直流。他怎么可以这样对她？她好歹是一个病人。一张小脸憋得通红，眼中的泪水却是越发汹涌地流了出来。这算什么？不是再也不见吗？不是让她自生自灭吗？那现在这般到底算什么？她红着眼恨恨地看着他，痛苦地咳嗽，任泪水肆意地流淌。

苏墨沉身子微僵，似乎被她突如其来的情绪怔住，他抬手轻拍着她的背帮她顺气："别哭……"他的动作很轻，黑眸炙热深沉，让千城有些恍惚，似乎，他面对着自己深爱的情人。可是她知道，她不是。这般想着，心中的气苦更甚，她避躲着，想摆脱他的手，与此同时，搜寻的目光快速环视着屋里。

“找什么？”男人眉心微拢。

“找看戏的人……”说完，千城才觉得自己有点过，可是，她实在是心里憋屈，不吐不快。她以为他会生气。而他却没有。他默然了很久，才淡淡地勾了勾唇：“时辰也不早了，睡吧。”说完，拉了薄被替她盖上，转身便走，他又恢复了一副清冷的模样。那一刻，她竟有些失落：“四爷……”

男人顿住脚步。

“玉的事情……”千城抿了抿唇，“抱歉……”

男人站了一会儿，没有说话，开门走了出去。

千城以为自己会失眠，但也许是药物的原因，又或许是心中所压之事轻了许多，她竟睡得十分安稳。再次醒来已是第二日的上午，阳光透过金缕格子窗洒了进来，斑斑驳驳，一室金黄。天晴了。她坐起身，慵懒地伸了个懒腰，顿觉神清气爽，心中不得不感叹，杨痕的药，哦，不，这四王府的药，当真是厉害了。除了腹部还有些隐隐的痛，其余的症状都已经全部消失了。

深深呼出一口气，她披衣下床。不想那么多了，她现在有两件事要做：第一，去看看春兰、夏莲的情况；第二，她要出门一趟。

书房，苏墨沉一手执白，一手执黑，自己跟自己下着棋，薄唇微抿、神思悠远，纤长的手指不时摩挲着棋子，久久不落。杨痕快步走了进来，见他如此又不敢打扰，便静静地立在一旁。苏墨沉眼梢微抬，轻睇了他一眼：“母妃情况可好？”

“老夫人很好，说请四爷勿念，”杨痕从怀中取出一封信笺，上前，“这是老夫人带给四爷的书信。”

苏墨沉一怔，接过，书信封口处用一滴红蜡凝封，妖娆似血，他抿了抿唇，撕开。抖开信笺，信上只有一句话。他眼波微动，面沉如水。拿起桌案上的火折子将信点燃，丢进香炉中，他抬眼睨向杨痕道：“知道母妃说什么吗？”

杨痕摇了摇头。

苏墨沉起身，踱到窗前，负手而立，黑眸望着窗外，半晌，才回过头，道：“说她知道太多，不能留。”

她？杨痕心里咯噔一下，当即就明白了是谁，顿时，煞白了脸色：“那四爷……”

“你希望本王怎么做？”

“属下不敢妄言。”杨痕颔首，脑中晃过那双会说话的眼睛，心口微窒。苏墨沉冷冷地一笑，转过头去，“还有你不敢的？”

杨痕心中一惊，想来昨夜送药之事已被这个男人知晓，顿时冷汗涔涔，正欲跪下，男人就像长了后视眼一般，衣袖一挥，制止了他。

千城回到王府的时候，日已西斜。京城的宝玉轩果然名不虚传，她画一个图案，他们竟真的能打造出一模一样的玉来。攥紧掌心的红绳绿玉，她直奔苏墨沉的云轩阁。虽此玉非彼玉，但这也是她唯一能想到的弥补方法。

云轩阁里没人，婢女也不知道苏墨沉去了哪里。她又去了书房。书房内墨香四溢，熏香袅绕，还充斥着一股烧纸的焦味，亦是不见一个人影。

杨痕踏进书房的时候，千城正站在香炉的旁边，一手执着香炉的盖子，一手将一些香料添了进去。杨痕一怔：“千夫人？”

千城抬起头，脸色微微有些白，看到是他，淡淡一笑：“哦，我见香炉里面的香料快完了，添了一些进去。”杨痕瞟了一眼香炉，眉心微拢。

“对了，四爷呢？”将香炉的盖子盖上，千城悠闲地拍了拍手。

“三王爷今日从北国班师回朝了，皇上让各位王爷前去迎接，四爷午膳过后便去了。夜里，宫中还有一个替三王爷接风洗尘的宴席，朝中大臣和各王府的人都要参加，王妃和童夫人已经去了，四爷见千夫人不在，令在下候着，送千夫人入宫。”

千城垂眸应了一声。又要进宫了，想起前两次进宫发生的事，她还心有余悸。这次，不知又会生出什么事端来？三王爷苏墨风。她不禁又想起大婚之夜，那个醉酒掀她盖头的男人。不知为何，心中竟是微微一窒。那个男人似乎对她很熟悉，不仅知道她姓染，甚至还怀疑她是戴着人皮面具。

“千夫人，马车已在外面候着了。”

“嗯，”千城回神，冲杨痕莞尔一笑，“有劳杨统领了。”杨痕颔首，竟是微微红了脸。

第四章　宫宴风波

后花园，苏墨沉一袭绛紫华袍，缓步走在花道上。也许是大部分宫女太监们都去未央宫那边帮忙了，今日这条路竟是幽静得出奇。接风洗尘宴？从他记事起，哪个将军的凯旋庆功宴都没今日这样的排场。苏墨沉自嘲地弯弯唇，那个帝王的心思他岂会不明白？不过是想借机提高苏墨风在大臣们心中的威望而已。都说手心手背皆是肉，可他们的父皇或许永远也做不到一碗水端平。

骤然，一个宫女低着头从花丛中急急地走出，对着他一鞠："四爷！"

苏墨沉一怔，顿住脚步，待看清女子容貌时，脸上原本的平静和淡然都消失不见了，本能地伸手想去扶她，却又终究收回手来，快速地环视了一遍四周："你？"

"没办法，情况紧急，必须赶快通知到你……"

千城赶到皇宫的时候，天已经擦黑，各处的宫灯早已经掌起，沿途还有许多为了今夜宴席专门挂的红灯笼。听说宴席在未央宫的外面举行，千城便也没让婢女带路，自己直接过去了，因为那条路她识得，曾经的品香会就是在那里举行的。

傍晚的后花园很静，花香四溢，千城走在其中，心中的阴霾顿时觉得挥去了不少。浑浑噩噩地想着心事，骤然她脚步一顿，视线被远处花丛中的一抹紫色身影吸引了过去。那抹再熟悉不过的身影，不是苏墨沉又是谁？可是，他身边的女人是谁？两人离得很近，似乎在悄声说着话。女人低着头，背朝她的方向，看不到脸，只看得出一身宫女装扮，身材姣好。

宫女？只是一个宫女？可为何她看到苏墨沉抬手帮女人将额前的碎发顺到了耳后？虽只是一瞬间的动作，可她却看得真切。那般自然流畅，可见完全由心而发。一个堂堂的四王爷怎会对一个宫女如此亲昵？不会！至少苏墨沉不是那样的男人。那说明了什么？她猛地瞳孔一敛，有什么东西呼之欲出。莫非，她就是那夜出现在后院的那个黑衣女人，那枚红绳绿玉的主人？

这般想着，心中就有些许酸楚泛了开来。两次，他都为了这个女人差点杀了她，想来，那女人的身份必有隐情。可为何今日竟这般大胆，公然在宫中见面？她上前两步，匿于一株琼花树后，想要看个真切，却骤闻一阵脚步声从身后传来。她呼吸一窒，回头就看到一个男人正踏着暮霭往这个方向走来，白衣胜雪，衣袂翩跹，如同不沾一丝凡气的谪仙。苏墨风！

她拧眉望了望远处的两人，又看了看由远及近的这个男人，一颗心几乎就要跳出胸腔。如果两人被发现，她不知道会有什么后果？她只知道，必须设法拦住这个男人。闭眸深深呼出一口气，睁眼，几乎不作一丝停留，她朝着来人冲了上去。随着她夸张的一声："哎呦……"撞怀、崴脚、摔倒，一气呵成。男人一惊，没想到突然冒出这么一个人撞上来，连忙大手一捞，将她抱在怀里，待看清是她时，更是脸色一变："千城？"

"三王爷！"千城也故作惊讶，遂又连忙道歉，"对不起，冲撞了三王爷，千城不是有意的，千城是……"

"你有没有事？有没有摔着哪里？"苏墨风急急地打断她的话，一双黑如曜石的眸中写满担心。不知为何，见他这般，千城的心中竟隐隐有些抽疼。

"我没事，"她笑笑，"三爷放我下来吧。"苏墨风就像没听到，依旧将她抱得死紧，还继续往前走："我们去找个太医看看。"

一见还是那个方向，千城大惊，连忙伸手指了指反方向的一个凉亭："先抱我到那边去坐坐。"苏墨风愣了愣，旋即一笑，如春风拂面："好。"

千城终于松了一口气，暗暗腹议，这么大的动静，那边不会没被惊动吧？事实证明，她的担心是多余的，因为惊动的又何止是那边的两人。

"老三！"

"千城！"

两个声音同时响起，同样的寒凉、同样的愠怒，所不同的是，来自两个方位。千城心中一震，苏墨风亦是顿住了脚步，分别朝喊自己的人看了过去。

“父皇！”

一袭明黄入眼，正是当今圣上文帝，在文帝身后是来自朝中大臣的数道惊愕的目光。苏墨风一懵，依旧忘了将怀中女子放下。而此时千城从苏墨风的肩头往后看，就看到不远处的花道上，苏墨沉迎风而立，紫袍簌簌、墨发飞扬，黑眸的视线静静地望着他们这里。而他的边上，哪里还有什么宫女的身影？千城的一颗心终于安定，这时才骤然惊觉过来，自己正以一个很暧昧的姿势躺在一个男人的怀里，而这个男人还是自己丈夫的哥哥，并且此时身边还有一干的观众，甚至包括自己的丈夫和这两个男人的父亲。她连忙轻声示意：“三爷，快放我下来！”

苏墨风这才反应过来，缓缓将女子放下。千城的脚本无事，可既然戏已作出，众人面前只得装得像点，一落地，她故意吃痛得踉跄了几步。两道身影如风，一左一右，同时伸手扶住了她。不用看，她都知道是谁，左边生怕手劲落重了的肯定是苏墨风，而右边恨不得将她的手臂捏碎的人自然就是苏墨沉。

他这是在生气吗？因为她让他在众人面前丢了面子？她想笑，却又笑不出，心中气苦更甚。右边的那人强行拽着她，一起对着皇帝一鞠：“参见父皇。”文帝没有理他，寒凉的目光始终落在苏墨风的身上。

“怎么回事？”文帝绷直了声线，却依旧难掩声音的颤抖。众人都以为那是皇帝在强压着对苏墨风的怒火，苏墨沉微微苦笑，只有他知道，那是一种恨铁不成钢的无力。

苏墨风看了看千城，似有顾忌，没有开口。文帝黑沉着脸色，伸手一指，直指千城：“你说！”

千城一震，看了看苏墨风，又看了看苏墨沉，前者一脸忧色，后者面沉如水。她弯了弯唇，对着文帝一鞠：“回父皇，儿臣方才正在追赶一只偷腥的猫，一时没看路，撞上了三王爷，把脚给崴了，不能走路，所以，所以……”果然，众人抓住了她话里的重点，包括皇帝，他缓缓眯起眸子：“偷腥的猫？”边上有人沉了脸色，拽着她手臂的手又用力了几分。

千城微微一笑：“是，是一只花猫，当时花猫嘴里面正叼着一个什么东西，从儿臣面前跑过，儿臣一时好奇，便追了过去，是儿臣一时莽撞撞到了三王爷，崴到了脚，三王爷也是为了儿臣好，见儿臣不能走路，要带儿臣去看太医，可边上一时也没看到可以相帮的宫女下人，所以才会有方才众人所见之举。都是儿臣的错，要责罚请责罚儿臣，跟三王爷无关。”千城一边说，一边单脚跳着作势要跪下去。

“算了，”皇帝脸色稍霁，抬手制止了她，又左右环顾了一下众大臣，沉声说道，“朕的儿子朕了解，哪些事会做，哪些事不会做，朕还是心里有数的。倒是老四，你要看好自己的媳妇，虽然这宫里头也不会发生什么危险，但是夜里，一个女人在宫里走来走去，终究是不大好的。”

大家都是明白人，皇帝寥寥数句，意思再明显不过。男人没问题，就怕主动贴上去的女人。千城气结，却又不得发作，偷偷睨向苏墨沉，却见他轻勾了唇角，垂眸颔首：“父皇所言极是。”

还真是沉得住气。她又睨向苏墨风，正好撞上他的目光，目光中满是歉意。为了宽其心，她冲他淡然一笑。右手臂又是被人捏得剧痛，她皱了皱眉，却无视这一捏。

“好了，晚宴要开始了，大家都随朕去未央宫吧。”皇帝龙袍一撩，走在前面。

“父皇，千城的脚有伤，儿臣想让人先送她回府。”开口的是苏墨沉。

“何须如此？”皇帝回头，微微一笑，“这天下最好的大夫都在宫里，有那么多太医在，老四还担心治不了你媳妇的脚伤不成？”说完，也不等二人反应，就命令边上的婢女上前将千城扶去太医院。苏墨沉想跟着一起去，又被皇帝喊住，“你就不用去了，放心，她自有人照顾。”

“是，”眉心微拢，苏墨沉垂眸，掩去眸中忧色，“多谢父皇。”

千城有苦说不出，虽不知皇帝和苏墨沉这两个男人又是唱得哪一出，但她知道，自己的戏还得演下去。在婢女搀扶着离开之时，她猛然感觉到有道目光从皇帝身后射过来，深凝在她身上，抬眼看过去只觉心跳骤停，父亲！他站在众大臣之间，静静地看着她，眼中神色透着慈爱与无奈。千城心口微滞，抿了唇别过视线，眼角虚光却觑见苏墨风也刚从染将军身上将目光收回。她微微一愣，被人搀着离开了。

当千城在太医院被那些太医涂抹完跌打损伤药后，再来到未央宫的时候，未央宫外面的晚宴已经开始了。偌大的广场上挂满了一排又一排的红灯笼，不仅视线清明，而且幽幽夜色下，还有一种说不出的韵味。场上方，文帝高坐，边上是皇后，再边上依次是各宫妃嫔，连一直鲜少露面的十四王爷苏墨宇的母妃梅妃娘娘也来了。各宫随侍都毕恭毕敬地站在自家主子身后，云蔻也在其中。

场下两旁是数张小桌子，桌上摆满各种瓜果糕点，席间文武大臣、各府王爷女眷对面而坐，中间留的空地是专门用来表演的。美酒飘香、美食芬芳、丝竹弦乐之声连绵不绝、数名身姿婀娜的舞姬正在翩翩起舞、极尽妖娆。众人惬意、酒兴正酣。

果然是长乐未央啊！千城远远地站着，一时不知该往哪里去。因为每条小长桌只有三个席位，四王府那桌已经没有空位子了。苏墨沉坐正中间，右边是西陵雪，左边是童素倾。说不出心中的感觉，千城弯了唇，正欲吩咐婢女转身离开，皇帝却是眼尖地发现了她，朝她招手，然后指了指一个位子：“来，千城，坐到七公主那里去。”说完，又对着场下席间一个身着鹅黄色宫装的少女说道，“小七，去扶一下你四嫂，让她挨着你坐。”

“是，”少女粲然一笑，露出两颗小虎牙，可爱至极，一蹦一跳地就来到了千城边上，搀住她的胳膊就走，“四嫂，我叫苏凝霜，四嫂叫我小七就好了。”

众人也闻声看了过来。

“谢谢小七。”千城笑笑，低垂眉眼，一拐一瘸地走着，眼角的虚光看到苏墨沉也望向她，似眼波微动，又似没有，终究别过脸，端起手中酒盏饮了一口。这算什么？她帮了他啊！他为什么这个样子？心中气恼，她随苏凝霜来到一个小长桌前坐下，而她们的位子正好对着四王府的那桌，她也懒得再看，省得心烦，一双眼睛就盯着中间风情万种的舞姬看歌舞表演。虽不看，可她清楚，有多少道眼光透过喧嚣在看着她，至少，有苏墨风的、有染将军的、有皇帝的，至于有没有苏墨沉的，她不确定。

一曲毕，舞姬散，皇帝端起酒盏，每桌轮流喝酒。轮到了四王府，苏墨沉眸光微敛，起身，扶起边上的西陵雪和素倾，执起手中酒盏：“父皇，儿臣同雪儿、素倾、千城，敬父皇一杯。”

千城微微苦笑，终是还记得她是四王府的。虽心有不愿，可既然被提到了名字，也只得举杯站起。皇帝端着酒盏笑道：“好，好！”

苏墨沉却并没有急着饮酒，而是话锋一转：“因她们三人身体皆有微恙，故三人的酒儿臣便一并代饮了。”说完，也不等皇帝应允，兀自仰脖饮下手中的一杯，又先后接过边上西陵雪和素倾的饮下。皇帝微怔，边上众人哗然，打趣道：“呀，四哥真懂怜香惜玉啊！”

“是啊，是啊，做四爷的女人真幸福啊！”

西陵雪脸上红霞飞起，素倾抿唇娇羞微笑，只有千城心里是说不上来的滋味。苏墨沉饮完，径直离席，朝她走了过来。千城怔怔地看着他，不就一杯酒吗？又喝不死人，至于要做戏做到这种程度吗？他爱代谁代谁去，她不稀罕。轻轻一笑，她骤然抬手，仰脖将杯中之酒一口饮尽，苏墨沉脸色一变，连忙伸手相接，却已然来不及。苏墨沉抬眼看向千城，黑眸中有凌厉的怒意掠过，似乎还夹杂着一些稍纵即逝的慌乱。千城不懂，他的眼睛，她从来没有看懂过。

那头，皇帝朗声而笑：“老四，千城丫头是关心你，担心你的酒量，怕你醉了呢！”

众人闻言皆是哄笑开。千城不理众人，抬手拭了拭嘴角，坐下。苏墨沉深凝了她一眼，转身，亦是随着众人一笑，对着皇帝鞠了鞠身：“儿臣也的确不胜酒力。”皇帝含笑不语，缓缓将杯中酒饮尽。苏墨沉回座。

“听闻四哥箫声一绝，今夜良辰美景，不知四哥能否给兄弟们吹奏一曲？”说话的是六王爷苏墨鸿，其他人便一起鼓掌欢呼叫好。千城看向苏墨沉，心下清楚，这苏墨鸿定是因为上次舍利子之事，心中记恨了，所以逮着机会就要让苏墨沉好看。她以为他不会答应，因为她从未看过他吹箫，听也没听过。可是，出乎意料，苏墨沉绝艳一笑，说：“好，就当给三哥接风洗尘，给诸位助个酒兴。”

很快，有公公去乐坊取了玉箫来。苏墨沉含笑接过，长指扶起，放到唇边正欲吹奏，突然想起什么，又放下：“光有箫声，难免寂寞，不如，让素倾随箫给大家舞上一曲？”

众人闻言，有此等好事，自是欢呼声四起。苏墨沉体贴地将素倾扶起，送至场地中间，然后又回到自己的座位上，执起玉箫，薄唇轻吹，顿时，幽幽的箫声婉转低吟。果然是一绝！千城有些吃惊地看着他，看着他宛如天神一般俊美的容颜，他神情专注，又不时抬眸睨向场中央的女子。素倾一袭白衣，纤纤素手轻抬、转珠袖、舞步盘旋，随着箫声舞了起来。

夜风吹来，场地边上的几株琼花树随风摇曳，大片白色的琼花瓣纷纷扬扬，飘落在地上、桌上、众人的身上和发上。这样的良夜，这样的月光，这样的落英满天，这样的箫声，这样的轻舞，这样的郎才女貌……耳边箫声袅袅，众人的目光都看向场中央那个随乐起舞的精灵，当真是美不胜收的。千城弯了弯唇，只觉心中涩然酸楚，抬手，一片琼花瓣落于她的手背，她轻轻拂掉，她想，自己终究是不及人家的。

骤然胸口一疼，她闷哼一声垂眸看下去。赫然是一枚琼花瓣击在她的前胸。虽看似随意飞落一般，但是，只有她知道，有人借花发力，给了她一击。她第一反应就是抬眸看向对面的苏墨沉，只见他手中长箫一转，换了个姿势继续吹，但是，电光石火之间，她分明感觉到，他紫袖刚收。

是了，就是他了，捂着胸口，强忍着不断往上翻涌的猩甜，她看着对面的男人，眼睛一眨不眨。下午她在他书房的香炉里看到未烧尽的纸屑，前面的内容已经烧没了，只能依稀看到剩下的一句，她不能留，落款是母。她还天真地想，那个“她”不是她吧？怎么说，她对他们也是有恩的。而且，即使是她，他也不忍动手的吧？看来，是她痴了。他出手了，而且还在这样的情况下，用了这样的方式。

也是，精明睿智如他，心思缜密如他。对她下手的机会多的是，他却选择了今夜。因为是在皇帝的眼皮底下吧？只有这样，才不会有人彻查，只有这样他才没有嫌疑，让素倾的舞蹈吸引众人的注意，他趁吹箫的空隙给她一击，是谁都不会想到的吧？当真是高明的。她想笑，却笑不出，豆大的汗珠从额头上渗出。边上的苏凝霜看出她的异样，柳眉一皱，担忧地问道：“四嫂，你怎么了？”

千城苍白地一笑：“我没事，许是平日极少饮酒的缘故，忍忍就过去了。”小姑娘毕竟心思浅薄，便也没放在心上，继续看素倾的表演。千城咬牙，强自忍住，又抬眸看向对面的男人。为什么？就因为她发现了他的秘密，所以他便如此不念旧情，要杀她灭口？苏墨沉，你还能再狠一点吗？如若我强撑不死，我看你是不是还要再下手一次？

对面的男人始终面色沉静，就像根本不知道发生了什么，只专注于自己的箫声之中。终于，曲终舞罢，他又离席轻执素倾之手，将其牵回座位。掌声雷动，经久不息。皇帝亦是笑着点头，赞许之意毫不掩饰，凤眸的目光却有意无意地瞟过千城。千城亦强忍腹内翻涌，随众人一起，轻抚手掌。

这时，十四王爷苏墨宇突然从座位上站起："四哥的箫也吹了，素倾的舞也跳了，真是意犹未尽啊，要不，六哥，你也给大家伙儿表演一个，听说六哥的长笛不错，可以和四哥一比高下呢！"十四王爷此话一出，众人又欢呼赞成，特别是九王爷苏墨逸更是叫好。千城弯唇，这十四王爷和老九是在给苏墨沉报仇呢，其实，他有两个如此一心向他的兄弟，也当真是幸福的。

果然，六王爷苏墨鸿变了脸色，他没想到，最终大家又将他推了上去，只得讪讪而笑："我那哪叫吹笛，不过是闲来无事的时候打发时间而已，怎能跟四哥的箫声相提并论？"

虽然他这样说，十四王爷依旧不打算放过他："六哥，你那是谦虚呢！"

一旁的老九连忙随声附和："是啊，是啊，六哥不吹就是不屑吹给我们听。"

"老六，难得众人兴致如此，你就吹一个。"皇帝慈爱地笑着，今夜的他难得地没有帝王的架子。一旁的皇后脸色微凝，毕竟她是苏墨鸿的母亲，见到此景，终究是不舒服。想了想，她回头喊了云蔻，不知跟云蔻说了什么，云蔻有些犹疑，终是点了点头。皇后这才脸色稍霁，回过来跟众人笑道："老六，让你吹你就吹吧，大家一乐嘛，又不是竞技，云蔻这丫头愿意为你红袖添香呢。"

直到表演开始，大家才终于明白这个词的意思。苏墨鸿吹笛，云蔻长袖轻舞，从众人面前拂过，袖中藏香，随着水袖的舞动带出香气。绝就绝在她每舞动一次带出的香气都是不同的。袖中藏有多种香料是可能的，但是，要其中一种香料飘香的同时，又要抑制住其他香料的香气的散出，却不是一般人能够做到的。千城跟她同门三载，今夜才知道她竟有此本事。一曲毕。苏墨鸿虽然笛声一般，但是有了云蔻的绝妙表演，亦是赚得了不少掌声。

真是一个美好的夜晚，所有人都兴致盎然。可这样的美好，却不属于她染千城。她一直在等，或者说在赌，她硬撑到底，那个男人又会怎么做？掌声渐息，皇帝又看向坐于席间喝着闷酒的苏墨风，笑着开口道："老三，今夜这宴会专门为你而设，一来为你接风洗尘，二来为你凯旋，你怎一个人如此沉默？这样，既然众兄弟都为你盛意表演，你便也以一曲回赠，朕听丽妃讲，你瑶琴不错，不妨弹出来听听。"

苏墨风放下手中酒盏，抬头，冠玉的脸上染上几分微红，似酒已微醺。

"瑶琴？"他怔怔地问，那东西他已经很久不弹了。以前弹的时候，也是为了一个人。花前月下，他弹琴，她舞剑。如今，佳人不在，他一人弹琴又有什么意思？

“对，瑶琴。”皇帝挥手，边上的李公公便连忙将手中的瑶琴放到苏墨风面前的桌案上。似乎这一切早已经准备多时。

千城弯唇，看来，在皇帝的心中，最最看重的应该就是这个儿子，如此处心积虑也不过是不想让他落在其他兄弟的后头。其实想想，同样是皇帝的儿子，苏墨沉真真是可怜的，她感觉不到一点皇帝对他的父爱，有的只有猜忌、试探、淡漠和疏离。眼梢微掠，她看向苏墨沉，却只见他眼睑低垂，看着自己手中的杯盏，不知在想什么。他是落寞的吧？

那厢，苏墨风似乎才清醒过来，纤长的手指一撩琴弦，带出一串音符，复又用掌心按上，琴声戛然而止。他抬头，睨了一眼千城，又看了一眼皇帝，垂眸笑道：“四弟和六弟都有佳人相陪，我没有那么好的福气，唯有单奏一曲，希望诸位不要嫌弃。”

坊间传闻，三王爷一直未婚娶，皇帝指婚多次都被其拒绝，府中甚至连侍妾、同房丫头都没有一个。如今看他那桌，只有他一人，想来传闻不虚。只是他那么好的条件，为何……千城正暗暗思忖，那厢琴声已缓缓而起，悠扬婉转，如泣如诉，似泉水叮咚、似小溪潺潺，只片刻就将千城的心绪吸引了过去。而且，很奇怪，她竟有种很熟悉的感觉，那感觉非常强烈，强烈到她想忽视都不能。

头有些痛，她讨厌这种感觉。她皱眉闭起眼睛，可那一个一个音符就像魔音一样钻入她的耳、她的脑，盘亘、深绞。而且脑海中竟浮出一个奇怪的画面来。一轮满月当空，月下男人抚琴，女人舞剑，那男人是苏墨风，而那女人竟是……她自己。她一惊，睁开眼睛，就撞到苏墨风投过来的目光。四目相接，深深纠住。千城突然有种被迷惑心智的感觉，心中一个念头蠢蠢欲动，她越按捺，就越强烈。终于，她实在控制不住，骤然起身，从身后侍卫的腰间拔出长剑，飞身而起。可明明她是不会武功的。

众人一惊，全场一片哗然，李公公惊呼：“护驾！”侍卫们欲拔刀上前。却见女子只是轻落在场地中间，随着琴声而舞，众人这才松了一口气。苏墨风一脸震惊，手中不停，黑眸却是望着场中女子，一眨不眨。真的是她吗？强自按捺住内心的狂喜，苏墨风薄唇轻勾，纤长的手指更是灵活多变，琴声悠扬，宛如天籁。千城素衣黑发，衣袂翩跹，宽大的广袖随着她手臂起起落落的动作滑至手肘，露出一截洁白如玉的皓腕。只见她皓腕旋转，手中银剑如同一尾银龙，乘风破浪、变化多端。在漫天白色的琼花雨下，一个一个绝美的剑花亦炫亮了人眼。

千城是有意识的，所以，她一直用一只脚在旋转，因为她的另一只脚还在假装受伤。可是有意识的她却控制不了自己的冲动，想跳剑舞的冲动。她明明没有学过，动作却如行云流水。

在场所有人的目光都被她吸引了过去，包括皇帝，包括苏墨沉。原来这世上，倾城二字确实存在，有人震惊，有人惊艳，有人嫉妒，有人欣赏，当然，也有人……生气。譬如，苏墨沉。自从千城入场，他一双深幽的黑眸，就一眨不眨地胶着在她的身上，一刻也不曾移开过，只是那双眸子里激涌的各种情绪，却是没人能懂。或许除了西陵雪和童素倾，没有人知道，这个一向沉稳内敛、喜怒不形于色的男人，怒了。那个青铜铸造而成的酒盏，在他的手中化成碎片。

场上女子的剑舞依旧如火如荼，虽然单脚，女子却轻盈得如同一只素蝶。人剑合一，琴声和剑舞合一，最是自然流畅。骤然，女子单立的那只脚一软，踉跄两步，手中长剑垂落，剑尖在地上划出一片火花，她撑住长剑，才稳住自己的身子。喉中一阵痒痛，她张嘴，数口鲜血吐了出来，喷洒在身前的地面上，如同一大朵一大朵怒放的蔷薇，触目惊心。

“啊——”众人惊呼，都被这突如其来的变故吓住。

“铮——”琴弦骤然崩断的声音。

“哐当——”矮凳掀翻的声音。

两抹身影飞身而起，双双接住女子支撑不住欲倒下去的身体。

“千城——”惊呼声同时响起，来自不同人的口中，却带着相同的恐惧，两个男人抬眼，对视，都猩红了眸子。苏墨沉骤然抬手，冷冷地将苏墨风的手挥掉：“三哥，你逾越了！”

苏墨风身子一晃，半晌没回过神来。是啊，她是他的弟媳。她已经是他的弟媳了。痛苦的神色纠结在眸里，他想上前，他想抱她，他有很多话要问她，却不能！

苏墨沉紧紧地抿着薄唇，面色冷凝，一手抱着女子，一手夺过她手中的长剑，大力地掷于地上，黑眸如同刀子一般深凝着她。那眼神恨不得要将她生吞活剥了。

这是在生气吗？千城笑，笑得破败，唇角血渍斑斑。这一切不都是他一手制造的吗？胸口内伤，本想强忍住，可刚刚舞剑却动了真气，她终是再也坚持不住了。没等来他的第二击，她倒是自己将命送了出去。

“苏墨沉……”她低低唤着他的名字。骤然，喉中一痒，又是一股腥甜喷薄而出，她想扭过头，却连扭头的力气都没有，于是，那一抹殷红就直直喷在苏墨沉胸前。男人蹙眉，沉声喝道：“不要说话！”接着，又伸手点了她的穴道，将她打横抱起，疾步而去。

众人都在惊愕中回不过神。发生了什么事？到底是怎么回事？舞个剑也能舞到吐血？李公公敛眉，问文帝：“皇上，要不要宣太医？”

皇帝凤眸深深，情绪不明，眯眼看着远处的背影，半晌，道：“不用。”

苏墨风看着地上斑驳的鲜血，失魂落魄地摇头。染将军目光深凝，心如刀绞。素倾和西陵雪坐在座位上，面色苍白、不知所措。苏墨宇和苏墨逸走过去：“我和九哥送两位嫂嫂回去吧。”

宫门口，杨痕候在马车旁。当看到苏墨沉抱着衣服上都是血的千城疾步而出的时候，他吓坏了。他想问发生了何事，想知道女子的情况，却又不敢问，只能忍着满心的煎熬，连忙将车门打开。苏墨沉抱着女子弯腰而入。将车门关上，杨痕架起马车疾驰，将手中的鞭子抽得巨响。

车厢内，苏墨沉将女子扶着坐在他的面前，伸手、运气，双掌覆于她的背上，缓缓将真气度到她的体内。直到确定真气走遍她的全身，他才慢慢收功，又将女子拽入怀中。对，是拽！毫不怜惜地那种拽。车厢内没有灯，很暗，千城看不到苏墨沉的表情，但是，她能感觉到他隐忍的怒气。她不知道他气什么，气她没有死成吗？还是她哪一步坏了他的计划？

许久，两人都没有说话，狭小的空间里，唯有两人的心跳和呼吸，是那样的清晰。

“你会武功？”好半天，黑暗中才传来男人低沉的声音。

“不会！”千城实事求是。

“那刚才……”

“那只是舞蹈。”就像是拿着道具的舞蹈，只不过舞蹈的道具是剑而已。至少她是这么认为的。男人嗤笑：“你几时也会跳舞了？”

这话说得……好像这世上只有童素倾一人会跳舞似的。

“一直都会，只是四爷没给过我跳舞的机会而已。”话一说出口，千城就后悔了，这话怎么听怎么酸。

“所以……”男人冷笑，“你难得逮个机会就凑上去？”

千城一怔，好半天才反应过来他指的是什么。凑上去？他就是这样看她吗？和那个老皇帝一样。千城原本心中苦楚，闻言更是气盛，便忍不住反唇相讥：“是，如此良机，我岂能错过？能给三王爷伴舞是多大的殊荣，他不仅是皇帝最疼爱、最器重的儿子，而且还为人正直、心思单纯，品香会那日，皇帝赐婚，我拒绝了，那是我瞎了眼睛。”

苏墨沉许久都没有说话，只是微重了呼吸。千城知道，她戳到了他的痛处。当然，她不会自作多情到认为他的痛处是她说她瞎了眼睛。她知道，他的痛处是那句三王爷是皇帝最疼爱、最器重的儿子。他最缺的就是这个吧？

许久才听到一声轻笑：“父皇果然没看错，你当真心思细腻……”

他这是在嘲讽她吗？千城虚弱地靠在他的怀里，苦笑：“那也是跟四爷学的。”

“本王可没教过你为达目的，不计后果。”话音刚落，苏墨沉的大手骤然滑进她的衣衫，如同瞬间被一团火焰击中，她浑身一颤，便在他的怀里僵硬着，忘了动，也忘了反应。他的手，火热滚烫，稍稍探索，便停留在一个地方，摩挲，盘旋。千城一震，那是——今夜她被琼花花瓣重击过的地方。于是，原本就很肯定的答案更加呼之欲出。

“是你伤了我？”她哑声问。虽然事实早已明了，可她还是心存幻想。或许他会说不呢，或许不是他，他只是看到了呢。

“嗯。”男人只一个鼻音就将她所有的希望摧毁。

“你故意让素倾伴舞，不过是将众人的目光引走，你好神不知鬼不觉地下手，是吗？”

“是。”又只一字，如同重锤敲过心田。千城心中大痛。喉间又是一阵骤痒，一股腥甜涌上喉咙，她皱眉，硬是闭嘴不张，温热黏稠的血便顺着嘴角流了出来。

“为什么？想要杀了我吗？”她笑，泪水在黑暗中无声地淌了满脸。

“本王只后悔怎么没能出手重些。”枉他如此处心积虑，枉他如此谨慎地拿捏那份力度，这个女人却根本不知死活。她是个疯子。

“苏墨沉，你怎么能这样？”千城绷直着声线，尽量让自己的声音听起来不颤抖、不哽咽。她已经低到了尘埃，换来的又是什么？苏墨沉冷笑着出声。

她在流泪，他却在冷笑。这是怎样的男人？

“既然这样，你为何又要出手救我？是因为你发现，你不救，你三哥也必定会救吗？”她硬撑着在他的怀里抬起头来，质问他。肩胛猛地一痛，是男人的五指骤然收力，就像今夜在后花园时一样，他甚至更狠、更无情。

“你跟他到底是什么关系？”他的声音暗哑低沉，森冷得如同腊月飞霜。

她知道，他不是瞎子，也不是傻子，她和苏墨风那样行云流水的琴剑合一，怎么可能会是两人的第一次交集？黑暗中，看不到他脸上的表情，只能看到他一双黑亮的眼睛，像玄冰。这是在生气吗？强忍住心上、身上的剧痛，她冷笑道：“什么关系？就是你看到的这种关系，你无所谓的不是吗？”

肩胛上的力道陡然一松，他大手一挥，她闷哼一声，被重重地挥倒在车厢内。又痛又虚弱，她还没来得及爬起，胸口一凉，布帛撕裂的声音已在狭小的空间内突兀地响起。他的身子整个压了过来，他一手大力地捉住她的双腕压过头顶，一手粗暴地撩起她的裙裾。

很屈辱的姿势。她还在伤着，他依旧如大山一般压着，即使隔着衣衫，那份陌生的强烈还是让她惊恐。她在黑暗中失措地找寻着他的眼睛，却只能看到一片暗沉。来不及思量，他已经重重地吻上了她的唇。没有温柔，没有怜惜，他大力地吮吸，似乎是在发泄，似乎是在盛怒，又似乎是在惩罚。

明明是痛的，唇是痛的，心也是痛的，她却绝望地发现，自己已在这份浓烈的痛中沉沦。她颤抖着身子，在他高大的身躯下，好想依附，却了无可依。隐隐地，她甚至还有些享受他的这份怒意。一向沉静如水的男人，怒了，失控了，不是吗？这说明他多少还是在意的，是吧？悲怆吗，染千城？你竟然卑微到需要用这样的方式去寻找慰藉。难怪他说你是一个疯子。可不就是疯了。她闭起眼睛，颤抖着，无力地承受着他的这份怒气，泪，却再一次不争气地流了出来。呼吸，变得粗重，场面愈发难以收拾。

马车外，杨痕紧紧地抿着唇，挥舞着手中的长鞭。马儿嘶鸣着狂奔。不用看，他也知道车厢内在发生着什么。习武之人，耳力本就极好。女人被推倒闷哼的声音，衣衫撕裂的声音，男人女人呼吸粗重的声音。声声入耳。他的心，竟然是揪痛。

他跟随苏墨沉多年。他敬他、重他、忠诚于他。他真心地臣服于他，因为他杨痕从未见过一个男人睿智如此，也从未见过一个男人稳重如斯。他眼中的苏墨沉一直是个懂分寸、知进退、能隐忍的人，也是必成大事的人！

可是，今夜，究竟在宫里发生了什么事？那个女人又发生了什么事？他竟会如此失控？她还在伤着啊！原本宫里到四王府的路并不长，不知为何，今夜却似乎走了那么久。

车厢内，依旧如火如荼，一人掠夺，一人承受。车身颠簸，苏墨沉的手指落在她身上的力量就时重时轻。血液翻腾，她浑身燥热无依。那一刻，她想死。而他低吼着，将大手一挥，衣衫尽碎。随着抛落的衣衫，有什么东西掉了下来，重重地落在车板上，发出一声令人心悸的脆响。两人皆是一怔。黑暗中，男人伸手探去。一枚光洁滑凉的东西入手。那形状，那被他深刻于心的形状，他再也熟悉不过。玉吗？

将军府门外，一抹白衣身影孤寂地徘徊。幽幽的夜色下，只见男人微微抿着唇，俊眉不展，黑眸中纠结的愁绪浓得像墨一样抹不开。远处，一辆马车徐徐而来，行至门口，慢慢地停下。男人面上一喜，迎了过去：“染将军。”

染飞从马车上下来，看到来人，微微一怔：“三王爷。”

“将军，快告诉本王这一切是怎么回事？”苏墨风根本顾不上太多的寒暄，心中早已急切得不行。

“三爷是指？”染飞眸光微闪，别过视线，强自镇定，“哪一切？”

“千城，染千城，她没有死对不对？四弟从御香坊纳回去的那个女人就是她，对不对？”苏墨风有些失态地抓住他的衣袖，一口气说完。染飞微微一滞，下一瞬又弯唇轻笑：“三爷，这世上同名之人何其多，而且她也不姓染，她叫千城，不叫染千城，三爷思念小女之心，本人理解，也万分感激，可是人死如灯灭，还请三爷不要苦了自己才是。”

“不……”苏墨风痛苦地摇头，“将军在撒谎，她们明明就是一个人，那明明就是她！”

“就因为她自告奋勇地上去给三爷舞了一曲吗？”染飞面色微冷。

“是！这首曲子是她为本王所作，这套剑法是本王为她所创，这一切天下再无第三人知晓，可是她却会，你说她不是本王的千城又是谁？”

“三爷，本人又何尝不希望千城还活着，可是，想归想，事实就是事实，她们两个根本就不是同一人，三王爷也看到了，她完全不是千城的模样。”

“模样？”苏墨风哧然一笑，“这世上能将一张脸变成另一张脸的方法多得是，不是吗？”

染飞抿了唇，不响，脸色却愈发沉冷了几分。

“当年究竟发生了什么事，要让她以死相骗，舍下本王，撇下亲人，改头换面去了御香坊？”苏墨风幽幽地开口，声音很轻，像是在问染飞，又像是在问自己。

看着他沉痛、落寞的样子，染飞深深叹出一口气，半晌，才开口：“三爷，夜已深了，回吧。”说完，便转身往门口走去。他不想再继续跟这个男人纠缠下去了。有些事既然已经做了，就再也没有回头的路。更何况，她如今已经成为人妻，她有她的生活。如果那样，又置四王爷苏墨沉于何地？再说，这么多年，她心甘情愿地待在御香坊，又心甘情愿地嫁给另一个男人，应该说明，她早已将自己与眼前这个男人的一切都放下了吧？

“将军。”

染飞顿住脚步。

“本王一定会将这件事情查个水落石出！一定会的！”

染飞回头，只看到月色下那个俊美如仙的男人一脸的坚定和执着。水落石出？他敛眉，那又该会有多少的纠复？

“三爷……你到底有多爱千城？”

苏墨风一愣，似乎没想到他会问出这样的问题。想了想，道：“爱如生命。”他说得一点都不夸张，他的心，他自己清楚。这些年，没有人知道他是怎么过的。她走了，一并将他的心也带走了。三年来，他如行尸走肉一般地活着，他故意让自己忙碌，不停地忙碌。可是，思念一个人，就像是人的呼吸，再忙碌，也是如影随形。

“既然三爷那般爱她，那本人就只说一句……”染飞顿了顿，轻叹，“三爷，算了吧，就像这三年一样，当她死了吧。”

苏墨风一震，怔怔地看着他，看着他缓缓转身进门，而自己却直愣愣地站在原地，久久地失了神。

清晨的阳光透过金镂格子窗洒进来，一片斑斑驳驳的金黄。千城缓缓将头从膝盖上抬起来，眯眼适应了一下刺目的光线，这才惊觉，自己竟然抱膝在床上坐了一夜。身上裹着的是男人宽大的紫袍，鼻尖依稀还有他淡淡清檀的气息，她想起昨夜的种种，忽然有种恍如隔世的感觉。马车上，他那般的失控，后来，终究还是放开了她。因为那块玉，所有的疯狂因为一块玉戛然而止。

不可思议吗？她也觉得是。玉只是媒介，是因为送玉的人吧？终究是那个住在他心尖上的女子，才能瞬间唤回他的理智。即使当时他那般失控，可还是因为那块玉不带一丝眷恋地坐起，脱下外袍盖住她的身体。他问：“哪里来的？”

她本不想回答，后来，想想挑战这个男人极限的后果，每次都让她吃尽苦头。所以，她如实答了：“去宝玉轩做的。”

“然后呢？”

“准备送给你。”想了想，她又补充了一句，“只是今夜一直没有机会。”

“送给本王？”男人靠在车厢上，冷笑，“做什么？你难道不知道，有些东西是永远都无法代替的吗？即使长得再像，它也终究不是原来的那一个。”说完，她便看到他抬手撩开马车的窗幔，淡漠地将手中的东西掷了出去，没有一丝犹豫。

她说不出心中的感觉，不知道是应该为他的毫不留情而心痛，还是应该为他的不拖泥带水、不虚情假意而感激？是啊，有些东西是永远都无法代替的，譬如人，譬如玉。她记得她最后说的一句话是，“我懂了。”她是真的懂了。

他用衣袍把她裹得严严实实，直接从马车上将她抱回了清华苑。从他的肩头，她看到杨痕复杂的目光投了过来，那目光让她想哭。她将脸深深地埋在男人的胸口，因为她觉得羞愧、屈辱。男人将她放到床上，又令杨痕取来内伤药，便离开了，一句嘱咐的话都没有，甚至也不担心她用不用药？

一坐就是一夜。小白在床下走来走去，不时用脑袋蹭着她的软履，不时又抬起头来看着她“喵呜，喵呜”地叫着，似乎心情甚是愉悦。她笑了笑，突然羡慕起它来。如果人能跟猫一样，自得其乐，该有多好。这般想着，她便下了床，她决定先去看看春兰夏莲，然后找点吃的。再多的忧愁，这日子总得过下去。即使要走，也得将身子养好。她刚下床趿上软履，准备去拿套衫裙将男人的袍子换下来，门却开了，春兰走了进来："千夫人，童夫人来看您了。"

千城一怔，素倾和她关系虽然相处得极好，可许是因为她眼睛不方便的缘故，她也从未来过她的清华苑，今日是……正思忖着要不要请，素倾已经搭着婢女的手走了进来，脸色是少有的凝重。她在房中站定，挥了挥手，婢女便退了下去，春兰看了看千城，千城点头，春兰便也随婢女一起退了出去。

"素倾，坐吧。"想到她的眼睛看不见，千城连忙走过去，伸手将她扶到椅子上坐下，身上宽大的华袍也因为她骤然的动作从肩上滑落。颈脖胸口处青青紫紫的淤痕，那是被男人深深疼爱过的痕迹，一下子就暴露在空气里。千城脸上一热，连忙伸手将华袍拉起，暗自庆幸，幸亏对方的眼睛看不见。

"素倾找我有事？"整理好衣衫，她抬头，不知为何，竟仿佛看到有一抹凌厉的微光从女子原本不应该有一丝反应的眼瞳中掠过。她以为是她的错觉。

"千城，你怎么这么不明白爷的心思？"素倾骤然开口。

清华苑，千城倚案而坐，专注地倒腾着桌上的数个瓶瓶罐罐，春兰和夏莲在旁边帮忙，一会儿取水，一会儿取花瓣，一会儿燃小炉，忙得不亦乐乎。小白在旁边的地上打着滚，自个儿跟自个儿玩得欢畅。整个清华苑暗香袅绕、花香四溢，欢笑声不断。春兰和夏莲是第一次看调香，只觉得新奇不已。原来香料的来源那么复杂，有来自花草上的，有来自牲畜身上的，任何带气味的东西都可以拿来利用。

"千主子，这香料的搭配有什么讲究吗？是不是，只要个人喜欢，怎么配都行？"

"不，调香搭配需得万分谨慎。"千城将一瓶香油倒进另一瓶香油中，抬起头，看了看两人，笑道，"其实，香料不仅仅是用来愉悦人的嗅觉，香料的最大用处是它的药理性。"

"药理性？"这个词太陌生。

"嗯，"千城点头，"所谓药理性说得直接一点，就是它的药性，它可以是治病救人的良药，亦可以是损人健康的毒药。"见两人一脸茫然、似懂非懂，她又笑着叹道，"例如，百合花制作的香料，可以提神、让人兴奋，可闻久了会让人头晕；天竺葵花制作的香料，则可以舒缓疲劳、让人放松，可闻久了却又容易让人疲乏、困顿，想睡觉。再例如，有些香本身无毒，但两种无毒的香调在了一起，便成了毒，好比，紫梢花、母丁香，各自并无害，但是两种香料配置在一起，就是可以让男女动情欢爱的合欢散。”

春兰夏莲闻言，顿觉脸上燥热，小脸红了个通透：“好难啊，调香的学问太深了，对了，千主子今日所调的香是……”

“专为四爷书房所用的。”

千城垂眸，继续倒腾着手中香料。素倾说他睡眠不好，她那日去书房，发现书房的香料是用橘子和柠檬的香气提炼而成的，虽可以提神醒脑，可容易让人亢奋，许久不能入眠。所以，她便想改用水仙和荷花，这种香气能让人感到宁静、温馨，却又不似天竺葵花那般让人困乏。

书房内，苏墨沉手执书卷，眉眼低垂、薄唇微抿，白璧纤长的手指随意地将书卷翻过一页。只看了一会儿，又放下，抬手捏上隐痛的眉心，身子靠向身后的椅背，微微阖上眼睛。三日了，离那夜宫宴已经三日了，他再也没有踏进过清华苑。也不知道那人怎么样了？有细碎的脚步声传来，他以为是送茶的婢女，没有抬眸，只淡淡地吩咐道：“放着吧。”

千城抿了唇，将手中的茶盏轻轻地放在他的案前，看着他疲惫至极的样子，心中不免一疼。印象中，他是一个极会隐藏、极懂隐忍的男人。既不锋芒外露，却也不会轻易将自己软弱的一面展现出来，很少看到他这样，他真是累极了吧？

“退下。”男人声音微冷，依旧没有睁开眼睛。

千城没有走，而是走到他的身后，抬手，两指抚上了他的太阳穴，轻按。男人的身子一震，伸手，温热的大掌裹了她的手背，唇角微扬：“你来了。”

千城心口一颤，为他骤然覆上的掌心温度，为他那句“你来了。”

他的声音极轻，很温柔，还似有些期待。他在等她吗？一时心潮澎湃，千城轻“嗯”了一声。男人陡然睁开眼睛，回头，看到是她，遂沉了眸：“是你？”

是你？什么意思？千城的心瞬间一落千丈，莫非他将她当作了别人？

“四爷以为是谁？”她轻轻一笑，心中早已苦涩不堪。

大掌自她手背上拿开，并轻轻挡了她的手，他坐起身子：“你怎么会这套穴位按摩？”

千城一愣，不就按个太阳穴而已，这有什么奇怪的吗？

“我们御香坊的人都会。”

男人怔了怔，眼梢微掠，睇了她一眼，没有吭声，端起桌上的茶盏，掀盖轻啜了一口。一股甘醇香浓入喉，他眸光微闪，又啜了一口，方才放下茶盏，睨向她：“找本王有事？”

“没有大事，只是这几日调了一味香，见很适合书房用，所以给四爷送过来。”说完，她径直绕到桌案的前面，掀开桌角香炉的盖子，轻轻将里面未燃完的香料熄灭、拨出，又将袖中的香料放了进去，燃上，顿时暗香袅袅。苏墨沉胸口微微震荡：“这是什么香？”

什么香？还没有名字呢！她刚刚自己调的，将香炉的盖子盖上，她想了想，抬头道：“荷塘月色。”

“荷塘月色？”男人挑眉，饶有兴致的样子。

“是，它是从荷花、水仙花中提炼出来的，可以让人宁神、醒脑、给人清凉舒爽、温馨惬意的感觉。”

男人闭眸轻嗅，唇角隐隐地带着一抹弧光。

“有没有？”见他这般，千城急切地问道。此时的她像极了一个做了一件什么事，迫切希望得到父母夸奖的孩子。也是只有她自己知道，这个男人的肯定对她来说有多重要。

男人睁开双眸，笑笑，未置可否。那一刻，千城觉得这三日的忙碌值了，亦是眉眼弯弯、笑容璀璨。气氛难得的融洽、难得的温馨，就像那夜宫宴上的事情、马车上的事情都没有发生过一样。

“苏墨沉，那夜，你为何那般肯定你出手伤了我，我就一定不会说出来呢？”唇边的笑容慢慢敛起，千城幽幽地开口。是的，素倾找她，将一切真相都告诉了她。原来，皇帝依旧不死心，依旧怀疑她没有食用舍利子，准备在宴席上再次试探。令人在酒里面掺了一些东西，那东西对普通人无害，但是只要是一月之内食用了舍利子的人，必定会与此酒相克，伤及内脏，导致咳血。苏墨沉及时地得到了这个消息。

当时素倾说到这里的时候，千城想到的画面是后花园里，花丛中，男人抬手，温柔地将女子的碎发顺到耳后。他是从那个宫女那里得到的消息吧？不然，非紧急情况，藏得那么深的女子如何会公然在宫里见他？

然后，得到消息的苏墨沉就紧急想着化解的法子。开始，他想借她脚崴受伤一事，先送她回府，但是，那只老狐狸没同意。不仅没同意，还防二人合计，不给他们两人单独相处的机会，让婢女扶她去了太医院，让苏墨沉随他一起去了未央宫。宴席上，也是将他们两人的位子分开，让她挨着小七而坐。

苏墨沉想到的第二个法子，便是代酒，为了不让老狐狸起疑，他代的是三人的酒，西陵雪、素倾和她的。可是，当时的她不明真相，只知心中气恼，意气之下，自己强行将那杯可以置她于死地的酒饮了下去。后来，她想想，难怪，当时他的眼神是那样凌厉、盛怒和慌乱。

酒已下肚，一切皆晚。如果，她一直安然无恙，那就说明，她果然没有食用舍利子。如果没有食用舍利子，那后果就不堪设想。先不说牵扯不牵扯到他的母妃，最起码有一点是可以肯定的，她必是活不了。所以，在伤和死之间，他不得不选择了前者。但伤也不能明着来。于是，才会出现他吹箫、素倾起舞，他利用琼花伤她的那一幕。其实，他拿捏好了力度，那力度只会让她咳血，不至于伤得太深。可是，谁知她倔强如斯，一直强忍住，忍住也就算了，竟然还不知死活地去给苏墨风表演剑舞，耗费自己的真气。

难怪他那么生气。

“你都知道什么？”刚才的温润消失不见，男人缓缓地眯起眸子，一脸冷峻。

“我什么都知道。”千城不明白，为何这个男人总喜欢将所有的事情都背在自己身上、都自己一个人扛？是因为她还没有资格来分享他的寂寞和秘密吗？

“我在问你，你如何那般肯定你出手伤了我，我就一定不会说出来？你有没有想过，如果我伤到的那刻，我叫出来，说有人伤了我，那你的一切计划都会付诸东流，而且，还会引火烧身。”

“你不会！”男人凝着她，淡淡地开口，“不然，你就不是千城。”

千城一怔，不明白他什么意思，想了想，似乎又有些明白，轻轻一笑：“就因为你吃定了千城吗？”吃定了她宁愿一死，也会护他周全的那颗心吗？

“不，”男人摇头，静默了片刻，才低叹一声，道，“我以为你懂我。”

千城心口一撞，难以置信地看着他，恍惚间，只以为自己听错了。他说什么？

他说，我以为你懂我，用的是我，不是本王。她懂他？说不出心中的感觉，只知道那感觉很强烈，是一种从未有过的澎湃，她一时不知该接什么话好。其实，她觉得，她并不懂他，从来都没有懂过他。只听到男人的声音又传了过来："事实证明，我高看了你，也高看了自己。"

她的心又一沉，降到了冰点："苏墨沉，我……"

"算了，"男人清冷地打断她的话，"事情反正都已经过去了，你没事就好，父皇也应该彻底断了猜忌。"只是，他似乎还有一件事要办。苏墨风和这个女人的故事……想必有趣吧？

这时，门口有婢女急急地闯了进来，千城一看，是西陵雪的婢女小梅，小梅一脸急色，甚至来不及行礼，就上气不接下气地说道："王爷……王妃……王妃晕倒了……"

紫霞苑，西陵雪躺在床榻上，人已经醒了，只是脸色略显苍白。见苏墨沉疾步而入，她强撑着虚弱的身子，朝他伸出莹白的皓腕，唤着"四爷，四爷……"苏墨沉眸光微敛，走过去，握住她的手，眉心拧起："怎么回事？哪里不舒服？"

西陵雪摇摇头，泫泪未滴："我也不知道，无缘无故就晕倒了。"

"别担心，本王已经让人去请大夫了。"

"嗯，"西陵雪抿唇，点了点头，轻轻地将脸枕在他的手背上。

大夫很快就来了，轻轻搭了西陵雪的脉，顿时，喜笑颜开："恭喜四王爷，贺喜四王爷，王妃是喜脉。"

"真的吗？"西陵雪难掩心中激动。

"千真万确。"大夫口气笃定。

屋里的几个婢女也都开心得蹦了起来。只有苏墨沉面无表情："可会是腹胀？"

"腹胀？"大夫依旧笑得灿烂，头摇得像拨浪鼓一样，"不会，不会，夫人的喜脉非常明显。"

"那就好，"苏墨沉弯唇一笑，眸色略沉，"赏。"

西陵雪有喜的消息很快在王府传开了，就连宫里都知道了，皇帝还传了口谕，要王府上下好生伺候。也是，人家是公主，若有什么闪失，那可是关系国之命脉。

其实，就算皇帝不说，四王爷苏墨沉也是将西陵雪当作了一个宝，当日就命令王府上下，一律以王妃安胎养胎为重。众人也觉在情理之中，那可是他的第一个子嗣，也是目前唯一的子嗣，还是正妃怀的，怎么想怎么美好。

一连几日都能看到西陵雪搭着婢女的手在王府中散步的身影，因为动静很大，所以大家想无视都不行。其实，才刚刚怀上，什么都看不出，可她已经做足了孕相，手撑后腰，腰身前送，穿特制的宽大衣袍。有事没事还喜欢串门，当然，串得最多的地方是素倾的望春苑和千城的清华苑。大家都是聪明人，自是心知肚明，这看似串门，实为显摆，好在素倾和千城都不是善妒之人，每次也都笑脸相迎、盛情款待。

望春苑，女子端坐在铜镜前，睁着空洞的眸子一眨不眨地看着镜子里的自己，其实也不是看，因为那双黑瞳里没有光影。婢女铃铛将一枚双蝶金钗插于女子梳好的发髻上："童主子，奴婢不明白，那日你为何会去清华苑跟千主子说那些？你完全可以当一个局外人一般的看着，让她误会王爷去。"

素倾垂下眸子，笑笑："没什么，都是四爷的女人，也没必要谁见不得谁好。"

一个女人靠什么生存，她比任何人都清楚。光有美貌是远远不够的，那些只是锦上添花的东西，真正需要的还是一些内在的东西，譬如智慧、譬如气度、譬如性格……特别是面对像苏墨沉这样优秀的男人，更得是要用心去经营。那夜宫宴上，他那么生气，是因为那个女人不知死活地去给另一个男人伴舞吧？后来，众目睽睽之下，他抱着那个女人走了，完全忘记了还有她和西陵雪。那是他第一次将她丢在一个地方不管不顾。

再后来，夜里他来了她的望春苑。黑暗中，她一直渴望的激情来了，她应该高兴，可是不知为什么，身体的销魂蚀骨却怎么也掩盖不了她的满心悲怆。或许，有什么东西在发生着变化。既然，宫宴上的真相，那个女人迟早会知道，她何不做个顺水人情，而且这人情，还是双份的。再说，也顺便告诉那个女人，她，童素倾才是真正站在那个男人身边的女人。因为，只有她分享了那个男人的寂寞和秘密，不是吗？

铃铛还在那里絮絮叨叨，极为不满："童夫人，整个王府奴婢就见你最善良了，你为她们这般着想，她们可不这样想，你看刚才王妃那盛气凌人的样子，不就是先怀了孩子吗？有什么了不起的？”

素倾笑笑，未语。那个女人吗？根本不足为惧。只是，她突然想起一件事，按说，她应该是王府里面承那个男人雨露最多的女人，怎么肚子就一直不见动静？

夜凉如水，苏墨沉踏进清华苑的时候，千城正弯腰在院子里就着月色摘着夜来香。她一边摘一边想着事情，所以苏墨沉直接进了屋，她都没有察觉。直到她挽着小竹篮进去的时候，才看到苏墨沉坐在灯下，静静地盯着她看，她吓了一跳。

“你几时进来的？”她回头望了望苑门，又看看苏墨沉。苏墨沉淡淡弯了弯唇：“就在你想心事的时候。”

千城一怔，懒得跟他纠缠，一边放下手中的竹篮，一边打开橱柜，笑道：“想喝茶了吧？”

将煮茶的茶具搬出来，放在他面前的桌案上，她便忙开了。男人没有说话，就看着她手中娴熟的动作，小白在两人的脚边转来转去，蹭完他的鞋子，又跑过来蹭蹭她的。夜很静，偶尔有一两声春虫的低唱，茶水撞在杯壁的叮咚声显得尤为清晰。千城低垂着眉眼，专注在手中的动作上，她知道，男人心里有事，其实什么事，她也大概明了。跟西陵雪怀孕有关吧？只是，既然他不说，她便也不问。或许这个时候，他只需要有个人陪在身旁，静静地、默默地陪在他身旁。

茶香袅绕，最后一道工序完成，她将茶水倒进小瓷盏中，递到他面前。他含笑接过：“似乎，你会很多东西？”将瓷盏握在手中，他抬眼看着她，黑眸晶亮。她怔了怔，给自己也倒了一杯，坐在他的对面，笑道：“没什么，只是煮茶而已，御香坊里很多人都会。我的茶艺只能算一般，因为，我比较懒，不像她们能起早去采露珠，我就用的普通的井水。”其实，她还想说，如果你想喝，我也可以早起去采露珠的，但是，她终究没能说出口。

男人亦是笑笑，没说什么，端起手中茶盏轻饮了一口：“御香坊里的人都会调香、会按摩、会煮茶，也都会舞剑吗？”

啊？千城刚刚饮进嘴里的一口茶险些喷了出来。这男人，还记着这茬儿呢！她也不知道该怎样去跟他解释。不知如何解释，只能不解释，她讪讪而笑：“不知道，或许有的人会吧？”男人亦是浅笑，黑眸中夹着一丝玩味。

两人都不再说话，各自饮着茶，空气中飘荡着清茶的甜香、夜来香的暗香。千城觉得这样的夜真的很美好，只希望这样的相处能久一点。见男人瓷盏见底，她又起身，给他添了一杯。

“说说你家里人。”男人骤然开口。千城心中一颤，手中的茶壶险些没拿住，里面的热茶撒泼出来，溅在手背上，她轻“嘶”了一声，将茶壶放下，咬了唇。家里人？他知道了什么吗？

“没事吧？”男人眸光一敛，连忙起身抓住她的腕。白璧的手背上已经起了星星点点的红斑。

“没事。”她想将手抽回，他却拽得更紧，黑眸落在她的手背上，眉心微拢：“得赶紧擦药，不然一会儿就起水疱了。”一边说，一边从袖中取出一个小瓷瓶，拧开，将里面的药粉轻轻洒在她的手背上，然后又用指腹轻揉地抹均匀，“幸亏本王随身携带着金疮药，你这三天一大伤、两天一小伤的……”

他的话没有说完，却让千城有种错觉，好像他是专门为她随身备的药一样。眼角忽地就酸涩了起来，她轻声喊了声：“苏墨沉……”

“嗯？”男人抬眼。四目相接，彼此的眸子便纠在了一起，两人挨得很近，鼻息交错，呼吸可闻。男人定定地看着她，眸子忽地就炙热了几分。千城看着男人瞳中自己的影子，一袭轻薄的白色寝衣，黑发如瀑，漫肩倾泻。

许是夜太宁静美好，又许是花香茶香太撩人……他微微倾身的同时，她闭上了眼睛，唇便贴在了一起，一切都发生得那么自然而然。瓷瓶掉在地上，一声脆响，惊到了正在玩耍的小白，它“喵呜”一声跑开。男人的手扣住她的后脑勺，加深了那个吻。与那夜的不同，这是一个缠绵的吻，他温柔地、一点一点地将她的呼吸吞没。她试着反应，唇舌相厮，便换来他更深的掠夺。显然，他很熟稔，只片刻，就让她脑中浑噩，瘫软在他的怀里。不知过了多久，她只觉得自己快要窒息了，他才缓缓地放开了她。

“你都不知道要呼吸吗？”黑眸中夹着一丝狭促，男人似笑非笑，薄薄的唇边水光点点。千城喘息着：“是你夺了我的呼吸好不好？”话一出口，她就后悔了，后悔得满脸通红，这话说得……要多暧昧有多暧昧。果然，男人被她的话愉悦到了，低声笑了起来。

“手还疼吗？”他问。她突然想说，疼又怎么样？不疼又怎么样呢？终究没说。

“不疼了。”她微微一笑，稍稍后退了一步，刚才的距离太危险，危险得让她耳热心跳、心智也弱了不少。

“嗯，”男人弯腰拾起地上的瓷瓶放在桌上，“夜已深了，早点睡吧，明早再擦一遍药，便可痊愈了。”说完，就转身往外走。千城怔怔地看着他的背影，突然想到什么：“苏墨沉……”

男人回头。

“我……我没有家人。”方才，他说谈谈她的家人，是什么意思？男人一笑：“对，是本王忘了，御香坊只收孤女。”

第二日清晨，便传来西陵雪落胎的消息，四王府里简直炸开了锅，众人更是个个恐慌、人人自危。

紫霞苑里，太医、大夫、产婆来了一屋，一堆的婢女端着铜盆进进出出，脸色一个比一个难看。床榻上，西陵雪面色苍白如纸，头发凌乱、衣衫不整，哭得死去活来。苏墨沉紧紧地抱着她，面色冷峻。

太医说，没有受到外力，没有跌倒撞到、没有食堕胎之药，此次滑胎纯属意外。西陵雪怎么也接受不了这个事实，神经几欲崩溃，甚至几度昏厥过去。一醒来，便又是哭，发疯一般捶打着自己的小腹。苏墨沉便紧紧捉着她的腕，握在手里，不让她乱动。哭累了，她便靠在他的怀里，一动不动，如同一个失了灵魂的木偶。

傍晚的时候，天空就像人的心情一样，竟然下起雨来，深夜里，雨越发大了，如瓢泼一般，甚至还夹杂着闪电。千城静静地站在窗边，看着外面雨幕成帘，心想，四月的天，入梅雨季了，难怪雨水多。门口一个身影几经徘徊，正欲转身离去，千城却突然开了门。一道闪电划过，两人都隐在黑暗里，“你……”千城不觉得意外，甚至她本就在等，她知道这个男人会来。苏墨沉没有说话，径直绕过她身边走进屋里，在案桌边他常坐的那个位子坐下。屋里没有掌灯，很黑，只有偶尔的一道闪电，点亮屋里的一切。千城站在门口愣了半晌，才伸手关上房门，将雨声阻挡在外面，转身走到桌边，准备取火折子掌灯。骤然，手背一热，整个小手被男人温热的大掌裹住。

“不要点……”黑暗中，男人的声音有些异样，说不出的沙哑疲惫，她便一动不动，男人才放开了她的手，“本王坐一会儿便走。”

两人都不再说话，一人站着，一人坐着，偶尔有一道闪电划过，稍纵即逝的光影中，她看到男人面色冷峻、身影如塑。她知道他心里难过，今日他扼杀了一个无辜的生命吗？或许杀一个人对这个男人来说，只如同踩死了一只蝼蚁，但是对一个还未来得及来到这个世间的小生命下手，他是沉重的吧？

其实，千城理解他。也许每个男人遇到他这种事，都不会淡定，都会像他那么做，而他最起码还做得隐蔽，至少顾全了西陵雪的自尊。她不知道那个孩子真正的父亲是谁，有可能是王府里的人的，有可能是外面的人的，也有可能是东墨国的人的。但至少有一点是肯定的，孩子绝对不是苏墨沉的。她知道，他碰都没有碰过她，是吧。除非幻境也能让人怀孕，当然，那是不可能的。

事情发生以后，这个男人并没有去追究到底是谁给他戴了这顶绿帽子，他有他的顾忌，她知道。因为有些事一旦究底了，就得刨根。刨根终究对他不利，最初的最初，用虚合欢骗人的是他，不是吗？但是，不追究，却也并不表示他姑息、他承受。他如此骄傲的一个男人，是不可能去替另一个男人养儿子的。所以，他不得不出手了。作为一个高级调香师，千城很清楚，如果想让太医认为没有出现外力导致堕胎的，只有一个办法，用香。跌倒撞击会有外伤，食用堕胎药会有痕迹，只有香，通过人的嗅觉吸入，才不会留下任何蛛丝马迹。

苏墨沉一直没有说话，就坐在黑暗里一动不动，他似乎宁愿一个人独自咀嚼，也从不喜欢与人分享他的心事。这样的人注定是孤独的，也注定要比常人苦一些。看着他的样子，千城既心疼又难过，黑暗中，她缓缓走过去，伸出手，从后面抱住他，下颚顶在他的肩窝上，她轻轻唤着：“苏墨沉……”如果拥抱能给人力量，能给人慰藉，她想给他。

西陵雪病了。平日里那么强的一个女人为了一个腹中的孩子，病来如山倒，就像一个纸糊的人一样，她不吃不喝，就抱着自己给未出世的孩子做的小衣服，口中念念有词的，不知在说什么。她的样子吓坏了紫霞苑的婢女，连忙通知了苏墨沉。苏墨沉去了紫霞苑，将她抱在怀里，默默地抱在怀里。或许，他低估了一个孩子对于一个女人的重要性。不过，即使再重要，他也绝不会给别人养儿子。事情再发生一次，他依旧还会做出同样的选择。

第五章　以命换命

几日后，东墨国来人了，来的是东墨的皇帝，西陵雪的父亲。他亲自前来，是因为他也听说了西陵雪的变故。西陵雪是他唯一的女儿，他一直视若珍宝。要不是苏墨沉游历到东墨时，西陵雪对其一见倾心，非要嫁给他，他也不会将这个女儿以和亲之名嫁得那么远，他东墨如此强大，几时需要和亲？

宫门口，文帝率众皇子和文武百官早早地候在那里了。东墨皇帝西陵博的队伍浩浩荡荡而来，在宫门口停下，可因其思女心切，一刻也不想耽搁，竟是连宫门也没入，提出直接去四王府。文帝面露难色，苏墨沉微微拧眉，却都不好拒绝，只得应允。苏墨沉连忙吩咐杨痕快马加鞭回府让府中众人做好接驾准备。

四王府门口，跪了乌泱泱一片人，千城和素倾也随众人跪在其中。他们接到消息，圣上要亲临四王府了，不仅西苍的圣上要亲临，连东墨的圣上也要亲临。两君同驾，怕是全西苍再也找不出第二家有四王府这份殊荣吧。众人的心里又是喜又是忧，喜的是能一睹圣颜，那是几辈子修来的福气；忧的是不知道东墨皇帝会不会怪四王府的人没有照顾好他的女儿。

长长的黄色仪仗由远及近，缓缓地在王府门口停下，两道明黄身影下了马车，紧跟其后的是东墨皇帝的随从以及西苍的众皇子，苏墨沉一袭紫袍，走在其中。千城远远地看过去，只见其微微抿着唇，黑眸深邃、面沉如水，完全看不出心中意味，她突然想，在这张波澜不惊的面孔背后，又有几分忧愁，几分忐忑？

紫霞苑里，看到一动不动躺在床榻上的人儿，西陵博只以为自己进错了屋、认错了人。这还是他的雪儿吗？是那个刁蛮任性、灵动活泼的西陵雪吗？他看到的只是一个脸色苍白的人偶。

“雪儿……”他眸色一痛，走上前去。看到突然出现的西陵博，西陵雪空洞晦暗的眸子才终于有了一丝反应，她怔怔地看着他，半晌，才猛地扑进他的怀里，“哇”的一声哭了出来：“父皇……孩子没了，我的孩子没了……”

“父皇知道，父皇都知道……”西陵博轻轻拍着她的背，安抚道，“没关系的，雪儿还年轻，以后还会有很多孩子的。”

“可是……可是，他是我的第一个孩子……是我和四爷的第一个孩子啊……”而且，没有任何外力作用，这孩子就这样滑了，那以后，谁知道还能不能怀上？西陵雪哽咽着，泣不成声，眼泪就像断了线的珠子簌簌地往下掉，在场的人看了无不为之动容。苏墨沉薄唇抿得更紧了些。

西陵雪哭了多久，西陵博就极为耐心地抱着她安抚了多久。直到她终于哭累了，他才放开她，让她靠在身后的软枕上，朝随行的两个医女招招手：“替公主看看，开个调理的方子。”

“是！”医女领命上前。文帝微凝了脸色，他没想到这个男人竟然自己从东墨带了医女来，这样做，分明就是瞧不起他西苍国的医力。心中甚是恼怒，可面上却也不好表现出来，只得将广袖中的拳头攥了又攥。

那厢，两个医女一左一右给西陵雪搭了脉，皆是一怔，不约而同地互看了一眼，再探，两人脸色就白了。带着难以置信的表情，两人又仔细检查了西陵雪的瞳、口、舌……这才确定了心中所想，两人再次对视一眼，点了点头。西陵博见两人有异，敛眉道：“公主怎么样？”

两人抿唇，面露犹疑，看了看众人，不知当讲不当讲。直到西陵博大怒道：“说！”两人才不得不硬着头皮对着西陵博一鞠：“皇上，公主她并未滑胎。”

啊！此话一出，众人一怔。并未滑胎？难道是虚惊一场？苏墨沉愕然抬眼，不可能，那味堕胎香可是比藏红花强上百倍，怎会没将胎儿打下来？反应最强烈的人当然是西陵雪，恍惚间，她以为自己听错了，抓住医女的手，急切地问：“你们说什么，我并未滑胎？我并未滑胎？”医女抿唇，凝重地点头：“是！”

“太好了！”西陵雪一喜，旋即眉开眼笑，难以掩饰地激动，“父皇，我未滑胎……四爷，你听到了吗？四爷，我们的孩子没有滑掉……”西陵博亦是觉得心头一松，再次看向两个医女，口气就明显地轻缓了下来：“说说，这到底是怎么回事？”

医女拧眉，又对视了一眼，静默了半晌，其中一人道：“因为公主本就没有怀孕，所以无所谓滑胎。”

什么？一句话如平地惊雷，在众人的耳边炸响。所有人都目瞪口呆，包括两个皇帝，包括西陵雪，甚至包括苏墨沉。没有怀孕？

“不……不可能……大夫都确定了的，我自己也有感觉的……滑了就滑了，你们没有必要现在来编这种谎话……”刚刚还在狂喜的边缘，马上就被打入失望的深渊，西陵雪哪里能接受？竟然说她没有怀孕，难道是她故意作假不成？那厢，苏墨沉已经沉声命令杨痕：“将那日给王妃诊喜脉的大夫以及后来给王妃看滑胎的太医、产婆统统找来！”

“是！”杨痕领命而去。

西陵博的脸色极为难看，这两个医女是东墨太医院里最好的医女，所以他才千里迢迢将两人带了过来，本只是想根据西陵雪身体的具体情况，让两人开些调理的药，没想到竟整出这么一出。不过，他的人他了解，有多少能力，有多少忠心，又有几分胆量，他清楚得很，他自是知道两人没有说谎。屋里的气氛一下子变得很诡异，全场静谧，落针可闻。

清华苑，千城坐在窗前看着书，素手将书翻过一页，又翻过一页，再翻过一页，怎么也静不下心来，索性，将手中书卷一扔，不看了。一颗心乱作一团，也不知道紫霞苑那边的情况怎样了？那么久了，众人还没出来，不会出了什么变故吧？她心烦气躁，起身，提起茶壶，准备给自己倒杯水，只见春兰神秘兮兮地跑进来：“千主子，千主子……”

“什么事？”千城摇摇头，这丫头几时能改掉这急急躁躁的毛病。

“千主子，你知道吗？”春兰难掩心中激动，两眼放光，“王妃她根本就没有怀孕……”

紫霞苑，大夫、太医、产婆跪了一地。苏墨沉紧紧地抿着唇，缓步踱到几人面前，伸手指了其中一人，正是那日给西陵雪诊喜脉的大夫："那日，本王问你，可会是腹胀？你说什么？"黑眸微微眯起，苏墨沉的声音不大，可浑身散发出来的那种寒气足以将现场每个人冻僵。如果没有怀孕，他后来又何必如此处心积虑？

那人伏在地上，抖作一团："小的说……小的说，'不会，夫人的喜脉非常明显'。"

"那如今呢？又作何解释？"苏墨沉骤然厉喝。

"小的……小的也不知道，可，小的可以保证，当日是千真万确的喜脉，真的……真的非常明显。"

苏墨沉冷笑道："刚刚你也把过脉，王妃有没有怀过孕，你应该心里有数。"

男人伏在地上，头也不敢抬，早已冷汗涔涔："是，看……看今日脉象……的确没有怀过，可……可是那日……"

"庸医！"苏墨沉衣袖一挥，又指向其他几人，"还有你们，难道连是不是滑胎也看不出来吗？"几人连忙磕头求饶："是我们大意了，我们从没有怀疑过王妃不是真的怀孕，见王妃身下见红，是滑胎之症，又探其脉搏，不见了喜脉，所以就以为孩子是滑掉了……"

"一群庸医！"有人厉吼，这次不是苏墨沉，而是文帝。一个简单的怀没怀孕、滑没滑胎都能看错，这是怎样的一群人？这玩笑也未免开得太大了吧，他西苍国的脸都被这几个庸医丢尽了，刚想再次发作，却听得一女声响起："陛下请息怒，这些人说得未必就不是实情。"众人一震，循声望去，是东墨的其中一个医女。

"把话说明白，什么叫他们说得未必就不是实情？"西陵博显然已经失了耐心。医女抿了抿唇，道："其实，要想让一个并未怀孕的人出现喜脉的假象也并非什么难事，很多方法都可以。"她们在宫里当医女，什么事没有见过，那些后宫女人为了争宠，没孕装孕的事儿屡见不鲜。

"你的意思，是有人做手脚？"西陵博眯眸，沉声问道。

"微臣不敢肯定，但，不排除这种可能。"

众人一阵压抑的唏嘘。跪在地上的大夫、太医、产婆一见有人替他们说话，忙不迭频频点头。苏墨沉眸光一敛，他怎么就没想到这点？是谁？是谁故意让西陵雪出现喜脉，目的何在？

“不可能！”西陵雪尖叫一声，精神几欲崩溃，“如果只是假象，那我下身为何见红？为何出现流产之症？你们可别告诉我，那是我的信期到了。”

“当然不是，公主之所以会呈现流产之症，微臣猜想，应该是有人以为公主真的有孕，又不希望孩子留下，而对公主用了堕胎之药，强行清除昆石内壁，致使内壁出血造成的。”

全场哗然，未孕就已经够震撼的了，如今又有人用堕胎药，太不可思议了。西陵雪更是拼命地摇头，早已说不出一句话来。苏墨沉眸光微闪，面沉如水道：“这不可能，如果有人用了堕胎之药，一定会有用药痕迹，为何当日太医和产婆都没有发现，还说没有任何外力原因？”

“这世上没有什么是不可能的，”医女淡淡一笑，“要想让药性进入人体体内，方法有很多种，可以浸泡，通过毛孔进入；可以注入，只需找一个创口面；也可以吸入，通过人的嗅觉；前两种暂时可以排除，因为如果浸泡或者注入，公主本人都应该会知道，但是，最后一种，就不一定。本人就曾经亲眼见过有人用无色无味的熏香，将人腹中的孩子堕下来，不留一丝痕迹。”

众人再次哗然，太恐怖了。苏墨沉眸色渐深：“姑娘肯定吗？”看来，他还真小瞧了这些东墨的医女。

“并不肯定，”医女摇了摇头，“不过，我们只要稍稍检查一下公主的身子，便可确定是与不是？”

检查身子？

“不行！”苏墨沉断然拒绝，“你们还嫌雪儿受的伤害不够吗？”

“是啊，公主金枝玉叶……”文帝也觉得此举有些伤皇家颜面，毕竟大家心知肚明，所谓的检查身子是检查什么。

“朕倒是觉得如果不查出事情真相，那才是对雪儿真正的伤害。”西陵博铁青着脸，沉声开口，末了，又看向西陵雪，“雪儿，你说呢？”西陵雪此时早已脑中混沌，她怔怔地看着众人，只觉得一屋子的人，每个人的嘴巴都在动，在说什么，她却根本听不见。见她没有反应，西陵博转身，看向众人，“我们就暂且回避，让医女给小女检查一下。”说完，就带头往外走。他的随行也跟着一起走出去。苏墨沉眉心微拢："陛下……"

西陵博顿住脚步，回头。

"此举恐有不妥。"苏墨沉垂眸颔首，对其微微一鞠。西陵博轻轻一笑："放心，朕是雪儿的父亲，朕比四王爷更不忍伤害她，但是，朕也需要真相，此也属无奈之举。难道四王爷不想将事情弄明白吗？"

苏墨沉便只得噤了声。

一屋子的人都来到院子里站定，就留两个医女在里面。不知过了多久，似乎只是一会儿，可是对于苏墨沉来说，却是很久，终于，门吱呀一声，被人从里面打开，两个医女走了出来，两人的脚步有些虚浮，脸色也极为难看。

"如何？"西陵博开口问道。医女对着他一鞠："回皇上的话，公主昆石内壁受损，确实被人用药堕胎。"

众人大骇。

"还有……"医女欲言又止，似有难言之隐。

"还有什么？"西陵博厉喝，早已处在盛怒的边缘。事到如今，还有什么是不能说的？

"还有就是……"医女抿了抿唇，小心翼翼地睨了一眼苏墨沉，正好撞上他冷冷的目光，她吓了一跳，连忙慌乱地将视线移开，犹自镇定了半晌，才轻声说道，"公主还是处子之身。"

虽早有心理准备，苏墨沉还是忍不住眉心微微一跳，看来，该来的还是躲不了。众人闻言，更是惊得半天合不拢嘴，是他们听错了吧？这怎么可能？

"四王爷，"西陵博寒凉的声音响起，苏墨沉抬眸，就看到对方正盯着自己，眸中激涌的阴霾恨不得将人吞噬，他一字一顿，"敢情朕的雪儿千里迢迢嫁到西苍，是被四王爷拿来做笑料的。"

气氛瞬间僵滞，众人都变了脸色，各种复杂的目光齐齐地落向苏墨沉。也是，这一会儿怀孕，一会儿滑胎，一会儿未孕，一会儿堕胎，搞到最后，还是个处子，换谁谁都接受不了，更何况对方还是一国公主，对方的父亲是一国之君。

姜还是老的辣，文帝一看气氛不对，连忙笑着打圆场："陛下请息怒，这中间恐怕是有误会。"说完，他抬了抬手，示意站在边上的几个产婆，"你们几个再去替公主检查检查。"他的意思很明显，方才检查的人是东墨的医女，谁知道是真是假，只有自己的人确认了那才为真。

“是！”几个产婆领命欲去。

“不用了。”

众人一怔，是苏墨沉，齐刷刷的目光又朝他看了过来，不知他意欲何为，一旁的苏墨宇和苏墨逸更是替他急得手心冒汗。文帝拧眉：“老四……”

“不用了，”苏墨沉弯了弯唇，淡淡一笑，“雪儿的确是清白之身。”

众人惊错。

“为什么？”一声略带哭腔的轻问划破所有人的心口。苏墨沉抬眸，就看到西陵雪不知何时已经起来，身着一袭白色的寝衣，头发凌乱、脸色苍白，虚弱地靠在门边，眼睛一眨不眨地看着他，眸中水花晃荡，“四爷为何要这样对我？”

与平时嚣张跋扈的西陵雪不同，此时的她声音很轻，很轻，就像是自言自语一样，让人觉得听不真切，可字字句句又实实在在地敲进了人们的心田。苏墨沉抿了唇，第一次找不到词语应对。晌午，阳光正浓，明晃晃地照在紫霞苑中，偌大的院落中，站满了人，却没有一丝声响。

“为何要这样对我？”她又问，犹不甘心。

“因为我！”一个女子的声音骤然响起。

众人一怔，循声望去，只见一个身着紫色云锦裙的清丽女子缓缓地从苑门口走了进来，在场的很多人认得，是千城。她盈盈上前，对着文帝和西陵博微微一鞠，便扬起下颚，眼梢轻抬，睇向西陵雪，讥诮一笑：“因为我和四爷那夜无意中发现王妃姐姐有臆想症。想来，是王妃姐姐在床上一人自得其乐的样子吓到了四爷吧？所以……”话没有说完，千城掩嘴而笑。

众人愕然，苏墨沉亦是微微一怔，眸光敛起。西陵雪脸色愈发苍白如纸：“你……你什么意思？”

千城轻轻一嗤道：“我什么意思，王妃姐姐心里应该明白，不然，姐姐既是处子之身，怎么会也以为自己怀孕了呢，想必是将平日里臆想的东西当了真。”

“你……”西陵雪气结，却又根本无力反驳。臆想症？她竟然有臆想症？她一直想不通，明明无数个夜晚，那个男人将她压在身下狠狠地疼爱过，她怎么会还是处子之身？原来，红帐暖阁，她和那个男人所有的恩爱缠绵都是假的，都是她一人臆想出来的，她竟然做这种不知羞耻的事情。难怪那个男人不碰她，是嫌弃她吧？

“你休得在这里血口喷人！什么臆想症？朕的女儿朕清楚，正常得很！”西陵博本就生气，见半路杀出个程咬金，更是气盛。

“正常得很？”千城倒也是不为所惧，笑容愈发灿烂，“王妃姐姐心里清楚，我是不是血口喷人？自己经历的自己记得吧，再说，可以问问四爷，四爷那夜可是亲眼所见？”千城说完，便含笑地看向苏墨沉。苏墨沉抿了唇，黑眸深深地凝着她，不知心中意味。见他半晌不语，千城笑容渐冷，“四爷到这个时候还想着替她隐瞒吗？”顿了顿，她骤然将衣袖一挥，失望地摇头，“算了，像四爷这种受了再大的屈辱都会选择隐忍的男人，千城还指望什么？”

众人一震，苏墨沉脸色微变。看着他微微凝起的脸色，千城冷冷地一笑：“一个自己从未宠幸过的女人怀了孩子，换作别的男人怕是要发疯的吧？可是四爷呢，宁愿偷偷下堕胎香将孩子打下来，也要装作事情没有发生过，不是吗？”

啊！全场哗然，堕胎香原来竟是苏墨沉下的。

“千城！”苏墨沉沉声，黑眸中流露出不可思议的光。

“怎么？我说错了吗？”她微微扬着下颚迎上他的视线，略带挑衅。苏墨沉同样深凝着她，薄薄的唇边紧抿成一条冰冷的直线，彼此的眸子纠在一起，良久，千城微微一笑，别过视线，“我不知道，四爷为何要这样做？为何宁愿偷偷地用堕胎香将孩子打下来，也不去惩罚她这样一个红杏出墙的女人？是怕人家看笑话吗？还是忌惮她公主的身份？或者说，四爷根本就舍不得动她？”

“我没有出墙！”西陵雪声嘶力竭。

“我知道，”千城点头，云淡风轻，“可是四爷并不知道，至少在今日以前不知道，但是，他还是选择了隐忍、隐瞒、包庇，不是吗？”

“呵……”千城苦笑，“这就是我深爱的男人。”

西陵雪一怔，抿了唇，幽幽地看向苏墨沉。苏墨沉盯着千城，眸色更深。全场鸦雀无声。骤然，西陵博瞳孔一敛：“雪儿的假孕药是你下的。”千城未响，未响便是默认。

“你为何要这样做？”西陵雪哭吼着，神情疯狂，疯了一样地扑过来，本来孱弱的身体却不知道从哪里来的力量竟然将千城扑倒在地。千城却也不反抗，安静地躺在地上，一动不动，任她没命地捶打，水眸中满是不屑和怜悯。

“够了！”随着一声冷喝，千城只感觉到眼前紫影一晃，身上骤然一轻，西陵雪已经被人拉开，是苏墨沉。千城躺在地上看着他，男人的身形高大如山，俯瞰着她，眸中寒气吞吐，胸口微微起伏着，似乎在极力隐忍着怒火，骤然大手一伸，封住她的衣领，直接将她大力拽起。不知为何，千城脑海中突然掠过那日在沁芳茶楼，司空畏拽她上楼的情景，也是这样的动作。可是此时此刻，却容不得她多想，因为男人寒凉的声音已经喷薄在她的耳畔："你这个疯女人！"他咬牙，一字一顿，恨不得将她生吞活剥。所有人都明白他的怒意，但或许只有他自己一人明白他是为了什么而怒。

"疯子！"薄唇轻启，他又重复了一句。千城哑然失笑，缓缓地垂下眸子，掩去眸中的沉痛："可不就是疯子，一个为爱疯狂的疯子。"

这边西陵雪又欲再次扑过去，衣袖却被一人轻轻拉住："四王妃。"她一怔，回头，竟是三王爷苏墨风。

"你为何要拉我？"她厉吼，目光射向千城，满是怨怒，"她，都是她，让我颜面尽失，让我以后还如何做人？我要杀了她，我要杀了她！如果不是她……如果不是她……"

千城轻轻一笑："是我又怎么样？"含笑的眸子里是几乎被冻结的冷酷，她抬手大力地将苏墨沉的手挥开，缓缓地走到西陵雪的面前，微微倾身，"你本就不配坐王妃这个位子，自以为是公主，嚣张跋扈、目中无人，我就是要四爷误会你、废了你，只可惜……"她直起身子，轻叹，"只可惜，这个男人太让我失望了。"

"你可知道自己在说什么？"苏墨沉深凝着她，沉声问道，黑眸中有很多很复杂的情绪掠过，千城还来不及捕捉，却已是消失不见，他的眼神又恢复了那一汪平静。

"知道，也清楚地知道自己在做什么。"她依旧淡然地笑。

"朕要杀了你！"

唰的一声，是利器摩擦的声音，西陵博侧身拔过边上带刀侍卫的佩剑，锋利的剑尖直指千城的咽喉。

众人大骇。

"陛下，请息怒！"数道人影齐刷刷跪下，有三王爷苏墨风、九王爷苏墨逸、十四王爷苏墨宇，还有当事人苏墨沉以及四王府侍卫统领杨痕。

"陛下，事情还没有查清楚，请手下留情。"说话之人是苏墨风，他与苏墨沉对视了一眼，便转眸看向千城，眸色一痛，又求助似地看了看文帝，最后将目光落在西陵博的身上。

“事情不是已经清楚了吗？她自己都承认了。”西陵博冷哼，手中长剑如虹。苏墨风摇头：“不，就是因为她自己承认了，所以才说事情还不清楚。陛下请想，一个真正做坏事的人会主动前来说这一切都是她干的吗？我知道，如此伤害王妃妹妹的确罪大恶极，杀了她也不为过，但是，怕就怕其中另有隐情，或许千城妹妹是受人胁迫，又或许是替人顶罪，陛下一代明君定是不想让这样的事情发生，所以，恳请陛下给我七日时间，七日之内，我定然将此事彻查清楚，给陛下一个满意的交代，可否？”

西陵博面色冷峻，不语，亦不动。文帝见此情景，眸光微闪，上前：“此事发生在我西苍，是我西苍对不起贵国，朕也恳请陛下给我们一个机会，相信老三会给陛下一个满意的交代。”

西陵博又静默了半晌，才将手中的长剑移开。众人终于松了一口气，文帝连忙沉声命令左右：“将此人打入天牢，等候发落！”两个侍卫领命上前，押起千城便走，千城也不抗拒，甚至有些欣然，自始至终，她都一声不吭，甚至未看众人一眼。

夜凉如水，月上中天，三王府，竹林，一抹白衣翩跹的身影踯躅、徘徊。骤然，一阵疾风拂过，翠竹摇曳，竹叶发出沙沙的细响，一抹紫影从空中划过，翩然落于白影面前。风止，夜静，两人面对面而立。

“我知道四弟会来。”苏墨风静静地看着面前的男子，黑眸晶亮。苏墨沉轻轻一笑：“所以三哥是在等我？”

苏墨风亦是一笑，不置可否。今日在紫霞苑，西陵博将长剑横于那个女子颈间，他们几人跪地求情。当时，苏墨沉跪在最前面，苏墨风跪在他之后，在众人的注意力都集中在那一剑一人身上时，苏墨沉骤然只手负于身后，以迅雷不及掩耳的速度朝他做了几个手势，他只看了一眼，就懂了他的意思。因为那是他们小时候经常玩的游戏，一人以手代嘴，一人负责猜测，当时，在众多皇子中，数他们两人最默契。长大后，苏墨沉因其母妃的原因被放逐到各国游历，而苏墨风却又甚得文帝喜爱，养尊处优，从此，两人关系开始淡漠疏离。没想到，时隔多年后的今日，两人又默契了一次。他说，给我七日，他便去替他争取这七日。

“不知四弟今夜前来所为何事？”虽然，他在等他，虽然，他今日出手帮了他，但是，他知道，他们的关系，还没有好到共商大事的地步。

“多谢三哥今日相帮。”

“我也只是举手之劳而已，不过，希望四弟以后这样冒险的事情还是少做一点好，四弟有没有想过，假如当时我没有看懂四弟手势的意思呢？再或者我想明哲保身，不愿趟这趟浑水呢？”

“你不会！”幽幽夜色下，苏墨沉凝着他，目光灼灼，口气笃定。

“哦？”苏墨风一怔，旋即又轻轻笑开，“四弟为何如此肯定？”

“因为……三哥爱她，不是吗？”苏墨沉的声音清淡，听不出任何情绪，却如同利器一般直入苏墨风的心窝，他呼吸一滞，愕然抬眸看向苏墨沉，半晌，又慌乱地别开视线，转过身去：“她是四弟的女人，四弟怎能说出这种话？”

苏墨沉低声一笑：“那就当我没说。”

气氛有那么一瞬的僵滞，两人都没有说话。不知过了多久，苏墨风转过头来：“七日时间稍纵即逝，不知四弟是否已经有了良策？”

“没有，”苏墨沉抿唇，面色冷峻，“只能赌一把，孤注一掷。”

“什么意思？”

苏墨沉不响，只是微微抬着头，眯眸望着天边的那一轮明月，不知心中所想。

见他沉默不语，苏墨风只当是他不愿与他分享秘密，便也不再多问。许久，苏墨沉才收回目光，看了他一眼：“告辞了。”说完，没等苏墨风作出反应，他已是脚尖一点，飞身而起。苏墨风突然想起什么，对着那抹身轻如燕的影子问道：“今日之事当真是千城所为吗？”

“不是！”清冷笃定的声音划破夜空，顷刻间，已不见了那人的踪影，夜又恢复了静谧，只有风吹竹叶的声音。苏墨风一人站在原地，久久失神。

天牢，千城抱膝坐在已经有些发霉的稻草上，靠着冰冷的墙壁，怔怔地望着天窗外的那一小方夜空，一动不动。人，有的时候很奇怪，凭着一口气就冲上去了，今日的她就是这样。那么多的人，那么大的事儿，她不怕吗？她怕，但是，她还是冲了上去。虽然平日西陵雪嚣张跋扈，着实可恶，可也不至于要去害她，再说，西陵雪也是可怜之人，爱着一个不爱自己的男人是可怜的吧？她是，西陵雪又何尝不是。可就是这样一个可怜的女人，她今日还是在众目睽睽之下出言伤害了她。

可是没办法，她要救那个男人。他有那么多的事没有去做，他有那么大的抱负没有完成，不能让他因为府中女人之事，就无端葬送了自己。明知道如此做，自己是死路一条，明知道如此做，他更会将她误会，她还是做了，甚至还想着越误会越好，只有他误会了，众人才更加相信，戏才更真，不是吗？悲怆吗？明知会万劫不复，还是要去做。回想自己今天在紫霞苑的表现，她只想到一个词，妒妇，一个为爱疯狂的妒妇。所有人都是这样看她的吧？包括他。他再次说她是疯子，不是吗？疯子？千城苦笑，其实，她也觉得自己是个疯子。

远处隐隐约约传来打更的声音，竟已是四更天了。天牢里一片静谧，其实，白日里她被关进来的时候，也是很静，因为她是单独一人被关的，想来只有重犯才有如此待遇吧？弯了弯唇，她将脸埋进膝盖里。天牢阴暗潮湿，夜里更是冷得瘆人，又没有被褥，她只得更紧地抱着自己。今日苏墨风为她求了七日之期，是要救她吗？那他呢？那个男人呢？也会想办法救她吗？

又是不知过了多久，她才好不容易浅浅睡去，在迷迷糊糊之间，似乎感觉到有人影靠近，她缓缓地睁开惺忪的眼睛，待看清来人时，她瞳孔一敛，瞬间清醒了过来。一行三人，一白两黑，皆是穿着斗篷，宽大的斗篷帽子掩住了脸，黑暗中只能看到三人的眼睛，阴森可怖，使她想到了鹰隼，中间白衣人的眼睛……她似乎哪里见过。还没来得及思量，甚至没能来得及站起身，一根细绳已甩在她的肩头，她吃痛地呼道："你们……"话还没有说完，喉间骤紧，细绳已经重重地勒住了她的咽喉，两个黑衣人一左一右执住绳索的一头，大力地拉着。

千城大惊，顿时明白了几人过来的目的，杀人灭口吗？她本能地挣扎，细绳却越勒越紧。她想喊，可除了破碎的呜咽，她根本发不出一个全音。

"手脚都给我麻利点，完了以后将她吊起来，做成自杀的样子。"中间白色斗篷的人突然沉声开口。竟是……女声，甚至很熟悉，应该是身边的人，千城努力搜索着，可是，腹腔内的空气似乎瞬间被抽去，喉间紧窒又疼得尖锐，她的意识开始溃散、混沌……眼前再也看不到任何景物，她甚至闻到了死亡的气息，心里不免苦笑，今夜竟这样不明不白地死在这些人的手里。

突然，一阵凌厉的劲风扫过，只听到有人闷哼的声音，有重物落地的声音，禁锢在喉间的力量瞬间散去，颈上一松，她大口地喘息。一抹浅檀入鼻，有温热的大掌抚上她的背脊，轻轻地拍打，帮她顺着气。心尖一抖，她又惊又喜，抬眸看向来人，薄唇紧抿、面容冷峻，不是苏墨沉又是谁。她刚想张嘴说话，他却先她一步："你的武功呢？"

她一震："我……我哪里会……咳咳……"

"给三哥舞剑时的那身手哪里去了？"他冷哼，大手却是更紧地将她抱在怀里，转眸看向屋里的其他三人。两人已经横在地上痛苦地抽搐，还有一人。苏墨沉狭长的凤眸微眯，冷厉地看向那人，天牢很暗，只有天窗透进来的一点月光，光影婆娑，他紧紧地抿了唇。白衣人微微颤抖，抬手压过帽檐，转身便走。苏墨沉瞳孔一敛，抬手，掌风如索，将那白影一裹，凌厉地席卷回来。黑暗中，传来重物倒地的闷响，是那白影被掌风甩落在地，一声闷哼夹带着一声极尽委屈的低呼划破两人的耳际："爷……"

千城伏在男人怀里，意识浑浑噩噩，骤听到这一声爷，顿时心神一凛，这才想起，难怪声音如此熟悉，而刚才却没有识出，是因为平日里这人从没有发出过像刚才那么阴冷的声音，如今只一个字，她便惊觉了出来。竟然是她！怎么可能是她？强忍着喉间被重勒后的灼烧刺痛，她从他的怀里抬起头来，朝白影看去，只见那人匍匐在地上，斗篷凌乱，帽子已经被掀落，垂于肩头。光影晦暗间，依稀可以看到那人一脸的痛苦和惊惧，一双水眸紧紧地盯着他们，不，确切地说，是盯着那个抱着她的男人，一眨不眨、目光幽幽。

真的是她！可是，她的眼睛……她的眼睛……

千城只觉得震惊不已，愕然抬头看向抱着自己的男人，他高，她低，她不得不仰视着他，只能看到他冷硬的下巴、高挺的鼻梁和长长的眼睫，看不到他脸上的表情，但是，环在她腰间的手，她却是能感觉得到，他在用力，他在轻颤……

"这些年，你骗得本王好苦……"男人终于开口，声音暗哑低沉，却偏还夹杂着一丝笑意。苦笑吧？还是自嘲？千城想。不过，她也真心佩服这个女人，能这么多年如一日地将一个瞎子演得那么出神入化，也绝非一般人所能。

"好苦？"黑暗中，女子亦是一声轻笑，"难道爷就是因为这个才对我好吗？如果不是，骗与不骗又有何所谓？如果是，才会说苦。"她的声音清冷，与平素的她完全判若两人。千城想，如果不是亲眼所见，她真的会以为，这个人与四王府那个心思单纯、天真烂漫的童素倾只是长了一张一模一样的脸而已。

"为什么？"许久才听到男人的声音，却出奇地寡淡，完全听不出任何意味，似是寻常那么随便一问。

"什么为什么？"素倾颤悠悠地从地上爬起，轻轻地靠于身后的墙壁，将自己隐在黑暗里，"爷是问为什么我要装眼睛看不见，还是问为什么我要杀了这个女人？"如果是前者，说明他在乎的始终是她，不是吗？如果是后者，说明他在意的是牢里的这个女人。

"为什么给西陵雪下假孕药？"素倾一怔，没想到他问的是这个，想了想，也是，假孕药本是现在牢里这个女人被关进来的原因。呵，他终究在意的还是这个女人。

"如果我说，所有的一切都是因为爱爷，爷相信吗？"她笑着开口，笑容黯然苦涩。

"爱？"男人嗤笑，"爱本王所以要陷本王于万劫不复，是吗？"

"不！"素倾低呼，有些激动，"不是的，本来我下药之时，只是想毁了西陵雪，没想到会有后面的那些纠复。"

"难道本王对你不好吗？你还要觊觎这些？"

好，很好，好得不真实，好得让人觉得那只是刻意。人，总归是有喜怒哀乐、心情起伏的吧？更何况他们是那种男女关系。不是说这世上最让人不能淡定的就是男女情事吗？可是这个男人对她，却从没有过多的情绪。有时，她甚至希望他对她发一通脾气，或者像对这个女人一样，浓烈的时候要生要死，可是，都没有，只是温润，一味的温润，温润得近乎敷衍。

"爷就当素倾贪心好了。"她笑得落寞，并不想说这些，说得越多，只会让这个男人越发看轻了她。

"所以你连千城也不放过，即使需要铤而走险夜闯天牢？"男人的声音骤冷，一字一顿。

"她该死！"素倾亦是咬牙，声音从牙缝中迸出，眼前又晃过那日在清华苑看到的一幕，这个女人穿着他的衣袍，颈脖胸口青红淤紫，满满都是被男人狠狠疼爱过的痕迹，那是她从未有过的。

她该死？听到这三个字，千城一震，只以为自己听错了，印象中，她应该没有跟她树敌吧？她既没有西陵雪的名位，也没有得到这个男人的宠爱。

“敢问一句，为什么我就该死？”原本她不打算问，可她实在觉得憋屈，退一万步说，她还替她背了此次的黑锅，她凭什么？素倾没有开口，男人却是先开了口，只是，不是对她，而是直接将她的问题忽略，他说：“你不是本王认识的童素倾。”

素倾回以冷笑：“你也不是我认识的四爷。”

千城气结，敢情将她当作了空气。那厢素倾清冷的声音仍在继续：“我认识的四爷沉着冷静，绝不会去做冒险的事，例如今夜，如果是他，就绝对不会出现在这里；我认识的四爷也不会去做忤逆老夫人的事，老夫人说此人不可留，如果是他，他断不会让她还好好地活在这里……”

“够了！”男人厉声地打断她的话，“这些都是本王的事，无须你去操心。”

“好一句爷的事，不用我操心！”素倾笑了起来，骤然，眼前紫影一晃，男人已来到跟前。她一惊，止了声音，以为男人要对她下手，脸色一变，又惊又惧间，只感觉到手臂一重，男人竟是拧起她的胳膊，猛地脚尖点地，飞身而起。

这厢，千城原本还在素倾那句“老夫人说此人不可留，如果是他，他便不会让她还好好地活在这里”的话上，久久回不过神来，骤然，腰间大手一松，身子陡然失去了支撑，她猝不及防，便直直地摔倒在地上。再抬头，就看到黑暗中男人拧起对面女子飞身而去的身影，衣袂簌簌，有什么东西从男人的袖中呼啸而出，直直刺入地上还在抽搐的黑衣人身上，瞬间两人便没了声息。

什么情况？千城错愕。直到苏墨风、文帝、西陵博，还有一干禁卫冲进牢房的时候，她才终于明白了过来。

壁上的灯火被捻亮，她看到苏墨风一脸担忧地跑过来，毫无顾忌地将她深拥入怀：“千城，你没事吧？有没有伤到？我来晚了……”

她听到文帝沉声命令众人：“快追，被迷晕的禁卫说刺客是三个人，还有一个白衣人，应该还没有走远，速速去追！”

她听到西陵博跟苏墨风说：“看来三王爷估计得没错，这个女人的确受人所迫，来人一定是想杀人灭口。”

千城安静地靠在苏墨风的怀里，想笑，却笑不出来，闭了闭眼，这次竟然连泪水都没有。童素倾要杀了她，那人却救了童素倾。喉间刺痛难当，她抬手，想摸一下，却发现手中不知何时竟多了一样东西，她垂眸一看，是枚银针。

银针？想来是那个男人留下的。只是，他是什么意思？微微怔愣，骤然，眼前大手一晃，银针已经被人捡起，她抬头，就看到苏墨风依旧凝重的脸："幸亏你随身带了这个东西，击毙了那两个黑衣人，白衣人才畏惧而逃，不然……后果简直不堪设想。"千城这才想起，苏墨沉走时，致使那两个黑衣人被一招毙命的东西，是银针。

原来如此，原来如此啊，他留银针于她的手心，不过是想做出黑衣人是她所杀的假象。也是，在众人的眼里，三位刺客过来杀人灭口，一人不见了，两人死了，她还活着。两人如何会死？总不至于说刺客他们自己窝里反，白衣人杀了那两个黑衣人吧？如果杀，那也是先杀了她之后，白衣人再杀黑衣人灭口，既然，她没死，白衣人又跑了，只能说明，黑衣人是她杀的。不然，她怎么解释这一幕？天啊！在那么短的时间内，能计划得这么周详，能将事情办得如此滴水不漏，那是怎样的男人？喉间依旧灼烧刺痛，就像被锯割过一般，她抬手一抹，却是一手的黏稠。

"啊！"苏墨风也发现了她满手的殷红，脸色一变，大声吩咐着边上的禁卫，"太医，快传太医！"

文帝拧眉，上前大力地将苏墨风拉开，怒道："成何体统？"苏墨风这才意识到自己的失态，眸色一痛，微微后退了一步，对着千城哑声道："冒犯了……"

千城笑笑，未语。没有了他的支撑，她又不得不让自己靠在墙壁上。耳边人声、脚步声，嘈杂一片，她却只是木然地看着牢里的一切，一动不动、一响不响。有人已经在清理黑衣人的尸体，还有人在仔细检查着门窗……

"三王爷，快问问她，她是受何人所迫？"

"太医呢？太医怎么还没到？"

望春苑，苏墨沉挟着女子破门而入，吓坏了里面的婢女，正惶恐不知所措，只听到男人的一声厉吼："滚！"婢女大惊失色、仓皇逃窜。苏墨沉直接进了里屋，才松手，女子身形不稳，重重地摔于地上。

"暂时你就待在王府，等这件事情过去，你去母妃那边照顾她。"男人的声音清淡，面无表情，说完转身便走。

"爷……"女子骤然从地上爬起，冲了过去，从后面死死地抱住他，"请爷不要这样对素倾，素倾知道错了，素倾真的知道错了。”去他母妃那边，她才不要去呢，而且还看不到这个男人，她会疯的，她不要去，她不要离开四王府。

“跟了本王这么多年，你应该很清楚，本王从来说一不二。”苏墨沉眸光寒凉，垂眼看向紧紧扣在他胸前的手。女子心中一凉，手却依旧不放，将脸深埋在男人的背上，哽咽道：“可是爷心里是有素倾的对不对？不然，刚才为何爷要出手救我？是因为爷也舍不得素倾出事，对不对？”她爱他，她了解他，她当然知道他行事一向果决，不拖泥带水，但是，毕竟他们在一起那么多年……

“本王之所以救你，是因为本就欠你一命，如果换作别人，本王在天牢里就已经将他杀了。”苏墨沉语气清冷，抬手淡漠地掰开禁锢在他胸前的皓腕，转过身来面对着她。素倾微微薄颤，紧紧咬着下唇，眼眶红红地看着他，也不作声，就是梨花带雨、一脸委屈地盯着他看。换作寻常，他早已一笑，伸手将她轻揽入怀，可是今夜，他没有。她也知道他不会，虽然，他没有对她大吼大叫，没有盛怒如雷，甚至很平静，但是，她看到了他的决绝，那种近乎残忍的决绝。完了，他们之间真的完了吗？就为了一个相识不到两个月的女人，几年的情意就顷刻间烟消云散了吗？她不相信，也不甘心。

“爷当真要赶素倾走吗？”

“母妃那边也需要有人照顾不是吗？”苏墨沉拧眉，淡淡地道。素倾一怔，旋即又惊又喜，“爷并不是真心赶我走，只是想找个信任的人去照顾母妃对不对？”抿了唇，她殷切地看着他。

苏墨沉睇了她一眼，转身往外走，走了两步，又顿住：“要怎么说，你才能明白呢？本王不想杀你，但是，本王知道，若再有下一次，本王定然不会手软。”

素倾身子一晃，后退了两步才稳住自己踉跄的身子。男人阔步离开。房门被打开，又被重重地关上，一股夜的寒凉湿气卷了进来，素倾不禁打了一个寒战，脚下一软，瘫坐在地上。

苏墨沉走得极快，心中却是纷乱不堪，计划又被彻底打乱了。他知道始作俑者肯定是王府里面的人，不然，关于西陵雪的一切对方不会那么清楚，而且还能轻易下手，所以，为了将那人引出来，他故意在王府放风出去，说明日开始，苏墨风和刑部就开始彻查此事，那人必定如惊弓之鸟，想尽各种办法撇清自己，而杀人灭口是最直接、最有效的一个。果然，鱼儿上钩了，可是，他做梦也没有想到，那人竟是童素倾。

此计只得作罢。

闹腾了一夜，直到太医将千城的伤口包扎好后，天已经微亮。关于刺客，关于胁迫，不论他们怎样问，她都是三缄其口，只字不语。倒不是她故意执拗，而是因为，真相她不会说，故事她又不会编，所以，只得什么也不说。见她油盐不进，文帝和西陵博无奈，只得先回去休息了，苏墨风本想留下来陪她，文帝却不同意。

天牢又恢复了初时的静谧，千城将头靠在膝盖上，刚要睡过去，内务府总管李公公手执明黄卷轴走了进来。千城一怔，自是明白那明黄卷轴是什么。她苦笑着开口道："是要行刑了吗？"

"不，"李公公眉眼一弯，"恰恰相反。"

相反？千城浑身一震，只以为自己听错了："公公说什么？"

"昨夜的刺客已经抓住了。"

千城错愕，猛地从地上站起来："抓住了？"

李公公看到她激动的样子，笑笑："是啊，抓住了，杂家也不知道是谁。刺客现在正在刑部审着呢，你先接旨吧。"千城只觉得不可思议，心中疑问重重，却也不便多问，只得跪于地上。

"奉天承运，皇帝诏曰，四皇子妾室千氏陷害四王妃一事已经查明，千氏实乃被人威胁所致，死罪可免，但是活罪难逃，去其四皇子夫人之名，在府中为奴为婢三个月，自省自过。钦此！"

去其四皇子夫人之名？千城匍匐在地，不禁苦笑，嫁入四王府，本就有名无实，现在好了，连与那个男人仅有的一点关系也被去掉了，是不是该说，她解脱了？可这些她也没有多想，连忙谢恩接过圣旨，因为还有更重要的事困扰着她。那个刺客……素倾被抓到了？不可能！那个男人的身手她知道。除非……故意为之……那个男人愿意为了她而舍弃童素倾？这更不可能！

怀揣着各种疑问，她想直奔刑部去探个究竟，可是刚出了天牢，门口的两个禁卫就催促着她出宫，理由是，闲杂人等不得在宫中走来走去。闲杂人等？也是，现在的她已经没名没分了，可不就是闲杂人等。两个侍卫一左一右地跟着，她想走去哪儿都不行，只盼望着能在路上碰到个熟人什么的，苏墨风、苏墨逸、苏墨宇都行。可是没有，除了宫女太监，谁也没有碰到。这个时候，也不知道苏墨沉在哪里？如果说刑部正在审着案子，那他应该在刑部吧？算了，先回王府吧，回去总归会知道事情的始末。

出乎意料，出了宫门，竟看到了那个男人。杨痕拉着马车，他立在马车的旁边，边上还有苏墨逸和苏墨宇，似乎已等候多时。她一怔，这是在等她吗？当真是舍了童素倾救了她吗？一颗心难以抑制地澎湃，她朝他看了过去，早上的晨曦斜斜地打过来，将他整个人镀上了一层金色的光彩，看上去越发耀眼。隔得有些远，光影又偏逆，看不到他脸上的表情，只能感觉他的目光也在朝着她看过来。边上的十四王爷也看到了她，朝她招手："四嫂，四嫂……"

四嫂？她已经不是他们的四嫂了。不过这些已经不重要了，一个名分而已，这个男人终究是保全了她，不是吗？她微微一笑，快步朝几人走过去。原来，她不是一个人，他在，他们一直都在。心中被一种感觉充斥得满满的，很强烈，也很激动，她突然觉得，受点苦，是值得的。

"千城。"骤然，一声女子的轻唤从身后传来，她一愣，顿住脚步，回头。竟是云蔻，她站在宫门口，望了望她，又拧眉望了望远处的三个男人，似乎是有话要给她讲。她微微一笑，又走回去，拉起她的手："好久不见，是不是找我有事？"此时的她心情是极好的，她不知道，苏墨沉对她算不算是爱情，但最起码，十四王爷和老九给了她亲情，云蔻给了她友情，不是吗？

云蔻抿唇点了点头，脸色凝重，再次瞟了远处几人一眼，才小声说道："今日是十五了，司空坊主让我将这个带给你。"云蔻边说，边将一个小瓷瓶塞在她的手中。千城知道，那是月盈霜的解药，她竟忘了今日是十五。

"嗯，谢谢。"千城笑着点头，接过。

"还有……"云蔻顿了顿，欲言又止，犹疑了许久，才接着说道，"司空坊主说，为了救你出来，他牺牲了一员大将，你以后要好好地监视苏墨沉，提供一些有价值的东西，这样才对得起别人的牺牲。"

咣当一声悦耳的脆响，是瓷瓶掉在地上的声音。千城怔怔地看着云蔻，脸色煞白："你说什么？"

云蔻轻叹，又将原话重复了一遍。

“你的意思，是他救了我？”千城犹不相信。

“不然，你以为呢？”

千城身子一晃。她以为？她当然以为是身后远处的那人。就知道……就知道他不会舍了童素倾。她摇头苦笑，既然不救，又来接她作甚？剧烈的痛楚从心底深处直捣出来，深绞着，痛得她几乎不能呼吸，她皱眉，伸手一把抓住云蔻的衣袖，声音破碎：“是谁？牺牲的那人是谁？”

云蔻眼中掠过一抹沉痛，抿了唇，不响。

“我问你，是谁？”千城终于难以抑制地低吼出来，身子摇摇欲坠。云蔻心中一痛，伸手轻裹住她的手，紧握在自己手里，“千城，不要这样，苏墨沉他们都看着这边呢。”

看就看，有什么大不了的。

“到底是谁？”

“是柳姨。”云蔻似乎鼓了很大的勇气才说出口。

柳姨？千城脚下一软，差点跌倒，云蔻慌忙将她的身子扶住。

“为什么？为什么是她？为什么……”千城喃喃而语，眼前又晃过那个看似对她们严厉，却时刻给予她们关心和爱护的妇人，那个永远刀子嘴、豆腐心的妇人。

“司空坊主说，你这件事闹得那么大，牵扯到两国皇室，所以必须有个人牺牲，才能给东墨一个交代。而苏墨沉那边，自是不会舍了相好了几年的老情人去救你。迫不得已，他才出手，想来想去，只有柳姨最合适，一来，在两个皇帝面前，她是坊主，身份特殊，所以可以说她是他国潜伏在御香坊多年的细作，胁迫你给西陵雪下毒，意在挑起东墨和西苍的矛盾，他国坐收渔翁之利；二来，在苏墨沉这边也不会起疑，因为他知道，柳姨等同于你的再生父母，再生父母为了儿女牺牲也是情理之中的事……”云蔻的话还在继续，千城却觉得耳鸣得厉害，身边所有的嘈杂都听不见，只有一片嗡嗡嗡的炸响。

“千城何德何能？何德何能啊？”她失魂落魄地抬头，泪水已是淌了满脸。

“千城，你不要这个样子，柳姨也不愿意看到你这个样子，她让我带话给你，说她心甘情愿，是心甘情愿的。”

“不，不行，我要去救她，我要说出真相。”千城骤然越过云蔻就往宫门里面冲。他是吃定她了吗？他是吃定她宁愿死也不会将事实讲出来吗？云蔻眼疾手快，伸手将她拉住："没用了，千城，没用了，柳姨已经死了，她承认了一切就咬舌自尽了。"

千城彻底僵住。好一会儿，眸子空洞地转，就像一个失了灵魂的木偶，喃喃道："死了，已经死了……"

"不想让她白白牺牲，我们以后就做好我们的本分。"云蔻轻轻地拍着她的手背，不厌其烦地安慰着。

不知过了多久，千城才终于有了意识，她回头，远处的几个男人还在朝着她们这边看，十四王爷走来走去，似乎已经等得有些不太耐烦。千城不知道自己是怎样走向那几个人的，也不知道自己是怀揣着怎样的心情。只知道，看到她过来，十四王爷大呼小叫，四嫂，你和云蔻怎么那么多话要说啊？苏墨逸在一旁只是笑，而苏墨沉却是含笑着朝她走过来，伸手想扶她。她也伸手了，只是扬起，又重重落下，落在男人俊美如俦的脸上，啪的一声，清脆响亮。

男人没有躲，直直地立在那里，承接着她的那一记耳光，倒仿佛专门迎上来的一样。手掌麻疼，她知道自己用了蛮力，可仍旧觉得不解恨，心中气苦。她咬牙转身，在众人错愕的目光中朝相反的方向走去。

"千城！"男人上前，大手抓住了她的手臂，似乎方才那一巴掌是打在别人的脸上，面不改色，"我们回去吧。"他的声音喑哑低沉，竟有些说不出的沧桑疲惫，听得千城心中一颤。可是只一瞬，她就狠狠地唾弃了自己，染千城，你还要作践自己到几时？

"放手！"她垂眸冷冷地看着那白璧纤长的五指，对他说，亦对自己说。

"不放！"男人口气笃定，顿了顿，又说，"你的脖子上还有伤……"

千城微微苦笑，转过头来看着他："苏墨沉，我脖子上的伤是昨夜就有的，为何你昨夜不跟我说这些，为何你昨夜不说'不放'？"昨夜，是谁不管不顾地任她摔倒在地，也一心只想救走那个女人？那时，他为何没想到不放？她抬手大力地将他的手拂掉，继续往前走，却不想再次被他抓住："事情都已经过去了，跟本王回去。"他的声音微厉，似是夹着一丝愠怒，显然是失了耐心。

"过去了？"千城哑然失笑，抬眸看着他，目光灼灼，"靠柳姨的一条命来换一件事的结束，四爷觉得我能过去吗？"

男人抿了唇，未语，黑眸深深，骤然一弯腰，竟是直接将她打横抱起，转身往马车的方向走。苏墨逸和苏墨宇瞠目结舌，杨痕眉心微拢。

“放我下来！”这算什么？凭什么他想怎样就怎样，她永远是缴械投降、认输的那一个？

“苏墨沉，我没有你那么大的抱负、那么重的心机、那么宽的胸怀，我的心很小，我小肚鸡肠、我斤斤计较，有些事，或许你可以一笑而过，而我却一辈子都过不去。”他可以无视她为他作出的所有的努力，她却永远也不会忘记另一个人的以命相赠。柳姨对他而言，只能算个勉强认识的陌生人，而对她来说，却是亲人。

男人依旧脚步不停，就像没听到一样。

“放我下来！”她气结，脑中一热，低头，重重地咬在了他的肩头。他微微一颤，却依旧没有放开她，就任由着她咬，就好似她咬在别人的身上。不知咬了多久，直到她觉得齿根酸麻，才缓缓松开。遇到这样的人，她真的只有无力，重重地闭了闭眸，她轻声说道，“苏墨沉，如果你也为柳姨的死有一丝难过，那么，就请你放开我。”

男人脚步一顿，睨向她，冷凝了眉眼。她的目光也不偏不躲，良久的对峙！最后，大手终是将她放下。她瞟了他一眼，强忍心中悲恸，毫不犹豫地转身，默然离去。

御香坊里依旧香气四溢、欢声笑语，如同曾经的三年一样，一切都没有变。千城知道，那是因为她们还不知道柳姨的事情，或许她们永远也不会知道。因为宫里忌惮他国报复，就秘密处死了一个细作，而作为司空畏亦不会告诉她们，毕竟只有她们这些在品香会上胜出的人才知道这个男人的存在。

见千城突然回来，她们都很吃惊，一个一个围上来问东问西。千城只是笑笑，我回来看看柳姨，面上笑容璀璨，心却如同被千刀万刀地凌迟，不见血，只有痛，那是生生夺人呼吸的痛。千城将自己关在柳姨的房间，一坐就坐到了天黑。柳姨的音容笑貌一一从眼前掠过，她将这三年的点点滴滴又重新回忆了一遍。其实，这三年她是快乐的，每天和众多的姐妹一起种香、采香、制香，没有勾心斗角、没有阴谋算计，她是充实的，而且每一个明天对她来说，都是充满希冀的，如今才两个月，她竟已经疲惫至此。因为她的执念无知，她害死了柳姨，那个收留她三年，给了她温暖、又教了她无数道理的柳姨。她将脸埋在膝盖里，泪水无声地淌了满脸。

“唉——”一声若有若无的轻叹来自头顶，有人将她整个裹入怀里。她一惊，抬起头，就看到屋里不知何时竟然已经掌起了烛火。火光摇曳，光影中男人铁面婆娑。司空畏？千城红着眼睛、怔怔地望着他，忘了反应。直到男人白璧纤长、略带薄茧的手指抚上她的脸，想将她脸上的泪水拭去，她才一个激灵回过神来，戒备地伸手挡住：“做什么？”她的声音冷冷的，拒人以千里之外。虽然，他救了她，但她并不感激他，在她的眼里，如果需要一命换一命，那根本就称不上救，更何况，舍了柳姨、救了她，无非就是她还有利用价值。这样的男人跟苏墨沉又有什么区别？

男人倒也不生气，微微一笑，将手拿开，一掀袍角，坐在了她对面，挑眉：“我可是你的救命恩人，你就这个态度？”

千城冷笑：“我倒希望你没有救我。”

“如若我不救，你就会……”

“就会死吗？”千城冷声打断他的话，斜着眼睛倔强地看着他，目光灼灼，“我不怕死，死了更好。”

铁面下的脸微滞，眸光忽闪，勾唇一笑：“轻言生死并不好。”

“轻易剥夺一个人生的权利更不好。”在这个世上，人与人的命是平等的，并不是她的就比柳姨的贵些。他凭什么就自以为是地去让一个人生，一个人死？

男人默然，半晌，才道：“那是她的命，活着也是你的命。”

“既然是命，那就应该由上天来定。”

“上天？”男人嗤笑，“女人，我该说你天真，还是该说你无知呢？难道你不知道，上天永远是不公的吗？”

千城一怔，咬牙道：“那也应该由自己决定，而不是你。”

“自己？”男人唇边的笑容更大了几分，透着讥诮不屑：“自从你们踏进御香坊的那一刻起，你们的命就已经不是自己的了。”

“疯子！”千城气结。都是为了各自的权力欲望不择手段的疯子，苏墨沉是，他也是。

似乎这两个字愉悦到了那个男人，他竟笑出声来，也不接话，就用晶亮的黑眸看着她，兴味十足。千城怒极，可是此刻，面对这样一个厚颜之人，她似乎连发怒都不能。闭了闭涩痛的眼睛，她起身往外走，想眼不见为净。手刚触上门栓，骤然衣袂簌簌，她的背上猛地一热，是男人起身从后面抱住了她。千城一震，身子僵住。

春末夏初，衣着本就单薄，她清晰地感觉到那宽厚结实的胸膛递过来的温度，不禁心神一惊，微微战栗。其实，此时的她真的需要一个这样的港湾，无关情爱，无关风月，只因为那么一点温暖。但是，男人接下来说的话却让这一切美好灰飞烟灭。他说："原来，你也渴望男人的拥抱。"

这一句话像刀子一样刺进她的心窝，杀人不见血。泪，在眼眶中打转，她却硬是将它逼了回去，深深地呼吸，她回头冷笑："谢谢你的拥抱，但我不稀罕。"说完，她就抬手去掰他的手臂。可是，司空畏似乎故意跟她较劲，他的手臂不松反紧，甚至还将自己的下颚抵在了她的发顶，温热的气息喷薄："不稀罕我的？是稀罕苏墨沉的吗？可惜，那个男人吝啬给你，你没必要为他守身如玉。"

可惜，那个男人吝啬给你，千城心中大痛。有的时候，伤并不可怕，你可以躲在无人的角落，独自舔、独自疗，可怕的是，你本想深埋的伤却被别人一点一点地揭开，作为戏谑的谈资，鲜血淋漓！千城痛苦地闭上眸子，泪水无声地漫出，她不敢再回头，她怕继续被这个男人看轻，她笑，笑容破碎："如果你是想羞辱我，那么我告诉你，你成功了，我接受你的羞辱，你可以放开我了吗？"

男人亦是笑，嘲讽地笑："你也知道羞辱？我还以为你将自己当成了女娲娘娘下凡呢，法力无边、不惧生死，就为了拯救全人类。"

"够了！"千城痛苦地摇头。

"不想听是吗？"男人修罗一般地笑，魔音继续，"你应该感到欣慰，我是在表扬你，真的，你是我见过的最不怕死、最执着、最有爱心的女人了。"

屈辱，透心而出；心痛，排山倒海；眼泪，终于肆意……一直紧紧绷起的情绪终于一发不可收拾……

"司空畏，你怎么可以这样残忍？你怎么……"她哽咽着，泣不成声。他将她的身子扳过，缓缓地扣进怀里，她像一个孩子一样号啕大哭。男人微微抿紧了唇，哭吧，没必要所有的事情都一个人默默地扛着。黑眸中掠过一抹沉痛，他低低地叹息："你知道吗？一个不爱惜自己生命的人是得不到别人的爱的。你想，命都没有了，还拿什么来爱？"

千城愣了愣，又继续窝在他的怀里哭得上气不接下气。也不知过了多久，她哭累了，才慢慢地平静了下来，这才意识到两人暧昧的姿势，乍又想起方才这个男人的话，心中顿时一堵，猛地将他推开：“你别想又找理由羞辱我，滚！”

“滚？”男人挑眉，似乎被她突如其来的情绪怔住，须臾，又摇头叹息，“真是个不知好歹的女人，本门主又借肩膀，又借胸膛的，一身上好的锦袍还被你弄脏成这样，你用完不说谢谢也就算了，还让本门主滚？”

“你不走是吧？”千城转身走至门口，拉开房门，“你不走，我走！”

“好好好，我走……”司空畏先她一步，闪身而出。如今，御香坊是她唯一的落脚地，他不能连这也剥夺了去。

第六章　她是喜脉

或许是大哭了一场，心里舒服了一些，又或许司空畏的那句一个不爱惜自己的人是得不到别人的爱的话，她觉得有道理，她竟然主动去厨房找了点吃的，接着又简单盥洗了一下，就将自己丢在了床榻上。昨夜在大牢里也是一夜未睡，今日又这般折腾，真的很疲惫，很疲惫，可不知为何，纵使这样的疲惫不堪，她却怎么也睡不着，最后实在没有办法，她又起身下床，想找点事做。或许忙碌才能让人忘掉一切苦痛烦忧，可深更半夜的御香坊，能有什么事做？除了调香。

小炉燃上，香料摆出，她却不知道要调什么。满脑子都是这两个月以来发生的事，一会儿苏墨沉，一会儿司空畏，一会儿又是柳姨，还有苏墨风，一切不停地在她脑海中穿梭。手中动作却不停，机械地将一瓶香油倒入另一瓶香油中。如果当初不来御香坊，她现在还是将军府的三小姐，应该不会有今日的这些纠复吧？

夜，很静谧，只有小炉中火苗燃烧的声音，明明是春寒料峭，千城却突然觉得热了起来，她以为是炉火的缘故，便捻灭了小炉，可是那股燥热并没有消退，反而越来越强烈，很难受，热流在身体里乱窜，如同万虫在吞噬骨血。她起身，想去打开门窗透透气，还未站稳，就又跌坐了下去，浑身无力，头脑混沌，脑中竟一会儿是那日在马车上，苏墨沉将她压在身下的情景，一会儿又是西陵雪躺在床上微蹙眉心，朱唇半启，似痛苦似享受地吟叫的样子。

意识迷乱间，她骤然意识到一件事，可能是她调的香出了问题。她伸手，颤抖了半天才勉强拿起桌案上的香油瓶，艰难地送到鼻子下。果然，是紫梢花、母丁香放在了一起。天啊，自己做了什么？她想将香油丢掉，可是门窗紧闭，她再一次扶住桌案，强撑着站起，可身子还没站稳，就是一阵天旋地转，桌椅被打翻，她直直地摔倒在地。冰冷的地面紧贴着身体，她似乎舒服了一些，可很快，身子却愈发难受，如同在烈火中焚烧，脑中仅存的一点意识告诉她，完了，今夜她完了。这合欢散必须男女交合方可解掉，谁给她解？且不说，御香坊全部都是女人，即使有男人，不是心头上的那个，她也是宁愿死也不会愿意。没被童素倾杀掉，柳姨又刚给了她一命，没想到今夜她却把自己葬送在了自己手里。

意识越来越混沌，最后，她已经完全不知道自己身在何处，似乎在火山口，似乎在大海底，又似乎是在云际，那感觉很奇怪，也很强烈。热，真的很热……她开始拼命撕扯着自己的衣服，可是这样依旧不能减轻身子的燥热无依，她突然好想，如果那个男人抱着自己该多好，疯狂地想。朦朦胧胧中，门似乎开了，好像有人走了进来。

“千城……”那人吃惊地叫她的名字。声音很熟悉，是个男人，可是，她想不起是谁。是谁？她想睁开眼睛看看，可是眼皮却沉重如山，强行微眯的一点光影中，她看到那人已经在她身边蹲了下来。一抹浓烈的男性气息袭入鼻端，她的肩被一双大掌扶起，火热连连。她舒服地呜咽，颤颤巍巍地抬起头，努力想看清楚对方，却怎么也看不清楚，隐约间，只觉得男人有一张俊美的脸。是苏墨沉吗？她张嘴想问，可喉间火烧火燎根本发不出全音，只变成了哑声低吟。

男人蹙眉看着怀中的女子，一脸的酡红，星眸微眯、樱唇半张半合，意识已经陷入混沌，很明显，是中了媚毒之症。怎么会这样？瞳孔一敛，他快速环顾了一下四周，只见桌椅横躺、香料一地，在女子手边不远处的地上躺着一个小瓷瓶。他伸手，将瓷瓶探进掌心，放到鼻下轻嗅，蓦地脸色一变，抬手大力将瓷瓶掷于门外。这个疯女人，竟然调这种香！此毒一中，必须男女交合才能解，否则，必死无疑！可是如今……他紧紧抿了唇，黑眸深邃。

怀里的女子似乎更加难受了，在他的怀里如蛇一般拱动，双手还不停地撕扯着自己的衣服，小猫一样低低地呜咽。外衫早已被她自己扯下，耷拉在手肘处，只剩下一件粉色的兜衣。眸色微暗，他将女子扶着坐起，想通过她的背度一些真气给她。可是女子的身子早已化作一团春水、柔若无骨，根本无力坐住，刚扶正，还没松手，她又瘫软在他的怀里。

“热……好热……”他不缺女人，也从来不是重欲之人，国色天香在前他都可以坐怀不乱。而且曾经也有女人这样撩拨过他，比这更甚的都有，但是，他却从来没有过今夜这样的悸动，只是一个简单的动作，已经让他几乎不能自持。他扳过女子的身体，让她面对着自己，沉声问道：“千城，醒醒，看看我是谁，看看我是谁？”

女子哪里听得进去，弯唇笑着，媚眼如丝，笑得摄人心魄，双手更是不知死活地缠上了他的颈脖，小脸直往他的怀里蹭。他浑身一僵，呼吸也变得不规则：“该死！”他低咒一声，大手想要将两人的距离拉开一点。

“女人，你可知道自己在做什么？”他强行将她扳离自己，目光凝在她的脸上，心中除了那几欲喷薄而出的欲望，竟还有一股怨气，一股莫名的怨气。他在想，此时此刻，是不是只要是个男人出现在她的面前，她都会这样？他被自己的这股怨气吓了一跳，明明知道这个女人现在只是中了合欢散，而他，又在在意什么？

女子满脸通红、神色痛苦，低低地呜咽着，几乎就要哭了出来。男人眸色一暗，终于再也忍不住，抬手挥闭大门的同时，低头吻了上去。欲望的闸门一旦被打开，便一发不可收拾。男人自己也感到诧异，他这么多年的修为呢？他的自律呢？是因为夜色太撩人吗？还是他也中了合欢散？他从来没有如此冲动地想要将一个女人揉进自己的骨血，从来没有，他肯定是疯了。此时的他只想占有，对，不是解毒，是占有，占有她的所有。

女子眼睛轻合，长长的眼睫在眼窝处留下两排好看的剪影，眼角还有点点泪痕。俯首轻轻吻去她眼角的咸湿，他有过女人，有过多次这方面的经历，可是这一次却是不同的，哪里不同，他也说不上来。反正就觉得自己不是自己。因为他从不会这样失控，从不会这样热烈地对一个女人，甚至可以说热烈得有些粗暴。他不知道这是好事，还是坏事，但有一点他知道，他的计划被打乱了。他不能与她有太多纠缠。心中莫名有了躁意，心中竟是说不出的感觉。

捡起地上的衣袍穿了，他又将女子从地上抱起，放到床上，拉过薄被盖上。女子满头青丝被汗水濡湿，眼睫轻合，似是睡得安稳，他坐在床边，看着她，不知明日醒来，知道是他，她会作何感想？这般想着，他又忍不住轻轻地拍打她的脸，“千城……”女子终于有了反应，呢喃一声抓住他的手不放，继续睡。

他起身，准备离开，想了想又忍不住回头看她，刚想再去把她摇醒，却听到门口传来了动静，有人在敲门：“柳姨，在吗？”

他这才想起两件事，第一，这个房间是柳姨的，第二，已近四更，房间却一直亮着烛火。其实，第二条也是他冲进来的原因。他知道发生了这么多事，今夜这个女人肯定不好过，所以，他一直在外面。房里的烛火一直在亮着，女子的身影透过薄薄的窗纸依稀可辨，他看到她在桌案前忙碌着什么，他看到桌椅被打翻，他看到她倒在地上，不然，他也不可能那么及时地出现救了她。

现在看来，或许……或许并不需要他救，她调香，在等另一个男人。会是这样吗？心中气盛难当，却也容不得他多想，外面的敲门声仍在继续：“柳姨，是柳姨回来了吗？”一副作势就要推门而入的样子。男人敛眉，回头望了一眼床榻上的女子，薄唇紧抿，转身离开。

头好痛，身上也痛，昏昏沉沉、迷迷糊糊中，千城似乎听到有人敲门、有人在叫，她强行睁开沉重的眼睑。屋里烛火摇曳，光影婆娑，似乎有个男人的背影，伟岸挺拔。朦朦胧胧间，她似乎看到男人拿起桌案上的一个什么东西戴在脸上，她刚想张嘴说话，只见白影一晃，男人已经不见了踪影。有人推门而入，是御香坊的小兰。

看到屋里的凌乱，小兰吓了一跳。再来到床边，看到被褥里躺的是千城，也是大吃了一惊：“千城，是你！我见房间的灯亮着，以为是柳姨回来了，我起来上茅厕，在门外捡到一个瓶子，见里面装的是合欢散，所以想进来问问柳姨。”

千城心中一凛，意识也几乎回来了，想起她夜里调香的事。她配错了香，中了合欢散，然后，她倒在地上，然后，有人开门进来，然后，那人扶起了她，然后……就不记得了。只记得恍恍惚惚中，有人粗重的呼吸喷薄在她的耳畔，有人深深地吻她……天啊！她瞳孔一缩、翻身坐起，薄被随之滑落，她才发现自己一丝不挂，“啊！”她又尖叫一声倒下去，拉过被褥盖上。一旁的小兰彻底目瞪口呆。

翌日，千城端坐在窗前，手中不停地绞着一块锦巾，双眸望着窗外御香坊的几个女子忙碌采花的身影，眼神缥缈、神思悠远。昨夜发生了什么是毋庸置疑的了，她多么希望那只是一场梦，一场她做的春梦而已，醒来一切都没有发生。可是现实永远是残酷的，且不说她一身的青紫淤红、身子撕裂一般地疼痛，单说中了合欢散，如果没有……今天自己也不可能好端端地坐在这里了。可要命的是——她竟然不知道那个男人是谁！第一次啊！她的第一次竟然不知道给了哪个男人？那个男人还什么都没有留下，哦不，留下了一方锦帕。本来见其是擦拭污秽之物的，想扔掉，后来一想，这是唯一的一点线索，于是，她便洗干净留了下来。

捻起手中的锦帕，她看了又看。是一方质地极好的蜀锦，且做工精良，想来锦帕的主人非富即贵。御香坊里没有男人……这男人刚好在她需要的时候出现……应该是她认识的吧？作为一个女人，她希望将自己的第一次给自己爱的男人，她多么希望那人是苏墨沉，会是他吗？

真的会是他吗？不会！她知道不会。昨日两人刚闹矛盾，她还在大庭广众之下扇了他一记耳光，而且，他也不会那么好心地在深更半夜跑来御香坊。再说，他要是对她有想法，想碰她早就碰了，那一夜抱着她而眠，那一夜马车上的疯狂，他都最终淡漠地放开了她，可想而知，他根本是不会动她的。那会是谁？

是苏墨风，还是司空畏？眼前又晃过，她醒来时看到的朦胧光影，男人似乎拿过桌上的什么东西戴在脸上……面具吗？那是不是说明，司空畏的可能性最大？而且，他昨夜先在御香坊出现过，很有可能他根本没有离开，会是这样吗？心中纷乱不堪，抬手捏了捏隐痛的眉心，她怎么也没想到会发生这样的事情，原本就绝望的心更加绝望。

“四嫂！”窗前突然探出一张笑脸。她一怔：“小七。”是七公主苏凝霜。

“你怎么会在这里？”千城连忙将锦帕塞进袖中，起身。小七笑容明媚，露出两颗小虎牙，末了，小嘴又努了努边上：“还不是陪有的人过来找四嫂调香。”千城一愣，循着她努嘴的方向看过去，就看到一袭白衣的苏墨风正远远地站着，看向她们这边。她转身抿了抿唇，走了出去，想必昨夜她的事，小兰早已在御香坊传开了，她还是避嫌一点，在外面迎客吧。

院中的大榕树下，有一张石桌，三人围桌而坐。石桌上瓶瓶罐罐，千城眉眼低垂，专注着手中的动作，小七撑着下巴一脸新奇，而苏墨风的目光却一直盘旋在千城的脸上。其实，千城知道，不用看，她也能感觉到。苏墨风说，他的母妃，也就是丽妃娘娘夜里睡眠不好，让她给调一味寝宫里面用的可以宁神的香，她知道，这也是借口。当日品香会，各宫主子都挑好了自己专门的调香师，更何况，宁神香很常见，并不难调，御香坊的人谁都会，何必专门找她？她知道，这个男人对她很特别，或者说，他是用了心的。也许，曾经的千城跟他真的有过什么，可是毕竟她什么都想不起来，所以，他不言明，她便正好装糊涂。

“你颈上的伤好点了吗？”苏墨风突然开口。千城的手一震，因为身上满是昨夜那男人留下的青青紫紫，惨不忍睹，所以今日她故意穿了一件竖领的云锦裙，将颈脖处遮得严严实实。

“已经好多了。”她朝他笑笑。低头的那一刹那，一小节粉颈微露，苏墨风还是看到了上面一朵朵的爱痕，眸色一暗，伸在袖中的手便又拿了出来，袖里面本有一瓶上好的金疮药。

昨日，听说她的四王府夫人之名被去了，她又只身一人回了御香坊，他竟是欣喜若狂。其实今日他是专门为了送药而来，为了避嫌，又找借口，又找小七，不过现在看来，她似乎并不需要。他记得那些痕迹，前夜在天牢的时候还是没有的，这说明，昨日或者昨夜，发生了什么。她永远都不属于他，一颗心，就像被无数只手狠狠地揪住，痛得他几乎不能呼吸，眉心一皱，他垂眸，掩去眸中沉痛。一个小瓷瓶伸到了他的面前：“好了，请三王爷拿好。”

他抬眸，眸光落在女子递过来的瓷瓶上，确切地说，是落在她伸出的那一截皓腕上，同样，红云片片。循着他的目光，女子似乎也意识到了，脸一红，连忙将瓷瓶置于他面前的桌上，将手缩了回来。边上的小七嚷开了：“四嫂，那夜你和三哥的一琴一剑当真天下无双，小七好喜欢，今日可否再给小七表演一次？”

千城抿唇看向苏墨风，面露难色，小七便起身拉着她的衣袖摇晃。

“小七，休得胡闹！”苏墨风轻斥。

“哪有胡闹？人家就是想看嘛，亏我还起了个大早陪你来御香坊。”小七鼓起腮帮，又拉着千城摇晃。千城无奈低叹：“御香坊没有瑶琴和剑。”

“有，有，有，三哥马车上带着呢，我去拿。”小七一喜，转身就跑。

随身带着？千城微愣，抬眼看向苏墨风，苏墨风眸光微闪，慌乱地别过视线，顿时有种心事被看穿、无处遁形的窘迫。是的，小七说的话都是他教的，他就是想重温一下那种感觉，那一辈子都忘不掉的感觉。

琴声袅袅。千城手持银剑，立于院心，闭目凝神静听，其实，她之所以答应，也是想看看自己还会不会像那夜那么邪乎？果然，那种熟悉的感觉又涌了上来，凭着感觉，她玉臂长舒、脚下姗移，迎风而舞。御香坊的女子也纷纷过来观看，惊艳不已。春末的清晨，花香四溢的小院，男子一袭白衣胜雪，绝艳惊才，白璧纤长的手指轻抚琴弦，带出一串串动人的音符，女子一袭紫衣若蝶，灵动妖娆，手中的长剑挥洒自如，炫亮了一院人的眼睛。

曲毕舞止，浑然天成，众人还沉浸在余韵中没缓过神来。骤然，啪啪的掌声从门口传了过来。众人一怔，循声望去，只见四王爷苏墨沉淡笑着走了进来，他一袭紫袍、器宇轩昂，目光深幽，瞟了瞟端坐在石桌旁的苏墨风，眼梢微掠，又凝向那刚刚收起长剑的女子："好美妙的琴声，好精妙的剑法，难怪那日在天牢，千城能够自救。"

不提这个还好，一提这个千城的气就不打一处来。她轻轻一笑，长剑入鞘，走回到石桌边上放下剑："多谢四爷夸奖，千城惭愧，跟童夫人的倾城一舞比起来，千城还是自叹不如。"一语双关。她以为他会沉脸，可他没有，依旧笑如春风，面不改色，脚步翩跹，径直往他们这边走。小七已经笑着迎了过去："四哥，你也来了。"苏墨风也讪讪起身。

苏墨沉朝小七"嗯"了一声，又朝苏墨风笑着点了点头："三哥。"苏墨风亦回之以微笑："四弟。"

虽都笑容可掬，可千城明显感觉到了冷空气的压顶。气氛有些尴尬，她指了指石凳："你们先坐吧，千城去给大家沏壶茶来。"说完，转身便走。

"千城！"苏墨沉突然开口，"昨夜……"

千城脚步一滞，回过头，一颗心难以抑制地狂跳。昨夜，昨夜怎么了？是他吗？是他吗？千城目光殷殷。苏墨沉优雅地一掀袍角，坐于石凳上，抬眼笑睨着她："昨夜睡得不好吗？"

一颗心大起大落，有些失望，她弯了弯唇："不，睡得很好。"末了，犹觉得不解气，又补了一句，"比在清华苑睡得好。"说完，便转身离开，也不管身后的人作何感想。

等她泡好茶出来的时候，三人竟已围案而坐聊开了，其实，也不算聊开，只是小七一人在说，不知在讲着什么故事，眉飞色舞，引得两个男人朗声而笑，很和谐的画面。千城心中一动，走了过去，将茶具放到桌上，给每人沏了一杯。在递给苏墨沉的时候，他接了茶盏放下，大掌顺势裹了她的手。手背一热，她想缩回，却已然来不及，而且还被他抓得死紧。

“本王今日来是接你回府的。”男人的目光淡淡地落在她微露的腕上，腕上颗颗暧昧的痕迹很是惹眼。千城脸色一白，想将手抽回，未果，慌乱无措间，又见他将眼梢微抬，笑睨向她，似乎并没有看到她腕上的异常。她这才松了一口气：“我……”她想拒绝，可话未说完，已被对方打断：“今日宫里来人问了你的情况，圣旨上虽说，是在王府为奴为婢三个月，那都是可以做做样子的事，但至少你人得在王府吧。”

原来是这样。千城弯了弯唇：“请四爷放心，我会尽好一个奴婢的职责。有的时候，人是应该为自己的无知付出一些代价，不然，永远也不知道醒悟，四爷说对吧？”

苏墨沉眸光微闪，端起茶盏抿了一口，未语。苏墨风看了看两人，眉心微蹙。只有小七在那里不知死活地笑：“好啊，好啊，四嫂回去了，我可以直接去王府找四嫂玩，不像来这御香坊，还得找借口。”

千城浅浅一笑：“公主以后还是叫我千城的好。”

再次回到四王府，千城感觉恍如隔世。其实，也才两日而已，但是，这两日却发生了太多事，她看清了一个男人，她失去了一个亲人，她从一个主子变成了一个仆人，她从一个女孩变成了一个女人。可似乎所有的变故都属于她，王府里面却依旧如昔，一草一木，一物一什都没有变，甚至连人都没有变，西陵雪依旧好好地在紫霞苑做着他的四王妃，童素倾也依旧在望春苑里装着那个让人我见犹怜的瞎子。虽然，下马车的时候，那个男人跟她说，过几日会将童素倾送走，但那又怎么样呢？柳姨终究是回不来了，有些事也终究回不去了。

千城本以为自己会难过很长一段时日，可是没有，因为她根本没有时间去缅怀这些事情，她很忙，自从做了奴婢，她每日都很忙。其实四王府的下人很多，而且每个苑中都有自己的婢女，可不知为何，她却总有干不完的活。

许是文帝的圣旨下得仔细，听春兰和夏莲说，圣旨竟然也下到了王府，所以，全府皆知，她不再是夫人，她要为奴为婢。四王府里谁都可以吩咐她，谁都可以命令她做事。连王府倒夜香的老太婆也会有事没事让她去帮忙。一连几日都没有看到苏墨沉，听说好像是皇帝派他出门去办些事，她也懒得管这些，甚至连想都没有时间想，每天晚上倒床就睡，累得像摊泥。

一开始，她真的以为自己是因为累所以嗜睡，直到后来，她才发现自己早晨会恶心，不能吃油厚的东西，最重要的是，一向准时的月事没有来……一个可怕的猜测跃出脑海，她想，可能出大事了……

午后的阳光大咧咧地照下来，直刺人的眼睛。长长的街，人来人往、车水马龙，叫卖声此起彼伏，千城失魂落魄地沿着马路走着，漫无边际地走着，每走一步都觉得迷蒙，耳边所有的喧嚣都与她无关，头顶再大的太阳也照不进她的心里。她的天，黑了。

“恭喜夫人，是喜脉。”虽出门来医馆之前，她已有了心理准备，但是，被大夫那般笃定地说出来，她还是觉得犹如晴天霹雳。她竟然怀孕了，她怎么就怀孕了呢？怎么一次就能怀孕了呢？更可悲的是，她还不知道孩子的父亲是谁？一个来历不明的孩子？一颗心飘在半空中，她不知道该怎么办。她想都不敢想，如果苏墨沉知道这事儿以后会是什么反应？会杀了她吧？死，她不怕，她怕的是他的轻视。他一定会嫌恶她、瞧不起她，她不要他用那样的眼神看她。

其实，她想要这个孩子，她真的很孤单，她想要一个孩子来抚慰她孤寂的灵魂，再说，那也是她心头的一块肉，也是一条生命，但是她知道，她没有资格，也没有能力留下他，她保不住他。

看着马路上来来往往忙碌的身影，她悲凉地笑着。她甚至在想，如果主动跟苏墨沉承认错误，他会不会同意留下这个孩子呢？答案很明确，肯定不会，是个男人都不会，更何况他那般冷漠骄傲的一个人，从西陵雪那件事上，就可以看出他的态度，他是绝对不会允许这样的事情发生。

一个人茫然地在街上转了很久，最终，她还是折回了医馆，买了一包藏红花。她不能要这个孩子，即使她现在把孩子留下来，最后她还是保护不了他。

买好药，她刚走出医馆，就看到春兰正满大街地找她：“哎呀，千主子，总算找到你了，千主子难道忘了，今日皇后娘娘请各府的人入宫看戏的事情？王妃她们已经去了，千主子可别误了时辰才好。”

千城这才想起这茬儿。皇后请了一个新戏班的人去宫里唱戏，让各个王府同去观看，原本千城被皇帝废了名号，不应该在被邀请之列，可不知为何也有她的名字。她可不想再生什么事端，攥紧了袖中的药包，她朝春兰道："那我们快走吧。"

许是因为未央宫前面最宽敞，戏台亦是搭在未央宫的外面，因为天气已趋近炎热，所以这次把观众席设在一个巨大的凉亭里面。凉亭里乌泱泱都是人，皇后坐在最前面的中间，左右是各宫妃嫔，再后面就是各个王府的王爷和女眷。千城坐在一个靠边的位子，左边是西陵雪，却不见苏墨沉。听说他一早就被皇上宣进宫里议事，竟然议到现在还没结束。

台上青衣花旦早已咿咿呀呀地唱开，亭中不时传出一阵阵喝彩声，千城却一句也没有听进去，她一边吃着面前的东西，一边心事重重地想着腹中的孩子，又不时探探头看，他怎么还不来？

台上一曲唱罢，众人小憩，顿时欢声笑语四起，千城就一人坐在那里，继续默默地吃着东西。这有了孩子果然不一样，她怎么也管不住自己的嘴，吃什么都香。也许是上次的圣旨让她为奴为婢那件事传得众人皆知，竟没有一个人过来跟她搭讪，倒是边上的西陵雪，身边围绕着许多人，相谈甚欢。她也不以为意，弯唇笑笑，起身出了凉亭，她早已习惯了一个人。等到另一曲开唱，西陵雪回过头来才发现身边已不见人影。

"三哥，看到千城了吗？"

苏墨风坐在西陵雪的左边，中间隔着一个原本是苏墨沉的空位子。苏墨风愣了愣，摇头。他与她们一排，与千城中间又隔着西陵雪，几乎挡住了他的大半个视线，心中即使万分想见，却也不敢做得太明显，其实，心一直在那边的，怎么他就一个恍神，人就不见了呢？

"哎，千城也不知道怎么搞得？今日过来就心事重重的，你看，现在又不辞而别，等会儿让皇后娘娘怎么看我们四王府？会说我们四王府没了规矩……"西陵雪低低地埋怨着，话还没说完，苏墨风已经起身："四弟妹，三哥先失陪一会儿……"

千城沿着宫道慢慢地踱着，低头想着心事，等到一阵风吹过来，她才回神发现竟已经到了后花园，脑中不禁又想起，那日在花丛中，苏墨沉和一个宫女的身影，他那般宠溺地将她的碎发顺到耳后。以前，他对童素倾也很宠溺，可那日他的那种感觉是对童素倾没有过的，她觉得，那人必定是他倾心去爱的女人。会是谁呢？

千城浑浑噩噩地不知心中所想，又绕着花径转了转，她走到一汪碧湖的前面。湖水清澈湛蓝，平静得如同一面明镜，偶尔一阵微风吹过，带起一圈圈细小的涟漪，朝边上泛过来。不知为何，她突然想起一句诗来，青山原不老，为雪白头，绿水本无忧，因风皱面。本无忧，因风皱面？弯腰，她拾起地上的一个小石子，朝湖心投了过去。扑通一声响，一层一层的涟漪荡开，碎了一池金黄的阳光。她又掷了一个，再掷了一个……在又快又多的石子落下后，湖水的涟漪不断，水声连连，终于毁了一湖的平静。她竟有丝丝快意，又拾起一把石子在手，准备再掷，高高扬起的手腕却是骤然被人抓住。

“心情不好？”男人温润低沉的声音响在耳边。她一怔，回头看去，竟是苏墨风。只见他一袭白衣，玉带束腰，身材挺拔，说不出的俊朗儒雅，一双漆黑如墨的眸子正一眨不眨地看着她的脸，带着探究，带着疼惜。四目相接，千城的心口一颤，连忙收回视线，悻悻道：“戏结束了吗？三爷怎么就出来了？”

“你还没回答我的问题。”

“什么？”千城眸光微闪，抽回自己的手腕，心虚地嘟囔道。

“是不是心情不好？”

“没有。”

想都没想，千城就脱口喊出，对，是喊。在看到苏墨风微微错愕的表情后，她才意识自己有些此地无银的意味，又讪讪地一笑：“真的没有，我只是不喜欢看戏，觉得太闷，出来走走。”

“你骗不了我。”苏墨风微微摇头。其实，他还想说，曾经她骗不了他，一个眼神他就全懂，如今，她同样骗不了他，但是，他终是没有说出口。

“我说没有就没有，三爷不信也没有办法。”千城心中本就郁结，偏生又遇到这样一个执着的男人，语气难免就有些生硬。苏墨风愣了愣，看着她许久，才一声轻叹，转眸看向湖面。千城又觉得自己有点过分，抿了唇，用胳膊蹭蹭他：“喂，你不会生气了吧？我……”

“我只是不想看到你不开心，只是希望你有什么事情就讲出来，我能帮你一起分担。”男人转过头，看着她，目光黏稠，口气笃定。千城怔忡了片刻，别过视线，将手中的一块石头再次掷向湖中。望着那一圈一圈泛着粼光的水波，许久，她才道：“谢谢三爷，不过，我真的没事。”这世上，不是所有人、不是所有事都可以分享的，例如，她现在的这件事情，谁也帮不了她！除了那个人。

“三爷，如果没有什么事，那我先回去了，等会儿让皇后娘娘看到我私自离席，总归是不大好的。”拍了拍手上的灰尘，千城对着苏墨风微微一笑，转身便走。许是转得太急，千城根本没来得及看脚下，等她意识到脚下有个什么东西的时候，步子已经止不住迈了上去，脚下一滑，身体陡然失去平衡，整个人往前面扑去。苏墨风也没想到会如此，等他反应过来，飞身而起的时候，已然迟了。她直直地摔倒在地上，有一包什么东西脱袖而出，甩得老远，散开了。

“啊……”千城脸色一变。

“你没事吧？”苏墨风将她扶起，见她目光怔怔地落在远处，便也转眸循着她的视线看了过去。一方土黄色的纸包已经散开，里面暗褐色的草药撒了一地，有藏红花，有麝香，莪术……苏墨风心跳骤停，如果是一般人，可能不知道这些东西的用处，可他是通岐黄之术的人，又岂会不知？每一味，都是堕胎的猛药。

“你身上怎么有这个东西？”他沉了眸，看向千城。

“我……”千城一时不知该说什么，理理衣袍、揉揉膝盖，一颗心狂乱地跳着。其实，湖边沙泥松软，她并没摔成怎样，只是……还是装装受伤吧，分散一下这个男人的注意力。她皱着眉，假装很痛，想单脚跳到药包那里将其拾起来，可还没跳一步，就被苏墨风一把拽住：“说！你为何身上有这个东西？”他的声音是从未有过的冷硬，大手更是不顾她的痛，大力地捏着她的手臂。

“我……我……”千城竟有些怕这样的他。或许温润的人发起火来让人觉得更可怕吧？只是，她不明白，他为何会生气？

“是准备给自己用的？还是给别人？”苏墨风紧紧地逼视着她，口气灼灼。千城抿了唇，不知该如何讲。

“是你？是吗？”男人眯眸，声音低了下去，似乎绷直了声线，却依旧难掩声音的颤抖。千城依旧不响，只是怔怔地看着他，下唇几乎都要咬出血来。男人眸色一痛，松开了她。他懂了，她有了别人的孩子。其实，他早知道会有这么一天的，她既已是别人的女人，怀别人的孩子也是迟早的事不是吗？可为何他的心还是那么痛？就像有千万只手在狠狠地抓，狠狠地揪，撕心裂肺。他终究失去了她，彻底失去了她。

突然，他想到什么，又猛地抓住她的手："既然有了，你又为何不要？"虽然，他见不得她有了别的男人的孩子，但是，他更见不得她糟蹋自己的身子。

"我……不想要。"千城声音很低，口气悲凉。

"你不想要？"苏墨风探究的目光打在她的脸上，"哪有一个母亲不要自己的孩子？天下没有这样的母亲。"

千城笑，眼角酸痛，是啊，天下没有这样的母亲。心中满是悲怆，她抬手甩掉苏墨风的手，冷笑："很抱歉，我就是那样的人。"

"不，你不是！你肯定是有苦衷的，你说出来，你都说出来，看我能不能……"

"三王爷，"千城闭了闭眸，冷声打断他的话，"千城很感激你的好心，但是千城的事千城希望自己解决。"遇到这样的男人，她不知道是她的幸还是不幸？她真的很感激在这种时候，有这样一个人这样为她着想，她也很感动。但是，有些伤、有些事，她还是希望自己独自舔舐、独自解决就好，毕竟，旁人是帮不了的，说了也只是徒增两人的伤悲而已。

"你解决？"男人亦是冷笑，眸色猩红，显然是怒了，"就用一包药来解决吗？"

千城不响，径直走过去弯腰将散落的草药一一捡起，放到纸包里包好，默默地往回走。

"站住！"他吼。她无视，脚步不停。

"我让你站住，你听到了吗？"

千城抿了抿唇，没有回头，冷声道："三爷为何要如此相逼？"这些只是她的事，只是她染千城的事，不是吗？

"我不许你这样糟蹋自己的身子！"身后传来男人喑哑的低喊。

不许？千城笑，笑出了眼泪。为什么总是不对？不对的时间，不对的人，什么都不对。他不许又能怎样？她依旧脚步不停，慢慢往前走。骤然，一股劲风拂来，她背上猛地一热，男人从后面抱住了她，那样地不顾一切。千城一震，手中的药包再次落在地上，散开。

"千城，你一定是遇到了什么事儿，遇到什么难处了，对不对？"

千城闭了闭眸，只觉得无力：“三爷，我要怎样说，你才能明白？”

“四弟知道吗？四弟知道这一切吗？”

千城皱眉，不响。

“是不是他的意思？”男人瞳孔一敛，骤然松开她，阔步往相反的方向走。

陡然没了支撑，千城险些摔倒，她兀自反应了一会儿，才意识到男人的举措，心跳一窒，猛地回过头：“三爷，你要做什么？”

“我要去问他！”男人头也不回。

千城大骇，连忙追了过去，一把拉住他：“不要！”男人扭过头，灼灼地凝着她。

“不要，不要……”她摇头，祈求地看着他，似乎除了这两个字，她再也说不出其他。苏墨风眸色一痛，亦是摇头：“千城，他不是你一个人的孩子，孩子从来都是两个人的事，不是吗？”

两个人的事？千城苦涩一笑，是啊，是两个人的事，可那个人不是他，不是他啊。见她苦笑不语，苏墨风愈发肯定她有难言之隐，心中就愈发气盛：“今日我必须讨个说法，即使，即使你现在没有了名分，但是，你曾经是他的女人，这是不争的事实，这些是他一个男人应该承担的责任。”苏墨风说完，又往前走，任千城拦也拦不住。

“不是他！”一声哽咽终于破喉而出。非要说吗？非要将这一切耻辱和苦痛掀开吗？

苏墨风脚步一顿，恍惚间只以为自己听错了，缓缓转过头，一脸难以置信的表情：“你说什么？”

“我说不是他，”千城轻笑，红着眸子笑，见到他一脸震惊，唇边的笑容愈发大了，“不可思议是吗？我自己也觉得不可思议，一个女人怀了孩子，竟然不知道孩子的父亲是谁？想想都觉得可笑。”

男人不响，只是拧眉看着她，黑眸中掠过错愕、沉痛、怜惜……怎么会这样？这个女人身上发生了什么？她又一个人承担了多少？他很想知道，但是，他却无法问，不是不敢，是不舍得问。如果，她曾经历了一场噩梦，如果，她已千疮百孔，他为何还要在她的伤口上撒盐？这样一想，他才觉得自己刚才那般的咄咄逼人有些过分了，甚至有些残忍。

“千城……”他开口，竟发现自己找不到语言。千城抬头，倔强地望向天空，可是，眼泪还是不争气地流了下来。

“千城，对不起……”

“三爷还要执意问我原因吗？”千城抬手抹了一把脸，吸吸鼻子，红着眼睛瞪向他，“难道三爷觉得这样的一个野种，千城可以理直气壮地将他生下来吗？”

“千城……你不要这样！”面对这样的她，苏墨风有些慌乱，“你不能这样说自己的孩子。”

“难道不是吗？”千城冷笑，“一个没有父亲的孩子，还没生下来就已经注定了是一个悲剧，我为什么还要将他带到这个世上来受苦？我必须打掉这个孩子。”她一字一顿，就像是在下着最后的决心，“如果三爷还想让千城以后能有一点自尊地活着，那就请三爷将今日的事忘了，三爷未见千城，千城也未曾对三爷说过什么。”说完，她便转身朝药包走过去。

“不！”苏墨风大手一拉，她猝不及防，就整个人跌进他的怀中。

“我是孩子的父亲，孩子是我的！”双臂紧紧地裹着她，他大声宣示。

“你们在干什么？”一声女子的冷喝传了过来，两人皆是一惊，慌忙分开。循声望去，一袭凤袍入眼，是当今的皇后娘娘。在她身后是数道错愕的目光，皆是怔怔地望着两人，包括西陵雪，包括六王爷苏墨鸿、九王爷苏墨逸、十四王爷苏墨宇，也包括苏墨风的母妃丽妃娘娘，还有很多随行的宫人婢女。

完了！千城的第一感觉，也是唯一的感觉，那就是完了。戏唱完了吗？怎么戏台上的戏不看，都跑到湖边看她的戏来了？他们来了多久？她和苏墨风的对话他们又听到了多少？

“这是在皇宫，你们竟这般不知廉耻！”出声的依旧是皇后，她摇头，妆容精致的俏脸黑沉可怖。苏墨风拧眉，躬身刚想解释，眼前人影一晃，啪的一声，脸上已经重重挨了一记耳光：“孽障！”

他愕然抬头，众人唏嘘，边上的千城亦是怔住。出手的是丽妃，她痛心疾首地看着自己的儿子，手在抖，脸色惨白。

“母妃……”苏墨风想解释，可是又不知从何说起，而且，他已经决定了要来承担这个责任，所以抿了抿唇，终是什么也未说，反而伸手将千城的手拉过来，裹在掌心。丽妃毒恨的目光就像刀子一样朝千城射过去，千城一惊，连忙尴尬地将手抽出，她不是傻子，她当然知道这个男人的用意，可是，为什么要让他来背这个黑锅？她会毁了他的，她不想这样。该来的还是会来，她自己做的事，就让她染千城一人来承担。

扑通一声，她跪在地上："皇后娘娘、丽妃娘娘，事情不是这样的。"

众人一愕。

"哦？"皇后亦是微微怔忡，须臾，却又挑眉，微微一笑，水眸中夹着一丝冷佞，"事情不是哪样的？"

"千城……"苏墨风在旁边低唤，想制止。千城却直接无视，微微扬起小脸看着众人，一字一顿道："我跟三王爷没有任何关系。"

"没有关系？"皇后冷冷一笑，"那敢情我们这么多人的眼睛和耳朵都出了问题？方才跟三王爷抱在一起的那人不是你？三王爷说孩子是他的，说的也不是你腹中的孩儿？"

千城一时语塞，百口莫辩了，或许事情太过凑巧，又或许她想得多了，反正，她突然有种生生落入圈套的感觉。

"云蔻，"见她不语，皇后气焰更甚，"让太医院的院正过来。"

千城一惊："皇后想做什么？"

"做什么？"皇后寒凉地勾了勾唇，不徐不疾地说道，"让院正过来看看那药是做什么用的？免得你又说本宫冤枉了你。"她一边说，一边伸出涂满蔻丹的手指，随手指向那散落一地的红花、麝香、莪术。

千城拧眉，看来，今日是在劫难逃了。云蔻抿着唇，担忧地看了她一眼，领命而去。

"不用了，云蔻。"对着她的背影，千城突然开口。云蔻脚步一顿，回头望了望她，又望了望皇后，一时不知该如何才好。

"那些药是用来堕胎的。"千城漠然开口。

全场一阵压抑的唏嘘。西陵雪弯弯唇角，皇后勾起一抹冷笑，挥了挥手示意云蔻作罢，便一步一步地踱到千城的面前，站定："堕胎药？你准备用它做什么？带到宫里面来，是想害人吗？"

看着眼前的那一截凤袍的袍角，千城冷笑，不就是想让她亲口承认吗？事情已经发展到这种地步，她反而释然了，要来的就让它来吧。

“不，是给自己用的。”她说得很平静。众人哗然，九王爷苏墨逸微微拧了眉，朝十四王爷看了一眼，十四王爷会意，悄然退出人群。

“因为你是四王爷的女人，却怀了三王爷的孩子，所以要将孩子偷偷打掉？”皇后悠悠地开口，声音不大，可说出来的话却字字如针，针针见血。

“孩子不是三王爷的。”

“千城……”苏墨风急了，也是屈膝一跪，正欲说话，被皇后一声冷喝道：“本宫没有问你，等会儿自有三王爷说话的机会。”说完，又冷冷地看向千城，“那这么说，孩子是四王爷的？”

千城心中一痛，她也希望是，可是，世事总不让人如意，她抿了抿唇，半晌才艰难地开口：“不是。”

全场再次哗然，连皇后也不淡定了，咬牙：“那是谁的？奸夫是谁？”

“不知道。”

全场沸腾了。

“不知道？”皇后低声笑了起来，仿佛听到了一个笑话一般，半天才止住，“你当我们都是三岁小孩不成？哪有一个女人怀了孩子，不知道孩子的父亲是谁的？莫非你是梦中怀上的不成？”众人亦是哄笑。

千城紧紧地咬着唇，低垂着眉眼，不去管那些或嫌恶唾弃、或讥诮不屑、或阴冷得意的眼神。那是她该承受的，不是吗？这世上确实再也没有一个女人像她一样糊涂，事已至此，她就要承担后果。

“不说，是吗？”见她不语，皇后只当她是故意想替那个男人隐瞒，心中更是气盛，“来人！将她押入天牢，本宫就不信查不出那个奸夫是谁？本宫身为六宫之首，绝对不允许有淫乱宫闱之事发生，一旦发现，一个也不轻饶。”两个侍卫上前，擒住千城的手臂。

“不！”苏墨风突然从地上站起来，将大手一挥，两个侍卫猝不及防，皆踉跄倒地。皇后脸色一变，丽妃更是花容失色：“风儿，你疯了吗？”

“孩子是我的，我已经说过了，孩子是我的。”苏墨风揽过千城的肩，将她护在自己的身后。千城微微苦笑，她记得那夜，在王府的后院，苏墨沉对那个黑衣女子也是这样的动作。

“三爷的好意千城感激不尽，但是，三爷没必要来背这个黑锅，真的没必要。”他来背了，也改变不了她红杏出墙的事实。死则死矣，何必要拉一个垫背的？

“谁说我是背黑锅？”苏墨风转过身，面对着她，一脸坚定，“孩子本来就是我的，你没必要一个人承担下来，再大的困难、再多的磨难，我们一起去面对。”他知道，其实，他不应该这样冲动，因为即使他承认了也于事无补，但是，他就是见不得她受苦，半点都见不得。

“乱了，乱了……”看到两人恬不知耻的样子，皇后浑身颤抖，小脸青紫，“来人，将两人都给本宫押下去，等候皇上发落！”

丽妃身子一晃，跌坐在地。苏墨逸微微拧眉，回头望了望远处，骤然，眸光一敛，眉心缓缓舒开。几个侍卫上前，七手八脚地押起两人的手臂。

“慢着！”一记清冷低沉的声音蓦地传了过来。众人一震，千城更是心尖一抖，是他，他来了，猛地回过头，就看到花径中徐步而来的男人，一袭紫衣翩跹，风神如玉、冷漠俊雅，正是苏墨沉，跟他一起的还有一袭明黄龙袍的文帝，还有十四王爷，三人皆是冷凝着脸，在不远处站定。苏墨沉微微抿着唇，目光淡淡地扫过众人，睇过皇后，掠过苏墨风，最后落在千城的身上。千城承接了他的目光，四目相对，两人的眸子凝在一起，全场鸦雀无声。

还是要面对了，终于要面对了，只是没有想到会是在此情、此境之下。完全说不出心中的感觉，千城努力在那男人的眸中找寻，找寻她希冀的东西，或者说找寻她看得懂的东西，可惜没有，他的眸，一如往常一般深幽，如同一汪深井，她只觉得自己被卷了进去，在深井里沉沦，身子急速下坠，却永远也着不了底。那感觉让她惶恐，也让她窒息。

不知过了多久，或许只是一会儿，但是，千城觉得漫长得就像一辈子，那男人终于抬步朝她走了过来。她不知道他要做什么，脚下一软，步子不自觉地后退了两步，幸亏有钳制她的侍卫，不然，她肯定会倒下去。他应该是暴怒的吧，她让他在众人面前颜面扫地，她甚至在想，他过来，是要杀了她吗？她怔怔地看着他，看着他一步一步，由远及近，只觉得心跳随着他的步子，强烈地撞进耳朵里。刚才，面对皇后的质问，面对众人的耻笑，她都没有这样过，她以为自己早已无所畏惧，原来，她终究是怕的，她只是怕他而已，不是怕他怪，不是怕他罚，而是怕他看轻了自己，怕他看贱了自己。

全场人也都屏住呼吸，看着两人，抱着各种心态，等着接下来的狂风暴雨。他们想，只要是个男人，面对今天这样的情况都会发疯的吧。除非……众人看戏的目光就不免复杂了。苏墨沉的步子从容淡定，面沉如水，可是浑身散发出来的那种寒气，却足以让在场的人冻结。许是被威慑到，几个侍卫竟是放开了苏墨风，也放开了千城，稍稍后退了两步。直到一抹浅檀入鼻，被人深裹入怀，千城还以为自己是在梦里。

“这么大的事为何不跟本王说？”他问，声音很轻，几乎是咬着她的耳垂，温热的气息喷喷薄薄，轻轻撩过脖颈，千城有些微痒地缩了缩。她知道，他在生气，很生气，因为气息很热，声音却很冷，冷得让她血液逆流、手足冰冷。

“我……”她要怎样跟他说？

“你就那么不想要本王的子嗣？”男人骤然提高了声音。

众人一震，千城亦是睁大眸子，以为自己没有听清。什么……什么意思？他又冷笑着重复了一遍：“你就那么不想要本王的子嗣？”千城才终于肯定他说了什么，他说他的子嗣，不可置信地朝他看过去，一颗心狂喜，他，这是要帮她吗？他同样凝着她，目光黏稠。

然而，事情的发展永远具有戏剧性。在她欣喜得大吁一口气的时候，他却骤然手臂一抬，对她大力一推道：“你太令本王失望了。”千城猝不及防，身子急速后退了几步没稳住，跌坐在地上。

“千城……”是苏墨风略带担忧的声音。他想过来扶她，苏墨沉眼梢轻轻一掠，冷睇向他，他一震，便止了步。

千城坐在地上，彻底懵了，屁股很痛，也顾不上了，只觉得一颗心大起大落，刚刚涌起的那一点喜悦荡然无存。他到底什么意思，到底想要做什么？她不知要怎样应对，就怔怔地坐在那里看着他，就像一个犯人等待审判，然后行刑，毕竟，是她对不起他，是她背叛了他，不是吗？

一旁的皇后最先回过神来，对着皇帝一鞠，众人也连忙跟着躬身行礼。

“皇上，你和四王爷来得正好，刚才……”

“十四儿已经将事情都跟我们说了。”文帝沉声打断她的话。皇后眸光微闪，淡淡地瞟过十四爷，轻提凤袍，朝文帝走了过去：“臣妾正不知道该如何处置呢？”

文帝伸手牵了她的手，深抿了唇，未语。苏墨沉却是先出了声："既然不知死活，那便该死！"他是在回皇后的话，眼睛却是在盯着千城。众人一阵压抑的唏嘘，千城浑身一颤，被他眼中的寒气震住。该死？他还是要杀了她？他真的要杀了她？失望吗，染千城？其实想想，本是意料之中的事，之所以失望也不过是还对这个男人心存着一丝希冀而已吧。如今，最后的一丝幻想也破灭了，也好，她弯了弯唇，如此也好，终于结束了。

一旁的苏墨风却是无法淡定，他冷声喊了一声："苏墨沉！"对，他喊的是苏墨沉，而不是四弟，他不明白，她是他的女人，他为何可以如此云淡风轻地轻言她的生死？

苏墨沉抬眸，看向那个盛怒的男人，绝艳地一笑："怎么？三哥是不是又要打抱不平了？敢问三哥一句，三哥可知事情始末？"

众人皆是为之一怔，包括苏墨风，也包括千城，都一头雾水地等着他继续说下去。

他抿了抿唇，静默了半晌，似几经犹豫，才终于开口道："昨日，本王得知她怀孕，本王甚是开心，毕竟，这是本王的第一个孩子，可是，她……"他伸出手指，直直地指向千城，"还是你自己说，你自己跟大家说清楚。"

千城早已凌乱了："我……"这个男人一出一出的戏，她根本不知道他打的什么主意，又如何知道说什么。

"怎么？说不出口吗？"苏墨沉冷笑，"你的倔劲哪里去了？"

众人彻底云里雾里，千城本人亦是。文帝沉声开口道："到底怎么回事？"

苏墨沉回身，对着文帝一鞠道："回父皇，是这样的，昨夜，她跟儿臣说，不想要这个孩子，因为她现在没名没分，只是王府里的奴婢。儿臣说，父皇的旨意只是三个月，三个月以后，她就不是下人了。她说，那圣旨上也没有说，三个月以后就可以恢复夫人的身份，她不想孩子生下来就因为身份卑贱而受苦，她让儿臣来求父皇收回旨意，儿臣没同意，结果两人不欢而散。"

"儿臣也没将此事放在心上，没想到她今日竟真的去买了堕胎药，当然，是想威胁儿臣还是真的想打掉孩子，儿臣就不得而知。方才从十四弟那里得知这一场闹剧，儿臣心里说不出来的感觉，一路走过来，除了痛心，还是失望，儿臣宠她溺她，父皇也有目共睹，儿臣以为她跟别的女人不一样，没想到到头来，不过也是一个在意名利的虚荣女子。”他边说，边看向千城，眸色深沉。

千城完全傻了眼。众人也恍然大悟，原来如此。西陵雪脸色微白，皇后淡淡拧眉：“那方才我们过来之时，三王爷和她抱在一起，说孩子是他的又是怎么回事？”大家一怔，对啊，他们可是亲眼所见、亲耳所听。

“是啊，我也很想知道怎么回事？”苏墨沉眼梢轻抬，缓缓地看向苏墨风，一双黑眸似笑非笑，“不知三哥出于什么心理，这么大的罪名也愿意去承担？”

“我……”苏墨风没有想到事情竟是这样，窘迫至极，白璧的脸上浮上些许暗红，一时不知该说什么好。其实，平素他也不是一个容易冲动的人，但是，他发现只要跟这个女人沾边，他所有的修为都是虚设，永远也淡定不了。

一旁的千城也终于从各种凌乱中回过神来，一颗心浮浮沉沉。苏墨沉终究是出手帮了她，虽然将她说成那样，她知道，他只是为了帮她。但是，她没想到，他将她的危机解决了，却将这个烫手山芋丢给了苏墨风，或者说将矛头对准了苏墨风，一时心中急迫，毕竟苏墨风也是好心帮她，她不能让他成为众矢之的。她从地上缓缓爬起，跪在地上：“跟三王爷没有关系，是千城不好。”

听她这样一说，众人的目光又齐刷刷地转到她的身上，包括苏墨沉，也看了过来。她抿了抿唇，看着他道：“方才千城袖中的药包不小心掉了出来，三王爷看到了，质问千城为什么要堕掉孩子？千城当时心情不快，正在气四爷、恼四爷，所以故意说，因为不知道孩子是谁的，所以要堕掉。三王爷心中慈善，说那毕竟是一条性命，怎可无辜扼杀掉？而且还不停地给千城讲道理，千城心中郁结，哪里听得进去，反而更加气闷，又想起四爷昨夜的种种，更觉得委屈，便哭了出来，还朝他吼，既然孩子的父亲都不知道是谁，为什么要留着，必须打掉。三王爷见千城那般失控，心中一急，想要安慰千城，所以……”她没有说完，反正后面的大家都看到了。

原来是这样，大家一阵唏嘘，于是，看苏墨风的目光不免又多了几分同情，看来，有时候，好人还是不能瞎做的。

千城跪在地上，低垂着眉眼，文帝缓缓地眯着眸子，神色不明，皇后和西陵雪不经意中互看了一眼，微微拧了眉。苏墨风紧紧地抿着唇，脸色发白，没有人知道他此刻的心情，虽然千城一番话将他从困境中解救了出来，但是，他却宁愿不是那样。他是真心地想帮她，为她好，哪怕自己粉身碎骨也无所谓，哪怕成为全天下的笑话他也不在乎。他并不求她的回报，只是没想到，到头来，他却只是她和另外一个男人的调料，他心痛得颤抖，紧紧地凝着跪在地上的那个女子。

苏墨沉近在咫尺，这一切都没能逃过他的眼睛，他眸色一寒，旋即，又缓缓挑起唇角："果如千城所说，那三哥当真是一腔热血、心地善良啊，为弟佩服，也着实感激三哥，不管怎么说，三哥终究是想保住为弟的子嗣，虽然方法特别了点……"

人群中传来压抑的哄笑声。

"够了！"出声的是文帝。苏墨沉垂眸，唇角轻勾，透着几许自嘲。他知道他会出手的，自从十四弟跑去上书房找他们将事情一说，一直到方才，这个帝王一直都沉着脸，少有的寡言，他知道，他心痛了，他恨铁不成钢了吧？因为那人是老三苏墨风，他最最疼爱又最最寄予希望的儿子。

文帝缓缓地踱到他们三人的面前，脸色阴暗："本是一点小事，结果非要搞成一个大笑话，你们不嫌丢人，朕还嫌丢人呢。"说完，便朝众人一挥衣袖，"都退了吧！"

天子发话，岂敢不从？虽然意犹未尽，但众人也只得各自行礼作鸟兽散，西陵雪更是咬唇看着几人，一步三回首。

偌大的湖边一下子空荡了下来。文帝冷冷地瞟了一眼依旧跪在地上的女子，深深地叹出一口气，抿了唇道："你这个女人，让朕说你什么好呢？自从你嫁入四王府，就一直风波不断，老四有了子嗣这本是多好的一件事情，你也非要弄得人仰马翻。你的心情朕是理解的，但凡事不能都用这么极端的手段，到头来，于事无补，还会害人害己。"他不禁又想起，那日在龙吟宫，这个女人手持银剑刺向自己，说要剖腹取物的情景。真是个烈性女人啊，可这并不是好事，他又拧了眉看向苏墨沉，"还有你，朕那日就说过，让你好好看好自己的女人，少给朕添乱……"

苏墨沉连忙微微一鞠，眉眼低垂："父皇教训的是，儿臣知错了。"

文帝看了看他，未响，衣袖一拂，转身离开。可走了两步又顿住，回过头，冷睇着千城："朕今日念你是有孕在身，姑且饶过你的胡闹，以后再发生类似事情，朕定不轻饶，"顿了顿，又接着说道，"既然是老四的孩子，便是皇室血脉，也不能让人看轻，朕会下旨，恢复你四王府夫人的身份。"

千城恍恍惚惚以为是在做梦，连谢恩都忘了讲，倒是边上的苏墨沉反应快，连忙躬身："多谢父皇！"低垂的眼睑掩去眸中的情绪，唇角一抹微弧浅浅，他赌对了。他了解他，恢复王府夫人身份，不过是想彻底断了苏墨风的念想。

文帝携着皇后离去，自始至终都没有看苏墨风一眼，苏墨风就失神地站在那里，丽妃脸色煞白地上前，恼怒地拽起他的胳膊："走啦。"苏墨风这才回神，看了看千城，又看了看苏墨沉，默然地转过身。

"三哥！"苏墨沉突然喊住他，他顿住脚步，回头，苏墨沉缓缓地走到他的面前，倾身，凑到他的耳边，用只有两人听得见的声音说道，"我真心地感谢三哥的仗义相助，但是也要奉劝三哥一句，这世上，不是所有人，也不是所有事，你都可以想的。"说完，也不等苏墨风作出反应，便直起腰身，翩然离开。他径直往前走，苏墨风怔了半晌，见千城还跪在地上，又准备去扶起她，蓦地想起苏墨沉的话，只好作罢。

"母妃，走吧！"他微微苦笑，转身对着丽妃说道。

千城就跪在那里，一动不动，两个男人就这样一左一右朝相反的方向走远、离开。其实，她理解苏墨沉这样的做法，她知道，虽然他救了她，但并不表示，他就原谅了她。她终究还是被他看轻了，在他眼里，她便是那个肮脏下贱的女人。心如刀割一般，她闭了闭眸，忍住疼痛的颤抖，接下来呢，接下来该怎么办?

"准备一直这样跪着吗？"冷冽的声音骤响在头顶。她一怔，睁开眸子，一双金线黑靴和一截紫色袍角跃入眼帘，心中一颤，她抬眼，就看到苏墨沉清冷的脸。他又回来了？千城扑闪了两下眼睛，刚想张嘴说话，男人已转身往前走。兀自失神了片刻，她才从地上爬起，抿着唇，跟了过去。两人一前一后地走着，无言。直到两人坐在马车上，马车出了皇宫，两人依旧还是没有说话。

气氛很压抑，压抑得让人想疯，千城觉得自己几乎就要透不过气来。她深深呼出一口气，侧过身，面对着他，唇角牵起一抹苦笑："苏墨沉，我知道，在你眼里我已是一个不堪的女人，你就给个话吧，你想怎样处……"她的话还没有说完，唇上却是骤然一重，男人的手大力地扳过她的脑袋，狠狠地吻住了她。

千城有点懵，被他突如其来的动作吓住了，张嘴欲准备让他放开她，他却将她的头压得很低，吻得疯狂，大手更是撕开了她的衣裳。她完全不知道为什么事情会变成这样，他那样大的力道，似乎在发着狠，又似乎想要将她吞噬掉。这样的他，是她从未见过的样子，这样的他，她怕。她睁着大大的眸子，避无可避，逃无可逃，脑中只有一个念头，他在惩罚，他在报复。当他将她推倒重重地压过来的时候，她突然想起那日从宫宴回府的马车上，他也曾有过这样的疯狂，只是，今日的他更甚，似乎全身都喷薄着力量，那可以摧毁一切的力量。

“苏墨沉……”在倒下的那一刹那，她喊他，却又被他紧追过来的唇重重地堵上，将她的话语以及呼吸一并吞没掉。他的身形那么高大，在他的身下，她就像一只受伤的小猫，无力挣扎，只有承受。她失神地望进他的眸里，他的眸暗沉一片，浓得就像无法抹开的黑墨，她在里面努力找寻着他的情绪，没有，除了自己无助的影子，什么都没有。如果能够自欺欺人一点，她想或许他是在吃醋吧，那夜，她给苏墨风舞剑，所以他怒了，今日，她跟苏墨风那样，所以他又怒了，但是，她知道不是，他在羞辱她，她怀了别人的孩子，他觉得她人尽可夫是吗?

当两人衣衫褪尽，她屈辱地闭上了眼睛。她是一个普通的女人，一个将心遗失在他身上的女人，她同样渴望他的疼爱，也曾经幻想过，他们的第一次会是怎样?独独没有想到会像今天这般。其实，她不该希冀的不是吗？在这样一个男人面前，一个失了清白的女人又有什么资格希冀?

“孩子……”她喃喃地说着。那夜她有着内伤，今日她怀着孩子。

“孩子？”男人冷笑，“反正你不想要，不是吗？”

反正你不想要？这是他上车以来的第一句话，让她生出一种，他其实是因为这个在生气的错觉。是这样吗？眼里弥漫着水雾，她极力想看清他的样子，泪水婆娑中，他的脸支离破碎，只有那双暗沉的黑眸，一直紧紧地盯着她，那感觉强烈得无法用言语来形容。水雾越来越重，眼眶终于承受不住，泪夺眶而出。他就低头，将她脸上的咸湿一一吞入，为什么？她不懂，她真的不懂，为什么同一个人可以让人生出如此矛盾的感觉?

许久，她都没有动，就那样躺在车厢里，睁着空洞的眼睛，望着车顶。她听到他穿衣的声音，窸窸窣窣，停停顿顿，似乎也在想着沉重的心事。他自己穿好了，又扶起她，给她穿，她不反抗，也不配合，就像一个木偶一般任他摆布。做完这一切，他又靠着车壁而坐，让她靠在自己的身上。他似乎很疲惫，头枕着车壁，大手扶着她的肩，一动不动，马车颠簸，千城任由着自己的脸在他的胸口触触碰碰，睁着毫无焦距的双眼。两人一路都没有说话。

不知过了多久，才听到他清冷的声音响起："为什么不要？"

千城眼睫微颤，迟顿地回神，反应了良久才明白，他是在问孩子，微微牵了牵唇角，她苦笑着反问道："为什么要？"其实，她想说，即使她要，他也不会要吧？

"那毕竟是……"苏墨沉顿了顿，默然半晌，才接着说道，"那毕竟是你的孩子。"

千城在他的怀里轻笑，是啊，是她的孩子，可，不是他的。

"四爷会让我要吗？"她终于问出了这个在她心中想过无数遍的问题。自从上午得知怀孕，这一天她都在惶恐无措中度过，现在事情说开了，这个男人知道了，她反倒坦然了，不就是看轻她吗？不就是羞辱她吗？再大不了，不就是死吗？

"为何不会？"男人依旧没有动，薄唇轻启，淡如秋水，就像在说一件很无关紧要的事。千城眸光一敛，从他怀里抬起头来，愕然地看着他，以为是自己听错了，"为什么？"她问，她紧紧地望进他的瞳里。

"不为什么，"男人依旧云淡风轻，"反正，除却你我，又有谁知他不是本王的子嗣？"

第七章　谁人失望

千城不知道是怎样回的王府，也不知道是怎样回的清华苑，直到春兰和夏莲将大碗小碗红褐色的汤汁摆在她面前的时候，她才恍恍惚惚地找回意识。

“这是什么？”许是条件反射，她的第一反应竟想到了藏红花。

“这些都是王爷专门命厨房做的，保胎的补汤，王爷对我们主子可真好。”

“那是，我们主子可是第一个怀有王爷子嗣的人，货真价实，可不像曾经的某些人是空欢喜。”

春兰夏莲两人七嘴八舌，一脸喜气，而千城听着却只觉得讽刺。他对她好吗？没觉得。耳边又响起下马车时他说的话：“真想把这个孩子留下来，你就好好地给本王待在清华苑，直到孩子出世，不许迈出清华苑半步，否则，难保本王不改变主意。”

这句话说白了，就是禁足，她懂，她也懂他的用意，无非就是两点，第一，文帝再三让他管好她，他听命行事，第二，怕她再出去勾三搭四，跟别的男人有染，这第二点才是关键吧？只是，他为什么会让她留下孩子呢？难道……

是夜，紫霞苑，西陵雪端坐在铜镜前，婢女小梅只手帮她卸着头上的发饰。西陵雪骤然眉头一皱，抬手大力挥掉她的手：“你想痛死我啊？”小梅猝不及防，手一抖，手中的金钗掉在地上，上面缠着几根牵扯下来的发丝。

“王妃对不起，奴婢不是故意的。”小梅脸色一白，跪于地上。

"没用的东西，出去！换小芬进来服侍。"

"是，奴婢告退……"小梅咬唇，红着眼睛起身，退了出去。

西陵雪气结，抬手执起台上的象牙梳，想了想，又大力砸向面前的铜镜。那个女人竟然真的怀了苏墨沉的孩子。今日早上，她看到那个女人行色匆匆地出了府，一时好奇，便尾随跟了过去。她发现她进了一个医馆，不一会儿又失魂落魄地出来了，顿时心生疑窦，便进去对大夫威逼利诱，竟听到了一个晴天霹雳的消息，她有喜了。她当时就懵了，她是王妃，她都还没有怀上，别人怎么可以？她绝不允许！

她让自己冷静下来，仔细地想着对策，结果，她就发现了那个女人的异常。既然有喜，那本是天大的喜事，为何那个女人是那种表情？无一丝喜悦，反而满脸愁云，而且还一直在大街上像个游魂一样游荡？所以，她有个大胆的猜测，孩子可能不是苏墨沉的，否则也不会折回医馆买了堕胎药。但她不敢确定这个女人堕胎的决心，刚好，在看戏的时候，她看到坐于边上的苏墨风时不时透过她瞟向那个女人，目光带着深意，她又想起大婚之夜，他醉酒掀那个女人盖头的闹剧以及宫宴那夜两人的琴剑合一，她便有了另外一计。

那女人中场离席，给了她机会，她故意跟苏墨风说，那女人心情不好，不知去了哪里，果然，苏墨风寻了出去。她又让自己的人秘密跟着，让其见机行事，一定要让苏墨风知道女人堕胎的事，大抵用了情的男人都见不得女人这样伤害自己，总归会弄出一些动静。且不管会弄出怎样的动静，单想一个怀了孕的女人在自己的丈夫都不知道的情况下，怀揣着堕胎药，跟另一个男人私会，就足以让众人往深层意义上去想这两人的关系以及那腹中孩子的来历。所以，戏唱到中场，她秘密地找了皇后，说后花园里有一场更精彩的戏正在上演。皇后是六王爷苏墨鸿的母亲，苏墨鸿和那个女人的过节她早已听说，这也是她笃定皇后会帮她的原因。果然，皇后何其聪明，只这一句，便笑着跟众人说，正好中场休息，一起去后花园走走，活动活动筋骨，再回来看戏，于是众人欣然前往。

一切都在计划之中，顺风顺水，甚至在那个男人最后出现的时候，她都还觉得自己赢定了。因为无论怎样，苏墨风和那个女人私会是事实，那个女人想私下堕胎也是事实，只要是个男人都会怀疑这个孩子的来历吧？可是，男人的表现却出乎所有人的意料，他说孩子是他的，并且他早已知晓，而且还说明了女人想私下堕胎的原因，轻松地化解了这场危机。一直到现在，她都不知道他说的那些是真是假，但是，她却深深地感觉到了，他对那个女人的信任。苏墨风都跟那个女人那样了，他竟然没有一丝怀疑，今日一回来他就下令对那个女人禁足，也不许他人踏入清华苑一步。或许，在外人看来，那是罚，只有她清楚，那是一种保护，她怕是再也没有下手的机会了。

皇宫

瑶华宫，熏香袅绕、烛火氤氲，文帝斜倚在软榻之上，微微眯着眼睛，看着跪在面前的女子。女子衣着轻薄，低垂着头，露出一大截粉颈，领子开得很低，惹人遐想。

“丽妃跪着是做什么？”文帝开口。女子缓缓地抬起头，水眸潋滟，朱唇轻启：“今日，风儿是被那个女人迷了心智，才会如此唐突，臣妾恳请皇上原谅风儿今日的糊涂。”

听到说起苏墨风，文帝微微沉了脸色。不提他倒好，一提那浑小子，他的气就不打一处来，他如此处心积虑地为他铺路，他却一直在自毁前程，今日还在众目睽睽之下，做出如此大逆不道、有伤风化的丑事。见他抿唇不语，丽妃微微拧了秀眉，移动着膝盖跪到男人的脚边。

“皇上！”一声软糯的娇呼，酥麻入骨，她微微扬起小脸，殷殷地看着男人。文帝心神一荡，不知为何，明明这个女人已至中年，脸上却没有染上一点风霜的痕迹，依旧美得如同含苞待放的少女，特别是身体。

丽妃娇喘着，水眸映着烛火，忽暗忽明。作为女人，作为一个聪明的女人，她永远知道什么是对付男人的最好武器。几十年如一日，她日日都食用可以永葆青春的绝艳丹，她甚至在身体上藏着毒，在自己的耳垂、胸口、身上，涂抹可以让男人疯狂的媚毒。这么多年，她成功地让这个天下最尊贵的男人深深地迷恋着自己的身体，她也成功地在这个男人耳边吹着强劲的枕边风。

苏墨沉踏进清华苑的时候，千城正在院中给种植的那些植物锄着草。见他进来，千城连忙放下小锄，迎了过去，今日，定是要试他一试。

“四爷。”千城微笑着迎了过去。苏墨沉微微一怔，千城这才想起自己似乎热情得有点反常了，连忙止住脚步，抿了唇，在离他还有几步远的地方站定，看着他。与寻常的锦衣华服不同，今日的他着了一件月牙色的长袍，料子是那种柔软丝滑的冰绸，裁剪得格外修身，越发显得他身姿英挺，他的发顶用白色的丝带随便扎着，其余的散发轻垂在脑后，有几缕顺着额前垂下来，儒雅飘逸得恍若谪仙。

“感觉还好吧？”他径直朝她走了过来。还没回答，手背一热，她的手已被他的大掌裹入掌心。淡淡檀香入鼻，千城微微一颤后只是微笑，任由他牵着，入了里屋。千城有些恍惚，在门口的时候，她还是忍不住回头四下看了看，因为现在两人的这种感觉，让她以为，这个男人不是用了情，便是在做戏给谁看。四下无人，她想，或许是有人的吧，只是在她看不到的地方。

进屋以后，她以为男人会放开她，出乎她的意料，他竟是反手抱着她坐了下来，大手环在她的腰间，掌心正好落在她的小腹上，千城的身子一僵，再也无法动弹。这种感觉……就好像他们果真是这世上最恩爱的夫妻，此刻，丈夫正抱着妻子，一起感受腹中两人的结晶。果真是这样吗？一颗心扑通扑通地狂跳，她挪了挪身子想要从他怀中站起来，却又被他的大手箍得死紧。

“别动！”男人的下颚轻轻地枕在她的肩头，声音沙哑疲惫。千城心口一颤，便止了动作，微微侧首就看到男人俊美无俦的侧脸，近在咫尺、吹气如兰，男人轻轻闭着眼睛，眉心微微拧起褶皱。她的直觉告诉她，他不是很累，就是很烦，反正心中有事。只是，他不说，她便也不会问，因为问了也是白问，这个男人没有与人分享心事的习惯，或者说，没有与她分享心事的习惯。一直以来的他都活得太深沉、太隐忍，虽然这样可以将他自己保护得很好，但是，通常这种人也最苦。鬼使神差地，她抬手，轻轻触上他眉心的那一抹褶皱。男人蓦地睁开眼睛，她吓了一跳，慌忙将手缩了回来，别过视线。一声轻笑响在耳畔，男人松开缠绕她的手臂，下颚也从她的肩头上离开。

有些窘迫，有些失落，千城怔忡了一会儿，便从他怀中起身站起，其实，这样温暖的怀抱，这样片刻的温情，她真的很贪恋。但是，既然他都那样做了，她如果还赖在他的怀里也不好看，而且，她也不是那样的人。

“四爷晚膳用过了吗？”突然想起正事还没办，千城眉目弯弯、水眸晶亮，“如果没有，又如果四爷不嫌弃……”男人抬眼看她，没让她说完，便笑着说：“如你所愿。”

千城嫣然一笑，立马喊了春兰去厨房。不一会儿，各种小菜、补汤、点心就摆了一桌，两人对面而坐，春兰给二人布着菜，而男人却是先盛了一碗汤递到千城的面前。

“谢四爷！”千城微微一笑，在伸手承接的那一刹那，两手相碰，千城一颤，手一抖，电光石火之间，男人脸色微变，还没撤走的大手又瞬间回来裹了她的手背，帮她稳住了汤碗，但是已然来不及，黑浓的汤汁已经洒了出来，溅在她浅色的裙裾上，濡湿一片。

“你没事吧？有没有烫着？”男人起身将她手中的汤碗接回。千城抬眼，此时看他微变的脸色，竟似有那么一分真心，只是，这个男人真真假假、假假真真，她早已分不清。“没事，是千城太不小心了，”她亦是起身，抖了抖裙裾，有些不好意思地道，“我去里间换身衣服，四爷先吃着。”

“嗯。”男人点了点头，坐下。千城转身离开。

屋里便只剩下男人和春兰。男人只是端着茶盏兀自饮着，迟迟不动碗筷，似乎想等千城一起，春兰无法布菜，便只得站在一旁垂着脑袋，眼观鼻鼻观心，大气不敢出。骤然，脚边的一个什么东西跃入眼帘，他定睛一看，是方锦帕，叠得极为方整，可还是可以看出是个男式用的帕子，且用料上好，做工精良。符合以上条件的这屋里只有一人，春兰连忙弯腰将锦帕拾起，双手递到苏墨沉的面前：“王爷的锦帕掉了。”

苏墨沉抬眸朝她手中看过来，骤然眸光一敛，不过很快又隐去，快得让人根本来不及捕捉，他收回视线，慢条斯理地端起茶盏抿了一口，淡漠地说道：“那不是本王的。”

春兰一怔，不是他的？可这屋里只有他一人，难道是方才千主子掉的？可是，千主子又为何会揣着男人的锦帕？那自己这样唐突的行为会不会引起这个男人的误会而害了自己的主子？正惶恐不知所措，千城已从里间走了出来，换上了一套新的云锦裙。看到她手中的帕子时，千城一愣：“它怎么在你那里？”

完了，还真是她的。

“奴婢……奴婢……在地上拾到的……”春兰一急，话都说不清楚了。倒是千城不慌不忙，伸手将锦帕接过塞进袖中，在男人对面款款坐了下来，水眸一扫桌上，又抬眼看向男人：“咦，四爷怎么还没开始吃？”

“等你。”男人又盛了一碗汤递到她的面前，只是这次没有让她接，而是直接放到了她面前的桌上。

“谢谢。”千城含笑端起，手执银勺在汤碗里搅了搅，轻轻舀起一勺送到唇边，眼梢轻掠，虚光看向对面的男人，却不想正撞上男人看过来的目光。她一震，慌忙垂下眼睑，也不知是不是她看花了眼，还是她的心理作用，她竟从男人的黑眸里感觉到了几分玩味。玩味？为什么会有玩味呢？她微微拧了眉。是的，锦帕是她故意落下的，在方才起身抖裙裾的时候，故意抖到了春兰的脚边。她笃定，春兰看到锦帕肯定会以为是这个男人的，一定会拾起交给他。她当时趴在里间的门缝后面，一颗心几乎就要跳出胸腔，也就是在那一刻，她才清楚地知道，自己是有多盼望锦帕是这个男人的。可是，男人的表现却让她的心瞬间跌入冰窖，他面沉如水、淡漠地说，不是他的。

终究不是他的，心中满满地都是失望，连平日觉得甚苦的补汤喝到嘴里都觉不出了滋味。只是，不知道是不是不甘心，她总觉得哪里不对，具体是哪里，她又说不上来，直到看到他黑眸中的玩味时，她才陡然明白过来是哪里了。顿时，心情又大好了起来，一边吃，一边还不停地给对面的男人夹着菜。

“四爷，吃这个，很好吃。”

“还有这个，也不错……”

男人看看碗中堆成的小山，又抬眼看向对面吃得甚香的女人，微微眯了黑眸：“你今日似乎心情不错。”

“那当然。”千城咽下喉中的饭菜，眉眼弯弯，“因为今日四爷第一次给了千城尊重。”

男人一怔，须臾，又低声笑了起来：“就因为本王亲自给你盛了汤？”

“不是，”她决定赌了。缓缓放下碗筷，她凝眸看进男人的深瞳，“因为四爷明明看到了千城揣着别的男人的锦帕，却依旧尊重千城、矢口不问锦帕的主人是谁。”

他深沉，她知道，他隐忍，她也知道，他不形于色，她都知道，但是，看见男人的锦帕却恍若未见，就不是他的作风，即使不生气，最起码也会有点反应，越沉静、越淡漠，说明他越有问题。另外，也是刚才，她又想起另一件更重要的事来，她从未说过孩子的来历，也从未说过她没有了那夜的记忆，自始至终，关于她腹中的孩子，他却从未问过一句。即使不是他的，可他都愿意给别人养孩子了，他难道就不想问问那个人是谁？这太不正常了。只有两种可能，第一，他本来就知道那人是谁，第二，他就是那个人。

如果是前者，作为一个男人，肯定不会愿意去替别人背这个黑锅，所以，就只剩后者。而且，那日在后花园的湖边，他的谎话说得太圆了，没有一丝漏洞，虽然，她知道，他具备睿智果敢、临危不乱的能力，但是，真的太圆了，圆得就像早已精心准备好了一般。所以，她赌了。她紧紧盯着男人的瞳，一眨不眨，生怕错过他一丝一毫微末的表情。男人果然怔愣了一下，眸光微闪，垂眸一笑："那是因为本王知道，如果本王问了，你也不一定会讲，所以干脆不问。"

千城摇摇头，她不知道这个男人为何不承认？是因为怕承担责任吗？显然不是！因为在外界，在所有人的面前，他都早已承认了，也承担了作为一个父亲应该承担的责任。为何就独独对她不承认呢？是因为不屑吗？她微微苦笑，水眸依旧凝在他的脸上："我真不知道是该高兴还是该悲哀？一个丈夫看到自己的妻子藏着别的男人的信物，竟可以大度到不闻不问？当然了……"她黯然地垂下眸子，顿了顿，又接着说道，"如果这个丈夫心里从来就没有这个妻子，就另当别论了。"

男人未语，握拳放到唇边轻轻咳嗽了一下，又对着边上一脸尴尬无措的春兰说道："这汤有点凉了，拿去厨房热一热。"

闻言，春兰心口一松，连忙端起汤钵退了出去。千城弯了弯唇，知道他是故意支走春兰，毕竟有些东西是秘密，只有他知，她知，他不想有第三人知道。

"算了，吃饭吧。"千城执起银筷，又给他夹了一片菜，就兀自埋头默默地吃了起来。男人抿了唇，未动，默然半晌，问道："你想本王问？"

千城愣了愣，眼梢未抬："刚才想，现在不想了。"

"如果本王问，你会告诉本王吗？"

"会。"千城吃了一小口饭，缓慢地嚼着，依旧没有抬眼。

"那本王问你，锦帕是谁的？"

千城顿住，片刻，放下碗筷，抬眼看向他。男人眸光微闪，朝她伸出手，千城呼吸一滞，以为他要摸她的脸，也不避不躲。温热的指腹落在她的唇边，轻轻捻起她粘在唇边的一颗饭粒，男人故作轻松地笑道："你看你，吃饭竟像个小孩子。"

是要岔开话题吗？

"锦帕是孩子的父亲的。"千城脱口而出。男人的手微顿，慢慢收了回去，他垂眸弯了弯唇："本王想也是。"

"可是孩子的父亲不承认。"千城看着男人，目光灼灼。

男人低垂着眼睑，让人看不到眸中的情绪，只见他端起茶盏小啜了一口，清清喉咙，才抬眼："或许，孩子的父亲有苦衷……"

"这世上，有什么苦衷会让一个男人连自己的孩子都不敢承认？"千城有些激动，提高了声音质问着男人，眼角已然有了湿意。男人眉心几不可察地拧了拧，凝眸看向她。千城便承接了他的目光，不偏不躲。四目相对，良久，男人骤然一声嗤笑，收回对峙的目光："千城，你知道自己在做什么吗？本王是你的夫，你是本王的妻，一个妻子在丈夫面前，却这样失控地去谈另外一个男人，你不觉得很过分吗？是不是本王不过问那方锦帕，不过问你腹中的孩子，所以给了你自信，你就可以为所欲为地来挑战本王的极限，是吗？"

千城笑了，笑了好久，还是不承认是吗？算了，不承认就不承认吧，再逼下去，事情或许就无法收场了，她也倦了，适可而止吧："对不起，千城为刚才的行为给四爷道歉，是千城太肤浅了。"

男人紧紧地抿着唇，未吭声，静默了半晌，起身："本王吃好了，你慢慢用吧。"话落，转身，不作一丝停顿。时值黄昏，屋里光线颇暗，千城看着男人打开门，残阳晚霞透门而入，光影偏逆中，男人高大的背影消失在门口，她突然有种想奔过去拦下他的冲动，不过，她还是按捺住了。

是夜，夜凉如水，杨痕在书房门口徘徊良久，才推门走了进去。书房内没有掌灯，一片黑暗，他摸索着将烛火点亮，过了很久才发现掩面坐在书桌后的男人。

"爷……"他试着轻轻唤了一声。好半天，苏墨沉才算有了一点反应，缓缓移开撑在脸上的双手，黑眸中满是血丝和倦怠，见到是他，哑声问道："已经将她安全送回去了？"

"嗯。"杨痕点头。今夜那人又来了，两人在后院见面，他当时就守在院门口，远远地他看到两人抱在一起，女的似乎在流泪，苏墨沉在说话，说些什么就不得而知。再后来，苏墨沉让他送那人回去，这也是第一次，苏墨沉没有亲自送。

"爷，方才属下送姑娘回去的时候，姑娘问了属下一句话……"

苏墨沉眼梢轻抬，朝他看了过来，他抿了抿唇，犹疑了片刻，才接着说道：

“她问属下，千主子腹中的孩子是不是爷的？”他以为苏墨沉会问他是怎么答的，结果没有，他只是冷睇了他一眼，一响未响。杨痕自觉无趣，便准备躬身退出，骤然想起什么，又顿住脚步，“爷，老夫人那边逼得急，一直问爷为何没按照她的吩咐将……”

“知道了！”苏墨沉有些不耐地打断他的话，“母妃那边，本王自有交代。”

杨痕抿了唇，便也不再多讲，他知道这个男人的苦，也知道这个男人的无奈，事情本就没有解决，如今又冒出个孩子来，他知道他有多挣扎矛盾。

“那属下告退，爷也早些歇了。”

“嗯，”苏墨沉朝他疲惫地挥了挥手，“去吧。”

他躬身退出，轻轻地带上房门，抬步走入幽幽的夜色中，路过清华苑的时候，看到里面竟还亮着灯火。这么晚了，她还没睡吗？一个人兀自又站了一会儿，才转身离开。

翌日清晨，千城刚刚盥洗完毕，准备用早膳，清华苑里竟突然来了一个人。来人风风火火地进来，接过她手中的芙蓉糕便啃：“一早就赶过来给你报信，早膳都没用，饿死我了。”

千城愕然地张着嘴巴，半天合不拢，不仅因为这清华苑里，除了她自己和苏墨沉，再加上春兰和夏莲，很久没有来过别人了，更因为来人的一身装扮，本来就身材娇小，偏要穿着一件宽大的太监服，大大的太监帽斜斜地歪在头上，愈发显得小脸只有巴掌那么大。

“小七，你怎么来了？还穿成这样？”

苏凝霜咽下一口芙蓉糕，又端起茶水猛饮了一口，才气喘吁吁地说：“还不是因为你，因为四哥。负责神庙的大祭司给父皇算了一卦，说四嫂腹中的孩儿与父皇命相相克，为龙体和江山社稷考虑，请父皇赐死四嫂腹中的孩子。”

啊！

宽阔的街道上，一辆马车疾驰而过，马车上，千城和苏凝霜皆是一身太监装扮，满脸的凝重和急色。

“四嫂，小七此次出来，是想让四嫂出去避一避的，结果，四嫂却反而要去宫里，这……”苏凝霜紧紧地拧着秀眉，一副急得要哭的样子。她也是一早看到苏墨沉跪在龙吟宫的门前，问了其他人才得知此事，因为听说是早朝的时候，大祭司刚刚提出来的，她想千城肯定还不知道，所以，就赶紧出宫来通知她了。

“避一避？”千城苦笑，“普天之下莫非王土，到哪里去避？再说躲得过初一躲不过十五，君要臣死臣不得不死。”那人是天，是掌握着天下人生杀大权的君王，他一句话可以让人生，一句话可以让人死，她能逃到哪里去？她逃了，苏墨沉呢？四王府呢？所谓命相相克，她当然是不会相信的，她几时怀的孩子，孩子多大了，都没有人知道，又何来命相？说到底，还是有人想处死她的孩子，不过找了一个冠冕堂皇的理由而已。

“即使不避，四嫂也没必要去宫里啊，这些事情四哥会处理的，他会保护四嫂和孩子的，不然，他也不会一大清早就跪在父皇的龙吟宫门口求父皇。”

“就是因为他跪在龙吟宫的门口，我更要去。”千城转眸看向苏凝霜，一脸坚定。

“小七不懂……”

“小七还小，以后，等小七有喜欢的男人了，就会懂的。”千城轻轻地抓起小七的手，握在掌心。喜欢一个人，就会去分担这个人所有的一切，喜欢一个人，就会默默地站在他身边，让他永远也不会觉得自己是孤单一人，无论好的、不好的、快乐的、痛苦的，都要两个人一起去面对。

没有人知道她此刻的心情，连她自己也说不出，只觉得很复杂，很复杂，复杂得无法用言语来描绘。听到有人要文帝处死她的孩子，她是震惊、惶恐和愤怒的，可听到苏墨沉为了此事只身跪在龙吟宫门口，她又是安慰、激动和心痛的，这也更加证实了一点，孩子就是他的。孩子是苏墨沉的，她怀了她和苏墨沉的孩子，虽然她早已这样以为，但是那个男人却矢口否认，如今再次被证实，她已激动得无法自持。

在这种时刻，她又如何能让他一人去面对？她要站在他身边，她要和孩子一起陪在他身边，他跪，她亦跪，他求，她亦求。

幽梅宫，女子端坐在铜镜前，纤纤玉手执起一片红纸，轻轻含在两瓣朱唇中，片刻，取下，已是樱唇似丹，衬着原本胜雪的肌肤、如画的眉目，更是美得如同天人。有多久没有用过胭脂水粉了，她已经记不清了，只是今日，为了一个人，她不得不也让自己庸脂一次。珠帘叮当脆响，有婢女打帘而入："娘娘，四王爷来了。"

女子回过头，便看到紧随婢女而入的男人，一袭紫袍、玉带蟒纹，长身玉立在珠帘边，对着她微微一鞠："梅妃娘娘。"女子微微一笑，起身，纤手盈盈一挥，婢女躬身退了出去。

"坐吧！"女子指了指旁边的矮榻。男人抬头看了她一眼，看到她脸上的精致妆容时，微微一愣，末了，又走到矮榻边，一掀袍角坐了下去。女子在另一边坐下，水眸轻睨，将他眼角眉梢的那一抹疲惫尽收眼底，素手提起桌案上的玉茶壶倒了一杯水递了过去，"你父皇收回旨意了吗？"

苏墨沉伸手接过杯盏握在手里，摇了摇头："没有，他见都不见我。"

女子轻轻一叹："你相信命格一说吗？"

"自是不信，"苏墨沉抬眸看着她，接着又垂眸苦笑，"可是我不信又有何用？他是皇帝，他说信就信，他要谁死谁就得死。"

"你很想留下这个孩子？"女子秀眉微皱，眸光落在他指节泛白的手上，"其实，对于你来说，现在并不是要子嗣的时候，后面还有很长的一段路要走。"

苏墨沉眉心微敛，端起茶盏，轻抿了一口，未语。过了半晌，才抬眼看着对面的女子，幽幽地道："为什么人活着就那么难？"他的声音很轻，像是问她，又像是在问自己，毫不掩饰自己脸上的颓废和倦意。

梅妃心中一痛，她很少看到他这个样子，他不像十四儿，心思浅薄，一切情绪都写在脸上，这个男人，深沉内敛，虽不嚣张跋扈，却也从不会与人示弱，他总是将自己包裹得很好，你永远不知道他心中所想，你也永远看不到他的脆弱。可是这种人，往往是最苦的，因为所有的一切都得自己一人去担，自己一人去扛。她伸手，轻轻按在男人的手背上："放心，一切都会过去的。"

过去？男人笑笑未语，当然是会过去，好的结果也是过去，坏的结果也是过去，总归是要过去。

"相信我，一定会没事的。"女子起身走到他的身边，拍了拍他的肩膀。苏墨沉愕然地看向她。她弯了弯唇，"我会帮你，你只要告诉我，你是不是真的想要留下这个孩子？"

因身穿太监服饰，又手持公主令牌，千城和小七两人进宫非常顺利，可是，当两人赶到龙吟宫的时候，却并不见苏墨沉的人影，问了边上几个太监，都说，苏墨沉被梅妃娘娘的婢女香草请走了。梅妃娘娘？千城脑海中又掠过那夜，她和苏墨沉跪在这里，那个去找文帝说情的女子，那个妆容清淡、气质天成的女子。她的第一反应是，肯定和那夜一样，十四王爷让梅妃帮他，现在他们在梅妃那边想对策。

幽梅宫，千城望着面前的一幕，好半天才回过神来，又使劲揉了揉眼睛，才敢确定自己没有看错。她微微苦笑，发现自己做了一件不该做的事，又做了一件值得庆幸的事。前者是她不该进宫，更不该来这幽梅宫；后者是幸亏方才没让小七跟着，否则眼前这惊世骇俗的一幕一定会让小七承受不住。

没有十四王爷，甚至没有一个宫女，就只有一男一女。男的坐在矮榻上，女的站在矮榻边，女人抱着男人，男人的头埋在女人的胸口。因为隔得有些远，又隔了珠帘，所以看不清二人的表情，也听不清二人在说什么，只知道女人的一只手轻轻抚拍着男人的墨发。

男人是王爷，女人是王爷父亲的女人，想想都觉得不可思议。好吧，千城承认她被震撼到了，她抬头看了看刺目的太阳，再望过去，希望自己看的只是幻境。可这是事实，铁铮铮的事实。她突然想，如果是十四王爷看到这一幕又会作何感想？他看到可以为之出生入死、赴汤蹈火的兄弟，他最最敬重的四哥，跟自己的母亲在一起。他会受不了的吧？她又何尝受得了？

一阵微风拂过，门口的珠帘叮当碰撞，发出细碎的声响，千城只觉得那水晶珠子一颗一颗地碎裂，渣子全部嵌进了自己的眼里。痛得支离破碎……她不忍再看，转身离去……

梅妃踏进龙吟宫的时候，文帝正在低头批阅着奏折，她站在边上看了很久，也没吭声，李公公准备禀报，也被她嘘的一声制止。直到一堆的奏折批完，文帝扔掉手中的朱砂笔，身子往身后的龙椅上一靠，抬手捏向自己的眉心的那一刹那，才看到面前盈盈而立的人儿。

"萍儿……"文帝甚是吃惊，只以为自己看奏折太久，眼睛出现了幻觉。这个女人有多久没来过龙吟宫了？他不记得了。似乎上次来的时候，是为了给老四说情，那么，这次呢？

梅妃盈盈一笑，莲步轻移，对着他行了个礼："臣妾参见皇上。"

文帝微微眯了眼睛，其实，他这一生，后宫女人无数，要说能入他的眼的，这些年也就三人，良妃、丽妃以及面前的这个女人。良妃是他第一个倾了心去爱的女人，却最终背叛了他，而丽妃就像火，就像罂粟，妖娆风情，让他欲罢不能。面前的这个女人是怎样的呢？很奇怪，他竟是说不出对她的感觉，只觉得她在自己心中的影子浅浅淡淡的，即使她不来找他，她不让他去幽梅宫，他也并不为之光火，有时甚至还忘了宫里还有这么一个女人的存在。可是每当她出现在他的面前的时候，他的心却是难以抑制地澎湃，就如同许多年前，两人初遇时那般，无法遏制的悸动。

"看来，皇上不欢迎臣妾？"梅妃见文帝迟迟未让她平身，又笑补了一句。文帝回神，连忙起身，上前将她扶起："不，朕每时每刻都在等着萍儿。"话一说出口，文帝自己也愣住了，想他一大把年纪了，还贵为九五之尊，这样煽情的话竟然也出了口。

梅妃低垂着眉眼，就任由他牵着，浅笑吟吟。文帝一直将她牵到龙椅边，抱着她坐下，这一次，她没有反抗，柔柔地承接了他的拥抱。文帝胸口微微震荡，如果将丽妃比作是火，她就是水，如果说丽妃是蔷薇，她就是清莲，这么多年，她永远是那个样子，穿着素色衣衫、不施粉黛、不戴配饰、清幽空灵、遗世独立。可她今日竟用了脂粉，虽然很淡很轻，但是，他还是一眼就看了出来。他惊觉，原来，她的样子早已刻进了自己的心里。

"萍儿找朕有事吗？"他将头埋在她的肩头，深深地呼吸，那久违的清香竟让他恍如隔世。

"皇上猜猜。"

"跟老四有关？"文帝埋首不抬。

梅妃便笑："皇上睿智。"她从来不是一个会拐弯抹角的人，一直有事说事。文帝一顿，抬起头来，脸色瞬间沉了下去："果然是为了他。"

"不，也是为了皇上。"

"为了朕？"文帝冷笑，"萍儿知不知道他的孩子和朕的命格相克？"

"皇上也信这些乌龙祭司说的话吗？皇上是真龙天子，又有谁可以克到皇上？

再说了，那个孩子那么小，现在都还未成型，哪来的命相可算？”

文帝眸光微闪，当然没有命相可算，不过都是他一手安排的而已，毕竟，他亲口答应了丽妃，那夜他答应丽妃除掉那孩子。见文帝不语，梅妃又连忙趁热打铁：“那个孩子不仅是老四的孩子，也是皇上的亲孙子，如果执意堕掉，传到民间，怕是要让百姓寒心啊。”

文帝抿唇想了想，冷声道：“君无戏言，再说祭司说的话满朝文武也都听到了，你想让朕对一个没有出世的小毛孩妥协？”

梅妃微微一笑，在他的怀里转过身，抬手攀上他的颈脖：“皇上，这不是妥协，这是仁慈，皇上是个仁君，天下人只会更尊重和爱戴皇上，至于祭司说的话，臣妾倒是有一个法子。”

“说来听听。”文帝早已被她那一攀弄得心神荡漾，他本也不是非要除掉那孩子，若有台阶可下，也未尝不能收回成命。

“所谓命格一说，不过是按生辰八字来的，到时可以使用催生的办法改变那孩子的出生时辰，另外，臣妾也愿意从此吃斋念佛，为皇上祈福。”

“你吃斋念佛？”文帝一愣，黑眸危险地眯起，“为何是你？你为何对老四的事如此上心？”前面的方法倒不失为一个好的法子，只是这后面……

梅妃望进他黑眸中的阴霾，淡淡一笑：“原因有二，第一，老四是良妃的儿子，良妃是臣妾今生最好的姐妹，良妃不在了，臣妾就是他的母妃；第二，老四也是皇上的儿子，皇上是臣妾这辈子最爱的男人，臣妾不希望看到皇上父子二人越走越远。”

文帝一震，眸中写满了难以置信，深深地凝着她：“真的是这样吗？萍儿说的都是真的吗？”其实，他在意的是那句，他是她这辈子最爱的男人，那句是真的吗？

“这么些年，皇上了解臣妾，臣妾可在皇上面前说过半句假话？”

“没有，”文帝大手一揽，将她按压在自己的怀里，紧紧地箍住，心中激涌的情绪排山倒海，“萍儿从没有说过假话，只是，如果这样，宫里的人嘴碎，指不定会怎样说萍儿。”

“臣妾不在乎别人怎么说，只在乎皇上怎样看。”

文帝心绪大动，低头，朝那一抹樱唇吻了上去。

千城不知道自己是怎样回到清华苑的。她的样子吓坏了春兰和夏莲，本来，她和小七乔装偷偷出府，她们两人就已经提心吊胆的，如今，她脸色煞白、神情恍惚的回来，她们只以为孩子保不住了，一个个难过得抹着眼泪。千城将两人赶了出去，关上门，倒在床上，连太监服也没有脱。

梅妃和苏墨沉？梅妃和苏墨沉！她满脑子都是这两个人的影子。早闻梅妃清冷寡欲，虽住在幽梅宫，可那幽梅宫却早已如同冷宫，与皇上少有瓜葛，难怪这样的一个女人那夜愿意为了苏墨沉和她亲自去求文帝，难怪啊。那夜后院的黑衣女子是她吧？还有后花园里的那个宫女。梅妃竟然是住在他心尖上的那个女子，想想都觉得难以相信，虽说梅妃容貌倾城不老，和苏墨沉站在一起倒也般配，可毕竟是长辈，少说也要比苏墨沉大十几岁吧，怎么会……不行，她得去问清楚，试探试探也可以，不然，心中就像压着一座大山一样，完全透不过气来，她会发疯的。

顾不上自己还在被禁足，也顾不上身上还穿着太监服，千城直奔苏墨沉的云轩阁，他不在，她又转身去了书房，依旧不在，她忽然就笑了，染千城，你果然是给气糊涂了，他怎么可能在呢？这个时候，应该还在幽梅宫呢。你问他又怎么样？你试探他又怎么样？他连一个孩子都不承认，这种事他会承认吗？再说，即使承认了又怎么样呢？你能将他怎么样呢？也不过是你自寻痛苦而已。你不甘心吗？你有什么不甘心的？即使不是梅妃，也还有别人，他心尖上的那个人永远都不是你。千城在心里狠狠地鄙视了自己一番，深呼吸，转身准备离去，骤然，门口传来杨痕略带惶恐的声音：“老夫人？你怎么……”杨痕的话还没有说完，已有脚步声进了书房。

千城本想自己未做亏心事，被大家看到在书房也无所谓，乍听杨痕那一声“老夫人”，顿时吓得不轻。老夫人？不就是苏墨沉的母妃吗？她怎么来了？她怎么敢公然露面？外面的脚步声渐行渐近，而且听似不像只有一人，千城快速环顾了一下四周，一颗心几乎就要跳出胸腔。门帘被掀起，她终于在众人进来之前的那一瞬，钻进了书桌的下面。好在书桌上铺着布幔，布幔四角垂落，几乎曳到地面，倒是个很好的藏身之地，只是，布幔很厚，里面光线很暗，她完全看不到外面的情景，窝在里面，她连大气不敢出。

“老夫人，你怎么亲自过来了？”是杨痕，声音毕恭毕敬，而且还端着几分敬畏。

“我再不过来，沉儿怕是要将我这个母妃给忘了吧？”女子的声音，很冷，但并不显苍老，甚至还很清润。也是，宫里的女人都不显老吧？就像梅妃，至少三十多岁了吧，还不是看着像双十年华。想到那个女人，千城心中又是一堵，可她也没有多想，外面的对话还在继续，而且，她还听到了一个熟悉的声音。

“四爷人呢？怎么不在府中？”

素倾！千城心跳一滞，原来素倾被送走，是被送到了苏墨沉母亲的身边去了，就知道，苏墨沉是不会舍了她的。童素倾差点杀了她，他还将童素倾送到了自己母亲的身边，而对她来说，他甚至连他母亲还在人世，都不愿意告诉她，这是怎样的区别？是因为，她从未走进过他的心里吗？

“哦，四爷他去宫里了，也不知……几时可以回来？”杨痕依旧谦逊有礼，但是千城怎么听怎么觉得有些婉言谢客的意味。

“无碍，我在这里等他。”良妃的声音依旧冷冰冰，凳子吱呀一声，应该是她坐了下去。

“那童夫人先在这里陪陪老夫人，属下去外面瞧瞧，看看四爷回来没有？”

“嗯，”良妃轻哼，末了，又补充了一句，“门口派个人守着，我可不想让什么不知死活的人误闯了进来。”

“老夫人放心，那是自然。”

脚步声越来越远，想来，是杨痕走了。屋里应该只剩下两个人，顿时一片静谧，千城躲在下面更是大气不敢出，生怕弄出个什么声响出来，让她们发现。方才，她说不知死活，就冲这句，她就知道偷听有多严重的后果，而且，上次在天牢里童素倾不是说过吗？老夫人想要置她于死地。

不知过了多久，千城只觉得自己浑身的肌肉都僵硬了，终于听到有人打帘而入。“母妃！”一声低唤，声音如此熟悉，不是苏墨沉又是谁，他似乎有些激动，脚步很快，大概是直奔到良妃的身边，声音也略显颤抖，“母妃，你怎么……怎么亲自来了？”

“四爷……”一声软糯的娇呼，是童素倾。

“母妃不知道外面形势，你难道还不知道吗？就这样让母妃出来，你不知道这样多危险吗？”苏墨沉的声音顿时冷沉了下去。

“我……”素倾欲言又止，声音略带哭腔，似是委屈至极。千城甚至能够想象到她的表情，又是那个无害、楚楚动人、我见犹怜的样子吧？

“不要怪素倾，是我自己的主意，”良妃依旧声音寒凉，“既然沉儿不知道要去我那里，我也就只好来沉儿这里了。”

“这几日，孩儿有些忙，原本也打算……”

“忙？”良妃冷嗤一声，语带嘲讽地道，“忙着照顾自己的女人和儿子吧？”

桌底下，千城的呼吸一滞，是说她吗？是的，就是说她，于是连忙侧耳凝听，她很想知道苏墨沉是怎样回答的，半晌才听到他说：“嗯，这也是其中之一。”于是乎，千城的心又开始澎湃起来，可是瞬间，又被良妃的话打入到冰窖里面，“你知道自己在做什么吗？那个女人，我让你杀掉她，你不杀也就算了，竟然还让她怀了你的骨肉，你知不知道，这样迟早会害了你自己？”又是一声木头的吱呀声，显然，良妃很激动地从椅子上站起来了。

没有听到苏墨沉的声音。千城真的很想知道，他脸上此刻的表情，可惜看不到。良妃似乎无奈地叹了一口气：“听说，皇帝下了旨意，要除掉这个孩子？”

“嗯，”苏墨沉轻应了一声，又接着说道，“不过，因为梅妃娘娘的求情，现在已经收回了旨意。”

收回了旨意？梅妃的求情？千城一震，果然，是梅妃帮了他：果然，她才有这个能力帮他。心中一方面为腹中孩子终于逃过一劫而高兴，一方面又隐隐有些失落，可是，也容不得她多想，因为屋子里有个女人听到这个消息似乎很不高兴。

“梅萍？又是那个女人！我跟你说过多少次，要跟她保持距离，保持距离，你就是不听，你几时才可以让我省心啊？”

“母妃……”

“算了，这些事就不说了，我今日来，是给你送一样东西。”

千城一愣，东西？什么东西？心中也甚是好奇，却无奈什么也看不见。

“这是什么？”看样子，苏墨沉已经看到了东西，或者拿在了手里。

“去子药。”良妃说得云淡风轻，末了又补充了一句，“那个女人腹中的孩子绝不能留！”

千城大骇，差点惊呼出声，她连忙伸出手背咬住，才没有让自己发出声音。这都是一些什么人啊？不就是怀个孩子吗？怎么像是得罪了全世界一样？每个人都看她不顺眼，每个人都想让孩子死，为什么，这是为什么？

许久都没有听到苏墨沉的声音，只听到沉稳有力的脚步声缓缓地由远及近，最后在书桌边站定，千城垂眸，从曳地的一小截缝隙中，看到一截紫袍的袍角和一双金线黑靴，是苏墨沉。两人只一帘相隔，近在咫尺。他不会发现自己了吧？千城的心狂跳，就像要从喉咙里跳出来，她死死地咬住自己的手背，强自镇定。

许是没有听到苏墨沉的反应，良妃又开口了，只是口气明显地缓了下来："沉儿，不是我逼你，我也是为了你好，你看几个对皇位有威胁的皇子哪一个让自己有了子嗣？你不能自掘坟墓，再说了，别说现在还不是要子嗣的时候，就算是，你想要给你生子嗣的人也绝不是那个女人吧？"

想要给你生子嗣的人也绝不是那个女人吧？是啊，不是她，从来都不是她，那次只是一个意外，连他母亲都知道，可见他对她的无心有多么日月可鉴、世人皆知。千城苦笑，心中只觉得这次怕是凶多吉少了，一个他不爱的女人怀的孩子，是可要可不要的吧？一颗心正惴惴不安，听到苏墨沉的声音响起："孩儿留下那个女人的孩子是有原因的。"

千城一怔。

"什么原因？"良妃已将她的疑问问出。

"他并不是孩儿的子嗣。"

"不是你的？"良妃的声音透着不相信。

"嗯，孩儿和她从未圆房，又何来孩子？"

"那那个孩子是谁的？"

苏墨沉似乎在犹豫，半晌才道："是三哥的。"

"什么？苏墨风的？"

千城听到良妃发出一声难以置信的惊呼，其实，震惊的又何止良妃一人？她也被震得半天回不过神，甚至连童素倾也是低低地一声唏嘘："怎么会？"

"母妃消息灵通，想必也听说过那个女人和三哥的关系吧？当日品香会，孩儿莫名地被那个女人缠上，当时孩儿并没觉察出什么，只当是她认错了人，直到品香会上，三哥为她解围，孩儿才明白过来，她可能是三哥的人，想要打入到孩儿身边，于是，故意出口要了她。后来，那夜的宫宴，她和三哥的一曲琴剑合一，让孩儿更加肯定了她和三哥的关系，如果不是旧识，绝不可能达到那种完美的配合和共鸣。再就是那日在宫里，她和三哥的那场闹剧母妃应该也听说了吧？三哥也亲口承认自己是孩子的父亲。”

“后来，不是你站出来说孩子是你的吗？”

“是，那是因为那种情况下，能救他们的只有孩儿一人。”

“救？难得有如此好的机会除掉老三，为何要救？”

“哼——”苏墨沉冷笑，“母妃还不了解父皇吗？你想，他会让三哥死吗？怕是会让那个女人背下所有的罪名，然后将三哥保全下来。”

“那倒也是。”

“所以孩儿出手了，这样不仅让三哥欠孩儿一个人情，孩儿还死死地扼住了他的咽喉。”

“什么意思？”

“孩子，三哥的孩子，母妃你想，他的孩子在孩儿手里，还怕牵制不了他吗？”

“所以……”

“所以，孩儿要留下那个女人，并且要好好保护那个孩子，他日，必能作为威胁三哥最好的掣肘。”

桌底下的千城早已经泪流满面，却依旧死死地咬着自己的手背，不让自己发出声来，有淡淡的血腥流进嘴里，手背竟是已经被她咬烂，她已全然不知道什么是痛。因为再伤再痛，都没有心痛来得强烈。原来是这样，原来事实的真相是这样。其实，那日她也猜了这个男人对她腹中孩子的父亲是谁一问不问的原因，当时她想有两个，一个就是，他知道那人是谁，一个就是，他就是那人。那时，她想如果是第一个，他就得替那人背黑锅，他不会，所以，她笃定了后者。谁知道到头来，只是她一人的自以为是。

原来，他知道那人是谁，背黑锅的目的不过是想将她的孩子当作日后钳制他人的工具。虽然，她知道，孩子不是苏墨风的，只是被他误会了而已。但是，这些已经不重要了，是谁的已经不重要了，反正不是他的。这个男人，太可怕了。胃里一阵翻涌，她想吐，却还是死咬着手背不放，在桌子底下颤抖成一团。

外面的对话仍在继续，良妃似乎对这个法子也甚是赞同：“原来是这样，我就在想，我们沉儿历来行事果敢坚决，不感情用事，不拖泥带水，这次怎么会对一个才认识没几个月的女人如此上心？原来一切都在沉儿的计划之中。唉，这些事情，你该早些跟我讲的，我也不必这样心急火燎地赶过来。”

“母妃教训的是，孩儿本也打算这几日过去看望母妃的。”

“嗯，”良妃轻应了一声，“既然沉儿有如此周密的计划，那姑且让她们母子的性命多留几天。”

“谢母妃成全。”

“只希望日后，斩草除根的时候，沉儿不要心软才好。”

“请母妃放心，定是不会，母妃又不是不知道，孩儿心中早已有人。”

“那倒是，”良妃顿了顿，“如此，那我就先走了。”

“嗯，孩儿送送母妃。”

“不用了，被人看到对沉儿不好，”良妃似乎走了两步，又顿住，“对了，素倾这丫头那日在天牢犯下大错，也都是出于对我的忠心，你也不必太和她计较，她对你的心，我都看在眼里，她是绝对无二心的，要不，还是让她留在王府吧，有她替我照顾你，我也放心。”

“但凭母妃做主。”苏墨沉声音淡然，听不出喜怒。

“多谢老夫人，多谢四爷！”素倾的声音已激动到颤抖。

“沉儿，你不会怪母妃吧？沉儿要相信，母妃受了那么多苦，所做的一切都是为了沉儿好。”

“孩儿明白。”

“那个去子药你就扔了吧，当我今日没来过。”

“嗯。”

千城闭了闭眸，感觉自己几乎要昏厥过去了，心痛得无以复加，胃里翻搅得厉害，任凭她强自忍住，却终是让一声抽泣破喉逸了出来。

“谁？”随着女人的一声冷喝，两股冷风朝桌底卷了过来。对，是两股。连千城都感觉出来了，因为一股直直地击向她的胸口，而另一股却是将她的身子一裹，将她整个卷了出去。她闭着眼睛，麻木地准备承受着身子撞向地面的重击，可是没有，预期的疼痛并没有来，因为有人已经将她拽在手中。

“你怎么在这里？”温热的气息喷薄在脸上，声音却带着瘆人的寒。千城睁开眼睛，就看到近在咫尺的俊脸，还是那么好看，虽然冷沉着，但依旧俊美得让人移不开眼，只是，她第一次发现，这张脸竟是如此陌生。两两相望，彼此的眸子纠在一起，他的，深沉寒凉，她的，沉痛猩红。

“你就是那个女人？”一声森冷的女声响起。苏墨沉才终于松开她的衣领，她脚下一软，踉跄着后退了几步，才稳住自己的身子。她怔怔地回过头，眸子空洞地转，掠过童素倾，看向说话的那个女人。女人戴着面纱，身材保持得很好，窈窕丰满，她正眯眸死死地盯着她看，似乎在等着她的答案。千城只想到两个词，冷佞、杀气。见她不语，女人又看向苏墨沉，沉声问道：“是她吗？”

苏墨沉就像没听到一样，黑眸依旧凝在千城的脸上，薄唇紧紧地抿成一条冰冷的直线，半晌未语，骤然厉喝一声：“说！你为什么在这里？为什么穿成这样？本王不是命你禁足的吗？”他额头上青筋直冒，声音暗哑走了音，很少看到他气成这样！千城怔怔地看着他，怎么？不该偷听他的秘密是吗？他设计得如此周详的计划，她不该听到是吗？忽然她笑了：“我很庆幸，我在这里。”

苏墨沉眸光微敛，良妃的脸色愈发黑沉难看，千城依旧是笑着，脸上泪痕斑斑，身上狼狈至极，太监帽早已掉了，满头的青丝未束，漫肩洒落，身上大大的太监服被刚才苏墨沉那一拽，早已褶皱松垮不堪，她眸光溃散地移动，移到桌案上的一个小瓷瓶的上面，定住。去子药！下一瞬，她猛地冲过去，拿起瓷瓶就往嘴里倒，苏墨沉脸色一变，飞身而起，“千城……”已然太迟！空空的瓷瓶落在地上，发出一声令人心悸的脆响，没有人看到男人眼中骤起的慌痛，他重重地闭上眼睛。

事情发生得太突然，只在一瞬间，良妃愕然，素倾亦愕然，千城却像没事人一样，抬手用衣袖抹了一把嘴，依旧笑着，对着苏墨沉笑，对着良妃和素倾笑，然后迈着步子缓缓朝门口走去。苏墨沉垂在身侧广袖中的手紧紧地攥起，睁开眼睛，目光黑暗阴晦，深深地凝着她的背影。

小腹绞痛，就像有千万只手狠狠地抓，狠狠地拽，狠狠地强行将什么东西从她腹中剥离，额头上大汗直冒，千城咬牙，强自忍住，一步一步，艰难地往外走。这堕胎药的药效怎么来得那么快？一股温热自她的两腿间流出来，她绝望地闭眼，泪水无声地漫出。似乎有什么东西从身体里抽离，慢慢地离她而去，她抬手，颤抖地摸上自己的小腹，身子变得轻飘飘起来，终于再也无力承受，脚下一软，朝一边倒去。

“千城！”身子被人深裹入怀，她闭眼不睁，睫毛颤抖着，两行清泪顺着眼角肆意地流。她知道谁在抱着她，他吗？弯弯唇角，她凭着感觉吃力地扬起身子，缓缓地凑到男人的耳边，虚弱地吐息，“呵……苏墨沉，让你失望了。”男人眸色一痛，却不作声，只是将她抱在怀里。失望？是谁让谁失望？

殷红的鲜血顺着千城的腿流了下来，濡湿了太监服、濡湿了软履，甚至濡湿了男人的紫袍，流在地上，一泓刺目的红，触目惊心。屋里的其他两人悄无声息，被这一幕震住，只是，素倾是畅意，良妃是可惜，那么一个绝好的棋子就这样没了，真真是可惜。

目光落在千城惨白的脸上，苏墨沉沉声道：“还有救吗？”良妃知道他是在问她，在问她腹中的孩子，药是她拿来的，什么药性她最清楚，如此猛药，怎还有救？素倾看着男人抱着女人的样子，略一沉吟，上前道：“爷，让素倾看看她的情况。”边说，边伸手想要搭上女子的脉搏。

“滚开！”苏墨沉大手一挥，素倾猝不及防，惊呼一声，身子急速地踉跄后退，要不是良妃伸手相扶，她早已摔倒在地，素倾含泪看向良妃，良妃脸色黑沉可怖：“沉儿，筹谋良久的计划付诸东流，母妃知道你心里不好受，但是这跟素倾没有关系，而且这也是那个孩子的命。”

苏墨沉一声不吭，就像没听到一样，只是提气快速点了千城小腹边上的几个穴道，大掌裹住她的小手给她度着真气，末了，又朝门口喊了一声：“杨痕！”杨痕闻声而入，在看到屋里的情形时，顿时煞白了脸色。

“速请大夫！”苏墨沉眉眼不抬，沉声吩咐。

“不行，”良妃厉声制止，“此女听得我们谈话，而且孩子也已经没有了，断不可留！”

断不可留？杨痕眉心一跳，奈何心中急迫，却也不好造次，只得看向苏墨沉。苏墨沉缓缓地抬起头，眼梢微掠，轻轻睇向良妃，只一眼，又收了回去，下一瞬，已是弯腰将女子抱起，兀自大步走了出去。

“沉儿……”良妃难以置信。男人脚步不停，紫影一晃，已是不见了人影。杨痕看看良妃，又看看素倾，拧了眉，转身出门跟了过去。

天漆黑得伸手不见五指，一个女子走在空旷寂寥的天地间，世界一片静谧，连一丝风都没有，耳边响起的只有自己强烈的心跳声和呼吸声。她茫然四顾，却全然看不清前路，更不知该去哪里。骤然一声婴儿的啼哭划破耳际。那般熟悉，是她的孩子。

“孩子，孩子，别哭，娘在这里，娘在这里……”她猩红着眸子，仔细辨别着婴儿啼哭的方位，可似乎声音来自四面八方，哭声越来越大，越来越密集，好像有千百个孩子在哭，那撕心裂肺的声音将她裹得死紧，透不过气来。

“孩子，你在怪娘吗？你是不是在怪娘？怪娘不该抛下你、不认你？”她也哭了，无助得如同一只困兽。骤然一阵女人的笑声响起，她一愣，还没来得及反应，笑声已经戛然而止，有女人冷冷的声音穿透黑暗传了过来：“他如何会怪你？从此以后，他跟着我，有享不尽的荣华富贵，还有可能成为那睥睨天下的君主，他该感激你才是，如何会怪你？”

“真的吗？”她摇摇欲坠，喏喏道，“真的是这样吗？”骤然，眼前一亮，天地一片白色，她看到一个女人抱着一个婴儿的背影，越走越远，越走越远……

“不……”她厉叫，声嘶力竭。

“娘娘，娘娘……”似乎有人在推她的胳膊，恍恍惚惚中，梅萍猛地一个激灵翻身坐起，才发现自己又做梦了。

“娘娘是不是又做噩梦了？”婢女香草凝着秀眉，手执锦帕替她擦拭着满头的汗珠。梅萍没有回答，拧眉望了望外面：“现在是什么时辰？”

“回娘娘，亥时。”

“嗯，”梅萍疲惫地靠向床头，朝香草挥了挥手，“你先下去吧，本宫想一个人坐一会儿。”

此时的清华苑，灯火通明，大夫产婆忙做一团，春兰和夏莲不时端着铜盆跑进跑出，一盆盆清水进去，一盆盆红水出来，脸色也是一个比一个凝重，小白蜷在门口，缩着脑袋，倦怠地看着众人忙忙碌碌。

院中，苏墨沉负手而立，黑眸静静地望着天边朦胧的月影，薄唇紧抿，眸色深幽，紫袍的前面早已被鲜血染成深色，狼藉一片。杨痕站在旁边，一会儿看看这个已经雕塑一般站立了几个时辰的男人，一会儿又回头看看屋里忙做一团的众人，一颗心越揪越紧，竟是从未有过的煎熬。

他没想到老夫人的药药性那般烈，这哪里是堕胎？分明是要她们母子死。从下午到现在，那女人的血竟是没止住，一会儿好一些，一会儿又大出血，反反复复，几个大夫和产婆都吓得手忙脚乱、面如土色，几乎脱了一层皮。因为旁边的这个男人发话了，女人生，他们生，女人死，他们死，不仅他们，他们的家人也得一起陪葬。

直到哐当一声，清华苑的房门从里面被人拉开，苏墨沉才恍然回神，缓缓地转过头，身后已经跪了一排的人，一个个脸色煞白，身子抖如筛糠。什么意思？他的心蓦地一沉，一种从未有过的恐惧朝他袭了过来，压得他透不过气来，那种感觉他说不上来，也不明白。

“怎样？”他微眯着眸子，冷声问道，虽极力绷直了声线，却依旧难掩声音的颤抖。几个大夫和产婆皆是心惊肉跳，低着头大气不敢出，也没有一个人敢出头直言。

“本王问她怎样？”他咆哮，如雄狮出笼，甚至一脚踹翻了跪在最前面的一个大夫。众人大骇，包括杨痕，有人战战兢兢地开口，“血……血是已经止住了，可是……无论我们用什么方法……夫人还是没有醒……”

苏墨沉眉心一跳，没有醒是什么意思？是暂时没有醒，还是永远不会醒？黑眸中腾起一片猩红，声音森冷地从牙缝中迸出：“她醒不了，本王便要了你们的脑袋。”

众人大汗淋漓。许是想着横竖是死，那人咬了牙，又继续颤声道：“治病救人……最重要的是……医者和病人同心……如果一个病人一心求死，再好的医术那也是……”他的话没有说完，终究还是不敢说，苏墨沉倒也不在意，因为此时他的脑中满满的只有那句，如果一个病人一心求死。她求死？她敢！他抿紧了唇，大手狠狠地攥成拳，她敢！

众人正惶恐不知所措，只见眼前紫影一晃，男人已经越过他们疾步朝房间走去。大家互相看了看，拧眉，只得硬着头皮跟上。

屋里灯火通亮，亮得有些晃痛人的眼睛。屋内一片狼藉，地上、桌上、床上，到处都是沾满鲜血的止血布，女子静静地躺在床榻上，身下都是血，满头青丝铺满软枕，身体四周泛着让人不敢靠近的冰凉，长睫轻合，一动不动，那般安静。

苏墨沉缓步走向床榻，眸光扫过那张苍白得几乎透明的脸，同样白得似纸的手臂毫无知觉地垂在床沿上。他蹙眉，挨着床榻边坐下，将她垂在外面的手握住，发现她的手背上竟是一排排的牙齿印，皮肉早已被咬烂，甚至还在往外渗着血，是新伤，是今日在书房桌子底下的时候自己咬的吧？伤口如此之深，可见咬时的力度有多大。

他不知道，她为何会穿成那样藏在书房的桌子底下，也不知道，她在桌子底下经历了什么，但他却能深深地感觉到她当时的绝望。能让一个人将自己的手背咬成这样，那该是怎样的绝望？能让一个人生生放弃求生的欲望，那又该是怎样的绝望？她说，苏墨沉，让你失望了，是说他没了掣肘苏墨风的棋子了吧？然而，是他苏墨沉让她失望了吧？其实想想，失望就失望，就如同母妃所说，她留下终究是祸害，他的计划里没有她，他以后的人生中，也没准备给她留一席之地，迟早，他会舍了她。可是……可是为何，他的心那么痛？为何会如此慌乱？仅仅是因为她怀的是他的第一个孩子吗？他不知道，他的痛到底是来自于他痛失了亲骨肉，还是来自于这个怀着他亲骨肉的女人？

一屋子的人大气不敢出，就只是看着这个男人，杨痕微微沉眸。许久许久，久到苏墨沉觉得心头尖锐的痛蔓延到四肢百骸，久到他惊觉地发现，原来他也会痛，他才开了口：“你不是铜墙铁壁吗？你不是永远也打不倒吗？”他苦笑，印象中，似乎这个女人永远都是一副不知危险、不惧生死、大义凛然地往前冲的模样，无论他怎样利用她，她都是一副欣然甘愿的姿态，无论他怎样伤害她，她都是最多逞几句嘴强，过了便忘，他以为这便是她的性格，他以为她生来便是这样，永远也是这样，所以他为所欲为了，是吗？

“你怎么可以轻易放弃呢？那可不像你。”长臂绕过女子的玉颈，缓缓地将她抱起，轻轻地拥在怀中，他低头，薄唇轻咬上的她的耳垂，喃喃地说着话。他的声音很轻，很轻，似乎只是情人间的呢喃。众人侧耳凝听，却什么也没有听清，那样的距离，那样小的音量，或许只有女子能听得到吧？不，女子也听不到，因为她已没有知觉。

苏墨沉说完，唇便从女子的耳边离开，黑眸深深地凝着她的脸，一眨不眨，似乎在等着她反应。果然，女子的长睫轻轻地颤动一下。苏墨沉脸色一变，以为自己看花了眼睛，再看，又发现女子微微蹙了秀眉，似乎能够感觉到疼痛。

“她有知觉了，赶快继续救治！”将女子轻轻放在床榻上，苏墨沉起身，走了出去，众人愕然，直到杨痕急声道：“还愣着干什么？快啊！”众人才反应过来，连忙奔向榻边。

看看男人疾步而出的背影，又看看榻前众人忙碌的身影，杨痕低声喟叹，他知道，方才众人错愕的是什么，他们用了那么多方法，都没有用，可这个男人只在女人耳边说了一句话，女人便有了反应，其实，连他也是震惊的，但他更好奇，好奇男人究竟说了什么。

第八章　他的牺牲

下半夜，天空竟是下起雨来，刚开始，只是细雨蒙蒙，慢慢地便越下越大，最后竟变成了大雨滂沱。清华苑里，除了哗啦啦的雨声，一片安静，女人已经睡了，大夫和产婆都已回去，连春兰和夏莲亦是累极，守在床榻边上打着盹。苏墨沉依旧负手立于院子里，任由自己深陷在这雨幕中，一动不动。杨痕手执黄油伞站在他身后，心中担忧，却又不敢上前。

自从屋内出来到现在，这个男人就一直站在这里，下雨了，也浑然不觉，他上前替他撑伞，又被他挥开。他不明白，那个女人不是已经脱离危险了吗，他为何还要在这里淋雨？他更不明白，既然那么担心，为何又硬是不进去看女人一眼？扔掉手中的纸伞，杨痕走上前，站在男人的身边："爷。"虽然，他有很多的不明白，但是，他知道，这个男人心里有多苦。既然，他淋，他便陪他一起淋，最起码在这样的一个夜里，不是他一个人承受着。

男人缓缓地转过头，轻轻睇了他一眼，他以为苏墨沉会让他回去，却没有。许久才听到声音透过雨幕传过来："你是不是也对本王很失望？"

杨痕错愕，没想到他会问出这样的问题，夜很黑，雨很大，看不到男人脸上的表情，只看得到他全身湿透，锦袍全部贴在身上，愈发显得身材矫健挺拔，杨痕突然在想，他到底是在惩罚自己，还是在让自己保持清醒？或许两者都有吧？

"其实，四爷也不要太自责，毕竟，四爷也不想这样，只是造化弄人……"虽然他知道良妃所做的一切也都是为了这个男人好，但是，有的时候，那个女人的一些手段真的太过凶残、专横，连他都接受不了。他懂这个男人的苦，他的挣扎、他的无奈、他的自责，他都懂，他身上有太重的担子，太多的责任，他不能去恨那个一心一意为他的母妃，却又不能眼睁睁看着自己的女人和孩子被这样生生地扼杀，他知道，他是想保护她们的，用尽了办法，却没有想到最终却亲手将她们推到了绝望的深渊，一死一伤。

“爷，要不……跟千主子讲了实情吧，这世上，除非有不得已的苦衷，没有一个男人愿意说自己的孩子是别人的，爷做这一切也只是想更好地保护她们母子，相信千主子会理解爷的。”

讲实情？苏墨沉笑着，轻轻摇头，没有这个必要。

夜，再次静谧下来，只有窗外风吹雨打的声音，桌上烛火摇曳，越发显出夜的荒凉和萧瑟。千城木然地将身上的寝衣脱掉，上衣、亵裤，连肚兜都没有一寸是干的，都已被汗水透湿。

孩子，终究是没了。她抬手，缓缓地摸上自己光洁的小腹，在那里，曾经孕育过一个小生命，一个她和他的孩子。是的，今夜苏墨沉和杨痕的对话，她都听到了。很奇怪，曾经无数次希冀，连做梦都在想，如果孩子是他的，如果孩子是他的，该多好。可是，今夜在得知真相的那一刻，她却无半分欣喜。或许造化弄人，真相永远比行动要晚来一步。那个还没来得及来到这个世间的小生命，终究是被她和他这一对父母给亲手扼杀了。

小腹依旧火烧火燎地痛，她就好似没有了知觉，心中反而希望疼痛能够来得更猛烈些，或许只有那样，只有撕心裂肺，她才能真切地相信，那里真的曾经有过一个小生命。微微苦笑，她抖开干净的衣衫，缓缓地套在身上。骤然，一声隐隐的咳嗽声划破静谧，传进耳际。

“谁？”她一惊，双手慌忙抄起衣襟。一阵衣袂的簌簌声响起，一个身影翩然落在她的面前，铁面白衣，长身玉立。司空畏！其实在她喊出是谁的那一刻，她已经知道就是他，整天神龙见首不见尾，如同一个暗夜里出没的幽灵，除了他，还能有谁？

“坊主怎么来了？”千城蹙了蹙眉，看着他干爽的衣衫，却湿透的墨发，微微疑惑。衣服是干的，头发却是湿的，他到底是淋雨了还是没淋雨？不过，这些并不重要，此时的她也没有心情去好奇这些事。司空畏又握拳掩在唇边轻咳了一下，才嘶声问道："孩子……没了？"

千城一怔，抬眼轻睨着他，虽然戴着冰冷的面具，却依旧能感觉到他凝重的表情。他沉重什么？她弯了弯唇自嘲地一笑："坊主的消息真真是灵通，如果今夜苏墨沉不说孩子是他的，看坊主这个样子，千城还会以为孩子是坊主的。"

男人身子几不可察地一僵，半晌未语。

"坊主找我有事吗？"千城缓缓地走到床边坐下，将自己的身子靠在床头上，虚弱地喘息着。任凭她再怎样故作坚强，身子却永远无法骗人，她真的已经透支到了极限。男人眸光微闪，走到她的面前，沉声开口道："你恨他吗？"

恨？千城怔了怔，恨吗？她也问自己。其实是恨的，很恨，可是如今，她却连恨都不能。因为最初，是他帮自己解了合欢散的毒不是吗？他不能承认孩子是因为他有不得已的苦衷不是吗？他在书房编织那样的谎言也只是为了保护她不是吗？她就是这样反复安慰自己的。

"我恨我自己。"千城抬眼看向立在床边的男人，幽幽开口。男人眸色一痛，转过身去，留给她一个负手而立的背影。她不恨他吗？竟然连恨都没有吗？他不知道，自己是该庆幸，还是该悲哀。

"接下来，你打算怎么办？"望着桌案上跳动的烛火，男人的声线绷得笔直。

怎么办？千城脑袋微微后仰，靠在床头上，此时，她心里很乱，她也不知道接下来该怎么办?

"如果我想离开，坊主会成全吗？"

男人身子一震，离开?

"不行！"他想都没想，就转过身，斩钉截铁地脱口而出。

看着他急迫的样子，千城轻轻一笑："就知道坊主不会同意。不过，如果千城当真决定离开，即使坊主不同意又能如何？"

什么意思？司空畏心中一惊。她什么意思？是说死也要离开吗？的确，曾经他可以用月盈霜来威胁她，可是，如果现在，她已将生死放在一边，他又能怎么样?袍袖中的大手狠握，他冷笑，一字一顿，几乎咬牙切齿地说道："如果，你想死，你想云蔻死，你想更多的人成为柳姨，那你大可以试试。"

"你威胁我？"千城愕然抬眸。

"不，"司空畏冷嗤，"我只是在提醒你。"

“你以为我怕？”千城亦是以讥诮的冷笑还之。

“你可以不怕，只要你同样不怕承担这样做的后果。”

“我是我，她们是她们，凭什么我的事要让她们来受？”

“凭什么？”男人低声一笑，“就凭一直以来我身边只有两种人，一种是为我所用的人，一种便是死人。”

“你，卑鄙！”千城气结，喘息更甚，牵扯到腹部的肌肉，顿时痛得她大汗直冒。男人眸光微闪，强行按捺住上前的冲动，薄薄的唇边反而缓缓勾起一抹动人心魄的浅笑：“多谢夸奖。”

千城彻底无语，随手抄起身边的一个玉枕朝他砸了过去：“滚……”她吼着，玉枕脱手而出，她别过脸，不再看他一眼。只听哐当一声巨响，玉枕直直地砸向男人的脸。男人没有躲，面具被砸落在地。如果，此时此刻，千城能回过脸，她就会发现一个惊天秘密，但是没有。多年以后，她每每想起今夜，心中都懊悔不已，如果她在那一刻回了头，也就不会有后面的很多纠复。

男人弯腰将面具拾起，缓缓地戴在脸上，等千城再次回过头让他滚的时候，他已经戴好了面具，只是面具的一边早已被玉枕砸得凹陷下去，昏黄的烛火打过来，光影婆娑，千城只想到一个词——狰狞，就像此时这个男人在她心中的形象一样。出乎意料，这次男人没有说话，而是真的默然转过身，准备离去。

“司空畏……”

男人脚步一顿。

“我不知道你为何非要让我留在苏墨沉身边？其实，这么长时间以来，你也看到了，我根本就帮不了你。自始至终，他从未让我走进过他的世界，我又如何知晓他的秘密？无论我怎样努力，无论我怎样死心塌地，他终究是不信我，我又怎样给你打探消息？这次的这个孩子就是最好的证明。如果，他能多信任我一点，如果，他能早一点告诉我这一切，我想，我也不会像今日这般冲动，更不会做出如此决绝的决定。他终究是不信我，终究是不信我……”说到最后，她的声音越来越轻，越来越低，似乎在跟他说，又似乎只是在跟自己说。

黑眸中掠过沉痛，男人拧眉，紧紧地抿了唇，开门离去。他也不知道，自己几时竟沦落至此？

云轩阁，一片漆黑，窗外风雨声飘摇，里面男人辗转反侧，不时传来床板吱呀的声音和一两声咳嗽。从小习武，他的体质一直很强，自记事起，生病的次数也是屈指可数，今夜，不过淋了一场雨而已，竟然有些咳嗽和发热。人，果然不能轻易动情绪，母妃曾说，情绪波动，则智损，看来，情绪波动，还体伤。

黑暗中，有人无声地推门而入，他内功深厚，自然尽收耳底，既不知来人何意，他便不打草惊蛇，微微勾了勾唇，不动声色地假寐。他感觉到来人走到床前，却久久没有下一步动作。虽然黑，虽然他闭着眼睛，他还是能够感觉到来人炙热的目光。眉心微热，他猛地抬手，就准确无误地抓住来人刚刚触上他眉心的手指，纤指尖尖，是个女人。他睁开眼睛，陡然坐起，女人的另一只手臂便水蛇一般缠上他的颈脖，身子就势一歪，歪倒在他的怀里：“沉，你弄疼我了……”

他一震，自是了然来人是谁，大手一个辗转，便将她的小手裹在掌心：“雨那么大，你怎么来了？”语带轻怪，听得来人心中一暖，娇嗔道：“还不是担心你。”

“我？”男人轻笑，黑暗中一双眸子晶亮晶亮，“我不是好好的？”

来人将小嘴微微一噘，轻轻埋首在男人的胸口，幽幽地说道：“今天的事我听说了，我知道你心里难过，所以想过来陪着你。”

男人胸口震荡，长臂收紧，下颚轻轻地抵上女子的发顶：“雨下得那么大……”

“我风雨无阻！”女子从他的怀中抬起头来，凝着他的脸，潋滟水眸中波光粼粼。

“唉！”低低地一声叹息，他伸手，又将她按进怀里，“放心，我没事。”

怀中女子轻“嗯”了一声，末了，又想起什么，软语道：“沉，你也不要怪老夫人，她也是一心一意为你好的。”

“嗯。”手臂环在女子纤细的腰肢上，男人的一双眸子深邃如潭水。

“对了，马上是老狐狸的寿辰了。”

“嗯。”

“听说，他会在寿辰那日宣布一个重要的决定，你说，会不会……是立太子之事？”

太子？老三吗？男人沉默，黑如曜石的眸子缓缓眯起，晦暗莫测。

“沉……”怀中女子很不安分，小手滑进他的衣襟，触摸上他结实的胸膛，骤然手一颤，大惊，“你怎么那么烫？”

男人淡淡地道："没什么，许是染了点风寒……"他的话还没有说完，唇上一凉，女子樱红的唇瓣已经贴上了他的脸，轻轻辗转。他伸手捧起她的小脸，轻轻扳离，"别闹，病气会传染给你。"

"我不在乎……"女子有些受伤地看着他，嗔怪，"你就一点都不想我吗？"

男人微笑："但是，我更想你的身体好好的。"

时间过得很快，一转眼，又是一月过去了。千城的身子也基本上好了，性子却变得越发安静了，每日种种花、弄弄草，倒也悠闲自在。中间，云蔻来看过她一次，小七来看过她一次，老九和十四爷也来看过她一次，西陵雪作为王府的女主人，来过两三次，而苏墨沉每日都会来清华苑，有时甚至还会留下来和她一起用膳，只是关于孩子的事，两人就像达成了某种默契一般，谁也不再多发一言，但是，他知道，她也知道，这些真的只是表面。

苏墨沉走进清华苑的时候，千城正坐在院中的葡萄架下面乘凉，时值夏日，女子只着一件单薄的云锦裙，略深的紫色，愈发衬得她肌肤胜雪、剔透晶莹，苏墨沉眼波微动，到今日他才发现，原来，她也喜欢紫色。似乎女子并未觉察到有人进来，手拿团扇轻轻摇着风，小脸微抬，望着头顶的棚架，一动不动。院子里很静，只是偶尔有一两声蝉鸣，苏墨沉走过去，自后面轻轻地拥住她："在想什么？"

千城一怔，垂眸看向环在自己腰间的臂膀，微微蹙眉，这个姿势……曾经她很渴望，也很贪恋，可是似乎并不适合他们。不过，她也没有挣脱，只是手拿团扇轻轻一指："在看那两只鸟。"

苏墨沉微怔，循着她指的方向看过去，就看到棚架上面有个鸟巢，鸟巢中两只鸟儿正交颈并头，耳鬓厮磨。千城刚指完，就后悔了，因为她突然想到他们两人此刻的姿势……身后的男人低声一笑，温热的气息喷薄在她的耳畔："哦，一只雄鸟，一只雌鸟。"

他许是就那么一说，可她却听出了暧昧的味道，心中一阵烦躁，她蹙眉，从凳子上起身，他只得松开了手臂。

"四爷若没有什么吩咐，千城回屋休息了。"女子轻弯着唇角，对他微微一鞠，谦逊有礼，却又淡漠疏离。苏墨沉沉眸，凝着她，未响。见他不说话，女子等了等，便转身往屋里走。

“千城。”

女子顿住脚步，没有回头。

“今日是父皇寿辰，黄昏时分，我们一起去宫里参加寿宴。”

千城微微拧了眉，又是宫里，那地方对她来说，就是龙潭虎穴，似乎每一次去，都会滋生事端。

“知道了。”她回头淡淡地应了一声，转身进了屋。

院中，苏墨沉久久伫立。心中有说不出来的感觉，这样的她让他很不习惯，曾经的她永远一副不知所惧往前冲的模样，那时，他很反感，如今，竟莫名有些怀念。头顶，传来啾啾啾的声音，他抬头看见，鸟巢中两只小鸟嬉戏得正欢。小鸟?他骤然眸光一敛，转身出了清华苑。

千城一觉醒来，已近黄昏，杨痕过来传话，说苏墨沉出府办事去了，很快回来，让她们先等一下。千城没有忽略他话中的那个“们”字，这才想起，王府中有三个女人呢。虽然这些日子，自己一直待在清华苑中，哪里也没去，但有些人，不见，并不表示不存在，有些事，不想，也并不表示没发生，为了那个装瞎装纯的童素倾，她失去了柳姨，这已成了她永远的梦魇。想起或许还要跟她同乘一车，她就作呕，所幸，苏凝霜正好来府上看她，她便跟杨痕打了招呼，与其一起先行进了宫。

宫里早已张灯结彩，黄绸满天，被布置得一片喜气洋洋，又不失大气庄重，晚宴依旧在未央宫外面的广场举行。进了宫，小七想起还没给文帝准备礼物，捶胸顿足一番，便不见了人影。时值夏日，御花园里百花争艳、芳香四溢，千城一人缓缓地走在其中，只觉得恍如隔世。在这里，她初遇苏墨沉；在这里，她见到了他心尖上的那个女人；在这里，她和苏墨风上演了一场闹剧；在这里，苏墨沉第一次说孩子是他的，如今又来到这里，只可惜……树木花草依旧，宫道碧湖依旧，人也还是那人，却似乎全然变了心情。

敛起心神，她加快了脚下的步子，这个地方太让人窒息，她受不了。骤然，身后传来一声轻唤：“千城。”

千城一怔，回头就看到暮色下，一个男人站在不远处，静静地看着她。苏墨风！因背对着光，看不清他脸上的表情，只看到他依旧一袭白衣，外面套了件浅色薄披风，似乎大病初愈的模样，不知为何，心中竟是隐隐一疼，她转过身对着他微微一鞠：“三爷。”眼前白影晃动，再抬头，男人已来至跟前。

“你好吗？”男人想扶她，可手伸到半空中，又顿住，想了想，终是无力地垂下。千城浅浅一笑：“谢三爷挂念，千城挺好的。”说完，也不敢去看他，目光飘忽，主要是怕看他殷殷的黑眸。

“火莲你吃了吗？”

火莲？千城愕然抬眸。她堕胎的第二日，文帝听说了此事，便派了两名太医前往四王府，替她诊治、开方调理。一个太医临走前，突然转身塞给她一只火莲，她当时就心生疑惑，所谓百年雪莲，千年火莲，可见其是多么贵重之物，如果是文帝所赐，没必要这样偷偷摸摸，可如果不是文帝所为，那又会是谁？

“原来是你！”千城惊呼，难怪她当时就觉得眼熟，原来那个太医是他乔装的。苏墨风淡淡一笑：“是啊，没办法，为了避嫌，可是我又实在担心你，所以……”他的话没有说完，可是一双漆黑如墨的眸子却似写着万语千言，浓烈得像要将人吞噬一般，千城心口一滞，慌乱地别过视线，她有些后怕，这个男人对千城的感情，远远超过了她的想象。说一点都不感动那是假的，可是，她自己的心，她懂，那里没有他。

两人都没有说话，气氛有点尴尬，骤然，一阵晚风吹来，透体而过，千城打了一个寒噤，正想开口告辞，蓦地肩上一热，苏墨风不知何时已经解下自己的薄披风披在了她的身上，“不……”千城心跳一滞，本能地后退一步想要避开，却被男人的双手强硬地按住肩，无法动弹。

“怎么？我又不是食人的猛兽，你要如此躲我？”男人的声音喑哑低沉，说不出的落寞苍凉。千城心头一颤：“不……不是的……”她知道他对她的心思，但是，她却给不了他想要的。再说，这是在宫里，等会儿被别人看到，指不定又惹出什么纠复来，那日在这里发生的一幕，她还余悸在心。

“我不是在躲三爷，是小七在等我，三爷若是没有什么吩咐，千城就先告辞了，多谢三爷赠千城火莲，多谢三爷的披风。”手忙脚乱地解下肩头的披风，塞进苏墨风的手里，她扭头就跑。不能再待了，两人的这种相处让她窒息，心底深处有种很奇怪的感觉，是什么感觉，她又说不上来。

看着女子跑远的身影，苏墨风久久失神，连手中的薄披风滑落在地上，也浑然不知。

千城来到未央宫前面的时候，已经有很多人到了，譬如那些后宫的女人们，都是一个一个盛装盛容、精心装扮，就像生怕错过这个争芳斗艳的机会一般，只有一人不同，素衣素容，清婉地坐在那里，在一堆姹紫嫣红中，脱俗得如同降落凡尘的仙子。是梅妃，旁边的那些妃子眉飞色舞、相谈甚欢，只有她一人孤寂地坐在那里，静静地饮着茶。

似乎感受到千城注视的目光，梅妃抬眸朝她这边看了过来，目光相接，千城想避开已是来不及。梅妃温婉一笑，刹那芳华一般，千城只觉得眼前一片绚烂，怔了怔，也回之以微笑，并遥遥地对她鞠了鞠身，心中涌起一抹涩然，难怪她比苏墨沉大那么多，还如此盘踞着他的心，她的确有着她的资本。千城四下看了看，找了个后面的不起眼的位子坐了下来，广场上灯火通亮，如同白昼一般，所以即使夜幕慢慢降临，也人感觉不到丝毫黑暗。

赴宴的人陆陆续续地赶来，包括各府王爷和文武百官。苏墨风也来了，轻轻睨了千城一眼，便坐在她的不远处，千城假装没看见，专注地把玩着桌案上一个精致的小茶盅。六王爷苏墨鸿也来了，染将军也来了，但只当不认识她一般。不一会儿，苏墨沉也来了，随他一起的有西陵雪、童素倾，还有九王爷苏墨逸、十四王爷苏墨宇。苏墨沉一袭紫袍，走在最前面，风神如玉，冷漠俊雅，脚步翩跹间，眼梢轻掠，朝千城这边看过来，而千城正偷偷朝梅妃那边看过去，果然，梅妃深幽的目光牵绊在他的身上。等她感觉到苏墨沉的目光时，转眸过来，他又轻轻擦过视线，若有似无地睇了边上的苏墨风一眼。

一行几人坐了下来，如同上次夜宴一样，他、西陵雪、童素倾一桌，十四爷和苏墨逸一桌，似乎才发现她，十四爷朝她招手："四嫂，四嫂，到这里来坐。"十四爷的声音嘹亮高昂，她想装作没听到都不行，其他几人也闻声朝她看了过来，童素倾继续装瞎，所以她看不到什么，但是，她明显地感觉到了西陵雪眼中的嫉恨，正犹豫着要不要去，苏墨沉竟也出乎意料地喊她："千城，过来吧。"

看来，不去不行，继续矜持下去，就矫情了，她抿了唇，起身，正准备走过去，手臂上却骤然一重，被人拉住，她一怔，回头就看到苏凝霜笑得灿烂的脸：

“四嫂，还同上次一样，我们坐一桌呗。”小七说完，又朝那边的几人做了个鬼脸，“四哥，你有那么多美人陪着，就借四嫂给小七一用吧。”

苏墨沉无奈地摇摇头，睨了千城一眼，笑笑未语。千城想，正好落得清净，小七说得一点都没错，他反正左右都是美人作陪不是吗？于是，就随小七坐了下来。又过了一会儿，人几乎都来齐了，位子也差不多被坐满，才听到公公尖细的声音响起：“皇上驾到……”

一袭明黄龙袍的文帝和同样颜色凤袍的皇后缓缓地走了过来，身后跟着一堆的婢女、内侍，云蔻也在其中，低垂着眉眼，小脸清淡。

众人起身跪拜，山呼万岁、千岁。

“都平身吧。”文帝意气风发地扫了一眼全场，携着皇后的手，落座在正前方的位子上，心情似乎极好。

众人落座。一排排的宫装婢女手端托盘鱼贯而来，穿梭在各个桌子之间，顷刻，每桌就都摆满了精致的菜肴、糕点、美酒。文帝又讲了一些场面上的话，于是众人举杯同贺，山呼吾皇万寿无疆，寿宴才正式开始。空气中飘荡着菜肴糕点的香甜和美酒的沁香，众人都心情舒畅。

觥筹交错，酒兴正酣。不知谁喊了一句：“快看，那是什么？”一片唏嘘声传来，千城也随着大家抬头，顿时就被眼前的一幕震得移不开目。只见高高的天上，不知几时飞来一群鸟，就停驻在未央宫的上空，这本没有什么稀奇，稀奇的是，这些鸟通体都会发光，在暗夜里，点亮了一方天空。这还不说，那些会发光的鸟儿竟然还排成了一个字。众人大骇，三横整整齐齐而排，赫然是个三字！千城边上的小七更是不知死活地惊呼：“哇，四嫂，是个三字呢，三字……”

其实到底是个三字，还是只是鸟儿凑巧排成了三排而已，众人也说不出，但是，毕竟这些鸟儿来得蹊跷，而且不是普通鸟儿，是浑身都能发光的鸟，还好巧不巧地就停驻在他们的上空，所以不得不让人们开始瞎想。就连千城也被这神奇的一幕震住。

众人一阵压抑的唏嘘，暗自腹议，难道是天出异象，灵鸟传意？那这些鸟儿是要传达上天的什么意思呢？三，三，三……天啊，莫不是说三王爷是真龙天子？大家早就听闻，今日文帝似乎有重要决定要宣布，大家纷纷猜测是不是立太子之事？如今看来还真有可能，所以上天给他授意？众人纷纷看向文帝，只见他也是抬头望着天上，抿着唇，脸上神色莫测。或许是在意的东西太多，历朝历代，但凡帝王，没有一个不相信鬼神之说的，他也是相信的吧？只是不知道这上天的授意是否和圣意相符？

文帝收了目光，淡淡地看向苏墨风，唇角几不可察地一勾，很快又隐去，不知心中意味。众人便循着文帝的目光也看了过去，只见苏墨风还在仰头望着天上，一脸莫名。文帝边上的皇后却是早已煞白了脸色，凤袍广袖中的粉拳握得死紧。

与皇后脸色一样的还有一人，那就是当今六王爷苏墨鸿。不论怎么说，他是皇后的儿子，虽说，历代立君要立贤，并不一定必须是皇后之子，但是，三王爷苏墨风，他也没看到多大的贤能和魄力，他哪里比他差了？什么天意，他才不相信，肯定是有人故意为之，目的只是为了给苏墨风铺路，让其顺理成章地成为太子而已。苏墨鸿把牙齿咬得咯咯作响，脸色黑沉可怖，心中甚不服气，一忍再忍，终是再也忍不住，如果等到圣旨一下，一切皆迟了。脑中一热，他伸手，捻起桌案上盘碟里面的一粒花生米，瞬间发力，直直地朝鸟群击了过去。鸟群中发出一声哀鸣，众鸟似乎立即意识到了危险，轰然而散，只有一只鸟儿扑腾着翅膀，在空中挣扎着盘旋了两圈，直直地掉了下来，一头栽在地上。

众人骇然惊呼，是谁？是谁？是谁敢袭击灵鸟？那可是要惹怒上天的啊！就在所有人震惊、恐慌地四下搜寻下手之人的时候，苏墨鸿陡然从位子上站起，也不顾大家错愕的目光，快步走向那只掉在地上的鸟儿，拾起仔细端详起来，骤然唇角一勾，扑通一声跪在地上：“父皇，这些都是假的，是有人故意为之。”

什么？全场哗然。文帝沉了脸色：“什么意思？”

苏墨鸿双手托举着奄奄一息、不停抽搐的鸟儿，大声说道：“它就是普通的喜鹊，不是什么灵鸟。”

众人一怔，喜鹊？怎么可能？几时见过喜鹊会发光的？了然众人的疑惑，苏墨鸿又继续说道：“有人在这些喜鹊的身上涂抹了会发光的粉末。你们看……”他抬手在喜鹊的羽毛上用力一抹，然后举起自己的手掌。果然，一只发光的手掌赫然显现，虽然，比起方才在天空中要暗了许多，但是，依稀还是可以看见光亮。

全场再次哗然。千城也是为之一怔，原来是夜光粉，难怪在天空中那么亮，现在不明显了，是因为下面有灯光，所谓夜光夜光，就是越黑的地方越亮。在小鸟的身上涂抹夜光粉，还训练其排成字，当真是处心积虑啊！会是谁做的呢？排的是个

"三"字，三，三……千城默念着，蓦地心中一惊，难道是苏墨风？不会，她又连忙否定，应该不会，他不像是做这种事的人，不过，虽然这样想着，心里却依旧半信半疑，毕竟，历朝历代的皇位之争都是充满血腥的，为夺帝位无所不用其极的人在历史上也比比皆是。

那厢，苏墨鸿还在跪着，等文帝的回复。文帝脸色黑沉可怖，额上青筋根根突起，可以看得出，他极力隐忍着怒火。也是，出了这样的事，换成谁都会生气，更何况他还是天之骄子，而且谁都知道，他最最讨厌的就是这种处心积虑觊觎皇位的人。

"是谁？"他怒吼着，声音从喉咙深处迸出，眼角的冷光却是直直地扫向苏墨风。苏墨风大骇，正不知所措，骤然一阵夜风吹来，吹灭了他头顶的灯笼，哦不，也不是他那一盏，好几盏都灭了，他附近的包括千城那边的也灭了，苏墨沉那边的也灭了，还有几个大臣边上的都灭了。多盏灯笼被吹灭，顿时，暗了一片，太监总管李公公冷汗涔涔，惊呼道："快，快，快，快掌灯！"这皇上的寿宴状况不断，还了得，要是圣颜一怒，那可是雷霆万钧，但是，全场却没有一个人理他，一个个全部石化一般杵在那里，所有人的目光都被席上的另一个人吸引了过去。苏墨沉手执金盏送到唇边，轻轻饮了一口酒，薄薄的唇角勾起一抹微弧，末了，也缓缓地转过头，顺着众人的目光看了过去，顿时，脸色大变，手中的金盏险些没拿住。千城！怎么会？

千城也是过了好一会儿才发现众人齐刷刷的目光，心中只觉得莫名其妙，自己又没说话，又没弄出声响，脸上又没有花儿，为什么大家都那样看着她？边上的小七骤然惊呼道："哇，四嫂，你跟那些鸟儿一样呢，身上也能发光。"千城一惊，连忙垂眸看向自己身前，可不是！她顿时大骇，怎么回事？她的身上怎么可能会弄到这些东西？她起身站起，伸手掸着衣衫上的夜光粉，粉末就洒了一地。

"原来是你！"文帝骤然从位子上站起，抬手一掷，手中的金盏狠狠地砸在青石地面上，发出当啷一声让人心悸的巨响。众人顿时冷汗直冒，全场鸦雀无声。苏墨沉拧眉，看向边上的苏墨逸和苏墨宇，两人也是一脸忧色，朝他茫然地摇摇头。他冷凝了脸色，薄唇抿起，黑眸中的光亮明明暗暗，高深莫测。

千城也是被文帝的举措吓住，半天才反应过来，他所谓的原来是你，指的到底是什么。是说那些小鸟是她做的手脚吗？千城微微苦笑，果然每次进宫都没有好事情，又被人陷害了。她不知道，自己到底做错了什么，到哪里似乎都是众矢之的，如今证据确凿，她怕是跳到黄河也洗不清了吧？

“来人！”文帝厉吼。

几个禁卫上前。

“将那个妖言惑众的女人给朕带上来！”

苏墨风大骇。惊慌的又何止他一人，苏墨沉广袖中的手更是早已攥紧成拳。苏墨风刚想起身，苏墨沉却是先他一步，噌的一声从座位上站起，对着文帝重重地跪了下去：“父皇，都是儿臣的错，是儿臣所为。”他的声音响亮坚定，如同平地惊雷，在众人耳边炸响。众人一震，包括文帝，也包括千城。

全场再一次哗然，皆是难以置信，怎么会是他？怎么也不可能会是他。通常做出如此事情，只会出于两个目的，一个是帮人，一个是害人，总不可能只是为了娱乐大众吧？但是如果说苏墨沉是为了帮苏墨风，众人绝对不信。虽然这个四王爷与人无争、人淡如菊，但是，那日洞房之夜，他的女人被苏墨风掀了盖头的事早已传得沸沸扬扬；那日在后花园苏墨风又抱着他的女人不放，众人也是亲眼所见，所以，虽然面上两人没起什么大冲突，但是，心里应该是不和的吧？至少，是不会如此处心积虑地相帮。再说，他自己也是王爷呢，也有成为太子的机会，为何要去帮别人？

那就只有可能是害人，可是说他害人，众人也觉得不可能。因为要是栽赃，也应该栽在苏墨风的身上，或者别的王爷身上，也不会将夜光粉撒在自己女人的身上，那样岂不是此地无银？到底是什么原因呢？众人甚是疑惑，特别是文帝，听他如此一说，便抬手示意禁卫退下，又坐了下去，缓缓眯起眸子，凝着他：“是你？”

“是的，儿臣给鸟儿涂抹夜光粉的时候，千城也在旁边，许是不小心沾到了衣衫上。”

千城一怔。众人唏嘘，文帝沉眸：“你为何要这么做？”

苏墨沉缓缓地抬起头：“儿臣想在父皇寿辰之际给父皇一个惊喜，让父皇开心……”

“给朕一个惊喜？”文帝打断他的话，冷笑不已，“果然是好大的惊喜。”边上的皇后亦是微微勾起唇角，眸底尽凝阴笑，坐在不远处的梅妃依旧淡定地饮茶，水眸幽幽，苏墨逸和苏墨宇对视了一眼，眉头深蹙，千城从背后看着苏墨沉，心中如有小鼓在敲。众人都等着苏墨沉继续说下去。

苏墨沉抿了抿唇，也并不为所惧，低低地叹出一口气，道："其实，儿臣想拼之字并非'三'字，而是一个'王'字，没想到……有几只鸟儿不知飞到哪里去了，所以……才少了一竖，请父皇原谅。"

王字？原来如此，众人恍悟，可是，大家马上又意识到这个好心办坏事的四王爷，真真是办了一件坏事。试想，在一国之君的寿宴上，一个"王"字莫名其妙地变成了"三"字，意味着什么？让这个身为王的人怎么想？又让他们这些臣子们怎么想？

果然不出所料。在良久的沉默以后，文帝盛怒，拍案而起："这就是你要让朕开心的东西？你一个堂堂的四王爷不想着江山社稷，不想着黎民百姓，不想着怎么替朕分忧，跑去学驯鸟，弄这些歪门邪道的东西，你这样跟一个江湖小混混又有什么区别？"

众人倒吸一口凉气。苏墨沉低垂着眉眼，默默地听着。而文帝依旧在厉指着他继续："想让朕开心，就做点事情给朕看看，朕是皇帝，国富民强才是朕开心的根本，不是这些哗众取宠的东西。"

在众人眼里，当今的文帝虽然做事有时有些暴戾乖张，但却是一个沉得住气的皇帝，鲜少看到他生气成这个样子，众人大气不敢出。只有苏墨沉知道他心里在气什么。原本看到天降异象，他应该是开心的吧，原本，他就有意苏墨风，此番正好顺应天意，天时地利人和，谁知道，最后竟是假的。到最后还被告知，原本是一个王字，因为鸟儿莫名失踪几只，变成了三字。他自然就更不高兴了，不仅不高兴，还惶恐了吧？王被抽掉了主心骨的一竖成了三，这才是他最最忌讳的东西吧？

见苏墨沉跪在那里不声不响，文帝只觉得心中的怒气更甚："怎么？不服气？"

"儿臣不敢，父皇教训的是，儿臣定当谨记在心。"

"你是朕的儿子，事事都应该作表率才对，你说你成天与这些禽兽为伍，传出去，岂不被天下人笑话？"

与禽兽为伍？这话说得……文帝的妃嫔中已有不少女人压抑不住地掩嘴窃笑，席间也有低低的哄笑声传来。苏墨沉抿紧了唇未语，背脊挺得笔直。看着他的背影，千城心里很难过，她知道，他是为了她，为了救她而已。除了她院中葡萄架上的两只鸟儿，她根本就没有看到什么喜鹊，更没有看到他给喜鹊涂抹夜光粉，再说，她进宫之前，换了一套衣服，之后就再也没有碰到过苏墨沉，她身上的粉也不可能是他所为。

“既然，你如此喜欢那些飞禽走兽，那朕便成全你，从明日起，宫里的那些鸽子和马厩里的马都由你负责，由你负责喂养它们三个月。”文帝一边往下走，一边大喊着李公公，让其拟旨。

苏墨沉虔诚地俯首，声音洪亮如钟：“谢父皇！”文帝冷哼，末了，衣袖一挥，愤然离去。众人愕然。最后，还是皇后先反应过来，狠狠地瞪了苏墨沉一眼，冷言道：“好好的一个寿宴被你搞成这个样子。”说完，亦是起身，搭着云蔻的手离去。

其他的女人也都纷纷起身离开。慢慢地，众人亦是离席。只是每一个经过苏墨沉身边的人，都会毫不吝啬地给他一觊，只不过有同情的、有惋惜的、有得意的，也有幸灾乐祸的。大家都很清楚，让一个王爷去做这种低贱的事情意味着什么。侮辱？轻视？无论是哪一种，这个儿子在那个帝王心里都是落了诟病。梅妃盈盈地从他面前经过，莲步微顿，可终是什么也没说地离开了。不一会儿，偌大的广场就只剩下千城、小七、苏墨逸和苏墨宇，空旷萧瑟，就好像刚才这里的繁华只是一场梦。

苏墨沉依旧跪在那里。千城缓缓地走了过去，静静地站在他的身后，看着他的背影，心中百转千回。夜风拂过，带起他的墨发在其身后肆意盘旋，一袭深紫的锦袍，竟有一种妖冶的绝美。终于，她缓缓地伸出手，从后面抱住他，下颚抵在他的肩膀上，她颤抖地唤着：“苏墨沉。”

男人的身子明显一僵，默然片刻后，他轻轻掰开她的手臂，从地上站起身，回过身望着她：“你身上如何会有那个东西？”脸色冷冷，眼神冷冷，声音冷冷。千城一怔，自是知道他说的是夜光粉。

“我……”她不知该怎么说，因为，她也不知道身上为何会沾染上那个东西。见她欲言又止，苏墨沉只当她是不肯说，弯唇冷冷一笑，转身便走。

“四哥。”苏墨逸和苏墨宇深凝了千城一眼，跟了过去。就只剩下千城和小七，小七亦是蹙眉，凝重了脸色，看了看走远的三人，又看了看千城，走过来，轻轻握住她的手：“四嫂，不要怪四哥，他心里不好受。”

千城微微抿了唇，未响。

“四嫂，你再好好想想，和小七进宫以后，你遇到过什么人或者什么事？衣服上如何会有夜光粉这个东西？”

三王府，苏墨风下了马车，拾阶而上，门口管家富乐笑着迎了上来：“爷，寿宴这么快就结束了？”

“嗯。”苏墨风心不在焉地应了一声，将手中披风交给了他。

“爷，有没有什么好消息带给我们？”富乐笑呵呵地跟在后面。

好消息？苏墨风一怔，哪有什么好消息？对他来说是最糟糕的一个晚上。他终于见到了想着念着的那个人，可是人家淡漠疏离，见了他就跑；宴席上，又差点被皇帝认为是假做灵鸟的始作俑者；最后，还亲眼见证着，心中那人与另一个男人的情深意长。如果真要说有好消息，最多也就是……

见苏墨风半晌不吭声，富乐心下了然，便也不再多问，只是抖了手中的披风，给他披在肩上：“爷，你风寒刚好，夜里凉，要注意身子。”苏墨风沉默，拢了披风继续往里走，眼前又浮现出，那好慌乱地解开披风，塞进他手中的情景，就像避瘟疫一般。微微苦笑，自己到底是有多可怕，她要那样？身后，富乐发出一声惊呼，“爷，你的披风……”

披风怎么了？苏墨风一怔，垂眸，顿时脸色一变。暗夜里，披风上闪闪发光。夜光粉！他一惊，有什么东西从脑子里慢慢浮了出来。原来，真正有夜光粉的人是他，千城披了他的披风，所以身上才粘上了夜光粉，而他阴差阳错，没有穿披风，不仅没有穿，还将披风揉做一团，将有夜光粉的地方揉在了里面，所以看不到。原来是这样，原来竟是这样。有人要害他，只不过千城做了替罪羔羊。

是谁想置他于死地？是苏墨鸿吗？在众人确信不疑的情况下，是他击下了鸟儿。只有万分肯定灵鸟是假，才敢出手打杀吧？还是苏墨沉呢？他主动承认这些是他所为，只是为了救千城？还是说的确是他做的？一双黑眸缓缓眯起，苏墨风抿紧了唇，大手更是紧紧地攥握成拳。是不是他的不争，成就了那些人的嚣张？

四王府，云轩阁，一豆烛火，桌案前，苏墨沉双手支着脸，掩面而坐。

方才十四弟第一次与他发了火，质问他：“为什么，为什么？”因为他，他们所有的计划功败垂成。

是的，今夜的这一切都是他们所为，是他和十四弟、老九三人策划的，目的只有一个，阻止他们的父皇将太子之位传给老三。他下午去了鸟市，找到了这些可以表演的喜鹊，然后又在这些喜鹊的身上涂抹上夜光粉，还让潜伏在三王府里面的自己的人想办法将夜光粉弄到苏墨风身上。三王府的人带信出来说事情已经办妥，一切都在按照他们的计划进行，鸟儿成功飞在未央宫的上空，成功排成了一个三字。

中间苏墨鸿的莽撞无知，更是大大地帮助了他们，一来他直接击落了鸟儿，发现鸟儿是假的，省了他们的人出来想方设法提醒；二来，鸟儿由他击落，加上他的义愤填膺，更加撇清了他们与这件事的关联。一切顺风顺水，他们的父皇怒了，并成功怀疑到了苏墨风的头上。这时，他们的人又适时地灭了灯笼，让苏墨风陷在黑暗中，为了不让众人起疑，同时一起灭了多盏灯笼。让他们做梦也没有想到的是，最终，苏墨风一切如常，千城却闪闪发亮。

计划乱了，他们慌乱了，确切地说，他慌乱了。当时的形势和紧迫容不得他们去想周全之策，摆在他们面前的只有两条路可走。一条，坐视不管。这样可能会牺牲千城，但是一定会带出老三，因为没有人会想着他会去帮老三，因为他们是死敌，但是众人一定会相信，这个女人会帮老三，因为他们曾传出过很多故事。而且，老三也绝对不会袖手旁观，连她腹中别的男人的孩子他都愿意承认是自己的，更何况鸟儿拼的还是一个三字，他绝对会站出来维护千城。

另一条路，救千城，主动承认是他们所为。这样，千城安全了，但是他们的计划就得破灭，先前所有的努力都要白费，而且，他还会在皇帝的心中留下诟病。

理智告诉他，应该走第一条路，必须走第一条路，而且有老三的维护，千城也不一定有事。但是，不知为何，在看到皇帝厉吼着要将那个女人带上去的那一刻，在看到苏墨风似乎要起身的样子时，他义无反顾地起身，毫不犹豫地走了第二条路。因为他怕，当时的他是怕的。他怕如果苏墨风再次相救，她会离他越来越远，与苏墨风越走越近，他怕他和那个女人之间本身就芥蒂未除，如果这次还这样，他可能会永远失去她。他居然怕！他竟然也有怕的时候。所以，他出手了，即使计划失败，即使被文帝诟病，即使会被重罚，即使被人耻笑，即使被十四弟和老九怨……那些他统统抛到了脑后。

后来，他说什么原本想拼个王字，后来变成了三，那都是临时瞎掰的，只不过是不想让那只老狐狸怀疑他真正的动机，而且还可以让老狐狸惶恐，惶恐三取代王，他要不要将太子之位给老三？这也是他计划失败后，唯一能够稍微补救一点的地方。他知道这样会惹怒那个帝王，果然被他猜中了。

方才十四弟说他疯了，他想他也是疯了。但他想，他不后悔，斗苏墨风的机会以后还会有很多，不是吗？只是他不明白，明明夜光粉是涂在了苏墨风的身上，为何最后却是千城？想来想去，只有三种可能。

第一种可能，苏墨风已经知道了他们的计划，将计就计，刻意报复，将夜光粉又弄到千城的身上，让矛头又回过来对着他们。但是，他知道，苏墨风不会这样做，不是不会，是舍不得，以他对千城的感情，他绝不会将那个女人推上去。

第二种可能，千城知道了他们的计划，为了救苏墨风，自己涂抹上的夜光粉，想置之死地而后生，因为她知道，她身上有夜光粉，四王府就被推了上去，那他们一定会想办法自救。

还有第三种可能，那就是苏墨风和千城都不知道计划，但是，两人有了身体上的亲密接触，她身上粘到了粉，而他又恰好没有穿那件有粉的衣袍。毕竟，离席的时候，他也看到了苏墨风手中拿着一件披风。

这三种可能，第一种已经排除，那就只有后面两种，而这两种任何一种都让他抓狂。这也是他方才将那个女人独自留下，自己回府的原因。他生气！他不气帝王的看轻、众人的嘲讽，不气喂鸽子、扫马厩，竟然气那个女人与苏墨风的关系。这个认知，让他吓了一跳。

门外，千城望着屋内的烛火，几经犹豫，终于推门而入。许是听到响动，苏墨沉缓缓移开撑在脸上的双手，抬眸看到是她，眼波微动，似乎又没有，仍面沉如水，静静地看着她。千城有些尴尬，清了清喉咙，又抿了抿唇，才小心翼翼地开口道："苏墨沉……我知道那夜光粉是怎么来的了。"

苏墨沉眸光微敛，却没有开口，依旧只是静静地看着她，似乎在等着她继续说下去。

"是三王爷苏墨风身上的。"方才苏墨沉径直一人走了，她知道他在生气，他帮了她，舍身帮了她，而她却不知道夜光粉是怎么来的。后来，小七的话提醒了她，小七让她想想进宫以后遇到了哪些人哪些事，她才想起了苏墨风，想起了苏墨风非要给她披在肩上的披风。

“三哥？”苏墨沉终于有了些微反应，缓缓勾起唇角，黑眸中带着一丝兴味，“三哥身上的东西如何到了你的身上？”

“我在后花园的时候碰到了他，然后，我们说了一会儿话，他见湖风很大，就将披风解了下来给我。”千城一边说着，一边观察着男人的反应，男人没有一丝反应，只是薄唇越抿越紧，千城有些失落，继续说道，“我很快便还给了他，不想，竟已经将夜光粉沾染到身上。”

苏墨沉没有说话，果然如他所料，他甚至能够想象出当时的场景，男人的体贴、女人的感动，是吗？什么湖风很大，将披风解下来给她？她是他的弟媳，是他苏墨沉的女人，他苏墨风有没有想过自己的身份？

“三哥很懂怜香惜玉。”他淡笑，笑得不知所谓。

“我跟他没什么。”她本能地就想解释。

“嗯。”男人轻应，依旧秋水淡淡。

千城顿觉索然无味。其实，今夜的事，对她触动很大，真的，对他的相救，她是感激的，也是内疚的。

毕竟，那么骄傲的一个男人，为了她，在众目睽睽之下，被文帝如此轻视和辱骂，他有多受伤，她知道，他心里有多难受，她也清楚，所以，她想过来好好跟他谈谈，但是，看来是谈不下去了。她轻轻一笑，对着男人一鞠：“多谢四爷出手相救，千城心中感激不尽，不叨扰四爷休息了，告退。”说完，千城便转过身，往外走。

骤然，一阵疾风拂过，嘭的一声巨响，她一惊，抬头，面前的大门蓦地被外力重重地闭上，她还没反应过来怎么回事，身子已是被一股劲风卷起，急速后退。当意识回到大脑的时候，她已经横在了男人的怀里，而男人的黑眸，正狠狠地俯瞰着她。对，狠狠！呼吸一滞，她不知道他要做什么：“你……”

“你跟三哥到底什么关系？”他一字一顿，声音很轻，却字字像从喉咙深处迸出来一般，让人不寒而栗。

“没……没有关系。”千城怔怔地望着他，有些恍惚，她不明白，为什么一个人的情绪可以变得这么快？这还是方才那个秋水淡淡、一脸寒冰的男人吗？

“那他为何要将披风给你？”

“他……我也不知道。”

男人默然，片刻，又问：“是给你，还是给你披上？”千城一愣，好半天才反应过来他问的是什么，给她，和给她披上有区别吗？想了想，又觉得似乎是有区别。

“给我披上的。”她实事求是。因为，她觉得在这样一个男人面前，特别是在他那双深瞳面前，似乎所有的事情都无处遁形一般。肩上一疼，是男人用力拢了五指，用了狠劲。千城吃痛，眉心蹙起，“他非要，我非不要，然后，他给我披上，我就解下来还给了他，我又不知道上面有夜光粉……”心中甚是委屈，她还在喋喋不休地继续，男人骤然低头，吻住了她。千城心跳一滞，完全忘了反应，就直愣愣地僵在他的怀里，无法动弹。

他的吻火热狂野，带着一些掠夺，带着一些惩罚，又似隐忍了很久，狠狠地蹂躏着她的唇瓣。直到她感觉到她的嘴唇快要被粗暴地挤破磨裂了，他才终于缓缓地放开了她，眸色晦暗，气息微重：“他有没有对你这样过？”

千城软在他的怀里，气喘吁吁，本不想回答，却像是被蛊惑了一般，蠕动着早已麻痛的唇瓣：“没有。”

“那这样呢？”他的大手探进了她的衣襟。

这样？千城崩溃。这个男人到底在想些什么？见她不语，男人眸光一敛，大手用力：“有没有？”如同瞬间被一团火焰击中，千城薄颤着惊呼。男人冷凝着脸，眉心微皱，一双暗沉的黑眸紧紧地落在她的脸上。看着他一本正经生气的模样，千城突然想笑，偏生他的手又不消停，惹得她微痒难耐，便真的笑了出来。这次轮到男人崩溃，面色黑沉，眉心蹙得更紧。

千城只觉得从没看到过这样的他，这样好笑的他，又是恼，又忍不住笑，气喘吁吁道：“没有，没有，苏墨沉，你到底在想什么？我说过，我跟他一点关系都没有……”她的话还没有说完，男人的吻骤然落了下来，将她未完的话语和呼吸一并吞没。

千城完全处在被动状态，说不出心中的感觉，明明想推开他，却没有一丝力气，今夜的他让她觉得陌生，却也让她觉得有些动容。似乎什么东西变了，具体是什么，她又说不上来，只觉得心中传来什么轰然坍塌的声音，不知道是不是她这段时间以来紧紧凝起的高墙？

他的怒是真的，他的吻是真的，她不知道，此时此刻，他的心又有几分是真？自从没了那个孩子，她告诉自己不要再深陷，不想再受伤，就要懂得好好保护自己，她也以为自己可以做到。可是……

再次醒来的时候，东方刚刚露白。缓缓睁开沉重的眼睑，夜里发生的点点滴滴又跃出脑海，天还未大亮，屋里的视线还不够清明，让她觉得做梦一般不真实。好半天，视线才慢慢清明，她才发现自己所在的陌生的环境，陌生的床，竟是云轩阁。她昨夜睡在了苏墨沉的云轩阁？抬手摸了摸枕边，发现身边的人早已不在，她撑着身子坐起来，只觉得浑身散了架一般，酸痛难耐。

“千夫人醒了？”一个婢女手拿衣衫上前，吓了千城一跳。

“王爷呢？”一张脸红成了番茄，她强自镇定。

“王爷去宫里了，要三个月以后才能回来。”

三个月？千城这才想起，文帝对他的惩罚，喂鸽喂马三个月。心中说不出来的感觉，她让婢女将衣服放下退了出去，自己又倒在床上躺了许久。

千城从云轩阁出来，回清华苑的时候，就像做贼一样，生怕被人看到。可是，老天却是不让她如愿，越是不想碰到的人越是一个一个遇到。一出门她便遇到了杨痕，或者是，他原本就一直守在云轩阁门口。他腰佩长剑站在阳光下，用奇怪的眼神看着她。她不知道昨夜这屋里的动静他听到了多少，心中只觉得尴尬，便只是红着脸朝他点点头，仓皇逃窜。出了云轩阁，又碰到了童素倾，她正搭着婢女的手在散步。千城看到她的眼神，心想反正在众人面前，她装的是瞎子，于是，就像没看到一样，走了边上另一条路。

“主子，方才好像是千夫人，从王爷的云轩阁出来，听说她昨夜一直在云轩阁。”倒是牵着童素倾手的婢女铃铛忍不住开了口。童素倾没有吭声，她当然知道，她昨夜看着这个女人进去的，然后，乒乒乓乓的声音、男欢女爱的声音响了一夜，她如何不知？她隐在黑暗里，指甲将自己的掌心抠出了血，牙齿将嘴唇咬出了血！

其实，她早就知道苏墨沉对这个女人上了心，只是没想到已经到了这般田地。那日，在书房，这个女人喝下去子药的那一刻，她看到了苏墨沉眼中的慌痛，那是她从未从那个男人眼中看到过的情绪。昨夜文帝的寿宴，他又不惜牺牲自己处心积虑的计划，不惜自己被文帝诟病，不惜自己被群臣耻笑，只为救这个女人，夜里，还将这个女人留在了云轩阁。从来没有一个女人能在云轩阁里过夜，就连她也没有过，以前，就算他最宠爱她的时候，欢爱结束，他也都会让她回她的望春苑。如今，这个女人却享有了这份殊荣。而且，要不是这个女人，她和苏墨沉也不会走到现在这个地步，所以，她恨她，很恨，迟早她会除了她。要不是老夫人警告过她，暂时不可以轻举妄动，绝对不可以再动这个女人，否则，这段时间苏墨沉不在王府倒是一个绝好的机会。

是夜，夏虫唧唧，夜凉如水，屋里没有掌灯。千城披着一件中衣，站在窗前，静静地望着窗外皎皎的月色，一动不动。清辉透过窗棂洒进来，投在她的小脸上，清冷而落寞。过去才一天，她第一次发现，一天原来竟是这么长。这便是度日如年的感觉吗？那一个月呢？三个月呢？其实，苏墨沉以前也经常不在府中，即使在，也是一天最多来一次清华苑，两人见面的机会也不多，不知为何，这次，她却心中甚是挂念。许是因为内疚，又许是想着他去干的事情。喂鸽喂马，那般优秀骄傲的一个男人，去做这些？

一阵夜风透窗而入，千城不禁打了一个寒战，也不知道他在那边住在哪里？吃些什么？想来他毕竟是一个王爷，应该也不会差到哪里去吧？她抬手想关上一扇窗门，骤然一只什么鸟儿飞了过来，在窗前盘旋了两圈，轻轻地落在窗台上，扑棱着翅膀。千城一愣，止了手，定睛望过去，鸟儿一身白毛，不染纤尘，竟是一只白鸽。

鸽子？她眸光一敛，心中突然有种异样的感觉，连忙伸手将它捧起，转身捻亮了桌上的烛火，仔细端详起来。这是一只信鸽，羽毛光滑油亮，身体矫健壮实，可见是喂养得极好，特别是当看到鸽子脚上的那一抹黄色时，千城几乎忘了呼吸。真的，真的是宫里出来的鸽子。因为只有皇家鸽的脚上才会被涂抹上代表皇家的明黄色。

怎么会有一只皇家鸽飞到她这里来？会是他吗？会是苏墨沉放出来的吗？一颗心就像要从喉咙里跳出来一般，难以抑制地澎湃，她细细地找着鸽子身上有没有什么纸条之类的东西。没有！通常信鸽传信都是绑在腿上，不仅腿上没有，它全身所有的地方，她都找了一个遍，还是没有。心中有些失落，抱着鸽子许久，犹不相信，又找了一遍，依旧是没有。

难道不是他？可是这只鸽子也来得太奇怪了。她想了想，执起桌案上的毛笔，写了张小字条，绑在了鸽子的脚上，走到窗边，将鸽子放了出去。一夜未眠，可是她等了一夜，鸽子却再也没有回来。看来，是她自作多情了。想想也是，像他那种男人怎么可能会作出如此浪漫的事？即使会做，对象也绝对不是她。心中涩然失落，昏昏沉沉地睡了一个白日。

可是，夜里，同样的时辰，同样的事情又发生了，那只鸽子又来了。她难以置信，心中那种强烈的感觉又涌了上来，不知为何，她觉得就是他，肯定是他，很笃定的感觉。迫不及待地将鸽子抓在手里，她发现竟然还是昨夜那一只，因为，她在鸽子的一只爪子下面用毛笔做的记号还在。她绑在鸽子腿上的小字条却不见了，显然是被人取了去，可是，依旧是没有回信，依旧如昨天夜里一样，什么都没有。她就奇怪了，既然收到了字条，为何不回信给她？不回信给她，又放来一只空鸽子算什么意思？想了想，她执起毛笔，又写了一张字条，绑在鸽子的腿上放了出去。昨夜，她写的是，是你吗？今夜，她写的是，你还好吗？希望，这次对方有所反应吧。

又是漫长的等待，终于过了一日。早早地用过晚膳，她便屏退了春兰和夏莲，一个人等在屋里。果然，鸽子又来了，还是同样的时间、同一只鸽子、同样的方式、同样取走了她的字条、同样什么也没有留下。她同样让它带了张字条回去，这次，她写的是，我知道是你。

一连几夜，都是这样。她渐渐地也就习惯了，似乎每夜的这个时辰便是她一天所有的期待，没有回信也没有关系，只要看到鸽子来，她就高兴，她就安心，她就能感觉到，她和那个男人很近，很近。她每次也都还是让它带一张字条回去，雷打不动。

这一日，她突然想，如果……

皇宫北苑，马场。

屋内一豆烛火，烛火下坐着一个淡青色人影，挺拔俊逸，虽然粗布粗衣，却依旧难掩其行尊带贵的气质，昏黄的烛光下，剑眉长飞、皓月薄唇，俊美得无法比拟。他低垂着眉眼，专注地看着自己手上一张一张的小字条，薄薄的唇边微弧点点。空气中一股异流涌动，一只白鸽飞了进来，他抬头，眸光微闪，伸出手，鸽子在屋里盘旋了两圈，便轻轻地落在他的掌心，扑棱着翅膀。他习惯性地朝鸽子的腿上看去，顿时，脸色一变，鸽子腿上空空如也，他犹不相信，大手又抓起鸽子，仔仔细细看了一遍，顿时眉心微蹙，面色冷凝。每日都有小字条的，今夜怎么没有了？

怎么回事？那个女人病了吗？还是出了什么事情？大手一挥，白鸽扇动着翅膀，飞了出去。他起身，走到门口，负手而立，黑眸凝着外面的夜色，薄唇抿起。骤然，他回过身，走进屋里，抬手挥灭案桌上的烛火，又走了出来，轻轻带上房门，黑眸警惕地环顾了一下四周，猛地脚尖一点，飞身而起，只一瞬，那一抹淡青色的身影便消失在幽幽的夜色里。

清华苑，千城披着中衣趴在桌子上，面容惨淡地看着桌案上跳动的烛火，不时又扭头看向窗外，没有，鸽子还是没有再来。她今夜故意没有在鸽子的腿上放小字条，想看一下那个男人的反应，谁让他一直放空鸽子来的，只字片言都没有，她就是想逼着他说句话。她以为他会再次派鸽子带信来问一下，即使不问，最起码再派鸽子来一趟吧。她等了很久，都没有。她就不明白了，一直都收到她的字条，突然一夜没有了，难道他就不担心吗？不去想着她会不会出了什么意外吗？看来，她还是高估了自己在他心目中的分量。可是，正常人都会想吧？难道是……鸽子没回去？在半路上出事了？或者是……他那边出什么事了？他无暇顾及过来？还是……

心中一片混乱，她做着各种假设，然后又做出各种否认。她也终于明白，什么叫“世上本无事、庸人自扰之”了，原本，她好好地留张条，也省了现在那么多的胡思乱想。可是如今，她想不瞎想也不成了。不行！她拍案而起。

苏墨沉一个旋身，翩然落于清华苑的院中，看到屋内一豆烛火，他的心终于稍稍安定，疾步走到门边，却又陡然顿住脚步，几经犹豫，他凝神细听，原本他们练武之人，耳力极好，可是屋里竟然不见一丝声响。难道睡了？还是说真的病了？如此一想，大手便不作一丝犹豫地推开房门。很意外，屋里竟然没人。屋内、屏风后、床上都没有。

亮着灯，没人，难道出门了？案桌上烛火摇曳，烛火的旁边摆着一杯未喝完的茶盏，他端起放到鼻下轻嗅，发现早已经温吞。薄唇紧紧地抿成一条冰冷的直线，他再次环顾了一下四周，见床榻上被褥叠得整整齐齐，完全一副今夜还没有上过床的感觉。难怪今夜没有字条，她原本就不在府中。这么晚了，还出门，她能到哪里去？而且还亮着烛火，作出一副人在的假象。难道是想掩人耳目？

出府？掩人耳目？他瞳孔一敛，莫非是老三？袍袖中的拳头不自觉地攥紧，苏墨沉闭了闭眸，说不出心中的感觉，只觉得五味杂陈，嘭地一声巨响，他的拳头重重地砸在桌案上，桌案上的茶壶瓷盏一阵乒乓作响，砚台上的黑墨更是被溅起，溅得桌案上四处都是，斑驳一片。他转身出了门，轻抚手掌，空中有黑影掠过，翩然落于他的身后。

“爷！”来人对着他毕恭毕敬地一鞠。

“她去了哪里？”苏墨沉没有回头，沉声开口。来人一怔，似是反应了好一会儿才明白过来他所说的她是指的谁。

“千夫人一个时辰前，穿成太监的样子出了王府……”

太监的样子？苏墨沉眸光一敛，又想起那日在书房，她就是那个样子，不过那日因为堕胎的缘故，他也没有深究她为何穿成那个样子？今夜，竟又这般。他转过身，冷冷地看着黑衣人：“本王问的是，她去了哪里？”

黑衣人顿时冷汗涔涔，他们这些隐卫又不负责监视她的行踪，而且这个男人也没吩咐他们这样做，他如何得知她去了哪里？见他答不出，苏墨沉厉声喝道：“去三王府打探一下，看人有没有去那里？”

“是！”黑衣人领命而去。

“等等！”

黑衣人顿住脚步。

“如果在的话……”苏墨沉森冷的声音从喉咙深处迸出，他顿了顿，又说，“如果在，也不要打扰，只需打探在与不在即可。”

“是！”很快，黑衣人便没了踪迹。

苏墨沉又回头看了看亮着烛火的厢房，黑眸中阴霾聚集，想起今夜在马厩还有事情要办，脚尖一点，飞身而起。

倾君心之墨染千城

中

素子花殇【著】

新世界出版社

第九章　谁是云儿

流角飞檐，宫檐重叠，一抹淡青色的身影如翩然的蝴蝶在上面轻飞而过。避过巡视的禁卫，躲过太监宫女们的眼睛，苏墨沉翩然落于马场自己住的屋前。屋里竟然亮着灯，他心口一突，难道有人来过？他走的时候，明明挥灭了灯火。敛起眉眼，他小心翼翼地推门而入，没有发出一丝声响。果然，屋里有人，倚案而坐。他凝眸朝那人看过去，虽烛火昏暗，虽光影偏逆，可只一眼，就认出了那人，一瞬间竟忘了呼吸。怎么是她？她怎么来了这里？心中难以抑制地澎湃，他无声地走了过去。只见她穿着一袭宽大的太监服，趴在桌子上，眼睛轻合，似乎倦得睡了过去，大大的太监帽歪在头上，遮住了她半个脸庞，慵懒的样子就像清华苑里的那只小白。

若不是他早就知道她今夜穿了太监服，若不是他对她太过熟悉，他还真以为是哪个小太监太困了，跑到这里偷懒来了。她怎么会来这里？她又是如何进来的？这样的地方，这样的环境，她还是一个乔装成太监混进宫里来的人，居然也能睡着，也不知道她是没心没肺，还是真的太累太困了？心中微微一动，他抬手，轻轻抚摸上她的脸颊，对方似乎被惊醒，长睫轻颤，缓缓地睁开惺忪的眼睛，迷迷糊糊地看着他，半晌，才陡然睁大眸子，反应过来："你回来了？"

"你怎么在这里？"苏墨沉抬手，挥上房门。

"我……"千城抿了抿唇，她以为他会惊喜，没想到清淡得没有一丝情绪，心中涩然，苦笑道："我只是来看看你是不是很忙？果然。"

苏墨沉眯眸："什么意思？"

"没什么意思啊，"千城懒懒地起身，噘了一下嘴，面容惨淡，"看你每日都那么吝啬笔墨啊，生怕留下只字片言，所以想，你应该很忙。"

苏墨沉一掀袍角坐下，大手一拉，就将她拉着跌坐在自己的怀里，薄薄的唇角绽放出一记动人心魄的浅笑，黑眸灿然若星："所以，你今夜也故意不留下只字片言？"温热的气息喷薄在耳畔，带起一阵酥酥麻麻，千城缩了脖子，不知道是不是自己的话愉悦到了他，为何他的情绪可以转变得那么快？她想了想，道："我在想，可能四爷喜欢那种无声胜有声的意境，所以，我也附庸风雅，不说话。"

苏墨沉但笑不语。

"对了，四爷一直就住在这里吗？"千城环顾了一下屋里问道。屋子很小，虽然还算干净清爽，可是真的很简陋，一桌一椅一床一橱而已，对于一个平日里养尊处优的王爷来说，着实有些……

苏墨沉了然她的意思，却似乎并不为意，弯唇道："这里很好，比这还差百倍的环境我都待过，这不算什么。"他浅浅地笑着，云淡风轻，可不知为何，千城却生生听出了苦涩的味道。她不知道他曾经历过什么，只听说过，他曾经被文帝放逐去各国游历，其余的她便无从知晓，她也不打算问，因为如果他想说，她不问，他也会说，如果他不想说，她问了只会平添两人之间的困扰，再说，如果那是他曾经一段很苦的经历，她又何必要残忍地去揭人家的伤口？

"苏墨沉……"她就只是轻轻地唤他，清眸一眨不眨地凝着他的脸。男人唇边的笑意更浓了几分，黑眸熠熠生辉："怎么？你在心疼我？"

千城呼吸一滞，没想到他说得那般直白。心疼吗？她问自己。答案是肯定的。她顿时有种心事被人看穿的窘迫，脸一红，别过视线，幽幽地说道："都是我连累了你。"

苏墨沉微微一怔，深邃的黑眸中快速掠过一抹复杂。连累？谁让谁连累？他突然想，如果她知道苏墨风身上的夜光粉是他放的，她又会怎么样？他不敢想，甚至有些怕，怕她知道。他竟然在怕！心中微微烦躁，这种情绪，不该属于他。

见他沉默不响，千城只当是他在怪她，心中一阵难过，低着头讷讷道："我知道，事已至此，我说什么也于事无补，但是，我是真心实意地跟你道歉。”

垂眸看着她娇憨的模样，苏墨沉又禁不住心神一荡，轻轻地笑道：“很难得听到你说出这样的话来。”

难得？这个词……心中微微不爽，千城淡凝了小脸：“四爷的意思好像是我做错了事从来都不承认一般。”末了，似乎觉得犹不解气，又补了一句，“我可不像有的人。”她话有所指，他明了，可是似乎并不以为然，反而像被她的这句话愉悦到了一般，笑出声来。

千城有些懵，对他的反应，她似乎永远也不明白。直觉告诉她，他今夜好像心情很好，因为她从未看到他这样过。少了清冷，少了淡漠，平添了几分温情出来。这样的他让她恍惚，也让她沦陷，更让她觉得不真实，就像是在梦中一般。

外面远远地传来打更的声音，竟已是四更天。千城呀地一声从他身上弹跳而起：“天快要亮了，我走了，杨统领还在宫外面等着我呢。”她一边说，一边抬手正了正头顶的太监帽，转身就走。身后陡然传来男人的轻笑：“杨痕几时成了你的人？”

她的脚步一顿，他虽然是语带笑意，可是她却生生听出了几分危险，看来，她又冒失了，果然在这个男人面前，万事都需谨慎。抿了抿唇，她回头说道：“夜里我出门的时候，正好碰到他，我跟他说来宫里看你，他便送我来了。否则，靠我两只脚走过来，怕是还没到，天就已经亮了吧。”

男人眼波微荡，她说得是实情，他知道，她不像他，可以靠轻功，从王府到皇宫的确有一段路程，只是，杨痕是骑马送她来的，还是马车呢？

见他不语，千城急了：“你不会因此怪杨统领吧？”

“当然不会，”苏墨沉绝艳一笑，起身缓缓地朝她走了过来，“成了你的人也并不是坏事，毕竟我不在府中，有个什么事，也算有个人照应。”

千城一震，难以置信地看着他，恍惚间，只以为是自己听错了。他依旧如常地笑着，笑得摄人心魄，眸子一如往常晶亮，却也漆黑幽深，她看不懂，他的眸，她从来没有看懂过。

“你说得是真的？”她凝着他的眼，幽幽开口。男人已行至跟前，两人只在咫尺之间。

“是！”他轻启薄唇，口气笃定。

千城心口一撞，任何言语都无法描绘她此时的心情，那一刻，她竟然不争气地哭了，她慌乱地垂下头，不想让男人看到她的狼狈。可似乎什么都逃不过他的眼睛，几乎就在同一瞬间，他已伸手挑起她的下颚，逼视着她的眼睛，让她无处遁形。

“苏墨沉……”她红着眼睛，喃喃地唤他，很想对他说，能不能不要那么强势，给我留一点自尊？可是男人却没有给她说的机会，低头吻住了她。她脚下一软，后退了一步，男人紧追而至，将她抵在了门后面。宽大的太监服形同虚设，大手一拉，已经松垮到手肘，吻细细密密地落下来。千城不知道为何事情会演变成这样？

“别，别在这里……”她软软地靠在门板上，她伸手无力地推拒着男人，话音未落，只觉得脚下骤然一空，她惊呼一声，本能地伸手攀住男人的脖子。太监帽掉了下来，青丝散落，倾泻了两人一身。男人低低地一笑，透着丝丝得意。

“苏墨沉……放我下来……”千城羞得无地自容，紧紧地抱着他的脖子，不敢多看他一眼。男人哪里肯听，场面如火如荼。骤然，身后的门板传来一阵细碎的敲击声，两人皆是一怔，苏墨沉停止了动作，千城怔怔地看着他，他拧眉，沉声问道：“谁？”

“四哥，是我们。”那声音，千城识得，是十四王爷。

苏墨沉抿了唇，伸手将千城身上的衣服拉好，放了下来，抬手就准备打开门栓，却是被千城按住。他一怔，看了看她，轻声说道：“没事，是十四弟。”千城还是按住不放，她感激他的信任，因为他第一次将她当作了自已人，但是，她这个样子被他们看到，总归是难为情的。

“我……还是先躲一会儿。”她一张小脸红了个通透。看着她娇憨的模样，他心中一动，笑道：“可以是可以，但是……”他的话还没有说完，千城已经弯腰捡起地上的太监帽，一溜烟地钻进了衣橱，那也是屋里唯一可以藏身的地方。看着她的样子，男人唇角弯弯，摇了摇头，伸手打开了房门。

千城窝在衣橱里，一动不敢动，幸亏衣橱里面只有几件衣服，空间还算可以，足以容纳得下她。里面一团黑暗，只有柜门中间的一条缝隙有微弱的光透进来，看不清里面，也看不到外面，她只能静静地听着外面的动静。门开了，有人风风火火地闯了进来。

“四哥，怎么半天不开门，是不是金屋藏娇啊？”是十四弟打趣的声音。千城脸上一热，也不知道刚才他们两人在门后面那么大的动静，外面人有没有听到？反正听着这话，心虚得很，倒是苏墨沉沉得住气，她听到他低低一笑：“金屋藏娇？”

她以为他还要说什么，结果，就没了后文，只是低笑的声音。她脸上滚烫得更甚，他那是什么意思？存心的，绝对是存心的。幸亏十四弟不是心细之人，并未察觉。也是，如果是心思细腻，也不会到现在还不知道苏墨沉和梅妃之间的事吧？想到梅妃，她心中又涩然起来。有些人无论你想与不想，都无法否认她的存在，那永远横在他们之间的存在。

“四哥，情况紧急，所以我们就连夜过来了。”是九王爷苏墨逸的声音。

原来，他也来了。

“发生了何事？”苏墨沉沉声，瞬间又变成了那个冷静沉稳的四王爷。

“听说苏墨鸿偷偷约了边国来使，明夜在红画舫密会，我们想明日白天又不方便过来找四哥，夜里又怕来不及，所以今夜就赶过来了。”

“约边国来使密会？”苏墨沉似是有些吃惊，顿了顿，又问道，“可知密会目的？”

“不知道。”

“消息是否可靠？”

“当然可靠，是云儿告诉我们的。”

“云儿？她怎么自己没过来？”苏墨沉声音一抖，连衣橱里面的千城都听出了他的异样，可等她凝神细听，他又很快恢复了正常，“毕竟她过来比你们两人进宫来这里方便。”

“她有事情要办，抽不开身。”

“这半夜三更的有什么事情要办？”苏墨沉的声音骤冷。

“她说她要去夜探边国来使的驿馆。”

“什么？夜探驿馆？”苏墨沉骤高了音量，厉声道，“简直胡闹，你们不知道有多危险吗？也由着她？”

千城明显地感觉到了他的生气和慌乱，心中禁不住微微一绞。云儿，怎么又冒出来一个云儿？云儿是谁？苏墨沉本不是一个轻易有情绪的人，能让这个沉静如斯的男人如此凌乱，不用想，都知道那人在这个男人心中的分量。难道她才是那个住在他心尖上的女人？苏墨沉啊苏墨沉，你的心到底是有多大啊？里面又住了多少个女人？从童素倾，到梅妃，再到这个云儿，还有吗？黑暗中千城微微苦笑，还有吗？

外面的对话还在继续。其实，与其说是对话，倒不如说是苏墨沉一人在下达命令。

“在未搞清楚苏墨鸿与边国来使密会的真正目的和动机之前，我们绝对不能轻举妄动，以防落入他人圈套！老九，你速速去将云儿截下来，十四弟，你去红画舫偷偷安插几个自己的人，只许盯梢，不可行动，一切等我指示。”

“是！可是……”是老九的声音，似乎欲言又止。

“怎么了？”苏墨沉沉声问。

“云儿的脾气四哥又不是不知道，我怕拦不住她。”

“若不是五更时分，有人要来马厩挑马，我就亲自去找她了。你就只需跟她说，是我的意思，如果她有什么事，那我这些年所有的努力和坚持都没有意义，我相信，她会听你的。”男人说得笃定，千城听得震惊。

“如果她有什么事，那我这些年所有的努力和坚持都没有意义？”如果不是亲耳所闻，千城绝对不相信，这句话是出自这个叫苏墨沉的男人嘴里。再也没有一句情话比这更动听，再也没有一句情话比这更让人震撼，她这个局外人都被深深地打动了。原来，他竟爱得如此浓烈，原来，他所做的一切都只是为了一个女子，原来啊原来……

千城趴着柜门的门缝，很想看一看那个男人说这话时的表情。她想，那样一个沉静内敛的男人说出这般浪漫的情话，样子应该是十分好笑的吧？嗯，定是十分好笑的，她边想边笑了，笑出了眼泪。泪水婆娑中，屋中三人的光影支离破碎，在破碎的光影中，谁是谁，她都看不清，只隐约感觉到十四爷和老九似乎准备领命而去。或许是老天觉得她还不够悲惨，又或许是老天觉得她还不够难堪，还有可能是衣橱太过陈旧，而自己太胖了，反正在猛的一声噼啪巨响后，衣橱骤然碎裂坍塌了。不早不晚。

如果早一点塌，她或许就听不到那个男人如此动人的情话，如果晚一点塌，她也许就看不到十四爷和老九瞠目结舌的表情。塌得真是时候啊！

“四嫂……”苏墨逸和苏墨宇目瞪口呆。苏墨沉眼波微动，似乎才想起她还在里面，微微抿紧了唇，上前将压在她身上和头顶的木板移开，伸手，想拉她起来。出乎意料，她并没有将手给他，而是双手撑在地面上，缓缓站起。许是在里面蹲得太久把腿蹲麻了，又许是刚才被木板重击受伤了，她刚刚站起，脚下就猛地一软，她踉跄了两下，险些摔跤。苏墨沉伸手将她扶住，她又轻轻地将他的手拂开。

“千城。”

是谁？是谁的声音那般低醇好听，那般蛊惑人心？千城笑笑，试着走两步，腿没断，没脱臼，没残疾，还好能走。抬手捞起满头青丝，一绕一盘，又弯腰拾起压在木板下面的太监帽，缓缓地戴在头上，她冲着三人嫣然一笑，微微鞠身：“对不起，打扰了。”说完，她便往外走，小腿又麻又痛，她却背脊笔直，脚步不乱。

“千城。”

她恍若未闻。

“千城，等会儿让十四弟带你出去，你这样出宫很危险。”身后是苏墨沉微微紧绷的声音。

危险？千城笑，危险吗？怎么进来的，就怎么出去！反正，她又不影响他的前途命运，她不是那个如果有事，他所有的努力和坚持都失去意义的那人。她拉开门栓，打开门，抬脚迈过门槛。骤然，背上一热，有人从后面抱住了她。她木然一怔，门嘭的一声，被大力摔上。

怎么回事啊？她回过头，静静地看着抱着她的那个男人，怔了半晌，才想起自己要说的话：“四爷，难道给千城留点自尊就那么难吗？”

男人一怔，俊眉微微拧起，手臂却是箍得更紧了些，也不顾苏墨逸和苏墨宇两人错愕的目光。

这算什么？这算什么啊？千城很想问他，却是已经没有力气问出口，就只是看着他，依旧清冷地看着他，等着他放手。她不想跟他大吵大闹，那不是她的性格，更何况，她也没有使小性子的资格。是谁说过，因为有人疼爱，所以才会骄傲，她还没有骄傲的资本。

男人的眸子也是紧紧地盯着她，深不见底，他动了动薄唇，刚准备说什么，就听到门外砰砰敲门的声音。屋里几人皆是一怔，又有人来了？三个男人对望了一眼，抿唇、点头。千城微微苦笑，今夜果然是热闹了。苏墨沉终于缓缓松手放开她，抬手开门。

一个禁卫头头模样的男人站在门口，探头探脑、东张西望，看到苏墨沉，抱拳对其行了个礼："方才听到四爷房里传来巨响，不知发生了何事？"一边说，一边抬眼偷偷睨向屋里，在看到苏墨逸和苏墨宇的时候，微微一怔，也连忙对二人行了个礼，"原来九爷、十四爷也在。"苏墨逸和苏墨宇，只稍稍轻嗯了一声。

"没什么事，就是这个衣橱，许是年数已久，突然塌了。"苏墨沉眸光深邃，随手指了指屋里狼藉一地的木板木块，云淡风轻地说道。

"哦，没事就好，那属下就不打扰了。"疑惑的目光再次扫过苏墨逸和苏墨宇，骤然看到立在旁边低着头、眼观鼻鼻观心的一个小太监，一愣，"你是哪个宫的？怎么看着眼生？"

"他是……"苏墨沉沉声开口，却不想被千城打断。

"潇湘宫的，奉七公主之命前来问问四爷可有什么需要的？"千城从腰间掏出一块令牌一扬，那是上次小七带她进宫找苏墨沉时给她的令牌，今夜正好派上用场，来的时候，她就是靠这个进的宫，等会儿还是要靠这个出去。禁卫觑了一眼那块公主令牌，虽心下疑惑，却也不敢造次，又感觉到苏墨沉冷厉的目光，只得福了福身子，退了出去。千城也抬步而出，这次苏墨沉没有强留，只是看着她落寞萧瑟的背影微凝了眉宇，半晌，转过头，朝十四弟使了一个眼色，十四弟会意，连忙跟了上去。

"十四弟。"苏墨沉又轻声喊住他。

十四爷顿住。

"九弟，你速去找云儿，十四弟，先替我去一趟龙吟宫。"

"龙吟宫？"十四爷和老九一愣。

"嗯，"苏墨沉点头，面色沉静，凑到两人跟前，压低了声音，"这样……"

因为有小七的令牌，千城出宫也没有什么阻碍。宫门口，杨痕正站在马车边，焦急地徘徊着，看到她出来，面上一喜，连忙迎了过来：“千主子！”可看到千城煞白的脸色后，又面色一沉，“发生了什么事吗？”

“没有，”千城勉力一笑，“只是一宿没睡，有些累。”

杨痕便也不再多问，他是个粗人，但是，她是累、是困，还是心情不好，他想，他还是看得出来的。扶着她上了马车，他便挥舞长鞭，赶着车子走了起来。

黎明前的黑暗，浓得如同泼墨一般，路上很静，只有马蹄脆响的声音，马车里，千城靠在车厢上。或许是因为每夜等白鸽来的那一点期待支撑着她，夜里她都不困，可是今夜，她却觉得疲惫不堪，车厢足够宽敞，她索性整个人躺在了车厢的软垫上。

车轮滚滚，车厢颠簸摇晃，她却似乎没有了思想。车子几时停的，她不知道，有人打帘而入，她也不知道，车子几时又走了起来，她还是不知道。直到黑暗中传来低低的一声叹息，有人将她轻轻抱起，她才恍恍惚惚回过神来。车厢外头风灯的光弱弱地透进来，很暗，但是足以看清对方是谁，或许看不清，只是她能感觉到是谁。淡淡清檀萦绕，熟悉的温度，是他。他不是五更天还要陪人选马吗？他不是如果不选马就要亲自去找云儿吗？他不是不能私自出宫吗？她有很多的疑问，但是，她却不想问。当男人将她抱在怀中时，她甚至一句话也没有说。

若不是苏墨沉是练武之人，眼力极好，能清楚地看到她在黑暗中睁着一双眼睛，他险些以为，她睡沉了过去。怎么一丝反应都没有？就只是任由他抱着，一动不动。

“千城……”他轻轻地叫她。

他的声音一向好听，醇厚低沉，如醇酒一般令人沉醉，可是今夜听起来，却让她心头微烦，她没有理他，又似乎等着他继续，她以为他会说今夜的事。然而，关于今夜的事，关于那个云儿的事，他只字不提。其实，她原本还在想，如果这个男人跟她解释……看来是她多想了，人家压根就没想到要跟她说这事儿。

他又轻轻唤了一声。

“能不能别吵，我好累。”千城终于开口了，眸色疲惫。男人便没有了声音，只是拥着她。夜很黑，路很长，她不知道自己是怎样回的四王府，怎样下的马车，怎样回的清华苑。只知道，当苏墨沉撕开她染血的裤管的时候，她已经躺在了清华苑的软榻上。腿竟然受伤了，被衣橱碎裂的木板割出了很深很长的口子，皮肉外翻，殷红的鲜血染红了她白色的亵裤裤腿。她竟然没感觉到痛。苏墨沉一直冷凝着眉眼，又是给她消毒，又是给她擦药，又是给她包扎。

做完这一切，外面天已经亮了。许是她的生物钟到了，又许是她心中其实远没有自己想得那么受伤，反正，她看着男人收拾着药瓶药罐的身影，忙来忙去地将她抱起，将染血的床单换下，将新的床单换上的身影，端着铜盆进出的身影，她竟然睡着了。

她睡得很沉，似乎怎么也醒不了，可又睡得极不安稳，似乎一直在做梦。迷迷糊糊间，她也不知道是梦还是现实。好像有很多人来过清华苑，好像有很多人的声音，熟悉的、不熟悉的，来来去去，好像还有人抚摸她的脸，轻吻她的发丝，在她耳边含糊地呢喃。她想看，却睁不开眼睛，她想听，却是怎么也听不清。

再次醒来已是第二日的黄昏。落日的残晖透过窗棂照进屋里，一地的明艳，如火似血。千城恍恍惚惚，有种不知置身何处的错觉。她竟然病了，听春兰和夏莲说，她昏迷了一天，惊动了很多人。有很多人来看过她，譬如皇上派的李公公，譬如皇后派的云蔻，譬如十四王爷苏墨宇和九王爷苏墨逸，譬如七公主苏凝霜，再譬如太医院的太医和医女等。

望着一桌子的补品药材，她有些懵。看来自己并不是做梦，那些模糊的声音都是真的。难怪她想看睁不开眼睛，想听却怎么也听不清，原来，她病得迷糊了。只是，她的身子几时金贵脆弱到这般田地？不过是心里有些难过而已，怎么就能昏迷一天？

天将黑的时候，苏墨沉来了。他如常地踏进清华苑，粗布粗衣早已换下，一袭深紫的华袍，愈发显得龙章凤姿、丰神如玉。自从他出现在视线里，千城就一直盯着他看。她发现，看到她醒来，他的黑眸里竟没有一丝波动，没有激动，没有欣喜，甚至没有一丝惊讶，就好像她只是睡了一觉，而不是惊动了那么多人的昏迷，又好像一切都在他意料之中一样。于是，千城迷惑了，到底是对于她的生死他已全然不在意了，还是他已完全掌握了她的生死？她宁愿是前者，那只是不爱，而不是利用。她想，她大概知道自己为何突然昏迷了，只是她尽量不让自己往深了去想。

都说人在生病的时候最脆弱、最矫情，千城也不例外。当苏墨沉默然地给她的小腿换完药准备转身离开的时候，她突然抱住了他。对，是她抱住了他。双臂从后面紧紧地箍住他，脸靠在他的背上。苏墨沉一怔，身子僵住，半晌，转过身，将她反抱在怀里，大手轻轻地拨弄着她的黑发，温热的唇贴在她的耳边细语，就像她梦中的光景一样。只是这次，她听真切了，他问道："怎么了？"

"今夜能不能不走？"她在他的怀里抬起头来，水眸殷殷地看着他，粼粼潋滟。

或许是她从来没有这般主动过，又或许是她从来没有在他面前表现过如此柔弱的一面，苏墨沉的心，真真切切地一荡。他垂眸凝着她，突然觉得这世上似乎所有的光华都被这个女人敛入了眸中，那般的明艳照人，那般摄人心魄。他低头，轻轻吻上她的鼻翼、唇角，一边吻，一边轻声吐息道："今夜不行，今夜我有事情要办，等事情一了，我便回来陪你。"今夜红画舫里有人进行一场交易，而且云儿已经潜入了红画舫，他不能让她有危险，他必须去。

千城轻轻地笑，说："好。"

其实，他们两人现在这样很怪，她第一次主动留一个男人，就像一个小女人撒娇软糯地留一个男人。他第一次耐心地哄一个女人，就像生怕对方失望难过一样。就好像他们从来没有生过嫌隙，就好像他们真是这个世上最恩爱的夫妻一样，但是，她知道，他们之间远没有到那种程度。虽然，她从昨夜到刚才都迷迷糊糊地睡着，睁不开眼睛，听不清楚声音，但是，听不清楚，并不表示完全听不到，偶尔还是有一些声音钻入了她的耳膜。譬如他今夜要去红画舫，譬如，云儿已经在红画舫了，再譬如今夜可能凶险万分……她竟然想留住他。

她不知道自己是出于什么心理？是因为听到凶险万分，担心他吗？还是说听到云儿已经在红画舫了，她想试探一下自己在他心中的分量？他还是走了，天一黑就走了。

他一走，她便下了床，春兰进来恰好看到，被吓得不轻："千主子，你身子不好，怎么可以起床呢？"

千城笑笑，没有说什么。只有她自己清楚，哪有什么身子不好？除却受伤的小腿，她哪里都健康得很，所谓昏迷也不过是那个男人做了手脚而已。因为只有她病重昏迷，文帝于情于理才会将他从马场中放回来，他必须出来不是吗？因为他要去红画舫。

夜越来越黑了。千城身披中衣在屋里走来走去，一颗心浮浮沉沉，怎么也静不下来。不知为何，她总有一种不祥的预感，总觉得有什么事情要发生，那种感觉就像大山一般压着她，将她裹得死紧，透不过气来。坐下，站起，走走，又坐下。小白从外面跑了进来，在她的脚边绕来绕去，不停地蹭着她的软履。

她心烦意乱，微微叹出一口气，弯腰将小白抱在怀里，抚摸着它光洁的白毛。骤然，手心有一截硬硬的触感，她呼吸一滞，快速地撩起小白的尾巴，果然，在那块特制的皮毛里，塞着一张小小的字条。染将军的信？一直不用，她都差点忘了小白的用处。小白是经过特殊训练过的一只白猫，是她从将军府带到御香坊的。当时，染将军跟她说，因为以后父女要形同陌路，所以，他在小白尾巴后面做了一块双层的皮毛，在她想家的时候，或者她有什么困难的时候，或者他们有什么事情要紧急通知她的时候，都可以让小白帮他们传递信息。

这个时候，他来信，是有什么紧急的事？一颗心扑通扑通狂跳，她放下小白，迫不及待地打开字条，只一眼，便脸色大变……

红画舫，京城最大的青楼，倚水而建，建筑的样式因仿照一个巨型画舫而得名。画舫四周彩色帷幔轻垂、大红灯笼高挂、霓虹满天。入夜，正是灯红酒绿、纸醉金迷的好时候。丝竹弦乐之声，夹杂着歌姬的唱曲声，还夹杂着男人女人调情的声音，连绵不绝。有许多身材火爆、又穿得极少的女子，站在甲板上，风情万种、媚态横生地朝路人做着各种撩人的姿势。

门口一青衫男子手执折扇，薄唇微抿，似是犹豫不决，一双清澈的眸子看着一对对相拥的男女进进出出，凝脂冠玉一般的脸上，浮起朵朵尴尬的红晕，却又难掩其满心急色。进，还是不进？必须进。唰的一声收起手中的折扇，男子硬着头皮径直往画舫中走去。

看着翩翩走来的男子，人虽然瘦弱了一点，但也是玉树临风的绝世美公子，甲板上的莺莺燕燕们眼睛一亮，争先恐后地扑了上来。各种刺鼻的脂粉味儿扑面而来，千城忍住作呕的冲动，干干地笑着。真不知道，那些男人怎么会那么喜欢这种地方？有什么好的？

“公子第一次来吗？看着面生呢。”

千城笑笑，不置可否，身子却是已经被众人簇拥着进了大门：“我们保准公子一次就会流连忘返……”

各种嗲声嗲语，各种媚眼如丝，各种投怀送抱……透过一片姹紫嫣红，千城敛眸，快速地搜寻着大厅的每个角落。大厅里面坐满了人。台上方，几个穿得极少的舞姬正跳着各种热辣、撩人的舞蹈，粉红色的灯光氤氲朦胧，打在厅中一众亢奋迷离的男男女女的脸上，靡靡一片。没有，没有，还是没有。她想，既然苏墨鸿在这里，那苏墨沉必定不会以真面目示人，要么藏身在哪里，要么就一定会易容，无论是哪一种都增加了她寻找的难度。

“公子，你看，我们是在大厅里看表演呢？还是去楼上另外开一个雅阁？”女子轻靠在千城的身上，媚眼如丝，千城只觉鸡皮疙瘩直掉，忍着胃里的翻涌，她执起手中折扇轻轻挑起女子的下巴，邪邪地一笑：“就你了，陪本公子去楼上。”既然，苏墨沉的目标是苏墨鸿和边国来使，所以如果找到了苏墨鸿他们，应该就能找到苏墨沉。一个王爷，一个边国使臣，还要进行秘密交易，肯定不会在大厅。贵宾雅阁都在楼上，不是吗？

“好。”女子柔弱无骨、娇羞满面。其他女子一脸羡慕嫉妒恨，四散而开。

兰阁，满室奢华，金丝楠木圆桌，两个男人对面而坐，皆是锦衣华服、气宇轩昂。桌上，佳肴美酒摆满一席，两人推杯置盏，把酒言欢。

在两人的前方，一个女子盈盈端坐，纤纤十指灵活地拨动身前的一尾瑶琴，带出一串串悠扬动人的音符。女子一袭素色衣裙，身姿玲珑，虽以轻纱掩面，看不清具体容貌，但也能看得出她肌肤胜雪、眉目如画，特别是露在外面的一双水眸清澈无边，似能说话一般，勾人心魂。女子朱唇轻启，如兰的气息喷洒在轻纱上，轻纱微动，美妙的歌声如泉水一般流泻出来，和着悠扬的琴音，宛如天籁，大有绕梁不去之势。

“六王爷，看来，贵国的水土就是养人，你看，贵国的女子一个比一个绝艳倾城、沉鱼落雁。”其中一个男子头顶毡帽，一身边国装扮，满面红光地看着面前边弹边唱的绝色女子，两眼晶亮，似是酒已微醺。

苏墨鸿勾着薄唇，愉悦而笑，可笑意却不达眼底：“只要萧公子喜欢，敝国的女人随便你挑。”

闻言，边国男人大喜：“真的吗？”

“当然，”苏墨鸿唇角的笑意更深了几分，骤然想起什么，“对了，萧公子想要的东西，本王带过来了。”他边说边从袖中取出一副卷轴，递到男人面前。

“哦？六王爷真是神速。”男人挑眉，似是不相信，伸手接过，便迫不及待地想要抖开，却是被苏墨鸿伸手按住：“萧公子回去后再一人慢慢细看。”他邪佞地笑着，边说，眼梢轻抬，黑眸略带探究地睨向正抚琴轻唱的女子。

女子也正好抬眸，四目相接，女子倒也不慌不忙，最是那颔首垂眸地娇羞一笑，仿佛让室内的一切富丽堂皇都失了颜色。边国男子也正好看到她的这一个动作，心中顿时像被一根羽毛挠过，酥痒难耐。

“对，对，对，回去再看，如此良辰美景，又有如此秀色可餐的女子，何需看旁人？”男子吞咽了一口口水，收回落在女子身上的目光，将卷轴缓缓置于袖中。女子面色几不可察地轻轻一凝，水眸中掠过一抹失望。苏墨鸿微微眯了眼睛，看着女子曼妙的身影，若有所思、黑眸深邃。

一曲毕，女子起身，对着二人颔首微微一鞠，一截莹白的粉颈露在外面，绚亮了两个男人的眼睛。

“你叫什么名字？”苏墨鸿开口，黑眸的目光盘旋在女子的脸上。

“回爷的话，小女子叫雪烟。”女子毕恭毕敬地低垂着眼睑，朱唇轻启，声如润珠，余音袅袅，就像敲在人的心坎中。

“雪烟，好名字啊，”苏墨鸿还没说话，边国男子却已抢先一步，难掩一脸的兴奋，“人如其名，冰肌似雪、飘逸如烟，好一个雪烟啊！”

女子微微一笑：“多谢爷夸奖。”

“你是新来的？”苏墨鸿骤然开口。女子心中一凛，面上却不动声色，早就听说，这个苏墨鸿是红画舫的常客，果然不虚。

“嗯，”女子轻轻点头，依旧谦逊地眉眼不抬，“雪烟昨日才来红画舫，以前都是在街头卖艺，颠沛流离，昨日幸得妈妈收留，才得以在红画舫讨个生活。”

苏墨鸿冷冷地勾了勾唇，大手端起桌案上的酒盏，垂眸饮了一口。对面的边国男人摇头叹息道：“这老天还长不长眼睛？让你这么个绝色美人街头卖艺，实在是委屈了。”

女子又是嫣然一笑：“多谢爷垂怜，要不，雪烟再抚琴轻唱一曲给二位爷助助酒兴？”

“好啊，好啊！”边国男人眼睛笑成了一条缝。

苏墨鸿起身，笑道：“本王出去方便一下，雪烟姑娘，先替本王好好照顾萧公子。”他一边说，一边执起酒壶给边国男人的酒盏斟满。

“是！”女子颔首，唇角轻勾起一抹不易觉察的笑容。正愁无法下手呢，走了正好！

苏墨鸿一甩袍角，转身出门，缓缓地眯起眸子，眸中寒芒一闪。雪烟？昨天才来的？这也太凑巧了吧？他昨天刚刚放消息出去，说自己要和边国来使在红画舫密会，她就来了，而且今夜还专门来伺候他们？怎么想怎么蹊跷。不论她是不是苏墨沉的人，多一个心眼总归是好的，反正试她一试，自己也不损失什么。如果不是，也就一个女人，反正那个来使也看上了她，他只当作一个顺水人情。如果是，那她将是一颗有力的棋子，正好可以逼苏墨沉现身，大大促进自己的计划。

另一间雅阁，女子娇笑着端起酒盏，递到千城的唇边：“公子……”

千城邪气一笑，也不接过，只是身子微微前凑，就着女子的手噙住酒盏，慢慢饮着，眸子深情地凝在女子的脸上，一眨不眨。女子满面含春，娇羞媚笑，直往千城怀里钻。骤然，千城笑容一敛，抬手一挥，袖风中带出一股暗香，从女子鼻前掠过。女子微微一怔，只瞬间便合了眼睛，身子软软地趴在了桌上，手中酒盏哐当一声掉在地上。千城看了女子一眼，弯弯唇角，快速出了雅阁。没有时间了，必须尽快找到他们。

兰阁，一曲未毕，琴声歌声戛然而止，正听得起劲的边国男人一愣："怎么停了？"

雪烟嫣然一笑，起身，莲步轻移，朝男人走了过来："方才六王爷说了，让雪烟好好照顾爷，爷的酒盏空了，待雪烟给爷的酒斟满再弹唱也不迟。"话落，人已行至桌前，纤纤玉手端起酒壶，动作娴熟地给他倒上了一杯琼汁。男子一眨不眨地看着她，只觉得她的每个动作都近乎完美，每一下都那样重重地落在了他的心上。

"爷，请慢用。"女子手执酒盏，递到了他面前。他心神一荡，伸手接过酒盏的同时，裹了女子的手。女子一颤，想将手收回，却被他裹得死紧，一双浑浊迷离的眸子染上根根血丝，他裹住她的手一用力，就将她拉至了怀中。浓浓的酒气喷薄在耳畔："只要你跟了爷，爷保证让你从此吃香的、喝辣的，再也不用颠沛流离，看人家脸色过活。"

女子唇角微勾，故作羞涩地一扭捏："多谢爷怜爱。"说完，便要起身，男人却将她箍得更紧。温香软玉在怀，男人突然觉得胃中的酒气直往头上窜，浑身的血液便沸腾了起来。一张满是酒气的嘴直往女子脖子上凑，女子忍住腹中作呕的冲动，娇笑着闪躲，男人求而不得，更加来了劲头，大手摸索着就要探进女子的衣襟，女子伸手按住他的手臂，有意无意地探索，果然，一卷硬物在男子的手肘侧，女子知道，那便是刚才苏墨鸿给他的卷轴。是秘密协议吧？

于是，一个要伸手进衣服里面，一个不给；一个攻，一个守，欲拒还迎，欲擒故纵，推推搡搡中，袍袖中的卷轴成功地掉在了地上。但是，为何没有散开？女子心中微叹，故作惊讶地低头看向地上："呀！爷，那是什么？"

"没什么。"男人哪里还顾得上那个，弯腰捡起卷轴置于桌上，又开始对女子动手动脚。

女子伸手主动勾了男人的脖子，小嘴一噘："肯定是哪个女人的画像，爷不给雪烟看。"

男人觉得自己快要被逼疯了。要是他们边国的女人，他早已扑倒在地上了，可他今日又想在这个女子面前表现出自己的风度，只得强忍着心中的火焰："倘若爷给你看了，你有什么好处给爷？"

女子一笑："那雪烟便也卸了面纱，让爷看看雪烟的真面目。"

男人双眼冒光：“一言为定？”

“一言为定！”

“其实，雪烟冰雪聪明，已经猜到了，不是吗？”男人邪佞一笑，拿起卷轴，解开上面的丝带抖开。一个女子的画像浮于纸面，峨眉淡扫、粉黛轻施，清丽温婉，赫然是——云蔻。女子愕然。她愕然的不是云蔻，她现在也没心思去想，为何是云蔻？她愕然的是，怎么会是女人的画像？不应该是这个男人和苏墨鸿之间的秘密协定吗？跑到红画舫里来密会，就为了一张女人画像？怎么会？一个不好的预感紧紧地包围过来，她心中一惊，中圈套了，她猛地从男人身上站起。

男人不明所以，以为她吃醋了，大手又将她拉至怀里：“怎么？不高兴了？本公子和她也就有过一面之缘，什么都没有的。”

雪烟讪讪而笑：“不，不是的，雪烟肚子有些不舒服，能不能……”

“肚子不舒服？”男人微眯了眼睛，轻佻地笑，“本公子有治疗的法子，保准雪烟马上舒服。”

“什么法子？”女子云袖微动，一枚银针滑在手中。

“就是用肚子对着肚子按摩啊……”男人一边说，一边扳过她的身子，想要让她面对着自己。女子眸色一冷，骤然抬手，一枚银针闪着幽兰的寒光朝他的脖子处刺了过来。男人虽然动欲，可毕竟自幼习武，反应何其敏锐，蓦地瞳孔一敛，快手如刀，两指一夹，就将那枚细小的银针夹住了。

“想暗算本公子，你还太嫩了。”男人脸色一沉，冷笑道。女子心中大惊，早知道，身上应该带些迷香。她挣扎着想从男人身上起来，可哪里敌得过男人的大力？两人便动起手来。女子一改先前的娇弱模样，一招一式，寒冽逼人。男人显然彻底被激怒了，也毫不怜香惜玉，招招狠戾，趁女子招架的空隙，男人伸手一点，女子便瞬间静止，再也无法动弹分毫。他竟然点了她的穴位。

“静若处子，动若脱兔，有性格，够味道，本公子很喜欢！”两指捻着银针闲闲地把玩，男人冷佞地一笑。大手猛地一掷，银针脱手而出，直直地插于金丝楠木的圆桌上，轻晃着。

“你要干什么？”看着欺到面前的男人，女子大惊失色。

“你说干什么？”男人大手一挥，随着布帛撕裂的声音，女子身上的素纱破碎成缕，飞舞、飘落。

“你……你不要乱来！”任凭女子再沉静，此刻亦是声音抖得不行。

“乱来？你也不看看这是什么地方？在这种地方不乱来，怎么行？”男人龌龊地笑，摩拳擦掌地上前。女子身上只穿着一件粉色的兜衣，一大片莹白的肌肤在烛火的辉映下，透着诱人的绯色，他低吼一声，将女子扑倒在地，大手一挥，女子的面纱被揭下，顿时，一张绝艳的小脸就暴露在男人面前。

“果然是个不可多得的美人！”男人愈发兴奋，迫不及待地将脸埋在女子的颈脖间啃咬。女子惊声尖叫。

骤然，随着一声巨响，一股强劲的冷风破门而入。男人蓦地反应，刚想站起，一柄长剑已经架于自己的脖颈间，寒气逼人。他一惊，不敢妄动，微微斜了眼梢，视线里就出现一双金线黑靴，一截紫色的袍角，顺着华袍的袍角慢慢往上，就看到一个男人盛怒的脸。一个如同杀神的男人！

因为他昨日进宫，苏墨沉还在马场，所以，他并不认得他，但是，依旧被他浑身散发出来的那种蚀骨的寒意震慑住了。

“沉……”女子欣喜地哽咽。

边国男人本能地想求生，而求生的第一反应是……以迅雷不及掩耳之势掐住了女子的脖子。

“放开她！”森冷的声音从苏墨沉的喉咙深处迸出。

“先拿开你的剑！”

苏墨沉脸色黑沉，薄唇紧抿，眯眸，手中寒剑更加入了男人颈脖一分：“跟本王谈条件？”

男人冷笑，大手便也倏地收紧一分：“不是条件，是公平交易。”由于他的骤然收力，女子呼吸受阻，禁不住眉心一皱，小脸慢慢涨得通红，可是她只是微微张着嘴喘息，亦是不吭一声。苏墨沉瞳孔微敛，终是将紫袖一挥，掷出长剑，砰的一声，剑尖插在木质地板上，剑身摇晃。

男人满意地弯唇，戒备地看着他，准备挟持着女子从地上站起，电光石火之间，苏墨沉骤然掌心发力，一股寒气直逼男子钳制在女子颈上的手腕。男子猝不及防，闷哼一声，吃痛地缩回手臂，苏墨沉同时伸手一捞，快速地将女子揽了过来。

“沉……”靠在男人宽阔的胸膛上，女子流下泪来。苏墨沉沉默着，黑眸紧紧地盯着前面愤恨地揉着自己手腕的男人，大手却是瞬间解开了女子的穴道，并脱下自己身上的外袍将女子娇弱的身子裹住。

两个男人紧紧地对峙，四目相对，一人的黑眸中寒气吞吐，一人的眼中布满根根血丝。苏墨沉揽过女子的肩，将她置于自己的身后，缓缓弯腰，拔出插在木板上的长剑，而眸子一直没有离开过面前的男人，森冷的样子如同来自地狱的修罗。

“你……你不要乱来，我……我……我可是边国来使……”男人终于觉察到了危险，感到了恐慌。

“欺负过本王女人的人都得死！”苏墨沉一字一顿，特别是最后三个字，几乎是咬着牙，从牙缝中迸出，手腕一动，手中长剑挽出一个剑花，直直地朝男人刺了过去。

“不要！”一声来自门口的大叫划过众人的耳际，来自门口，随声而入的是一抹藏青色的身影。苏墨沉一怔，手中长剑稍稍迟疑，边国男人本也是有功夫之人，只是手中没有利器而已，见状，趁隙闪身，险险避开，苏墨沉的长剑便刺空在男人的边上。苏墨沉敛眸，欲打算补上一剑，藏青色的身影已冲至跟前：“苏墨沉，不可以！”

眼见着剑尖要伤到了来人，苏墨沉一惊，骤然收力，一个后旋身，翩然落在屋子的中间，黑眸清冷地睇向来人：“你怎么来了？”

她一身男装，他还是一眼就认出她了吗？千城没有回答，眼梢轻抬，朝他旁边的女子看过去，云儿吗？而此时，女子也正好轻轻朝她看过来，四目相接，女子有些闪躲，略显慌乱地别过视线。千城弯了弯唇，眉目如画，心中暗想这云儿果然是个绝色佳人。不知是不是因为远远地看过她两次身影，虽然面容陌生，千城却有种似曾相识的感觉。而此时此刻，却也没有多想，她敛起心神，转眸看向苏墨沉：“你不能杀了边国来使。”

“为何不能？”苏墨沉沉声，声音中带着未消的余怒。

“因为……”千城看了看边国男人，犹疑了片刻，才说，“因为这样会引起两国纷争。”她不能当着这个边国男人的面说是苏墨鸿的计划，说苏墨鸿故意放出消息，诱苏墨沉上钩，想借苏墨沉之手杀了这个边国来使，如果说了，同样还是会引发两国纷争，而且如果苏墨鸿知道计划外泄，肯定会怀疑到染将军。染将军为了她这个女儿好，给了她信息，她就绝对不能连累自己的父亲。

“两国纷争？”苏墨沉冷笑，“你穿成这样来红画舫难道就是为了告诉本王这个？”

千城一怔，他似乎很久没在她面前用本王自称了，垂眸想了想，倏地笑了。也是，苏墨沉是什么人？这世上有几人有他那般玲珑的心思，又有几人有他的精心算计。他如何不知道杀了这个男人的后果，他比谁都清楚，只是，他要替有些人讨回公道吧？千城又轻轻看向那个身披紫袍娴静而立的女子，头发蓬乱、脸色微白，不用想，她大概已经知道了她曾经经历了什么。难怪这般沉静内敛的一个男人，这般蛰伏隐忍的一个男人，如此沉不住气。苏墨沉，终于有让你不淡定的东西了，还以为你百毒不侵呢，你终究是有软肋的人啊！

见千城但笑不语，苏墨沉眸色更沉，又补了一句：“还是说，你跟踪本王？”

跟踪？这个字眼……千城轻轻一笑：“不好意思，我还真没有那个闲心。”

“如此最好，”苏墨沉冷哼，“你回去吧，这里不是你一个女子该来的地方。”

她不该来？那云儿就该来？千城依旧是笑着，说道：“好，反正该说的已经都说了，我只是不希望四爷一时感情用事，让这么多年的努力付诸东流而已，想必云儿姑娘也不希望如此吧？”

不知是不是没想到被她点到名字，还是没想到她会说出这样的话，那个叫云儿的女子微微一怔，抿了唇，看向苏墨沉。千城倒不是想拉个帮手，而是想，云儿既然愿意为了这个男人蛰伏于宫中，又愿意为了这个男人只身潜入青楼，想来，这个女人是倾了心爱这个男人吧？既然爱他，自然是想他好的吧？

果然，女子开口了：“沉……”

“不要再说了，今夜这个男人本王杀定了！”苏墨沉厉声打断她的话，手中长剑一直，又直直指向那个边国男人。两个女人皆是一震。骤然听到边国男人一声冷笑：“你以长剑对我手无寸铁之人，算什么英雄？”

“英雄？”苏墨沉亦是回以冷笑，“英雄只对英雄，对付你这种人渣，再不堪的手段都无所谓。”说完，便抬起步子往他面前走，白色的中衣胜雪，衣袂翩跹。千城心中一急，猛地拔出折扇里面用来防身的匕首抵上了云儿的喉间：“苏墨沉，你如果敢杀了他，我便杀了这个女人！”

云儿微微一怔，没有动。倒是苏墨沉难以置信地回头，以为自己听错了，目光轻轻落在抵在女子颈间闪着寒芒的匕首上，又缓缓移开目光，睨向千城，将瞳孔慢慢敛起：“你可知道自己在做什么？”

他的声音很轻，却冷得如同腊月飞霜，冰寒彻骨。千城不语，直直地迎上他的视线，不偏不躲，目光灼灼。她当然知道。就当她为他做最后一件事，说她是妒妇也罢。苏墨沉抿紧了唇，脸色黑沉可怖，手中长剑却是迟迟不愿收回。

趁这边三人内讧之际，边国男人步子轻移，抬手取下先前被他插于桌案上的那一枚银针，抬手朝苏墨沉射了过来。苏墨沉背对着他，心思也不在那上面，所以并未察觉，倒是面朝男人的两个女子发现了这一变故，皆是脸色一变，毫不犹豫地冲了过去。或许是被唤作云儿的女子跑得太急，千城的匕首还没来得及撤回，又或许是两人都太过慌乱，总之，千城手上的匕首直直地划过女子的锁骨。

两声闷哼。女子抬手深捂了自己的伤口，千城抬手轻捂了自己的胸口。苏墨沉听到了前者，也看到了前者。看到殷红的鲜血从女子的肩胛处流出，苏墨沉脸色一变，伸手一揽，便将女子稳稳地接在怀里，愠怒的目光凌厉地射向千城。

千城知道他误会了，他肯定以为云儿要逃脱，奔向他，而她不让她逃，追着她，还伤了她。她不想解释，而且这紧迫的形势也根本容不得再多说废话，因为，外面已经传来纷乱的脚步声，似乎有很多人沿着木质楼梯往二楼而来。千城知道，是染将军带的人来了，因为苏墨鸿计划的最后一步，便是让染将军带士兵前来将苏墨沉人赃并获。

屋里的人当然听得真切，云儿脸色一变，边国男人面上一喜，只有苏墨沉依旧抿着唇、黑着脸，一眨不眨地凝着千城，不知心中意味。

“赶快走啊！”千城朝两人低吼。

女子按着流血的伤口，幽幽地看向苏墨沉，苏墨沉无动于衷。

什么意思？千城抿了抿唇，都什么时候了，难道还非要找她报她伤了他的女人之仇不成？

“不走是吧？好！”千城点头，口气灼灼，“只要你舍得让你这个见不得光的女人死无葬身之地，你大可以在这里耗着。”末了，千城突然微微倾身，凑到女子的耳边，其实是两人的耳边，因为女子就在男人的怀里，用只有他们听得到的声音说道："对吧，小七？冒充公主会是什么罪，相信你们两个皇室的人应该比我更清楚。"

两人皆是一怔，愕然地看向她。千城轻轻一笑，直起身子，朗声说道："你们快走吧，这里什么也没有发生过，相信这位远道而来的公子也不会计较什么，毕竟在这种地方，一国王爷和一国来使，为了一个女人要死要活，传出去，哪一个脸上都不好看，对吧，这位公子？"千城笑问着边国男人。

男人看了看她，抿了唇未语，而苏墨沉的眸光则愈发深邃。外面的脚步声越来越急，越来越近，千城再次看向苏墨沉，苏墨沉与她对视了一眼，这才揽过怀中的女子，一个纵身跃窗而出。那一刻，千城的心彻底一空。其实，她做的这一切，还一直让他们走，也不过是她自己故作坚强而已，或者说，自己还是有一丝希冀的，最终，他还是和云儿走了，留下了她。感受到边国男子注视的目光，她弯了弯唇，微微苦笑道："很可悲是吗？"

男子未语，可是，她却从他的眸子里看出了一种叫作同情的东西。

来人的脚步声越来越近了，夹杂着叫嚷声，眼见着就要破门而入，她快速思忖着对策，骤然，腰上一重，等她反应过来，已经被人捞在怀中跃窗而出。耳边是呼呼的风声，鼻尖萦绕着熟悉的轻檀气息，千城有些恍惚。他怎么又回来了？舍不得丢下她吗？还是说，怕她被众人发现而连累到他？她没有问，她知道，问了他也不会说。两人一直都没有说话，男人夹着她施着轻功、健步如飞，一直到了街道的拐角处、杨痕驾的马车旁边，他才放开了她。

杨痕抿了唇看她，眉间微微拧起。他打开帘幔让两人进去，千城发现，云儿已坐在车厢里，便对着杨痕微微一笑道："我想坐在外面看你赶车，正好也看看这京师的夜景。"

杨痕怔了怔，有些为难地看向苏墨沉。苏墨沉没有说话，径直弯腰进了车厢。千城微微苦笑，杨痕眉头皱成了山川。马车缓缓地行了起来，许是夜太深了，街上的行人很少，夏夜的风很大，也很凉，带着很重的湿气。千城靠在马车的一侧一动不动，身子随着马车的颠簸轻晃，墨发被风带起，孤寂地盘旋。杨痕坐在旁边，紧紧地抿着唇，直视着前方的路，可是眼角的虚光总也离不开边上那个孱弱的身影。几经犹豫，他解开身上的披风搭在了千城的身上。千城怔了怔，没有拒绝，而是拢了拢披风，裹紧了她自己，无助的样子让杨痕的心一阵一阵地抽疼，可他无能为力。

也许是风太大了，吹得眼睛有些痛，千城缓缓合上眼睛。一帘而已，一方帘子就隔出了两个世界，她在他的世界之外。帘子里面，两人一直在说话，哦不，应该是一直在争吵。

“谢云汐，你不是很有能耐吗？你这两日都藏起来不见我，十四弟也找不到你，你不就是想一个人来实施这个计划吗？可你有没有想过，若我晚来一步，若我晚来一步……”苏墨沉的声音很冷，带着怒意，甚至有一些咬牙切齿的味道。

“是，”谢云汐低低地啜泣，“若你晚来一步，若你晚来一步，我便成了蒲柳之身。”

谢云汐，原来云儿叫谢云汐。千城微微苦笑，说不出心中的感觉，眼前又晃过那个笑得一脸明媚、露出两颗小虎牙的小七，她没心没肺、说得眉飞色舞的样子，她捶胸顿足、可爱至极的样子。原来这一切都是装的，都是假的，她不过是戴着面具顶了七公主苏凝霜的身份的另一个女人而已。若不是刚才她拿着匕首抵在她的咽喉的时候，正好看到了她耳后的那颗朱砂胎记，她也不知道，她就是小七。那个特殊位置的胎记只有小七有，她见过。

千城紧紧地闭着眼睛，尽量让自己不要听帘子那头的声音，也尽量让自己不要去想，小七如何就变成了苏墨沉心尖上的那个女人。可是，夜那么宁静，他们又近在咫尺，那些刺耳的声音总是要强硬地划破她的耳膜。

车厢里很暗，苏墨沉眸光沉冷，扳过女子的肩：“你为何那般自以为是？苏墨鸿如此简单的一招引君入瓮，你就不计后果地往里冲？”锁骨处受伤，苏墨沉又大力，女子吃痛，泪就流了下来。

“你在怪我？”她哽咽着，“怪我不该坏了你的计划，怪我不该引你现身了是吗？你刚才也说过了，我只想一个人来实施这个计划的，这是我一个人的事，跟你没有关系，你为何要现身？你大可不必现身的。”

男人冷笑：“我不现身？我不现身你还能安然在这里？你是不是吃准了我会出来救你？”

谢云汐浑身一震，睁着眸子在黑暗中看着他，不相信他会说出这样的话来，咬了牙，泪却是更猛地流了出来：“你就如此看我？”

“难道不是吗？明明你会武功，千城不会，虽然她手拿匕首，可又如何能威胁到你？”

“是，我故意的！”女子嘶吼出声，“我故意一动不动让她威胁，因为当时，我跟她的想法是一样的，你不能杀了那个畜生，你不能因为我自毁了前程。”

“自毁前程？”苏墨沉不以为然地轻笑，“那时你倒想得多了，在你这两日躲起来、准备一意孤行之前，你怎么就没有想到我会自毁前程？”

“苏墨沉，我并没有要求你来救我！”女子捂着流血的肩胛，苦笑。

“你明知道我不可能不救你！”男人厉声打断她的话，顿了半晌，又道，“谢云汐，我警告你，你若敢再有下次，我必不管你！”

“不管便不管，我死了倒也干净。”女子气结，陡然掀开门帘，对着杨痕喊道，“停车！”

杨痕一震，方才两人的对话，他也是一字不差地听到了耳里，一时不知该怎么办好，回头用征询的目光看向那个坐在车厢里隐在黑暗里的男人。千城没有动，依旧靠在那里，微微苦笑，何必置气？再恶劣的态度、再冷硬的话语，也不过是因为关心二字，他不想让女子再为他有危险而已。她觉得自己此刻就像是一个局外人，站在人群外看着别人的风花雪月，别人深陷局中，自己却看得清楚。

身后陡然传来一声惊呼，是谢云汐，她又被男人重重地拉回到车厢里。不，想想应该是怀里吧。接着就听到有女子嘤嘤啜泣的声音，许久，才没有了动静。

王府门口，马车刚一停稳，千城就跳下马车，裹着杨痕的披风拾阶缓缓而上。该走了，染千城，她告诉自己。

“四嫂。”身后传来小七清脆的声音。对，是小七，千城一怔，她不明白，一个人的容貌可以易容，为何声音也可以有这么大的变化？她回头，两人已经从马车上下来，女子也已经戴上了面具。是小七的脸，依旧干净清纯、依旧明艳可爱，可千城只觉得实在难以接受。想想这些时日以来，自己被这样一张脸蒙在鼓里，她只觉得讽刺和好笑，她扬了唇，轻轻一笑道：“七公主，还记得那日在御香坊我说过的话吗？我说，你还是不要叫我四嫂的好，今日，我同样还是这句话。”

谢云汐抿了唇，未语。

咽下心头的苦涩，千城转过身继续拾阶而上，甚至看也不去看一眼女子旁边的男人。

“等等！”是男人冷冷的声音。千城愣了愣，装作没听到，反正他又没喊人名，她姑且当他是在喊别人。

“让你站住没听到吗？”男人声含怒意，显然失了耐心。

果然，对她就那么没有耐心，两句话而已。想了想，她还是顿住了脚步，但是胸口处已传来越来越强烈的刺痛，几乎让她站立不稳，她没有回头，强自忍住：“如果四爷是有什么要叮嘱千城的，那就不必了，哪些不该看，哪些不该说，千城还是有分寸的，当然，如果四爷还不放心，也可以杀人灭口。”千城绷直了声线，说得云淡风轻，极力让自己看起来是平静的。她知道了他们的秘密不是吗？曾经两次为了这个女人，他都要杀了她，不是吗？

身后死一般的寂静，明明有三个人，却是声息全无，就好像偌大的天地间，只有她一人一样。她突然好想回头看看男人脸上此时的表情，终究还是忍住了。眼不见，心或许就不那么痛了吧；眼不见，她或许还有最后的那么一点自尊。她深裹着披风，挺直了背脊，站在青石台阶上，遗世而独立。夜风拂过，带起她的青丝和披风的衣角一起肆意翻飞，落寞而苍凉。

良久的静谧以后，忽地听闻 人跪地的声音：“四爷……”

是杨痕。

这是在给她求情吗？那个男人是真的要出手吗？

“沉……”小七也出声了，轻轻地唤他。

她也是替她求情吗？

千城弯了弯唇，突然想，不就是死吗，她还从未惧过。抿了唇，刚想转过身，直面那人，就蓦地听到那人的声音透过暗夜传了过来：“杨痕，你先送千主子回清华苑，小七，你随我去云轩阁。”

“我还是回去吧。”是小七的声音。

“你的伤……”

“无碍。”

"不行，流了那么多血。"

千城微微苦笑，看来她得感谢小七，感谢她的求情，感谢她的伤。须臾，杨痕已来至跟前："千主子，我们走吧。"千城垂眸，拾阶而上，走了两步，又顿住，沉声道："苏墨沉，今夜你不杀我，明日可别后悔！"说完，也不等众人反应，径直入了府门。杨痕始终不紧不慢地跟着她，看着她踉跄的脚步，几次想伸手扶她，皆是手伸到半空中又垂了下来。

"杨痕……"到了清华苑门口，千城突然唤他。杨痕一怔，心跳漏了半拍，为那一声杨痕，每次她都喊他杨统领，第一次她这样叫他。

"千主子……"他小心翼翼地问，一颗心却是扑通扑通地难以遏制地狂跳，几乎就要从胸腔里跳出来。

"谢谢你。"千城转过身，对着他微微一笑，夜色下，他再一次发现，她的眼睛真的会说话。

"我……我没有……没有做什么。"杨痕就像一个大男孩，窘迫局促地语不成句。

"总之，谢谢你！"千城望着他，依旧笑着，眸中却有亮晶晶的东西在闪烁。不论是那夜他的偷偷送药，还是那日云轩阁他的一跪求情，抑或是今夜的一袭披风，这个男人给过她温暖，用他自己的方式默默地给她温暖。或许以后再也见不到了，但是，她感激他，发自内心地感激他。

杨痕不好意思地挠头，憨憨地笑。

"好了，回去吧！我也要歇着了。"

"嗯。"杨痕点头，却没有离开。千城便转身不再多言。杨痕就站在她身后，看着她进了苑门，穿过小院，入了厢房。

千城快速将房门关上，身子重重地靠在门后面，皱着眉，气喘吁吁。过了好一会儿，她才低头，缓缓地掀开披风，那里面血已染红了半个胸膛，濡湿了浅蓝色的衣衫，斑驳一片。千城吃痛地咬着唇，就一根银针而已，竟然也能流这么多血！

她解掉披风，来到桌案旁边，就着烛火，两指轻轻捻住银针的针尾，咬紧牙，骤然，用力拔出。一声闷哼，银针带出一注血泉，她皱眉，伸手按住伤口。身与心的疼痛深绞着她，她喘息地坐在那里一动不动，额头上有细密的冷汗渗出，她紧紧地闭上了眼睛，高高地仰起头，但还是有温热的液体自眼角漫出，在脸上划过长长的水痕……

第十章　她的决绝

三王府。

灯下，一个挺拔的身影，白衣胜雪、俊颜若仙。男人低垂着眼睑，轻轻摩挲着手中的一根琴弦，那般温柔、那般深情，就像在摩挲着最心爱女人的脸庞。不知过了多久，他才缓缓抬起眼睫，眸中一片沉痛。透过摇曳的烛光，他似乎又回到了那年的春天，他坐在树下轻抚瑶琴，她站在绿草繁花之间，衣袂蹁跹。

“千城，你不会武功，练这套剑舞会很吃力的。”

她握了握手里的长剑，脸上是阳光般的自信：“没事，我喜欢。”

琴声悠扬、剑声铿锵，舞落满天的梨花。

“风哥哥，送给你。”她抬手拭去额上的汗珠，另一手递过来一个东西，笑容璀璨，仿若丁香花开。他不禁看得有些痴了，好半天才想起，看向她的手上：“是什么？”

她摊开莹白的掌心，是一根琴弦。他有些吃惊。她便扬起秀眉，将琴弦往他手心一塞，依偎在他的肩头：“瑶琴一直弹，总会有坏的一天，可我不希望它断啊，所以送你琴弦，你要随身携带，一旦坏了，你就换上。”

可我不希望它断，记忆是那般清晰，就像是昨日才发生的事一样。可是千城，如今，到底是谁断了这根琴弦？为什么？这一切都是为什么？骤然，烛火忽闪，空气中有一股异流涌动。男人敛眸，快速收手，将琴弦攥在手心，一抹黑影翩然落于他的面前，对着他微微一鞠：“三爷，你让属下查的那件事查清楚了，是六王爷想借四王爷之手在红画舫杀了边国来使，意图嫁祸给四王爷。”

“结果呢？”

“结果染将军带了一批人前去，却什么事情都没有发生，也没看到四王爷的人影。”

苏墨风轻轻嗯了一声，挥手示意来人退下，他缓缓靠在了椅背上，说不出心中的感觉，只觉得纠结矛盾。有一些失落，原本以为鹬蚌相争，他可得利，却终究泡汤。却又有一些庆幸，庆幸苏墨沉没事，千城便不必伤心。为了千城，他必须去争，可是如果去争，迟早会和苏墨沉为敌，她又会不会恨他？如果恨，他宁愿不争。

苏墨沉替小七包扎好，把她送回去以后，已将近五更。他一个人缓缓地走在夜色下的王府中，心中微微烦乱，因为什么，他又说不上来。夜很凉，不知为何，走着走着，他竟然走到了清华苑，清华苑里已是漆黑一片。已经睡了吗？苏墨沉垂眸弯了弯唇，有些自嘲，还以为她今夜会睡不着呢，转身正欲离去，不知为何，又顿住，静默了片刻，便又回身径直往清华苑里面走。

满院的夜来香开得正欢，暗香夹杂着夜的湿气，芬芳扑鼻，苏墨沉深深地呼吸，抬手试着推厢房的门。很意外，门里面竟没有栓，他轻轻一推，门便开了。他突然想，是厢房的主人忘了关，还是她已经无心顾及关门？心，莫名地有些加速。清冷的月光随着洞开的大门，倾泻进屋，顿时，让原本漆黑的屋里亮了些许，可以依稀辨物。一股浓浓的血腥扑鼻而来，苏墨沉的心一抖。怎么会有这个味道？三步并作两步直奔到床榻前，在看到床上空无一人的时候，他脸色一变，怎么回事？

“千城……”黑暗中，他试着喊了一声，喊出来以后，他才意识到自己的声音是颤抖的，就像不是他的声音。回应他的只有夜的静谧和无边的黑暗。一颗心难以抑制地狂跳，他连忙走到桌案边，想捻亮烛火，手却是莫名地抖个不停，半天才将火折子弄着。屋里顿时亮堂了起来，视线也变得清晰。

果然没有人！床上的被褥叠得好好的，想来回来以后，她根本就没有上过床。这么晚了，又去了哪里？那夜，他从马场赶回来，她也不在，但最起码屋里还亮着烛火，而且最终，她是去宫里的马场找他去了。那今夜呢？他就在府里，她又去了哪里？他突然有种很不好的预感，那种强烈的感觉将他裹得死紧，让他透不过气来。他快速环视着屋中的一切。骤然，目光落在桌案底下，散落在地下的衣服上。衣服很凌乱，显然衣服的主人换得很急，有两件，一件深色披风，他认识，那是杨痕的，今夜，她回房的时候披在身上的，另一件是男式的青袍，他也记得，是今夜她混进红画舫的时候穿的。可是，青袍的胸前那一大片红色是什么？

是血吗？一种从未有过的恐惧朝他撵了过来，他呼吸一滞，弯腰将青衫拾起，伸手一摸，满手的滑腻殷红。怎么回事？他抿紧了唇，抖开青衫，发现那正是心口的位置。她胸口受伤了吗？他又快速看了看周边，发现地上也有还未干涸的血渍，在青石地面上斑斑驳驳，如同一小朵一小朵怒放的蔷薇，触目惊心。血渍的旁边，有一枚什么东西，在烛火的摇曳下，泛着幽蓝的寒光。他弯腰拾起，是枚银针。这种银针他识得，是云儿的，是他给她的，让她随身携带，用来防身的，银针上涂了毒，能让人血流不止的毒。今夜，他在红画舫的雅阁内，看到银针被插在桌案上，想来是云儿用来对付那个边国来使的，结果失败了。可是，为何又会在这里？

骤然，他瞳孔一敛，夜里雅阁里的某一幕再次还原在他的大脑里。原来，这个女人替他挡了银针。当时，他根本没有去想那么多。这个傻女人为何不说？还故意裹着大大的披风不让他们看到。苏墨沉只觉得自己的心，仿佛被什么东西剜过，钝钝的疼痛铺天盖地而来，不是很强烈，却是很密集，密集得让他几乎不能呼吸。那她现在去了哪里？身受重伤的她又能去哪里？

“苏墨沉，今夜你不杀我，明日可别后悔！”耳边又响起她清冷决绝的声音，当时，他不明白，现在他才终于懂了她的意思。她走了，是吗？她是说，明日即使他想杀她，她已经不在了是吗？她怎么可以走？她不要命了？薄唇紧紧抿成一条冰冷的直线，他大手一掷，手中的青衫和银针被掷于桌案上，转身疾步出了门。

夜凉如水、月朗星稀，苏墨沉负手立于窗前，面色冷峻、薄唇紧抿，幽深的黑眸望着天边的一轮满月，不知在想什么。杨痕立在他的身后，同样冷凝着脸色，大气不敢出。那个女人走了，她竟然走了！难怪昨夜她那么怪，难怪她唤他杨痕，跟他道谢。可是她一个女人，又没有回御香坊，无依无靠地能去哪里？曾经不是也经历了很多的苦痛和磨难吗，她都没有动过走的念头。看来，这次是真的伤心了，伤得不轻，伤到绝望了。心中一阵一阵地抽疼，他不知道眼前的这个男人是怎么想的，他也不明白这个男人为何如此不懂珍惜？

“杨痕，出动所有的隐卫，将京城所有的医馆找一遍，必须在午夜之前将她找到！”苏墨沉骤然沉声开口，吓了杨痕一跳。因为刚刚他在胡思乱想，所以乍一听这话，杨痕只以为自己听错了。

“出动所有的隐卫？”虽然，他也是很担心那个女人，但是，出动隐卫，还出动所有的隐卫，必定会引起他人的注意。只有皇上才可以有自己的隐卫，如果一个王爷被发现了有这样秘密的组织，那可是要死无葬身之地的。

“是，快去，必须在午夜之前将她找到！”苏墨沉回过头，口气笃定。

“可是……”

“没有可是，本王没有时间了！”杨痕的话还没有说完，便被苏墨沉厉声打断。轻易调动隐卫会带来什么后果，他比任何人都清楚，但是如今，这也是最快的一个方式。调动黑煞门的人也可以，但是，黑煞门的人比较分散，调集起来至少得花一个时辰，如今，他等不起了，他真的没有时间了，不，不是他，是那个女人没有时间了。杨痕领命而去，苏墨沉又缓缓地转过身，抬头望着那轮满月，抿紧了薄唇。十五，今夜是十五啊！

司空畏找到千城的时候，已是下半夜。在一个桥洞的下面，如果不是亲眼所见，如果不是他对她熟悉，如果不是他已知那人是她，他几乎已经认不出她了。她蜷在一根桥柱的下面，身子抖作一团，身下都是血，身体四周泛着让人不敢靠近的冰凉，满头银丝铺满一地。对，是银丝，满头的银丝，月光清冷地打过来，白得直刺人的眼睛。

只在医馆里买了止血的药，便匆匆离开了，不回御香坊，不去住客栈，宁愿孤单一人躺在这个冰冷的桥洞下面。千城，你到底有多铁了心不让我们找到？一颗心痛到不能呼吸，司空畏轻轻上前，小心翼翼地将那个孱弱的身影抱进怀里，颤抖地唤她：“千城……”

女子身子软软的，如同一片残败的落叶，她没有抵触，因为，她的意识已经有些模糊。她半睁半合着眼睛，躺在他的怀里，好半天才有了一丝反应，待意识到是他时，陡然睁开眼睛，用尽全力挣脱他的怀抱，起身想跑。可此时的她哪里还有跑的力气？没两步，便摔倒在地，司空畏上前，将她紧紧地按在怀里。她呜咽着挣扎，他的手臂却箍得更紧。

“千城，千城，千城……”他一遍一遍地唤着她，手臂紧紧地箍着她，大手抚摸着她的背，希望能够安抚她的情绪。

千城精疲力竭，却无济于事，最终放弃了挣扎，任由自己窝在他的怀里，万念俱灰：“司空畏，放过我吧……”她开口，声音沙哑破碎。她不知道，这个男人是怎么找到她的？明明她除了去医馆买了一些止血的药，没有留下任何蛛丝马迹；明明她现在如同一个迟暮的老妪，面目全非，他竟然还是找到了她，并且认出了她。她不知道自己该高兴，他对自己如此上心呢？还是该悲哀，她都这样了，这个男人还是不愿意放过她这颗棋子。

“司空畏，我知道今天是十五，我知道对于一个中了‘月盈霜’又没有食用解药的人来说，十五意味着什么。可是，我不怕，不就是头发一寸一寸地成霜吗？”千城一边说，一边抬手撩过几缕银丝，无谓地笑着，“不就是容颜一点一点老去吗？不就是身体机能一项一项丧失，直到死吗？我都不怕，所以，你再也控制不了我了，你再也别想利用解药逼我回四王府了。”

司空畏眸色一痛：“你就这样宁愿死也不愿意回去？”

“是！所以，你再也威胁不到我了，司空畏，放了我吧！”千城望着男人冰冷的铁面，口气笃定。

“不……”几乎不假思索，男人脱口低呼，“不可以！”一种从未有过的恐惧紧紧地包围过来，如果连死都不能让这个女人回去，他还能怎样留住她？他还能怎么办？

“不，你不可以死，也不可以不回四王府……”男人的声音很低，像是在说给她，又像是喃喃自语，颤抖的语气中透着惶恐。

“这些已经由不得你。”千城冷笑着，她想，如果她有力气，她可能会扇他一记耳光。一个人竟然可以无耻到这种地步，她都这样了，他为何还是不放手？她不明白，她到底有什么利用价值，让他这样不依不饶？

男人眸光一敛，咬牙道：“那也由不得你！”一边说，一边从袖中摸出一个小瓷瓶，从里面倒出几粒什么东西，递到千城的嘴边，强硬地就要塞进她的嘴里。

解药吗？千城微微一笑，淡漠地别过脸。下颚一重，男人又大力地将她的脸扳了回来。她将双唇紧闭，死死咬住。于是男人又开始来掰她的嘴巴。他的手抖得厉害，却是很大力，甚至有些粗暴，似乎有些迫不及待，又似乎怕来不及。他在怕什么？千城好笑地看着他狼狈的样子，是怕失了她这颗棋子吗？可是，现在她的命她自己做主不是吗？谁也勉强不了她。心中被悲怆填满，她突然拼了力气怒吼道：“如果你想我现在就死的话……”

可她的话还没有说完，骤然唇上一重，男人低头吻上了她的唇。她瞳孔一缩，惊惧不已，连忙伸手推拒着他，可是他的身子像大山一样，一只大手更是托着她的后脑勺，将她的头压低。逃无可逃，避无可避！

“浑蛋！”千城含糊不清地呜咽着。正好趁她张嘴的间隙，男人的长舌就顺势滑了进去，加深了那个吻。随着舌头一起进入的还有别的什么东西，苦涩腥甜。是药！千城一惊，这个男人竟然用嘴给她喂药。她不要！她咬着唇，拼命地摇头，她挣扎，她疯了一般反抗，满头白发飞舞。她咬破了他的舌，也咬破了自己的唇，浓浓的血腥味充斥在两人的口腔里，可男人依旧没有放开她，依旧深深地吻她，用舌尖将药丸推到她喉咙的最深处，似乎哪怕她将他的舌头咬掉了，他也毫不在意。竟坚决如斯！

她心尖一抖，喉中的药丸滑入腹中，他放开了她的唇。她却不放开他，猛地将脸埋在他的胸口哭了起来。

男人一顿。拧了眉，垂眸看着闭着眼睛哭得无助崩溃的她，眸中的冰寒慢慢淡去，低低地叹出一口气，他抬手轻轻揉着她的头发，却不知道该怎样安慰她。

男人紧紧地抿着唇，不响。任何言语都无法形容他此刻的心情，各种纷乱、各种复杂。他垂眸看着怀中女子的样子，她似乎在梦呓，又似乎故意闭着眼睛让自己身陷某种意境中，不让自己清醒。

“千城……”司空畏轻轻唤着怀里的女子，女子一动不动，似是睡了过去。他知道，这是药物起了作用，倒不是月盈霜的解药，而是银针上的毒的解药，方才，他一并哺了进去。这个解药食用后，会让人意识混沌、然后昏睡一段时间，醒了便会没事。

许久，他都没有动，只是抱着她，在月光下静静地看着她。她长睫轻垂，睫毛上还粘有未落的泪滴，嘴角一抹殷红，那是刚才他吻她的时候，她咬破了唇。抬手轻轻抚过被风吹得粘在她脸上的几根发丝，他低头，用温热的唇，轻轻吻去她眼角的泪滴、吻去她唇边的血渍……

千城再次醒来已是翌日的清晨，阳光透过窗棂洒进来，屋里亮亮堂堂、斑斑驳驳，屋外鸟语蝉鸣。千城望着干净洁白的白色帐顶，恍惚了半天，犹不知自己身在何处。昨夜的记忆一点一滴地钻入脑海，司空畏找到了她，还吻了她，给她哺了解药……

不会又将她带回了四王府吧？一个激灵，她猛地翻身坐起，映入眼帘的是一间陌生的厢房，虽房中摆设比较简单，但件件材料上乘、做工精致。不是客栈，不是四王府。心中充满疑惑，她起身下床，这才发现自己身穿一件白色的寝衣，胸口处还被重新上过药。

啊！是司空畏给她上的药，给她换的衣服吗？那……那岂不是被他看光了？这个男人怎么可以这样？昨夜还强吻她，虽然……虽然是为了哺药给她，反正，是被他占尽了便宜，而且强势霸道得一塌糊涂，她穿了软履，便寻了出去。

这是一户独门独院的农家，院中种满了金丝桃，时值花期，一朵一朵金黄色的花儿在阳光下，金光闪闪、璀璨耀眼。千城眯眼失神了一会儿，又转身去其他厢房继续找人。没有，一个人都没有，厨房、厢房、小院、亭台应有尽有，却似乎很久没有人住过了。因为如果有人住过，总归得有点人气儿吧，这个屋子就好像是专门珍藏起来的艺术品一样，井井有条、纤尘不染。厨房里什么吃的都没有，除了一筐核桃。千城这才想起自己已经一天一夜没有吃东西了，着实饿得慌，也顾不上太多，捧了一把核桃就出了厨房。

司空畏走进院子的时候，看到这样一幅情景：一个女子黑发长衣，素若流雪回风，可是……可是她的动作……她不知将什么东西放在门缝里面，伸手拉门，只听咔嚓一声脆响，她又伸手将东西从门缝里面拿出来。司空畏微微拧了拧眉，走过去："在做什么？"

千城专注于自己手中的动作，骤闻人声，吓了一跳，回过头看到是他，才松了一口气，冷冷地说道：“没看到吗？在剥核桃。”

“剥核桃？”男人一怔，当看到她摊开手心，将碾碎的核桃壳与核桃肉分离出来时，终于明白了过来，忍不住低笑，“用这个方法剥核桃，也亏你想得出来。”

千城冷着脸，没有理他，继续专注于手中的那个被碾碎了一半的核桃，骤然，轻呼一声。

“怎么了？”司空畏脸色一变。

千城垂眸看着自己的手，白璧似的手指上有殷红的血渗出来，她皱眉，吃个核桃都这么难。骤然腕上一热，有人裹了她的手背，她一惊，准备将手抽回，却被对方握得死紧。她以为他只是看看伤口，直到手指被男人轻轻含进嘴里，用温热湿滑的舌尖轻触着上面的伤口的时候，她才陡然惊醒过来，脸色巨变：“放开我，你这个浑蛋！”

男人倒也没有过多纠缠，黑眸凝着她轻轻一笑，便放开了她的手：“这样好得快。”

“要你管！”千城脸色难看，忽然又想起昨夜的事来，“司空畏，虽然你救了我，可我并不感激你。”

“我知道。”男人努了努薄唇，倒也不恼，闲闲地接过她手中的几个核桃，靠在门楣上，轻松地两指一捻，只听咔嚓一声脆响，核桃顿时核是核、肉是肉。千城看得目瞪口呆。男人笑笑，将完好无损的核桃肉递给她，她也不客气，接过便吃。他又继续捻下一个。

“还有，如果你救我的目的是想让我再回四王府，你就趁早死了那条心，我是死也不会再回去了。”

男人的手微顿。

“即使你再用什么云蔻的命，御香坊的谁的命来威胁我，也没有用，我自己的命都管不了了，哪还管得了别人。”

男人没有说话，继续手中的动作。

“倘若你执意要将我送回四王府，那么，我告诉你，你送过去的只会是我的尸体。”

男人一震，缓缓抬起眸子看着她："你就那么恨他？"

恨？千城慢慢咀嚼着嘴里的核桃，也反复咀嚼着这个字。恨吗？她问自己。

"不恨，"咽下口中的东西，她平静地看向男人，"只是失望。"

男人眸光微闪，只觉得那两个字将耳膜刺得生疼，他垂眸，加大了手指的力度，顿时，一个好好的核桃瞬间变成了碎末。千城看在眼里，只当他是因为她拒绝回王府在生气，冷冷一笑，转身进了房。

司空畏一人靠在门边，默然半晌，才转身离开。

皇宫后花园，十四王爷缓缓地走在花径中，微微抿着唇，脸色凝重。前方一个女子手端托盘，低着头，往这方走来。许是两人都怀着心事，又许是两人都没有看路，直到两人不偏不斜地撞在一起，才陡然惊觉过来。女子一声惊呼，托盘脱手而出，她脸色一变，慌忙去接，结果脚下一个踉跄，身子直直地朝地上扑去。十四王爷一惊，连忙伸手，长臂一捞，就将女子稳稳地揽在怀里，另一只手，手心一摊，也将托盘险险接住。这个玉树临风的姿势维持了好一会儿，女子才脸一红，从十四王爷怀里挣脱出来，就连忙垂着头道歉。

"云蔻！"

云蔻抬起头，这才认出是十四王爷苏墨宇，又是微微一躬身："云蔻惊撞了十四爷，还请十四爷见谅。"

"起来吧，"十四王爷看了看她，"何事让你如此心不在焉，连路也不看？"虽然，他刚才也心不在焉。

"回十四爷的话，许是昨夜没睡好。"云蔻垂眸颔首，说得清淡，可十四王爷却没有忽略她眼角眉梢缭绕的那一抹愁绪。他突然想起关于她的一件事来。听说那日边国来使到访，文帝和皇后在迎星宫接待，晚宴上，那个边国来使看上了皇后身边的随侍婢女云蔻，还借着酒劲当着文帝和皇后的面，对云蔻动手动脚。文帝虽心里不悦，面上却没有表现出来，而且，对方是边国使臣，看上的又只是一个宫女而已。于是，文帝便说将云蔻赐予来使，来使可以将她带回边国。今日便是边国来使回国的日子。

"你是不是不愿意跟边国的那个男人走？"十四王爷向来是个藏掖不住的人。

云蔻愕然抬眸，苏墨宇今日穿了件月白色的锦袍，滚着金边，轻袍绶带在清晨的阳光中尽显尊贵。

“如果不愿意大可以跟父皇去说啊！”

“去说？”云蔻弯了弯唇，苦涩一笑，“不是每个人都像十四爷这样命好，生来就是行尊带贵。有些人的命生下来就卑贱如蝼蚁，生下来就得附属于别人，从来都由不得自己做主半分。”

苏墨宇一怔，这个问题他还从来没想过。他敛眸，看着面前幽幽而语的女子。一袭淡杏色的宫装，如墨一般的长发，淡淡的温婉，浓浓的愁绪，最是那垂眸低头的秀眉一蹙，仿佛天地万物都被她的情绪感染，苏墨宇亦是跟着心中一黯，低低地叹出一口气，却不知该说什么好。

千城因身子透支得厉害，也懒得理司空畏，又睡了一觉。再次醒来，天已经将黑，屋里已经被点上烛火。她起身，发现软枕边放着一个包袱，伸手解开一看，竟都是女人的衣衫，外衫、裙裾、中衣、寝衣、亵裤一应俱全，甚至还有兜衣。她这才想起，自己身上穿的还是一件男式的寝衣，离开王府时，走得匆忙，什么也没带，身上穿的那件又被血污了。她也准备要去买的，没想到已经有人给她买好了。

当千城衣冠整齐地走进厨房的时候，司空畏正站在水池边择着菜，袍袖轻挽，露出健壮的手腕。在他身后的灶膛里柴火烧得噼啪作响，锅里面不知正煮着什么东西，香气四溢，雾气缭绕。千城有些不相信自己的眼睛。这是那个大名鼎鼎、让江湖中人闻风丧胆的黑煞门门主司空畏吗？

“尺寸还合适吧？”男人没有抬头，却突然开口。千城一怔，这男人长了后视眼不成，怔忡了半晌，才明白过来他问的尺寸还合适吧指的是什么？兜衣吗？她的脸顿时一红。刚刚她穿的时候，还在想呢，为何他买的都不大不小，就像是量身定做的一般？

“昨夜我的衣服是不是你换的？”

男人怔了怔，抬眼，邪魅一笑：“这屋里还有第三个人吗？”

果然是！千城又羞又恼，冲到他的身边：“难道……难道你不知道男女授受不亲吗？”

“男女授受不亲？”男人低低一笑，似乎听到了一个好笑的笑话，转过头看着她，“不好意思，昨夜本门主还真没将你当一个女的看。”

“你……”千城气结。

“你什么你？”男人打断她的话，又垂眸弄着自己手中的菜，笑着说道，“你自己是没看到自己当时的样子，满头的银发、满脸的眼泪鼻涕、满身的血污，要多脏有多脏，要多丑有多丑，惨不忍睹，本门主连给你换衣服都是经过激烈的思想斗争，然后，闭着眼睛给你换的。”

千城唇角一僵，再也说不出一句话来。其实，她知道自己当时人不人、鬼不鬼的模样。

许久没听到身边的人的动静，男人又禁不住抬起头，就看到女子失神地站在那里，一动不动，木偶一般。

“千城……”他抿了唇，轻轻唤她，方才他似乎有些过分了。女子回过神，淡看了他一眼，默然转身，往外走。

“千城，我……我开玩笑的。”

女子脚步不停，走得飞快，甚至有些慌不择路。司空畏想追过去，想了想，又作罢，他知道她难受。

司空畏将最后一道菜摆到桌上，深深地呼出一口气。很多年没动手了，也不知道做的东西还能不能吃。摆上碗筷，正准备出门，却看到门口不知何时立着一人，一身白色的云锦长裙，荷叶水袖，黑发用浅色发带轻轻挽着，柔顺的发丝垂下来，在烛火偏逆的光影下，似狐似仙。他看得有些痴了，许久才唤道：“千城。”

女子微微一笑，缓缓走了进来，将怀里抱着的东西往桌子上一放。司空畏一看，是两坛桂花酿。

“你要喝酒？”司空畏眉心微拢。

“不可以吗？”千城挑眉，拂了长裙，施施然坐了下来。

“可你的身子还没痊愈。”司空畏一掀袍角，坐在了她的边上。

“放心，死不了。”提起酒坛，千城哗啦啦给自己倒了一碗，又起身把司空畏的碗倒满，对着他眉眼一弯，“再说，司空门主亲自下厨，做了如此丰盛的菜肴，不喝点酒也说不过去，对吧？”一边说，一边自顾自地抬碗豪饮。司空畏见状，连忙伸手去夺：“哪有你这样喝酒的？”却终究是晚了一步，千城碗中的酒，已被她一口气饮尽。许是饮得太急，许是太过辛辣，千城猛地一呛，碗一放下，便别过脸剧烈地咳嗽起来。

“唉……”男人轻叹，“不能喝就不要喝。”边说，边伸手去轻拍她的背。

“谁说不能喝？”千城满脸涨得通红，回头白了他一眼，“我只是喝得有点急了而已。”

司空畏凝着她，摇摇头，甚是无奈：“那就喝慢点，先吃菜。”边说，边执起玉筷夹了一片青菜放到她的碗里。千城少有地听话，夹起那片青菜吃了，又提起酒坛往自己的碗里倒酒。

男人依旧是轻叹：“千城，你又何必？”

千城一怔，是啊，她何必？她何必呢？既然已经决定离开，便从此以后放手，不要再活在自己的执念里。

“来，我敬你一杯，首先感谢你的救命之恩。”端起酒碗，她朝男人盈盈笑着，男人怔了怔，未动，她便自顾自地拿碗跟他的碗一碰，“那我先干为敬！”说完，仰脖，又是一碗下肚。喝完，抬袖抹了一下嘴，见男人依旧未动，不悦地蹙起秀眉，“怎么不喝？你知道吗？在我们家乡，如果敬酒不喝就是瞧不起对方，你是不是瞧不起我？”

男人也是深蹙了眉心，黑眸凝了她半晌，才端起酒碗饮了，放下空碗，似不经意地问道：“你的家乡在哪里？”

“我的家乡在遥远的东方。”她想了好久才找到这个最合适的答案。

“遥远的东方？”男人微微眯了眯眸，眸色深沉。

“嗯，”千城点头，又起身将两人的酒碗倒满，“来，这第二碗酒还是我敬你，感谢你亲自下厨，做了那么多好菜。”千城又端起酒碗便喝，却是被男人伸手按住：“先吃些菜。”

“不，先喝了再吃菜。”

“必须先吃菜！”男人沉声，声音里带着一丝薄怒。哪有这样喝酒的？一个男人都不能这样空腹饮酒，何况她一个身体还未痊愈的女人？可是，千城却和他杠上了，头摇得像拨浪鼓一样："我偏不，我偏要喝了再吃菜！"

男人抿紧了唇，恨不得伸手掐死她，凝了她半晌，终究是无奈地轻叹："好吧，最后一碗。"

千城眯眼一笑，又是仰脖一口饮尽，喝完，又闹他："你的，你的，你也要喝，不喝就是瞧不起我，快喝，快喝！"

他只得也抬碗喝掉。她又起身倒酒，身子已经开始轻晃。男人将她手中的酒坛接了下来，将她强行按在凳子上，沉声命令道："不能再喝了！"

"不行！我还要敬我自己一杯，庆祝我终于走出了四王府，我终于离开了那个男人。"千城呵呵笑着，粉面含春，似乎酒已微醺。男人的身子震了震，半晌才轻轻拍着她的肩，低声诱哄："千城，真的不能再喝了，再喝你就要醉了。"

"醉了好啊，醉了多好啊……"她一边叫嚷着，一边去抢男人手中的酒坛。

"够了！"骤然一声低吼，男人抬手一挥，只听嘭的一声脆响，酒坛被甩出老远砸在地上，坛子顿时四分五裂，酒水洒了一地，满屋的酒香。

千城身子一震，显然被吓住了，酒意顷刻也醒了不少。她怔怔地看着地上一片狼藉的碎片，又怔怔地看向那个黑着脸盛怒的男人，眼眶慢慢泛了红，她吸吸鼻子，垂眸执起筷子，默然吃起了菜。吃了青菜，又吃鱼，吃了鱼，又吃肉片，每一个盘子的菜一一吃过来，始终眉眼不抬，不发一言。

"千城……"男人眸色一痛。

她就像没听到一样，继续木然地埋首吃着菜。

"千城……"司空畀觉得自己快要疯了，伸出手臂，将她紧紧地抱住。千城身子一僵，也没有反抗，就任由他抱着，只是高高地仰起头，不让眼里的东西流出来。两人都没有说话。不知过了多久，千城才缓缓推开男人，耸耸肩，红着眼睛笑道："好了，我没事了，我们吃饭吧。"

男人狐疑地盯着她看，于是，她的笑容便愈发灿烂，还抬手夹了一块肉放到他碗里："快吃吧，不然都凉了，你就白忙了。对了，你的菜怎么会烧得这么好？难不成你们黑煞门还要你这个堂堂门主亲自做饭不成？"

男人怔了怔，又想起那些在各国流浪游历的日子，勾了勾唇，苦涩一笑："闯荡江湖，什么不会。”

虽然他戴着面具，千城还是被他眸中的那一抹苍凉震到了。

“你一定吃过不少苦吧？”虽然这个男人有时真的很讨厌，可细细想来，似乎每次在她活得最不好的时候，都是他陪在身边。或许每个人都有每个人的苦，每个人都有每个人的无奈。

男人沉默，抬手夹了菜到千城碗里。她也不客气，伸手接过：“对了，你的脸是受过伤吗？”

男人一怔，抬眸看着她，黑眸深邃。见他不语，千城只当是他不愿意说，遂朝他一摆手：“算了算了，我只是问问，成天把那么重的面具戴在脸上，我替你累得慌。”她竟然忘了，这世上的面具有千百种，戴面具的因由也有千百种，怎么就一定是要受过伤呢？她自己还不是戴着一张面具，又何必去强求别人？

话题打住，两人又默默地吃了起来。千城吃完最后一口菜，又吮了吮手指上的酱汁，伸手准备再夹一口，陡然就感觉到有炙热的目光落在自己的脸上。她一怔，抬眸就看到司空畏黝黑的眸子正深深地凝着自己。

“怎么？有什么不妥吗？”她抬手摸了摸脸，甚是疑惑。

“别动！”男人倾身凑了过来。她一惊，本能地往后一避，却被男人摁住，伸出大手捧住她的脸。她怔怔地看着他，不知道他要做什么。男人骤然头一低，就吻上了她的唇角。千城呼吸一滞，连忙伸手推拒，可当她意识到男人只是轻轻舔去她唇边的酱汁时，浑身一僵，如同被施了定身法一样，顿时再也没有一丝力气，动弹不了分厘。

被她一推，司空畏却也不恼，和她稍稍拉开了一点距离，邪魅地笑着，黑眸晶亮得如同天幕中的星子：“你吃东西的样子……很诱人。”

千城又羞又恼、满面通红。

“我吃饱了，你慢吃！”她说完，扭头就走。司空畏也不拦。千城不明白，到底是她的哪句话，还是她的哪个动作愉悦到了他，当她走到门口的时候，分明还听到了男人低低的笑声。

此时的皇宫已经乱作一团，所有的禁卫都被调集。京师里也是一样，大街上随处可见穿着黄马甲的锦衣卫。因为，边国来使失踪了。今日本是他回国的日子，文帝和皇后以及众大臣都到宫门口欢送，云蔻也是一袭新装，静静地坐在软轿中等候，可是，却迟迟不见边国使臣的影子。文帝派人去驿馆请，驿馆里面亦是没人，四处去找，也未果。众人想，许是什么事情给耽搁了，先等等。结果，等到了天黑还不见人影。文帝急了，边国本来对西苍就觊觎已久，只是苦于一直没有理由挑起战争，如今，使臣要是在西苍有个三长两短，那还了得，势必引起两国血战，于是下令禁卫、锦衣卫统统出动，势必要找到来使。

夜凉如水，月上中天，屋里没有掌灯，桌上放着一顶青铜面具。司空畏负手立在窗前，静静地望着外面的繁星满天，一动不动。皎皎的月光打在他俊美无俦的脸上，将他的脸镀上一层清冷的颜色，仿若神祇。窗外夏虫唧唧，不时有一闪一闪的萤火虫从金丝桃花丛中飞过。郊外的夜那般静谧，仿佛能涤荡人的灵魂，心，似乎也跟着变得宁静。

她说："成天把那么重的面具戴在脸上，我替你累得慌。"他又何尝不累？可是，他有得选择吗？没有，也没有退路。通过窗户，他能清楚地看到隔壁厢房透窗而出的烛光。她还没睡吗？在做什么呢？正静静想着，骤然，一阵噼里啪啦的巨响从隔壁传来。

怎么回事？他脸色一变，随手拿起桌案上的面具戴在脸上，风一般出了门。当他迫不及待地撞开隔壁厢房的房门，看到的却是这样一幅情景：女子黑发白衣，赤脚立于房中心，左手抱着一个枕头，右手执着一个鸡毛掸子，在她的周围一片狼藉，薄被落地、桌椅横七竖八、各种物件撒得满地都是，仿佛刚刚经历过一场浩劫。

"怎么了？"司空畏心中一凛。女子怔怔地抬头看他，又望了望四周，半晌，才气定神闲地一笑："没什么，我在清扫，在清扫而已。"

"清扫？"男人蹙眉。

"清扫？深更半夜清扫？"男人眯眸，探究的目光在她身上打来打去，"我怎么觉得，恰恰相反，你是在将房子弄乱呢？"

"先弄乱了再清扫啊，"千城目光闪躲，语无伦次，见男人愕然地看着她，脸顿时一红，“哎呀，反正没事，你不要管我，回去睡你的。”一边说，一边赤脚跑到他面前，将他往外推。

“好吧，没事就好。”虽心中疑惑，见她这般，司空畏也不好多问什么，转身正欲离去。骤然，一阵吱吱吱吱的细响从床底传来，女子大叫一声，猛地伸手攀住他的脖子，跳到他的身上，死死抱着他不放。司空畏一震，不明所以，当看到一只老鼠从床底跑出来的时候，才陡然明白了过来。

“哈哈哈……”他大笑，从未有过的愉悦肆意，“原来……原来你怕老鼠。”

“怕老鼠很好笑吗，要笑成这样？”

“当然好笑，你天不怕、地不怕，甚至连死都不怕，竟然……竟然会怕小小的老鼠？”男人的笑意一直没止住。

“这有什么奇怪的？这世上，有些人就是有一些天敌，而我的天敌正好是老鼠而已。”就知道他会笑，所以，她都不好意思说，屋里的东西都是她砸老鼠砸的。她怕老鼠也不是一天两天的事。“那现在怎么办？”男人伸出手臂将她纤细的腰身揽住，黑眸晶亮，戏谑道，“我倒是不介意一直这样抱着你。”

千城一怔，这才想起，自己还暧昧地吊在男人身上，顿时脸上一热，连忙推开他，跳了下来：“你不是可以神出鬼没地出现在四王府吗？去将我的小白带过来。”

“我的大小姐，你不会夜里喝的酒还没醒吧？这里是城郊的东山，离四王府有多远，你知不知道？又没有马匹坐骑，等我将它带过来，这天都亮了。”

“你不是会轻功吗？”

“是会轻功，但是轻功不是像神仙一样腾云驾雾。”

“那要怎么办？”女子扑闪着大眼睛，幽怨地看着他。

纠结来纠结去，最后双方妥协，两人睡一间房，只是，一个睡床榻，一个睡长椅。长夜漫漫，相对无眠，总得找点话打破尴尬。

“司空畏，这座庭院是你的吗？”千城翻了个身，一只手撑着脑袋，望着躺在长椅上的男人。这个男人竟然连睡觉都不摘面具。

“嗯。”男人平躺着，声音淡淡的。

“那怎么一个人都没有？你的家人呢？”

似乎她的话让男人想起了什么，男人沉默了很久，才说：“黑煞门在天下各地都有宅院，这只是其中的一处。”

“也是，”千城点点头，想起了那日在大漠达瓬绿洲这个男人的婚礼上，即使他没有亲人，最起码还有那个女人，不是吗？手支得有些酸，她一翻身也平躺下来，“只是这么一个空的宅院，又没有人住，又没有粮食，竟然还能有老鼠，真不知那些老鼠平时都吃什么？”

男人眸光微闪，没有说话。他当然不会告诉她，在这座宅院的地下其实是一个大仓库，囤积了大量的粮食。

“司空畏，如今我也没地儿去了，就让我住在你这里吧，我可以付你租金的。你日理万机，你去忙你的，也不用管我。”

“你真的打算永远都不回去了？”男人似乎动了动，长椅咯吱作响。

“是，再也不回去了。”

“那如果苏墨沉过来找你怎么办？”

“找我？”千城苦笑，“就算我死了，他也不会找我。”他有那么多的隐卫，他那般无所不能，如果真要找她，早就找到她了。只能说明，她走与不走，在他的心里掀不起一丝微澜，或许她的离去正好趁了他的意，毕竟，她知道了他的秘密。

“如果呢？我是说如果，如果他来找你让你回去呢？”这次轮到司空畏支起手肘凝着她，低沉的嗓音中隐隐透着一丝急迫。

“没有如果，”千城摇摇头，幽幽地说道，“即使，他来找我，我也断不会跟他回去，大不了一死。”她不能继续沉溺在自己的执念中这样要死不活了。半晌，司空畏一声轻叹，躺了下去，许久，两人都不再说话。

当清晨第一道曙光透过窗棂照进来的时候，千城就醒了。屋里没有人，她昨夜弄得一地狼藉也已被收拾得干干净净、整整齐齐。要说这两日，司空畏倒真是让她很意外，她以为他会像以前一样逼她、威胁她回四王府，可他没有，而且堂堂的一个黑煞门门主还亲自下厨给她做吃的，还跑去给她买女人穿的衣物。虽然有时候有些不正经，喜欢占她便宜，但总体来说，也还好，最起码昨夜两人睡在一屋，他也没有任何逾越。其实，这样的男人，做个朋友还是不错的。千城深深呼出一口气，起身下床，出了门。

院子里没有人，其他厢房里也没有人，厨房里亦是没有人，只是桌上已经摆好了米粥和小菜，她上前探了探温度，似乎已凉了多时。走了？千城鼓鼓嘴，还真是日理万机啊。

苏墨沉回到四王府的时候，四王府门口站满了人，都是手持兵器的禁卫，乌泱乌泱一片守在门口。苏墨沉眸光微敛，走了过去，拾阶而上。杨痕在大门口焦急地徘徊，突然看到他，眼睛一亮，迎了过来。

“怎么回事？”苏墨沉脚步不停，沉声问道。

“听说边国来使失踪了。”杨痕亦步亦趋地跟着。

苏墨沉眸光微闪，冷声道：“他失踪了跟本王有什么关系？”

“属下也不是很清楚，六王爷还在府中等着爷，说是传圣上口谕让爷去宫里问话，好像跟这件事情有关。”

苏墨沉愣了愣，轻嗯了一声，须臾，又冷冷一笑：“四王府里果然藏着不干净的人。”杨痕一怔，半晌才明白他话里的意思，是有人在王府里面安插细作吗？

院中的一个亭子里，六王爷苏墨鸿、西陵雪和童素倾三人正坐在一起喝着茶。说是喝着茶，其实，就苏墨鸿一人在喝，西陵雪脸色煞白，难掩急色，不时看向门口，倒是童素倾，可能是因为眼睛看不到，看起来就淡泊很多。

“六弟，你说父皇这是什么意思啊？他让四爷进宫问话，到底问什么话？”西陵雪蹙着秀眉，一脸忧虑。苏墨鸿弯唇一笑，缓缓放下手中杯盏：“这个我也不知，我只是奉命过来请四哥而已。”

“请？”西陵雪苦笑着摇摇头，“哪有出动那么多禁卫请人的？六弟，你就不要跟四嫂卖关子，实话跟四嫂说了吧。”

“我真的不知道。”苏墨鸿轻笑，笑意不达眼底。

苏墨沉一踏进院子，西陵雪就第一个发现了他，水眸一亮，提起裙裾就飞奔着跑了过去：“四爷，四爷，你可算回来了，这两日你去哪里了……”苏墨沉温柔一笑，握了她的手。

“父皇让六弟过来请四爷进宫问话，可是门口来了好多禁卫……”西陵雪急迫得有些语无伦次。

“没事。”苏墨沉轻轻拍了她的手背，安抚着，末了，又敛眸抬步朝亭子走去。亭中，苏墨鸿已经起身站起，对着他一笑：“四哥。”他以为苏墨沉会问他些什么，结果没有，苏墨沉只淡淡地说了一句：“让六弟久等了，走吧。”苏墨鸿愣了好半天，心中甚不是滋味。

进宫以后，苏墨鸿直接将苏墨沉带到了刑部，在刑部审案的大堂里，早已坐了很多人，鸦雀无声。因为考虑到今日之事的影响，所以，除了刑部尚书以及各个皇子，文帝没让任何朝中大臣参与进来。文帝端坐在最上方，刑部尚书坐在他的左下方，再下面左右而坐的是各皇子，竟然连七公主苏凝霜也在。苏墨沉刚一踏进门，还没来得及行礼，一个人影就骤然从座位上冲了出来，对着他的脸就是一拳：“畜生！”

虽事出突然，但毕竟都是身怀武功之人，这一拳他本可以躲，但是，他没有，他不偏不避，直直地受了下来。拳头如铁锤一般落下，他被揍得头一偏，可见对方用了狠力。顿时，一声破碎的闷响，是鼻骨破裂的声音。众人目瞪口呆，都被这突如其来的一幕怔住。

感觉到有黏稠的液体从鼻孔流了出来，苏墨沉抬手抹了一把，冷冷地看着面前这个猩红着眸子、如同一头盛怒的雄狮一般的男人。男人又抬手，准备再挥一拳，却是被苏墨沉猛地抓住手腕，冷声开口道：“敢问三哥这是什么意思？”

这时，众人才纷纷回过神来。有人看戏，有人好笑，有人担忧。苏凝霜眉心微拧，抿了唇。文帝厉吼道：“老三，退下！”

苏墨风却还是一副豁出去了的样子，怒睁着眸子紧紧凝着苏墨沉，手腕相抵。苏墨沉倒也不惧，直直地迎着他的视线，对峙，一时激起千层骇浪。文帝黑着脸拍案咆哮道：“老三，滚回你的位子去！”边上的苏墨鸿见状，连忙上前，强行将苏墨风拉开。

“你为何要这样对待千城？”苏墨风怒吼，如同一只受伤的野兽。苏墨沉眸光微闪：“三哥这话什么意思？”

“你说什么意思？你自己做了什么你心知肚明！”苏墨风作势又要上前，被眼疾手快的苏墨鸿拉住，又喊了两人，一起将他强行按回到座位上。

“老三，如果你再发疯，朕就让你滚出去！”文帝脸色铁青，声音颤抖，似乎已处在盛怒的边缘。一听要出去，苏墨风这才极不情愿地抿了唇，可是一双眸子还是像刀子一般，恨恨地凝着苏墨沉，似乎想要将他生吞活剥。苏墨沉敛了眉眼，对着文帝一鞠：“儿臣见过父皇。”

文帝黑着脸，也没理他，侧首对着边上的刑部尚书说：“开始吧。”

“是！”尚书颔首领命，又转过头望向苏墨沉，“请问四王爷，千夫人如今可还安在？”

苏墨沉敛了敛眸：“本王不明白尚书的意思，还请尚书直言。”

尚书看了文帝一眼，抿了抿唇，道：“有人举报四王爷杀了千夫人。”

苏墨沉一怔，旋即又像听到一个好笑的笑话一般，兀自冷笑：“你说什么？本王杀了千城？”

“下官敢问四王爷，如今千夫人身在何处？”

“她……”苏墨沉略一犹疑，“她有事外出几日。”

“外出？去了哪里？几时回？可有证据？”尚书不依不饶。苏墨沉却也不徐不疾，不怒不恼，“那尚书说本王杀了千城，又可有证据？”

“当然，”尚书微微一笑，吩咐着边上的一个小吏，“将证据呈上来！”

小吏片刻便端了一个托盘上来，托盘里一件血衣、一枚银针，正是那夜千城在清华苑换下来的。苏墨沉眸光微敛，冷笑道：“看来，这举报之人可真是煞费苦心啊，也不知是怎样去我四王府拿到的这些东西？”苏墨沉一边说，一边将一双带着霜寒的眸子凌厉地扫过苏墨鸿和苏墨风。苏墨鸿眸光微闪，苏墨风恨眼相对。

“四王爷只需回答下官，这是不是千夫人的衣物？这上面是不是千夫人的血？”尚书挥手，小吏退了下去。

苏墨沉弯唇一笑道：“是又如何？尚书不会因为这个就判定本王有罪吧？”

“对啊，这能说明什么问题啊？”十四爷也不以为然地嗤笑，老九也连忙跟着附和，众人交头接耳、议论纷纷。文帝干咳了两声，众人又都噤了声。尚书继续：“这只是物证，下官还有人证。”

“人证？”苏墨沉轻轻眯了眸子，眸光深邃。

“是，”尚书转身又对着外面喊道，“带人证！”

一个女子在小吏的带领下，低着头，战战兢兢地走了进来，走到堂中央，扑通一跪，自始至终，不敢抬头看众人一眼。众人唏嘘。苏墨沉抿着唇，幽深的视线落在女子的身上，终于，将她认了出来，是西陵雪的婢女小梅。

“小梅，将你知道的都说出来！”尚书敛眸，说道。

“奴婢……奴婢……”女子抬起眼梢睨了苏墨沉一眼，顿时被他一个狠戾的眼神吓得浑身一抖，别过视线，“奴婢……”

尚书走到她的面前，缓声道：“你只需照实了说就成，无须害怕。”

“对啊，父皇在此，他会替你做主的。”说话之人是苏墨鸿，苏墨沉薄唇抿出一丝冷笑。众人的目光齐刷刷地落在女子的身上。女子依旧低着头，咬唇犹豫了良久，才说道：“奴婢亲耳听到四爷和童夫人说的话，他说，他已杀了千夫人。”

童素倾？全场哗然。文帝黑眸深邃，苏墨鸿唇角几不可察地一勾。十四爷和老九面色忧凝，苏凝霜更加抿紧了唇。苏墨风广袖中的手攥得咯咯作响。苏墨沉微微冷笑道：“本王有两个问题想问，第一，如果是本王杀了千城，那么，千城的尸体呢？小梅又是否看到她的尸体在哪里？另外，本王的动机，本王杀千城的动机是什么？”

“奴婢不知道千主子的尸体在哪里，第二天四王爷和千主子就都不见了，一直到今日四王爷才回来。”言下之意很明显，苏墨沉这两日去处理尸首了。苏墨沉冷笑更甚。小梅还在继续，“至于动机，奴婢也不是很清楚，那夜路过门口，只是不经意地听到千主子说，哪些不该看，哪些不该说，她有分寸，如果四王爷不放心，也可以杀她灭口。想来，是四爷有什么把柄被千主子抓在手里了吧？”

苏墨沉敛眸，幽深的眸中风起云涌，片刻之后又归于沉寂。原来，那夜门后面晃过的人影是她。他缓缓扬起唇角，轻笑道：“本王能有什么把柄被千城抓在手里？再说，本王跟她是夫妻，本就同心，还有什么是她见不得、说不得的？”

“那可不一定，能涉及人命的，肯定是个大秘密，或许和边国来使有关也不一定，不然，哪有那么巧，你们三人同时失踪了。”阴阳怪气的声音，是苏墨鸿。

“六弟是什么意思？”苏墨沉顿时沉了脸，冷声说道，“你该不会说，本王杀了边国使臣被千城看到，然后，本王又杀了千城灭口吧？”

苏墨鸿瘪嘴，耸肩：“我什么都没说。”

“本王再说一遍，本王没有杀千城。”

“那你让四嫂出来露个脸啊。”苏墨鸿眉眼弯弯，笑得邪佞。

“本王说过了，她出远门了。”

“是再也不回来的远门吗？”

“苏墨鸿……”

“够了！”文帝拍案而起，脸色难看到了极点，“在这里逞口舌之快有什么用？万事讲的是证据，刚才这个婢女不是说她亲耳听见老四和童素倾说的话吗？带童素倾上来！”

或许早就被宣进了宫，不一会儿，童素倾就搭着一个宫女的手缓缓地走了进来，睁着空洞的眸子对着文帝的方向盈盈一拜。

“好了，不必多礼，”文帝有些不耐地挥手，“朕宣你前来是有件事情要你如实回答朕，你们四王府的婢女小梅，说亲耳听到老四和你说，他杀了千城，可有此事？”童素倾脸色一白，后退了一步，要不是边上的宫女扶着，差点摔倒。见她反应反常又不声响，文帝又沉声重复了一遍：“到底有没有这件事？”

“这……”

“有还是没有？”文帝骤然厉吼。素倾吓了一跳，扑通一声跪在地上，“父皇息怒，四爷……四爷那是跟儿臣开玩笑的，因为……因为……儿臣……儿臣见不得他对千城好，跟他置气，跟他闹……然后，他就跟儿臣开玩笑说，那他将千城杀了。”素倾吞吞吐吐、言辞闪烁，身子更是被吓得抖个不停。文帝尽收眼底，蓦地眸光一敛：“那也就是说，他的确说过这话，是不是？”

童素倾低垂着眉眼，咬着唇，不语。众人心知肚明。那个跪在地上的小梅骤然想起什么：“对了，那夜门口，千主子说哪些不该看，哪些不该说，她有分寸，如果四王爷不放心，也可以杀她灭口的时候，七公主也在的。”

七公主苏凝霜？众人哗然。苏凝霜一怔，文帝凝眸看过来，众人的目光又齐刷刷地落在她的身上。苏墨沉眸光微敛，苏墨鸿满眼探究。

“小七？”文帝沉声开口。苏凝霜只得腮帮子一鼓，很不情愿地起身，来到堂中央："父皇。"

"说！怎么回事？"

苏凝霜噘噘嘴，毫不掩饰满心的不悦："儿臣怎么知道？那日儿臣出宫玩，正好碰到四哥和四嫂，顺便搭了他们的马车，当时，四哥和四嫂正在闹矛盾，儿臣也不知道是何原因，更不知道四嫂为何会说出那样一番话，只想着这是人家夫妻之间的事，我一个外人也不好问，所以也没放在心上。"

文帝凝了她半晌，才开口："那就是这个婢女所言非虚，千城的确说过那话。"

苏凝霜撇嘴，一副不置可否的样子。

"下去吧。"文帝朝她挥挥手，他的这个女儿他知道，虽然娇气顽劣了点，但心思浅薄，断不会撒谎。

"是！"苏凝霜盈盈一鞠，回头恨恨地朝跪在地上的小梅做了个鬼脸，又走到苏墨沉的身边，轻轻拍了他的肩，眯眼一笑："四哥，小七帮不了你哈。"

"小七，公堂之上，不许胡闹，下去！"文帝凝着脸，冷斥。

"哦……"小七一脸委屈，极不情愿地回到自己的位子上。文帝黑沉着脸，沉默半晌，才开口问道："老四，你还有什么话要说？"

苏墨沉亦是沉了脸："儿臣还是那句话，儿臣没有杀千城，更没有杀边国来使。"

气氛就这样僵持着，似乎条条证据都直直指向他，可要判罪，又似乎稍显不足。众人大气不敢出，只等着文帝的宣判，急切的、忧虑的，各人眉眼、各种心态。倒是苏墨沉自己就像一个置身事外的没事人一样，长身玉立，面沉如水。

良久的沉默之后，文帝才艰难地开口道："所谓活要见人、死要见尸，如今千城和边国来使皆是人不见人，尸不见尸，也不能妄下结论，先将老四关至宗人府，七日之后再审。"

夜深沉，千城已记不清自己是第几次跑到院门口了，每次都是失望再失望，那个男人还是没有回来。她知道他忙，但是哪有一声不吭就走了的，总要跟她说一声吧？害得她吃了一天的剩粥，最重要的是，晚上到了，小白还没来，一想着那些老鼠，心里面就瘆得慌。难道一夜不睡？又一次观望，又一次失望，百无聊赖，她索性就着月光，又拿门缝碾起核桃来。夹住，拉门，碎裂，取下来，她机械地做着动作，周而复始，完全不知道心中所想。

突然，有窸窸窣窣的细响，有什么东西轻蹭她的软履，她一怔，垂眸就看到一只白得纤尘不染的猫儿正睁着滴溜溜的大眼睛看着她。啊，小白！心中一阵狂喜，千城丢掉满手的核桃，弯腰将猫儿抱在怀里，又是贴面又是揉捏："小白，想死我了。"

在她的不远处，一个女子盈盈立在院中，看着这一幕，弯唇温婉浅笑，幽幽夜色下，女子一袭黑衣黑裙，长发披肩，面容姣好，站在那里如同一只暗夜里的精灵。

"千城。"女子朱唇轻启。千城一震，这才看到院中那人，因背对着月光，光影偏逆，她眯眼看了一会儿，才认出来人，顿时面上一喜，抱着小白奔了过去："云蔻，你怎么来了？"云蔻含笑不语，水眸晶亮得堪比此刻两人头顶的繁星。

"小白是你送过来的吗？"

"嗯。"女子轻笑点头。

"走，进屋里。"千城一手抱着猫儿，一手拉过她的手，心里甚是欢喜，"对了，司空畏呢？"

"他有事情要处理，一天两天怕是回不来了，所以让我将小白给你送过来。"

"哦。"千城竟有些失落。

两人围桌而坐，千城给云蔻倒了杯水。云蔻含笑接过，突然想起什么："对了，苏墨沉的事你听说了吗？"

千城心口一撞："什么事？"

宗人府，独室内一豆烛火。苏墨沉盘腿坐在榻上，双手垂放在两侧腿上，长睫轻垂、双目微合，似在闭目养神，又似在缅怀心事。苏凝霜站在门口看了好一会儿，才抬步走了进去。意识到响动，苏墨沉缓缓睁开眸子，看到是她，微微敛了眸："你怎么来了？"

"不能来吗？"苏凝霜轻轻勾了勾唇，竟透着一丝苦涩。

“不是不能，是不应该来，这个时候……”

“我是公主，公主看王爷，妹妹探哥哥，有何应该不应该的？”苏凝霜有些不耐地打断他的话，水眸略带薄怒地凝着他。

“唉……”他轻叹地摇摇头，起身下床，坐到桌案旁边。

“放心，外面的人已经都被我支走了，我过来只是想问你一个问题。”

“什么问题？”苏墨沉抬眸看着她，伸手指了指对面的凳子，示意她坐。苏凝霜没理他，依旧站在那里盯着他不放：“今日这一切是不是你故意为之？包括素倾的反应也是你故意让她这样的，目的就是为了将自己送到这里面来？是不是？”

苏墨沉怔了怔，缓缓收回视线，弯唇一笑：“你不是早已经知道了吗？不然，今日公堂之上，你也不会出来做个证，添把火，不是吗？不愧是懂我的人。”

苏凝霜听这话，心中一暖，微微勾了勾唇，但很快又想起什么，笑容凝住：“你就是想逼千城回来是不是？”

苏墨沉垂眸，静默了片刻，才开口：“也不全是，还有一点是，想揪出潜伏在四王府里面的细作。”

苏凝霜身子一晃，微微苦笑道：“那就是说，你确实想让千城回来？你舍不得她？是吗？哪怕她知道了我们的秘密，你也压根就没想过要杀她对不对？那夜，她站在台阶上，你伸手拔剑，其实根本不是想杀她，而是因为看到了藏在门后面的小梅是不是？结果杨痕和我都以为你要杀千城，杨痕还跪下去替她求情。想想我和他真是愚钝，你要是真心想灭口，那么长的夜路随时都可以，为何非要回到自己的王府门口才动手？是云儿痴了……”

“不是你想的那样，”苏墨沉眸光微闪，打断她的话，“我只是觉得她好好的一个人突然死了或者不见了，势必会引起别人的怀疑，再说，将她留着，我后面还有很大的用处。”

“真是这样吗？”苏凝霜凝着他，幽幽开口。

“不然，你以为呢？”男人微微一笑，抬眸看着面前摇曳的烛火，黑眸中的光亮忽明忽暗、闪烁不定。

女子抿了抿唇，忽然觉得自己有些太小家子气了，她水眸一敛：“你肯定千城一定会回来吗？”

男人怔了怔，眼前又掠过女子决绝的脸，“如果你救我的目的是想让我再回四王府，你就趁早死了那条心，我是死也不会再回去了。”弯了弯唇，他低叹：“不肯定。”他也只是在赌，置之死地的赌。

子夜时分，月上中天，千城拥着薄被翻来覆去，辗转难眠，索性起身下床，抱起小白凭窗而立，心中纷乱不堪。她做梦也没想到事情最终会发展成这样，竟然荒唐到有人举报苏墨沉杀了她，而且还扯到了边国来使的身上。可荒唐归荒唐，竟然还条条证据都有鼻子有眼的。

云蔻说，文帝给了七日之期，七日之后，如果还是不见她人，就得定苏墨沉的罪。什么罪？怕是死罪吧。其实，换作其他皇子，这些证据根本不足以置人于死地，但是，他是苏墨沉，他一直是文帝不待见的儿子，而且，边国来使失踪一事，西苍必须给边国一个说法和交代，随便杀一个人肯定平息不了这场风波，但如果是一个王爷，就不一样了。牺牲一个不受待见的儿子的性命去避免一场战争，文帝一定做得出。明日便是第七日了。

“小白啊小白，你说我该怎么办？”她不想回去，可是她无法不去想他的生死，终究还是放不下吗？她讨厌这样摇摆的自己。骤然，一道黑影从窗前掠过，她一惊：“谁？”

没有人回答。

是司空畏回来了吗？她抱着小白转身，开门寻了出去。月色清冷、凉风透体，她拢了拢寝衣，小心翼翼地看向院中，一抹人影快速地闪出院门。不为盗窃、不为害她，深夜来此，那是谁？

“站住！”她冷喝了一声。出乎意料，人影竟顿住了脚步，只见他身形高大，是个男人。千城怔了怔，敛眸，走了过去，“你是什么人？为什么装神弄鬼？”

来人似是犹豫了一下，缓缓转过身来，极为窘迫地唤了声：“千夫人。”

“杨痕！”千城愕然地睁大眸子，难以置信。似是突然想起什么，她快速警惕地环视四周，如果，他知道她在这里，是不是表示苏墨沉也知道她在这里？早不找晚不找，这个时候来找她？是呀，她怎么忘了，那个淡然若水、实际上操控一切的男人，怎么可能让自己深陷绝境呢？她微微苦笑，开口问道，“杨痕，是他让你来的吗？”

“不，”杨痕摇头，“是我自己来的。”

千城一怔，凝眸看着他，将信将疑：“你怎么知道我在这里？”

“我们一直都知道你在这里。”杨痕低低地叹息。

我们？一直？千城愕然，他和苏墨沉一直都知道她在这里？千城扬唇，轻轻一笑道：“所以，你现在过来是想带我回去，解决他的牢狱之灾是吗？”

“不，不是，”杨痕忙不迭否认，抿了唇，犹疑良久，才用几不可闻的声音说道，“我只是……只是过来看看你。”

看看她？千城心中一震，其实也不是第一日与这个男人相处，他是怎样的一个人她清楚，他说不是，那一定不是。见他窘迫得手脚不知往哪里放的样子，她又忍不住莞尔一笑：“好了，不是便不是，要不要进屋坐会儿？”

“不啦，我还要回去，明日便是四爷的七日之期了，说不定九爷、十四爷他们会来府中商量对策。”说完，转身便走。千城愣了愣，望着他的背影，突然开口道：“既然你们一直都知道我在这里，为何四爷不直接说出来？也省得这许多纠复。”

杨痕顿住脚步，静默了片刻，回头：“四爷说，既然你要逃，定是不想回去，他不想强迫你。”

“不想强迫我？”就像听到一个好笑的笑话，千城哑然失笑，“到底是不想强迫我，还是不想让我回去？”其实，说完她就后悔了，这话说得……太没自尊了，她本也不想回去，不是吗？

杨痕凝着她，轻轻一笑：“难道千主子以为，不想让千主子回王府比四爷他自己的命还重要？”

千城哑然。

杨痕摇了摇头，转身阔步离开，在千城看不到的方向，微微扬起了唇角。好吧，他第一次对这个女人撒谎了。苏墨沉什么也没跟他说，苏墨沉什么也没有让他做，的确是他自己来的，虽然，他也确实想来看看这个女人，但是，更重要的原因，还是因为苏墨沉。他不明白那个男人对她到底是怎样的一种感情？抱着怎样的一种心态？明明伤她的人是他，为何舍不得的人也是他？明明人在的时候、寡淡清冷，为何人走了，又想方设法要逼她回来？他真的不明白。但是，他却清楚地知道，那个男人在赌，拿命在赌。苏墨沉自己云淡风轻，可是，他却怕他输，所以，他来了，明日便是最后一日了，他希望自己的话能让这个女人有所触动。

第十一章　天伦竞技

刑部大堂，如同七日前一样坐满了人。文帝再次亲临，只是较上次，脸色更是黑沉可怖，且略带憔悴，似是夜里未能安寝。其他各人也是一脸凝重，即使那些少数想看戏的、幸灾乐祸的人，一见这架势，也是大气不敢出。连一向乐天的、不知天高地厚、不知死活的刁蛮公主苏凝霜，也是一副忧心忡忡、满腹心事的样子。苏墨逸、苏墨宇眉心深蹙，苏墨风满目沉痛，连苏墨鸿都是少有的安静。

苏墨沉在小吏的带领下走了进来，众人的目光便齐刷刷地落了过去。他们发现，相对于他们，这个当事人似乎更加淡定，他衣袂翩跹，脚步从容不迫，在宗人府待了几日，竟依然神清气爽、神采奕奕。他走至堂中央对着文帝躬身一鞠：“父皇。”

文帝深邃的黑眸凝着他许久道：“你可知已经过了七日，千城还是没有回来？朕已经放了消息出去，如果她只是有事出门，定是会听到消息赶回，但是没有，这意味着什么？”

苏墨沉沉默。

“为何不说话？”文帝敛眸。苏墨沉微微牵了牵唇：“儿臣该说的都已经说了，已经无话可说。”

七日了，她终究是没有出现，他是太过自信了吗？是他高估了自己在那个女人心中的分量吗？他也不知道自己为何会这般置自己于死地？或许是习惯了她不求回报的付出，又或许是笃定了她不会对他不管不顾，可是，输了，他赌输了。

“既然如此……”文帝低低地叹出一口气，眸色复杂沉痛，“那就交由刑部按照当朝律法处置吧。”

全场一片哗然，当朝律法？当朝律法，就是杀人偿命。难道……难道皇帝真要杀他这个儿子？

“请父皇三思！”数道身影离座，数道身影跪下。文帝一一看过来，有老九，有十四，有小七，还有老大老二，老六苏墨鸿跪也不是，不跪也不是，犹疑了半天，终是离席跪在了众人当中。三王爷苏墨风依旧稳坐不动。文帝眉心微拢，朝众人挥了挥手：“都起来吧，历来天子犯法与庶民同罪。”

众人依旧跪地不动。

“苏墨沉，你活该如此。”蓦地，一声清润如珠的女声划破所有人的耳际，声音来自大堂的门口，众人一震，特别是苏墨沉和苏墨风，简直不相信自己的耳朵，恍惚间都以为自己出现了幻觉，只不过，前者不相信她回来，后者不相信她活着。所有人都扭过头看向门口。

门口一女子娉婷而立，一身淡杏色的菱花云锦长裙，柔顺宽广的水袖，黑发用与衣裙同色的发带轻轻挽着，发丝顺滑地垂下来，身后是万丈绵长的日光，光影偏逆中，恍然若梦。

“千城！”苏墨风激动得从位子上蓦地站起。苏墨沉眼梢微掠，轻轻眯了眸子，静静地看过去，心跳有多踉跄，只有他自己知道。

在众人各种复杂目光的注视下，女子缓缓地走了进来，对着文帝落落一拜：“参见父皇。”

文帝黑眸中的光在她身上从上扫到下，带着疑惑探究：“起来吧。”

“谢父皇，”女子嫣然一笑，“也多谢父皇帮儿臣出这口恶气。”

文帝深敛了眉眼：“到底怎么回事？”

“难道四爷没有讲吗？”千城眉眼含笑，轻轻睇向苏墨沉，“这一切都是因为一个女人。”

苏墨沉眉心一跳，苏凝霜脸色一白，众人一阵唏嘘。

“什么女人？”文帝沉声，有些迫不及待。千城却没有立即回答，而是缓缓看向众人，看着老九、十四爷、苏墨风、苏墨鸿、苏凝霜、苏墨沉……各人眉眼，她心中只觉好笑："怎么？四爷，男子汉大丈夫敢作敢当，难道四爷不敢讲吗？"

苏墨沉眸光微闪，凝着她，抿紧了薄唇。千城又是轻轻一笑，转眸看向堂上方的皇帝："回父皇，事情是这样子的。那日大家也知道，我身体不好，突然晕倒。一直到夜里我才醒过来，结果四爷不在，我无意中得知，四爷是去了号称京城第一青楼的红画舫。"千城故意顿在那里。

全场哗然。文帝冷了脸，苏墨鸿唇角轻勾，不知意味，苏凝霜脸色愈发苍白，苏墨沉薄唇紧抿成一条冰冷的直线。千城微微勾了唇角，苏墨沉，你就抓狂吧。

"继续！"文帝沉声命令，苏墨沉厉声制止："千城！"

"父皇，你看到没，是四爷不想让儿臣讲呢。"千城一脸委屈样。

"他如果想死，你大可不讲！"文帝的脸色愈发难看。千城一副很为难的样子，几经犹豫，才继续道："然后，我就一气之下，乔装成男人，也去了红画舫，结果，就看到……"她顿了顿，接着说道，"就看到他温香软玉在怀，一边喝花酒，一边和一个青楼女人调情，那轻薄的样子我想想都觉得……"她痛心疾首地摇了摇头，"然后，我就气啊，我病得要死了，他倒是有心思在这里喝花酒，于是，就冲了上去，扇了他一耳光，扭头就走。他就追了出来。我跟他说，我要去找父皇，要父皇给我做主，哪有一个堂堂的王爷跑去青楼那种烟花之地的？"说到这里的时候，千城眼梢微掠，睨了六王爷苏墨鸿一眼，果然，对方脸色已是转白。

"其实，我只是心中气苦，跟他说的是气话，谁知，他当真了，竟生气了。我难过至极，就跟他说，哪些该说，哪些不该说，我有分寸，让他实在不相信，杀了我灭口也行，可是他还是生气，不理我。"

原来是这样，众人恍悟。苏凝霜脸色稍霁，苏墨沉唇角弧光点点。

"那血衣、银针是怎么回事？"一直沉默不语的刑部尚书突然开了口。众人一愣，对啊，差点忘了这一茬儿。千城怔了怔，眼梢轻抬，看向苏墨沉，正好撞上他看过来的目光，四目相接，她连忙别过视线："当然是我作假的了，我就是想吓唬吓唬他，谁让他这样对我，如果是真的，出了那么多血，我怎么还可以安然无恙地出现在这里？"

全场哗然，原来搞来搞去，竟是夫妻之间的一场闹剧。文帝再次沉了脸："你知不知道由于你的胡闹，朕差点杀了他？”

“是儿臣不好，儿臣也没有想到事情最后会变成这样，儿臣以为这只是儿臣和四爷之间的事，只是四王府的家事，儿臣也只是跟他闹一闹，却没想到会被有心人利用，都举报到了父皇这边。”言外之意很明显，本是小事，却被人有意陷害成了大事，有人点头，有人叹息，有人恍悟，也有人脸色难看。

文帝抿唇静默了半晌，微微叹出一口气：“既然如此，真相大白，这事儿就到此为止。老四，你也给朕消停一点，你说你一个堂堂的王爷，整日不务正事，隔三差五地给朕弄些事情出来，还桩桩都是因为女人，传出去也不怕天下人笑话，你就不能有出息一点？”

“父皇教训的是，儿臣知道错了，儿臣定当谨记！”苏墨沉低垂眉眼，躬身行礼。

“谨记，谨记，每次都跟朕说谨记，一遇到女人还是一犯再犯，虽然这次这件事千城走了点极端，但是，朕觉得倒正好给你一个教训，希望你能真的觉悟、真的谨记在心。”

“是，父皇。”

文帝瞟了他一眼，抬手捏了捏隐痛的眉心：“那便都散了吧。”

众人都准备起身，一个男音骤然响起：“父皇，这事儿不能就这样算了。”

是苏墨鸿，众人愕然，苏墨沉眸光微敛。文帝将手自眉心上拿开，缓缓睇向苏墨鸿，未响。苏墨鸿抿了抿唇，一副豁出去的模样：“四嫂是回来了，但是，边国来使怎么办？边国来使还没有消息呢。”众人一震，也是，边国那边还等着西苍的说法呢，但是……

“老六觉得这两件事之间有关系吗？还是说，老六手上捏有什么证据？”文帝漫不经心地开口，但是，一字一顿，声音都是从喉咙深处发出来。苏墨鸿心尖一抖，没想到他会是这种反应，一颗心狂乱起来，难道他已经知道此次千城的事情是他命人举报的？作为他的儿子，他知道，这个帝王一直最恨的就是手足之间的帝位之争，难道……他脸色一变，忙不迭躬身解释道：“没有，儿臣不是那个意思，儿臣是说，四哥四嫂的事儿是了了，但是，边国来使的事儿还得继续查不是？”

“那是自然，”文帝脸色稍缓，“这个就交由刑部去处理，三日之内，给朕一个答案。不然，边国那边一直这样拖着也不是办法，虽然我西苍并不惧他国，但是真要兵戎相见，受苦的还是老百姓，朕并不希望如此。”

“是！”刑部尚书冷汗涔涔，三日？七日都没有消息，三日就有答案了吗？可人家是天子，他又不能说半个不字。

“好了，都退下吧。”文帝起身，众人跪安。苏墨沉微微敛眸，其实，他也没有想到文帝会这样放了他，特别是在苏墨鸿将矛头再次指向他的时候，文帝竟然给他化解了。

文帝在众人的恭送声中离开。大家还没起身，千城却是迫不及待地起来了，大步流星地往外走。

“千城。”两个男人同时喊了出来，一个是苏墨沉，一个是苏墨风。千城愣了愣，脚步不停，就好似没有听到，径直出了刑部大堂的门。外面阳光真好，她眯了眯眼睛，深深地呼吸，只觉得一颗心也算是落了地，裙裾翩跹，脚下就像踩了风一般。

苏墨沉和苏墨风起身追了出去。两人刚出了门口，苏墨沉突然顿住脚步，一把抓住苏墨风的手腕：“三哥，你这是想做什么？”被他一拽，苏墨风不得不停了下来，他看了看前面继续脚步不停的女子，又垂眸看向握着自己手腕的手，冷声道：“放开！”

“我再问一遍，三哥可知自己在做什么？”

“我当然知道，不需要你来提醒！”

“你知道？”苏墨沉冷笑，“她是我的女人，三哥不觉得自己的这种行为很可笑吗？”

“你的女人？”苏墨风亦是以冷嗤回他，“你有将她当成自己的女人吗？”刚才在大堂之上，虽然那个女人是笑着的，一直在轻笑，可是他没有忽略她眼角眉梢的那一抹殇。他不知道，她说的那些话是真是假，但他知道，她过得不好，很不好。他怕，他甚至在想，这一次只是七日，下一次呢？会是多久？这一次，她是回来了，下一次呢？所以，他终究淡定不了，他并不是一个容易冲动的人，但只要跟这个女人有关，他就是控制不了自己。

“拿开你的手！”他再次沉声厉喝。苏墨沉却也不惧，手中的力道不松反紧，冷言道："看在我叫你一声三哥的份上，过去的我不与你计较，但是我警告你，不要再觊觎本不属于你的东西！"

"觊觎？"苏墨风冷笑，"我还偏要觊觎，你能拿我怎么样？你根本就不配拥有她！"不要再觊觎不属于他的东西？他只差没吼出来，她早就应该是他的，三年前就应该是他的。

"我不配拥有她？"苏墨沉讥诮地冷哼，"难道你配不成？你知不知道，自己是什么身份，她是你的弟媳，她只是你的弟媳。"

苏墨风一怔，身形晃了晃，静默了片刻，又陡然吼了出来："那又怎么样？"他不怕，他不怕被天下人笑话，他不怕违背这天理伦常，他统统都不怕，就算是死。如果就这样看着、憋着、隐忍着，他觉得自己肯定会疯掉，那种感觉比死还难受。曾经以为只要她幸福，他便默默地站在她的身后看着她的背影就好，他不强求，他不去打扰她的生活，可是，她不幸福，她的生活一团糟，他最见不得这样。他用力甩开苏墨沉的手，还没抬脚，突然，眼前阴影一晃，等他反应过来，脸上已经重重地挨了一拳。猝不及防，他踉跄着后退了两步，才稳住自己的身子。

刚刚出了大堂的众人看到此番情景都被震住了，以为苏墨沉是要报七日前那断鼻骨之仇。只有苏凝霜微微拧起了秀眉，看向走在前面不远处的那个依旧头也不回的玲珑身影。心中暗道：沉，为了她，你竟如此不冷静。

那厢，苏墨风抬手抹掉嘴角的血丝，冷笑，语带轻蔑："该揍的是你才对。"话音刚落，也猛地一拳朝苏墨沉挥了过来，却被苏墨沉眼疾手快地擒住手腕："怎么？还想再断我的一次鼻骨不成？"苏墨沉邪佞地笑。

苏墨风又挥出另一只没有被钳制的手，带出掌风，苏墨沉眸光一敛，抬手迎上，两人对打起来。两人都是武功极高之人，一时间，痴缠打斗在一起，也是难分难舍、不相上下，衣袂翻飞的声音、掌风相接的声音，众人只见一抹深紫、一抹流白，两道身影在眼前如影晃动。

"四哥，三哥，不要打了！"

"是啊，别打了，这里是皇宫，要是父皇知道了，你们都没有好果子吃！"

两人哪里听得进去？千城本也没有走多远，自是听到了身后的动静，脚步微滞，不过没有回头，接着往前走。可身后的打斗声却是越来越激烈，而且众人担忧劝架的声音也是越来越响，她皱眉，又停了下来，这两个男人公然在宫里打架，都不要命了吗？无语望苍天，她深深地叹出一口气，又转过身往回走。

两人的激战还在如火如荼，两人的招式也是变幻莫测。众皇子也都是习武之人，兄弟间平时也少不了随兴切磋一二，可他们第一次发现，这两人的武功竟出神入化到这种地步，一时愕然地站在那里忘了反应。

"不要打了！"一声女子的冷喝，带着薄怒、无奈，声音不大，却足以盖过所有的嘈杂。两个正在打斗的男人皆是一震，纷纷侧首看了过去，见是千城，两人皆是一喜。就在众人以为双方会就此停住的时候，不知为何，两人又继续打斗在了一起，甚至比方才更为激烈。

千城气结，咬咬牙，准备无视，扭头刚想离开，就看到一抹娇小的身影突然冲了上去，直直地拦在了两人之间，也丝毫不怕双方的掌风伤到自己。

"小七，你疯了！"眼见着一掌马上就要劈过去，苏墨沉瞳孔一敛，快速地将掌风收回，一个后旋身，翩然落于不远处。苏墨风见小七不要命地闯进来，也是一惊，收了内力，翻身落于另一头。风止、人静，满天飞舞的尘埃落地。

"你疯了吗？"苏墨沉冷斥。

小七怨恨地看着他，抿着唇，半晌开口："疯的是你！"末了，又伸手一指，直直指向苏墨风，"还有你！你们可想过后果？"一向嘻嘻哈哈、不谙世事的小七很少这样凌厉。两个男人皆是一怔，又互相怒视了一眼，抿了唇，未语。

一场闹剧终于结束了吧？千城弯了弯唇，默然转身。原来劝架不是每个人都可以的，有些人可能嘴巴都说干了也无济于事，而某一些人或许只需一句话或者一个眼神，就能让人退兵十里、偃旗息鼓。正自嘲地笑着，突然，腕上一重，手臂被人擒住，她抬头，便看到苏墨沉俊美如俦的脸，只是此时，似乎还夹杂着怒气。她救了他，他生气？他的力度很大，似乎生怕一放手，她又无声地离开了一般，她吃痛，皱眉低呼道："苏墨沉，放开我！"

男人充耳不闻，拖着她的手臂便走。千城只觉骨头就像要被捏碎了，还得被拖着往前小跑，千城挣扎着想要摆脱他铁钳一般的钳制，可是无济于事，反而被越箍越紧。

"苏墨沉，放开我！"她用另一只手狠狠地去抠他的五指。五指岿然不动，她一咬牙，又用长长的指甲去抓他的手背。手背似乎不是他的，即使几道血痕乍现，他也毫无反应。她只得拼命僵着不走，他突然弯腰，打横将她抱在怀里，那般旁若无人。身后留下数道错愕的目光，小七的、苏墨风的、众人的……

苏墨风敛眸，又欲追过去，却是被小七拦住："三哥，你是想千城死吗？"只这一句，就彻底夺了苏墨风的呼吸，他僵直地站在原地，再也说不出一个字。是啊，他不怕事，也不怕死，可是今日之事如果传到父皇或者母妃耳里，遭殃的只会是千城。他回头，眸光一一扫过众人，冷声开口道："今日之事，如果谁出去瞎嚼舌头，别怪我不念兄弟情义，我定会要了他的命！"

众人大骇，何时看过温润如玉的三王爷如此？

幽梅宫，女子斜倚在软榻之上，低垂着眉眼，眼角眉梢都是淡淡的愁绪。因是夏日，衣着轻薄，透过薄纱依稀能看到莹白肌肤上的一串串暗红淤青，那是被男人狠狠疼爱过的痕迹。也不知是不是久不承雨露的缘故，还是人到中年身子每况愈下的原因，她竟浑身酸痛得下不了床了。而为何男人不这样？明明他也人到中年，为何在床上还像个小伙子？一如二十多年前那般精力充沛。那一刻，她有种错觉，似乎他想要将她揉进骨血，似乎这些年，他最爱的女人一直是她，而不是良妃。

一阵珠帘碰撞的脆响传来，婢女香草打帘而入，手里端着一碗热气腾腾的汤药："梅妃娘娘，药来了。"

女子轻嗯了一声，坐起身子，香草将药碗放在边上的桌案上，拿起软枕垫在女子的身后，再将药碗端了过去。

"本宫自己来吧。"女子将药碗接过，一股腥浓刺鼻的味道扑面而来，女子蹙了蹙眉，仰脖一口气将里面黑浓的汤汁饮尽。香草叹了一口气，将空碗接过，递过去一条干净的锦巾，犹豫了半晌，终究还是忍不住问道："娘娘，为何要偷偷食这避子汤？其实，再给皇上添一个小王爷或者小公主多好，皇上一定会喜欢的。"

女子笑笑，未语。再添一个又如何？她不是一个好母亲，已经有的孩子还在受苦，怎配再生？

"对了，让你去打探刑部那边审案子的情况，可听到什么消息？"她轻轻拭去唇角的药，似不经意地问道。

"听说，四爷已经被无罪释放了。"

"真的？"女子心中一喜，面上却没表现出来，不过略带惊呼的语气还是出卖了她的心。香草点点头，不明白这个清冷寡淡、与世无争的女子几时对这些事情上心起来?

"听说，千夫人回来了。"

千城回来了？女子一怔，半晌，又低低地叹出一口气，看来，那丫头对老四是上了心啊。

"那关于边国来使的事皇上没有处置四王爷吧？"

"没有，"香草摇头，"听说六王爷还提出来了，但是被皇上驳了回去。"

"知道了。"女子垂眸，弯了弯唇，"你下去吧。"

看来，昨夜，那个男人答应她的事，并没有食言。

无视一路众人错愕的目光，苏墨沉一直将千城抱在怀里，径直出了宫。千城很惊讶，她虽然纤瘦，可分量还是有的吧，这个男人抱着她，脚步如飞，那么长的路，竟无一丝气喘。原本，她还反抗几下，后来，见在这厮面前，所有的努力都是徒劳，还平白浪费力气，最后，索性也懒得动了，他不嫌累，她也省得走路。

门口杨痕已拉着马车等在那里，就似知道苏墨沉一定会没事，一定会被放出一般。见到苏墨沉，他连忙迎了过来，看到苏墨沉怀中的女子时，更是眼睛晶亮，唇角不自觉地扬起。

"爷！"他轻快地撩开门幔。苏墨沉淡淡地觑了他一眼，抱着怀中女子弯腰钻了进去。杨痕愣了愣，不明白他那一眼是什么意思，不过也没多想，唇角一弯，转身坐上车驾，驾起了马车，一切都雨过天晴了不是吗?

车厢内，气氛却是很诡异。一直到坐下，男人还是没有放开怀里的女子，千城感觉到自己快要窒息了："苏墨沉，现在只有我们两个人，放开我吧。"

"不放！"男人口气霸道笃定，依旧带着一丝薄怒。

她不知道他到底在生气什么，又试着挣扎几下，挣不脱，千城突然有种英雄气短的无奈，艰难地从他怀里抬起头，看到他的黑眸正紧紧地凝着自己。

"苏墨沉，如果你是因为我跟皇上说你去青楼喝花酒的事而生气，那我跟你道歉，因为我实在找不到别的更好的说辞。”

男人沉默，黑眸依旧凝着她不放，她又蓦地想起什么：“我也不是有意说你的女人是青楼女子。”她看到，苏墨沉在听到你的女人四个字时，眼波微微起伏。她突然想起，方才在跟苏墨风对峙时，他也曾说她是他的女人。他的女人，多么奢侈的称呼，她并不适合，也不是。微微苦笑，她又垂下眼睑，一直仰着脸看他，那姿势好累，懒得看，也懒得说了。

男人的声音却突然响在头顶：“这些天去了哪里？”

千城一怔，话题有些跳跃。她想了想，又觉得好笑，明明杨痕说过，他们一直知道她在哪里，现在竟然问得这般无辜，一时心中气苦，便没好气地回道：“没去哪里，只是去鬼门关走了一圈。”

男人箍着她的手臂微微一僵，没有说话。许久才听到他的声音：“为什么不说？”

“说什么？”千城发现，跟这个男人对话，大脑要时刻处在高速运转的状态，不然永远跟不上他的思路。

“你中了银针。”

千城怔了怔，原来是说这个，她轻轻一笑：“没什么，说了也没有人会在意。”

男人眸色一痛，箍着她的手臂不自觉地又收了收，没有人会在意，谁说没有人会在意？

“苏墨沉，你的手勒得我好痛，能不能松开点？”

“你不是不怕痛吗？”一声嗤笑，男人并没有放开她的意思，“你知不知道，那一枚银针上的毒足以让你的血长流不止，直至流尽最后一滴？”

千城惊愕，难怪她那夜觉得不对劲，不就一枚银针吗？怎么会出那么多的血？原来是上面涂了毒。

“不是没死吗？”她笑得云淡风轻，不禁又想起那夜司空畏以吻哺药的情景，原来里面有月盈霜的解药，也有银针上面的那个毒的解药。想到司空畏，她猛地呼吸一滞，有一件很重要的事情，竟然一直被她忽略了。如果，苏墨沉一直知道她这几日在哪里，那是不是表示，他也知道是司空畏这个人救了她？她心中一惊。

“是谁救了你？”苏墨沉突然开口。

果然，担心什么就来什么，千城闭了闭眸，想了许久才道：“一个朋友。”她总不能说是黑煞门门主救了她吧，虽然，他有可能已经知道了，但是也可能不知道。而且，看样子，似乎是不知道的，不然，如果知道是司空畏，他应该不会如此淡定，毕竟，曾经为了舍利子，这个男人跟黑煞门可是积怨已深。

“一个朋友？”男人轻轻一笑，“男的朋友，还是女的朋友？”

“男的。”千城实事求是。男人笑意更甚，只是裹着瘆人的寒气，“倒是小瞧了你，一边有男性朋友关键时候救你于危难，一边又有三哥为你奋不顾身、打抱不平，还有杨痕，私自跑去偷偷见你。”

千城怔了怔，亦是弯起唇角，轻轻一笑：“苏墨沉，是不是这世上所有的男人都要像你一样，视我如草芥，你才满意？”

男人一震，抿了唇不语，将大手轻拂过她的发丝。动作太亲昵，千城有些不适应，特别是他的这个动作让她又禁不住想起那日在后花园中，他轻轻将那女子的碎发顺到耳后的情景，心中顿时一阵抵触。原来，他们之间的隔阂早已在无形之中，不想起并不表示不存在，那些隔阂只是在两人看不到的地方发霉、腐烂。

“苏墨沉，你的危机也已经解决了，我走的时候匆忙，也没有跟朋友说，我还要回……”

“哪里也别想去！”她的话还没有说完，却已经被男人厉声打断。千城怔了怔，又觉得好笑，这是做什么呢？这个样子就好像有多舍不得她似的：“你为何要这样？如果是担心像这次这样的事情发生，你大可以找个什么理由，一纸休书休了我，别人也定不会再我拿来做文章。”

“你休想！休想再离开！”男人绷直了声线，却依旧难掩声音的颤抖，千城只当他是因为盛怒，微微苦笑，她不明白，他不爱她，却为何还要禁锢她，他对她不好，却又为何不许人家对她好，难道她就活该低在尘埃里？

“苏墨沉，既然你不爱我，就放了我吧！”

男人垂下眸子，看着她，黑眸中，流转着万千光华，激涌着万千情绪，他似乎有些不相信，不相信她说出这样的话来。爱？多么奢侈的字眼，他不懂。

“当初，是你硬要闯进我的生活不是吗？”他睨着她，秋水淡淡。

是的，当时，是她硬闯了进来，可这并不表示，他就可以肆意挥霍她的爱。

“我那时不懂事，而且也已经为自己的不懂事付出了代价，不是吗？”

男人一怔，抿了抿唇，强行压住心头的躁意：“反正，事情由你挑起，就由不得你说结束，你自己要闯进我的生活，就别想说走就走！”

千城苦笑，这样霸道的禁锢又算什么？

“苏墨沉，我是人，我有思想，我有感知，我有手有脚，你知道的，如果我想走，也由不得你说不字。”

“你就真的那么想离开？”他的声音暗哑低沉，响在马车狭小的空间里，让千城一震。

“是！”她口气笃定。他的爱她要不起，他也不会给，他要给的是另一个人，既然如此，她便不要了。千城以为他会生气，然而，他只是深深地凝着她，默不作声。四目相对，彼此的眸子便纠在一起，这次千城没有避开，为什么每次都要她闪躲呢？她并不亏欠他什么。许久，久到千城以为这个话题已经过去了，他却突然开口：“好，我答应你，只要你答应再留下来一个月，我便会给你休书，还你自由。”

千城一震，只以为自己听错了，他答应了是吗？应得爽快。微微苦笑：“为何要一个月？”

“过几日便是天伦节，每年天伦节父皇都很重视，会举行很大的欢庆活动，父皇要求每个王府都要参加，我不希望父皇不开心，所以，想让你也在。”

哦，原来是这样。其实，她原本想说，她在与不在，根本影响不了他父皇的情绪，因为，她看得出那个帝王并不喜欢她，但是，她终究没有说。一个月而已，会很快的。

经过这件事以后，千城变得越发安静了，清华苑的院子里总能看到她执着小锄松土种花的身影。每天，她都很忙，忙碌地育香、调香、制香，然后，又让春兰和夏莲将这些香拿到外面去卖，她要在这一个月里多攒一些钱。离开四王府，她也不想回司空畏那里了，她不想寄人篱下，也不想欠他人情。而四王府的东西，她也不想带走一针一线，那些都是别人的。苏墨沉再也没有踏进清华苑，似乎已经忘了她这个人的存在。这样也好，省得她烦心，既然迟早都要离开，她还是让自己慢慢心如止水比较好。

时间过得很快，弹指一挥间，十日过去了。在这十日里，千城制的香已经风靡了京师的大街小巷，供不应求，千城一人忙不过来，就开始手把手地教春兰和夏莲，两人得此荣幸，也学得非常勤奋。繁星满天的夜里，苏墨沉静静地站在清华苑的外面，都能看到灯下三个忙碌的身影以及不时透窗而出的欢笑。

另外，在这十日里，边国来使也有了消息，传闻那夜，他不知被谁用迷香迷晕，然后，就被马车载出了城，等他几日后醒来，人已经回到了边国的京城。两国紧张的气氛也终于得以缓解，西苍时刻备战的状态也终于可以放松。只是，云蔻便没有去成边国，用她的话说，正好，她也不想出远门，只希望伺候皇后娘娘一辈子。

又过了两日，七月初七，是西苍的天伦节。一大早就有人来清华苑催促，说要快点，所有人都到府门口去集合，然后乘马车去宫里，再随文帝一起出行。因为此次要去较远的地方，所以各府女眷可以带上自己的一个婢女随身伺候。夏莲来月事，千城让她好好休息，便带上了春兰。当她和春兰一起走出来的时候，王府门口已经停了三辆马车，苏墨沉站在最前面的一辆马车边上等候着。

千城微微怔了怔，抬眸看过去。男人依旧一袭合身的紫袍，发顶的一个公子髻高高束起，其余的墨发垂落在肩头，龙章凤姿、丰神如玉，还是那样俊美，俊美得让人移不开目，才十二天未见，千城竟然觉得恍如隔世。抿了抿唇，她走向最后一辆马车，低头行走中，她依稀感觉到他的目光盘旋在她的头顶。

见她过来，杨痕立即摆上踏脚的板凳，她轻提裙裾，踏了上去，地面有些不平，板凳轻晃，她小心翼翼地平衡着身子。突然，臂膀和腰身一热，摇晃的身体已被人轻轻扶住。她一惊，第一反应是春兰，第二反应是杨痕，最后都觉得不对，春兰没有那么大的手，杨痕没有那个胆量，心尖一抖，她抬头，便看到那张熟悉得不能再熟悉的俊脸——苏墨沉。她恍了恍神，男人先开了口："你和素倾一人一车。"

她再次恍神，弯腰进了马车，直到车幔放下，将他隔在帘外，她才明白过来他的意思。一人一车？是因为怕她心里不舒服吗？她弯唇自嘲地笑笑，她不舒服的地方又何止这一点？

马车终于缓缓地走了起来，苏墨沉和西陵雪一车，她和童素倾各一车，随侍的婢女就跟赶车的车夫坐在车驾上。直到春兰和杨痕谈话的声音透帘而入，她才知道，她这一车竟是杨痕在赶。她不知道那个男人什么意思，也懒得去管。

西苍文帝二十八年七月初七，一年一度的天伦节。所谓天伦，便是夫妻恩爱、兄友弟恭、子女绕膝的欢乐。虽然，皇室是天家，牵涉了太多沉重的东西，天伦意识很是淡薄，但毕竟天家也是家，而且，越是匮乏的东西，越是稀罕，所以，历代皇帝都特别重视这一年一度的天伦共欢。今年亦是一样。

历年天伦节的盛典都是在宫里举行，文帝见国泰民安，所以提出今年举家迁徙，一同去京师城外的苍灵山，那里有山有水，亦有行宫，是个避暑的好去处。明黄仪仗、宝马香车、绵延了几里，三宫六院、各宫嫔妃、皇子公主、王府女眷，浩浩荡荡前行。千城不喜热闹，杨痕驾的马车又很稳，所以除了中午起来用了一顿午膳，其余时间她都在睡觉。

到达苍灵山的时候，日已西斜。千城撩开车幔，这才发现他们已经入了大山，到处都是翠竹苍梧、葱葱郁郁一片，头顶烟幂层峦、红霞满天，如锦绣堆成。置身如此良辰美景，千城的心情也不由得好了起来。

行宫建在苍灵山的半山腰，等到众人到达行宫，一切安顿好以后，天已经将黑。虽是行宫，可做事的嬷嬷婢女一个都不少，忙里忙外，倒也安排得井井有条。四王府的人被安排在靠西的一个庭院，庭院的建筑有些类似四合院，中间是院落，四周共有四间房，西陵雪和苏墨沉一间、童素倾一间、千城一间，下人一间。

春兰在房里收拾起来，千城便到外面透透气，刚走进院子，远远地看到苏墨沉和童素倾站在亭子里面不知在说着什么，顿时只觉兴致索然，又调头回了房。文帝下旨，因大家舟车劳顿，所以晚膳便由御膳房烧好后送至各府庭院，自行用膳，又令众人好好休息，养精蓄锐，好有体力参加明日的盛典。

夜凉如水，千城倚窗而立，许是白日里睡得太多了，竟是一点睡意都没有，她又不好去院子里，倒也不是不敢，只是院子太小，有些人低头不见抬头见，而她又实在不愿意看到。她抬头望着天边的那一轮上弦月，痴痴地失了神。闭了闭眸，有温热的液体漫出眼眶，她微微扬着脸，一动不动。身后有细碎的脚步声传来，她以为是春兰，没有理会，依旧保持着那个姿势。直到半晌后面没有了动静，她才缓缓睁开眼睛，心头微跳，却没有回头，她已经知道来人是谁。她静静地看着窗外，那人静静地看着她。

黑暗中，男人摇了摇头，她背上骤然一暖，男人从身后轻轻抱住了她。微微一僵，她也没有拒绝，就任由他抱着。

急急而来的杨痕看到这一幕，本想说什么，一看到边上的千城，连忙欲言又止。苏墨沉眉心一皱，沉声说道："什么事？"

杨痕抿了抿唇，未响。千城笑笑，不方便是吧？

"你们说吧，我回房了。"她刚要转身，手却又被苏墨沉裹在掌心："没事。"末了，他又看向杨痕，"说吧。"

杨痕低低一叹，半晌才道："姑娘旧疾犯了，想要见爷。"千城明显得感觉到身边的人微微一僵："现在何处？"

"后山。"杨痕的话音刚落，千城只感觉到眼前紫影一晃，苏墨沉人已经不见，她的手就垂在那里，手背被捂的热度还在，淡淡的轻檀的气息还在，人却……杨痕立在那里看着她，微微拧着眉，满眼担忧。她高高仰起头，看了看天边的那两颗璀璨的星子，弯唇一笑："杨痕，你说，几百年后，天上挂的还是今夜的这些星星吗？"

杨痕怔了怔，有些懵，不明白她怎么会问出这么奇怪的问题。见他不知如何作答，她又是一笑："算了，是不是一样的又有什么关系？夜深了，早点歇着吧。"说完，便转身回了房。她尽量不让自己去想那个男人方才的凌乱以及离去时的急迫。可是，这些东西却总要钻进她的大脑。姑娘？小七吧？小七有旧疾？旧疾犯了，不应该找太医吗？而且，两人的身份，一个是妹妹，一个是哥哥，完全可以光明正大地在自己的庭院里见面，为什么还要跑去后山？看来，还是病得不够严重。

想到这里，她骤然一惊。染千城，你这是在吃醋吗？不是都准备要离开了吗？心中烦乱，她却怎么也睡不着，一直想着后山两人相会的情景。会拥抱吧？会亲吻吧？会……她觉得自己快要疯了。再一次起身，她将一把香添进香炉中燃起。顿时，暗香袅绕，她深深地呼吸，不一会儿，困意袭来……

后山，月光朦胧，树影婆娑，苍梧树下，一个女子身披黑色披风盈盈而立，水眸不时左右张望。苏墨沉翩然落于她的身后，静静地看着她。女子似乎感觉到了身后的目光，陡然回过身，看到是他，便如同一只翩然的蝶飞奔了过来，嗔怪道：

“沉，你来了多久了？也不吭声，这大半夜的想吓死我啊？”

苏墨沉轻拥了她，弯起唇角：“刚来。”骤然想起什么，双手又扳起她的肩，“你的病？”

女子嫣然一笑，水眸潋滟、波光粼粼：“没事啦，只是想见你。”说完，又将头埋进他宽厚的胸膛。

苏墨沉眸色渐寒，大手又将她从怀中拉起，沉声说道：“拿这种事情开玩笑好吗？”

女子一震，没想到他会作如此反应，美眸怔怔地看了他半晌：“你生气了？”

苏墨沉抿了唇，未响。女子的美眸中顿时就盈上水花，她咬着唇，讷讷道：“我只是想见你，我以为你也一样……”

“可你也不能拿自己的病开玩笑，而且，现在那么多人在，那么多双眼睛，多危险。”苏墨沉沉着脸，声音依旧寒凉。女子殷殷地看着他半晌，猛地扑进他的怀里，虽泪光点点，却唇角弯弯：“我知道，我知道你担心我，是我不好，以后我再也不这样了。你为我做的事，我知道，我都知道。”

苏墨沉走进院子的时候，才陡然想起千城，抿了抿唇，来到千城的厢房门口，屋里烛火已灭，想来是已经睡下了，本想转身离开，可又鬼使神差地推开了房门。一股暗香扑鼻而来，他连忙抬手捂住口鼻，此香他识得，是迷香。怔了怔，他大步入了房，捻灭了香炉中燃得正旺的香料，香炉的旁边，还有一块添剩下的迷香，借着朦胧的月光，依稀可以看到迷香的上面印着一个城字。因为前段时间他秘密派人大量收购了她制的香料，所以他认识，上面的城字表示是她千城所制。这个女人，竟然对自己用迷香！

睡不着吗？胸口微微震荡，他走到床边，只见女子盖着薄被睡得恬静，呼吸均匀、吹气如兰。他站了很久，就站在黑暗中看着她。许久以后，他突然俯身，在她光洁的额头上落下一个轻吻，想离开，又觉得不舍，轻轻吻过她的鼻翼唇角，方才直起身子，转身出了房门。

翌日清晨，千城是被春兰摇醒的，天已经大亮。

“千主子，快啊，很多人已经在前面集合了，听说今日的盛典非常重要，我们去晚了可不好。”

千城揉着惺忪的睡眼，头昏昏沉沉，有种不知身在何处的错觉，半晌才一个激灵醒过来：“完了，那你也不知道早点喊我？”

“奴婢是准备喊的，可是四爷说时辰还早，让主子多睡一会儿。”

苏墨沉？昨夜的事一点一滴地钻入脑海，千城心中一时又堵得慌：“他来过了吗？”

“嗯。”

起身下床，快速地盥洗、梳妆、用早膳，等千城走出房门的时候，苏墨沉已经等在院中，正负手立在一棵金丝桃下面，微微抬着头看着上面金灿灿的花朵。千城这才想起，司空畏的院子里也有这种花。许是感觉到身后的异样，苏墨沉陡然转过身来，看着她。今日的她穿了一件紫色的云锦长裙，裙摆处绣着细小的木兰花，荷叶边的水袖，随着人的走动，起起落落，千城清新脱俗的样子如同误入凡尘的仙子。苏墨沉眸光微闪。千城却陡然意识到，自己似乎穿错了衣衫，两人的颜色，竟是一模一样。

“我……哦，听说今日有比赛，这个裙子太长了，活动起来不方便，我去换一件。”千城刚准备转身，手却被男人捉住：“不用，这身挺好。”男人携着她便走，唇角轻弯，弧光点点。

“可，可是……”

“没有可是，再可是，就会被取消资格了，人都到齐了，就差我们俩了。”

无奈，千城只得硬着头皮被他牵着出了院门。

行宫的前面是一块空地，果然早已乌泱乌泱站满了人，认识的，不认识的，嘈杂一片。在众人的注目礼下，苏墨沉牵着她一直走到属于四王府的地方，西陵雪和童素倾早已等在那里，见他过来，跟他打了一声招呼，千城感觉到两人怨毒的目光。不远处，站着小七，正在跟其他的皇子打打闹闹，见到她亦是对着她粲然一笑，露出两颗小虎牙，笑容如破晓的朝阳一般明媚，可是千城却还是没来由得浑身一抖。还有一道目光深凝了过来，是谁？她搜寻着，却没有找到。心中突然气恼，没有得到宠爱，凭什么成为众矢之的？她愤愤地甩开了男人的手，男人看了看她，刚准备开口说话，就听到公公尖细的声音传来：“皇上驾到、皇后娘娘驾到……”

众人跪地。这时，千城才发现，天伦果然就是天伦啊，不仅皇上皇后来了，各宫妃嫔来了，连一向鲜少出门的梅妃都来了。文帝一身明黄走在最前面，边上落落而行的是一身凤袍的皇后，身后便是三王爷的母妃丽妃以及十四王爷的母妃梅妃，再后面就是嫔，以及贵人之类的各宫女眷。当梅妃经过千城身边的时候，千城偷偷睨了一眼苏墨沉，却只见他眉眼低垂、面沉如水，看不出任何意味。

一行众人在最前方事先摆好的位子上坐下，文帝凌厉的目光一一扫过众人：“都起来吧。”末了，又招手喊了边上的李公公，“跟大家具体讲一讲今日的节目。”

李公公躬身领命，接着又转向众人，大声说道：“各位主子，今日的节目是竞技，各位通过抽签来决定分组，组与组之间较量。每一项竞技排名落后的组淘汰，胜出者重新抽签分组，再进行下一轮的竞技。”

李公公说得激动，众人听得亢奋。可是，竞技的项目是什么呢？因为是天伦节，而且文帝有言在先，就当是一家人在一起狂欢，无须在意礼节，不需拘束。所以李公公还没有说完，已经有人迫不及待地问：“快说，比什么啊？”

李公公笑笑：“容老奴慢慢说来。”他指了指不远处的湖，“各组先赛船，赛完船淘汰一组，然后再抽签分组，比攀岩。”说这话的时候，他又伸手一指，指了指矗立在湖中心的一堵直入云端的峭壁，“攀岩结束后，再淘汰两组，剩下的进行下一轮，也就是最后一轮。”他再抬手指了指远处的一座大山，“那座山看到了吗？皇上已命人将一块刻有天伦之乐的铭牌藏在了山上，在攀岩竞技中胜出的人才有资格去山上将铭牌找出来，谁最先找到，谁就胜出，到时……”

“到时，得铭牌者就如同得了朕的一道空白圣旨，朕可以满足其一个愿望。”文帝直接将李公公的话接了过来。

众人哗然。这样的竞技倒还是第一次听说，不过，听着似乎很有意思，也很让人亢奋，而且，空白圣旨啊，多诱人！众人摩拳擦掌，严阵以待。

那厢几个公公已经端出抽签的瓷坛子，李公公朝众人招手：“所有王爷公主、家眷都可以参加，请参加之人都站到前面，方便抽签。”

因为童素倾一直装的是瞎子，自是不好参加，所以苏墨沉让她留了下来，他、西陵雪、千城上前。陆陆续续，上前的人越来越多，李公公一点，竟有十七人，可麻烦也来了，总共五艘船，十七人分组分不开。文帝略一沉吟，伸手指了指站在皇后身边的云蔻："你，也一起参加，十八人了，还有……"文帝又左右看了看，"对了，丽妃和梅妃也上去凑个热闹，这样就二十人了，五船，每船四人。"

云蔻答应着，丽妃没吭声，梅妃有些不情愿："这些都是年轻人的活动，臣妾……"

"你也很年轻啊，"文帝笑着，眸中风华万千，"在朕眼里，你永远是最初的模样。"

梅妃微微一怔，这种感觉似乎又回到了二十年前。正不知如何作答，就听到十四爷在那里起哄："对啊，对啊，母妃，你年轻着呢，要不，等会儿你抽到跟儿臣一组，儿臣照顾您？"十四爷说完，含笑的眸光却是落在一边垂眸颔首的云蔻身上。

苏墨沉亦是轻笑，更难得地出声："是啊，梅妃娘娘是长辈，无论抽到哪一组，想来都会得到照顾的。"梅妃抿了抿唇，又稍稍犹豫了一下，起身对着文帝一鞠："那臣妾恭敬不如从命。"

文帝朗声而笑，似是愉悦之至。谁不知道当今梅妃娘娘清冷寡淡，连幽梅宫都鲜少迈出，今日竟随着小辈们一起闹，当真是日头打西边出来了。

于是第一轮的竞技，二十人齐了，参赛的人很快站在了前面。太监们端着抽签的瓷坛子一一从众人面前走过，让众人从里面摸出一张刻有船号的竹简。不知为何，随意排队的时候，小七竟是排在了千城的左边，苏墨沉又在千城的右边，千城夹在中间，浑身的不自在。微微探头看了看队列，不想正撞到三王爷苏墨风的目光，她一颤，慌忙收回视线、站得笔直。先抽到的人已经有人开始叫着自己的船号了。

"十四弟，你是几号船？"

"四号，九哥你呢？"

"二号。"

抽签是从右边开始的，陆陆续续，很多人抽到了签，气氛也变得更加热烈起来，小七更是在人群中窜来窜去地抢先看大家的号码。

"三哥，你几号？"

"二号。"苏墨风温润如春风的声音传来。

"哇，你跟九哥一组呢！"

很快，手端瓷坛子的太监行至跟前："四爷，请！"苏墨沉勾起唇角，轻挽袍袖，伸手一探，纤长的手指带出一支竹简，千城忍不住抬了眼梢看过去，是个大写的五字。五号船。

"千主子，请！"

轮到千城了，不知为何，她的一颗心竟然怦怦狂跳起来，会抽到几号呢？她又希望是几号呢？屏住呼吸，她亦是挽了水袖摸向坛底，抓了一根，缓缓摊开掌心，竟也是一个五字。说不出那一刻心中的感觉，只觉得心中难以遏制地澎湃，这算不算是缘分呢？禁不住抬眸偷偷朝边上的苏墨沉看过去，他正在和西陵雪说着话，似乎并没有看到她的号码，她抿了唇，攥紧了竹简。

边上小七也已经归队，嘟嘟囔囔地伸手抽出一签，摊开一看，是个二字。千城看到她的脸上掠过一抹失望，她微微嘟着嘴，幽怨地朝苏墨沉看了一眼。千城夹在中间，垂眸看着地上，可她依旧能感觉到两人透过她交流的目光。就不知道避一下嫌吗？心中微涩，她忽然转过头，朝小七一笑道："小七，让四嫂看看你几号？"一边说，一边伸手将小七手上的竹简接过，可是不知是不是拿得太急，竹简竟是突然从手中脱落，啪的一声掉在地上。

"哎呀，不好意思。"她连忙道歉，弯下腰身去捡。却不料，手刚伸过去，就猝不及防地碰在一个温热的手背上，她一颤，本能地将手缩了回来，就看到竹简已被一只白璧纤长的大手拿在了手里。顺着大手往上，就看到了苏墨沉的俊颜，他此时正和她一样的姿势，弯腰弓着身子，深邃的目光却是落在她的脸上，探究，微凉，冷冽。脸近在咫尺，一时间，呼吸可闻，心尖一抖，千城连忙慌乱地直起身子，眼角的余光分明看到小七正怔怔地看着他们两人。这时，苏墨沉亦已直起身子，将手中的竹简递到她的手中，沉声说道："拿好，将小七的给她！"他的口气，如同他刚才的目光，微凉，冷冽。

千城心中一颤，原来她的举措都没逃过他的眼睛，他知道她的意图！对，她是故意将竹简掉在地上的，掉在地上的是她自己的号码，她做出是将小七的竹简掉在地上的样子，只不过是想将自己的号码和小七的号码对换，成全某一对有情人而已。他应该感激她，不是吗？为何是那种目光？为何是那种口气？来不及细想，因为她已感觉到众人看过来的目光，她连忙将小七的竹简还给了她，笑道：“小七跟九弟和三哥一组呢。”

小七淡淡地睨了苏墨沉一眼，粲然一笑：“是啊，跟那两个家伙一组应该差不到哪里去。”说完，还倾身朝苏墨风和苏墨逸做鬼脸。苏墨风低低一笑，眼梢轻轻掠过千城，千城装作未察，默然地站在自己的位置上眼观鼻鼻观心。

最后，分组成功：一号船是七王爷、十一王爷和两个女眷；二号船是三王爷苏墨风、九王爷苏墨逸、小七、丽妃；三号船是二王爷、五王爷和两个女眷；四号船是十四王爷苏墨宇、八王爷、云蔻、西陵雪；五号船是四王爷苏墨沉、六王爷苏墨鸿、千城、梅妃。

赛船均是由上好的浮木做成，船身都被漆上代表皇权的明黄色，精雕细琢、做工精良，船头有两支划桨，很类似龙舟。六王爷苏墨鸿最先上船，大概是因为不想跟他们一船，铁青着脸，一脸不悦，一上船就将划桨倒腾出很大声响。苏墨沉也不以为意，轻勾了唇角，也跳到船上，伸手给千城。千城是识水性的，所以也无所畏惧，倒是梅妃，战战兢兢，一副连船都不敢上的样子，所以，千城并没有将手给苏墨沉，而是伸手扶了梅妃。梅妃愣了愣，朝她感激一笑。苏墨沉见状，也是微怔，伸出去的手没有缩回，顺势扶了梅妃，梅妃在二人的搀扶下上了船。

每艘船都是两个男人两个女人，男人负责在前面划桨，女人坐在后面助阵。随着一声“开始”令下，五艘木舟如同离弦之箭朝湖对岸划去，岸上的呐喊声也是震耳欲聋、铺天盖地。船头，苏墨沉和苏墨鸿更是铆足了劲儿，奋力挥臂，两人虽平时不和，此时倒是难得的齐心协力。千城弯唇笑了笑，也亏得文帝用心良苦，她想，所谓的天伦大抵就是这样吧，只是她不知道，撇开今日，这样的同心又能维持多久？身份如此，回宫以后，还是要被太多的事情牵绊吧？

虽是夏日，湖风却是很凉爽，迎面吹过来，甚是惬意，千城微微仰起脸，闭起眼睛感受着这份柔风的包裹，顿时觉得轻松了不少。很多女眷开始兴奋地喊叫起来，小七平日里没心没肺，深得众人的喜爱，此时，也有不少人逗她开心。

“小七，你们不行啊，你看，你们的船落后了呢！”

“是啊，小七，下一轮抽到跟我们一起好了。”

“小七……”

小七也不甘示弱，面红耳赤、反唇相讥，还起身不停地以手舀水向对方泼过去，众人大笑着躲避，一时欢声笑语，船头划船的苏墨风和苏墨逸不时回头，嘱咐道：“小七，别乱动，别乱动……”她哪里听得进去？于是，两人只得你看看我，我看看你，无力地叹息。

倒是四号船最为安静，连平日里嚣张跋扈的西陵雪也端坐在那里一动不动，只是眼睛一刻也没有离开过边上的五号船。船头摇桨的十四爷不时回头看向身后的云蔻，只觉得胸膛内有一种叫做豪迈的东西在膨胀，自己似乎有使不完的劲，而云蔻却不然，微微凝着秀眉，水眸深邃遥远，目光不知落在何处。

刚出发的时候，五艘船的速度不相上下，慢慢地，就拉开了距离，行程差不多一半的时候：四号船排第一，五号船排第二，一号船排第三，二号船排第四，三号船排第五。

千城缓缓睁开眼睛，发现船已经行至湖心，四周一片碧波，置身其中，顿时觉得真真是生之微末，人，还有什么东西是放不开的呢？边上梅妃娴静地坐着，雍容而高贵，但千城注意到她的一只纤手紧紧地抓着船舷，如葱的手指根根露白。看来，她是极度紧张的，如此清冷寡淡的一个人，又如此怕水，竟然也欣然同意参加赛船？是因为有的人吧？千城弯弯了唇，伸手轻轻覆上她的手背。梅妃一怔，侧首看了看她，清浅一笑。千城没有问，也没有给她安慰，因为她不想揭穿这个女人强自伪装的镇定，她想，那是最起码的尊重吧。她只是说：“娘娘，不如，我们一起动手帮帮四爷和六爷？”

“如何帮？”梅妃微愕。千城弯唇一笑，撩高一只手的水袖，露出莹白的皓腕，挨着船舷伸进水里，前后划动着：“就像这样，这样，我们的手就也是一只桨了。”

梅妃犹疑着，半晌，才仿照她的样子，撸起袍袖，小心翼翼地伸进水里，缓慢笨拙地划动。慢慢地，似乎适应了过来，动作也渐渐变快，脸部表情也越来越放松。

“怎么样？”千城笑睨着她。其实，靠手做桨的力量根本是微乎其微的，她之所以如此，不过是想让这个女人克服对水的恐惧。

“嗯。”梅妃一边划，一边点头，明媚开心地笑着，那是千城从未见过的样子。两人的对话和动静，船头的两个男人自然都尽收耳底，苏墨鸿冷笑，嗤之以鼻，苏墨沉勾唇，黑眸炯炯有神。

身后，众船的欢笑声依旧不断，还有人提出让小七唱首歌，小七冷哼：“都是你们，故意跟我说笑，分散三哥和九弟的注意力，现在好了，我们都倒数了……不理你们了，你们想听曲儿，大可以跟父皇说，让父皇准许你们去红画舫，那里的姑娘个个水灵，人人歌声赛黄鹂。”众人又是哄笑。

听到这里，千城亦是忍不住笑了，红画舫的姑娘水灵，歌声赛黄鹂，她不知道小七自己说这话，是怎样的心理？反正她听着，只觉得好笑好讽刺，是说她自己吗？前面苏墨沉也回过头，投来淡淡的目光，千城低垂着眉眼，依旧与梅妃划水划得甚欢，但是，她能感觉到他的目光，似乎盘旋在她的头顶，又似乎越过她的头顶看向后面。在看某人吗？那方才抽签的时候，她故意成全，他又假装正经，一副不乐意还生气了的样子，何苦呢？

比赛依旧如火如荼。小七见千城和梅妃那样，也依葫芦画瓢，卷起衣袖拼命划起来，只是动静弄得特别大，水花四溅，溅得坐在边上的丽妃叫苦不迭。听到动静，千城亦是回头看了看。如果不是那夜亲眼所见这个女人的真面目，打死她也不会相信，小七就是那个女人。因为，平素的小七真的很单纯可爱，真的很没心没肺，而不是那个一脸沉静、腹黑睿智的谢云汐。一个人怎可以藏得那么深？

突然，扑通一声巨响，似有重物坠入水里的声音，接着就听到一声女子的尖叫，“啊……”众人一惊，纷纷回头，千城亦是回过头去。一个人对一件事物的反应最快是多久，一秒？半秒？众人刚被这突如其来的一幕怔住，连本身二号船上的两个男人还没反应过来的时候，只听又是一声扑通巨响，又有重物坠入，前后连眨眼的瞬间都没有，千城敢肯定，因为等她意识到发生了什么的时候，苏墨沉已经抱着女子破水而出。

原来，是小七落水了，原来，苏墨沉下水去救人了，原来，一个人的反应可以这么快，快到将事情解决了，众人才反应过来是怎么回事，原来……有那么多的原来。苏墨沉抱着小七，飞身落在二号船上，微微拧着眉宇："你没事吧？"

"没事，"小七狼狈一笑，轻轻地从他的怀里挣脱，"多谢四哥。"如果说有事，那也是全身衣服湿透了而已，她一掉下去，他就托住了她，几乎一口水都没呛到，如何会有事？

千城此时却无心去看两人的卿卿我我，倒不是因为嫉妒，或者是不敢看，而是她根本顾不上，因为他们的五号船出了状况。苏墨沉走了，大概当时太过心急，飞身而起的时候，竟然连同手中的木浆一起带走了，那就只剩下苏墨鸿手中的一只桨了。独桨划船不是不可以，只是，那是技术活，譬如苏墨鸿就不会划船，不会划船的人划一边桨只会造成一个结果，那就是船偏移方向，或者拐弯，或者打转。他们的船也不例外，直直地朝边上跑去，苏墨鸿想控制住，手忙脚乱地执起手中的桨这边划划，那边划划，结果，反而让事情更糟。众人见小七有惊无险，便也没放在心上，而且五号船正在停滞，只觉机会难得，奋力挥臂赶上。眼见着两艘船超越了他们，千城心中一急，咬咬牙，直接跳入水中。

"六爷，我稳住方向，你继续划！"她伸手大力推住船头，不让它往一边跑，抬头急急地朝苏墨鸿说道。苏墨鸿有些吃惊，没想到她会如此，连船上的梅妃也是被她的举措吓到，二人皆是忘了反应。见苏墨鸿不动，千城急了："快啊，我没事的，我会水的。"

"嗯！"苏墨鸿这才反应过来，赶忙挥臂奋力划了起来。

千城用双腿拍打着水，让自己保持着不沉下去的状态，双手用尽全力地稳住船头，但阻力很大，她只能咬牙忍住。船终于又恢复了正确的航向。突然，臂上一重，有人拧着她的胳膊将她拽了起来，对，是拽，毫不怜香惜玉，恨不得将她的胳膊拽掉一般。一身紫袍，浑身湿透，是苏墨沉。苏墨沉将她拽到船上，大手一松，千城猝不及防，根本来不及站稳，就直直地摔倒在船板上。

"要你好心！"冷冷的话语，带着怒气，男人扔下这一句，就转身来到船头和苏墨鸿一起划了起来。千城望着船板上一大片的水，有她身上的，也有他身上的，在她的身边融合、晕染开，她突然想笑。

梅妃轻轻拧着眉，小心翼翼地挪动着身子，想过来扶她，她恍恍惚惚地回神朝她一笑："我没事。"然后默然起身，坐在了自己的位置上。风景依旧，心却索然，千城微微扬着脸，看向远处的风景。人和人真的不能比，根本没法比，同样是落水，为何待遇却是如此天上人间？肩上一重，一件外衫披在了她身上，她恍然回神，就看到梅妃关切的表情："小心着凉。"

人有时真的很奇怪，再伤再痛的时候，都可以忍住不流泪，却经不起一句暖心的话语。千城鼻子一酸，眼角便有了潮意。

"我没事，现在大夏天的，太阳一晒，衣服马上就会干了。"强自将要落下的泪水逼回了眼眶，千城笑笑，解下身上的衣衫，复又搭在梅妃的身上。倒不是她矫情，而是实在用不着，太阳很大，晒衣服正好，另外，她浑身湿透，干衣服搭在她湿衣服的外面，只会是多增加一件湿衣服而已。

梅妃也不强求，轻缓地将自己的外衫穿上，突然倾身，凑到她的耳边，轻声说道："孩子，不要难过，四爷是关心你。"千城一怔，没有想到她会说出这样的话来，一般人都不会说这种话，何况她是梅妃，和苏墨沉关系很微妙的梅妃。兀自怔了怔，她笑笑，没有说什么。关心吗？这关心的方式还真是特别呢，她不懂，也感受不到。

见她这个样子，梅妃又低低地叹出一口气："其实，人有的时候看事物，不要光凭眼睛，而是要用心去感受……"她的声音很轻，似是在对千城说，又似是在喃喃自语。顿了顿，好像在犹疑，却又接着说道，"他和小七不是你想的那样。"

千城愕然地转眸看着她，恍惚间，只以为自己听错了。什么叫他和小七不是她想的那样？她想的哪样？她又知道什么呢？她急切地想要知道答案，而梅妃却不打算继续说，只是笑了笑，又直起身子，坐回了原位。千城怔忡了半天，一直在想她的话，人有的时候看事物，不要光凭眼睛，而是要用心去感受……他跟小七不是你想的那样……梅妃到底想说什么？一直到比赛结束，千城还没回过神来，而比赛结果没有任何悬念，三号船排名最后，淘汰。

众人下了船，有两个女眷也许是不太适应，一下船就跑到一边呕吐个不停，倒是梅妃还好，下船和上船时，已经完全是两个状态。反而千城脸色微白，似乎不是很舒服。苏墨沉淡淡的目光又落在她的身上，她装作没有看见。

接着便是第二轮的抽签。如同第一次的一样，只是换了一拨端瓷坛的主事太监而已，因为这些人早就候在了这边。原本二十人，第一轮淘汰掉四人，还剩十六人，然后梅妃和丽妃因不适宜此项运动，提出弃权，还有两个女眷身体不适，也提出弃权，最后只剩下十二人。

抽签的结果是：第一组：六王爷苏墨鸿、七王爷、西陵雪；第二组：三王爷苏墨风、十一王爷、千城；第三组：十四王爷苏墨宇、八王爷、云蔻；第四组：四王爷苏墨沉、九王爷苏墨逸、小七。此轮比赛将会淘汰两组。

抬头望着直耸入云霄的峭壁，千城深深呼出一口气：“你身子不舒服，就不要上了。”一个低醇的男声从身后传来，不用回头，她也知道是谁。她几时身子不舒服了？他在意过吗？如果不舒服，也是他让她不舒服。凝了凝心神，她回头，嫣然一笑：“四爷是不是记错了，我几时身子不舒服？”

苏墨沉眸光微敛，薄唇抿紧、静默了半晌，才道：“这一项比赛女子并不适合参加。”

女子不适合？她差点就问了出来，那小七呢？难道不是女的？哦，是她忘了，小七跟他一组呢，他可以做护花使者。又是轻轻一笑，千城云淡风轻道：“没关系，反正参加的女子又不是只有我一人。”

苏墨沉沉眸，脸色微冷。千城直接无视，转眸看向不远处的苏墨风，笑道：“三爷，你、我、十一爷谁先上啊？”苏墨风看了看苏墨沉，又看看她，弯唇一笑：“你，可以吗？”

“当然！”千城口气笃定、自信满满。

苏墨沉彻底黑了脸，千城再次无视，径直走到自崖顶垂落的绳索下面。苏墨风唇角微勾、眼梢轻轻掠过苏墨沉，同为男人，他当然知道苏墨沉心中所想，什么身子不舒服，什么女子不适宜，最根本的原因，怕是不想让千城跟他一组吧？

第十二章　你在哪里

比赛即将开始，由山上放下一根绳索，在没有任何防护措施下，众人顺着绳索攀着绝壁而行，一组三人，哪一组最先到达山顶，哪一组赢。千城拽了拽绳索，深深呼吸。

“别怕，我就在你的下面，你一直在我的视线里。”似乎了然她的紧张，苏墨风轻轻拍了拍她的肩。千城转过头看着他，点了点头，心中莫名安定，原来，这就是这个男人让她最先上的原因，她一直在他的视线里。虽然没有防护措施，但是他会武功不是吗？飞檐走壁应该都没事吧？正准备回过头，突然感觉到有道灼热的目光凝过来，千城抬眸寻过去，正看到苏墨沉正扭过脸，对小七嘱咐着什么，并没有看她。她自嘲地弯了弯唇，当真是自己自作多情了。蓦地手上一热，她一怔，回过神，发现苏墨风正抓着她的手往她的手上裹着布条。

“这是……”她不明所以。

“等会儿所有的力量都集中在手上，你会受不了的，”苏墨风低垂着眉眼，缠得很认真，“但是，也不能缠得太厚，那样不好受力，而且太厚了，手没有知觉也很容易发生危险。”

千城怔怔地看着他，看着他那与苏墨沉有几分相似的眉眼，心中却有说不出来的感觉。一切都不对，不对的时间，不对的人，为什么会是这样？

“三爷，我……”她有些内疚。

“好了。”苏墨风将布条在她的手背上打一个结，抬眸看着她浅笑，梨花照水一般。

千城垂眸，看着一双手被裹得像个伤员一样，手背上还各有一个蹩脚的蝴蝶结，忍不住扑哧一声笑出来：“丑死了。”

苏墨风挑眉，心情却是极好的：“凑合着用呗。”

似乎又有凌厉的目光射过来，刀子一般，千城如芒在背，猛地回过头，果然就撞上苏墨沉投过来的目光。他面色沉静、薄唇紧抿，一双眸子却寒意满盈。他在生气吗？他生什么气？不就是没有如他的愿，坚持比赛了吗？千城没有理会，直接转回头，这时，主事太监尖细的嗓音响起，比赛正式开始。

也许是每个组都有每个组的策略，所以第一个上的人有男有女，有强有弱。第一组上的人是七王爷，第二组上的是千城，第三组上的是云蔻，第四组上的是苏墨逸。七王爷和苏墨逸都是有武功之人，所以拉着绳索，身轻如燕，千城和云蔻不会功夫，还都是女子，自是慢了许多，当然，正因为这样，也成功吸引了下面所有人的目光。

苏墨风和苏墨宇皆直直地站在两根绳索的下面，仰着头，紧抿着唇线、微凝着眉宇，望着自己头顶上的女子，一眨不眨，毫不掩饰着两个男人的担心。苏墨风心神荡漾，只觉得今日是他这三年来最最开心的一天，苏墨宇心潮澎湃，第一次感谢上苍，竟然抽两次签，两次都没有跟眼前的这个女人分开。所谓缘分大抵就是如此吧？

估摸着差不多拉开了距离，每一组的第二个人便陆续开始向上攀爬。第一组上的第二人是苏墨鸿，第二组上的是苏墨风，第三组上的是苏墨宇，第四组上的是苏墨沉。这一排全部是男人，而且都是身怀武功的男人，所以几个人向上攀时，都身轻如燕、如履平地一般。很快，第四组遥遥领先，第一组排第二，第二组和第三组不相上下。苏墨沉甚至超过了第二组和第三组的第一人千城和云蔻。本可以一鼓作气上去的，不知为何，他却突然放慢了节奏，只是不紧不慢地保持着比两个女人稍稍领先一点点的速度。下面的众人微怔，不明所以，小七轻轻拧了秀眉。

千城许是缺乏锻炼，不多久，便明显感觉到力不从心，额上汗水肆意，流进眼睛里，双眼涩得几乎睁不开。无奈，她只得慢慢停下，想抹一把汗，可一手刚离开，另一只执绳的手却不堪负荷，陡然一滑，她尖叫一声整个人急速下坠。

“千城！”两道惊呼声同时响起，来自不同人的口中，却带着相同的恐惧。苏墨沉脚尖点上崖壁，刚想飞身而起，却发现女子已经被人稳稳接住。

“你没事吧？”苏墨风一手拉着绳索，一手紧紧抱着女子，由于受力，两个紧紧相贴的身体就这样绕着绳子打着转。千城脸色煞白，本能地箍着苏墨风紧紧不放。

谁也不知道苏墨风此刻的心情，任何言语也无法形容他此刻的心情，如果说刚才是被惊惧填满，那么此刻满心满脑的只有幸福和满足，他抱着她，她依附着他，就好像天地间只剩下他和她两人，那样亲近，那样相依，那样你我不分。

所有人的目光都集中在两人身上，包括地上的人，包括正在攀岩的人，也包括苏墨沉。他微微眯着黑眸，瞳孔里倒映着不停打转的两人，一根根红丝就像蜘蛛网一样布满他的双眼，将那两人的影子罩住、深绞。也没有人知道他此时的心情，或许只有离他较近的云蔻知道一二，因为在众人都看向千城和苏墨风的时候，云蔻不经意地抬了抬头，看到男人抓着绳索的大手，指节泛白。

而十四爷这厢，见千城这样，心中甚是担心云蔻，连忙三步并作两步攀到了她的脚下，急切地问道：“你怎么样？能坚持吗？”

云蔻垂眸，轻轻一笑：“我没事。”

众人终于从方才的惊魂中走出，准备继续未完的比赛。然而，意外再次发生。许是千城刚才的下滑致使绳子在山顶那一端的固定点松动了，或者是固定点原本就没有固定牢，反正，意外就在众人毫无心理准备的情况下发生了——绳子的固定点脱落了，绳子形同虚设，两个原本还在旋转的身体突然失去了支撑，直直地往下坠去。

事情发生得太快太突然，许多人还没有反应过来。苏墨风脸色大变，连忙提起内力，一手抱着千城，一手想要扒住岩壁。可是两人下坠的力度实在太大，而且岩壁又着实太滑，即使他有武功在身，依旧无法攀住岩壁，面对身下没有万丈至少也有数百丈的深渊，就这样坠下去，即使他有轻功，结果也会非死即伤。

“千城，别怕！”他安慰着怀中脸色煞白的女子，而自己心中已经绝望到了极点。

然而，事情的发展永远具有戏剧性。突然，他们的身体下坠。众人一震，千城惊魂未定地看着苏墨风，苏墨风抬起头朝上望去，原来是有人抓住了绳索。

谁也无法想象，要用怎样的速度和怎样的方法，原本在四号绳索上的人才可以去抓住二号绳索？谁也无法想象，要用多大的力道，一个人一只手，才能够拦截住两个急速下坠的人？谁也无法想象，在那种情况下，谁才能不顾生死毅然做了这样的事？无论如何想象，反正就是有人在千钧一发的时候，成功地拉住了绳子，那人就是苏墨沉。

苏墨风稍稍松了一口气，暗自庆幸自己在下坠的过程中复又抓住了绳子，不然，即使有人拉住了绳子那端，也没有用。依旧仰着头望着上面拉住绳索的男人，他轻声问着怀里的女子："千城，你还好吧？"

"嗯。"千城死死地箍着他，不敢动，不敢喘气。只感觉有什么东西滴在自己的头顶、额头上，滚烫黏稠。千城不敢松手去抹，只得转动着眸子往额头上看，却看不到，直到又是几滴滴了下来，顺着她的额头流到脸上，她才意识到那是鲜血，心中大惊。

"苏墨风，你怎么了？"她以为是他的血。

"我没事。"苏墨风心中一阵激荡，为她那句情急之下的苏墨风，不是三爷，不是三哥，是苏墨风。

"那你为何流那么多的血？"

"不是我的。"苏墨风又抬头望向上面，眉心微拢，不知上面的人还能坚持多久？听说不是他的血，千城一震，心中满是疑惑，强自忍住内心的恐惧，她缓缓抬起头，朝上面望去，却看到了让她终生难忘的一幕。有人拉住了他们的绳子，而那人此时此刻一身狼狈，一手拉着自己的绳子，一手拉着他们的绳子，背部的紫色锦袍尽数破碎，裸露出一大片背部的肌肤，虽然隔得不是很近，却依旧能清楚地看出他背上的血肉模糊。是他！是苏墨沉救了他们吗？那他的背是怎么回事？

似乎了然她的困惑，苏墨风开口道："四弟在四号绳索，我们在二号，他要拉住我们二号道的绳子，必须荡滑过来，而他的绳子一直在四号道，所以荡过来以后又会惯性地荡回去，四哥担心我们会因此撞在峭壁上，所以强行用自己的背去撞击摩擦岩壁，增加阻力，让绳子慢慢地回到四号道。"

原来是这样！也是，他两手都拉着绳子，也只能靠自己的背。可是在那样大的冲击力下，靠自己的背增加阻力，他要承受多少阻力？难怪他的衣衫破碎、血肉模糊。千城说不出心中的感觉，只觉得很难受，苏墨沉，你为何要这样？

“千城，抱紧我！我们要赶快换到四弟的绳子上去，减轻四弟的负担。”

“嗯。”千城点头，原本滴在她脸颊的一滴血流进了嘴里，一股腥甜入口，她眸色一痛，双手死死抱住苏墨风，心中只有一个信念，苏墨沉，坚持住。苏墨风缓缓松开原本抱住千城腰身的那只手，猛地一伸，拉住了四号的绳子，末了，又仰头朗声对上面的人喊道：“四弟，可以松手了。”

上面的人似乎也已濒临极限，乍听这一声，终于大吁一口气，松掉一手的绳索。这样，原本二组的人就攀在四组的绳上。再一次有惊无险。可众人还是很久才从这场惊惧中回过神来。比赛继续，其实不继续也得继续，不然，总不能一直悬在半空中吧？

众人顺着绳索继续往上攀。一组的西陵雪和三组的八王爷也上了，二组没有绳子，所以十一王爷没动，四组的小七，也站在那里，上也不是，不上也不是，毕竟再上，他们的绳子就得承受五人的重量。

千城也已和苏墨风分开，开始顺着绳索往上攀，苏墨风则跟在她后面。突然，千城发现，自己缠在手心的白布条，竟被染成了红色。绳子上有血！她一惊，很快就明白了过来。看来，苏墨沉不仅背上血肉模糊，手心也血肉模糊了。他猛地拉住绳子，手心要承受那么大的力道，这也并不是什么意料之外的事。千城一时心绪大动，一边攀爬，一边浑浑噩噩地不知心中所想，猛地听到苏墨沉低沉的声音响起，隐隐地透着一丝急迫：“九弟，快上去，再放一根绳子下来！”

她怔了怔，只当是他担心这根绳子承受不住几人的力量。当苏墨逸第一个爬上山顶，又在他们边上放下一根绳子的时候，她还是没有明白过来怎么回事。一直到苏墨沉从他们的这根绳子离开，换到新绳子上面，快速往下滑去的时候，她才陡然明白过来。他坚持不下去了吗？或许是因为背部和手心的剧痛，又或是因为方才体力的极限透支，他坚持不下去了吗？所以他选择了下滑。而他又考虑到，如果他在这根绳上下滑就会砸到她和苏墨风，所以，他让苏墨逸上去重新置一条绳子下来，可是这样，不就等于放弃了比赛？心中正各种纷乱，苏墨沉已滑至她的边上，微顿，黑眸的目光静静地落在她的脸上：“你没事吧？”他问。

那一刻，千城想哭。但是她忍住了，她咬着唇，摇头：“苏墨沉……”男人已经滑了下去，磨破的紫袍在空中飞舞。她似乎听到他在滑过苏墨风身边的时候，苏墨风也喊了一声：“四弟”，同样没有听到男人回应的声音。

苏墨沉滑到地面，小七连忙上前：“四哥，你怎么样？”

苏墨沉摊开掌心，掌心一片殷红，皮肉外翻，他屈伸了一下几乎麻木的五指，淡淡地说道：“我没事。”

原本站在下面的第二组的成员十一王爷，见苏墨沉下来了，想了想，便拉住绳子攀了上去。

不多时，比赛结果就尘埃落定。第三组十四王爷苏墨宇、八王爷、云蔻三人最先攀上顶峰。第二组三王爷苏墨风、十一王爷、千城三人排名第二。第一组六王爷苏墨鸿、七王爷原本是很快的，可由于最后一位西陵雪速度太慢，排名第三。第四组只有苏墨逸攀上了顶峰，其他二人失败。按照事先定好的规矩，二三组进山寻铭牌，一四组淘汰。

第三轮的比赛就不分组了，谁找到铭牌谁赢。等进了深山以后，千城才发现，其实最最有难度的是这最后一轮。因为到处都是参天大树、杂草丛生，在这样广袤的森林里找一小块铭牌，她真不知道文帝是怎么想的。那分明就是大海捞针！

一行六人上山以后，就各自分开了找，苏墨风原本想跟着千城的，却被千城强行撵走，她想一个人静一静。千城也没有心思真的去找铭牌，就浑浑噩噩地走着，漫无目的地在树林里转着。

不知不觉，竟已天黑，她这才想起，进山的时候，大家约好了，天黑之前全部返回到他们分散的那个地方集合，然后一起露营，第二日再继续分散寻找，于是连忙往回赶。可是很快，她发现她迷路了。

天越来越暗，一弯月牙本就不太亮，月光又被茂密的大树，遮挡得所剩无几。树影重重，月影婆娑，一棵棵大树的枝丫就像张牙舞爪的怪兽一般，千城不由得攥紧手心，硬着头皮，只凭感觉往前疾步走着。她不明白今夜为什么那么静，竟然连一丝风都没有，鸟虫的叫声、树叶的沙沙声通通都没有，唯一有的声音，就是自己的脚步和心跳声。她不由得加快了步伐，最后就小跑了起来。整个树林里都回荡着她的软履踩在落叶上凌乱的声音，越发显得夜的静谧可怖。

陡然，她撞到一个什么东西上面。她惊呼一声，头都没有抬，本能地调头就跑，可没跑两步，猛然意识到什么，又顿住脚步，回头观望。果然就看到一个男人站在那里，抱着胳膊，静静地看着她笑，黑眸晶亮，带着几许玩味。苏墨沉？她睁大眸子，犹不相信，他……他怎么会在这里？

“你也会怕吗？”直到男人低醇的嗓音响起，她才敢相信这是事实。

心跳踉跄！任何言语都无法形容她此刻的心情。什么久旱逢甘霖、什么他乡遇故知，都没有此刻她心中的狂喜来得强烈。她就像一个迷途的孩子见到了久违的父母，想都没想，就扑了过去，委屈得想哭：“我找不到路，我一直走、一直走，我走了很久，怎么也走不出去……”她喃喃地、急切地说着。

不知是她的举措愉悦到了他，还是她的话语愉悦到了他，反正，他低声笑了起来，伸出手臂裹了她：“别怕，我在。”温热的气息喷薄在她的耳畔。许久以后，千城才心神渐定，意识到自己在做什么，心口一颤，陡然伸手推开了他。被她猛地一推，苏墨沉猝不及防，后退了两步，撞到身后的一棵树上，发出一声闷哼。千城一惊，想起他背上的伤，又连忙上前扶他，急切地问道：“你没事吧？”

男人顺势伸出手臂又裹住她，黑眸中掠过一丝得逞的笑意，唇角轻扬，温热的唇瓣贴在她的耳珠上：“怎会没事？差点死了。”

千城微怔，又想起白日里攀岩时发生的一幕，心中钝痛，禁不住嘟囔道：“谁让你那么傻？”

“不傻你就死了，”男人轻笑，末了，又补充了一句，“即使死，你也不能跟三哥死在一起……”那人只能是他！最后一句几乎要脱口而出，他却突然止住了，连他自己也吓了一跳。几时他对这个女人竟专制至此？

千城骤听前一句，心中大动，可一听他接下来的话，又顿时气结。什么叫即使死，也不能跟三哥死在一起？敢情白日里如果是她一人，他就不会出手了？心中刚刚涌起来的感动顷刻间灰飞烟灭，她气恼地伸手推他，却被他箍得更紧：“跟你说笑的，你还当真。”

“我要回集合的营地了，不然，说好了在那里见，结果我没回去，他们会担心的。”

“担心？”男人冷嗤，“怕是就三哥一人担心吧？”

三哥，三哥！千城闭了闭眸，忍住想咬人的冲动，抬起头：“苏墨沉，你这是在吃醋吗？”

男人一怔，旋即又轻轻笑开：“是又如何，不是又如何？”

“如果是，先前你又何必如此对我，如果不是，那就请不要张口一句三哥，闭口一句三哥。”千城直视着他，目光灼灼。男人笑容微敛，别过视线。是的，他在吃醋，以前也会因为这个女人和苏墨风在一起而生气，可都不如今日在岩壁上那般强烈。

当他看到两人抱在一起在空中旋转，那般深情款款、那般旁若无人，他觉得自己要疯了！所以他的视线才一直都没有离开过这个女人，所以，他才在第一时间发现他们的绳子发生的意外。

见他半天不响，千城只当他是不愿意说，微微苦笑：“算了，我们回去吧。”

“回哪里？”

“大家集合的地方。”

“可是……”男人绝艳地笑，黑眸晶亮，“我也不知道是从哪个方向出去。”

千城愕然地看着他，难以置信，半晌，才缓缓眯起眸子：“你故意的吧？不知道哪个方向，你怎么进来的？”

男人很无辜地耸肩，“你不是也不知道是哪个方向吗？那你又是怎么进来的？”

千城无语：“但是……你不是王爷吗？”

“谁说王爷就必须什么都知道？”

“那你不是无所不能吗？你怎么可以不知道？”

“无所不能？”男人嗤笑，静默了半晌道，“我要是无所不能就好了。”

说最后一句的时候，千城注意到，他的声音明显低沉了下去，黑眸中掠过一抹苍凉和黯然。千城心中微涩，抿了抿唇，嘀咕道：“那现在怎么办？”

“先在这里待一夜，等天亮了再说！”男人放开她，兀自转身寻找可以休息的地方，唇角轻弯。千城怔怔地看着他捡了许多落叶铺在一块平地上并坐下，然后朝她招手，手上缠得满满的白色绷带，“来，过来！”

她犹疑了一下，才走过去，还没站定，他的长臂一拉，她惊呼一声，跌坐在他的怀里。她刚想挣扎，男人温热的唇就来到她的耳边：“别动，山里的夜很凉……我们又没有营帐。”

所以，就要这样吗？千城怔然。可是这样的姿势真的很暧昧，似乎，并不适合他和她。她僵着身子不知该怎么办，男人并不理会，依旧紧紧地反抱着她，下颚抵在她的肩上，似乎很疲惫的样子。他是真的累了，今日攀岩时，他徒手抓住下坠的两人，体力透支到了极限，又加上手、背受伤严重，当时只是凭一口气强撑着。刚从岩上下来的那会儿，他几乎虚弱到不能站立。可当李公公过来传话说，皇上听闻了他舍身救人的事件，甚是欣慰，认为这才是兄友弟恭，这才是真正意义上的天伦，所以特赐他们第四组也晋级第三轮比赛，他便赶进山来。没想到，还真让他找到了她。

夜是那样宁静。两人许久都没有说话，见身后的人一动不动，千城以为他睡着了，就轻轻执起他的手，想看看他的伤。

“别看。”男人突然开口，手臂箍得更紧，不让她乱动。千城一怔：“你没睡着啊？”

“睡不着。”其实，他真的很累，很困，可是不知为何，就是睡意全无。

“是因为伤口痛吗？”眼前又掠过那血肉模糊的背和手，千城还是忍不住心口一颤。

“不是，”男人下颚抵在她的肩上，轻轻地摇头，许久，又唤她，“千城……”

“嗯。”千城应了一声。可是许久都没听到男人的声音，她疑惑地回头，他的唇就轻擦过她的脸颊，鼻翼轻碰上他的鼻尖。一时间，四目相对，呼吸可闻，千城心尖一抖，忙不迭将头转了回来。

“不要走了，好不好？”沙哑暗沉的声音响在耳畔。千城呼吸一滞，只以为自己听错了，缓缓侧首，怔怔地看着他。他也凝着她看，黑眸中荡漾着曜石一般的光彩，柔柔得仿佛都能滴出水来，他又重复了一遍，“不要再走了，好不好？”

千城呆愣了片刻，又猛地别过视线。一定是错觉，一定是错觉，这样的温柔不属于他，不属于这个男人，至少，不属于他对她。见她没有回应，男人也不急，缓缓地扳过她的身子，缠满绷带的大手轻抚过她的脸颊、睫毛，似乎想要看清她清眸中自己的倒影。她握住他的手腕，不让他乱动，脸上表情凄迷，她讷讷地问：“你不爱我的不是吗？不爱为何还要这样？”

苏墨沉微微怔了怔，他也不知道他到底爱不爱，如果爱，那个人算什么？如果不爱，那他为何又这般怕失去她？微微扬了扬唇角，他没有回答，而是低头吻住了她。许是深山的夜真的太冷，又许是今日伤口失血的原因，他的唇很凉，贴在她的唇上面，凉得让她一颤。她回过神来，想要挣扎，却被他捧着脸，她只得睁着大大的眸子看着他近在眼前的俊颜，试图看清他的表情，得到答案，但却没有。

他微微合着眸子，唇微颤，紧紧贴在她的唇上，温柔缱绻。和以往任何一次都不同，没有狂野、没有粗暴、没有急迫。似乎饱含着太多抹不开、化不掉的情绪，又似乎在无声地跟她诉说着什么。是什么呢？是用这种方式告诉她答案吗？她不知道，她也绝不会相信。可越是这样的温柔，越是让她情不自禁地沉迷，就好像被卷进一个无底的漩涡之中，越陷越深。呼吸一点一点被夺走，连神智都开始一点一点地混沌，她喘息着，觉得快要透不过气来。他的呼吸粗重，情不自禁，突然，却又放开了她。

她看着他，他亦看着她，四目相对，都没有说话。她凝眸看进他的深瞳，希望从那漆黑如墨般的眸子里捕捉到什么，可是没有，除了跳动的火苗以外……跳动的火苗？她一惊。果然，男人的手从她的衣襟内抽了出来，并顺手拢紧了她的衣衫，黑眸的视线缓缓地从她的脸上移开，眼梢轻抬，看向她的后面。她也转过头，循着他的视线看过去。在她的身后不远处，是一排的火把。原来，他瞳中跳动的火苗就来自这些火把。

持火把的人皆是一动不动地站在原地，怔怔地看着他们两人，石化一般。还是十四爷最先反应过来，笑道：“我说有些人怎么久候不至呢，原来在这里与四哥私会，看来，我们并不应该找来啊，这样，反倒是坏了人家的好事。”有人跟着哄笑。

千城的脸一直红到了耳根，所幸夜里黑，不容易看到。有多少道目光？十一爷的、十四爷的、老八的、老九的、还有三王爷苏墨风的以及小七和云蔻的。很奇怪，前四人皆是一脸调笑的样子，而后三人却是微微抿着唇，连一向咋咋呼呼的小七也是难得的安静。

苏墨沉不徐不疾地起身，缓缓地扶起千城，朝众人笑道：“我们迷路了，幸亏你们找来，不然，今夜可要在这深山老林里挨饿受冻了。”说完，就执起千城的手，朝众人走去。

“切！迷路？”十四弟冷哧，“四哥，你这话也就骗骗四嫂，你会迷路，打死我也不会相信，九哥你们相不相信？”

众人又是哄笑：“我们也不信！”

苏墨沉但笑不语，黑眸睨向千城，眼波流转。千城恍惚，他这个样子，让她有种错觉，仿佛自己真的是他倾了心去爱的女人一样。两人手牵着手随着众人一起往外走，因为苏墨沉的手受伤了，又缠着绷带，千城怕碰到他的伤，就将手从他的掌心轻轻抽出，随即犹豫了一下，倒反握了他的手腕。苏墨沉微微一怔，旋即唇角一弯。

苏墨风自始至终未发一言，只是淡勾着唇角，轻轻浅浅地笑着，云蔻大概是因为自己只是一个下人的身份，有些拘谨，亦是一声不吭，娴静地跟在众人后面。

小七问了句：“四哥，你的伤还好吧？”

千城眸光微闪，苏墨沉云淡风轻地笑：“没事，只要小七不给我添乱，我怎么都好。”

众人再次哄笑：“是啊，是啊。”

小七眉眼弯弯，讪讪而笑。

宿营地选在山坳的一块平地上，数个帐篷已经支起。当众人围坐在篝火边争先恐后地抢夺烧烤的食物时，千城忽然想到这也许就是文帝的用意，在这个广袤的树林里寻铭牌只是名头，而让大家这样的相处才是实吧？就像他恢复苏墨沉他们那组晋级第三轮的资格一样，他是一个帝王，但终究是一个父亲，兄友弟恭，也是一个作父亲最希望的。

苏墨沉就坐在她旁边，看着十四弟、老九、小七他们闹作一团，只是笑笑，耐心地烤着手中的肉，肉串烤熟后，他递给千城。千城没有跟他客气，即使是做戏，她也不想委屈了自己的肚子。

十四爷拿了一块烤好的肉坐到云蔻的身边："给你。"

云蔻客气地笑笑，没有接，只道："奴婢不饿。"

十四爷强行把肉串塞到她的手里："不许再说什么奴婢奴婢的，今夜谁也不比谁尊贵。"

云蔻无奈，只得谦逊地颔首："那就多谢十四爷了。"

小七见状，不依了，噌的一下站起："四哥尽烤给四嫂吃了，云蔻又有十四弟给她烤，三个女人怎么就我一个人这么命苦啊？不行，三哥，这个神圣的任务就交给你了，你负责烤给我吃！"

众人哄笑，幸灾乐祸地看向苏墨风。苏墨风抬头，看向气鼓鼓地站在那里的小七，笑道："好啊，万分荣幸。"目光却若有若无地扫过千城。千城懒得理会这些无聊的话题，兀自一个人吃得欢，还不时跟边上的云蔻笑谈几句。或许是因为跟千城在一起，云蔻才终于可以放开，也是一边温婉地吃着手里的东西，一边心情县好地跟她聊着天。十四爷在旁边时不时凑过来插上几句。苏墨沉基本上话很少，一直在烤着肉，唇角微勾，偶尔眼梢轻抬，睨过相谈甚欢的两个女子，又淡淡地掠过十四爷。

行宫，厢房，香草抬手放下窗门，回头看了看独坐在案前的清丽女子，轻声说道："梅妃娘娘，夜深了，奴婢伺候娘娘歇了吧。"

女子缓缓地转过头，睨了她一眼："你先退下吧，本宫想坐一会儿。"

香草嘴唇动了动，本还想再说什么，见女子淡漠的样子，终是没说出口，低叹一声："奴婢告退。"

屋里一下子静谧了下来，女子又坐了一会儿，抬手轻轻取下案上宫灯的八角灯罩，拿起边上的剪刀将已经烧花掉的烛芯剪掉，屋里顿时亮堂了不少。看着摇曳的烛火，她失神了一会儿，复又将灯罩罩上。

今日攀岩的时候，她就在岩下面，看到苏墨沉突然从四号绳索越到二号绳索，单手拉住二号道的绳子时，她的心几乎要从胸腔里面跳了出来。所幸，他并无生命危险，不然，她怎么办？她该怎么办？她欠他的实在太多太多，自从将他生下来，她没有尽过一天做母亲的责任。他和十四王爷同为她的儿子，十四王爷自小在蜜罐中长大，而他，小小年纪却被歧视、被放逐、受许多常人都未受过的苦、一直都在逆境中成长，她这个做娘的却只能干干地看着、心痛地看着。她不知道，如果有一天，他知道了一切真相以后会怎么想、怎么做？她想，他肯定是会恨的吧？恨这个将他的人生搞得一塌糊涂的娘。

今日，他为了那个叫千城的女子连命都不要，她不知道那到底是好事还是坏事？敢爱敢恨、至情至性，她希望他有。大丈夫、真男人、敢担当，她也希望他有。但是，生在帝王家，这些奢侈的东西却往往是置人于死地的利器。其实，对于千城，她也是发自内心的喜爱，虽然与其接触甚少，但是，她却是有着几十年生活沉淀的女人，女人看女人，她看得真切。那女子的确与众不同，她勇敢、执着、谦逊、善良，最重要的，有一颗甘愿牺牲付出的心。微微叹出一口气，只希望她不是沉儿今生的劫。

山上，宿营地，篝火将熄。众人见夜已深，而且吃喝也都差不多了，次日还得继续找寻铭牌，所以决定休息。因为原本预定只有两组胜出的，所以事先安排的只有六个营帐，可是，现在却有九人。分帐篷的时候，小七一直在叫，她要单独一个，不然她睡不着。苏墨沉更是，直接拽了千城入了一帐。这样，就还剩四个营帐。最后，云蔻一个，众人见苏墨风是兄长，也让其单独一个，老九和十四爷一个，老八和十一爷一个。

每个营帐里，席子锦被盥洗用具一应俱全，而且还用一帘隔出一处用来盥洗沐浴的地方，甚至水都打好了，都是管事的太监事先准备好的。因白日着实太累，千城一进营帐就自行进了里面盥洗，等她出来，见苏墨沉还坐在那里一动不动，心中本就对他强行一帐的做法不悦，便没好气地问道：“你怎样？”

苏墨沉挑眉，摆出一副爷的样子：“等你伺候。”

千城撇嘴，不动：“我去跟云蔻一帐，让十四弟过来伺候你这位爷。”闻言，苏墨沉却也不恼，哧然一笑：“只要你不怕扰了人家的好事，你就去。”

“什么意思？”千城愕然。

“难道你没看出来，十四弟对你那个好朋友云蔻的心思？指不定，夜里两人还要私会一下呢。”

千城一怔，想了想夜里十四弟的表现，好像是有那么回事。其实如果云蔻和十四弟成了，倒是一桩美事，十四弟的性子虽然急躁了些，但是，这种人往往心思浅薄、至情至性。那现在？她是断然不会跑去跟小七睡的，让苏墨沉去跟苏墨风睡，那也是绝对不可能的。她还在怔忡，苏墨沉已经优雅地起身踱到她的面前，张开双臂，黑眸含笑地睨着她：“我是为你受的伤，难道让你伺候一次，都不成？”

千城低叹，极不情愿地起身。所谓英雄气短，大抵就是她这个样子吧？

怕碰到他的伤口，千城小心翼翼，轻轻地将他的外袍脱下，只留一件白色的里衣。然后，她又去帘内用金盆取了水，将锦巾放进盆中，让水浸湿，再微微拧干，转身准备擦他的脸庞。

“蹲下一点，你那么高，我怎么擦啊？”

苏墨沉低声一笑，转身坐到了软席上，好整以暇地看着她。千城抿了抿唇，走过去，轻轻擦拭着他的脸。

剑眉长飞、皓月薄唇、高耸的鼻梁、冠玉的肌肤，这个男人的确有着让女人都嫉妒的容颜。千城暗暗调着自己的气息，却依旧没能忍住手的战栗。男人始终唇角轻勾，玩味地睨着她。

擦完脸，便是擦身子，苏墨沉也毫不客气，千城回身清洗锦巾，他便自行解开了里衣。等她转过身来，他已是只穿着一件亵裤的状态，肌理分明的胸膛在烛火的辉映下，闪着魅惑的琥珀色光彩，她脸一红，慌乱地别过视线。看着她窘迫的样子，苏墨沉薄薄的唇边绽放出一记动人心魄的浅笑：“按照你这种擦法，估计得擦到明天天亮。”

让人家伺候，还嫌这嫌那？千城瞪了他一眼，上前，在他面前蹲下，手执锦巾胡乱地、没轻没重地在他胸口上擦了起来。苏墨沉喉头微动。

“都是你，你看，人家都是男女分开住的，你这样，明天让我还有什么脸见人？”千城一边擦，一边嘟囔着，因离得近，如兰的气息拂过他胸口的肌肤。苏墨沉胸口震荡，垂眸凝着她，只见她眉眼低垂，两颊绯红、睫毛卷翘浓密，葱鼻如玉，红唇嘟起，模样说不出的娇憨可爱，一时心中大动，猛地抬手捉了她乱动的皓腕。她一怔，抬头问道，“怎么了？”

“哪有你这样子擦身的？”苏墨沉开口，声音喑哑低沉。这根本不是擦身，这分明是点火。千城哪知男人情绪，一听这话，以为他是故意的，顿时就恼了：“那你到底要怎样擦？”

“不擦了！”男人沉声开口，并抬手取了她手中的锦巾，丢进边上的盆里。千城一怔，以为男人生气了，还没有反应过来，手腕却猛地被人一带，身子就直直地跌进软席里。男人转过身，俯瞰着她，眸光炙热。千城一惊，水眸戒备地瞪着他：“你要做什么？”

男人绝艳一笑，伸出缠着绷带的手，放在唇边朝她做了一个嘘的姿势：“我不做什么，但是如果你这么大声，明日大家就都会以为我做了什么。”

千城一怔，只一瞬，就明白过来他话里的意思，顿时又羞又恼，作势就要起身，却被他伸出手臂一裹，裹进怀里，他自己也是顺势侧身躺下。他的胸膛滚烫，虽然她穿着衣衫，但是那热度还是透衫而入，灼烧在她的肌肤上，让她心惊：“苏墨沉……”

“别动，”她想挣脱，却被男人沉声制止，裹着她的手臂更是紧了几分，“我只是抱着。”温热的气息拂过耳畔，带起一丝丝微痒酥麻，他的声音沙哑暗沉，隐隐透着几分压抑。

只是抱着？她微微抿了唇，放弃了挣扎，就这样弓着身子贴在他的胸前。

不知过了多久，迷迷糊糊中，她感觉到似乎有人在轻轻唤她的名字：“千城……”她睁开惺忪的眸子，撞进一双黝黑的深瞳里，是苏墨沉。她记得她是背贴着他的胸口而睡，几时他们已经变成了面对面的姿势？帐里烛火未灭，氤氲的烛光投在他的脸上，俊美的轮廓，绝艳的容颜，一双黑眸流转着万千光华，晶亮晶亮。她没有动，也没有说话，只是静静地看着他，他也同样凝着她。深山的夜里很静，营帐里似乎只能听到两人的心跳和呼吸声。一种无形的暧昧在两人之间酝酿、发酵、萌芽、疯长……

“你……”千城刚想张口说什么，唇上却是骤然一重，这个男人的气息就铺天盖地地席卷了过来。如同方才在树林里一样，他的唇依旧是凉的，温柔地缱绻着她的，小心翼翼。不知吻了多久，他才放开她的唇，翻身将她压在身下，他喘息着，双手捧着她的小脸，声音喑哑低沉：“千城，可以吗？”

千城一震，缓缓睁开眼睛，只以为自己听错了。这是这个男人第一次征求她的意见。他这是在在意她的感受吗？

“苏墨沉……”她咬着唇，不知该如何回答。他低头，轻吻上她的鼻翼唇角，含糊不清的声音从他的唇齿间逸出：“可以吗？”

今夜的他让她觉得好陌生，可是这样陌生的他却让她更加沉沦。心中所有的坚持在这一刻开始动摇，那故意冷凝的高墙更是在这一刻轰然坍塌，她幽幽开口：“你的伤……”

他勾起唇角，会心一笑，唇舌来到她的耳边，轻咬上她的耳珠，轻轻吐息：“无碍。”

“苏墨沉……”

虽然背对着他，可她知道，他没睡。果然，男人轻嗯了一声。

“问你个问题，当然，你可以不回答。”

“什么？”男人没有动，薄唇依旧贴着她的耳垂，温热的气息拂过，千城有些微痒地缩了缩脖子。抿唇犹疑了半晌，她才小心翼翼地开口：“那个……你和小七到底什么关系？”

梅妃说，人有的时候看事物，不要光凭眼睛，而是要用心去感受，梅妃还说，他跟小七不是你想的那样。不是她想的那样，她想知道，那是哪样？

身后的男人似乎怔了怔，半晌没有声音。千城只当他是不愿意讲，微微一笑：“没事，方才我也说了，你可以不回答，就当我没问。”

出乎她的意料，男人却开口了：“怎么想到问这个？”声音轻柔，如同美酒一般令人沉醉。千城有些吃惊，他竟没有生气，也没有清冷地回避。

“想到了所以问一问，你就当作……一个女人的好奇心、嫉妒心在作祟吧。”

男人低声一笑，似乎她的话很好地愉悦到了他："怎么？你在意吗？"

这话问得……她的丈夫和另一个女人，她如何会不在意？她在意得要命。

"你觉得呢？就好比我跟三哥在一起，你在意吗？"她想，即使不爱，也应该在意吧？毕竟他是她的夫，她是他的妻，他们两人才是夫妻，不是吗？果然，一提到苏墨风，这个男人就不淡定了。他猛地扳过她的身子，让她面朝着自己，黑眸凝在她的脸上："我和小七跟你和三哥不一样。"声音急切，夹杂着一丝薄怒。

他生气了？他为什么生气？什么叫他和小七跟她和苏墨风不一样？千城怔怔地看着他，轻轻咬着唇，沉默不语。见她如此，苏墨沉无奈地低叹，伸手将她的脑袋按在自己的胸口："小七是我的妹妹。"

"妹妹？"千城惊愕，又猛地将头自他怀里抬起，睁着大大的眸子看着他，直怀疑是自己听错了。

"嗯，"男人点头，"她真名叫谢云汐，她的母亲有着和我母妃一样的六指，当年冷宫的那场大火，替我母妃葬身在火海的就是她的母亲，为了报其舍身救命之恩，母妃收了她为义女，我也发誓这辈子一定护她周全。"

千城震惊，没想到事情竟是这样，可是……

"那她又如何成了小七？真正的小七呢？"

"这些都是母妃安排的，"男人微微敛了眉眼，"真正的小七去了哪里，我也不知道。"他问过母妃多次，他母妃都只字不讲，不过，以他对她处事作风的了解，小七恐怕是凶多吉少。

男人微微抿着唇，面色沉静如水，可是，千城还是明显地感觉到了他的落寞和无奈。他到底承担了多少压力？她抬起手，指尖轻轻触上他眉心的褶皱，试图将它抚平，她幽幽地问："苏墨沉，皇位就那么重要吗？"

男人身形一震，凝眸看着她，似乎没想到她会问出这么直白的问题。许久的沉默以后，他才答道："很多事情你不明白。"

是啊，她不明白。他的话就顿在那里，似乎也不准备跟她说明白，她便也不问，将脸复又埋进他的胸膛，说道："苏墨沉，你会成功的。"苏墨沉弯唇笑了笑，大手抚摸着她的黑发："睡吧。"

"嗯，"千城从未有过的乖顺，就像一只慵懒的小猫一般窝在他的怀里，缓缓合起水眸，不一会儿，似乎又想起什么，猛地睁开眼睛，“苏墨沉，我看小七，哦，不，云儿对你绝对不是兄妹之情。”张口一个沉，闭口一个沉，哪是一个妹妹对哥哥的称呼？即使流水无情，落花绝对有意。

男人怔了怔，下一瞬便笑了起来：“你吃醋了？”

“切，才没有呢，”千城撇嘴，“我不过是提醒你，不要处处留情，惹一堆的桃花债，后患无穷。”

男人笑得更欢了。

“很好笑吗？”千城气结，抬起头气鼓鼓地瞪着他。

“没有，”嘴上说着没有，可男人依旧在笑，黑眸晶亮，灿若星辰，“你知道吗？我很喜欢看你吃醋的样子。”

“苏——墨——沉”千城又羞又恼，粉拳不痛不痒地落在了他的胸口上。

“嘘！”男人伸手抓住她乱动的腕，又朝她作了一个噤声的姿势，低头轻咬上她的耳垂，“你是不是想让所有人都过来观摩我们两人睡觉？”

千城顿时闭了嘴。

“睡吧。”男人再次将她的头按下。她便也不再闹，温顺地靠在他的胸口。今日的他累坏了，得好好休息才行。

漆黑的夜，蜿蜒的山路。山路上几个人影盘山而行，脚步急迫，身轻如燕，几人皆是一身黑衣、黑布蒙面，只留一对冰冷如鹰一般的眼睛露在外面，如同行走在暗夜里的鬼魅。

“萧公子，你说，这夜宿在山上的都是西苍的王爷和公主，文帝居然也不派些禁卫沿途设防保护，真不知道他怎么想的？”其中一个黑衣人回头，对着最后面的一个黑衣人说道。最后面的那个黑衣人冷冷一笑，虽蒙着脸，幽幽月色下，眉眼却依稀可辨，竟是那日的边国来使。

“一个帝王的心思岂是你们这些人能懂的？文帝用心良苦啊，他还不是希望他的儿子女儿们能像平常人一样尽欢，而且，那些个王爷一个一个武功高强，他又何须担心？”

“武功高强？那我们……”旁边一个黑衣人也忍不住开口，眸中掠过担忧。他们千里迢迢从边国赶过来，可不是来送命的。

“你怕什么？现在是夜里，他们都在睡觉，我们想下手还不是不费吹灰之力。”萧姓男人狠剜了对方一眼，眸中寒芒一闪，目露凶光。他在西苍受的羞辱，他一定要讨回来。

“对了，你们看一下这张画像。”他抖开一卷卷轴。众人顿住脚步，回头。

“无论如何，我都要这个女人的命。”萧姓男人沉声命令。

夜彻底静了下来。千城睡得迷迷糊糊，感觉到苏墨沉似乎又在轻轻地唤她，“千城……”她以为，他又要像方才一样将她喊醒，故意闭眼不睁，佯装睡得深沉。

“千城……”男人又唤了她一声。

千城继续装睡，心里却暗自嘀咕，这厮还锲而不舍上了呢。她心想，如果再唤她一声，她就睁眼。可是，男人却不叫了。她感觉到，男人将她的头轻轻抱起，将手臂抽了出去，轻掀薄被，起身下了床。窸窸窣窣，是穿衣的声音，骤然，屋里一暗，他还抬手挥灭了烛火，紧接着，就是细碎的脚步声，是他走了出去。千城心中疑惑，这么晚了，他是要去哪里？出去方便？不会啊，在帘子后面就有如厕的东西，那是……她翻身坐起，想了想，还是不得答案，便起身下床，轻轻撩开营帐的一角偷偷看过去。幽幽夜色下，只见他衣袂翩跹，朝山后面走去。心中被巨大的好奇填满，她抿唇只犹豫了一下，就转身捡起散落在地上的衣物套在身上，尾随了过去。

苏墨沉脚步轻盈，走得极快。夜里烧烤的时候，那人用手势告诉他，子时、榕树下，她等他，他记得只有山后面有棵大榕树。回头，他望了一眼远处的营帐，眼前又浮现出女子在他怀里睡得香甜娇憨的模样，禁不住微微弯起唇角，同时，也蓦地心中一惊。他这是在做什么？他可是要去见另一个人。

又走了几步，他才发现在前面的榕树下立着一人，夜风轻扬、裙裾微曳，是个女人。月光朦胧，树影婆娑，女人背着月光而站，看不清楚脸。

“小七？”他微微拢了拢眉，试探地问道。

“沉……”女子抬眸看到是他，大喜，便提起裙裾朝他飞奔了过来，幽幽夜色下，如同一只翩然展翼的蝶。女子直直地扑进他的怀里，却被他轻轻地扳起肩膀：“真的是你，这么晚了，你怎么站在这里？”

“我睡不着，”女子抬起脸，幽怨地看着他，眸中有水花在闪，“我就知道，你一定会出来找我，你果然来了。”

千城隐在一棵参天大梧桐树后面，说不出心中的感觉，唯剩兀自苦笑。这就是他口中的兄妹？深更半夜偷偷跑出来私会的兄妹？苏墨沉，你可知道，我宁愿你无情清冷，我宁愿要丑陋的真实，也不要你这样刻意的欺骗。她靠在树干上，闭了闭眸。

那厢，两人的对话还在继续。

“我不是出来找你的。”男人骤然开口。

千城一怔。

谢云汐亦是一怔，不可思议地看着男人：“那你……”

“出来走走。”男人清冷地打断她的话。

谢云汐看着他，似乎有些接受不了，静默了半晌，才道：“出来走走？”她轻轻一笑，“怎么？你也睡不着吗？你此刻应该是温香软玉抱满怀才对，正所谓春宵苦短，你为什么深更半夜出来？”

男人睨了她一眼，冷勾了唇角：“云儿，你没必要这样阴阳怪气地跟我说话。”

“我阴阳怪气？你可知道，我为何睡不着？我为谁睡不着？我又是为了什么事在这里吹冷风？你不安慰我也就算了，竟然还用这种态度对我？”

“没有人要求你做这些。”男人秋水淡淡。谢云汐愕然抬眸，凝着他，倏尔就笑了：“是，是没有人让我做这些，是我自找的，是我谢云汐贱……”

“云儿，我跟你说过多少遍了，我是你的哥哥，你是我的妹妹，我们只是兄妹，你为何还要一再任性？”

谢云汐彻底震惊。千城亦是震惊。果真是兄妹？她垂眸自嘲一笑，看来，是自己多想了，她应该相信这个男人的。

“今日赛船之时，你是故意落水的吧？你是有功夫的人，怎可能好好地从船上坠下来？”男人逼视着谢云汐。

谢云汐怔怔地看着他，被他眼中的寒气吓到，除了上次红画舫的事，这个男人从来没有对她有过这种态度。他是说过他只是她的哥哥，可那又怎样呢？不过是名义上的而已。

“是，我就是故意的，本来抽签分组的时候，千城是想将自己的竹简给我的，那样我就可以跟你一船，你为何要上前阻拦？我就是要试试你，看你还关不关心我？”女子扬着小脸，一脸倔强。男人甚是无奈地摇了摇头，沉声问道：“你知不知道自己这样做的后果？你是戴着人皮面具的，如果你泡在水里，面皮随时都会脱落你知不知道？一旦面皮脱落，后果是什么？后果不堪设想。”

“所以，这才是你那般着急下水救我的原因？”谢云汐咬着唇，泪水在眼眶里打转。

男人沉默。沉默也就是等于默认，女子身子一晃，微微苦笑：“可是，那日在红画舫，你跟边国男人说，欺负过你女人的人都得死，你的意思是说，我是你的女人，不是吗？”那日，他不顾暴露自己的身份、不怕挑起两国战争，那般执拗地要杀那个男人，他是倾了心要保护她的不是吗？

苏墨沉一怔，想起那夜的事来。他的确是说过那话，但指的女人却并不是她，那日，那个边国男人还欺负过一个女人，他的女人。

见他不说话，谢云汐以为自己说到了他的心里，复又扑到他的怀中：“沉，我知道你是故意的，故意惩罚我那日在红画舫的任性，对不对？其实，你是关心我的，是在意我的，对不对？”她红着眼眶，目光殷殷地看着他。苏墨沉轻叹，又将她从他的怀里扳起：“云儿，要我怎样跟你说，你才明白呢？我是关心你，是在意你，我曾经在你母亲面前发过誓，这辈子护你周全，就算我死，我也一定会做到。但，我们却不是你想的那样，你知道吗？如果你再这样胡闹下去，我们所有的一切都会失败，你的母亲也会白死，你懂不懂？”

“不……”谢云汐摇头，犹不相信，脚下一步步后退着，身子摇摇欲坠，“我不懂，我不懂……”她嘶声低吼，几乎崩溃。今日在岩上，他那般不顾生死地去救千城，她第一次发现，原来自己并不是这个男人唯一以命保护的女人。后来，在林子里，她又看到他和那个女人抱在一起、吻在一起，那般忘情，那般旁若无人，她才想起，这些年，这个男人宠她、溺她、护着她，却吝啬得连一个吻都没有给过她。再后来，众人烧烤，其实以小七的身份，他大可以公然地烤给她吃的，但他没有，他只烤给那个女人，所以她生气了，她故意拉出苏墨风，就是想气气他，可是，他却依旧只像个没事人一样。最后，分帐篷的时候，他更是当着众人的面，直接将那个女人拽进了帐。没有人知道她的心情，那种痛到极致的心情，刚刚她甚至还天真地以为，或许他懂，或许他有原因，或许夜里，他会出来寻她。所以，她出来了，他也来了。可终究是她的一厢情愿而已吗？她捂着嘴，踉跄着往营帐的方向跑去。

千城一惊，连忙将身子往大树里面挪了挪，她看到谢云汐伤心地从她身边跑开。她以为男人会追过去，男人却站在原地，一动不动。千城靠在树后面，说不出心中的感觉，只觉得有震惊、有感动、有欣慰，当然，也有为谢云汐的担忧，但是，更强烈的却是那种油然而生的幸福感。他和小七是兄妹，他跟小七说清楚了，他没有骗她，微微扬了扬唇角，她想悄声返回营帐，却蓦地想起一件事来。男人站在那里，而且面朝着她这边的方向，她怎么离开？如果一出来，岂不是要被他发现了？可是，如果不离开，难道让他先回营帐不成？他回去后发现她不在，岂不是还是被发现了？

正在纠结不知所措，却蓦地听到一声女子的轻笑，带着几分娇嗔，她一愣，以为是自己的幻觉。哪里来的女人？

“你一直都在？”苏墨沉的声音响起。千城心中一惊，他该不会说的是她吧？不，不是，有女子的轻笑不是吗？她小心翼翼地反身趴在树干上，微微探头朝那边望去。果然，已是两人。除了苏墨沉以外，还有一个女子，一袭黑色披风曳地，从千城的方向看过去，只能看到女子的背影。是谁呢？心中却莫名觉得熟悉。满心满脑都是好奇，她攥紧了手心，一颗心大起大落。女子就在苏墨沉几步外站着，没有上前，两两相望了许久，才终于开口：“小七的事你是说清楚了，可是千城的呢？”

千城浑身一震，愕然地睁大了眸子，满脸的难以置信，倒不是因为女子的话里提到了她的名字，而是因为女子的声音，那再熟悉不过的声音。怎么会是她？他……她……他们……手心渗出一层细密的薄汗，千城微微喘息。只是偶遇吧？可是两人的寥寥数句却分明昭示着两人关系的熟稔。

那厢，男人也开了口："你想要听我如何说？"声音清清淡淡，倒是听不出任何情绪。

"我想要？"女子轻笑，"苏墨沉，你就气我吧，是不是将我气死了，你才满意？你不就是见不得别人对我好吗？你明知道我对十四爷根本没有心思，你却还要拉着千城如此气我。"

什么……什么情况？千城彻底震惊，好半天才明白过来女人话里的意思，见不得别人对她好？拉着她气她？难道……难道……千城身子一晃，要不是有树干的支撑，她差点就站不稳。自从嫁入四王府，出现了太多的纠复，可曾经的任何一次都没有如今这一幕的震撼来得强烈。云蔻，她最好的朋友，她最相信的知己，竟然才是那个住在他心尖上的女子，那个出现在王府后院的黑衣女子，那个送这个男人的玉的神秘女子，那个出现在后花园和男人交颈低语的宫女，那个七夕夜说旧疾犯了的姑娘……

是的，就是她了，云蔻一直有痉挛症，发病时，手足冰凉、浑身抽搐，却无药可医。自己竟然一直没有想到，竟然认为是小七。怎么可能是小七呢？小七是公主，在宫里传递消息给他轻而易举，何须还要穿上宫女的服饰？那日在书房，她给他按摩太阳穴，他轻裹了她的手说，你来了，待看清是她时，又说，怎么是你？他就是将她当成云蔻了吧？在御香坊待过的女子都学过这个手法。

是她痴了！心，像是被什么东西剜过，密集的痛排山倒海一般侵袭了过来，几乎夺走了她全部的呼吸。原来是这样！上天果然是开玩笑的高手，只是这个玩笑开得让她有些措手不及，也承受不住。

那厢，男人已经上前几步，默不作声地将她揽进怀里。可是此时的无声却胜过了千言万语。云蔻懂，千城亦懂。接着就是女子嘤嘤的啜泣，粉拳如雨一般落在男人的身上："苏墨沉，你就是一个浑蛋，你就是天下第一浑蛋，你就会欺负我……"

男人捏住了她的手，裹在掌心，轻叹，依旧未语。他的沉默反倒让原本想肆意发泄一番的云蔻有些怔愣，也有些无措。

"沉……"她睁着红红的眸子，轻声地唤他。

"别哭，是我不好，都是我不好。"男人轻轻地捧起她的脸，抬手将她脸上的泪水轻轻拭去，末了，又将她的脑袋按进怀里。靠在他结实的胸膛上，听着那沉稳有力的心跳，女子红着眼睛，唇角扬起最美的弧度。

笑的又岂止是她一人？千城也在笑，哑然失笑。别哭，是我不好！这话怎么如此熟悉？还有那个温柔似水的动作。是谁对她说过，又对她用过？原来都是假的。所有的一切不过是一场镜花水月，就连方才在营帐里，两具身体的抵死纠缠也不过是用来气另一个女子。是这样吗？苏墨沉！

夜里，她说去跟云蔻同帐，他说，只要你不怕打扰十四弟和她的好事你就去，说不定两人夜里还要私会一下呢。谁和谁私会？谁又会坏谁的好事？苏墨沉，你为何说这些话的时候，可以如此平静、可以如此云淡风轻？难道就不觉得有一丝一毫的难为情？千城心中剧痛，抬头望了望繁星满天的夜空，强行将眼里的温热逼回了眼眶。那厢的对话仍在继续。

“沉，边国来使被人迷晕遣回边国的事是你做的吧？”

男人轻嗯了一声。

“我就知道是你，你怎会让我嫁到边国去呢？那夜在红画舫，你要杀了那个边国男人，你跟他说，欺负过你的女人的人都得死，你指的也是我，对不对？因为那日宫宴，他曾当着皇帝和皇后的面对我动手动脚，并跟皇帝要了我，是吗？”

男人轻轻扳起女子的肩膀，让她面对着自己：“既然，这些你都懂，那你为什么还生气？”

不提还好，一提，女子又是小嘴一噘：“哪是我生气？是你先生气好不好？你先气我，我才生气的。”

看着她气急败坏的样子，男人低声一笑，抬手宠溺地刮过她小巧的鼻梁：“好，那我们都不许再生气。”

“嗯，”女子点头，复又将头埋进男人的怀里，瓮声瓮气地说道，“你的心，我懂！我都懂！”

是啊，她懂！千城笑了，眼泪终究还是夺眶而出，不懂的是她染千城而已。他让边国来使无故失踪，甚至不惜进了刑部，入了宗人府，都是为了另一个女人。而她得知他的七日之期将至，却心急如焚地赶回宫去救他，甚至还天真地相信杨痕说的，他只是不想逼她，宁愿自己一死。她才是全世界最傻的傻瓜。千城将头靠在树干上，泪流满面，她睁着大大的眸子，却怎么也看不清远处那两个身影。

夜色中，几个黑衣人终于到了山顶。萧姓男人远远地看着山坳里的六个白色营帐，唇角邪佞地勾起，抬手示意众人不要再往前走了，手一招，众人聚首过来，他压低声音说道："如今夜深人静，正是人睡觉正酣的时候，但是，武功极好的人即使睡着了，警惕性依旧是很高的，所以，我们不要靠近，以防打草惊蛇，只需火攻就行了。"

"火攻？"众人不解。

"是！"男人指了指各人身后背的羽箭，又指了指袖中的火折子。

众人了然点头。

"分散一下，你们几个到山那边去，我们要确保一次性成功，让六个营帐同时烧起来。"男人眯眸，眸中寒芒万丈，那日他被人威胁，不许再打那个叫云蔻的女人的主意，否则让他死都不知道怎么死的，然后又被人迷晕送回国，在边国成为笑柄。这口气，他咽不下去。

这厢，一对男女还在轻声细语。千城疲惫地靠在树后面，空洞地转着眸子，后来两人说了什么，她再也没有听进去一个字。身子顺着树干轻轻下滑，她坐在树后面，心冷至极，就像心里被掏空了。许久她都没有思想，脑中空白一片，直到一阵夜风吹来，透体而过，她打了一个寒战，才惊醒过来。

走，染千城，她告诉自己，如果你还想活得有点尊严，你就走，不要再在这里看着别人的风花雪月，不要再回帐篷里等着他继续演戏。在这场爱情角逐里，你只是一个配角，只是一个需要就粉墨登场、不需要就弃之如敝屣的配角。她缓缓地、木然地站起身，转身最后一次看向那两个身影，一个最好的朋友、一个最挚爱的男人。

其实，她不怪他们，爱的世界里从来没有对错。云蔻没有伤害过她，苏墨沉也没有承诺过她什么，所有的痛，不过是她自己在自己的执念里越陷越深而已。

是时候放手了。

那头，苏墨沉缓缓放开怀里的女子："夜深了，明日还要满山找铭牌，早些回去歇息吧。"

"嗯。"云蔻离开他的怀抱，拢了拢披风，"你也早点歇着。"

突然，两人瞳孔同时一敛，同声冷喝："谁？"

随着一声冷喝，两人掷出各自手中的暗器。两人都是武功高强之人，听力极好，而且，两人每次见面，都随身带着暗器，以防不测。暗器破空而出，闪着幽蓝的光，凌厉狠绝，只是射向了不同的地方，一个是大树后面，一个是深草丛中。深草丛中，似乎有重物倒地，可见目标被击中，而大树后面，却没有动静，似乎那里根本就没有人。

"我们会不会下手太快了？"云蔻脸色苍白地看向苏墨沉，一脸惊慌失措，"如果是他们……"

苏墨沉抿紧了唇，面色冷峻，伸手拍拍她的肩，安慰着她。末了，又眸光一敛，缓缓迈着步子朝大树的方向走去。大树后面，千城缓缓垂眸，看着那枚没入胸口的暗器，还有一截露在外面，晃痛了她的眼睛。她笑了，殷红的血顺着飞镖的入口汩汩而出，很快就染红了她白色的衣袍。可是，她竟感觉不到痛，就好像这暗器是插在别人的身上，利器入肉的那一瞬，她哼都没哼一声。

恍恍惚惚地抬头，她发现，男人竟抬步缓缓地往她的这个方向而来。她猛地一个激灵回神，不能让他发现是她，那真的会让她连最后仅存的一丝自尊都失掉。跑，可是那样只会引起他的注意，后果是什么，补上一枚暗器吧？

就在她打定主意，准备转身逃跑的时候，男人却是猛地顿住了脚步，黑眸转看向远处。她清晰地看到男人脸色陡然大变："不好，有人突袭，云蔻，这里交给你了，不要留活口！"男人紫影晃动，瞬间不见了人影。

怎么回事？云蔻一懵，树后的千城亦是一怔，皆本能地朝他方才看的方向看过去，也同样是脸色一变。浓烟滚滚、红光满天。起火了！那个地方是……他们的营帐。

原来如此。云蔻微微苦笑，那人说，这里交给你了，是因为笃定刚才的暗器已经将人击毙了吗？还是笃定她的功夫足以能够自我保护？不就是营帐起火了吗？那些王爷一个个身怀绝技，就连小七也是有功夫的，他又在惊惧什么？是因为另一个人吧？

而此时，千城却是另一番心境。她一直轻笑，苏墨沉，你当真活得累，又要私会心头之人，又不能违背自己许下的护人周全的诺言。如此心急如焚，是因为小七在营帐里，你必须救她，是吧？永远都没有她染千城，她永远是被忽略的那一个。骤然一阵响动，将她的思绪拉了回来，她抬眸，就看到一个黑衣人陡然从对面的深草丛中踉跄而出，朝云蔻扑了上去。她大骇，刚准备张口提醒云蔻，却很快发现自己根本不用多此一举，所以终是没有出声。因为男人一出来，就被云蔻反手一擒，死死地钳制住，而男人身上原本还中着一枚暗器，所以根本就没有反抗之机。

“说，你们是什么人？”云蔻一把扯下男人脸上的黑布，冷冷地看着他，厉声质问。

“我……我们是边国的……”男人脸色煞白、战战兢兢。

边国？云蔻怔了怔，骤然眸光一敛，摊开掌心，提起内力。男人吓得屁滚尿流，扑通一声跪在地上，忙不迭求饶：“女侠，饶命啊，饶命……”

千城目瞪口呆地看着这一切，看着云蔻冷凝着小脸、水眸中寒气吞吐，披风高高扬起、满头的青丝飞舞，身体四周的落叶全都被内力带起，漫天翻飞。那样子……哪里还是她平日里认识的那个温婉娴静的云蔻？没想到，她的功夫竟出神入化至此？平日里竟一丝一毫都看不出。

一声破碎的声音，是云蔻一掌击在男人的脑门上，在掌风落下之前，男人骤然高呼一声：“人在这里！”就瞬间断了气。千城呼吸一滞，扭过头不敢再看，只觉得胃中翻涌，想要作呕。等她抬起头，她愕然发现，云蔻正莲步轻移，缓缓地朝她的方向而来。

她一惊，只觉得那轻盈细碎的脚步第一次听起来是那般沉重，她攥紧了手心，才发现手心已湿滑一片。不是死都不怕了吗？染千城，你在恐惧什么？恐惧多年的姐妹要这样生死相对吗？苏墨沉走的时候说不留活口，其实他不说，她也知道，发现了他们的关系，怎么能活？心跳随着云蔻的脚步，一声一声，强烈地撞进耳朵里。她忽然看到云蔻眼梢微掠，似乎撞上了她的目光，她一惊，看到她了吗？树那么大，灌木丛那么深，她看到她了吗？

就在她想，要不要直接出去见她的时候，云蔻却骤然停住了脚步，然后脚尖一点，飞身而起，如同一只翩然的黑蝶，只一瞬，便消失得无影无踪。千城心口一松，微微苦笑，她看到她了，她肯定。她这是在念姐妹之情吗？她终究放过了她吗？抬手捂着流血的胸口，准备离去，却蓦地发现更糟糕的事情在等着自己。有好几个黑衣人直奔着她的方向而来。这时，千城才陡然明白刚才那个死去的男人那一句“人在这里”是在给同伙传递消息。

只反应了一瞬，千城捂着流血的胸口扭头就跑。其实，除了跑，她也不能做什么。她没有云蔻出神入化、可以自保的武功，也没有苏墨沉那样的男人做护花使者，她什么都没有，有的只有她自己，她总不能坐以待毙。

她刚一从树后跑出来，几个黑衣人就发现了她。

“追！”其中一个男人沉声命令着众人，“虎子说，人在这里，那肯定就是她！”

几人得令，脚步飞快。

千城捂着胸口没命地跑着。其实，她也不知道自己在做什么？逃命吗？还是逃离？她不知道，只毫无思想、毫无意识地跑。没有方向，没有目的地，两只脚就如同上了发条，不知疲惫一般轻快，可是明明她受伤了，明明还伤得那么重。好奇怪，那些男人竟然半天都没追上她，她边跑边回头笑，笑容璀璨。身后脚步纷乱，落叶、荆棘、枝杈，统统都不在她的眼里，她穿梭在一棵又一棵的树中间，只是跑，胸口的鲜血顺着飞镖的尾部一直往下流，她也毫不在意。终于，后面的人怒了，纷纷拔出背上的羽箭。

“射死她！”有人叫。

“不，烧死她，将她那张脸烧坏，看她还能不能去迷惑男人？”另一个男人沉声命令。云蔻啊云蔻，本公子得不到的女人，别的男人也休想得到，今日便是你的死期。于是，几人取出火折子，如同方才射向营帐一样，一柄柄火箭朝千城射了过来，嗖嗖嗖地落在千城的周围。

千城这才惊慌起来，跳着、跑着，也绝望着……

呲呲的声音传来，是她的裙裾着了火，她尖叫着上蹿下跳，可是火却越烧越烈。身后传来男人看热闹哄笑的声音。腿肚上一阵刺痛，是被火烧到了的反应。她抬头，再次看了看营帐的方向，那边似乎已经无恙了。她咬牙，骤然抬手，拔掉胸口的暗器，扑倒在地，急速地往陡峭的山下面滚去。不时是荆棘落叶的地面，不时是繁星满天的星空，她急速地翻滚着，苏墨沉，你在哪里？

云蔻回到营地的时候，众人已乱作一团，都是扑火的身影，有一个身影最为让人震撼，他不是在扑火，而是在大火中疯了一般地找寻，软席、被褥、床单都是着火的东西，一一都被他扔了出去。

十四爷看到云蔻，眼睛一亮，直接冲过来将她抱住，脸上都是烟熏的黑色，却难掩满面的欢喜："你没事吧？你去了哪里？"

"多谢十四爷，我……没事，只是出去走走……"云蔻不着痕迹地从十四爷怀里挣脱出来，指了指狼藉一片的营地，蹙了秀眉，"发生了什么事？"

"不知道是哪个杀千刀的干的？"十四爷咬牙，又转过身去帮苏墨沉，还不忘回头叮嘱她，"你站远一点。"

大火终于被扑灭，营帐里的物什烧得所剩无几，所幸没有人伤亡，却有一个人失踪了，四王府的千城千夫人。之所以说失踪，是因为没有看到她的尸体。营地只是暂宿，所以本身物件不多，起火后废墟也极少，如果找个人，或者说，找个尸体，应该是很容易的可是苏墨沉却依旧不相信，在他那个营帐的废墟上疯狂地刨着，硬是有掘地三尺的意思，也不顾自己的双手还打着绷带。

众人上前去拉他，他也不理。最后，三王爷苏墨风直接冲上去用拳头说话，如同那次在刑部的大堂里一样，一拳直直地击在苏墨沉的鼻子上。苏墨沉也不躲不避，刚好不久的鼻骨再次破裂，殷红的血从鼻孔里流出，苏墨沉抬手一抹，继续刨着地上的灰烬。

"苏墨沉，少在那里惺惺作态！"苏墨风脸色铁青，一把拽住他的衣领将他从地上提起，又勾起一拳朝他的脸上砸过去，"早干什么去了？你早干什么去了？"苏墨沉承了这重重一拳，他歪头啐了一口嘴中的血沫，冷眼盯着苏墨风，一副有种你再来的样子。

苏墨风果真又挥起了拳，众人大骇，连忙上前拉住他。小七抿唇看着这一切，眼眶红红的，少有的沉默，似乎是被这场突如其来的大火吓得不轻。云蔻亦是静静地看着这些，眼角眉梢萦着淡淡的愁绪。十四爷只以为她是替好朋友担心，便上前劝慰："你也不要太难过，其实现在四嫂没有消息，便是最好的消息，说明她还活着。"云蔻咬着唇，点了点头。

那厢众人终于将两人拉开，苏墨风猩红着眸子，如同一个杀神。苏墨沉脸色微白，带着少有的颓然，忽地想起什么似的，甩掉众人钳制他的胳膊，往山后面飞奔而去。

众人不明所以，你看看我、我看看你，面面相觑，云蔻微微拧了眉。

第十三章　相见不识

东方已经露白，天已蒙蒙亮。苏墨沉敛眸看着地上躺着的一具黑衣人的尸体，抿了唇，快步往昨夜他飞镖射向的那棵大树后面而去。树后面，有一处杂草和落叶深陷，显然是被人踩过，而上面的一片殷红，更加证明昨夜这里的确藏着一个人，然后，还被他的暗器击中受了伤。可是那人却未发出一丝声音。

会是千城吗？一种深深的恐惧朝苏墨沉包围了过来，让他透不过气来。他上前蹲下，伸手抚了抚落叶上的殷红，顿时他大手上的绷带就被染上了红色。血还未干，他起身，循着血迹慢慢找过去。血迹很明显，如同怒放的蔷薇逶迤了一地，触目惊心，根本不用刻意找寻，就直直刺痛着人的眼睛，可见当事人当时的血流得很严重。苏墨沉不自觉地攥紧了手心，迈着沉重的步子顺着血迹而行，软履踩在未干的血渍上，染红了鞋底。

越走，场面越凌乱，越走，当时的情形越清晰，越走，苏墨沉的心越沉重。除却一直不断的血迹，落叶还有被重重踩过的痕迹，而且一路的荆棘上、枝杈上，不断挂着一些被钩挂下来的衣衫碎布。有的是白色，还有的是被鲜血染成的红色，料子是上好的贡锦，他认识，那是宫里用来做寝衣的，而夜里，千城就是穿的这件寝衣。

真的是她吗？昨夜那隐藏在大树后的人真的是她吗？他闭了闭眸，只觉得一颗心像是被无数只手狠狠地抓挠，痛得他无法呼吸。如果是她，那是不是就看到他和云蔻在一起？云蔻的身份不能让任何人知道，这是多年来他的原则，可是很奇怪，此时此刻，他却一丝一毫都没有想这个，他想的是，看到他和云蔻在一起时她的心情。他记得云蔻说："你明知道我对十四爷根本没有心思，你却还要拉着千城如此气我。"他当时说了什么，他当时做了什么？他努力地想。

他好像什么都没有说，然后还抱了云蔻。后来，云蔻说了很多话，他也说了一些话，说了什么，他已经记不大清了，但是好像句句都是能伤害那个女人的利器。再后来，他还出手用暗器伤了她，虽然，他不知道树后面是谁。他还说，不留活口……

她该是有多痛？他几乎不敢想。不然，那么凌厉的暗器射在身上，怎会吭都不吭一声，不然，他朝大树后面走去的时候，她站都不站出来。只有痛到了极致才会这样吧？

眼前出现了很多凌乱的羽箭，插在地上、树枝上、散落在落叶上，他停住了脚步。羽箭？他心中一惊，难道她遇上了那些放火的歹徒？拔出一根羽箭，箭头上是一团漆黑，说明羽箭曾被当成火箭使用。在众多羽箭的边上，躺着一枚沾满血渍的飞镖，他心跳骤停。那是他的，他认识，就是他射向大树后面的那枚。怎么会在地上？被她生生拔出来了吗？他们用火箭对付她吗？一个身负重伤的弱女子要怎样来自保？他甚至可以想象出当时的场面以及她恐惧、绝望的样子。

苏墨沉，你都做了什么？

众人赶到的时候，已是不见了苏墨沉，只见逶迤一地的鲜血、挂在荆棘上随风飘扬的碎布条、散落一地的羽箭。不用想，他们也知道发生过什么，皆是又惊又惧，看来，那个女人是凶多吉少啊。

众人再次找到苏墨沉的时候，是在山下，他正站在一块大石旁，一动不动。十四爷上前，轻轻拍了他的肩："四哥，父皇让我们速回行宫。"

苏墨沉回神，只嗯了一声，表情平静得出奇。十四爷有些震惊，也有些担忧，他知道，这个男人越平静越说明有事："四哥……"

"走吧！"苏墨沉已掠过他的身边走在前面。

西苍文帝二十八年七月十二，天伦节已过了五日。染将军府的大门一大早就被人敲响，来人是衙门的衙役，说是请染飞染大将军速去衙门一趟。历来与衙门扯上关系，必定没有好事，而且染飞一早起来，眼皮子就一直跳个不停，总觉得有什么事要发生，所以，一听完，也不敢耽搁，就备马匆匆忙忙赶了过去。

到了京师府衙，府尹亲自接待了染飞，两人是旧识，所以也就少了许多客套。染飞问府尹发生了何事？府尹却只是笑："给你一个惊喜。"然后伸手指了指内堂。染飞不明所以，疑惑地走了进去，可刚走到门口，却浑身一僵，再也迈不动一步。

内堂里一个女子凭窗而立，背影窈窕、身姿曼妙，一袭素白的菱花裙，满头青丝如瀑布一般倾泻到后腰，一动不动地望着窗外。或许意识到身后有人，女子缓缓地回过头来。染飞彻彻底底忘了呼吸，真的是她！

女子眉目如画，虽面色带着些许虚弱的苍白，却依旧难掩其倾城之姿。虽然过了三年，这张脸，他却永远记得。不是他的三女儿染千城又是谁？只是她……不是带着人皮面具吗？怎么……染飞伸手指着她，激动得"你……你……"你了半天，说不出话来。

看到染飞的这一刻，千城也甚是吃惊，半晌回不过神来。那日她从山上滚落，一直滚到一个山涧里就晕了过去，许是翻滚的时候，人皮面具挂到地上的荆棘树杈，然后又在水里面浸泡了一段时间，竟是自行脱落了下来。她被人救起来的时候，就已是现在这张脸。

救她的人见她醒来后失魂落魄，像个哑巴，问也问不出发生了何事，说也说不出自己的亲人是谁，就只得将她的伤口包扎好送到了府衙。在府衙静养了几日，身子稍微好了一点，她便提出离开，结果遇到了府尹，府尹大吃一惊。他与染飞是旧识，也曾在染府见过千城，记得她的模样，可他知道染千城已死了三年，怎么会突然出现？问她话，她也都是三缄其口，什么也不说，府尹无奈，立即命人通知了染飞。

"千城！"染飞终于喊出了那个放在心里三年，却不敢喊出来的名字。天伦节上发生的事情，他何尝没听说，这些天他一直都在沉痛中，他还以为他们父女今生再也没有相见的一天。没想到，没想到……

千城怔怔地看着他，看着这个耳鬓已经花白、驰骋沙场、只流血不流泪的男人狂喜得眼中一片晶莹。

“千城……”他又唤她，声音中带着慈父的关怀、阳光般的暖意。千城终是再也忍不住，飞奔上前，扑到他的怀里：“父亲！”

她喊他父亲，在他怀中泪流满面。滚烫的泪水浸透了染飞胸前的衣衫，他抬手轻轻抚上她的头：“孩子，你受苦了。”虽然他不知道，当初，她为何那般执着地要去御香坊？但是，嫁到四王府以来，这个孩子受的苦他却多多少少有些耳闻。这一次，他不会再由着她的性子了。

“哭吧，孩子，哭出来，一切就都会过去的。”看着她的肩急剧地颤抖，他知道她在强自隐忍。终于，千城第一次像孩子一样放开声号啕大哭。所有的委屈、所有的伤痛都在这一刻宣泄了出来。都过去了，一定会过去的，她告诉自己。

不知哭了多久，直到她哭累了，哭不动了，她才慢慢止了下来。

“孩子，回家，跟为父回家。”染飞抬手，用粗粝的指腹替她擦去脸上的泪痕。

“回家？”千城红着眼睛怔怔地看着他。她不能回，她不能连累父亲。

“对！回家！”染飞扳过她的双肩，坚定地点头，“从此你就好好做回你的将军府三小姐染千城，什么御香坊的千城，什么四王府的千夫人，通通都跟你无关，你只是我染飞的女儿，三年前并没有死，只是任性出走了，我们以为你死了而已。”

千城没有说话，只是看着他，刚止住的泪又再次涌了出来。这份温暖让她感动，也让她动容，如同连绵阴霾的天空中出现的一抹阳光，让她绝望冰冷的心终于起了一丝热度。

夜凉如水，繁星满天。苏墨沉独自走在府中僻静的小道上，背影落寞苍凉。又过了一日，隐卫派出一波又一波，还是没有她的消息，也不知道她是不是还活在这个世上？四王府的一景一物都没有改变，一切都如天伦节之前一样，只是好像少了一个人存在。其实，他自己也不知道，在他的心里，那个女人到底算是一个什么样的存在？他只知道，如今，人不在了，他的心蓦地就空了。那是他从未有过的感觉，那感觉强烈得无以名状。

穿过僻静的小道，来到一座院落前，他顿住脚步，才蓦然惊觉，自己竟然不知不觉中又来到了清华苑。院子里夜来香开得正欢，幽幽月色下，他似乎又看到那个手挽竹篮，俯首摘花的女子，心中一喜，他疾步走了进去，待走近，才发现哪里有人，不过是自己的幻觉而已。很快，他又震惊地发现，清华苑的厢房亮着烛火。

烛火？如何会有烛火？他眼睛一亮，来到门口，在伸手推门的那一刹那，却是突然停了下来。他不敢，怕又空欢喜一场。有幽幽暗香透门而出，缭绕在他的鼻尖，他心跳骤停，有人在调香！大手不作一丝犹豫，迫不及待地推开房门，唤道："千城……"

屋中两个围案调香的女子回过头来，怔怔地看着破门而入的男人，半晌才回过神来，连忙起身行礼："王爷。"

原来是春兰和夏莲，不是她……苏墨沉自嘲地笑，默然转身离开。出清华苑的时候，在院门口碰到了杨痕，他没有问他为何会在这里？他心知肚明。他不问，杨痕反倒有些尴尬，在夜色下红了脸，不紧不慢地跟在他的身后："爷，听说你今日早朝请旨带兵攻打边国？"

苏墨沉未响，不禁又想起早朝时候的情景。当时他提出攻打边国，全场哗然，他以为文帝也会同众人一样，文帝却出乎意料地只是沉吟了片刻，便同意了，甚至还当场将虎符赐给了他。

"爷什么时候走？"

"三日后。"苏墨沉收回思绪，黑眸望着前面的方向，淡淡地说道。

杨痕抿了抿唇，犹豫了半晌，才问道："为何要三日后？速战速决、出其不意才好，这样不是给了对方准备之机？"他知道这些话他本不该讲，但是，这个男人隐忍了这么多年，淡出朝政这么多年，第一次主动露出锋芒、带兵作战，他希望他赢，必须赢！

苏墨沉回头瞟了他一眼："本王还有更重要的事情要办。"

同样的夜色，在染将军府，却是不同的情境。院中的大槐树下，几人围着石桌而坐，瓜果飘香、欢声笑语。

染飞只有一个妻子杨氏，膝下总共有四个孩子，千城排行老三，老大和老二是哥哥，还有一个妹妹。老二常年驻守边关，很少回来，老大染天浩也是跟着染飞在军中当值，尚未娶亲，妹妹染千叶只比千城小一岁多点，待字闺中。一家五口坐在桌子旁边，品着香茗聊着天。

对于千城的死而复生，或许染飞事先有交代，又或许众人不想哪壶不开提哪壶，所以，都只字不提，只字不问。染天浩给众人讲着军中轶事，染千叶不时地打断问东问西，染飞和杨氏只是含笑听着，染飞不时给杨氏和千城递上一些蜜饯，偶尔插上一两句。

千城看着这一切，心中有着说不出来的感觉。其实上天对她还是不薄的，赐予了她这样一个温暖的家庭，父母慈爱、兄妹团结，只不过这三年，她在自己的执念里越走越深，忽略了身边最简单的幸福。她不知道，父亲和母亲有着怎样的故事。但是看得出，父亲对母亲极好，否则，堂堂一个大将军何患无妻？不会只有杨氏一个女人，这也让千城对父亲更加敬重。将一粒蜜饯送入口中，千城缓缓闭上了眼睛，咀嚼、回味。这种感觉真好，这种被脉脉温情包围的感觉真好，那一刻，她不想哭，泪却是顺着眼角流了下来。

“呀！三姐怎么哭了？”坐在边上的染千叶最先发现了千城的异样，连忙掏出丝绢给千城擦拭。

“没事，”千城接过丝绢揩了揩眼角，不好意思地笑道，“我这是幸福的泪。”

众人哄笑。

“从小你就爱哭，像个水人一样，如今倒是会给自己好哭找借口了。”染天浩笑着打趣她。染千叶眼珠子一转：“来来来，三姐尝尝这梅子。”盛情难却，千城捻起一粒放进嘴里。

染千叶便目不转睛地盯着她看。

“怎么了？”她不明所以。染千叶一本正经、语重心长：“三姐说，吃蜜饯流的是幸福的泪，我想看看，吃梅子流的是不是心酸的泪？”

众人再次大笑。

千城才意识到被这个家伙耍了，起身就要打她：“你这个小丫头片子。”

千叶咯咯笑着，闪躲到染天浩身后："是大哥先起头的，你找大哥。"

千城弯唇。所谓天伦，这才是。

云轩阁，一豆烛火，苏墨沉坐在灯下，低垂着眉眼，手中摩挲着一块红绳绿玉，兀自失了神。眼前依稀是那夜马车上的情景，是那样清晰，就像是昨日发生的事情一样。那时，那个女人将云蔻送给他的玉弄碎了，自己跑去宝玉轩做了一枚，说要送给他，但是，那夜宫宴，因为她突然冲上去给苏墨风舞剑，他很生气，所以他说："做什么送给我？你难道不知道，有些东西是永远也无法代替的吗？即使长得再像，它也终究不是原来的那个。"末了，他还冷冷地撩开窗幔，淡漠地将玉扔了出去。

其实，玉依旧在袖子里。他也不知为何，在要扔的那一刻，又鬼使神差地将玉留了下来。当然，那个女人是不会知道这些的。看她当时的样子，似乎很受伤，可彼时，他却并不在意。如今想来，他才终于明白，一直以来，自己在挥霍的是什么？

翌日，东方刚吐第一丝白，染天浩打开房门，发现早有一抹英姿伫立在院子里。听到开门声，千城回头："大哥，早！"

一袭淡青色男衫，满头的青丝盘起，腰间别着一把精致的银剑，虽然肌肤胜雪、眉目如画，却依旧难掩那逼人的英气。

"哟，这是哪家的俏公子啊？"染天浩半天才回过神，忙不迭打趣。千城俏皮地摊开双手，嫣然一笑："好看吗？"因为，她今日想跟染天浩学习练剑，所以捡了这件衣服出来穿。

"好看，真是好看！"染天浩啧啧称赞。

"好了，"千城奔了过去，晃上他的手臂，"我们快去练剑吧。"

"你几时对这些东西感兴趣了？"染天浩一边被她拖着走，一边无奈地摇头。

"身为将军府的女儿，不能给爹和大哥丢脸不是？"

"切，"染天浩轻嗤，"你肯定又是有什么花花肠子了！"

"哪有？大哥冤枉人！"千城夸张地噘起小嘴，心中却是无端地泛起一片酸楚。她不过是想，以后能够自己保护自己而已。

三王府，苏墨风一袭白衣胜雪，负手立在院中的一株海棠树下，微微扬着头，一动不动。夏日的晨曦透过枝叶照下来，明明暗暗、斑斑驳驳落了他一身。身后一阵衣袂的簌簌声响起，他转身，一个黑影翩然落在他的面前，对着他一鞠："三爷！"

"有事吗？"苏墨风淡淡开口，眸色疲惫。

"听说皇上赐四王爷虎符，让其带十万大军攻打边国。而这十万大军，五万从三爷的军队里调拨，五万从染飞的染家军里面调拨？"

"嗯。"

黑影拧眉："可是这样不是削弱了三爷的力量吗？"

"无碍，"苏墨风摇头，云淡风轻，"如果他不去灭了边国，本王也会去。"

"边国到底做了什么事情？让三爷和四爷都如此愤恨，要……"黑影的话还没有说完，就被苏墨风抬眼一个冷觑吓得噤了声。

"还有事吗？"

"也没有什么大事，哦，对了，好像听说染飞的那个死了三年的女儿突然回来了。"

"你说谁？"苏墨风心口蓦地一撞，抬手抓住黑影的领口，迫不及待地问道。黑影吓得不轻，垂眸看向男人指节泛白的手。苏墨风这才意识到自己的失态，遂松开了他，沉声道，"将方才的话再说一遍。"

"属下听说染飞三年前死的那个女儿又回来了……"他的话还没有说完，眼前白影一动，苏墨风已不见了踪影。

苏墨沉抬头望了望朱红木漆大门上龙飞凤舞的二字——染府，抿了抿唇，拾阶而上。这是他第一次来染府，平日里鲜少交往，不仅因为他本就淡出朝政，更因为染飞多年来都是皇后和六王爷的人。今日前来也是为了那五万染家军的事，毕竟是跟染飞借兵，自己总得有个姿态。

守在门口的两个下人并不认识他，伸手将其拦住。苏墨沉也不恼，弯了弯唇：

“烦请通报一声，就说苏墨沉求见将军。”

两人虽然不知苏墨沉是谁，但见其行尊带贵的气质，心想也定是非富即贵，而且苏是国姓，他们更是不敢怠慢，连忙入府通报去了。得到通报的染飞心中一惊，这个时候，这个男人来染府作甚？毕竟王爷身份尊贵，他也不敢怠慢，低声跟边上的下人交代了一番，便急急忙忙赶去门口。

门口，苏墨沉一袭紫袍，负手而立。染飞眸光微敛，迎了过去：“不知四爷前来，有失远迎。”

苏墨沉回头，轻轻一笑：“将军客气，是本王贸然前来，请将军勿怪才是。”

“哪里，哪里。四爷能来寒舍，染府蓬荜生辉啊！”染飞朝他作了一个请的姿势。苏墨沉谦逊一笑，微鞠了一下身子，撩袍而入。不知为何，染飞突然有种很强烈的感觉，此人绝非池中之物。难道这些年传闻的人淡如菊，不过是龙行浅滩、韬光养晦而已？略一沉思，他连忙跟了上去。

“大哥，你再看一下，这一招是不是这样的？”千城舞出个剑花，猛地回头一刺，“是不是这样？”

染天浩含笑点头：“想不到三妹练剑如此有天赋啊，三妹是我见过舞这套剑法舞得最好看的一个人。”

千城笑笑，或许，染千城本身就会吧，最起码，配合苏墨风的琴声，她的那曲剑舞就是行云流水。收起长剑，插入剑鞘，她抬起衣袖拭了一把额头上的汗水，目光微沉：“光好看有什么用？花拳绣腿而已。”关键时候能保护自己才是真本事。眼前又浮现出那夜云蔻只手杀黑衣人的样子，那才叫功夫吧？

见她如此，染天浩无奈地摇头：“我的小姐啊，凡事不能一蹴而就，特别是武功这东西，岂是一朝一夕就能练就的，你若真想学，从明日开始，先从基本功练起。”

千城睁着水汪汪的大眼睛：“基本功是什么东西？内力吗？”

“所谓基本功就是……”染天浩的话还没有说完，有个下人急急地走了过来，奔到染天浩的身边，对着他耳语了一番，染天浩脸色一变，拉起千城的手便走，“走，三妹，回房！”

千城莫名其妙："怎么了？"

"先回房再说！"

千城嘟了嘟嘴，虽心中困惑，却也无奈，只得被他拽着一顿疾走。

这厢，苏墨沉与染飞边闲聊边顺着抄手游廊走了进来，苏墨沉淡笑着，眼梢轻抬，目光蓦地被前面游廊拐角处疾走的一抹背影吸引过去。如此熟悉！他瞳孔一敛，心跳也在这一刻停止。可待定睛看过去之时，青衫晃动，已不见了踪影。一颗心跳起来，他愣了愣，疾步追了过去。

染飞一看此景，脸色一变，一颗心提到了嗓子眼上，亦是抬步跟了过去："四爷，四爷，怎么了？"苏墨沉哪有空理会？只唯恐迟了一步，再也追不上前面的身影。

终于，背影又进入了视线，可是他很快发现竟是一个男人被另一个男人拉着走得很急。

苏墨沉心中一阵失望，顿住脚步，微微苦笑。自己这是怎么了？怎么这几日看谁都是她？突然，他又想起了什么，一个男人被另一个男人拉着手？这是不是也太……而且她曾经去红画舫的时候，不是也穿过一身男装吗？眸光一敛，他抬手，不带一丝犹豫，将一股掌风击向前面那个身影头顶的发髻。

本来染飞见他突然顿住脚步，心口一松，岂料他突然出手，猝不及防，想阻止已然来不及。只听前面女子惊呼一声，头顶的发髻散落，满头青丝倾泻下来，铺了满肩。女子本能地抬手摸向自己的头顶。那纤纤皓腕！苏墨沉心头狂跳，果然是女的。还没等女子回过头来，他已经三步并作两步上前，将她的衣袖拽住："千城……"他的声音喑哑颤抖，满满的都是欣喜和激动。女子浑身一震，边上的染天浩也停住脚步，微微拧了眉。

"千城……"是她，一样的背影、一样的身形、一样的墨发如云，她还活着。

女子缓缓地转过头来，眼梢轻掠上他。苏墨沉浑身一僵，是一张陌生的脸。

女子弯唇，绝艳一笑，仿佛让天地万物都失去了颜色。末了，她又微微蹙了蹙秀眉，垂眸看向他紧紧拉着她衣袖的手，片刻，眼梢轻抬，看向已是一脸愕然的男人，水眸波光潋滟："请问这位公子，我们认识吗？"

男人身子一晃，旋即松开了抓着她衣袖的手。果真不是她，脸不是，声音也不是，而且他的千城不会武功，也不会腰佩长剑，更不会出现在染府。

“对不起，本王认错人了。”

女子冷冷一笑：“看在你是染府的客人，本姑娘不跟你计较。”话落，又淡漠地转过头，“大哥，我们走！”说完，便随着染天浩一起阔步离开，自始至终，没再多看他一眼。

染飞松了一口气，连忙笑脸上前：“小女生性顽劣，四爷勿要放在心上。”

苏墨沉笑笑，未语，说不出的失望落寞，他当真是魔怔了。

千城冲进厢房，砰的一声将门关上，身子重重地靠在门后面，一颗心狂跳不已。方才仅凭一口气撑着，也不知他有没有看出破绽来？没有面具，脸自然不一样了，而且昨夜染飞也用药物给她变了声，他应该识不出吧？

世事真的很讽刺，方才的一幕何其熟悉，遥记得她和他的第一次相遇，在品香会那日，在皇宫的后花园，她不顾矜持，激动地上前抓住他的衣襟。

他淡漠地拿眼梢睇她，淡漠地问：“我们认识吗？”还冷冷地拂掉她的手，玩味地说：“我想，姑娘是认错了人。”

没想到才短短几个月，时间伦常，她和他竟颠倒了。也好，见便见了吧，她还有她的路要走，她总不能偷偷摸摸过一辈子，总会有见面的那一日，今日一见，也正好让他知道，她并不是他的千夫人，以后，她也可以放开了过活。

苏墨沉离开染府的时候，正好在门口碰到拾阶而上的苏墨风，脚步翩翩、行色匆匆。心中微微疑惑，他喊了声：“三哥。”苏墨风一怔，没想到会在此遇到他，眸中掠过一抹复杂的神色：“四弟也在？”

“是啊，”苏墨沉笑笑，“过来找将军说说染家军的事，三哥呢？三哥是……”

“父皇让我过来找染将军说点事情。”苏墨风编了一个理由，一个最有力度，这个男人又不好去查证的理由。果然，苏墨沉愣了愣，笑道：“哦，那我就不耽误三哥了，告辞！”

“嗯。”苏墨风点头，继续疾步往府里面走。

苏墨沉发现，染府门口的两个下人并没有像拦他一样拦苏墨风，而是恭敬地行了个礼："三王爷！"可见他们的熟络程度。苏墨沉眸光微敛，苏墨风是染府的常客？可这染飞不是苏墨鸿的人吗？

听说苏墨沉走了，千城才敢从厢房内出来，可前脚刚踏出房门，就看到一抹白衣翩跹的身影急急将往这边而来。她心跳一滞，苏墨风。今天是什么日子啊？一个接一个地来？她连忙返身回房。

这厢苏墨风早已发现了她，心头狂跳。是她，真的是她，他的染千城，那一身男装便是最好的说明，以前她偷偷溜出将军府见他，就是穿这一身衣衫。满心满脑都是欣喜和激动，他上前，猛地从身后抱住她："千城！染千城！"

当那抹熟悉的温暖入怀，这个铮铮男儿禁不住热泪盈眶。这是他第二次哭，第一次是三年前，他得知她死讯的那一刻。下颚紧紧地抵在她的发顶，他微微扬着头，闭着眸子，任泪水划过脸庞，流入她的发间。三年，行尸走肉一般地过了三年，他终于再一次将她真真实实地抱在怀里。

千城想挣扎，却是根本无法动弹，他抱得死紧，她觉得自己快要透不过气来。有温热流入她的发间，她一怔，是泪吗？这个男人在流泪？说不出心中的感觉，满满的都是震撼，虽然失去了部分记忆，但是，她知道，她肯定跟这个男人有过刻骨铭心的经历。可是，如今，她已不是她，又要如何跟他讲？

"三王爷……"

苏墨风一怔，不，他差点嘶吼出声，不要这样喊他，不要用这么生分淡漠的称谓喊他，她不是应该叫他风哥哥的吗？

"千城……"他扳过她的肩膀，让她面对着自己，当那张三年来魂牵梦萦的脸入眼时，他再一次心潮澎湃。明明是她！眉如远黛，眸如星辰，小巧高耸的鼻梁、嫣红润泽的红唇，犹记得他第一次见她，那是一个秋天，落英满天，她站在一棵树下，盈盈一回眸，已惊为天人。明明还是最初的模样！

"千城，我到底做错了什么，你要这样惩罚我？"他深深地呼吸，终于问出了这个在他心里盘亘了千百遍的问题。是什么让这个女人宁愿以死相骗也要在御香坊乔装三年？是什么让这个女人宁愿受尽苦难也要待在另一个男人身边？她爱的不是他吗？如果是，为何要这般残忍地对他？如果不是，那以前的那些山盟海誓又算什么？

千城咬着唇，怔怔地看着他，不知道该从何说起。

见她不响，苏墨风觉得自己快要疯了。好不容易等到她撕下了伪装，做回了染千城，她却还是这般样子对他。她可以打他、骂他，就是不能这样无视于他，他受不了。一股热血往脑门一冲，他用力摇晃着她的肩膀："你说，我哪里做得不好？只要你说出来，我都可以改，只要你不这样对我！"

千城皱眉，觉得自己的肩骨都要被这个男人捏碎了，她皱眉想了想，忍着疼痛道："不是三爷不好，是千城的错，千城失忆了，记不起来与三爷的过往。"

苏墨风一震，难以置信地看着她。失忆了？震惊、愕然、心痛、欣喜各种情绪排山倒海，难怪，她会这样对他。其实，他也这样怀疑过，只是不敢肯定。一颗心大起大落，一方面为她真真切切地心疼，一方面却又忍不住欣喜若狂。还好，是失忆，不是她刻意这样对他。失去了记忆，他可以帮她找回来，再不济，他也可以和她重新开始，创造新的记忆，不是吗？只要她不排斥他，只要她不轻视他。

"对不起，千城，我不知道这样，是我不好，我太心急了，我不逼你，不逼你，以前的事情想得起来想不起来都不重要，只要你好好的，好好的就好，一切都可以从头再来……"大手扳过她的脑袋按进自己的怀中，他哑着喉咙喃喃而语。千城被逼靠在他宽阔的胸膛上，微微凝了眉，水眸中一片迷茫……

星光璀璨、清辉绵长，又是一个月圆之夜。

东山，一庭院，司空畏推开庭院的大门，最后一丝希望也彻底破灭。庭院里寂静无声、漆黑一团，她也不在这里，方才他甚至去了那夜找到她的桥洞，也是没有。十五了，月盈霜的又一个发作之日，而他却依旧不知道她在哪里。如果她还活着，即使她还活着，今夜不服月盈霜的解药，她也终究会死。找了那么多天，出动了那么多的隐卫，他甚至为了今夜，推迟了三天攻打边国的行程，可是依旧没有她的消息。

怎么办？千城，你到底在哪里？

司空畏失魂落魄地走进庭院，院子里的金丝桃依旧在开放，如一个月前一样，在暗夜里散发着淡淡的幽香。幽幽月色下，他似乎又看到那个用门缝碾核桃的女人，站在门口，回头冷冷地瞪他："没看到吗？我在剥核桃。"

推开厢房的门，捻亮烛台上的蜡烛，屋里井井有条。在屋中的一个长椅上缓缓地躺了下来，这是那夜他睡过的，他闭着眸子，不知心中所想。夜更深了。

怎么办？她是不是已经在忍受着月盈霜的折磨和煎熬？很痛吧？也很绝望吧？他不敢想。伸手探进袖中取出一个小瓷瓶，倒出一粒褐色的药丸缓缓放进嘴里，顿时，一股腥苦入喉。一直对人下药，今日他才知道，原来，月盈霜是这样的味道。

夜凉如水，苏墨风枕着双臂，怎么也睡不着，满心满脑都是那个女子的影子。或许是因为相思了多年，又或许是害怕再一次失去，反正才分开一会儿，他就开始想念了，疯狂地想念，似乎一时一刻都不愿意跟那个女子分开。辗转了半晌，他还是禁不住心里的煎熬，起身披衣下床，走了出去。

染府，千城用过晚膳便匆匆回了房。她也是因为感觉到身体的不适，才陡然想起今夜是十五，而自己还中着司空畏给她下的月盈霜的毒。近日发生的变故太多，她竟然将这件事给忘了。自从那次离开东山的庭院以后，她再也没有见过司空畏，如今她换了脸，他应该也认不出她了吧？可是，月盈霜没有解药怎么办？房门紧闭，她一个人紧紧蜷在床上，她不能让家人知道，她不想他们担心。

身子越来越冷，她用锦被、床单紧紧裹住自己，还是没有觉得一丝暖意，身子还是难以抑制地抖作一团。接下来会发生什么，她知道，毕竟她曾经经历过一回。

视线慢慢变得模糊，意识也越来越混沌。恍恍惚惚中，似乎有房门洞开的声音，有父亲的声音，还有哥哥的声音，有很多人的声音，还似乎有人将她紧紧地抱在怀里，不停地喊着她："千城，千城……"

是谁？有颠簸的感觉，似乎是谁抱着她在疾奔，耳边有呼呼的风声、男人的喘息声。她想睁开眼睛看看，却是无力挑开眼皮，眼前一片黑暗。

东山，庭院，司空畏躺在长椅上，一动不动，时间一点一点地流淌，他想象着……她就在身边，就如同那夜一样，睡在边上的那张床榻上。五脏一阵痉挛，胃开始翻搅，血液中像是被注入了一股寒流，在身体里猛窜，他知道，月盈霜发作了。此时，她也是这样吧？她可会知道，在这个暗夜里，有一个男人愿意陪着她一起受着、挨着？

随着时间的推移，不良的反应越来越严重。冷，极冷，就像置身冰窖那般冷，那种冷似乎能穿透骨髓，刺穿神经，让人癫狂。很痛，四肢百骸都在痛，就像有千万只蚂蚁在噬咬，又像被许多刀子凌迟。那感觉，无法用言语形容，只让人觉得生不如死。他不由得蜷起了身子，颤抖着。如果不是亲身经历，他永远也不知道这月盈霜是这般让人要死要活的毒药。他不敢想，他有那么强的内功尚且如此，她呢？她一个弱女子，又如何来忍受这样蚀骨的煎熬？

夜色渐深、意识渐沉，心中的思念却未曾减少一分。恍恍惚惚中，似乎有人影靠近。他向来是个警惕之人，即使睡着，或者是病着，抑或是现在，他依旧如此。强自忍住月盈霜带给他的各种痛苦，他暗撑着一股内力，陡然睁开眼睛，就看到一个女人的脸，烛火摇曳，女子的脸隐在光火中忽明忽暗，但是，他还是看清楚了她的表情。怒气满盈吗？凭着那一股真气，他缓缓坐起，弯唇浅浅一笑，云淡风轻："母妃怎么来了？"

良妃紧紧地抿着唇，半天未响，胸口急速地起伏，骤然，抬手一挥，咣当一声巨响，男人脸上的青铜面具掉落在地。她举着一枚铜镜放到他的面前，声音从喉咙深处迸出："你看看，你看看你现在的样子！你看看你现在人不人、鬼不鬼的样子！"

司空畏眼梢轻掠，掠过铜镜中那个已是一头银丝的男子，男子的脸色同样苍白如纸。那是他吗？人不人、鬼不鬼？此夜的此时，还有一个人会如此。他轻笑着，眼梢轻抬，又看向那个盛怒中的女人："这说明母妃的月盈霜果然厉害，可以将一个好好的人摧残至此。"

"你……"女子气极，重重地摔掉手中的铜镜，随着一声令人心悸的脆响，铜镜四分五裂、黄屑四溅。

"你知不知道自己在做什么？就为了一个女人，你竟变得如此不可理喻！你的斗志呢？你的责任呢？你的使命呢？你怎么可以这样放任自己？难道你想毁了我们大家这么多年的努力？难道你忘了这么多年你所承受的苦、母妃承受的苦？难道你想让母妃这辈子继续这样过着暗无天日的生活？难道你想让所有人跟着你一起陪葬？”女人显然很激动，声声质问、语气灼灼。

倒是男人很平静、面沉如水，身子却抖个不停，他强自忍住，弯腰拾起地上的青铜面具戴在脸上，然后又颤抖着从袖中摸出一个小瓷瓶，倒出一粒药丸，塞进嘴里咽下。眸中掠过一抹沉痛，他尚有解药，那她呢？起身，他缓缓踱到女人的面前，微微一鞠，薄唇轻启，淡淡地道：“母妃放心，孩儿知道自己在做什么，孩儿肩上的责任和担子，孩儿一刻也没有放下过。”司空畏说完，也不等她反应，越过她的身边，就径自往外走去，走到门口的时候，他又顿住，没有回头，唇角却自嘲地一勾，“是不是月盈霜根本就没有一次性彻底治愈的解药，只有这种治标不治本必须每月服用的解药？”

良妃一愣，旋即就明白了这个男人的意思，刚准备开口说话，男人已经身影一晃，出了门。男人脚步翩跹，面色凝重。她的儿子中了月盈霜，她都不愿意拿出那真正的解药吗？胃中陡然一阵翻涌，有什么东西直直往上一蹿，一股腥甜入喉，他张嘴，一口鲜血喷薄而出。抬手拭去嘴角的黏稠，他知道，方才强自克制月盈霜的毒，伤了内脏。

三王府的地下室，一个女子端坐在床榻上，身后一个男人亦是盘膝而坐，双掌摊开抚在女子的后背上，源源不断地给女子输送着内力。女子满头银丝、小脸煞白，嘴唇无一丝血色，双眸微微合着，已经陷入了昏迷，可从她紧蹙的眉心、额头上豆大的汗珠，依然可以看出，即使昏迷，她依旧在忍受着巨大的痛苦。男人薄唇紧抿，同样大汗淋漓。在床榻的周围不断有雾气袅绕而起、如烟如云，原来这床榻竟是由上好的千年寒玉制成。

不知过了多久，女子似乎稍微恢复了一点意识，嘶声呜咽了一下：“好冷，好痛……”

苏墨风缓缓收起内力，将女子抱在怀里。女子周身散发出让人不敢靠近的冰凉，惊得他一颤，寒玉床不断地释放出寒气，两寒一碰，寒上加寒，他只得咬牙将女子抱得更紧，希望自己的体温能够给对方一些温度。到底是谁这么恶毒？对一个弱女子下如此狠毒的毒药？他苏墨风定要将那人碎尸万段、挫骨扬灰！他都不敢想，如果他今夜没有去染府，如果他没有可以抑制毒性的千年寒玉床，那她会怎样？

女子抖作一团，小脑袋直往他的怀里钻，本能地索取着那一抹温暖，冰冷的小手更是伸进他的衣襟摸上他滚烫的胸膛，喃喃而语。苏墨风喉头一动，倾身附在她的唇边，才听清她说的是“痛”字。心中大恸，他恨不得痛的是他，他解开自己的衣衫，将女子裹在自己的怀里：“千城别怕，我在，我一直陪着你。”这千年寒玉床，是他平时用来练功用的，虽然不能解毒，却可以抑制毒性的发作，帮她熬过今夜。

当清晨的第一缕阳光透过狭小的天窗射进来的时候，千城缓缓地睁开了沉重的眼睑。恍恍惚惚中，不知自己是在现实还是在梦里，是死了还是活着。视线慢慢变得清明，一张男人的俊脸跃入眼帘，男人双眸轻合，脸色微白，似是疲惫至极。苏墨风？直到她感觉到自己正躺在他的怀里，而他衣衫大开，裸露着胸膛，她才猛地一个激灵清醒过来。男人被她的动静惊醒，睁眼看到她无恙了，满脸激动：“千城，你没事了？”

千城从他怀中坐起，疑惑地看了看四周，陌生的环境，光线很暗，似乎是一个地下室，而他们两人正坐在一个硬床上，床四周寒气袅绕。一些关于昨夜的零碎片段，钻入她的脑海，他救了她，她有些难以置信地开口：“三爷，我还活着？”

看着她迷茫的样子，苏墨风低声一笑：“当然。”

“不用解药，我也可以活？”她犹不相信。

“是，只是受了不少苦。”说这话的时候，苏墨风眸色一痛。

千城又傻愣愣地怔忡了半天，骤然跃起，在寒玉床上又蹦又跳，满脸满眼都是激动：“太好了，太好了，苏墨风，你这床果然名不虚传啊。”

男人一怔，旋即，心头狂跳，为她那句苏墨风，也为她难得开心至极的样子。那一刻，他觉得，吃再多的苦都是值得的。

将千城送回以后，苏墨风就回了三王府，一宿没睡，又消耗了大量真气，他疲惫至极。刚准备回房休息，宫里就来了圣旨，文帝任命他为随行督军，让他随四王爷苏墨沉出征边国。他有些吃惊，不明白文帝为何突然有此决定，如果说，以前他想去攻打边国，是因为千城。那他现在也是因为千城，而不愿意去，因为他一天都不想离开她。可是毕竟圣命难违，不愿意也必须去。

传旨的公公是他母妃丽妃的人，所以，屏退了众人，便跟他说了原因利弊，“这是丽妃娘娘的主意，她主要怕四爷此次出征会影响到三爷的势力，所以昨夜娘娘以那五万人是三爷的人，三爷在，也好统筹管理为名，恳请皇上让三爷以督军一职协助四爷出征边国，皇上当然希望稳中求胜，所以便允了。”

四王府，府中众人相送，呼声震天：“祝王爷凯旋！”

苏墨沉勾了勾唇，不知是欣慰还是自嘲，凯旋？谁的凯旋？他这个有名无实的主帅吗？

今日文帝突然下旨，因十万大军，一半是三王爷苏墨风的人，一半是染将军府的染家军，所以，特派苏墨风和染府的人任左右督军一职，协助他出征边国。那日，朝堂之上，他求旨讨伐，文帝欣然同意，他还以为，这个父亲对他有所改变呢，没想到在最后关键时刻，他还是来了这一招。终究是不信任他的！

无所谓，真的无所谓，他又不求什么表现，也不求这十万兵权，他此次纯粹是替一个女人报仇而已。

皇宫，东武门，历来出征都从此门出发。门前乌泱乌泱一片，整齐罗列的全是整装待发的将士，将士们个个都是盔甲披身、意气风发，手上的兵器在阳光的照耀下闪着凌厉的光，直晃人眼。

在东武门的城楼上，明黄的仪仗气势威严，一身明黄龙袍的文帝和同色凤袍的皇后高坐在上方，左右两边文武百官齐列，后面随侍的婢女太监也是数百人。文帝眯眼望着城楼下面的两个儿子，微微抿着唇。一个金色铠甲，一个银色铠甲，骑在高头大马上，俊美得如同天神。儿子果然是长大了，平日里不觉得，这一个个披上战甲，龙章凤姿、浑身散发出来的那股气势丝毫不逊于他当年。突然，他想到什么，眸光一沉：“染将军人呢？”

这圣旨早就下下去了，军队马上要开拔了，怎么还不见右督军的人？

众人面面相觑，都未作声。苏墨沉和苏墨风也是对视了一眼，未语。其实，听到问染将军在哪？苏墨风的心就已经开始忐忑了，他今日接到圣旨，只知道自己要做督军，直到现在，他才知道居然也派了染府的人。可是，染飞根本不在家，不仅他不在，染天浩也不在，因为昨夜两人见千城中毒发病，连夜赶去离京师几百里的云霄山，去请一个认识的神医去了，这一来一去，最快也得在夜里返程。他昨夜去染府的时候，两人就已经动身走了，他也是听染飞的妻子杨氏所说。谁也没有想到今日早上，会下来这道圣旨。那现在……

苏墨风微微拧着眉，暗暗思忖着，该寻个什么理由帮染府推脱一下呢？

城楼上，文帝终于失了耐心，厉声喊着："李公公，去染府看看到底怎么回事？亏他染飞也是一名老将军，竟这般无视军规，如此作为，让朕如何想，让众将士如何想？让天下人如何想？"

众人大骇，特别是那五万染家军，还有苏墨风，这罪名可大了。

李公公领命而去，众人大气不敢出。骤然，一阵急促的马蹄声划破所有静寂，众人纷纷回头，在看到来人铠甲上金光闪闪的一个硕大的染字时，有人大叫着，"来了，染府的人来了。"

一匹白马，白得不染纤尘，马背上的来人同样金属铠甲披身，长发高高束起、清爽帅气，肌肤胜雪、眉目如画，挺直的鼻梁下朱唇微微勾起，似笑非笑，表情略带慵懒，可是浑身散发出来的那种气质却是冷冽和高傲的，耀眼得让人不敢轻视。众人皆是一怔，这人是谁？

苏墨沉和苏墨风亦是闻声转过头朝来人望过去，可是，只一眼，两人都是瞳孔一敛，忘了呼吸。前者是因为他发现此人就是那日在染府被他认错的女子，当时自己满心满脑都是千城，也没甚注意，只记得人长得极美。今日一见，才发现她的与众不同，柔而不弱、娇而不媚、清雅灵秀、英气逼人，不知为何，他就是隐隐有一种熟悉的感觉，只是那感觉他说不上来。后者苏墨风则是一颗心大起大落，喜忧参半，能和她一起，他自是求之不得，可是，一想到这是上战场，又不是出去游玩，刀剑无眼，心中又不免担忧起来。各自怔忡间，来人已经打马来到跟前，在苏墨沉的右边，来人勒住缰绳，稳稳地与苏墨沉、苏墨风立于一排。

此人正是千城。她暗暗吁出一口气，圣旨下，出征在即，染飞和染天浩为了她还没回来，她只好硬着头皮顶上。正欲下马行礼，却被城楼上的文帝沉声止了：“不用了，你是染府何人？朕为何没见过你？”

千城嫣然一笑，如璀璨的烟花一般绚烂，抱拳道：“回皇上话，末将染飞染将军之女染千叶。”千叶，对不起了，先用用你的名字，不然，如果叫染千城，即使加了一个姓，也难免让人生疑，特别是心思缜密的苏墨沉。真后悔当初进御香坊的时候，只去了染姓，怎么没改个名字。

众人唏嘘，女的？难怪生得如此俊俏。

文帝微微眯了眸子，苏墨沉抿了抿唇，面色沉静，苏墨风微蹙了俊眉透过位于中间的苏墨沉，朝她看了过来。意识到苏墨风的目光，她侧首朝他吐吐舌头，狡黠一笑，意思是我不是染千叶，你一人心知肚明就好了哈。苏墨风当即了然，会心一笑，只觉得她的样子真是娇憨可爱，一时竟移不开眼。苏墨沉虽然目光平视，但眼角的虚光自是看到了两人的交流，不由得微微怔愣。上方，文帝终于开口了：“染飞和染天浩呢？怎会让你前来？”

千城倒也不惧，这些她路上就想过了，浅浅一笑：“回皇上，父亲和大哥昨日去了远房亲戚家，今夜才能回来，而末将见皇上今日的圣旨上也并未指明让何人出征，只说染府派人出任右督军一职，末将自幼也深受父亲、大哥二人影响，对带兵作战有所了解，虽然从未上过战场，但毕竟此次主帅是四王爷，末将也只是督军而已，所以便自告奋勇、主动请缨而来，还请皇上见谅和成全。”

一席话说得滴水不漏，既言明了，圣旨是今日下，染飞是昨日走，不知者无罪，文帝想降罪染府都不行，又谦逊低调地将苏墨沉捧了上去，言明自己督军的立场，文帝想拒绝也难。

苏墨沉微微勾了唇角，好一个伶牙俐齿的丫头。

文帝只一怔愣，便哈哈大笑了起来：“好，既然你敢上，朕便如你所愿，倘若有任何差池，后果也希望你能承担。”

军队终于开拔，浩浩荡荡往边国边境的方向而去。苏墨风、苏墨沉、千城三人走在最前面，后面大军绵延几里。原本的位子是苏墨沉在正中间，左右是督军，可是，走着走着，位于最左边的苏墨风却不知不觉地走到了千城的边上。这样，千城就变成了走在两人中间。气氛倒也没有预想中那么尴尬，一般都是苏墨风和千城在聊着天，苏墨沉一声不响，一直面沉如水、似听非听的样子。

出了京师，一直走的是山路，天将黑的时候，到了一片密林。苏墨沉见地形险峻、密林深幽，便命令众人就地扎营，明日再入林。

用过晚膳，大部分士兵都早早地睡了，少数人围着将熄未熄的篝火聊着天。千城抱膝独坐，低垂着眉眼，只手拨弄着篝火上的干柴，不知在想什么。柴火偶尔发出噼里啪啦的脆响，溢起点点火星，在暗夜里如同烟花绽放，顷刻便又消失不见。

苏墨沉去视察周边的环境去了，苏墨风被她强行赶去营帐休息，她知道他一日一夜未眠，又大量消耗真气内力，他早已疲惫至极。其实，她也很累，月盈霜的摧残，再加上一日的长途跋涉，她同样腰酸背痛，可就是无一丝睡意。

一个人想要走出一段经历真的很难，即使已经下定了决心，即使已经将自己的心高高地冷凝，但再次看到那人的时候，心里还是会激荡，还是会痛。或许，需要时间吧，不是说时间是治愈伤口最好的良药吗？一声叹息过后，她起身，缓缓地走在夜色中。都说十五的月亮十六圆，一点也不假，朗月如盘，夜，更加清冷。

等苏墨沉将四周视察了一遍后，夜已深。返营时，他路过一个断壁，远远地，看到一个女子立在上头，一动不动，不知在看风景，还是在想事情，没有厚重冷硬的铠甲，一袭洁白的长裙如梦般翩跹飞扬。那一刻，他又生出一丝恍惚来，那黑发长衣的身影就是千城。但是，他知道不是，她是另一个女人，染千叶，一个背影很像千城的女人，特别是现在这样娴静的时候。

"染姑娘？"他犹疑，有些不知该如何称呼，右督军？千叶？似乎都不适合她。

女子缓缓回头，月辉绵长，皎洁如缎，月光下的她，刹那芳华，仿佛凤凰化人。看到是他，女子微微一怔，须臾，又淡漠地转回脸去："四王爷视察完了？"

男人沉默，不知为何，他有一种感觉，这个女人很排斥他。其实，他也就是那日将她认错了而已吧？微微眯了眸子，眸中掠过一抹探究，他道："明日还要赶路，为什么不睡觉跑到这里来？"

女子许久没有回答，再回过身的时候，已是一副公事公办的样子："四周可都还正常？”

“嗯，没有发现什么异况。”

苏墨沉远远地站着，夜里的他也脱掉了一身笨重的铠甲，身着月牙色的软袍，风过衣袂，墨发在脑后盘旋，那负手而立的傲然，不需一言一行，就无端透着一股君临天下的霸气。千城弯了弯唇，他的确有着王者的气质，注定了要吸引很多女人的目光。

骤然，脚下传来嘶嘶的声响，响声不大，在这个静谧的夜里却让人毛骨悚然。她心中一惊，本能地垂眸，蛇！在她得到这个认知的同时，有一样东西破空而来，她还没有作出反应，甚至连害怕都没来得及，那条吐着红信子的东西就被生生钉在地上，一动不动，没了声息。

好快的身手！千城紧紧地攥着手心，一颗心狂跳不已，抬头望了望远处的男人，又心有余悸地看向地上。蛇的七寸上，插着一枚暗器，在月光下闪着幽蓝的光。飞镖吗？同那日插在她胸口上的一样。脸色微白，千城却强自镇定，抬眸对着远处的男人嫣然一笑道：“多谢四爷出手相救。”

她莲步轻移，她往回走，走到他身边的时候，脚下也不作停留，径直越过他，往营帐的方向走。衣袂轻擦的瞬间，他又有一种错觉。

“千……”那个名字几乎脱口而出，到最后，却终是“城”字变成了“叶”字。

“千……叶”

女子一怔，缓缓停住脚步，回头，璀璨一笑，如日月霁光一般绚烂：“四爷都是这样跟陌生女子搭讪的吗？千叶自认为跟四爷还不熟，四爷还是叫染姑娘好些。”

苏墨沉愣了愣，半晌，才笑了笑，未语，似有几分自嘲和无可奈何的味道。千城直接无视，淡漠地转过身，继续往前走。幽幽夜色下，一女一男、一前一后，就这样走着，很久都没有说话。千城紧抿着唇，脚步轻快，可是只有她自己知道，自己的一颗心远没有面上表现出来的那般轻松，双手优雅地交握在胸前，云袖轻垂，可手心里都是细密的汗。

“四爷为何要攻打边国？”她试着找一些话题来打破尴尬，可是话一问出口，她就后悔了。这个问题她知道答案，是为了云蔻。那日，云蔻亲口说的，说他那般不顾一切地要杀那个边国的使者，就是因为她，因为那个边国男人曾对她动手动脚。诚然，此次讨伐正是因为这个吧。

许久没有听到后面人的声音，她以为他不愿意回答，便弯唇笑笑，心想这是意料之中嘛。罢了，自己也不是真的想要答案。正准备一笑而过的时候，男人却突然出声了："战争需要理由吗？"

"当然需要理由！"她顿住脚步，回头，"战争分正义和非正义，通常捍卫国家尊严和领土完整、保护百姓利益的是为正义战争，而以霸占他国领土或者别的什么私人恩怨为由，强行攻占他国，就是非正义的战争。"千城字字珠玑、口气灼灼。苏墨沉微微眯了黑眸，唇角一勾："你似乎懂得很多。"

"多谢四爷夸奖，"千城冷冷一笑，"我不过平心而说罢了，毕竟，一场战争下来，生灵涂炭，遭殃的还是老百姓。"

"你的意思就是说我们此次战争是非正义的？"男人亦是迎着她的视线，一双黑眸晶亮晶亮，似笑非笑。

废话！为了一个女人如此兴师动众，不是非正义是什么！

"不敢，千叶只是那么一说。"

男人弯了弯唇，转眸看向远处的夜空，静默了半刻，才道："即使非正义，即使要背负骂名，边国，本王也灭定了。"他的声音不大，却满透着坚决笃定。

千城一怔，即使非正义，即使要背负骂名，边国，他也灭定了。她垂眸笑笑，转过身，继续往前走，不想让对方看到自己的黯然苦涩。

"四爷的决心千叶看到了，千叶祝四爷旗开得胜！"

看着女子翩然离去的背影，苏墨沉没有动，依旧负手立在原地，缓缓地抬起头望着天边的满月，黑眸中慢慢腾起沉痛和苍凉。你是看到了，可有的人却再也看不到了。

千城回到营地的时候，众人都已经歇下了，营地内一片静谧。她径直回了自己的营帐，打帘而入的时候，正碰到急急从里面走出的苏墨风，苏墨风一看到她，不问三七二十一，猛地伸出手臂就将她抱在怀里："你去了哪里？我担心死了。"

他说的是真的，他一觉醒来，见她营帐里还亮着烛火，想她可能还没睡，便过来看看，结果却是不见人影。这让他不禁想起天伦节那夜山上发生的事，也是夜里，也是营帐，也是她不见了踪影。他不要这样的事情发生，他绝不要这样的事情再次发生。

千城愣了愣，才明白过来，心中不由得腾起暖暖的感动，她笑笑："我没事，只是出去走了走。"

"以后不许一个人出去！"苏墨风声音微沉，夹着一丝薄怒，"这荒郊野外，常有野兽出没，而且，还恐有歹人。"

野兽，歹人？不知为何，她竟条件反射地想起了那条蛇和苏墨沉，这比喻真是贴切，如此想着，便禁不住扑哧一声笑了出来。苏墨风有点懵，以为她是不以为然，当即就黑了脸："我一本正经地跟你说话，你为什么嬉皮笑脸？"

千城一怔，极少看到他这个样子，知道他是误会了，很想忍住笑，却又禁不住笑得更欢了："不是，不是，我不是那个意思，我……我是……"是了半天，她也没说出什么来，总不能说她在想蛇和苏墨沉是野兽和歹人吧？

见她笑得上气不接下气，吞吞吐吐，苏墨风彻底怒了，心一横，双手捧起她的脸，就吻上了她的唇。

还是这招管用，她果然不笑也不说了，浑身一僵，惊恐地睁着眸子，一动不动。许是她在外面待得太久，唇很凉，而他的唇火热，冰与火的碰撞，让苏墨风心神俱震，他微微合着眸子，很想温柔地对她，可是，她是那样美好，美好得让他一沾上就无法自持。他恨不得将她吞入腹中，那样子似乎渴望了很久，又隐忍了很久。

直到他不再满足于唇瓣的纠缠，试图撬开她的唇齿更深地探入时，千城陡然一惊，回过神来，猛地伸手将他推开。他猝不及防，后退了两步，狭长的凤眸中还晕染着几丝情欲，怔怔地看着她，片刻后才惊觉过来自己在做什么。

"对不起，我……"他想解释，可是又不知道该怎样说，一时手足无措起来。他说过给她时间的，他说过不逼她的，可是，一时情难自禁，就……

千城静静地看着他，其实，她也没有怪他。她不是傻瓜，也不是木头，他的心，她懂，只是现在的她不能承诺给他什么。她微微一笑："没事，夜深了，早点歇着吧。"说完，转身打帘入了营帐。

苏墨风站在外面，兀自懊恼了好半天。谁也没有注意到，远处，幽幽夜色下，一抹翩跹的身影迎风而立，静静地望着营帐这边，良久……

深山的夜很静，唯一的声音就是一些夏虫的叫声和蛙鸣声。营地一片黑暗，众人已睡得深沉。骤然，一声女子的尖叫划破静谧，下一瞬，边上两个营帐的烛火便相继亮了起来。苏墨风只着一件寝衣就出了营帐，飞奔至千城的营帐，掀帘而入，“怎么了？怎么了？”

黑暗中，千城听到是他的声音，就像是看到了救星，猛地扑了上来，伸出手臂圈着他的脖子，直接吊在他的身上：“老鼠，苏墨风，有老鼠……”

苏墨风震惊了，好半天才反应过来发生了什么事。

“你怕老鼠？”震惊归震惊，心中却还是喜悦的，一来，她叫他苏墨风；二来，她此刻还吊在他的身上。

可千城远没有他那么好的心情。他的问题和口气让她很受伤，原本就吓得不轻，如今听他一问，似乎怕老鼠是多让人不可思议，心中更是委屈，便也变得没好气起来：“怕老鼠很奇怪吗？”

“不奇怪，不奇怪，很正常，很正常！”苏墨风眉目弯弯，一手抱着她，一手捻亮了烛火。

帐里顿时一片亮堂。苏墨风借着烛光看清帐内后再次震惊了，原本帐内也没有什么东西，却愣是被这个女人折腾出了遭洗劫的模样，一片狼藉。哪里还有老鼠的影子？

大概也是被千城的尖叫声惊动了，苏墨沉披着中衣打帘而入，在看到帐内的情景时，呼吸一滞，脚下再也迈不动一步。何其熟悉的画面，何其熟悉的情景！黑眸的目光怔怔地落在一片狼藉的地上，半晌，轻抬眼梢，静静地看向抱在一起的两人，瞳孔一敛，眸色深沉，世间竟有如此巧的事情。

意识到他的进入，原本抱着的两人立即分了开来，千城甚是尴尬，苏墨风倒是不以为意，弯唇一笑：“四弟也起来了？”

苏墨沉轻嗯了一声，眼梢低垂，掠过女子立在地上的赤足，淡淡地开口：“发生了什么事？”

“没什么！”

“有老鼠！”

一个女声，一个男声，异口同声，只是答案不同。千城一时窘迫至极，白了一眼苏墨风，苏墨风眯眼一笑，满脸无辜。苏墨沉怔了怔，黑眸中盈起一抹玩味，薄薄的唇边突然绽放出一记动人心魄的浅笑：“怎么？染姑娘怕老鼠？”

千城无语，已经第三个人用这种表情、这种口气问她了。

“敢问四爷，怕老鼠不可以吗？”千城斜着眼睛，冷冷地睨着苏墨沉，声音同她的目光一样冰冷。

苏墨沉为之一震，曾经有一个女子也这样质问过他：“怕老鼠很好笑吗？要笑成这样？”

“当然可以，”唇角的弧度更深了几分，苏墨沉突然觉得整颗心都沸腾了起来，他薄唇轻启，“只是白日里看染姑娘豪气冲天，本王着实没想到，都敢上战场杀敌的人，竟然会怕一只老鼠？”

千城气结。犹记得，曾经也有一个人这样笑过她：“你天不怕、地不怕，甚至连死都不怕，竟然会怕一只老鼠？”

她就不明白了，这世上，每个人都有自己怕的东西，何至于惊诧至此？

而此时的苏墨沉虽面色沉静，心中却早已波涛汹涌、百折千回，他甚至在等着女子的下一句。他等着、希冀着，甚至猜想着，会是“这世上，有些人就是有一些天敌，而我的天敌正好是老鼠而已”这句吗？

然而，千城什么也没有说，直接冷着脸下起了逐客令：“好了，没事了，三爷、四爷都回去歇着吧，实在不好意思，打扰二位休息了。”

苏墨沉有些失望，苏墨风急了：“可是，你……”

“没事，千叶刚才也只是虚惊一场。”千城面色清冷、口气淡漠，似乎方才的柔弱只是一场梦。苏墨风原本还想说什么，可见她的样子，终是嘴唇动了动，什么也没有说。千城赤足走到门口，抬手撩开帘子，声音冷冽：“两位爷，请！”

那一夜，三个主帐皆烛火通明，一直到天亮。

第十四章　赐婚风波

翌日，队伍照常开拔。三人依旧骑着高头大马走在最前面，一切如常，就像昨夜什么事情都没有发生过，只是，千城发现，似乎哪里变了，变得不同了。譬如，苏墨沉的目光好像总是若有若无地盘旋在她的头顶，譬如，苏墨风变得沉默了，不再有事没事一直和她闲聊，又譬如，走在密林里，也不用担心会被树枝划到，因为左右两边的男人早已在她前面挥剑披荆斩棘……

队伍在五日后到达一个叫常平坡的地方，那也是西苍的边境，与边国的憧水镇只有十几里的路程。大军在常平坡驻扎下来，三人一商量，打算先略作休整，然后一举出击。所谓休整其实原因有二：第一，将士们借此休养生息；第二，他们借机刺探军情。知己知彼才可百战百胜！

憧水镇。

商铺林立、车水马龙，路两边的地摊也是绵延几里，卖的东西五花八门，来往人群熙熙攘攘、络绎不绝。三位翩翩美少年并排走在摩肩接踵的人群中，脚步翩跹。三人皆是冠玉束发、锦衣华服、行尊带贵，一双双犀利的眸子，各自快速地巡视着周边，过滤着各种信息。他们就是苏墨沉、苏墨风和千城，专为查探边国军情而来。为了出行方便，千城亦是一身男装。

“很热闹，一点要打仗的样子都没有。”苏墨风压低了声音说道。

“是啊，”千城低叹，“如果没有战争多好，商人合法经营、百姓安居乐业，你看这些人……”她环顾了一下忙忙碌碌的众人，又接着说道，“他们中又有谁人会想到，今日如此热闹的街道，明日说不定就变成了两军厮杀的战场。”说这话的时候，千城故意偷偷睨了苏墨沉一眼，却只见他面色沉静、恍若未闻。

三人继续前行，苏墨沉不知陡然想起什么，摸摸衣袖，脸色一变。似乎犹不相信，还顿住脚步，仔细检查了一遍自己的袍袖。苏墨风觉察到他的异样：“怎么了？”

他眉心微蹙：“一个东西掉了。”

他的玉呢？明明一直揣在衣袖里的，难道早上换衣服的时候弄丢了？还是刚才骑马山路颠簸，掉了？或者街上人多，被偷了？没道理啊，按照他的武功，一般人很难近身，怎会被别人偷？那肯定就是不小心掉了。那可是那个女人唯一送给他的东西，或者说，那是那个女人唯一留给他的东西，他怎么可以掉了？

“什么东西？”苏墨风难得看到这个一向面沉如水的男人不淡定。

“一块玉。”苏墨沉话还没说完，苏墨风和千城只觉得眼前白影一晃，待反应过来，哪里还有苏墨沉的人影。

一块玉？苏墨风看看千城，眸色复杂。千城弯了弯唇，云淡风轻：“他找他的玉，我们走吧。”心中却兀自苦笑，那般着急上火的，云蔻新送的吧？曾记得她不小心弄碎过他的一块玉，他差点杀了她，后来，她去宝玉轩做了一块给他，他看都没看，就直接从马车的窗户给扔了出去，他还说，这世上，有些东西是永远都无法代替的，即使长得再像，它也终究不是原来的那一个。

其实，现在想来，他当时已经说得很清楚了，可是她却执迷不悟，在自己的执念中，越陷越深，才导致了后面的那诸多纠复。所幸，如今的她能将这一切看得真切，所幸，回头是岸，一切都还来得及。深深呼出一口气，她告诉自己不要再去想这些没有意义的，既然放手了，就要做到真正的舍弃。

热闹喧嚣的大街又重新回到她的眼里，身边不时有嬉笑的儿童跑过，手中拿着五颜六色的糖人。

她眼睛一亮，拽了边上男人的胳膊：“苏墨风，我要那个。”

苏墨风为之一震，心头狂跳，为她那句苏墨风，也为她缠上他胳膊的腕，更为她娇嗔霸道的语气。那夜一时情不自禁吻了她，他悔得肠子都青了，后来，闹老鼠，她又冷脸对他，他以为她在生他的气，这几日，话都不敢跟她多讲，心中像被一座大山压着，喘不过气来。如今只一句苏墨风，已是让他开心得不能自持，更何况，她还拽着他的胳膊，不仅拽着他的胳膊，她还说，她要。

“好，你在这里等着我，我去买。”苏墨风黑眸晶亮，将她拉至路边站着。别说买个糖人了，就算要全世界，他也会为她拼尽全力。

看着苏墨风欣然离开的背影，千城微微苦笑，原来，这就是被人在乎的感觉，以前她总忽略他，就像另一个男人忽略她一样。

当苏墨风手执糖人兴高采烈回到原地的时候，却是不见了千城，他心中一沉，明明他们说好了，她在这里等他，她不走开的。

“请问，你看到刚才站在这里的一个小伙子了吗？个子小小的，生得眉清目秀，穿银灰色软袍……”

“请问……”

他急切地问着周边摆摊的小贩，整个人如同热锅上的蚂蚁，小贩们都说没注意。一种深深的恐惧将他紧紧地包围了过来，那感觉如同营帐失火的那夜一样，将他裹得死紧，无法呼吸。千城，你去哪儿了？以他对她的了解，他知道，她不是那种不辞而别的人，那肯定是……

这般想着，他更是吓出了一身冷汗。早知道，他就不应该让她在这里等，他就应该让她随他一起去。他环顾着四周，只觉得耳边都是闹哄哄的声音，身边不断有人流来来去去，让人头昏目眩。骤然，有人拍他的肩，他心中一喜，回头：“千……”

待看清来人的脸，他又生生地将最后一个字咽了下去：“怎么是你？”

“如何不能是我？”苏墨沉瞟了瞟他手中的两个糖人，又看了看他的左右，“染姑娘呢？”

“她不见了。”苏墨风绷直了声线，却难掩声音的颤抖和恐惧。

“不见了？”苏墨沉也是大变了脸色，“她不是一直跟你在一起的吗？”

“她说要这个，我让她在这里等，结果等我买好回来，就不见她了。”

两人分开去寻找。不知为何，苏墨沉心里一直有种不好的预感，那感觉压得他透不过气来。在熙熙攘攘的人流中奔走着、搜寻着，他的脑中却不知不觉浮现出一幕幕关于另一个女人的往事。那夜在红画舫，那个女人中了银针，回来后突然失踪，结果，他在桥洞下面寻到满头白发的她；那夜天伦节，营帐失火，那个女人身中飞镖，鲜血逶迤了一地、不知所踪……

也不知找了多久，直到天已经黑了，还是没有找到，中间还遇到一次苏墨风，那般俊朗的一个男人因为焦急，已是一副濒临崩溃的模样。他宽慰了他两句，两人再次分开继续找。

在一个偏僻的小巷子里发现几具尸体的时候，已经是深夜，月光皎皎，几具尸体皆是一身戎装，当然，不是他们西苍的人。苏墨沉瞳孔微敛，上前一眼就认出插在尸体上的那把银剑，轻便小巧，正是染千叶的。他的心一抖，伸出大手握住剑柄，大力一拔，一股血泉喷出，他细细看了看剑身，显然，几个人应该刚死不久。

发生了什么事？苏墨沉的一颗心狂跳着，又惊又乱，她不会有危险吧？她人呢？他紧紧地抿着唇，握着剑柄的五指慢慢收拢，发出骨节错落的声音，他一步一步，往深巷里面走着，垂落的剑尖还在滴滴答答地往下淌着血珠，在地上逶迤成一条红色的线。此时的巷子空无一人，只有他骤急的呼吸声、狂乱的心跳声和沉重的脚步声，强烈地撞进自己的耳朵里。心蓦地大痛起来，他蹙眉，深深地呼吸，强自镇定。

"敢问四爷，怕老鼠不可以吗？"不知是谁的声音响在耳畔。

"怕老鼠有那么可笑吗？让你笑成那样？"又是谁嗔怪的声音萦绕在脑海。

一会儿是千城，一会儿是千叶，两张脸不断在他面前交错，再交错。晚风有些凉，特别是小巷的过堂风更是厉害，一阵疾风透体而过，他一个激灵，意识猛地从恍惚中清醒过来。他在想什么？

巷子越走越深，他的心也越走越沉，又不知走了多久，骤然，一阵细小的窸窣声划破静谧传了过来。是她吗？他心头狂跳，疾步走向声音的来源地。果然，在小巷尽头拐角的墙边，蜷着一个瘦小的身影，抱着膝盖、满头青丝倾泻了一肩，正瑟瑟地抖作一团，那一刻，苏墨沉竟差点忘了呼吸。

他缓缓上前，小心翼翼地扳过那人的肩膀："染姑娘？"

听到他的声音，那人将头慢慢地从膝盖处抬起来，她面色煞白，眸子空洞地转，甚至连目光都是呆滞的。这时，苏墨沉才发现，她浑身都是伤、衣衫褴褛，在她的脚边放着两个石头，显然是准备用来当武器用的。苏墨沉看着她，震惊地睁大眸子，抬手，将她凌乱在面前的乱发顺到后面，轻轻地唤她："千叶，千叶……"

她怔怔地看着他，半晌，茫然的水眸中终于有了反应，倒映出他的模样，越来越清晰。似乎终于将他认出来，女子面上一喜，开心地扑进他的怀里，哽咽着："苏墨沉，你怎么才来？你知道吗？我杀人了，我杀人了……"

苏墨沉浑身一僵，心跳剧烈，彻彻底底忘了呼吸。她叫他什么？是苏墨沉吗？她叫他苏墨沉！那语气，那感觉……那熟悉的身子入怀……

明明不熟悉，明明是第一次拥抱，却偏生又给他一种，她是那个女人的错觉。是因为自己太寂寞了吗？还是因为自己太想那个女人了？她们明明是两个人！

任何言语都无法形容他此刻的心情，他伸出手臂，将她娇小的身子紧紧地裹在怀里，在她耳边轻声软语地安慰："别怕，我在，没事了，已经没事了。"

"我杀人了……"怀里的人依旧惊魂未定。

"他们该死。"虽然不知道她经历了什么，就看她褴褛的衣衫，那些人就该死，不是吗？只是，他没有想到的是，一个堂堂将军府的三小姐杀个人竟然吓成这样。

在他的抚慰下，怀里的人终于平静下来了，缓缓地从他的怀里抬起头，在看到他脸的那一瞬间，脸色骤然一变，一把推开他，瑟缩地后退，然后又抱膝依偎在墙角。苏墨沉有些懵，起身脱下自己的外袍，上前欲披在她的身上："染姑娘，是我。"

女子一手将他的外袍挥开，一边戒备地看着他，身子又向里面挪了挪，就像一只受伤的小猫。

苏墨沉微微拢了眉，有些受伤，不知道该怎么办？也不知道她受了什么刺激，更不知道她是清醒的，还是混沌的？

"千叶……"他上前，想要抱起她，却被她再次推开。

她咆哮起来，满眼都是泪水："滚，滚开！不要你来管我，不要你假好心来管我，我恨你，你滚，你滚开！"她哭了起来，有些失控，有些歇斯底里，让苏墨沉更是又慌又乱又迷茫。

“我……你……”他一时不知该如何是好。

两人僵持了很久，女子一直在流泪，几欲崩溃的样子，不知为何，他看着这一切竟是有如针锥刺、沉痛落在心头。终于，他抿唇上前，也不顾她的挣扎，将她强行抱在怀里。

“滚，别碰我！禽兽，放开我……”女子声嘶力竭，拼命反抗。

虽然不知道她骂的人到底是他，还是方才那几个边国士兵，或是别人，可是，他真感觉到了她的恨。

她为何恨他？充其量他错认过一次她，笑话了一次她怕老鼠而已，除了这些，还有什么？他紧紧地钳制住她：“别动，我们回营地。”

也许是方才杀那几个边国士兵消耗了大量体力，又许是哭了太久哭累了，女子终于慢慢消停了下来，不再挣扎，却是将脸埋在他的肩窝处，嘤嘤地啜泣，伤心欲绝的样子让苏墨沉心头一抽，疼痛更甚。他一言不发，抱着她出了小巷。骤然，肩头猛地传来一阵剧痛，他瞳孔一敛，在意识到是被女子张嘴咬住的时候，他仍然没有停下。

女子似乎拼尽了全力地咬。不知咬了多久，直到苏墨沉感觉到自己的一块肉都要被咬下来的时候，她才终于放开了他，疲惫地靠在他的怀里，一声不响，满目苍凉和迷茫。

接到消息的苏墨风火急火燎地赶了回来，那时，天已近黎明。苏墨沉负手立在千城的营帐外面，眯眼望着东方不知在想什么。苏墨风瞟了他一眼，哪有心情理他，径直急切地打帘入帐。帐内，千城躺在软席上，睁着眸子望着上方白色的帐顶，一动不动。

“千……叶，你怎么了？发生了什么事？有没有伤到哪里？”苏墨风疾步上前，抓起她的手，急切地问。此时千城的心情已经平复下来，转眸看到是他，微微一笑：“我没事，不好意思，让你们担心了。”

“到底怎么回事？我们不是说好了，你在那里等我的吗？你知不知道，等我回来却不见了你，我都要急疯了？”

看着他风尘仆仆的模样，千城心中一动，起身坐起："对不起，我不是故意的。你离开不久，我远远地看见几个边国士兵，好像出来办事的样子，就悄悄跟了过去，想找到他们驻营的地方，却不料，被他们发现了，还中了他们的计。他们将我引到一个偏僻的地方，围攻我，打斗中，他们发现我是女的，就开始对我动手动脚……"她的话没有说完，似乎往事不堪回首。

"是我不好，不该让你一个人待在那里的。"痛苦的神色纠结在眸中，他伸手，轻轻捧起她的脸，甚至连问她接下来怎样了的勇气都没有。他不敢猜，她没有说完的话是什么，他也不敢问，怕在她的伤口上撒盐。

千城知道他误会了，淡淡一笑："我没事，他们没有得逞。"

苏墨风心口一松，下一瞬，脸色陡然一变，猛然站起身，一拳重重地砸在边上的桌案上，桌案一晃，上面的东西哗啦啦撒了一地。

"他们人呢？"即使没有得逞，敢对她动手动脚，他也要将他们碎尸万段。

"已经死了。"

"死了？"苏墨风愕然，很快却又了然一笑，绞着几丝黯然，"被四弟杀的？"

为什么每次在她最需要他的时候，他都不在她身边？那一刻，除了满满的懊恼，他还真切地感觉到了自己的醋意。

"不是，"千城摇头，"是我自己杀的。"她说得云淡风轻，就像说一件跟自己无关的事情一样，可有谁知道，她当时的惊惧。那种感觉就像天伦节那夜，她被一群黑衣人追、被满天的火箭围攻的时候一样，恐惧、绝望。剑法她原本就没学几招，所谓腰佩长剑，不过是唬唬人、做做样子罢了，但是，那一刻，她却像一个疯狂的剑客，挥舞着长剑乱砍，闭着眼睛，脑中一片空白地乱砍。她曾经跟自己说，不要依附任何人，不要靠任何人，她什么都没有，她只有她自己，要学会自己保护自己，她做到了。

苏墨风愕然地睁大眼睛，只以为自己的耳朵听错了："谁杀了他们？"

"我。"

"你？"苏墨风半天犹不相信。

"是，"千城蹙了蹙眉，似乎并不想谈这个话题，抬手掀开薄被，起身下床，"听说，明日就要进攻了，是吧？"

苏墨风愣了愣："是啊，今日作最后休整。"

"对了，看看这是什么？"苏墨风伸手探进袖中取出两个五颜六色的糖人。还好，他很谨慎小心，没有碰坏。

"你还真买了？"千城眼睛一亮，脸上的阴霾顿时消散了不少。

"当然。"苏墨风绝艳一笑。

千城笑笑，正准备说话，骤然，一阵冷风灌了进来，随着冷风而入的是一个人的人影。那人一进来劈头就说："明日就要进攻了，今日本王会安排人送染姑娘回京。"

回京?

"为什么？"

千城和苏墨风异口同声，难以置信。

"不为什么，本王是主帅，一切都得听本王安排。"苏墨沉声音寡淡，却透着不容任何人拒绝的凛然。

"不，我不回去！"千城断然回绝，口气笃定。她怎么可以回去？她这个时候回去，文帝会怎样看将军府，天下人又会怎样看将军府？她个人无所谓，但是，她决不能损父亲和染家军一丝一毫的颜面。

"军令如山，由不得你说不！"苏墨沉看着她，态度坚决、声音寒凉。

"我是皇上御封的督军！"千城冷冷地迎上他的视线，口气灼灼。

"那又怎么样？你不是主帅。"

千城气结，云袖中的手攥了又攥："理由，给我理由，就因为我是女的吗？这些不是一早都言明的事情吗？连皇上都认可的事情。"

"是啊，四弟，我也想知道理由。"一直沉默的苏墨风终于忍不住也开了口。苏墨沉冷笑："还要本王说多少遍，理由就是本王是主帅，你们必须服从！"话落，男人转身，掀帘而出。

千城怔了怔，看了看同样一脸怔愣的苏墨风，忽然，飞快地冲了出去，拦在苏墨沉面前，水眸紧紧地锁在他的瞳上，似乎想要透过他的深瞳看到他的心里去。苏墨沉微怔，四目相对，两人都没有说话。

苏墨风跟着出来，就看到，雕塑一般伫立在那里的两个人，心中竟是说不出来的滋味。“千叶……”他唤。千城回过神，依旧没有移开自己的视线，对着苏墨沉嫣然一笑，颇有几分挑衅的味道：“该不是四爷爱上我了，舍不得我上战场吧？”

苏墨沉一震，没想到她会说出这样的话来，黑眸流露出不可思议的神情，抿起薄唇。苏墨风亦是心口一撞，微微拧了眉，不知她又是唱得哪出，她不是最怕被他识了身份吗？又怎会如此大胆？

见苏墨沉不响，千城依旧笑得璀璨，清亮的水眸中流转着万千风华：“怎么？是不是说到四爷心坎里面去了？”边说，她甚至边伸出白璧纤长的手指，轻轻敲击他左胸口的地方，只是不经意的一个动作，不媚、不做作，却生生带着魅惑众生的风情。苏墨沉脸色一沉，伸手抓住她乱动的皓腕，声音喑哑低沉：“你知道自己在做什么吗？”

挑逗吗？她还真不是。千城轻笑出声，似嘲讽、似娇嗔，朱唇轻启：“四爷又知道自己在做什么吗？”末了，又微微踮起脚尖，凑到他的耳旁，用只有他们两人听得见的声音说道：“如果不幸被我言中，那我想说，四爷的爱还真够肤浅的，我染千叶不稀罕，所以，我绝不会回去！”说完，不等男人作出反应，咯咯一笑，便转身入了营帐。

因第二天夜里就要上阵杀敌，所以头一天的膳食特别丰盛，将士们可以大碗喝酒，大块吃肉。入夜，篝火燎原、军歌嘹亮。苏墨风和千城各自去了自己的五万人那边把酒言欢，鼓舞士气。

苏墨沉一人在帐中看着地图，研究着第二日夜袭的攻略。不知为何，看着看着，又觉得那地图上的一圈圈符号像极了某个人的眼，那眼不停地变化着，嘲讽的、希冀的、沉痛的、失望的、狡黠的、哀伤的……最后竟变成了一双双流泪的眼。心中微躁，大手猛地将地图合上，伸手捏向有些隐隐作痛的眉心：“来人！”

帐外有人应声而入：“四爷。”

“端些酒菜来！”

夜风习习，苏墨沉坐在营地后面的一处残垣断壁上，兀自一人饮着酒，风过衣袂，有些透体的凉。因平日里需谨慎的事情太多，他很自律，极少饮酒，难得这样痛饮，竟发现饮酒有着说不出的酣畅和刺激，那辛辣灼烧的感觉从舌尖一直到心底，浓烈得无以名状。

慢慢地，身子就热了，头顶繁星满天，他望着远处天边最亮的两个星星，微微眯起了黑眸。咽下心中的苦涩，他仰脖，又饮下一口酒，缓缓吞了下去，一股辛辣直冲上鼻子，他呛得猛烈地咳嗽起来。千城，你在哪里？我想你，我好想你，你知不知道？

远远地传来营地上众人的欢声笑语，他弯了弯唇，越发觉得夜是那样的清冷和凄凉。似乎，他永远是一个人，落寞孤单。

随着酒壶越变越轻，他的头跟着越变越重，视线也变得有些模糊起来。醉眼蒙眬中，他似乎看到一个女子翩然朝他走来：“苏墨沉，你为什么喝那么多酒？”

是她！

“千城！”他心头狂跳，强自睁开眼睛，可是却怎么也看不清来人。他伸手，想抓住对方，可是除了微凉的空气，他什么也触摸不上。忽然，来人声音一变：“该不是四爷爱上我了，舍不得我上战场吧？”

是千叶！

今日面对她的质问，他没有回答，因为他也不知道自己心里到底是怎样想的，但他知道，不想她上战场、舍不得她上战场是真的，她连杀个人都吓成那样，如何去面对沙场上的血雨腥风、哀鸿遍野？可是，她似乎并不领情。

“如果不幸被我言中，那我想说，四爷的爱还真够肤浅的，我染千叶不稀罕，所以，我绝不会回去。”

苏墨沉咧嘴苦笑，肤浅？是啊，不仅是她，连他也唾弃这样的自己。他不是一个会轻易动心的男人，从来不是，无论对人对事还是对女人，不仅不会轻易动心，还很难，可是，为何他现在变成了这样？明明他心尖上有人，明明那人是云蔻不是吗？可为何失去了千城，他又是如此的痛彻心扉？那种痛，将他的一颗心掏空，他就像被带走了生命一般绝望。

好吧，就算他爱上了千城。可为何千城走了还不到一个月的时间，他又舍不得另一个女人上战场？这到底是怎样的一种情感？他彻彻底底凌乱了。明明他和染千叶相识不到半月，交集也没有几次，为何有时他会心跳踉跄？是因为她太像千城了吗？还是说，他真的原本就肤浅薄性？他不知道。他只知道，他讨厌这样的自己。

仰脖，又饮下一口酒，再饮，却发现酒壶已空。心中有些不快，他甩手将酒壶扔掉，正欲起身回去再取，却骤然发现，一个酒壶伸到他的面前。他一怔，以为又是自己的幻觉，闭了闭眸，再睁开，酒壶还在，被一只白皙纤长的手拿着，他顺着那手往上看，就看到女子清冷的脸。

“四爷不是还想继续喝酒吗？千叶给四爷送了一壶过来。”

他微微一笑，默然接了过来。这个女人每次和他说话，再平常的话也定能说出嘲讽、挖苦的味道，他已经习惯。既然，他的关心，她不稀罕，而他自己又讨厌自己的关心泛滥，他便收敛了吧。她不回京便不回吧，相信苏墨风会保护好她的。

拧开壶盖，苏墨沉兀自一口一口地饮着，两人谁也没有开口说话，他看着天上的繁星，她从背后看着他。又静站了好一会儿，女人转身，默然离开。这时，有士兵匆匆而来：“四爷，我方探子来报，今日憧水镇的城楼上，不知被谁吊了几个边国士兵的尸体，而且那几个士兵都尽数被人断了手掌，边国彻底被激怒了，可能会先于我军开始进攻。”

没有走远的女人一震，士兵？断了手掌？回头，她看向男人，只见男人已经起身将酒壶扔掉，斩钉截铁地说道：“传令下去，集合！”皎皎月光下，依稀能看到男人沉静的脸色、如炬的目光，就像方才饮那么多酒的人是别人，而不是他。

千城也快速回了营帐，准备换上铠甲。既然，苏墨沉通知全体集合，想必要提前进攻了，虽然，那个男人第一次当主帅，但她很清楚他的能力，他的冷静和自制力都超于常人，这一切都会成就他的卓尔不凡。对于他的决策，她绝对相信和服从，除了让她回京那件事。

那个男人还是没有变，软硬不吃，她就只能激他，她说他爱上她了，所以要她回京。她知道，他那样一个清冷的男人，那样一个心尖上有人的男人，怎会爱上她这样一个相识不到半个月的女人？所以，她想，为了证明自己没有，他必定不再强求她回去。果然，她赌赢了。可是，为什么心里却又生出几分空泛泛的失落出来呢？

千城眼前又浮现出方才男人在后山抱着酒壶一口一口饮酒的情形，他微蹙着眉心、轻合着凤眸，一人坐在残垣断壁上，那样子让她想起了啸月的狼。在她的印象中，他是一个很谨慎很自律的人，鲜少见他饮酒，可是，今夜他却喝得有些放纵。是有心事吗？为了什么？因为马上就要进攻了吗？还是因为思念某一个人？很快，她就肯定了是后者，因为，以他的能力和自信，他绝对不担心那场战役。是思念云蔻吗？

千城自嘲地弯了弯唇，抬手将自己满头的青丝一绕，高盘在头顶，又抬手取下衣架上的铠甲。要上战场了，得将一切杂念都丢在一边，闭眸，深深呼出一口气。虽然，她死也不愿意回京，但是，想起真要打仗，她还是不由得紧张起来。

就在她转身的刹那，突然，一个冷硬的东西抵在了她的脖子上。她一惊，刚想转过头来看，却听到一声冷冷的低喝："别动！"

她浑身一僵，心跳骤停。

"你是谁？"她紧紧地攥着手中的铠甲，强自镇定。不动声色地微转眼珠，斜看过去，眼角的虚光依稀能看到来人一身西苍士兵的装扮，手中拿着一把匕首。

"你要做什么？"

"跟我出去！"来人一手拿着匕首抵着她，一手推着她出了营帐。营帐外，乌泱乌泱一片，是临时聚集的将士，苏墨沉和苏墨风一身铠甲，正从营帐中走出，两人先后侧首看向她的营帐，只一眼，两人都是大变了脸色。

"千叶！"

"染姑娘！"

声音来自不同人的口中，却是带着相同的恐惧。众将士的队伍中一阵骚动，众人纷纷举起兵器，一副已经做好准备只等一声令下的样子。千城皱眉，刚想说话，边上的男人却是先她出了声："不要轻举妄动！否则，老子现在就杀了她！"

苏墨风面露急色，回头看了一眼苏墨沉，苏墨沉薄唇紧紧地抿成一条直线，抬手，朝队伍一挥，众人放下兵器。片刻，苏墨沉沉声开口："你是何人？为何潜入我军？"

男人冷冷一笑："为何？为了替我几个兄弟报仇。"

众人一愣。千城、苏墨沉、苏墨风三人立即明白了过来，是边国人，为了给千城杀的那几个边国士兵报仇。苏墨沉弯弯唇角，眸中寒芒一闪，声音从喉咙深处迸出："他们该死！"

"你！"男人气结，脸色难看至极，"人都死了，你们还要断了人家的掌，挂在城楼上，你们分明就是挑衅！"

众人唏嘘。苏墨风微愣，看了看千城，又看了看苏墨沉。苏墨沉冷冷一笑，不以为意："身为士兵，光天化日之下抢掠女人，如此禽兽行径，断掌那都是轻了，本王将其挂在城楼上，也不过是替你军严明军纪、以儆效尤，你们应该感激本王才对。"一边说，他一边缓缓踱着步子，朝两人走了过来。

男人意识到他的举措，顿时一急："站住！不许再往前走，否则，休怪我对你的女人不客气！"

他的女人？全场错愕，包括苏墨风，也包括千城。苏墨沉却似乎没听到，继续脚步不停、从容淡定。

千城微微苦笑。她不知道，是不是因为他笃定她的身子刀枪不入，还是笃定边国男人不会真的杀她，或是自信他自己有能力在男人动手之前先将其拿下，反正，他就这样朝他们走来。还说她是他的女人？呵……哪有如此不顾自己女人安危的？罢了，他永远都是那个遇事不惊、审时度势、权衡利弊的苏墨沉。

除了身后的苏墨风，谁也没有看到，他负在身后的两手快速打出的手势。

那厢男人见苏墨沉不受威胁，急了，一手点了千城的穴道，手腕一转，刚想朝苏墨沉发出暗器，骤然一道银色的身影自他身后跃出，直直地朝他扑了上来。男人一惊，还是拼尽力气将袖中的暗器连续发了好几枚。

"保护主帅，保护督军！"众人蜂拥而至的声音，场面嘈杂混乱。

千城不能动，只看到眼前金色银色两道身影晃来晃去地闪，也不知道有没有受伤。骤然，手臂一重，边国男人将她夹起，脚尖点地飞身而起，直直地向营地的后山飞去。透过边国男人的肩头，她看到慌乱的人群中，苏墨风缓缓倒地的身影，显然是中了暗器。她又惊又惧："啊……苏墨风……"

心中一时恨极了这个钳制她的边国男人："浑蛋，你要带我到哪里去？"

边国男人没有理会她，脚步不停。

"站住！"身后传来一声低沉的冷喝。边国男人一震，夹着千城缓缓地转过身，看到苏墨沉和几个士兵紧跟其后地站着，苏墨沉眯眸看着他，黑眸中寒芒万丈。

“放开她！”苏墨沉冷冷地开口，声音不大，散发出来的寒气却足以将人冻僵，他就站在那里，面色沉静，薄唇紧抿。边国男人冷笑道：“四王爷，这也太不公平了，凭什么我叫你站住，你不站，你叫我放开她，我就得听你的？”接着，他又将匕首抵上了千城的颈脖，邪佞地笑着。

“我让你放开她！”苏墨沉终于咆哮了起来，声音在广袤的大山中回响着，风吹起他金色的铠甲，叮当作响。边国男人的身子几不可察地一颤，他更加确定这个女人的价值，看来今日脱身只能靠她了。想了想，他又抬头看着苏墨沉：“好，我答应你放了她，但是你得先答应我一个条件。”

“什么条件？”苏墨沉看着他，薄薄的嘴唇冷凝成一条冰冷的直线。

“很简单，你当着我的面，断了自己的掌。”

千城一惊，看向苏墨沉。苏墨沉面沉如水，只一瞬，便说：“好，本王答应你，你也要说话算话！”

千城愕然地睁大眸子，难以置信，只怀疑自己的耳朵出了问题。

“当然，　言既出，驷马难追！”

苏墨沉骤然五指摊开，提起内力，一只手准备击向自己的另一只手。千城脸色大变：“苏墨沉，不要！我说过，你的爱我不稀罕，我也不想欠你什么！”这个男人，她了解。不能劝，不能威胁，只能激，可是，这次他却像没听到，手中内力越聚越多，甚至连他身边的落叶都被他吸起，满天翻飞，就在众人以为他要一掌击在自己另一掌上的时候，他却骤然手腕一转，抬手一掷，一枚飞镖破空而出，闪着幽蓝的光直直地朝边国男人飞了过去，速度快得惊人，钳制千城的男人甚至还没来得及反应，已是闷哼一声，手中的匕首应声而落。

“你……使诈！”男人摇摇晃晃地倒地，血目圆睁。

苏墨沉绝艳一笑道：“兵不厌诈。”说完，就脚尖一点，飞身而起，翩然落于千城的面前。

“你没事吧？”他望着千城，淡勾了唇角，伸手，正欲点开她的穴道，地上的男人骤然一跃而起，伸出五爪抓向千城。变故发生得太突然，让人猝不及防。

“啊……”惊呼声。

“刺啦……”布帛撕裂的声音。

“唔……”男人闷哼的声音。

千城睁着大大的眸子，看着边国男人重重倒在地上，男人的脖子被利器划过，鲜血如注。苏墨沉收起手中的一枚飞镖，飞镖上面血渍斑斑、滴滴答答。而自己胸前的衣服……

千城胸前的衣服生生地被边国男人撕裂了一块去，连里面的抹胸都被撕坏了，一大片莹白的肌肤裸露在外面。

“啊……”千城惊恐地大叫。

此时，天已经亮了，骤然，身上一重，一套金色的铠甲已经披在她的身上，将她严严实实地裹住，苏墨沉伸出双臂将她拉入怀中，将她紧紧地贴在自己的怀里。

“别怕！”虽然绷直了声线，却依旧难掩声音的颤抖，苏墨沉心跳踉跄，紧紧地将她按在怀里。几个随行的士兵目瞪口呆，一个个如同石化一般，站在原地移不开步。突然，一股冷风疾过，伴随着冷风，有什么东西直直地飞了过来，几人还没来得及回神，已是尽数被割破了喉咙，鲜血喷洒、身子齐刷刷地倒地，瞬间没有了气息。千城骇然地看着这一切，脸色煞白，半天回不过神，“苏……苏墨沉，他们……他们是自己人。”

苏墨沉唇角一勾，黑眸晶亮得滴得出水：“他们是自己人，可是，他们看了不该看的东西。”他抱着她飞身往营地走，脚步是从未有过的轻盈，白色中衣的腰间有一块濡湿的鲜红，他也不管不顾。

千城不知该高兴还是该难过，就因为那几个人看到了她的身体，这个男人就毫不犹豫地杀了他们，眼睛都不眨一下。毕竟是人命，在他的眼里就轻贱至此？她浑身一颤，只觉得一股彻骨的寒意兜头淋了下来，手足一片冰凉。

“那……那你不是也看了……不该看的？”千城又羞又恼又气结，红着脸愣是将心中的不服说了出来。

似乎她的这句话很好地愉悦到了他，他竟低低地笑了起来：“我不一样！”

“有什么不一样？”千城嘀咕着。身份不一样吗？一个是尊贵的王爷，一个是卑微的士兵，是吗？

苏墨沉但笑不语，黑眸兴味，半天，戏谑道：“如果你替他们不值，你也可以杀了我啊！”

千城咬牙，嘴里却没说出来。如果可以，我还真想杀了你。

到了营地，众人还站在原地等着发号施令。众目睽睽下，苏墨沉就这样抱着女子走到最前面，女子还裹着他的盔甲。

千城觉得自己的脸今天都丢尽了，轻声提醒着男人："解开我的穴道，放我下来！"

男人就像没听到一样，不停地在跟众人下达着命令。

"多增加几个人手，加强巡逻！"

"另派两个人乔装下山，打探敌军动静！"

"每组都重新清点一遍，看有没有可疑的人！"

"其余人都散了，原地休整，等命令！"

众人领命而去，苏墨沉这才放下怀中女子，伸手一点，解开了她的穴位。千城一恢复自由，双臂本能地抱紧身上宽大的铠甲，调头就朝苏墨风的营帐跑了过去。她记得，苏墨风中了暗器，也不知道怎么样了？

苏墨沉站在原地，看着她急急而去的背影，微微抿了唇，就这般担心吗？连衣服都顾不得回营帐换一下？腰间传来一阵刺痛，他蹙眉，抬手将那片殷红按住，转身，疾步回了营帐。在营帐的主座坐下，拿了块薄毯盖在腰间，他沉声喊道："来人！"

有人应声而入。

"给本王端壶白酒来！"

"是！"

不一会儿，酒被送了进来。他挥了挥手，示意来人退下去，末了，又补了一句："守在帐外，不许任何人进来！"绝对不能让人知道他受伤的事，方才他也只是凭着一口气撑着，否则，主帅受伤、左督军受伤，偌大的军中管事的只剩下一个右督军，还是个女人，这要是传出去，不仅会动摇军心，敌人也会乘虚而入。

苏墨沉起身打帘看了看外面，再次确认无人后，才放下帘子，回到帐中，缓缓褪下自己的中衣、里衣，腰间的衣服已经被血粘在肌肤上，他紧紧地抿着唇，脱得有些艰难。腰间一个红色的洞眼，皮肉外翻，硬物入肉很深，他用锦巾小心地擦去血迹，再将锦巾放到酒坛中浸湿，擦洗伤处。最后，再用酒仔细地给手消了消毒，纤长的食指缓缓地却十分果断地伸进那个血洞，一点一点地送进。

他低低地喘息着，脸色苍白如纸，额头上更是大汗淋漓，他几乎站立不住，一手撑着边上的桌案，另一只手继续寻找射入体内的暗器。他闭眸喘息着，中间停了几次，终于食指的指尖触碰到了一枚硬硬的东西，嘴角勾起一抹苍白虚弱的笑容，他又停了停。骤然，食指一屈，快速地勾住那枚硬物，一股让人全身痉挛的刺痛，几乎让他晕了过去，一股血泉喷涌而出，随着血泉一起的，一枚闪着幽光的金属硬物也终于被食指带出。是一枚细小的飞镖，是千年玄铁的材质，难怪威力如此强。他张着嘴，大口地喘息，终于支撑不住，瘫坐在桌案边的椅子上。

稍稍休息了一会儿，他才开始包扎伤口，上了一些金疮药，将里衣撕碎成条，一条一条地缠住伤口。做完这一切，他又起身将所有沾染上血的东西都收起来，才缓缓躺在软席上，闭目养神。

千城打帘而入的时候，苏墨风正脸色苍白地躺在软席上，两个军医在边上忙碌着，几个士兵端着热水忙进忙出。他的伤在左肩，彼时，已经消毒完毕，军医正在用小刀割开他的皮肉，取出埋在里面的硬物。千城站在边上看得心惊肉跳。

“没有麻痹药吗？”她问。

“有，”军医眉眼不抬，继续着手中的动作，“但是，三爷的伤口离神经很近，不能上麻痹药。”

榻上痛得有些混混沌沌的苏墨风一听到千城的声音，骤然清醒了过来，转眸看着她微笑：“你……没事吧？”

看着他苍白的笑容，千城心中一痛，抿了抿唇：“我没事，你坚持一会儿，很快就会取出来了。”

苏墨风痛得大汗淋漓，另一手只紧紧地抓着被单，指节泛白，他紧紧地咬着唇，唇瓣破碎出血，可他愣是一声不哼，肩膀上一片血红、触目惊心。

“三爷，痛，便喊出来吧！”两个军医也是满头汗水。

男人依旧悄无声息。千城心中大痛，只觉得有什么东西哽在喉间、冲上眼睛，她轻轻地坐在床头边，低头，缓缓地吻上男人紧咬的唇瓣。苏墨风浑身一僵，睁着大大的眸子，难以置信地看着俯身在他面前的女子，紧咬的唇瓣也随着女子的吻慢慢放松。

“取出来了！”

众人大吁一口气，千城也缓缓地放开了男人的唇，调皮地朝男人竖起大拇指，嫣然一笑：“三爷好样的！”

众人皆笑，这才发现站在身后的苏墨沉。

“四爷！”

苏墨沉脸色略显苍白，轻轻嗯了一声，上前：“三哥的伤还好吧？”

帐内空间本就小，床边更是小之又小，而苏墨沉的身形又高大，往那儿一挤，千城直直地被挤到了后面，踉跄了两步。她连忙伸手扶住床头才稳住自己的身子，腹中嘀咕了一声，挤什么挤，没风度。众人自是没注意这些。苏墨风朝苏墨沉笑笑：“没事，东西已经取出来了。”

“那就好，好好休息。”苏墨沉亦是浅笑，黑眸深邃，说完，便转过身，眼梢轻掠，睨向站在身后的千城，唇角一勾，“敢问染姑娘，这身铠甲穿在身上不重吗？”

千城一愣，这才想起自己还裹着他的铠甲，又见他黑眸的目光此刻正毫不掩饰地落在她的胸前，虽然，此刻被铠甲裹得严严实实，但是，还是让她想起，在后山，自己被他看光光的情景，顿时，面红耳赤：“我这就去换了还给你。”说完，千城仓皇逃窜。苏墨沉眸光微敛，也抬步走了出去。

千城手端铠甲打帘而入的时候，苏墨沉正坐在主座上研究着手里的地图，帐内酒气熏天。

千城蹙了蹙眉，唤了声“四爷”，便走进去将手中的盔甲挂在衣架上，回头，看到他的桌案上也有一枚暗器，上面还带着血，突然意识到什么，脸色一变：“你怎么也有这个东西？”

苏墨沉薄薄的唇边噙起一抹动人心魄的浅笑：“怎么？三哥可以有，我就不能有吗？”

千城无语，果然话不投机半句多啊。

“那个……谢谢四爷今日相救，告辞！”说完，她扭头就走。

“知道我今日为何杀了那几个看见你的士兵，然后又说自己与他们不一样吗？”男人骤然开口。

千城脚步一顿，等着他继续。

“因为我是你的男人。”

千城脚下一软，差点没站住。什么叫她的男人？他想说明什么？他都知道什么？一颗心狂跳，千城捏了捏手心，强自镇定，回过头，嫣然一笑道：“四爷这玩笑大了，第一，我不是那种迂腐的女子，不会因为身子被四爷看了，就强行要四爷娶我。第二，我先前也说过，四爷的爱，我……”她顿了顿，硬是将“不稀罕”换成了，“我要不起。”

她以为苏墨沉会生气，他却不怒反笑，还笑得甚是愉悦：“那就好，我还担心你会因为身子被我看光光而要我负责呢。”

千城又羞又恼，巧笑倩兮：“四爷放心，千叶就算让全世界的男人负责，也定不会让四爷负责。”

男人脸上绝艳的笑容不减，薄唇轻启道：“那最好不过。”

千城脸色一冷，转身往外走。

“染千城！”

千城脚步一滞，只以为自己听错了。他叫她什么？染千城？他叫她染千城！他认出她了吗？不可能！不一样的脸，不一样的声音，不一样的身份，不一样的性子，他应该识不出！闭了闭眸，强行按捺住心中激涌的情绪，她尽量让自己看起来很平静，回头：“四爷是在叫我吗？”

苏墨沉很无辜地努了努嘴，黑眸灿若星辰：“这屋里还有第三个人吗？”

千城的心狂跳，几乎要从胸腔里跳出，但仍告诉自己要镇定，镇定。

“可是，我叫染千叶。”

“哦，”苏墨沉一副恍悟的表情，缓缓勾起唇角，“不好意思，我有一位夫人叫千城，许是太思念她了，而你也正好有个千字，所以将千叶错喊成了千城，还请染姑娘莫怪才是。”

一颗心大起大落，千城觉得再这样下去，她迟早要得心脏病。太思念，他方才说太思念？她想笑，人家都死了，也没看出他一丝悲伤的样子。千城心中冷笑，眉眼低垂着说道：“没事，千城姑娘好福气，想来四爷也是时刻将她放在心里，才会脱口而出，喊错别人。”

苏墨沉但笑不语。

千城心中忐忑：“对了，不知四爷喊千叶所为何事？”

“没事了，去吧。”苏墨沉唇角一勾，抬手挥了挥。

千城打帘而出，终于松了一口气。

帐内，男人靠在椅背上，缓缓地合上眸子。任何语言也无法形容他此刻的心情。今日在后山，当他看到那个女人胸口的伤疤，那只有他特制的飞镖才会留下的梅花形的伤疤时，他差点忘了呼吸。她还活着，他从来不是一个信命的人，但是，那一刻，他真真切切地感谢上苍!

只要她还活着，这比一切都重要。她为何会变成另一张脸，他可以不管，她为何会变了声音，他也可以不管，他为何会成为染府的小姐，他同样可以不管，甚至，她恨他、怨他、不理他，他都不管，只要她还活着。

他被她骗得好苦，他还在纠结自己怎么可以这般滥情，原来，自始至终，都是她一个人！难怪她的背影那般熟悉，难怪她那般抵触他，那般恨他，难怪她对他总是冷嘲热讽，难怪她也怕老鼠，原来有那么多的难怪……

经过苏墨沉和苏墨风两人周密的部署，战争终于打响。苏墨沉先安排了几千人用特制的盾组成了密不透风的盾墙在敌军前面叫嚣，诱敌出来，而西苍的大军只是远远地押在后面。当苏墨沉和苏墨风在事先选好的潜伏点将对方城楼上一些重要的将领一个一个用强弩射杀以后，战争就变得毫无悬念。所谓擒贼先擒王，一个个主帅被射杀，一杆杆旗帜被射倒，边国军心大乱了。

这是一场伤亡最小的战役，西苍大军不费吹灰之力就占领了憧水镇。就在苏墨沉准备一鼓作气、直捣黄龙，进军边国京师的时候，边国皇帝突然派了使臣来求和。边国皇帝许诺，只要西苍收兵，边国愿意每年进贡黄金、布匹、粮食。西苍主帅与两位督军商量，千城自是不主张打仗，而苏墨风又是以千城的意见为自己意见的人，二对一。千城以为苏墨沉会坚持己见，进攻边国京师，出乎意料，他竟也同意了两人的意见。

当然，没有人知道他心中所想。他要为其复仇的女人还活着，而且她不想看到战争，不是吗？

八月十二，秋高气爽、万里无云，当今四王爷苏墨沉率领十万大军班师回朝，此次征讨边国的战争总共历经二十多天，完胜而归。京师的百姓早已听闻消息，一大早就候在了街道两旁，只为一睹当今四王爷、三王爷，还有一位传奇女子的风采。文帝也确实如出征前所言，亲自率领文武百官出宫门迎接，并在宫中设夜宴为众人接风和庆功。

未央宫里，灯火通亮，金碧辉煌。众人三五成群地聊着天，千城一行人的进入，立即吸引了全场人的目光，偌大的一个大厅，瞬时鸦雀无声。千城一怔，左看看，右看看，不明所以，苏墨风唇角一勾：“都在看你呢。”

这里面的有些人在出征送行的那日见过千城，那时，她一身铠甲，飒爽英姿，气质冷冽得让人不敢直视，今夜，换回一身女儿装，却完全是另一种风情。一身杏色云锦裙，腰间流苏轻垂，荷叶边的水袖，随着盈盈款步，流苏轻曳、水袖轻拂，说不出的柔媚动人。一张小脸更是肌肤胜雪，眉目如画，一双清亮的眸子仿佛能说话，摄人心魄却淡然若水，似是已洗尽铅华。

众人中不少人与染飞染将军同朝为官多年，竟不知他的女儿有如此倾城之色，还胆识过人、巾帼不让须眉，便一个一个投来或欣赏、或艳羡、或倾慕、或嫉妒的目光。就连六王爷苏墨鸿都看得移不开目，出征那日，城楼上远远一见，他已惊为天人，今夜，她明明连粉黛都未施，却偏生让人觉得光彩夺目。

苏墨沉和十四爷，一进门就感觉到了众人落在那个女人身上的目光，很奇怪，他竟觉得浑身不舒服，那种恨不得冲上去宣示自己所有、不想让别人觊觎的不舒服。

被众人如此一看，千城倒有些不自在起来，与苏墨风找了个靠边靠后的位子坐下。苏墨沉和十四爷也在他们旁边不远处落座。

出席晚宴的人陆陆续续到齐。九王爷苏墨逸也来了，一进来直接去了苏墨沉那桌。染飞也来了，径直来了千城这桌。梅妃、丽妃、婕妤，后宫的一些女人也陆续到来。不一会儿，西陵雪和童素倾也来了，十四爷和老九连忙起身，将位子让给了她们。小七苏凝霜也来了，直接奔了苏墨沉那桌，跟他打招呼，谈了好一会儿，又来到千城这桌，跟苏墨风打招呼。出征的两人都是她哥哥，戏，还是要做足的。

见苏墨风坐在这一桌，小七将狐疑的目光扫过千城。千城想着反正已经换了脸，便无所畏惧地迎上她的目光。小七一震，瞥过视线，回到了自己的位子。千城抬起杯盏，淡然地饮茶，却明显地感觉到不远处有人的目光轻轻掠来，时不时盘旋在她的头顶。

"一会儿，少说话，皇上封赏尽管谢恩便是，其余不可多事。"染飞在旁边不停地叮嘱着，千城一一应着。

随着一声尖细的："皇上驾到，皇后娘娘驾到——"一身明黄的文帝和一袭墨绿凤袍的皇后在太监宫女的簇拥下，缓缓地走了进来。皇后边上，云蔻眉眼低垂，眼观鼻鼻观心。众人起立，跪地行礼，山呼："皇上万岁，皇后千岁！"

"都平身吧。"文帝携着皇后在大殿正上方的主位上坐下。

"谢皇上！"众人起身。

今日下午文帝在宫门口迎接大军的时候，千城还没在意，现在一看，文帝似乎憔悴了不少，脸色略显苍白，似是大病未愈，不时还低咳两声。

先是文帝致辞，都是一些场面上的话，什么大获全胜啊，什么扬我国威啊，什么功不可没啊，反正千城也没有怎么听进去。接着便是封赏，苏墨沉战功赫赫，功不可没，特赐虎符一枚，可任意调动苏墨风和染飞手中的一切兵力，苏墨风和染千叶督军有力，其功当赏，特赐两人各自黄金万两、布匹百担。几人一一谢恩。

千城弯了弯唇，帝王之心果然非常人所能及，最厉害的莫过于对苏墨沉的赏赐。赐虎符一枚，似乎权力盛大，可毕竟兵力各有其主，他终究还是光杆司令一个，但是，说光杆也不对，关键时候，他又可以调动两家兵力。所以说，文帝这样，就轻轻松松地平衡了三人的势力，互相影响、互相牵制。

赏赐结束，夜宴便正式开始。几百宫人手端托盘鱼贯而入，不一会儿，精致的菜肴、甜美的糕点、醇香的美酒就摆满了各桌。丝竹弦乐之声悠悠响起，几个舞姬在殿中央妖娆起舞。一时间，推杯换盏、觥筹交错，酒兴正酣，好不热闹，不时，有人来苏墨沉那桌和千城这桌敬酒。

一曲罢，舞姬退下，可热闹不减。突然，一声浑厚的“父皇！”响起，盖过殿中所有的嘈杂。众人一愣，纷纷循声看过去，只见是六王爷苏墨鸿，他起身跪于殿中：“儿臣有一心愿，恳请父皇成全。”

文帝微微敛眸：“什么心愿？”

众人的好奇心也一时被吊起。

苏墨鸿转过头，看向千城这边，又回转过去，望着文帝：“儿臣对千叶姑娘一见倾心，恳请父皇能替儿臣赐婚。”

众人一怔，苏墨沉手中杯盏一抖，险些没拿住。千城愣愣的，有些懵，以为自己听错了，苏墨风早已煞白了脸色，连一旁的染飞也是脸色大变。

文帝淡抬眼梢，睨了一眼千城，未响。边上的皇后见状，温婉一笑：“皇上，这鸿儿也不小了，该是赐婚的年龄，鸿儿府中到现在也就一个侧妃、几个侍妾，正妃的位子还空着呢，将军府和六王府也算门当户对，这千叶姑娘嫁过去也不会亏待了她，皇上你说呢？”

苏墨鸿心中一喜，没想到母后也帮他说话，顿时觉得胜券在握，一双眸子殷殷地看着文帝。

千城紧紧地抿起了唇，一颗心狂跳，今夜的晚宴，她想了各种可能，独独没有想到会有人提出赐婚。苏墨风拧眉看着她，一颗心也是凌乱不堪，垂眸略一沉吟，便伸出温热的大手裹住了她的手背：“我之所以没有提出让父皇赐婚，是因为我说过，我不会逼你，我给你时间，却没有想到老六抢在了前面，如今，你怨我也罢，恨我也罢，我断不能让你嫁给老六那个浑球！”

千城还没有完全反应过来，只见眼前白影晃动，苏墨风已起身，去了大殿中间，亦是对着文帝屈膝一跪：“父皇，儿臣斗胆，父皇不能将千叶赐给六弟！”

众人一阵压抑的哗然。苏墨沉眸光微敛，薄唇已然抿成了一条冰冷的直线，寒凉的目光掠过殿中央跪着的两人以及高坐的文帝，最后，落在千城的身上。

文帝望着突然冒出来的苏墨风，缓缓地眯起了眸子，沉声开口：“朕为何不能将千叶赐给你六弟？”

苏墨风抿了抿唇，道：“因为千叶是儿臣的挚爱。”

千城一震，这才明白他方才那一番话的意思，微微蹙了黛眉看向染飞，染飞朝她轻轻摇了摇头，一脸凝重。

全场一阵骚动。苏墨风却也不管不顾，继续道：“儿臣与千叶早就相识，早已倾心于她，此次又一起出征，儿臣本也打算回朝后求父皇赐婚，没想到六弟先儿臣一步。儿臣恳请父皇能将千叶赐予儿臣！”苏墨风目光坚定，口气灼灼。

文帝沉默不语，似乎有些为难，黑眸深邃。苏墨沉手中的杯盏越捏越紧。千城说不出心中的感觉，苏墨风的心她一直懂，说不感动那是不可能的，但是，她自己的心，她也懂，她跟苏墨风根本不是那么一回事。

丽妃察言观色，心中一计较，便起了身，盈盈地走到殿中间，挨着苏墨风落落一跪：“皇上也知道这么多年风儿不曾有过一个女人，府中更是连一个侍妾都没有，而他也是众皇子中年纪最大、至今还未娶亲的人。难得有一个走进他心里的女人，臣妾作为一个母亲，甚感欣慰，臣妾也恳请皇上，能如了风儿心愿！”丽妃边说，边对着文帝虔诚地俯身。

“母妃……”苏墨风愕然地看着丽妃，甚是震惊，没有想到她竟然也相中了千城。丽妃抬起头睨着他，慈爱一笑：“风儿，只要风儿自己喜欢，母妃定是支持风儿的，可怜天下父母心，哪个做娘的不希望自己的儿子幸福呢。”其实，丽妃这话一半说给苏墨风听，一半说给文帝听，她是娘，文帝是父。

文帝何其精明，哪有听不懂之理，可他又不是苏墨风一人的父，所谓手心手背都是肉，虽然平时确实疼苏墨风多一点，但是，这众目睽睽之下，毕竟苏墨鸿求婚在先，而且，他的母亲还是皇后，场面上，这点面子，他还是要顾忌的。五指微曲，轻轻敲击着龙椅的扶手。

众人屏息静待，鸦雀无声，只闻一阵一阵手敲金丝楠木的声音。苏墨沉瞳孔收缩，一眨不眨地看着文帝，只觉得那一记一记的敲击声就像敲在他的心坎中，那般沉重，那般落地有声。他再次看了千城一眼，仰脖，一口将杯中之酒饮尽，将酒盏置于桌案上，猛然起身，也来到殿中，撩袍一跪。正准备说话，文帝却是沉眸抢了先：“莫非老四也看上了千叶那丫头？”

苏墨沉抬头，口气笃定：“正是！”

全场再一次哗然。千城愕然地看着他的背影，难以置信。苏墨风和苏墨鸿皆是变了脸色。连皇后和丽妃也甚是震惊，没想到半路又杀出一个程咬金。皇后身边的云蔻脚下一软，险些摔倒，连忙伸手扶住凤椅的椅背，才稳住自己的身子。西陵雪脸色发白。童素倾看着桌案上那个被捏得变了形的杯盏，微微苦笑，犹记得曾经这个男人也捏碎过一个杯子，那时是为了一个叫千城的女子，本想，那个女人不在了，自己还有希望，却不想，又来了一个女人。小七眯着眸子，看看苏墨沉，又看看坐在席间的千城，眼波微动。

所有人都凝着文帝，不知他会如何选。文帝始终面沉如水，黑眸深邃。见他半天不响，殿中三人皆是冷汗涔涔，心中七上八下，既急切地盼着他开口，又甚是恐惧他开口，就怕他金口一开，将心中女子配了他人。其实忐忑的又何止他们三人，千城更是坐立难安，心中气恼，她不是物件，她是有思想的人，凭什么文帝的一张嘴就能决定她的幸福，几次她都想愤然起身，却都被染飞按住。

良久的静谧，落针可闻。

“皇上！”骤然，一声清润如珠的声音划破殿中所有寂静。众人一怔，循声望去，只见一清丽女子也款款地来到殿中间，盈盈一跪，竟是一向清冷寡淡、鲜少露面的梅妃。

“梅妃这是？”文帝沉静的脸色终于起了微澜。梅萍清浅一笑：“皇上也知道，良妃是萍儿的好姐妹，如今她不在了，萍儿也算是四王爷的半个母妃，萍儿也想恳请皇上，看在四王爷从小吃了那么多苦的份上，能如了四王爷的愿。”她自称萍儿，而不是臣妾。文帝眼波微动。

“梅妃娘娘。”苏墨沉甚是震惊，虽然，他知道，这些年她一直在帮他，但是，从未在人前帮他。

梅萍给了他一个安心的笑容，又转眸殷殷地看着文帝。既然另外两人都有娘亲支持，她就不能让她的儿子孤军奋战。

全场再一次骚动起来，随着梅妃的介入，这场闹剧似乎越来越有趣了，众人抱着各种心态，等着看接下来的好戏。

千城的世界彻底凌乱。她闭了闭眸，深深地呼吸，再睁眼，眸中已是一片清明，她轻轻地按住染飞的手背：“父亲，女儿不能再这样坐以待毙了。”刚准备起身，就听座上文帝骤然沉声开口："千叶只有一个，而你们三人却都看上了，这让朕也着实难办，这样吧，不如，听听千叶本人的意见。"

众人愕然，这个天子说听听当事人的意见，历来赐婚还不是他嘴皮子一动，不论乐意不乐意，都是铁板钉钉的事，如今这可是开天辟地头一回啊，大家的目光齐刷刷地朝千城投了过来。千城也有一些惊讶，没想到主动权竟到了自己手中。这样也好。她抿了抿唇，她起身，莲步轻移，走向大殿中央，轻轻地跪在几人的后面。

前面几人都回头看着她，每一双眼睛都饱含着万语千言，苏墨沉亦是回眸，不过只是看了她一眼，又掠回视线，看向前面。千城谁也不看，目光平视，秋水淡淡，对着文帝微微一鞠道："皇上……"

"想来让你一个女儿家去选也难办，选谁都怕得罪了他人，算了，还是朕替你做主吧。"文帝又骤然打断她的话。所有人一震，千城更是一下子没反应过来。还是他做主？怎么这样出尔反尔？她略一沉吟，便开口道："皇上，千叶……"

文帝却根本不给她说话的机会，再次沉声将她的话打断，"此次征讨边国，老四作为主帅，功不可没，朕也实在不忍拂了他的心愿，而且你们二人也在一起二十多天，有交集、有了解，也不陌生，朕就将你赐婚给四王爷。"

全场震惊，包括苏墨风，包括千城，也包括苏墨沉自己，他都以为自己听错了。上来之前，他就想过，文帝从小就不待见他，千城又那般抵触他，无论是文帝选，还是千城自己选，他都是最不可能的那一个。其实，看现在的局势，他也不应该贸然做这些冲动的事。但是，他怕自己后悔，他怕从此就永远地失去某一个人，所以，即使是零的希望，他还是上来了。让他万万没有想到的是文帝竟然将千城指给了他，那一刻，他真正体会到了什么叫欣喜若狂，那便是他此时的心境。即使，千城抵触他，即使，再次走近她，还有很长的一段路要走，没关系，一切可以慢慢来，他可以等。

梅妃也微微松了一口气，看来，今日没有白来。文帝朝她投来富有深意的一瞥，她莞尔一笑。

其实，文帝心中自有计较，染飞是皇后和老六的人，他自是心知肚明。所以，这人不能赐给老六，不然，他们的势力只会更加巩固和强大。但是也不能赐给老三，因为老三手中和染飞手中都掌握着西苍的兵权，两股势力捆绑在一起，只会造成可怕的后患。所以，三人中只有老四，无权无势，没有任何威胁，即使刚刚赐给了他虎符，那也只是空玉一枚。当然，不可否认，这个决定里面多多少少也有一些梅萍的原因。这么多年，她鲜少求他，还这样在众目睽睽之下求他。每次他喊她萍儿，她都清冷地自称臣妾，难得今日这般姿态，他心中竟是起了波澜。

所有人都震在那里忘了反应。

梅妃拉拉苏墨沉的衣襟，笑道："还不赶快谢你父皇。"

苏墨沉这才回神，略一躬身，刚准备说话，却是被一声清冷的女声打断："等等！"苏墨沉一怔，自是知道出声之人是谁。

"皇上，千叶斗胆，为了四爷好，还是请皇上收回成命。"千城谦逊有礼，却也不卑不亢。

众人一阵压抑的倒抽气声。苏墨沉微微苦笑，他担心的事还是要发生了，千城，你就恨我至此？苏墨风原本听到文帝将千城赐给了苏墨沉，心中失落得紧，乍闻千城这般一说，顿时又还了魂。

文帝缓缓地眯眸，眸光凌厉："此话怎讲？"敢公开抗旨，是吗？督战有功又怎么样？他可是君王，金口玉言。

千城也毫不畏惧，坦然地承接了他的目光："回皇上，原因有二：第一，听闻，四爷的一位夫人刚刚过世不久，人传四爷和这位夫人伉俪情深，千叶想，如果四爷在这时再婚，定会被世人说，四爷深情是假、寡情是真，又如何对得起过世的那位夫人？这第二，是因为千叶自身的问题……"

苏墨沉薄唇抿起，面色微白。苏墨风淡勾了唇角，心中再一次被这个女人折服，虽是抗旨，却愣是让人听起来头头是道。果然，文帝面色缓和了不少："你自身什么问题？"

"千叶自幼有隐疾，每月十五会发病一次，说句不好听的，也不知哪个月十五熬不过去就一命呜呼了。"

众人震惊。苏墨沉眸光微闪，一抹沉痛从眸中掠过。

千城的话还在继续："所以，千叶不能连累各位王爷，特别是四爷，他的夫人刚刚过世不久，若千叶也如此，不明真相的世人还以为是四爷煞妻呢，对四爷的名声更不好。"

苏墨沉的薄唇最终抿成了一条冰冷的直线，心中抓狂，可嘴里却是一句反驳的话都说不出来。

“所以，并不是千叶抗旨不遵，实在是，千叶命薄福浅，承受不起这皇恩浩荡。”千城口气幽幽、情真意切。

文帝愣是想怪罪也怪罪不起来，低低地叹出一口气，面露难色：“那现在……”

“父皇，儿臣不在乎，即使千叶姑娘有隐疾儿臣也不在乎，儿臣就算遍访天下名医也要将她的病治好。”说话的是六王爷苏墨鸿，他语气急迫，显然有些激动，生怕表忠心表晚了，千城被别人抢了去。

气氛再一次紧张起来，千城彻底崩溃，让她嫁给苏墨鸿，她宁愿死了算了。

苏墨沉广袖中的大手攥了又攥，苏墨风亦是冷凝了脸色，如果说不在乎千城的隐疾，没有人有他不在乎，可是，他并不想讲，因为，他已经看出来，千城谁也不想选，既然这样，他尊重她，他不会将她再次推上风口浪尖。

“父皇，儿臣也不在乎千叶的病，她的病儿臣早就知道，儿臣也一直在想办法寻找良药。”苏墨风信誓旦旦地开口。千城朝他投来感激的一眼。只一眼，他便心潮澎湃起来，还好，千城懂他，懂他不是私心。

这次苏墨沉没有开口，其实他很想，但是他还是忍住了，他知道，他再开口只会自取其辱，在她的心里，他早已失去了资格吧？蹙了蹙眉，他突然觉得一颗心大痛起来。

见两人又杠上了，文帝不耐地皱眉，诚如他刚才所想，如果不赐给苏墨沉，剩下这两个人他谁也不想赐婚。但是，既然人家说这也不在乎、那也不在乎，不配给他们其中一人，就显得他方才偏私老四。千城睨着他的神色，略一揣测，心中顿时了然几分，他不方便出面拒绝。可是，让她说两人谁也不选，似乎也不行，人家真心都表到那个份上，她也没有理由拒绝，如果强行拒绝，必让对方心中留下诟病，苏墨风，她倒是不担心，那个苏墨鸿，一个十足的小人，怕是日后要对父亲不利。得找个好理由。

她捏着手心，略一沉吟，骤然眼前一亮：“皇上！”

文帝抬眼看向她，眸光微闪，生怕她说出要嫁给其中一人的话来。她自是了然，嫣然一笑：“几位王爷都是人中龙凤，千叶能得到各位的垂爱，那是千叶的福分，但是让千叶作出选择，舍谁取谁，的确很难。千叶斗胆，要不这样，前段时间，有位神医给千叶的隐疾开了一个药方，只是这药方上的四味药甚是难找，以两个月为期，哪位王爷能将药方上的药给千叶寻到，千叶便嫁给谁，如何？”

众人唏嘘。苏墨沉敛眸，是月盈霜的解药吗？永久性的解药？文帝沉默，心中计较了一番，才道：“什么药方？呈上来给朕看看。”

“是！”千城颔首，自袖中取出一张叠得方方正正的宣纸写的字条。这是出征那日染飞和染天浩去请的那位神医开的，今日下午她回去的时候，染飞给她的。当时神医是这样跟染飞说的，按照药理来说，这四味药是可以将她身上的毒彻底解掉，但是，能不能集齐这四味药，这世上没有人知道。

李公公上前将药方接过，呈给了文帝。文帝抖开字条，凝眸看着上面龙飞凤舞的黑字，北国的火莲，南海巨海鲸鱼的胆，西岭的灵鼠，天山的血蚁。

传说火莲千年产一株，如今世上只有两枚，一枚在北国皇室，一枚流落民间被贩子倒卖。巨海鲸鱼生长在南海深海底，传说是个身长数丈、攻击性强、凶猛的庞然大物，要取它的胆，就必须杀了它。第三味和第四味更只是传说而已，传说西岭的灵鼠通人性，狡黠更胜于人，而天山的血蚁不得离开天山，否则就必须放在人的血液里才能存活，当然，这世上到底有没有这两个东西，没有一个人知道。

文帝勾起了唇角，这是什么药方？如此药方还不如说无药可医，这四味药都是可遇不可求的，最后两味或许遇都遇不到，根本就不可能在两个月内找齐。他突然就明白了这个女人的意思，是故意让他们三人见到这个药方后知难而退。如此一来，她既拒绝了此次赐婚，又给了大家台阶下，这是怎样心思玲珑的女子？文帝再次抬眼朝千城看过去，凤眸微眯，眸中神色复杂，半晌才道：“好，朕答应你，这样也甚是公平。”

一场赐婚闹剧才终于得以平息。

第十五章　只为她活

龙吟宫，李公公见文帝一声高过一声地咳嗽着，不由得拧起了眉心，连忙倒了一杯热水上前，偷睨了一下帝王的脸色，小心翼翼地开口：“皇上，要宣太医吗？”

文帝伸手接过杯盏，抿了一口，气息才稍稍平定了下来：“不用。”只是换季了喉咙有些不舒服而已，那些太医院的人最会小题大做。

“那……”李公公看了看外面的夜色，犹疑地开口，“这夜已深了，皇上还是去丽妃那里吗？”都说后宫需要雨露均沾，这个男人似乎一点都不在意，这段时间夜夜都去丽妃那里，也不知道那女人给他灌了什么迷魂汤，竟让他迷恋至此。

文帝略一沉吟，道：“不，今夜朕去幽梅宫。”

李公公一愣，去梅妃那里？

文帝似又想起什么：“对了，派人秘密查一查染千叶这个人，所有关于她的一切朕都要知道。”

千城很累很困，却睡不着，拥着薄被，辗转反侧好半天，才浅浅而眠。迷迷糊糊中，床边似乎站着一个人，千城以为是自己在做梦，只是微微挑了挑沉重的眼皮，直到借着窗棂透进来的皎皎月光，依稀看到一顶青铜面具，她才陡然一惊，一个激灵醒了过来。

“挺机灵的嘛。”男人轻笑着开口，正是久未露面的司空畏。千城戒备地看了看紧闭的门窗，微微蹙了秀眉：“你怎么进来的？”这可是将军府呢，转念一想，也是，将军府又如何，连暗藏隐卫的四王府他都来去自如，何况这里？

男人邪魅地一笑，一掀袍角优雅地在桌案边坐了下来，睨着她：“当然是走进来的。”千城哪有心思跟他开玩笑，冷着脸：“你找我做什么？”

“今日都十二了，再过两日便是十五，给你送解药来。”

千城一怔，突然又想起一件事，自己都变了脸，变了身份，这个男人又是如何知道她就是染千城。似乎了然她的疑惑，还没等她开口，男人已经先说话了：“不要用那种震惊的眼神看着我，你别忘了，黑煞门可是天下第一大帮，别说查一个人，就算查一只蚂蚁，也定能查得清楚明白。”

“可是我已经离开了四王府，已经离开了苏墨沉，对你再也没有任何帮助了……”

“帮助？”男人嗤笑，似乎还透着几分自嘲，“曾经在四王府，你对我又何曾有过帮助？”

千城怔了怔，也是，自己还真的从未将苏墨沉的消息透露给这个男人分毫。如此，她就更加迷惑了：“那你几次救我又是为了哪般？”

“因为……”男人顿了顿，眸光微闪，“因为终究是我害了你。”

千城愕然，没想到他说出这样的话来。其实也是，月盈霜的毒本就是他下的，她所有的苦痛因他而起，如今他送解药来也是天经地义，根本谈不上一个救字。她应该恨他才对，可不知为何，她的心里觉得这个男人其实并不坏，至少对她不坏。

“既然你知道自己害了我，为何不彻底将我身上的毒解掉？”靠这样每个月送解药有什么用？上个月不是就没有拿到吗？她都差点死掉。借着窗外的月光，千城凝着他面具下的眸子。

“我……”男人有些慌乱，掠开目光，避过她的视线，“如果我说，我也没有永久性的解药，你信吗？”

千城一震，难以置信地看着他。她的表情让司空畏有些受伤，他垂眸一笑，竟有几分落寞的味道：“就知道你不信。”说出来连他自己也不信，毒是他下的，他没有解药？

千城默然不响。

“对了，我接到消息，苏墨沉会去替你寻找解药，你那药方是真的吧？”

他？千城心口一撞，弯了弯唇，她没有一丝感动，反而只觉得好笑，这算什么？

“还真是多情的种子呢，对一个相识不到两个月的女人如此死心塌地，”千城冷笑，落寞苍凉，“可惜啊，我不是染千城，是不会被他打动的。且不说，那解药或许根本就找不到，即使被他找到了，我也绝对不会要，哪怕是死，也不要。”

男人静静地看着她，看着她决绝笃定的样子，一抹沉痛掠过眸间：“千城，你有没有想过，或许他并没当你是染千叶，而是根本早已知道你就是千城。”

“不可能！”几乎想都没想，千城就脱口而出。不可能，如果知道她是千城，他才不会对她那么好呢。

男人笑笑，不再多说什么。又静坐了一会儿，起身：“明日我要出一趟远门，或许一个月，或许两个月，或许再也回不来，这是月盈霜的解药，够几个月的分量，你将它收好，如果我很久都没有回来，你就拿这药丸让给你开药方的那个神医看看，既然永久性的药方他都能开出来，他应该能配制出和这一样的解药。”男人一边说，一边从袖中取出一个瓷瓶，递到千城的手中。

千城有些懵，为他的话，也为他的举措。千城怔怔地望着他，幽幽地开口道：“什么叫或许再也回不来？你们黑煞门有什么行动吗？”

男人弯唇，不置可否。千城垂眸皱眉，那一刻，心中竟有着说不出的难受，江湖帮派行动，她知道的，刀光剑影、血雨腥风，虽然身上的毒是他下的，但每次在她最痛苦、最绝望的时候，似乎都是他陪在身边，用他的方式给她温暖。

“司空畏。”她抬头望着他。

“嗯？”男人轻应，背对着月光，黑眸晶亮。

“保重！”千城抿了抿唇，沉声道出二字。男人怔了怔，旋即，云淡风轻地一笑：“好！……可以抱一抱你吗？”

这次轮到千城一愣，想了想，亦是弯唇一笑：“好！”

男人伸出双臂，将坐在床上的千城揽进怀里，紧紧地、重重地裹进怀里。下颚抵上她的发顶，鼻尖萦绕着熟悉的淡淡的发香，那一刻，他心中百折千回，微微仰起头，将眼角的酸涩逼回眼眶。他第一次发现，他竟然也可以有眼泪。如果岁月能够停驻，如果时间能够倒流……他希望，这一刻便是永恒。

第二日，千城就听说，苏墨沉和苏墨风竟然真的都去寻解药了，她有些后悔，原本以为搬出一件根本无法做成的事情，让他们知难而退，谁知道，到头来，只有苏墨鸿一人是理智的，其余两人都是一根筋。世人都知道，这四味药，想得到任何一味都难于上青天，不仅难找，还凶险万分。让他们涉险不是她的初衷，早知道这样，她绝对不会提出这样的要求，可是，如今，她连阻拦的机会都没有。

接下来的日子平静得如同一碗水一样，千城每日跟在染天浩身边混，跟着他习武，跟着他练剑，跟着他练骑射，跟着他去军营，日子倒也惬意悠闲。其实，只有她自己知道心里的不平静，一颗心高悬着，落不下地的感觉。

日子一天一天过去，都没有他们两人的消息，染飞说，连文帝都没有两人的消息，文帝因担心，已经派人去找二人了，他也没有想到他的两个儿子会这般执着。无奈，千城便有事没事穿身男装往茶楼跑，因为那里是最容易听到江湖消息的地方，但都一无所获。直到一个月后，陆陆续续有消息传来，只是不知是假是真，听说，因为苏墨风曾经带领十万大军援助过北国，所以北国皇帝忍痛割爱，将唯一的那一株火莲赠给了他；听说，在南海，有人看到有个满头白发的男人跟一只巨海鲸鱼痴缠打斗了三天三夜，似乎伤得很重，最后男人和鲸鱼都沉入了大海，生死不祥；听说，在西岭，有人看到一个衣衫褴褛的男人、浑身是伤，疑似西苍的三王爷苏墨风；听说……

有的说得有板有眼，听得千城心惊肉跳，于是，她每夜每夜地睡不着，每夜每夜地被噩梦所扰，她也总算明白了，什么叫自作孽不可活。

十四爷赶到南海的时候，巨海鲸鱼已经被人杀了，庞大的尸身漂浮在海面上，很多渔民载着船在取它的肉。他马不停蹄，直接返身去了天山。

找到苏墨沉的时候，是在天山脚下的一个洞里，那时他几乎绝望了，因为他找遍了所有的山头都没有看到一个人影，而且天山气候恶劣，除了一种生长血蚁的树，再也没有其他的生物。要不是因为大暴雨，他碰巧滑进了那个山洞，他可能就错过了他。

初见苏墨沉的时候，他几乎已经认不出他了。苏墨沉躺在地上，蜷着身子，一动不动，满头的银丝，凌乱了一地，有些还被汗水和血水沾染在苍白的脸上，遮去了他大半个面容，衣袍早已破碎不堪，大大小小的伤痕，纵横了一身，特别是背部，有的伤深可见骨。

十四爷终于认出他的那一刻，泪流满面，一个铮铮男儿就像一个小孩一样抱着他泛着骇人寒气的身子号啕大哭。他以为他死了，也不顾他身上的伤，死命地摇晃着他，直到感觉到他微弱的呼吸，强劲的脉动，他才欣喜若狂。他给他输送着真气，仔细检查他的伤口，耐心地给他的伤口涂上金疮药。在他的手腕上，发现了好几个小洞，他终于明白了，这个男人为何生命体征如此微弱，可脉搏却这般强劲，原来，他已经成功引到血蚁，脉动强劲是因为血蚁在他血液里躁动造成的。

十四爷不知道那个女人患有什么隐疾，太医院的院正说，这天下难寻的四味药放在一起，其实也是一个可以解百毒的药方。他没有和这个男人一起出征边国，他也不知道苏墨沉和那个叫染千叶的女人之间到底有什么故事，他和苏墨风两个人竟都这样不顾生死。真气源源不断地送进他的体内，可是，除了呼吸比方才明显了一些，他依旧没有清醒，十四爷脱下自己的披风裹住他的身体，背着他出了山洞。

当苏墨风胡须邋遢地出现在将军府的那一刻，千城还以为自己在做梦。

“三爷……”

千城哭了，哭得稀里哗啦。

苏墨风可吓坏了，不知道该如何安慰千城，手足无措，却又心魂俱震，那一刻，他觉得这一趟寻药没白去，就算死在了外面，他也甘愿。

十四爷带着苏墨沉回到四王府的时候，已是深夜。云轩阁里，掌起数盏烛火，亮如白昼，十四爷将苏墨沉轻轻地放在床榻上，因为他身前后都是伤，十四爷便让他侧躺着，然后，就吩咐杨痕去寻大夫。童素倾和西陵雪闻讯都赶了过来。看到苏墨沉的样子，西陵雪忍不住嘤嘤地哭了起来，童素倾则微微苦笑，目光掠过他遍体鳞伤的身体，落在那一头银色的发丝上面，满心悲怆。

她不明白这个男人为何要如此作践自己，竟然也服了月盈霜，既然服了月盈霜，为何又不服解药？是因为某一个中了月盈霜的女人吗？可是，那女人不是已经死了吗？此次寻药不是又为了另一个女人吗？四爷，你心中到底有多少个人？为何吝啬得连一席之地都不舍得给素倾？自袖中掏出一粒药丸，她缓步上前，轻轻地塞进他的口中，看着他苍白消瘦的面容，心中又痛又恨，恨不得扇他一记耳光。

“四爷，你迟早会毁了你自己。”

十四爷和西陵雪都怔怔地看着她，她起身，缓缓地转过身子，失魂落魄地离开。

药丸很快起了效果，苏墨沉满头的白发慢慢转黑，面容虽然依旧苍白消瘦，可皮肤却恢复了往日的光洁，十四爷和西陵雪愕然地看着这一切，难以置信。这时，大夫也来了，看着满身伤痕、几乎是个活死人的苏墨沉，大夫打起了退堂鼓，跪在地上一个劲地求饶，死活说自己救不了。十四爷拔出长剑架在他的脖子上，他才硬着头皮开始给苏墨沉包扎。

等到全身的外伤都包扎好，已是四更天，十四让众人都下去休息了，自己留下来守着他，他要等他醒来，要尽快将他血液中的血蚁解决掉。

不知过了多久，身边的人微微动了动，他心中一喜，轻轻喊了声：“四哥。”

果然，长睫轻颤，苏墨沉缓缓地睁开了眼睛，原本漆黑如墨的眸子此时就像蒙了一层迷雾，他怔怔地看着他的方向：“十四弟？”

“四哥，你感觉怎么样？”

苏墨沉有片刻的失神，须臾，又淡淡地一笑：“没事，我很好。”

看着他的样子，十四爷只觉得有什么东西哽在喉间，眼角一酸，他强自忍住：“四哥……”

“我真的没事……”他轻轻拍了拍他的手背，突然想起什么，“对了，三哥回来了吗？”

五更的时候，染将军府的大门被人砰砰敲响，睡眼惺忪的下人开门一看，竟是三王爷苏墨风，还顾不上说话，苏墨风已是越过他的身边，直接进了府，疾步往千城的房间走。

千城正被梦魇所缠，梦里面苏墨沉浑身是血，正跟一个怪兽痴缠打斗。

“千城，千城……”苏墨风轻轻摇晃着她，她惊呼一声睁开眼睛，大汗淋漓，见到苏墨风，她有些蒙，迷茫地看看四周，不知自己是在现实，还是仍在梦中。

“是不是做噩梦了？”苏墨风拿出锦巾，替她拭了拭额头上的汗水。千城好半天才反应过来：“你怎么来了？”

苏墨风凝着她，黑眸泛着粼粼的波光，他讳莫如深地一笑：“给你解毒。”

“什么？”

“给你解毒，解药我都寻到了。”

千城一震，愕然地睁大眼睛，难以置信地看着他：“不可能。”那四味药岂是那么容易就能被寻到的？更何况，要是寻到了，下午他们已经见过面了，怎么不说？

“真的，走！”苏墨风说完，取了中衣套在她的身上。

千城彻底蒙了。

“去哪里？”她一边穿衣，一边狐疑地看着他。

“去我府上，药已经在煎了。”苏墨风说完，直接将她打横抱起就走。

“三爷，你没事吧？”千城伸手探了探苏墨风的额头，总觉得这样的他不正常。

“你以为呢？”苏墨风笑着，已经抱着她出了门，站在门口的下人看着两人，目瞪口呆。

“可是，也用不着那么急吧？”

苏墨风低低一笑，快步拾阶而下：“因为迫不及待啊！”

他当然可以不用那么急，但是有个人等不起，多耽误一刻，那人就得多忍受一刻万蚁的噬咬。

三王府，厢房内，烛火通亮，千城望着面前那碗热气腾腾的红褐色汤药，又望望苏墨风：“你果然骗我。”

“哪有？”苏墨风一脸无辜。

“神医的药方上明明说，先要将天山血蚁引入体内，然后再服用北国火莲、巨海鲸鱼的胆以及西岭灵鼠的肉煎熬成的汤药，你为何先让我服用汤药？”

苏墨风狡黠一笑：“因为此汤药非彼汤药啊。”

“什么意思？”千城不解。

“因为血蚁入体，你要忍受巨大的痛苦，而这个汤药是可以减少你痛苦的药，你先喝了吧，你喝了，我就开始将血蚁引入你体内。”

“血蚁呢？血蚁现在在哪里？”千城仍是将信将疑。血蚁可不是普通的东西，离开天山就必须存活在人的血液中，是在他的血液里吗？

“你先喝了，你喝了，我就告诉你。”

“切，”千城白了他一眼，不过转念一想，这个男人又不会害她，“好吧，先喝就先喝。”说完，就端起汤药，闭气一口饮尽，放下碗，抬手拭了一下唇角，“好了，你现在可以告诉我血蚁……”她的话还没说完，只觉得眼前一阵天旋地转，意识也开始混沌。

“你给我喝的是迷药……”千城眼睛一闭，彻底陷入了黑暗。

是啊，迷药！本来想要迷香的，可是对于一个制香、调香的人来说，香，对她来说何其敏感。苏墨风低叹一声，将她抱起，平放在床榻上，转身出了门。门口两个身影静静伫立，一抹绛紫，一抹深蓝，他抿了抿唇，对着那抹绛紫的背影说道：“进去吧。”

苏墨沉转过身，对着他的方向，唇角淡淡一勾，便抬步而入，边上的十四爷想过来伸手扶他，却被他抬手制止。十四爷眉心微拢，只得作罢，见他进了厢房，十四爷又随手将房门拉上，和苏墨风站在了门外。他不明白，解个毒为何要搞得如此大费周折、神秘兮兮？但是，他知道，一定是有原因的，他相信那个男人，从小到大，他都相信他。既然他不说，他也不会问，就好比，他其实已经发现那个男人的眼睛看不到了一样，他也没有揭穿他。

不知过了多久，门终于开了，苏墨沉踉跄着脚步出门，十四爷连忙上前将他扶住：“四哥，你怎么样了？”

苏墨沉苍白着脸，淡淡一笑：“我没事，回府吧，后面的事有人可以搞定。”

苏墨风进入厢房，快步来到床边，却被眼前的一幕吓得不轻，只见被褥上、床单上、千城的衣衫上，到处都是血，殷红一片。刚开始，他以为是千城的，不过很快他就意识到，不对，那是另外一个男人的，是男人将自己的血和血蚁度给她的时候弄到的。他难以想象，这个血蚁在那个男人身上那么久，他是怎样撑过来的?

今夜十四弟来找他，说苏墨沉寻到了另外两味解药，愿意交出来，只希望他不要告诉这个女人是他寻到的。他很震惊，这么些年，他了解苏墨沉，从不是一个轻易放手的人，但是这一次却有了如此举措，简直就不是他认识的苏墨沉。由此，只能说明一点，他早期猜测的没错，他已然知道了千叶就是千城，只是他知道千城恨他。

可是，四弟啊四弟，你可知道，没有爱又哪里来的恨啊？他不是圣人，他也有七情六欲，有的时候，他其实很嫉妒苏墨沉，甚至可以说有些恨他，毕竟，现在的她，即使恨他、恼他、怨他，也终是因为满心都被他占据着，而自己却再也走不进去分毫。

将汤药喝完，将毒素和血蚁排出，天已经蒙蒙亮。虽然中间一直醒着，可千城的意识一直处在浑浑噩噩的状态，也就是到这时，她才彻底清醒过来。她愕然地看着屋里的一片狼藉，看着床榻上和自己的衣服上的斑斑血迹，又看看苏墨风，有些茫然，不知曾经发生了什么事，在她解毒的过程中又发生了什么事，怎么会有那么多的血?

“你的血？”

苏墨风正在桌案前收拾汤碗，乍听这一句，动作微顿，在她看不到的方向，眸光微闪，静默了片刻，倏尔转过头来，对着她一笑：“折腾了一宿，有没有什么想吃的？”

千城眉心微拢，水眸一眨不眨地看着他，目光灼灼。

“这些是不是你的血？”她再次问，并没有打算被这个男人轻易地转移话题。

苏墨风放下手中汤碗，走了过去，在床沿边坐下，抬手轻轻捧起她的脸，温热的指腹一点一点地擦拭着她唇角的血渍，黑眸深深地凝着她，薄唇轻启：“千城，这些都不重要，重要的是你的毒解了，彻底解了，你以后再也不用害怕月圆之夜了，以后再也没有谁可以通过这个毒药来控制你了……”

他的声音很轻，干净温暖，如五月的风。千城怔怔地看着他，就像被蛊惑了，突然，伸手抓住他的手臂，迫不及待地撩开他的袍袖，在他白璧结实的手腕上，仔仔细细地寻找，一只没有，又找另一只。苏墨风有些不明所以，微微拢眉："千城……"

"不是你！"千城看着他，喃喃地摇头。她就像做了一个梦，一个很长的梦，梦中有人用血喂她，在梦里，她使劲想睁开眼睛，想看看对方是谁，可是眼皮沉重如山，她怎么也睁不开，怎么也看不清面前那个人的样子。

伸出舌尖，她轻轻舔了舔自己的嘴唇，又轻轻吞咽了一口唾液，除了汤药的腥苦，还有一抹很明显的血腥充斥在喉间，她知道那不是梦，这个男人一定对她隐瞒了什么，所以对她用迷药。

"不是你，那是谁的血？"她直直地望进苏墨风的深瞳，苏墨风眸光闪烁，别过视线，这也让她更加确定了心中的想法。

算了，她弯了弯唇，一本正经地看着他："多谢三爷舍命相救。"她感激这个男人，发自肺腑地感激，她知道，他真的是舍命在救她，可是，她却无以为报，这一点让她很难过，也让她有些不知该怎样面对他。

苏墨风淡然一笑，似乎并不为意："好了，将身上的脏衣服换一换吧。"边说边起身，将椅背上搭挂着的一套衣裙取了下来递给她，"夜里成衣店都关门了，我让下人去染府取了你自己的衣衫。"

"嗯，谢谢。"千城抿抿唇，将衣衫接过抱在怀里，心中暖暖的都是感动。苏墨风笑笑，退了出去，并轻轻地带上房门。

或许是因为身上的毒素尽除，千城只觉得身体说不出来的轻松，她伸了伸懒腰，掀被而起。突然，有什么东西从薄被上滑落，砸在玉石的地面上，发出一声清脆的响声。她一愣，弯腰凑过去一看，只一眼，她便忘了呼吸。是一块玉，红绳绿玉。

她当然认识这块红绳绿玉。那是她去宝玉轩做的，虽然，曾经有个女人也送过苏墨沉这样的玉，但是，她很清楚，眼前的这块绝对是自己的那一枚。第一，那个女人送的那枚被她摔碎了；第二，这枚的红绳被她编成了蝴蝶结的样式。可是，可是，这玉怎么会在这里？不是那夜在马车上的时候，被苏墨沉扔了吗？弯腰，将玉拾起，指腹轻轻摩挲着上面的纹理，骤然，她瞳孔一敛，有什么东西从脑子里慢慢浮现……

四王府，云轩阁，一豆烛火，苏墨沉独自坐在灯下，一圈一圈缓慢地包扎着自己腕上的伤口。这月盈霜的毒真是厉害，他跟巨鲸决斗的时候，不小心将解药掉进了海里，要不是后来有血蚁在他的血液里吞噬掉一些毒素，他可能真的已经死了。

命是捡回来了，眼睛却是瞎了，也不知道十四弟是不是发现了这些，方才死命要留下来给他包扎伤口，最终还是他生气骂他，才将他骂了回去。他知道，这几日连夜赶路，那个家伙也已经严重虚脱，必须让他回去好好休息了。

看不到天色，看不到时漏，也不知现在是什么时辰，估摸着那个女人的毒应该都解了吧？想来，她该是开心的。弯唇笑笑，他将手腕放到唇边，用牙齿和另一只手将绷带打了一个结，小心翼翼地放下袍袖，骤然想起什么，伸手在袖管里面摸了又摸，脸色突变。

千城站在门口，静静地看着灯火下的那人，紧紧地咬着唇瓣，不让自己哭出声来。是他！原来真的是他！苏墨沉，你到底是为了哪般啊？你到底是什么意思？

千城高高地抬起头，泪水还是从眼眶中漫出，在白璧的脸上滑出长长的水痕。边上的杨痕目瞪口呆地看着她，是他放她进来的，她说有东西要亲自还给苏墨沉。到了云轩阁门口，他说要进去通报，她又阻止了他。杨痕满腹狐疑，想着他的主子苏墨沉遇到这个女子后，反常的反应，又看着现在这个女子的样子，不知为何，他突然想到了一个人。心头狂跳，他难以置信，抿着唇，嘴唇动了动，却终究不敢问出口。怎么可能？明明是两个人。

千城没有理他，抬手抹了一把脸上的泪水，无声地呼出一口气，这才轻轻地迈过门槛走了进去。不知是灯下那人包扎伤口太过专注，还是兀自在想着自己的心事，她轻轻推开门，他竟然没有察觉，她在门口站了那么久，他也没有察觉，如今她走了进来，他竟还是没有察觉。眉心微皱，她有些狐疑地看着他俊美无俦的侧脸，隐隐地觉得哪里不对。

终于，男人似乎感觉到什么，猛地抬起头。千城脚步一滞，停在那里，一颗心狂跳，她以为看到她，他会震惊，会惊讶，出乎意料，他只是淡淡地看向她的方向，没有一丝表情，稍微愣了愣，便又淡漠清冷地收回视线，垂下头，继续翻找着自己的袍袖。

千城有点懵，这算什么？视而不见？苏墨沉，你到底什么意思？做好人的是你，不理人的也是你，是吧？心中一时气结，她径直走上前去，将手中的玉往他面前重重一放："四爷可是在找这个东西？"

苏墨沉浑身一僵，难以置信地抬起头，伸手将千城放于他手边的玉抓在手里，微微颤抖。没有人知道他此刻的心情，就像没有人知道他有多慌乱。强自按捺住狂乱的心跳，他绷直了声线，开口："你怎么来了？"

那意思是，她不该来吗？千城冷笑："四爷的东西以后收好了，这世上不是每一个人都像千叶这样拾金不昧，再掉了，可不会再有这么好的运气，有人给你送过来。"

苏墨沉愣了愣，低低一笑，这女人撒谎都不会。心中多日来的阴霾一扫而空，他一时心情大好起来，玩味地开口："你怎么知道，这是我的玉？"

"我……"千城一时语塞，想了想又道，"如果不是，那就请四爷还给千叶，许是别人掉的。"

苏墨沉垂眸笑笑，未语，却是将手中的玉攥得更紧了些。千城看了看他的手，顺着手往上，水眸的视线落在他裹得像个粽子的手臂上，半晌，轻抬眼梢，目光又定定地落在他的脸上。他低垂着眉眼，看不到他的表情，不知其心中意味，可是有一点，却很明显，他消瘦了许多，愈发显得唇薄鼻挺。心口一阵抽疼，她抿了抿唇，强自镇定："还有，天山血蚁是不是四爷度给千叶的？"

苏墨沉一震，她知道了？也是，玉都在她手里，她肯定是知道了，她说过，死也不会要他的解药，那她过来是……

一时吃不透她心中的意思，他便也不敢贸然回答，只得抿了唇，沉默，心中却满是自嘲的笑，苏墨沉，原来，你竟然也有如此揣摩一个人一句话的时候。

见他沉默不语，千城只觉得无力。这个男人永远都是这样，所有的事情都放在心里，这世上谁又不是谁肚中的蛔虫，她怎么知道他到底是怎么想的，她想了想，又觉得气苦，顿时咬了牙："千叶今日来，是想告诉四爷，千叶无心要四爷的解药，是四爷用迷药将千叶迷晕，然后再将血蚁度给千叶，千叶并不感激四爷。"

苏墨沉淡淡一笑，抬眸看向她的方向，声音如同他的笑容一样清淡："我并未想过让你感激。"后面一句话他没说出来，只希望你不要恨就行了。但是看来，她依旧是那样恨着他。

而千城哪知道这些，他淡然若水的态度只让她觉得抓狂，就好比两个人吵架，一直一个人在说，在生气，而另一个人没有任何反应，那感觉让人崩溃。强行忍住想咬人的冲动，她冷笑道："那最好不过，千叶不想欠四爷什么，既然，话已经说清楚了，那千叶告辞。"千城说完，就愤然转身，往外走。

"千……叶"身后传来一声喑哑的低唤，千城心尖一抖，顿住脚步。苏墨沉，你到底是将我当成染千城，还是染千叶？闭了闭眸，又睁开，她回头嫣然一笑："四爷可是还有什么吩咐？"

没有人知道她心中的那种殷切，那一刻，她甚至告诉自己，苏墨沉，只要你将心中的话说出来，我便原谅你。

苏墨沉看着她的方向，若有所思，好半天，才道："没什么，我只是想说，三哥……是个好人。"

什么叫三哥是个好人？千城的心一阵失落，她弯起唇角，兀自冷笑："这个不需要四爷提醒，千叶比任何人都清楚。"说完，转身快步而出，不作一丝犹豫，在他看不到的方向，笑容苦涩而落寞。门口，杨痕已不在了，千城抬头望了望天，强行忍住眼角的潮意。天，竟然已经大亮了。

苏墨沉失神地坐在那里，一动不动。不是一直期盼着她来吗？她来了，自己做了什么，又说了什么？怔忡了好一会儿，他突然起身，疾步往外面追了过去。虽然眼睛看不见，可云轩阁的环境他熟悉得不能再熟悉，身影晃动，顷刻就出了门，可是外面却听不到任何脚步声，她已经走远了吗？心中一阵失落，他顿在原地，颓废至极。

"千城……"他喃喃地唤着她的名字。

千城靠在廊柱上，红着眼睛看着不远处的男人，紧紧地咬着自己的手背，才没有让自己哭出声来。他果然是看不见了。就这样面对着面，她就在他的面前，他竟然也没有发现她。难怪，天那么亮，他还亮着烛火，难怪，她站在门口那么久，他都没有察觉，难怪，她进去的时候，他抬头望了一眼，没有任何表情，难怪……

那么骄傲的一个男人……看不见了……她颤抖地看着他，只觉得一颗心像被无数只手狠狠地揪住，痛得不能呼吸。千城？他叫她千城！他一直就知道她是千城吗？

这头，苏墨沉立在原地，望着大门的方向，又兀自失神了一会儿，倏尔垂眸一笑，苍凉落寞。其实，这样也好，她的月盈霜也解了，她有她的路要走，而他，还有一肩的责任和义务，他也不知道自己为何会疯狂至此？如今这样很好！他深深地叹出一口气，抬步走回云轩阁。

骤然，背上一重，有什么撞到了他的伤口，他闷哼一声，等意识到是怎么回事时，便浑身一僵，再也无法动弹。原来是有人自身后抱住了他。

"苏墨沉……"千城紧紧箍着他，哽咽着，泣不成声，"你到底想怎样……你到底想怎样？"

云轩阁，苏墨沉刚一坐下，千城便伸手想解开他的衣袍看看他的伤。虽然看不到，他还是感觉到了她的举动，心中一惊，伸手蓦地捉了她的腕："别！"

千城微微一怔，想将手抽出："让我看看你的伤。"

他却依旧抓着不放，声音里透着一丝慌乱："那些伤无碍。"

"不，我偏要看！"以前，他不说的事，她不问，他不让做的事，她也不做，第一次，她难得跟他杠上。男人握着她的手静默了半晌，无奈地低叹一声，终究松了手。

当男人上身的衣袍被褪下，千城将那些已经被染红的绷带一圈一圈解下，那些深浅不一、纵横交错的伤痕跃入眸中，千城再一次咬着手背，泪流满面。虽然已被包扎过，但是很多伤口已经裂开了，有些还在往外淌着血，她强自调息了很久，才让自己的声音听起来平静如常："药在哪里？我再给你上一些药。"这次，男人很配合，伸手递给她一个瓷瓶。

深秋的早晨很冷，她却感觉到他肌肤的滚烫。小心翼翼地将药粉涂抹在他的伤口上，再用指腹轻轻地抹匀抹开，不知是因为痛，还是因为别的，她感觉到男人的身子在她的手下轻颤，她的动作越发轻柔了，心却跟着痛作一团。她轻轻触摸着那些伤痕，脑子里想着当时的惨烈情景，泪水模糊了视线。

“苏墨沉，等你身上的伤好一点，我们一起去找神医，医你的眼睛好不好？”

马车上，千城和苏墨沉相对而坐，千城纤白的手指不徐不疾地剥着一个橘子，不时抬眼看向对面闭目养神的男人，心中有种说不出来的感觉。竟然又在一起了，就像做梦一样，不知为何，看到他伤成那样，她心中所有的坚持，所有冷凝的高墙，在那一瞬间都已坍塌掉。虽然千城对自己说，现在只是陪着他去医眼睛，毕竟他也是因为她才弄成这样的，可是，迈出了这一步，她还能管得住自己的心吗？

车厢里弥漫着浓浓的橘香，千城挪了挪身子，坐到他的边上，掰开一瓣橘子递到他的唇边：“吃吗？”她知道他醒着，她以为他会说不，然而，他却是缓缓地睁开眼睛，张嘴吃了。千城有一些怔愣，接着又掰了一瓣递过去，这次，他却没有接，而是伸手抓了她的腕，用力一带。千城猝不及防，身体一下失去平衡，直直地跌进他的怀中。

“你的伤！”她惊呼。

“无碍，”苏墨沉伸出双臂裹了她，将她紧紧地按在自己的怀中，低头，将温热的唇贴在她的耳畔，“只要你不乱动，我的伤就无碍。”

被他这样一说，千城本来还想挣扎着坐起来，立即吓得不敢动了。苏墨沉低低一笑，有一丝阴谋得逞的意味，千城自知上当，但见他是一个病人，也懒得跟他计较，索性就窝在他的怀里，接着掰橘子塞到他嘴里，他一一含笑接过。

金秋的橘子很甜，又夹杂着一丝丝微酸。苏墨沉缓缓地咀嚼着，慢慢地回味着那抹酸甜从舌尖到喉中，再到心间的感觉。他第一次发现，原来一个人，可以同时拥有那么多种浓烈的情绪，可以一边痛彻心扉、一边欣喜若狂、一边甜到极致、一边酸在其中。一颗心在这份浓烈里浮浮沉沉、百折千回。

其实，他并不想让人知道他失明，因为，他知道那都是暂时的，他相信，他的母妃一定会医好他的眼睛。可是，早上，这个女人提出要带他一起去找神医医他的眼睛，他竟然想也没想就答应了，而且一刻也不能等，立即出发。这个女人以为他如此心急如焚，是想赶快治好眼睛，只有他自己知道，他迫不及待的是什么？自己不过是想和她有个由头待在一起而已。

顾及苏墨沉身上的伤，马车一路上走得很慢，行至沙溪镇的时候，已经是黄昏。因后面要改水路了，所以，苏墨沉便让车夫先驾马车打道回府了。下了马车的苏墨沉就一直紧紧抓着千城的手不放，用他的话说，因为他的眼睛看不到路。

虽然天已经将黑，外面却亮如白昼，一问旁人，才知道今日是沙溪镇赶夜集的日子。街道两边一盏一盏的灯笼都被尽数点起，连绵几里，望不到头，就像银河里的星辰。两旁商铺林立，街道上人头攒动，小贩的叫卖声，讨价还价的声音，此起彼伏。千城一手牵着苏墨沉，小心地避开人群的触碰朝前走着，其实，说她牵着他，也不尽然，因为从旁人看来，倒似他牵着她多一点。这种感觉很奇怪，也让人生出几分恍惚，仿佛他们两人真是这个世上最恩爱的小夫妻。

突然，身后的人群中传来几人的惊呼："天呐，是神笔吴生！"

"哇，真的是他，我们快过去，说不定会是他的有缘人呢！"

神笔吴生？千城一愣，她在染府无聊的时候，听千叶说过，这个吴生画工极高，心性也极高。只为自己看着顺眼的人作画，也就是他口中的有缘人，如果与他无缘，他宁死也不作画。传说东墨的国君还亲自请他做东墨的御用画师，都被他拒绝了。

"我们也过去看看。"

"不要去了，那里人太多，就算想去也不一定能挤得进去。"

"那有什么难？"苏墨沉揽起她的腰，脚尖一点，已飞过了人群，翩然落在一个中年人的身旁。

千城惊呼一声，脚尖已经着地。苏墨沉身子一晃，脸色更是苍白。

"苏墨沉，"千城连忙扶着他，又惊又惧，一脸愠色，"你疯了，你不要命了？"

苏墨沉淡然一笑，朝着千城摇了摇头，然后朗声说道："神笔先生，请问可否为我夫人提笔画一幅画像？"

中年人一怔，抬眼看了看千城，又将目光落在苏墨沉的身上，缓缓眯起眸子，目光凌厉，一抹不易觉察的神色快速地从眸底掠过。围观的众人亦是齐齐地将目光落在这一对从天而降的男女身上，只一眼，众人已被这一对璧人吸引得移不开目。

男人一袭紫袍、龙章凤姿、风神如玉，女人一身素裙、眉目如画、倾国倾城。那一刻，许多人心中都想到了下凡的仙人夫妻。就在众人怔怔然的时候，吴生朗声开口："自是可以。"

千城难以置信，连苏墨沉也微微露出讶异的表情。众人回神，更是发出一片唏嘘声。那女人盈盈地往那里一站，本身就已经是一幅美丽动人的画卷，这神笔吴生如此爽快地答应，也是情理之中的事。对众人的反应，吴生似乎习以为常，笑笑，伸手指向不远处："要不，去那边画吧。"

千城循着他指的方向看过去，那里有一株秋海棠，此时正是秋海棠的花期，花色艳丽，花形多姿，大朵大朵簇簇团团，蓬勃了一树，一阵夜风吹过，花瓣纷纷扬扬，落英漫天飞舞，的确是一处好景。

"去哪里？"苏墨沉捏了她的手心，因为看不到，声音略带戒备。千城笑笑，凑到他的耳边说："那里有一棵秋海棠。"末了，又转过来对着吴生略一颔首，弯唇道，"那就有劳先生了。"其实，画不画像，她真的无所谓，只是，她不想拂了那个男人的意思。

吴生在一块平整的青石上铺上一张宣纸，抬手挥毫，千城半掩在海棠花间，人比花娇。苏墨沉犹不放心，就站在海棠花边上，静静地候着。吴生眯眸静静地看了一会儿，下笔如有神助，不一会儿，宣纸上美丽灵动的人便慢慢显现出来，大朵大朵的海棠也随之跃然纸上，似乎有了生命。

"好了。"

千城拿到画像的那一刻震惊了。因为吴生不仅将她画出，竟然将边上的苏墨沉也画了进去，画就画吧，却愣是凭空想象，将苏墨沉的位置画在她旁边。

一颗心狂跳，那一刻，她只觉得难以置信。她愕然地抬头看向吴生，却发现哪里还有他的影子。

"画师呢？"她着急地问向苏墨沉，又想起他根本看不到，便又连忙问围观的众人。

众人道："早走了。"

走了？千城怔了怔，连忙拨开人群，四下搜寻了一遍，街上到处都是人，人影绰绰、喧嚣嘈杂，哪里还能看到吴生？

“怎么了？”苏墨沉眉心微拢，脸上露出担忧的表情。

“哦，没什么，”千城有些失神，幽幽地说道，“他画得太像了，我连句感谢的话都没有说。”

苏墨沉怔了怔，旋即低低地笑了起来：“就为了这个着急成这样？放心吧，像他们这种有着仙风道骨，超凡脱俗的人，是不会在意那一句虚谢的，再说，你是他的有缘人不是？”

他的有缘人？千城又为这一句话好一阵怔忡，手中的画像却是已被苏墨沉夺过，等她反应过来想要回味，他已经将画叠好放进衣襟里了：“放心，我会妥善保管的。”

“那是我的画像，为什么要你保管？”千城愤然。其实，如果是她一人就算了，难得她和这个男人有点可以留念的东西，她当然希望自己拿在手里。可这个男人的脸皮似乎厚到了极致：“就因为是你的画像更应该给我啊，不然，你以为我为什么让你画？再说了，自己看自己有什么意思？实在想看，自己照照铜镜就可以了。”千城气结，水袖中的拳头攥了又攥，差点就说，你眼睛又看不到，拿着有什么用？终究是怕伤他自尊没有说出口。

回到客栈，已是午夜时分，二人各自盥洗后已是二更天。千城想想，还好，这个男人最起码没有利用自己眼睛看不到让她伺候他沐浴。可是睡觉的时候，问题还是来了，因为只有一张床。男人气定神闲地宽衣解带上床，然后，很没有风度地问她：“怎么？你准备坐一夜？”

千城不理他。

“过来吧，床榻那么宽，我不介意分一半给你。”

千城继续坐在灯下不动，有这么大言不惭的男人吗？

“唉，”男人低叹，竟隐隐透着一抹苦涩，“过来睡吧，放心，我不动你。”

千城扭捏了一下，心想自己还不就是等他这句保证，既然人家已经说了，自己再坚持下去未免就矫情了。于是，磨磨蹭蹭了半天，还是硬着头皮躺了过去。可身子还没落入软席，却已经被人伸臂裹了过去，背上一热，贴上了男人的胸膛，她一惊：“苏墨沉，你自己说的不……”

“只是抱着……”男人低声打断她的话，手臂将她箍得更紧。千城无奈，又恐碰到他的伤口，只得不乱动，就任由他抱着，心中却是有着说不出来的感觉。他的胸膛滚烫，熟悉的温度透衫而入，灼烧着她的后背，她闭上眼，淡淡清檀的气息入鼻，令她微微颤抖。这个男人的怀抱温暖舒服，一向都是她贪恋的，可是，她也知道，自己心里有什么坎儿过不去。

屋里很静，两个人都不说话，黑暗中只能听到两人清晰的心跳声和呼吸声。

“千城……”头顶，苏墨沉骤然开口。千城一怔，还以为他睡着了：“嗯？”她轻轻应着，可是一颗心却蓦地狂跳起来，甚至带着隐隐的期待。他会跟她说什么吗？他会跟她解释什么吗？

“你睡着了吗？”男人温热的气息喷薄在她的耳畔。睡着了还能答应他吗？这明显没话找话型，千城心里对他鄙视了一番，应道：“没有。”

“想听我的故事吗？”

千城一震，心中一个声音高叫着“想，当然想！”但是，她面上却硬是没有表现出来，不咸不淡地应了声：“嗯。”

身后的男人沉默了，似乎在回想，又似乎在犹豫，半晌之后，才开口：“这得从我母妃说起，其实，曾经我的母妃也是蒙父皇盛宠一时，可就在我五岁那年，母妃被人陷害和宫外的男人有染，父皇一气之下将母妃打入冷宫，不让我们母子相见，并将我丢给宫里的一个嬷嬷照顾，那个嬷嬷曾是六王爷苏墨鸿的奶娘，而且宫中之人势力，我虽然是皇子，却因为母妃的原因不得父皇正眼，所以嬷嬷对我很是刻薄，经常不给我饭吃，特别是，如果我在学堂的学业上超过六弟，她就会让我跪钉板，这样的日子持续了好几年……”

他顿了顿，似是在整理情绪，千城却甚是震惊，在他怀里轻缓地转过身，面对着他，屋里很暗，光影偏逆，看不到他脸上的表情，但是，她能感觉到他的落寞和萧瑟。千城只觉心中抽痛，幽幽地开口：“你为何不将这些告诉你的父皇？”

“告诉他？”苏墨沉嗤笑，似说不出的苦涩，“我找过他很多次，他要不就是很忙不见我，要不就是不信我的话，说嬷嬷也是为我好，教训的是。”

千城看着他，心中愈发疼得厉害，不知该说什么来安慰他。都说最是无情帝王家，她也一直觉得这个男人曾经肯定吃过很多苦，可没想到竟然连童年都是这样苦，难怪他和文帝之间的父子之情那般淡薄，有的时候甚至跟仇人一样。

"后来呢？"她听说过他曾经在各国游历。

"后来……"他伸手将她的头按在怀里，下颚抵在她的发顶上，"后来，我慢慢长大了，开始反抗嬷嬷，她让我跪，我不跪，有一次甚至将她推倒在地，她跑去跟父皇告状，父皇一气之下将我赶出了皇宫，让我到各国游历，说是游历，不过是放逐、流浪，那年我十岁……"

千城伏在他的怀里，清晰地感觉到他胸口的震荡，她缓缓地抬起头，在黑暗中凝视着他，情不自禁地，伸手轻轻抚上他的脸。手背一热，他的大掌将她的手裹住，淡笑着开口："我没事。"

"我在各国流浪了八年，母妃在冷宫过了十三年生不如死的日子，直到冷宫的那场大火后，父皇以为母妃死了，才让我回来。或许是对母妃的一丝丝歉疚，又或许是见我终究是他的儿子。所以，他赐了我府邸，但是，他对我一刻都没有卸下过心防，甚至还秘密调查过我母妃是不是真的死了。"

"火是谁放的？"千城忍不住问道。会是良妃自己吗？金蝉脱壳？毕竟十三年，对于一个女人来说，整日面对一个空空的冷宫，那绝对是非人的折磨。

"当时我在他国，等我回来再查时，所有的蛛丝马迹都被抹去了，母妃说是父皇做的。"

千城震惊。

"所以，千城，我必须坐上那个皇位，否则，母妃永远都要过着暗无天日、见不得光的生活。而且，皇位之争历来残酷、血雨腥风，如果别人坐了皇位，一定也不会让我有好日子过，当然，老九和十四弟除外。"

千城听了其实还想说，三王爷苏墨风也不会，想想还是算了，终究没有说。

"因为母妃吃了很多苦，所以，她对我很严厉，以致我们的第一个孩子……"他的话顿在那里，千城浑身一震，他们的第一个孩子？是啊，他们的孩子因为他母妃的缘故没了。

"所以，请你不要怪母妃，她也有她的苦……"

千城心口一颤，因为他的话，也因为他的语气。他用了请字，他带着一丝祈求和低声下气。原来，说这么多，就是为了给她解释那件事，其实，虽然失去孩子她很痛，但是，她也没有怪他，毕竟他也是想保护她，只是世事无常。至于良妃，她也说不上怪，但，不喜欢是真的。

见她沉默，苏墨沉以为提到孩子戳到了她的伤处，心中亦是一痛，又紧了紧手臂，将她抱进怀里，低低地叹出一口气："睡吧，天都快亮了。"

在沙溪镇待了半个月，千城见苏墨沉身上的伤好了许多，又根本寻不到画师，害怕苏墨沉的眼睛耽误太久，影响了治疗，所以提出，继续赶路。

神医住在云霄山，接下来便要走水路，因为水路比旱路要近三分之一的路程，可直接通到云霄山的山脚下。他们原本是可以请人摆渡的，但苏墨沉不肯，非要租一只船自己划，千城拗不过他，只得应允。他们租的是一艘比较豪华的木船，有些类似小型的画舫。刚开始，苏墨沉坐在船头划船，千城坐在船尾欣赏风景。后来，千城发现，苏墨沉因为看不见，根本不顾方向，划了半天又折了回来，无奈，她只得坐到船头去当他的眼睛。

千城搞不懂，他们又不缺钱，找个人摆渡多省事。可苏墨沉划得优哉游哉，气定神闲，一副陶醉其中、甚是惬意的模样。江风带起他的墨发和紫袍肆意翩跹，俊美得无法比拟。江上的船很少，远处的小船就像一个小黑点。千城微微眯着眼睛，感受着江风的微凉和湿气，手有一下没一下地撩过齐到船舷的江水，激起一阵阵水花。脑中不禁又想起天伦节那日赛舟的情景来，当时，她就是这样教梅妃撩水。想起梅妃，她陡然又想起一些事情。

"苏墨沉，梅妃似乎对你挺好的。"她略带试探地开了口。

苏墨沉一怔，似乎没想到她会突然问这个问题，想了想道："嗯，梅妃和我母妃是好姐妹，我母妃出事的时候，我还小，她没少帮助我，在我的心里，我对她就像对自己的母妃一样敬重。"

千城听着，未作声，想起自己曾经还误会两人是那种关系，不禁弯唇自嘲地一笑。他们怎么可能是那种关系呢？如果是，梅妃就不会为了宽慰她而跟她说，他和小七不是她想的那样；如果是，夜宴那天梅妃也不会站出来，替苏墨沉请求赐婚。为什么该怀疑的人自己从来都不怀疑，而怀疑的人却永远都不对？譬如小七，譬如云蔻。想到云蔻，她又心烦意乱起来，停了手中的动作，看了看四周的江面，起身对苏墨沉道："你就沿着这个方向一直划，我去睡会儿。"说完，也不等他反应，径直来到船舱躺下。

凉风习习、船身轻晃。许是这段时间太累了，千城浑浑噩噩地想了一会儿心事，竟真的睡了过去。也不知过了多久，迷迷糊糊中，她感觉到身上一重，缓缓地撑开沉重的眼睑，便看到苏墨沉正站在身边将自己的外袍盖在她的身上。她没有动，就静静地看着他轻柔的动作，他只着一件白色的中衣，背后是白云蓝天，儒雅飘逸得如同仙人，不沾一丝凡气。

“好看吗？”他骤然问道。千城吓了一跳，这厮眼睛不是看不见吗？怎么会知道她在看他？

“你的眼睛……”她疑惑地开口，被他低笑着打断：“看事物并不一定需要眼睛啊，我很强烈地感觉到了你炙热的目光。”

炙热？千城还在那里冷嗤，男人却已经挨着她的身边躺了下来，双手交叠枕在脑后。千城一愣，难道到了吗？怎么不划船了？刚准备起身，却被男人一个翻身将她压倒。

“啊——”她猝不及防地惊呼，等她反应过来，男人的身子已经大山一般压在她的身上。她一惊，连忙伸手抵住他的胸膛，“你……你要做什么？”

男人轻笑着低头，已吻上她的耳垂，轻轻撕咬。她浑身一颤。咬着唇，心中纷乱不堪，而此刻男人已将头从她的颈处抬起，伸出大掌轻轻捧住她的脸，吻上了她的唇。

短短数月，两人之间发生了太多的纠复，她虽然恨他、怨他、恼他、怒他，但她自己知道，自己心里面想得最多的还是他。他的温存，她也渴望，她也贪恋，但是，她也同样清楚地知道，她心中挣扎的东西是什么。挣扎归挣扎，似乎，在这个男人面前，即使冷凝了再高的心墙，到最后丢盔弃甲的还是她。

淡淡清檀入鼻，属于这个男人特有的气息铺天盖地一般朝她袭来，她心头一颤，银牙就放开了紧咬的唇瓣，二人缠绵在一起。

来到云霄山的时候，天已经将黑。草庐炊烟袅袅，神医却不在，药童说，神医云游去了。没有遇到神医，千城却见到了另一个人——童素倾。童素倾当时就坐在草庐边上的一汪水池边，兀自失神，见到他们，竟没有装失明，一双眸子无悲无喜，将清淡的目光落在他们两人交握的手上，说已等了他们数日。

千城明白，不是等他们，是等苏墨沉，而且，这般赶过来，应该是有急事找这个男人。千城对他们之间的秘密不感兴趣，而且，她对这个女人更是没有什么好感，所以，她很识趣地避开了。不知两人说了什么，苏墨沉便说既然神医不在，那就连夜赶回。千城本想说，那你的眼睛怎么办？可看他微微蹙起了眉宇，似是在担忧什么的样子，终究是什么都没有说。

路，还是那路，江，还是那江，船也还是那船，只是来时和去时心境却完全不同。来的时候，她本还嫌船太大了，划起来吃力，可现在却发现，不就多了一个人而已吗，为何船显得那般拥挤？

到了沙溪镇，又换了马车赶路，千城以为苏墨沉会直接回王府，东方刚露白的时候，马车却行至京师城外的一户农院停了下来。苏墨沉跳下马车，直接将她抱下来，拉着她的手，一起进了院子。童素倾脸色煞白，紧紧地拽着衣襟独自坐在马车里。

“苏墨沉，你带我到哪里去？”千城不明所以。苏墨沉却脚步不停：“母妃病重。”

千城一惊，原来如此。

“可是……我……”虽然她现在是染千叶，而良妃不喜欢的、甚至想杀掉的是染千城，但是，这样直面他们的秘密，总归是不好吧？

“没事，”苏墨沉捏了捏她的手心，笑道，“丑媳妇总归要见公婆的不是？”说着，就拉着她入了厅门，直直地往一间厢房走去。千城被动地被他拉着，怔怔地看着他，为他那句丑媳妇总归要见公婆的话，半天回不过神来。曾经她是那样羡慕童素倾，羡慕她可以分享这个男人所有的寂寞和秘密，而她只能远远地看着，现在，她也可以吗？

厢房内，烛火未熄，一个黑衣女人负手而立，雕塑一般站在窗前。苏墨沉一手拉着千城，急急地推门而入：“母妃。”因为看不见，心中又甚是急切，所以他一进门就本能地直奔床榻边而去。千城很快发现了伫立在窗前的那抹冷冽的身影，连忙拉了拉他的手。苏墨沉是何其精明的一个男人，立即顿住了脚步，眉心微拢：

“母妃？”

黑衣女人缓缓地转过身来。千城发现，良妃依旧跟上次在四王府书房见到时一样，轻纱掩面，只露出一双眼睛。她淡淡地瞟了苏墨沉一眼，又轻抬眼梢，睇向千城，微微地敛了瞳孔。

“母妃不是病重吗？”苏墨沉最先开了口，声音微沉，早已没有了一路上的那种急切，唇边反而还勾着一抹自嘲的笑意。

“我如果不病重，你会回来吗？”女人也冷声开口，凌厉的目光一直盘旋在千城的脸上。千城一惊，被她眸中的寒气吓住，那一刻，她想到了鹰隼。似乎了然她的恐惧，苏墨沉的大掌更紧地裹了裹她的手背，轻轻一笑：“母妃言重了，我只是去找神医医眼睛，好了就自会回来。”

“医眼睛？”良妃冷嗤，“我看，游山玩水、谈情说爱是真吧？”

千城脸一红，苏墨沉沉默着。良妃又接着说道：“你明知道你的眼睛母妃可以医，还要千里迢迢跑去找什么神医，你可知道，你不在的这段时间，宫里都发生了什么事？”

苏墨沉和千城皆是一怔，只不过苏墨沉愕然的是后半句，而千城在意的是前半句。这个女人可以医治他的眼睛，那他还要忍着伤痛跟她一起跑去云霄山做什么？千城侧首，怔怔地看着身边的男人。苏墨沉沉眸：“宫里都发生了什么事？”

良妃未响，又将凌厉的目光打在千城的脸上。千城愣了愣，当即明白了过来，弯唇拍了拍苏墨沉的手背：“你们谈吧，我去外面看看。”

“不用，”苏墨沉裹了她的手不放，口气笃定，然后又朝着良妃的方向，说道，“母妃，千叶已经是孩儿的女人，不是外人。”千城心口一颤，为他那句孩儿的女人，这样的话让她有些不适应。良妃将眸光微敛，依旧没有开口。气氛有些些冷凝。

良妃终究是不信任她的，千城垂眸一笑，轻轻地扯了苏墨沉的衣袖：“没事，我在外面等你。”说完，眉心微皱，用力地将手自苏墨沉掌心抽了出来，径直转身出了门。苏墨沉微微抿了唇，却也没有强加阻拦。

屋里只剩下两个人，一下子静谧下来。

“跪下！”良妃骤然沉声开口。苏墨沉愣了愣，没有动。良妃又厉声补了一句，“我让你跪下！”

苏墨沉薄唇抿得更紧，怔忡了片刻，一掀袍角，跪了下去。

“你可知错？”良妃缓缓地踱到他的面前，居高临下地看着他。他虽然看不到，却是能明显地感觉到对方带给他的那种压力，他挺了挺背脊，跪得笔直。

“孩儿不知。”他淡淡地开口，口气平静，既无怯弱，也无不尊。

“你不知？放着肩上的担子和责任你不管，沉溺于旖旎风光、风花雪月、玩物丧志，你还说自己不知？”良妃眯眸，胸口微微起伏，显然有些激动，“你为了一个女人丢下一切，去南海、上天山，命都不要了，遍体鳞伤不管，眼睛瞎了也不管，还一句话也不说，就跟人家跑到外面去，十天半月都不露面，你还敢说自己不知？”

苏墨沉一动不动地跪在那里，背脊笔直，静默了片刻，弯了弯唇，苦涩无奈地说道：“孩儿第一次顺从自己的心去做一件事情，孩儿并不觉得这有什么错。”

良妃愕然，没想到他竟然会说出这样的话来，伸出手指指着他：“你，你没有错？难道错的是母妃吗？母妃所做的一切是为了谁，都是为了谁？”她颤抖着，嘶吼出声。苏墨沉微微拧眉，伸手将她的手握住，心中满是说不出来的感觉：“母妃……”

良妃顺势反握了他的手，将其引到自己的膝盖上面，狷狂地苦笑：“都是母妃的错，是母妃活该，母妃活该在阴冷潮湿的冷宫一待就是十三年，活该被毁了容，活该截了小腿，活该残废，活该像现在这般活得人不人、鬼不鬼……都是母妃活该……”隔着薄薄的裤管，苏墨沉依旧能感觉到木质膝盖的冷硬。冷宫的那场大火，不仅烧毁了这个女人一张姣好的面容，还烧毁了她的一条腿，如今的她只得带着一条特制的假腿。

“母妃……”苏墨沉心中大痛，伸出手臂圈住女人的膝盖，将脸贴在上面，“是孩儿不好，是孩儿没用，不能给母妃好的生活，都是孩儿的错……”

良妃噤了声，任由他抱着，一动不动，垂眸看着他痛苦不堪的样子，面纱下的唇角微微一勾，少顷，才低叹一声，躬身拉着他的手臂轻轻地扶起他：“起来吧，孩子。不是母妃逼你，母妃真的是想让你好，母妃的人生已经一塌糊涂，这辈子也就这样了，可是，你的人生却刚刚开始。生在帝王家，就已然注定了你不能像其他人那样随心所欲地活着。皇位之争历来血雨腥风，不是你死，就是我亡，母妃只想让你活得好，风光地活着，被天下人敬仰……我们花了那么大的力气，如此处心积虑，有人流血，有人牺牲，都是为了帮你成就大业。你的肩上担着的不只是你一个人的安危，是许许多多人的安危，稍有不慎，便会连累多少无辜性命，你知道吗？所以，你要时刻清醒，时刻理智，时刻谨慎……”

“别说了，母妃的心意孩儿都懂。”苏墨沉剑眉微蹙，眸中一片苍凉。良妃凝着他的脸色，将他扶坐在桌案边上的软椅上，自袖中取出一个小瓷瓶，倒出一粒药丸：“这是月盈霜的解药，你吃了吧，以后不要再那么傻了。”

苏墨沉一惊，有些难以相信。解药？永久性解药吗？

看着他的反应，良妃笑了笑：“怎么？不要？”将解药塞到他手里，她又提起桌案上的瓷壶倒了一杯水给他，“如果过了一个月，就算是仙药，也治不了你的眼睛。快吃了吧，难道你不想快些看见你的千叶丫头？”

千叶丫头？苏墨沉手一抖，手中的杯盏险些落地，水自杯里面撒泼出来，溅在衣袍上，他也不管不顾，迷蒙的眸中亮着光彩：“母妃的意思是？”

良妃低低一笑：“看你激动成这样，母妃没什么意思，母妃只是希望你妥善处理好小爱和大义的关系，女人可以有，但不可以沉溺。千叶那丫头吧……母妃看着也还顺眼，而且，她是染飞的女儿，娶过来也并无害处……”

“那母妃的意思就是不反对我们在一起了？”苏墨沉难以掩饰心中的狂喜。她和她都是他生命中重要的女人，他做梦都希望，她们能彼此接受，这也是他今日将千城带过来的原因。

良妃长长地叹出一口气：“只是孩子，你当真明白自己的心吗？”

苏墨沉走到院子的时候，远远地就看到女子一袭浅紫罗裙，抱着膝盖坐在院中的石凳上，微微扬着脑袋，望着天边，一动不动，满头的青丝如同瀑布一般倾泻在身后。

真好，能看见真好！心中一动，他弯了弯唇，抬步走了过去：“千叶。”

千城一怔，回头，就看到他身着一袭紫袍，从晨曦中走来，刀削般的轮廓、俊美的五官，一双深邃的黑眸也恢复了昔日的光彩，灿若星子。他的眼睛真的好了，千城只觉得心中的一块大石头落了下来。起身，正准备说话，男人已经上前用长臂裹了她，带着她往前走："走，我们先回王府，我要立即进宫一趟。"

刚才他的母妃说，他的父皇文帝身体状况急剧日下，太医们都束手无策。

第十六章　打入天牢

苏墨沉缓缓走在府中的青石路上，微微拧着眉，想着心事，一阵夜风吹来，他不禁有了一丝寒意，蓦然才觉，已是深秋时节。方才进宫看了文帝，才知果然传言不虚，只见他整个人脸色苍白、精神不济，不停地咳嗽，才二十天不到，人竟然瘦了一大圈。他想不通，文帝正值盛年，而且平日那般健朗的一个人，怎么会突然说病就病了呢？太医竟然也找不出病源。

可这天子一病，下面就暗流涌动、各方势力抬头，风起云涌。或许，机会来了，可是，很奇怪，他却没有欣喜。按理说，这些年，文帝虽为父亲，却从未以一个父亲的真心待过他，他应该恨他，应该幸灾乐祸才对，可不知为何，方才看到他那个样子，他竟然有些难受。

不管怎么说，他的母妃说得对，他肩负着太多的责任，他没得选择，他必须坐上那个皇位。得好好筹划筹划了，抿了唇，他加快了脚下的步子，衣袂翩跹，往云轩阁而去。

云轩阁里一豆烛火，他弯了弯唇，第一次觉得那烛火就像照进了他的心里，有股暖暖的东西在澎湃，他知道，她在。原来，有人等待守候的滋味是这样的无以名状。轻轻推门进去，就看到那灯下伏案而睡的娇小身影一动不动，满头的青丝倾泻了一肩。苏墨沉微微蹙眉，她竟这样睡着了，夜那么凉。他扯了衣架上的披风，走过去轻轻地盖在她的身上，后来想想，干脆弯腰将她打横抱起，放到了床榻上，拉了被子给她盖住。

或许是连着赶路，太疲惫，千城睡得很沉，等他沐浴出来，依旧没有醒。墨染的青丝铺满软枕，她轻轻地合着眼睛，纤长卷翘的睫毛轻垂，在眼窝处留下两排好看的剪影，精致小巧的玉鼻，红润似丹的小嘴微微嘟着，呼气如兰。恬静娇憨的模样让他心中一动，一时玩性大起，想逗她一逗，便伸手摇她。

千城正睡得香甜，哪愿别人打扰，闭着眼睛，噘着嘴不悦地嘟哝着，一边嘟哝，一边不情愿地推他。一来二去，千城依旧没有醒，而他却觉得她似醒非醒、似撒娇非撒娇、懵懵懂懂的模样，就像一条妖娆的美人蛇一般，身上的火不经意中被点燃。

苏墨沉将千城紧紧地抱在怀里："千城，今日我进宫求了父皇，让他将你赐婚给我，父皇同意了。这段时间父皇身体不好，正好借我们的婚事冲冲喜气，让掖庭监看了日子，掖庭监说明日是这月最好的黄道吉日，圣旨都已经下了。"

千城很是震惊，换句话说，是彻底懵了。抿着唇怔怔地看着苏墨沉，眼角眉梢萦着愁绪。见她如此，苏墨沉微微拢了眉："你还是不愿意吗？我还以为……你已经原谅我了……"他凝眸看着她，声音喑哑低沉，带着一丝受伤。

"不是，我……"千城不知道该怎样讲。她不知道自己愿不愿意，也不知道有没有原谅，她只知道，他们的问题，还没有解决，怎么可以又结婚呢？她抬眼，迎上他的目光，"苏墨沉，我们好好谈谈。"

苏墨沉沉默不语，黏稠的目光依旧胶着她不放。

"我们先说说云蔻吧，我想知道，云蔻在你心里是个怎样的存在？我在你的心里又是怎样的一个存在？"千城深深地呼吸，终于问出了那个盘亘在心中许久的问题。男人一怔，似乎没想到她会问出这样直接的问题，眸光微闪，正欲开口说话，却是被一阵急促的敲门声打断："爷，宫里头出大事了。"

千城一怔，只见眼前人影一晃，苏墨沉已经起身下床，扯了袍子披在身上开了门。深更半夜出了什么大事？千城心中疑惑，抱着被子，微微探了探头，可外面太黑，看不清来人，只知道是个男人，很低声地跟苏墨沉说着什么。千城侧耳细听，但依旧听不太真切，似乎是什么东西被盗了。

不一会儿，苏墨沉就回来了，站在桌案边，伸手捻亮了烛火，烛火摇曳下，千城看到他微微抿着唇，脸色凝重。他不说话，她也不好开口问，就躺在床榻上静静地看着他。似乎意识到她的注视，他蓦地抬起头，对上她的清眸，愣了愣，唇角一勾，便朝她走了过来，伸手替她掖了掖被子："睡吧。"

"你不睡吗？"千城疑惑地看着他。

"我等会儿，你先睡吧。"他抬手揉了揉她头顶的发丝，有些心不在焉。

"发生了什么事吗？"看到他微微不安的脸色，千城终究还是忍不住问了出来。

苏墨沉垂眸，静默了片刻后才道："放在宫中藏经阁的一个锦囊不见了，传说这个锦囊是先帝留下的，各个王爷谁得锦囊，谁得皇位。"

千城震惊："四爷是担心其他王爷拿去了吗？"

苏墨沉沉默着，床沿一重，他坐了下来。千城想了想，坐起身，伸手将他的手握住："其实，四爷不用担心，你想啊，先帝已去，现在坐在皇位上作决定的是文帝，一个锦囊有什么用，而且，还是通过不正当的手段得到的锦囊。"

苏墨沉反握了她的手，裹在掌心，笑道："你倒是脑子清明。"其实，他又何尝不明白这些道理，所以他根本没有担心这个，他担心的不过是那个偷锦囊的人，会是她吗？今日进宫，他们两人也没说得上话，但是，她看他的眼神，那眼神……

但愿他猜错了。这么多年，从未听说过有这样一个锦囊，如今文帝病了，这个消息倒是传得沸沸扬扬，这其中肯定有蹊跷，或许这只是有人故意放出的消息而已。方才听隐卫说，皇宫此时已经乱作一团，到处在搜查窃贼。他不能前去，他只能等消息。千城见他脸色稍霁，微微松了一口气。

"睡吧，"苏墨沉起身，伸手扶住她的双肩，漆黑如墨的眸子深深地凝在她的脸上，流光溢彩，"明日还得赶早回将军府呢，虽然这次很匆忙，我们也不是第一次成亲。但是，我跟自己说，一定要给你一个难忘的大婚之喜。"

千城怔了怔，这才想起明日成婚的事。这事儿……她真不知道该说什么好。哪有那么急的？她完全没有心理准备。可是如今圣旨已下，她凌乱了。陡然，她又想起方才她问的他和云蔻的问题，似乎他还没有回答："对了，苏墨沉……"

敲门声再次响起。她闭了闭眸，咬牙，她不仅凌乱，而且抓狂了，为什么总是在关键的时候被打断？苏墨沉已起身疾步往外走，她睁开眼睛，急声道："苏墨沉，方才我问你的问题，你还没有回答我呢。”

苏墨沉没有回头，脚步急迫：“等一下。”

吱呀一声门被打开了，千城明显地感觉到一股夜的凉气侵袭而入，她打了一个寒战，连忙躺到被褥里面。其实，她想说，就一句话，不会占用他多长时间的，想了想，终究是没有说。或许是因为心中急切，便也顾不上声音大小，这次，千城竟然清晰地听到了他和来人的对话。

“什么情况？”

“听说窃贼抓住了。”

“可知是谁？”

“好像是皇后身边的一个随侍婢女，叫云蔻。”

再次想起这件事情，已是第二日，千城已端坐在将军府厢房的铜镜前，喜娘和婢女在给她拾掇着妆容、发饰和喜服。她记得苏墨沉在得知是云蔻的那一刻，什么都没有说，进屋后似乎也没有任何表情。可是，她知道他在担心，因为她看到他静静地站在窗前，很久很久。

后来又不断地有人前来，跟他报告着最新的消息。杨痕也来了，她听到他跟杨痕说，先静观其变，实在不行，再将那人推出去。最后十四爷都来了，一副要哭的样子，让他一定要想办法救出云蔻。她听到他跟十四爷说，走，去书房商量对策。她不知道，为何要去书房？是担心她听到了吗？那时，其实她早已闭着眼睛假寐。结果，他一夜都未归，直到天亮，她离开四王府的时候，依旧不见他的影子，倒是四王府里的人早已忙碌了起来，一条条红绸被拉起，一盏盏红灯笼被挂起，随处可见忙碌奔波的婢女。她这才想起，今日是她和他大婚呢。

吉时到，一方红色喜帕落下，挡住了她的视线。可是，却迟迟不见苏墨沉过来迎亲的队伍，最后，却等来了文帝的一道口谕，令其即刻进宫，不得有误。

千城虽不明所以，却也不敢耽搁，喜袍都没来得及换下，就随传口谕的小太监急急忙忙进了宫。路上跟小太监一打听才知道，文帝要亲自审理藏经阁锦囊失窃一案，已传旨各个王爷前去听审，苏墨沉也已经进宫了。她不明白，她又不是公主，暂时也不算是王府女眷，他们听审，怎么也将她宣进宫里？可她没有多想，毕竟牵涉到苏墨沉和云蔻的事，她也是关心的，只是不知道苏墨沉和十四爷想到救人的办法没有。

同上次审理苏墨沉的案子一样，此次也是在刑部的大堂里进行。可是很奇怪，千城却是被小太监从偏门带到了大堂旁边的偏殿里。小太监跟她说，让她先在偏殿候着，有需要的时候，自会宣她出去。所谓偏殿，其实只是被几个屏风隔开的一方天地而已，通常刑部审案的时候，有些不便露面的证人或者官员就坐在这里。透过屏风的缝隙可清楚地看到大堂中的一切。千城不明所以地坐在里面，一颗心高高提起。

刑部大堂，一片静谧，文帝端坐在最上方的主座上，虽然面色略显苍白，还时不时咳嗽几声，却依旧难掩那威严的气势。他微微眯着眸子，五指曲起，在金丝楠木的椅把上轻轻叩击，发出一声声清脆的响声。堂下数十人分左右两排而立，皆是当今的王爷，细细看过来，竟是一个都不漏，连不满十岁的十七王爷都来了。众人皆是一脸凝重，站在那里眼观鼻鼻观心。

许久的沉默之后，文帝沉声开口了："知道朕今日为何将你们召过来吗？"众人心知肚明，却没有一个人敢应。文帝凌厉的目光一一扫过众人，冷魅一笑，"想必大家都已经听说了，藏经阁里面先帝留下的一个锦囊昨天夜里失窃了。"他顿了顿，骤然笑容一敛，厉声道，"朕很想知道，是谁有那么大的本事，在朕的眼皮底下，在戒备森严的皇宫里，如此来去自如？"

大家大气都不敢出，其实心里都清楚，这窃贼肯定是他们其中的一人，因为别人拿到这锦囊根本毫无用处，只有他们王爷，才能得其者得天下。想来这也是文帝只将他们这些王爷召过来听审的原因。

"刑部昨夜连夜追查，终于不负朕望，寻得蛛丝马迹，今日，朕亲自前来审理此案，就是想看看谁人如此迫不及待，想将朕从那龙椅上给赶下来？"文帝连声说完，显然有些激动，禁不住猛烈地咳嗽起来，边上的李公公连忙上前递上一杯茶，文帝接过，小啜了一口，这才将咳嗽止住。将手中茶盏放在面前的桌案上，目光又凌厉地扫过众人，他沉声命令左右，"将人带上来！"

人？众人纷纷回首，苏墨沉抿了唇，亦是循着众人的视线望向门口。只见一个女子在两个禁卫的带领下缓缓地走了进来。女子一身宫女装扮，清瘦盈盈，低垂着眉眼看不到脸上的表情，但是很多人还是识得她的，不是皇后身边的随侍婢女云蔻又是谁？

众人一阵压抑的唏嘘，有人震惊，有人愕然，有人露出看好戏的表情。六王爷苏墨鸿脸色微微一白，十四王爷苏墨宇一脸担忧，四王爷苏墨沉收回视线、面沉如水。云蔻轻移莲步，走到大堂中间，对着文帝跪了下去：“奴婢参见皇上。”

文帝睨着她，唇角冷冷一勾：“你可知罪？”

云蔻缓缓地抬起头，抿了抿唇：“奴婢不知。”

“不知？”文帝嗤笑，开门见山，“难道藏经阁先帝的锦囊不是被你窃走的？”说这句话的时候，文帝的目光不是落在云蔻的身上，而是若有似无地在堂下各个男人的脸上盘旋。

“不是，奴婢说了很多遍了，不是奴婢所为。”云蔻口气笃定，态度虽不强横，却也不卑不亢，不为所惧。文帝缓缓地眯起了眸子：“哦？那你说说看，昨夜的亥时你在哪里？朕昨夜就在皇后那里安寝，那时早已睡下，并未要你服侍。”

云蔻想了想：“奴婢那时……”

“启禀父皇，那时云蔻跟儿臣和四哥在一起。”一声男声骤然响起。众人一怔，包括云蔻自己，皆循声望去，只见十四王爷苏墨宇抬步上前，对着文帝一鞠。

“跟你们在一起？”文帝也面露诧异，探究的目光落在他的脸上，片刻，又转向苏墨沉。苏墨沉抿了抿唇，也稳步上前，对着文帝一鞠：“启禀父皇，的确如十四弟所说，昨夜亥时，云蔻是跟儿臣和十四弟在一起。”

文帝微微沉了眸，苏墨沉不徐不疾地继续：“事情是这样的，儿臣和十四弟给父皇请完安，十四弟说，梅妃娘娘那里有北国新进贡来的花茶，让儿臣一同前去品茗，在路上，正好碰到云蔻，早听闻御香坊的人都很会煮花茶，儿臣便和十四弟决定，让云蔻随我们一起去了梅妃娘娘那里帮我们煮茶，关于这些，梅妃娘娘以及幽梅宫的婢女都可以作证。”

终于出手了，屏风后的千城微微苦笑。她就知道，他一定会出手的，只是不知以什么样的方式出手而已。想来昨夜的彻夜未归，就是去摆平这些证据去了。四王爷、十四王爷、梅妃、幽梅宫的所有婢女，这人证队伍的确庞大，够分量，够有力度。她透过屏风的缝隙看向云蔻，正好看到她眼梢轻掠，带着款款深意掠过苏墨沉，苏墨沉似乎也抬眼回应了一下，虽然两人的交流很快，稍纵即逝，可她却看得真真切切。

众人不语，都看着文帝。文帝眉宇一挑，笑道：“果真如此？”

苏墨沉和十四爷皆是笃定地点头。

“可是，为何朕的证人却说这一切皆是云蔻所为呢？”文帝的话，如同平地惊雷，在众人耳边炸响。

他的证人？他也有证人？众人震惊，包括云蔻，包括十四爷，也包括苏墨沉。文帝讳莫如深地一笑，抬手，吩咐左右：“带证人！”

大家再次齐刷刷地看向门口。门口，两个禁卫抬着一副担架走了进来，担架上躺着一个人，也是侍卫装扮，满面是血，显然已死多时。啊，死尸！众人大骇，死尸怎可面圣？

“大胆！圣颜在此，怎么将这脏东西抬了上来？”李公公脸色一变，厉声呵斥着抬担架的两个禁卫，正欲让二人赶快抬走，却被文帝挥手制止了：“是朕让抬上来的，他是证人。”

证人？明明是死人！全场一片低低的哗然。屏风后的千城更是差点从凳子上滑落下来，睁着大大的眸子，只觉得难以置信。封喉香！这个人是中了封喉香。此香由一百多种香料调制而成，制作过程相当困难，可一旦制成却是剧毒，让人嗅闻，如同杀人利器，见血封喉，所以制香者，都是要先服用解药才能开始制香。而中了封喉香的人会七窍流血而死，哦不，是五窍流血，独独留着能嗅入味道的鼻孔不出血，眼、口、耳鲜血喷涌，这也是中了封喉香最明显的特征。当时，柳姨说此香甚恶，不准她们调制。整个御香坊就她和云蔻能调制出来了，后被柳姨毁掉了，并严厉喝令她们不许再制。没想到此次云蔻竟用了这个毒香。

大堂内，两个禁卫抬着尸体从众王爷的面前走过，来到大堂中央，将担架放下。苏墨沉扫了一眼尸体，微微拧了拧眉，片刻又恢复如常。十四爷不明所以，满眼担忧，眉头更是皱成了小山。云蔻亦是忍不住回头，看向文帝所谓的证人，在看到担架上的尸体后，顿时煞白了脸色。文帝低低一笑：“现在无话可说了吧？”

众人不明所以、面面相觑。苏墨沉将薄唇越抿越紧。云蔻攥紧了手心，强自镇定：“奴婢愚笨，不明白皇上的意思，还请皇上明示！”

“不明白？”文帝哧笑，就像听到一个好笑的笑话，讥诮地摇了摇头，“你还真是不见棺材不落泪啊，好！既然这样，朕就让你死得瞑目。”边说，他边从座位上站起，缓缓地踱到大堂中间，负手而立，“藏经阁的十名禁卫的死状皆是如此，五窍流血而亡，而此种症状只有中了江湖上早已失传的封喉香才会如此，朕已经派人查过，整个御香坊只有两个人会调制这种香，一个是你，一个是四王爷已过世的夫人千城。你，可还有话说？”

众人唏嘘，原来如此。云蔻心口一撞，抿了唇，沉默不语，秀眉深蹙，苏墨沉终于微微变了脸色，屏风后的千城更是心头狂跳，不知为何，她突然有种很不好的预感，预感到自己一定会被牵扯进去，不然，文帝宣她进来做什么？绝对不会仅仅是让她做个观众。

“你终于承认是你所为了？”文帝又踱到云蔻面前，居高临下地睥睨着她，一双黑眸似笑非笑。

“不，”云蔻抿了唇，清冷地抬起头，直视着他，目光不避不躲，“奴婢还是那句话，不是奴婢所为，奴婢的确会调制封喉香，但是，这并不能说明，此事就是奴婢做的。”

“不是你做的？”文帝哧笑道，“你的意思，莫非是千城的鬼魂跑出来窃走锦囊的不成？”

苏墨沉瞳孔一敛，袍袖中的大手慢慢攥起，三王爷苏墨风眸光微闪，轻轻地拧了眉心，云蔻一时语塞。十四爷脸色一变，又上前一步，因心中忧急，话就变得口无遮拦起来：“可是父皇，昨夜亥时，云蔻跟我们在一起是千真万确的，父皇非要说是她，难道她会分身术不成？”

十四爷竟然用这种口气跟天子说话！堂下倒抽气声此起彼伏，众人冷汗涔涔，而文帝却似乎并不为意，不怒反笑：“急什么？审案最重要的是证据，朕不过是就事论事而已，至于是不是她，朕似乎暂时还未对她定罪吧？毕竟……”他顿了顿，邪佞地一笑，悠然开口，“毕竟，还有一个嫌妇没有审。”

还有一个嫌妇？全场愕然，苏墨沉眉心一跳，果然，只见文帝快步走回到主座坐下，龙袖一挥，毫不拖泥带水：“带嫌妇染千叶！”

染千叶？众人惊愕！都以为自己听错了。是那个带兵上战场、生得倾国倾城的，染飞染将军的女儿染千叶吗？苏墨风又惊又惧，难以置信地看向文帝。苏墨沉身子一晃，强自镇定。屏风后的千城更是惊得半天回不过神来，等到两个小太监进来宣她出去时，她还犹以为，文帝说的是别人。

难怪呢，难怪让她过来听审，原来一切早已尽在文帝掌握中。可是，怎么会扯到她的头上？他如何知道她也会调制封喉香？难道已经知道她就是千城？没道理啊！知道她是千城的人只有苏墨沉、苏墨风以及染府的人，难道……耳边又响起昨夜那人跟杨痕说的话，先静观其变，若实在不行，再将那人推出去。那人是她吗？

一定是她了。千城微微苦笑，一颗心反倒平静下来，她起身，随着两个太监出了偏殿。

刑部大门的门口，染飞几经徘徊。大婚当日，千城这样被宣进宫，他就知道肯定大事不妙，心中甚是担忧，便也跟着进了宫，刑部有他的相识，一打听，也将事情了解了一个大概。戎马半生，为官几十载，他如何不知道接下来会发生什么？一颗心乱作一团，就算他在战场上，只身陷入敌阵，面对敌人百万雄师的时候，都没有这样乱过。该来的终究要来了吗？

又是踌躇了良久，他才从袖中掏出一封信笺，走到立在门口的侍卫跟前：“烦请将这封信交给三王爷。”

宫中侍卫都识得他，皆对他甚是敬畏，所以，也没有推辞，毫不犹豫地允了，转身进了大堂。

大堂内，众人许久才从文帝那声“带嫌妇染千叶”的圣旨中回过神来，齐齐地看向大门口，却不见任何来人。正微微怔愣间，只见一个女子随着两个小太监从偏殿的屏风内款步而来。女子一袭大红喜袍，如火似血，妖娆似涅槃的凤凰，肌肤胜雪、眉目如画、满头的青丝倾泻了一肩，头顶的朱钗随着她的走动发出叮当的脆响，那一刻，众人想到了那从天而降、羽化的仙女。

是她，真的是她，染飞染将军的女儿染千叶。众人错愕，她也会调制封喉香？

苏墨沉闭了闭眸，眸中是从未有过的慌乱。苏墨风一眨不眨地看着女子，只听到自己的心跳随着她的脚步，一下一下，强烈地撞进耳朵里。

千城两手交握在胸前，缓缓地走在众位王爷之间，目光平静，面上没有一丝表情，大红的袍角落地轻曳。在经过苏墨沉身边的时候，她明显得感觉到他黑眸的目光落在她的脸上。什么意思呢？她脚步不停，目不斜视，衣袂轻擦间，她甚至感觉到他袍袖微动，似乎想要拉她，却终是忍住。她微微扬了唇角，一直走到大堂的中间，来到云蔻的边上，她顿住脚步，缓缓地跪拜：“千叶参见皇上。”

文帝黑眸的视线玩味地在她脸上流转，半天才开口：“千叶，染千叶……”骤然，他笑容一冷，大手一拍椅把，震得木椅一晃，“你好大的胆子！”

众人一惊，冷汗涔涔，千城心口亦是一撞，不过很快又镇定下来，微微抬起头：“千叶惶恐，不知千叶哪里做得不对，让皇上如此震怒？”既然不确定他是不是已然知道她是千城，她就只有先装，或许他只是试探。

“昨夜亥时，你在哪里？”

亥时？她愣了愣，昨夜在云轩阁等苏墨沉的时候，她记得自己看过沙漏，那时正是亥时。正欲开口说话，却是被一声低醇的男音抢了先：“父皇。”千城一怔，竟是苏墨沉。

文帝轻抬眼帘，目光从她身上掠开，看向苏墨沉，唇角一勾：“怎么？老四该不会又想说，自己不仅和云蔻在一起，还和千叶在一起吧？”

苏墨沉一时语塞，文帝又继续说道：“朕现在问的是千叶，希望你们不要插言，影响朕断案。”苏墨沉抿了抿唇，未响。文帝又转眸看向千城，“说！那时，你在哪里？”

“我在四王爷的云轩阁等他回来。”千城实话实说。

“可有人证明？”

“没有。”

“没有？”文帝冷笑，“那就一切皆有可能，不是吗？”

千城正想反驳，不料文帝却根本不给她机会，继续沉声发问：“你会制封喉香吗？”

“不会。”想了想，她决定撒谎。

“不会？”文帝终于忍不住大笑起来，仿佛听到了这世上最好笑的笑话，骤然，笑声戛然而止，凌厉的目光如刀，冷冷地打在她的脸上，声音从喉咙深处迸出，“曾经御香坊最优秀的调香师，不会制封喉香，你以为朕那么好糊弄吗？染——千——城——”

千城呼吸一滞，苏墨沉心尖一抖，苏墨风后退了一步，险些没站稳，众人再次错愕。

什么情况？染千城，千城，难道她是四王爷苏墨沉死去的夫人千城？这怎么可能？各个王爷基本上和千城、染千叶都认识，却怎么也无法将她们两人画上等号，一个个难以置信地睁大眼睛，石化一般。

千城震惊的表情，或者说众人震惊的表情，文帝尽收眼底，他冷佞一笑：“怎么？朕喊错了吗？”

千城抿了唇，未响，一颗心狂乱地跳着，他果然知道了她是染千城，一直担心的这一日终究还是来了。欺君之罪有多大，她当然知道。她自己倒没有关系，可是染府呢？染府一干人要怎么办？她想都不敢想。

见她半天不说话，文帝以为她不服气，唇角冷冷一勾：“染千城，染飞染将军府的三小姐，三年前诈死，诈死后带着人皮面具，以孤儿的身份进入御香坊，学习了三年制香，后通过品香会嫁入四王府为夫人，天伦节那夜失踪，然后金蝉脱壳，卸下人皮面具，又回到将军府，后来攻打边国，又借用将军府四小姐染千叶的名字混入军中，当起了右统领……朕可有一处说的是假？”他凛凛地睨着她，面露冷笑。

所有人震惊，包括苏墨沉，也包括千城自己。她没想到，这个男人竟然知道得如此详细，让人想不承认都不行。众人的目光齐刷刷地落在她的身上，她直感觉到如芒在背，喜袍广袖中的手攥了又攥，一颗心扑通扑通狂跳，她提醒自己冷静，冷静，要冷静。苏墨风拧眉，看向苏墨沉，心急如焚，苏墨沉看看千城，又抬眼看看文帝，眸光敛起，薄唇越抿越紧。文帝身子往后一倾，靠在楠木大椅上，抬手捏了捏眉心，似是疲惫至极：“说吧，你窃取锦囊是为了谁？”

“我没有，”千城抬起头，反驳，“我没有窃取锦囊！”

“那封喉香……”

“也不是我下的！”她口气笃定。

“不是你下的？”文帝抬眸哂笑，“所有人都这样说，云蔻是，你也是！但至少她还有人证证明当时她不在现场，可你呢？什么都没有，而且还是一个欺君的大骗子，你让朕如何相信不是你下的？”

什么都没有，是啊，千城弯了弯唇，突然觉得心中悲怆苍凉得要命，她不是第一次发现，她什么都没有，她不是第一次发现，她永远是一个人孤军奋战。

就在她心情低落地思忖着该怎样自救的时候，苏墨沉竟意外地出了声：“父皇，锦囊是在宫中失窃，而千城在宫外儿臣的府上，所以……”他的话就顿在那里，但是所有人都心知肚明。千城更是回头怔怔地看着他，这是在替她说话吗？

“所以什么，所以她也没有作案时间？”文帝转眸看向苏墨沉，冷笑，“可别忘了，没有一个人能证明她亥时在四王府里。”

苏墨沉微微拧眉，静默了片刻，又小心翼翼地开口：“她不会武功，如果想离开王府来宫里，王府守门的侍卫和宫中守门的将领也定会知道。”

“不会武功？”文帝嗤笑，“你又了解她多少？她为何易容乔装、为何隐姓埋名？这些你都知道吗？既然可以装成无父无母，既然可以用另一张脸伪装自己，她为何就不能装作没有武功？”

全场一阵骚动，众人窃窃私语，文帝的话还在继续：“如今很明显，窃贼就是她和云蔻中的其中一人，你先帮云蔻作证，如今又替千城开脱，你到底想怎样？你到底想让朕怎么判？”说到最后，文帝有些激动，一副咬牙切齿的模样。

云蔻轻咬了下唇，看向苏墨沉，苏墨沉沉默着，千城微微苦笑。文帝冷剜了苏墨沉一眼：“好了，朕在断案，尔等休得再多言！”说完，又转眸厉看向千城，“快说，你将锦囊给谁了？”他骤然提高了音量，显然已经失了耐心。可能是因为动了怒，他的话还没说完，就开始猛烈地咳嗽起来。李公公又连忙上前将水递上，他大手一挥，直接将茶盏扫落在地上，发出一声令人心悸的脆响，茶水杯屑四溅。众人一惊，大气不敢出。

“你身后到底是哪一个王爷？你给朕说出来！”文帝一边咳嗽，满脸涨得通红，一边嘶吼出声，黑眸的目光掠过苏墨鸿、苏墨风、苏墨沉，最后又落在千城身上。

千城兀自苦笑，欲加之罪，何患无辞？

“我身后哪一个王爷都没有，我要怎样说，皇上才会相信，封喉香不是我下的，锦囊不是我偷的？”

“一个欺君的人根本不配跟人谈信任，你随便怎样说，朕都不会相信这一切不是你所为！”

那还说什么说？反正已经认定，直接治罪好了。

“既然如此，”千城垂眸，弯唇，“我无话可说！”

什么态度？文帝拍案而起，正欲发作，话语却是又被一阵猛烈的咳嗽给淹没了。苏墨沉快速地看了苏墨风一眼，苏墨风会意，微微地点了一下头，一前一后，两人双双上前。

“父皇龙体要紧，反正嫌犯都已归案，容日后再审也不迟。”

“是啊，是啊……”也有一些王爷连忙跟着附和。

李公公亦是上前，躬身轻言道：“皇上，太医嘱咐过，皇上不宜连续操劳，要不……”

文帝咳了半天才止住，想了想，衣袖一挥道：“罢了，那便明日再审，先将人带下去关起来。”

“是！”李公公连忙转身交代。

一颗石头暂时落地，苏墨沉与苏墨风又互看了一眼。有侍卫七手八脚地上前，擒住云蔻和千城。千城蓦地一个抬首，就看到云蔻幽怨地看了一眼苏墨沉，苏墨沉回给云蔻一个安定的眼神。千城弯了弯唇，将视线撇开。

这厢李公公吩咐着左右：“快，快将那脏东西抬走！”他嘴里所谓的脏东西是那具死尸。两个侍卫手忙脚乱地上前，抬起担架便走，可能是因为太急，担架骤然一个颠簸、失去平衡，上面的尸体便滚落了下来，重重地落于地上。

啊！众人惊呼。两个侍卫更是吓得魂飞魄散，连忙放下担架、跪在地上求饶。

“找死啊，”李公公脸色一变，连忙又让旁边的太监去帮忙，“还不快抬到担架上去！”

几个人一窝蜂地上前，场面有些混乱。门口的一个侍卫东张西望，正是染飞让送信的那人，他等了好久都不敢擅入，见此时正好场面混乱，便连忙来到苏墨风的身边，将信塞给了他。那厢，几个人很快就将死尸重新抬到了担架上，正欲抬走，不知谁惊呼道：“你们看，他的手里拽着一个东西。”

所有人一怔，目光齐刷刷地扫了过去。抬担架的人也停了下来。只见担架上那人的右手紧握成拳，可能先前因为手的抓握和放置姿势，没有人看出来，刚才尸体滚落，又被搬动，抓握的手心就朝向外面，所以众人才看出他紧紧拽着一个什么东西。

“是什么？”文帝沉声开口。

两个侍卫大力地掰开死尸的手指头，将他手心的东西缓缓抽出，赫然是一枚丝绢。在丝绢被抽出的那一刻，有两个人脸色巨变，一个是染千城，一个是苏墨沉。接着，丝绢被抖开，所有人都变了脸色，因为丝绢上，赫然绣着的一个字——城。众人唏嘘，愕然的目光从丝绢上又转到被侍卫钳制双手站在那里呆若木鸡的千城。

全场一片静谧，落针可闻，连文帝也只是眯着眸子，静静地看着堂下的一切。千城身子一晃，要不是有人拽着她的胳膊，估计她已经摔倒在地。恍恍惚惚失神了好一会儿，她突然轻轻一笑，缓缓抬眸，看向那个一袭紫袍的男子。苏墨沉……

如果说方才她还怀疑是他将她推出去，那随着他出来替她说话，她其实已经全然打消了这个想法。毕竟，不是每一个男人都会出生入死地去给她寻得解药，也不是每一个男人都宁愿双眼失明也要跟她在一起，她想，在他的心里，她还是有位置的，刚才他也想办法出来替她开脱了不是吗？可是，此刻，她却只觉得这一切甚是讽刺。

因为那枚丝绢是她的，也是近段时间她才随身携带的，确切地说，是她和他去云霄山这段时间才带在身上的，今天早上换喜袍的时候，她才发现丝绢不见了，她以为掉在了四王府的云轩阁，也没有放在心上，她做梦也想不到丝绢竟会出现在那个死尸的手里。如果说是云蔻栽赃她，这段时间，她和云蔻根本没有一丝交集，云蔻不可能有她的丝绢，她几乎也没跟别人有什么交集，只有苏墨沉。看来，他昨夜的未归，已经将所有的证据摆平，梅妃的、幽梅宫的、这个死尸的……

她想起昨夜她问他的问题，云蔻在他心里是个怎样的存在？她在他的心里又是怎样的一个存在？他已经回答她了，用行动回答她了。或许，跟西陵雪比，跟童素倾比，跟小七比，他一定会站在她这边，但是，只要面对云蔻，他选的一定不是她染千城。他说要给她一个终生难忘的大婚，呵，果然难忘。

千城看着苏墨沉，微微笑着，满心悲怆，苏墨沉拧眉承接着她的目光，四目相对，两人的眸子绞在一起。前方文帝已经沉声开了口："染千城，那可是你的丝绢？"

千城将落在苏墨沉脸上的视线收回，缓缓地看向文帝，一颗心，反倒平静了下来，她淡然地开口："是！"

全场哗然。苏墨沉身子一晃，强自镇定，苏墨风脸色煞白，五指攥紧手中的那封信，指节露出森森白色，云蔻抿着唇，眼角眉梢都是愁绪。

"可是，"没等文帝说话，千城又话锋一转："这是有人栽赃，陷害千城。"

苏墨沉，你是不是笃定我这次也会像曾经的无数次一样，不顾一切地替你的小情人揽下这所有责任？不好意思，让你失望了，我只是一个普通的女人，我也怕死，我也怕痛，我也不想背黑锅，我不能连累将军府……

"陷害？"文帝嗤笑出声，"为何人家不陷害别人，独独陷害你？如今证据确凿，你还要如此狡辩，你不觉得很滑稽吗？"

千城摇头苦笑，什么叫有口难辩？什么叫苦不堪言？大抵就是她现在这样吧？所有不利的证据都直直地指向她。扑通一声，她跪于地上："皇上，千城的的确确没有窃取锦囊，也的的确确没有对他们用香，至于为何丝绢落入他们手里，千城不知，请皇上明察！"

文帝微微怔愣，静默了片刻，眸光微闪："好，那先撇开这个不说。你一个将军府养尊处优的小姐，放着好日子不过，非要顶着人皮面具、装作无父无母的孤儿跑去御香坊受苦，难道说你就没有怀着什么不可告人的目的？"

见她一直不语，文帝又难耐地沉了脸："你已犯下欺君大罪，事到如今，你说也得说，不说也得说，说出来了，指不定，朕还可以酌情考虑对你以及对将军府的惩罚。"文帝说得云淡风轻，千城却听得心惊肉跳，特别是将军府三个字，更是让她几乎不能呼吸。如此看来，她今天是非说不可了，可是，她该说些什么呢？她咬着唇，脑子飞速地转着，一颗心乱到极致。

骤然，一声清润的男音划破所有的静谧："父皇，千城之所以这么做，完全是为了儿臣。"千城一震，还没反应过来，身边白影如雪动，一个人已挨着她跪了下来。

众人震惊，苏墨沉敛眸，文帝亦是为之一怔，千城愕然侧目，竟然是苏墨风。见她看他，苏墨风立即给了她一个安心的眼神。什么意思？替她求情？还是替她编故事？这个男人……那一刻，她只觉得有什么东西涌了上来，哽在喉间，她怔怔地看着他，声音破碎沙哑："三爷……"她想说，有些事他能帮，有些事，谁也帮不了。

苏墨风一双眸子深深地绞着她，眸中掠过沉痛、后悔、珍惜……苏墨沉蹙眉，薄唇紧紧地抿成一条冰冷的直线，只觉得心口很闷，像是有什么东西要呼之欲出，却又说不清那是什么。文帝缓缓地眯起眸子，凌厉探究的目光在两人的脸上打来打去，终于沉声开口："老三，朕知道你和染千城交情甚好，可这件事，不是你冒认就能了事的，还不快给朕退下去！"

"父皇看了这封信，就会明白。"苏墨风将信笺从袖中展出，辗转几人之手，到了文帝手中，他才朗声说道，"这封信，是千城去御香坊之前，给儿臣写的，可惜儿臣也是最近才看见这封信，所以没来得及去阻止这件事，请父皇明察。"苏墨风是就着这封信的内容来说的，除了拿着这封信的文帝和苏墨风本人之外，其余的人皆听得是云里雾里。

文帝扬了扬手中信笺，脸色阴沉可怖："染千城暗地里听说老四和御香坊似有瓜葛，所以为了你，混进御香坊，去查探这件事的虚实？"

什么？全场震惊，人人错愕。苏墨沉心口一撞，恍惚间只以为自己的耳朵出了问题，他骇然地睁大眸子，难以置信。千城更是脑子一懵，吓得不轻。怀疑苏墨沉和御香坊有瓜葛，为了苏墨风，混进御香坊，去查探这件事的虚实。天啊！这都什么跟什么啊？她下意识地看向苏墨沉，正好撞上他看过来的目光。那是她从未见过的眼神，震惊、沉痛、受伤、自嘲、讽刺……紧紧地凝着她。不，不是这样的，千城差点惊呼出声。不是这样的，真的不是这样的，她要怎样说，她虽是染千城，却已不是染千城。

"隐姓埋名三年，还不惜嫁入四王府，你为了老三，当真可谓是痴情一片。难怪这么些年，朕给老三赐婚，老三都推脱掉，难怪每次只要跟你有关，老三就冲动莽撞……"

堂下压抑的唏嘘声响起。苏墨沉唇边的冷笑越来越深，广袖中的大手紧握成拳，指甲深深地嵌入掌心，掌心早已殷红滑腻一片。苏墨风侧首，深情地看了千城一眼，千城黛眉深蹙，有口难言。

文帝静观着众人的反应，又问向千城："那你可查探出什么结果没有？老四和御香坊到底有着怎样不为人知的秘密？"

千城闭了闭眸，只觉得自己快要崩溃了。一只手紧紧地掐着自己的手心，强自镇定，缓缓地睁开眼睛，她开口："没有！"

众人又是一阵唏嘘，纷纷露出失望的表情。苏墨沉薄唇紧抿，面色沉静，看不出心中意味。云蔻微微松了一口气，唇角不动声色地一勾。

"没有？是没有查出来？还是查了，老四和御香坊没有关系？"文帝似乎并不打算就此放过她，继续发问。千城咬了咬唇，不知道该怎样回答，这个问题又将她推了上去。如果说没有查出来，那说明苏墨沉还是和御香坊有关系的，如果说查了，他们没有关系，那她就等于彻底承认了她为苏墨风进入御香坊、接近苏墨沉的这件事。两人终究是要越走越远了吗？

"没有！"她最终还是决定打马虎眼，随便文帝、也随便众人如何去想。她以为文帝会继续逼问，出乎意料，文帝将黑眸深邃地睇了苏墨沉一眼，又垂眸再次看向手中的信笺，半晌，抬起头来："知道朕平日最讨厌什么吗？"

众人一怔，没想到话题转得那么快。

"朕最讨厌，为了各自的利益，兄弟手足之间互相伤害，互相算计的人。"他骤然提高了音量，脸色铁青，额头上青筋直暴，将手中的信笺大力一掷，想砸到苏墨风的脸上，可信笺太轻，终是在空中盘旋了两圈，落在大堂中跪着的三人面前。众人大气不敢出，垂眸颔首，眼观鼻鼻观心。苏墨沉眼梢轻抬，睨向那张翩然落地的白纸。隔得有些远，看不清上面黑色的字，但是，落款处，大红的一颗爱心却是醒目得紧，深深刺痛着他的眼睛。他当时竟然在想，那是用胭脂画的，还是用血画的？

上方文帝又猛烈地咳嗽了起来，这次，连李公公都不敢上前。全场静谧，唯有他一声高过一声的咳嗽响彻大殿。良久，他才终于慢慢地止了下来，目光一一扫过堂下的众人，那一个个都是他的儿子，眸色深邃复杂。没有人知道他在想什么，也没有人敢承接他的目光。

又是过了良久，他才沉声开口："无论染千城出于什么目的，欺君便是欺君，这是不可否认的事实。而且种种证据表明，此次锦囊事件她有重大嫌疑，所以先行关押，等候发落。在这期间，任何人不得探视！染府上下全部禁足，一同等候发落！至于云蔻，既然已有多个证人证明她没有嫌疑，那便无罪释放。还有，既然染千城当初乔装进御香坊是为了三王爷苏墨风，那便说明，此次锦囊失窃事件也不排除是染千城为其所为，所以，三王爷也暂时在三王府禁足，不得私自外出，直到真相大白。”

就这样宣了结果？全场一阵压抑的哗然，有人震惊，有人愕然，有人冷笑，有人松了一口气，也有人暗自窃喜。云蔻心头一松，欣喜地看向苏墨沉和苏墨宇。千城跪得笔直，一动不动，脸上早已没有了一丝表情。

苏墨风脸色微白，眉心拧起：“父皇！”文帝却看也没看他。他又扭头看向苏墨沉，苏墨沉抿了唇，别开视线。苏墨风失神地弯了弯唇，也是，谁会帮他呢？

其实，今日染飞将这一封信送进来，他就明白了染飞的用心，染飞之所以在这个时候告诉他千城当初为他做的一切，还不就是希望在关键的时候，他能出来帮千城一把。他不是没有想过现在这样的后果，他知道他们的父亲，作为一个帝王，最痛恨的是什么，他也知道此信一出，苏墨沉势必与他再也做不了兄弟，所以，他犹豫了很久。但是，看到那个女人孤军奋战，被人如此相逼，他终究是沉不住气。能帮，便帮；不能帮，就一起受，这便是他方才的心情。只是，这么多年，苦了这个女子，如今她失去了记忆，却还得来承受这一切。

出了刑部的大门，外面阳光正好，深秋正午的太阳照得人身上暖暖的，苏墨沉眯眸望了望天边，却觉得那阳光怎么也照不进心里。收回目光，他沿着刑部门前的青石阶拾阶而下。

“四爷。”身后传来一声女子的轻唤。他脚步一顿，回头就看到云蔻盈盈地朝他走了过来，水眸深深地凝视着他，他微微怔愣，又环顾了一下四周。云蔻一直走到和他同一个石阶上站定，垂眸颌首地娇羞一笑，对着他缓缓鞠身，“多谢四爷出面作证。”

她以为苏墨沉会伸手扶她，因为平常都会，且不说，她刚刚受过一场惊吓，需要他的抚慰，换作寻常的主子虚扶一下奴婢也是无可厚非。可出乎意料，苏墨沉只是淡勾了一下唇角："你没事就好。"

云蔻微微失落，鞠了一会儿，便自行直起身子，目光再次凝进他的眼中，喃喃道："我就知道你不会让我有事。"

苏墨沉微微怔忡，别过视线，刚准备说话，却听到一清朗的声音响起："四哥，云蔻。"两人循声回头，是十四王爷苏墨宇。他笑着跑了过来，特别是看到云蔻，更是黑眸晶亮，"云蔻，刚才好险啊，我都急死了，幸好你没事。还是四哥有办法，想到先将一众证人搞定。"

苏墨沉没有说话，冷扫了他一眼，又抬眸看了看四周，十四爷这才惊觉过来自己的口无遮拦，连忙嘴巴一闭噤了声。云蔻浅浅一笑，对着十四爷落落一拜："让十四爷费心了。"

"嗨，没事，"十四爷眉眼弯弯，笑得愉悦，一颗心却是扑通扑通跳得飞快，"应该的。"

苏墨沉弯了弯唇，抬眸看向远处："我还有事，先走了。"说完，也不等两人作出反应，便转身快步拾阶而下。紫袍翩跹，透过翻飞的袍角，云蔻发现，在紫袍的里面，他竟然穿着大红的中衣。原本今日，他似乎是要和某一个女人大婚。

宫里消息传播的速度永远比光还快，苏墨沉还没有回王府，四王府里就已经得知宫中发生的事情。杨痕站在府门口，心急如焚地徘徊，原来，真的是她，真的是千城，难怪，他觉得她那般熟悉。只是，她怎么会是苏墨风的人？她那般一心一意地为苏墨沉，又怎会是过来查探他的细作？

马蹄声由远而近，紫衣白马跃入眼帘，杨痕连忙迎了上去。苏墨沉缰绳一拉，翻身下马，杨痕上前接过缰绳："爷……"他小心翼翼地睨着这位主子的神色，却只见他面沉如水、薄唇轻抿，看不出任何意味，杨痕心里咯噔一下，跟了这个男人这么多年，他了解，他越平静，越是心中有事。

苏墨沉拾阶而上，衣袂翩跹，杨痕招手让站在门口的下人过来将马牵到马厩，他自己抬步跟了上去。苏墨沉走到大门口，脚步微顿，杨痕循着他的视线望过去，见他的目光凝落在大门门板上的两个大红喜字上。

"将府里所有的喜字都撕掉，灯笼都卸下来，另外去通知厨房，大婚取消，所以喜宴也不用准备了。”苏墨沉一口气交代完，抬步迈过门槛入府而去。杨痕亦步亦趋地跟在后面。

今日一早，宫里便传来旨意，让这个男人立即进宫，他们当然知道进宫是为了什么，因为昨夜锦囊失窃的事他们早已知道，可是，今日是这个男人大喜的日子，所以，他在这个男人进宫的时候，问他要不要通知一下将军府，以防从宫里回来晚了，误了去迎亲的时辰，让将军府那边等。男人先说通知吧，后来想了想又说，免得她胡思乱想，还是不要通知了，他尽量早些回来，应该不会太久。

谁知，这案子一审，便是从早晨审到了中午，这还不说，还出现了一系列让人措手不及的状况。唉，人算不如天算啊！

“爷，真的是千夫人偷了锦囊吗？”几经犹豫，杨痕还是忍不住问了出来，不然，他觉得自己会憋死。苏墨沉听到千夫人三个字微微一怔，回头淡淡地瞟了他一眼：“不是。”

杨痕愣了愣，唇角轻轻一斜，其实，他知道不是，他也知道这个男人知道不是：“可是现在这样，千夫人会不会误会爷是为了云蔻故意将她推了出去？”

苏墨沉脚步微滞，他知道她已然误会。敛了心神，他又回头看向杨痕，勉力一笑：“如今，她误会不误会，又有什么关系？”

杨痕一震，是啊，她是三王爷的人呢，可是，她怎么会是三王爷的人呢？

“爷，属下觉得千夫人不是那种人，兴许三爷是瞎编的，本意是想给千夫人脱罪而已……”

苏墨沉轻轻一笑，没有说话，转回头，黑眸看着前方，脚下的步子迈得更快了些，走了一会儿，又骤然开口：“童夫人在府里吗？”

杨痕一愣，不明白他怎么突然又提到童素倾，想了想道：“属下不知道呢，一个上午没看到她。”

“嗯，”苏墨沉轻应，末了，又吩咐道，“父皇是个多疑之人，虽然今日大堂之上没说什么，但是，他一定会派人查本王，所以，吩咐下去，近段时间，不要跟御香坊来往。”

染飞站在门内，看着门口十几个雕塑一般的带刀侍卫，微微苦笑。禁足？每日只准一人出门买吃穿用度，还得接受盘查。没想到他染飞也有今天。其实，今日的那封信，他也不知道送得对，还是不对，是帮了千城，还是害了千城。这些年，他一直不知道这个女儿寻死觅活要去御香坊的原因，问她，她又不说。直到昨日布置她的嫁房，给她赶制了一张大红楠木的新床，在搬动原本那张旧的雕花梨木床的时候，在床榻和床板的夹缝中看到了这封信，他才知道了她当年要这么做的真正的原因。

他也是几经犹豫，才决定将这封信送给苏墨风。他抱的不过是一点私心，一个父亲对女儿的私心。他觉得他的女儿都是为了那个男人才导致了今日的种种纠复，他只希望关键的时候，那个男人不能坐视不管，也要承担起这个责任而已。如今，他禁足了，苏墨风也禁足了，那还有谁能去想办法救他那个在天牢中的女儿？苏墨沉会吗？他问自己。旋即，他又兀自否定，不会，那个男人知道这一切之后，怕是恨都来不及吧，怎么可能会去救？或许，那封信，他不该送。其实，他送的时候，也没有想到苏墨风会直接拿出来，他只想让他心知肚明，想办法帮千城就好了。唉……

是夜，云轩阁，一豆烛火。苏墨沉坐在灯下，身子往后一倾，靠在椅背上，疲惫地合上双眸。如今，似乎条条罪证都对她不利，无论是窃取锦囊，还是欺君，这任何一项都是死罪。该想个什么办法呢？他抬手，捏了捏隐痛的眉心。

昨夜，他得到的消息是锦囊被窃了，云蔻被抓住了，所以，他和十四弟连夜偷偷进宫，去了梅妃的幽梅宫，摆平了这一些人证。可让他万万没有想到的是，文帝竟然放出了一些消息，又封锁了一些消息，例如，所有的禁卫都是中了封喉香而亡。如果他知道，就一定不会有今日的这一系列纠复。因为他十分清楚，封喉香意味着什么？别说有可能会牵涉到千城，就是为了云蔻，他也一定会想办法去将证据毁掉。封喉香不是五窍流血吗？那就让其七窍都出血好了，毕竟，想让一个人鼻孔流血是很简单的事情，只是，他也不知道他那个老奸巨猾的父亲已然知道了千叶就是千城。所以，今日他处处被动。

京师城外，农院，厢房内烛火飘摇，童素倾站在窗前，静静看着窗外的雨幕成帘，一动不动。这天气也真是奇怪，白日里艳阳高照，夜里方才还是星光满天，这入夜深了，竟突然下起雨来，且雨势越来越大。良妃坐在桌案边上，就着烛火，纤长的手指拿着一块丝绢，缓缓地擦拭着手中的一把匕首，匕首很精致，似乎是由千年玄铁打制而成，在烛火的辉映下，闪着幽兰的寒光。她不时抬眼，看向立在窗前的女子，良久的沉默之后，终于忍不住开口道："既然担心他怀疑你，你夜里还不回府，这不是更让他起疑心吗？"

女子许久没动，半天才弯唇苦涩一笑："望春苑，他有多久没踏进去了，久到连我自己都忘了，他又怎会知道我在不在府中？"

良妃一怔，旋即又弯唇一笑："你放心，你一定会是那个笑到最后的女人。"

"笑到最后的女人？"童素倾苦笑着摇头，眼中有水花在晃，"我现在连笑都不会了，如何能笑到最后？"

良妃唇边的笑容转冷，微微蹙了蹙眉，将手中匕首插于刀鞘中，置于桌上，起身缓缓地走到童素倾的后面，拍了拍她的肩，和她一起看着外面的雨柱，轻叹："不要沮丧，孩子，你心里的苦我都知道，我一直站在你这边，我也会帮你扫平一切障碍。你放心，沉儿最听我的话，他日，他若为皇，你必为后。"

他若为皇，你必为后？素倾一震，难以置信地回头，怔怔地看着那个脸覆轻纱的女人，喃喃地问道："我可以吗？"良妃慈爱地一笑，将她的手放在手心："当然，你当然可以，你想啊，你是他的第一个女人，不是吗？就这一点，就没有谁比得过你。"

素倾抿了抿唇，满脸的落寞凄凉："可是，他现在……对我几乎视而不见……"

"那有什么？"良妃依旧，慈眉善目地笑着，"男人嘛，就是男人，总归有犯糊涂的时候，一时图新鲜，被女色迷惑也是人之常情，迟早会回头的，迟早会迷途知返，到时候，他会发现，其实，你是最好的。"

"真的吗？真是这样吗？"

"当然，我是过来人，我又几时骗过你？"良妃抬手揉了揉她头顶的发丝，素倾鼻子一酸，哭了出来。良妃便顺手将她揽在怀里，轻轻地拍打着她的背，就像低哄着一个孩子，一双眸子在她看不到的方向，流露出不耐烦的神情。素倾突然想起什么，猛地从她的怀里抬起头来："夫人，你说，如果四爷知道这一切都是我做的，会不会杀了我？”那个杀字让良妃一颤，她怔了怔，轻声道：“不会的。”

“怎么不会？上次我去天牢准备杀了千城，他就差点杀了我，也就是从那以后，他再也不看我一眼，如果这次……”她的双眸流露出惊恐的表情。那后果，她想都不敢想，怎么昨夜就像中了梦魇，不顾一切地去了呢？

“放心，沉儿不会知道是你，你想啊，只有云蔻和千城会封喉香不是？”良妃轻声安慰着她，其实，她自己心里也莫名地跳了起来，她突然想起，那日在书房，那个女子喝下去子汤以后，苏墨沉看她的眼神，在那里面，她看到了无奈、痛心，也看到了森冷。

“封喉香……”素倾喃喃自语，突然想起什么，“那夫人怎么会有封喉香？”昨夜的香，就是良妃给她的，当时，她还不知道那是封喉香。良妃眸光微闪：“我曾经跟一个高人学过用毒，不然，也调制不出月盈霜，对吧？”

“哦。”素倾似懂非懂地点头，心中却还是担心得紧，黛眉深蹙，眸色忧愁。见她这般，良妃又无奈地叹了口气：“真的不用担心，你想啊，有你在马车上捡到的那方丝绢，千城窃取锦囊那件事便铁板钉钉，再无翻身之日，何况还有欺君之罪顶在头上。而会封喉香的除了她，只有云蔻，这样，又直接将云蔻推了上去，如果沉儿觉得不是千城做的这件事，他就一定会怀疑是云蔻故意陷害千城，这样又可以造成他们两人之间的嫌隙，你坐收渔翁之利多好。再说了，他怎么也怀疑不到你的头上啊？他并不知道你已经知晓了他和云蔻的关系，他也不会想到我会告诉你这些，对吧？”

“嗯。”素倾点了点头，心里稍稍安定。良妃牵着她的手走到桌案边，按着她坐下，自己又走到对面坐下：“没事了，放宽心吧。”

“对了，夫人，这个锦囊真的有用吗？”

“没用。”

“没用？”素倾震惊，“没用我们还要费那么大劲盗取？”

“你是真糊涂还是假糊涂啊？”良妃不悦，“我这还不是为了你，对你最有威胁的不就是这两个女人吗？不用自己动手，借刀杀人，多好。”

“可是，这样……夫人就不担心将四爷置于险境吗？毕竟千城是四爷的夫人，即使是染千叶的身份，也是即将要嫁给四爷的人，如果是她偷的锦囊，那不是明显地让那个老皇帝怀疑到四爷头上吗？”

良妃邪佞一笑：“所以，必须揭穿千城的身份啊！你想啊，如果千城嫁给沉儿就是假身份，老皇帝还会怀疑到沉儿头上吗？他只会怀疑千城真正的目的和动机是什么？”

素倾恍然大悟：“所以，千城真实身份的事也是夫人透露给老皇帝的？”

“不，”良妃摇了摇头，轻纱下的唇角得意地一勾，“老皇帝本身就在秘密调查千城的身份，我不过是留下了一些线索给调查的人而已。”

“可是那个千城知道的秘密太多了，如今落入老皇帝手中，她如果将知道的事情都抖出来怎么办？”

“抖出来？”良妃冷冷一笑，笃定道，“她不会，她要是想抖出来早就抖了，何以要到今天？其实……”她顿了顿，忍不住叹出一口气，“其实，她对沉儿的心，那也绝非常人所能比的，只可惜，沉儿对她太上心了，这不是好事，只会影响沉儿的心智，影响我们的大业。”

童素倾亦是低低地叹出一口气，幽幽地道：“想来四爷也伤心了。”

“大丈夫何患无妻？伤心也只是暂时的，过一段时间就好了。”

“但愿吧。”

“想想今日这一箭下去，死了那么多只雕，我就高兴。染千城彻底被拔除了，三王爷苏墨风被禁足了，染将军府也被禁足了，染飞一旦倒台，又直接影响了六王爷苏墨鸿的势力，沉儿完胜不是吗？”

“还是夫人厉害。”

良妃弯唇一笑，双眸看着桌上跳动的烛火，一抹精光从眸底掠过。骤然，哐当一声巨响，厢房的门倏地洞开，风雨飘摇的声音顿时穿堂而入。两人一惊，刚开始以为是被风刮开的，直到一道紫影带着夜雨的湿气出现在门口，两人才反应过来，顿时脸色一变。来人抬手取了头顶的斗笠砸在地上，斗笠在风雨中打了几个滚，顷刻就被吹得无影无踪。光影偏逆，看不大清来人脸上的表情，只知道很冷，很冷，那种浑身散发出来的寒气足以将人冻僵。良妃和童素倾皆是一惊，竟忘了动，怔怔地坐在那里看着来人抬步走了进来，只觉得那脚步声，一下一下，格外沉重，强烈地撞进耳朵里。

来人径自走到两人面前，站定，眸子森冷，凌厉的目光如同腊月飞霜，直直地打在童素倾的脸上，寒凉的声音从喉咙深处出来："是不是你？"

童素倾吓得浑身一颤，自是明白他问的是什么，脸色顿时苍白如纸："四爷……"最怕的还是要来了。

"沉儿……"这时良妃也终于回过神来，强自镇定。

"说！是不是你？"苏墨沉骤然抬手，用力掐起童素倾的下巴，紧紧地逼视。童素倾吃痛，眼中的泪水汩汩地流了出来，她被迫抬着头，喘息，五官痛苦地扭曲在一起。

"沉儿，有话好好说。"良妃连忙起身，准备将他钳制童素倾的那只手扳下来，却不料，男人骤然挥手一挡，良妃猝不及防，被挥退了好几步。要不是她会功夫，强自保持平衡，稳住身子，一定早已摔倒在地上。

"不说是吧？"男人骤然松开了大手。猛地失去支撑，素倾身子一晃，险些从凳子上滑下去。

"那就永远也不要说了！"

唰的一声，利器摩擦的声音，男人抬手拔出腰间的长剑，明晃晃的剑身带出一道刺眼的光芒，等素倾惊觉过来，寒凉的剑尖已经直直地指向她的眉心。素倾又惊又惧，惶恐地看着面前的男人，一动都不敢动。

"沉儿，不要乱来！"见此情景，良妃亦是惊错，几时见他这样过？脸色铁青可怖，瞳孔上染上根根血丝，紧紧地抿着薄唇，那样子，俨然一个杀神。

"你为何要这样做？"男人嘶吼出声，手中长剑一转，童素倾只感觉到眉心一痛，有温热的东西顺着眉心流下，在脸上蜿蜒，流进嘴里，一片腥甜，是血。童素倾惊呼："好痛！四爷竟如此狠心，果真要杀了素倾？"

"我早就警告过你，不能动她，如若有下一次，你就得死！"男人咬牙，手腕一动，直直地朝女子的眉心刺了过去，毫不怜惜。女子绝望地闭起了眼睛。忽然，砰的一声脆响。预期的疼痛没有到来，童素倾陡然睁开眼睛，就看到男人手中的长剑已断为两截，而良妃不知何时已来至跟前，只手握住了男人手中的那半截残剑，另外半截冰冷地躺在地上，剑尖上带着一抹血珠，在它的旁边有一粒钢珠，那是良妃常用的暗器。殷红的鲜血顺着良妃的手往下流，赤手死死握着那剑锋不放。

“为何要阻止我？”男人的唇在抖，脸色变得非常可怕。

“她是为你好！”良妃沉声开口。

“为我好？”男人突然笑了，那笑很怪异，让人无端发寒，“陷我于无情无义是为我好？伤我痛彻心扉是为我好？是不是我死了，也是为我好？”

童素倾面如死灰，殷红的血污了满脸，样子狰狞得像个鬼一样。她突然也笑了，笑得猖狂肆意，笑得尖锐可怖，也笑得泪流满面，泪水混着血水，在脸上纵横，她厉声道：“好，素倾甘愿受死！四爷动手吧，能死在四爷的手里，素倾也算值了。”说完，她便闭起了眼睛。

“不！”良妃抓住剑锋的那手骤然用力，直接引了苏墨沉手中的断剑抵在自己的胸口，“要杀，便先杀了我吧。”

苏墨沉凝眸看着良妃，举剑的手臂在抖。良妃也不偏不斜地承接了他的目光，同样一眨不眨。无声的对峙。良妃引着断剑再用力，虽然剑头已断，但是剑身依旧锋利，剑身受力下，那断剑便戳破了良妃黑色的衣衫。

“夫人……”童素倾惊呼，被良妃惊人的举动吓住，连忙上前按住她的手臂。良妃苦笑：“让我死吧，死了一了百了，倒干净了，不用再过这种见不得光的生活，不用再每日提心吊胆，不用整天操心……”良妃一边说，一边大力地推开童素倾，瞳孔一敛，猛地用力，准备又将剑身引入身体。突然，苏墨沉弹指对着剑身轻轻一敲，良妃只觉得虎口一麻，顿时松开了手。苏墨沉挥臂，紫袖在空中扬起最美的弧度，手中的断剑脱手而出，甩出老远，直直地插于地上，剑身轻晃。良妃轻纱下的唇角几不可察地一勾，她就知道，只要她寻死，他定不会坐视不管、无动于衷。

“沉儿……”她轻唤，欲上前。苏墨沉却是陡然后退了几步，有些嫌恶地避开了她，眸中掠过沉痛、无奈……

“害千城、嫁祸云蔻，这一切都是你安排的吧？童素倾不过是替你执行的人而已。”他直直地盯着良妃，目光灼灼。良妃一怔，面上露出讶异的表情。苏墨沉冷然一笑，毫不掩饰自己的嘲讽，“如此滴水不漏的计划，只有像母妃这样心思缜密的人才会想得出，童素倾远远还没到那种境界。”

“沉儿，不要如此阴阳怪气地跟我说话，我会很难过的，”良妃皱着眉头，凝着苏墨沉，“我做这一切，都是为了你，所谓温柔乡、英雄冢，我不想你为了女人葬送了自己……”

“葬送了自己？”苏墨沉苦笑，摇头，身体摇摇欲坠，声音破碎沙哑，痛苦的神色纠结在眸子里，“母妃你可知道，你这样做才是葬送了孩儿，葬送了孩儿灰暗的人生中仅有的一点快乐……从小到大，母妃让孩儿做什么，孩儿便做什么，孩儿从不反驳，可是母妃，孩儿也是人，是有血有肉，有思想有感情的人，孩儿也有追求的东西，为何你连这一点都要剥夺？”

“那天，你说你接受了千叶，你知道孩儿有多开心吗？孩儿觉得那天是这辈子最最开心的一天，因为孩儿的母亲终于接受了孩儿喜欢的女人，孩儿的父亲也在那天同意了孩儿和她成婚，可是，到头来呢？到头来是什么？到头来都是骗局，原来无论是母亲，还是父亲，都是千方百计地想置她于死地。”

呵……苏墨沉笑着，笑得落寞苍凉：“我想要保护的人保护不了，我想要恨的人恨不得，我想要杀的人又杀不了……母妃，你知道那种痛和无奈吗？你知道吗？我有时甚至在想，我真的是你的儿子吗？真的是吗？为何我就感觉不到一丝温暖？”他继续笑着，笑得比哭还难看，伟岸挺拔的身子在笑声中佝偻，摇摇欲坠。

“沉儿……”良妃眉心微拢，她从未看过他如此颓废、无奈的样子，她颤抖地看着他，第一次发现自己无言以对。苏墨沉骤然笑容一冷，朝她伸出手：“锦囊呢？”

良妃一怔，反应一会儿才道：“那个锦囊没有用。”

“给我！”

良妃未动：“你要它做什么？”

“给我！”苏墨沉彻底咆哮，像一头发怒的雄狮一般。良妃浑身一颤，连忙自袖中取出锦囊。苏墨沉伸手夺过，紧紧地握在掌心。良妃看着他，他眼梢轻掠，冷冷地睇了她一眼，猛地抬手，一掌重重地劈在桌案上，哐当一声巨响，桌案顿时四分五裂，木屑四溅，木条委于一地。

良妃和童素倾皆是脸色白了又白。他抬手一指，直直地指向童素倾，森冷的声音从牙缝中蹦出：“从此以后，不要再回四王府，这辈子我都不要再看到你！”说完，他便转身出了门，外面大雨倾盆，他也不管不顾，直接走进雨幕里。童素倾身子一软，瘫坐在地上。良妃怔怔地看着一地的碎木条，木条中间，她的那柄匕首也被震成两段。骤然，一声如同困兽一般的号叫声在外面雨幕中响起，划破黑夜，划破风雨，划过两人的耳际。

倾君心

之 墨染千城

下

素子花殇【著】

新世界出版社

第十七章　再入大漠

龙吟宫，文帝坐在灯案下，看着奏折，手中的朱砂笔不时龙飞凤舞地落下几字。李公公手执拂尘躬身立在一旁，不时抬眼看看外面又黑又大的雨幕，微微蹙眉，这丽妃还跪在外面呢，自己又拿了人家好处，可这个天子却丝毫没有要见她的意思。良久的煎熬以后，他又轻轻清了喉咙，上前鞠身，小心翼翼地开口："皇上，丽妃娘娘还在殿外候着……"

他的话还没有说完，文帝已从奏折中抬起头，对他冷冷一视，他便吓得噤了声。文帝冷冷地一笑："朕看你似乎比丽妃还急。"李公公脸色一变，扑通一声跪在地上："奴才惶恐，奴才是见外面风大雨大的，所以，所以……"

"不用急着解释，"文帝将手中的奏折一合，身子靠向后面的椅背，黑眸玩味地睥睨着他，"朕并没有说你什么，你又作何惶恐？"李公公更是冷汗涔涔，一时不知该如何说，横竖都是错，索性低头不语。

"知道朕为何不见她吗？"文帝骤然开口。李公公一愣，想了想，道："因为三爷。"

"嗯，"文帝低低地叹出一口气，"朕近段时间身体不济，但朕不是瞎子，朝下风起云涌，朕心里明镜一样，所以朕要牵制住他们几方的势力。"李公公似懂非懂地点头，突然想起什么，道："皇上将染千叶，哦不，千城姑娘关起来，也是这个目的？"

文帝讳莫如深地一笑，不置可否。那个女人太有用了，只要她在他的手中，他就不怕钳制不住老三和老四，而且还可以捏住染飞，捏住了染飞，又等于钳制住了老六。

天牢，千城抱着膝盖靠在冰冷的墙壁上，静静地听着外面喧嚣的雨声，一动不动。地上很潮湿，很多地方甚至还生了青苔，发出一股浓郁陈腐的霉味。这是她第二次进天牢，记得上次是因为西陵雪的事，童素倾还来天牢准备杀了她灭口，后来被那个男人及时赶过来救下了，现在想来竟恍如隔世。这次呢？这次谁来救她？没有人救得了吧？或者说根本没有人救。苏墨风被禁足了，染将军府的人也被禁足了，还有谁呢？苏墨沉？如果她刚开始对他还有些自信，但随着苏墨风的那封信的公开，怕是再无可能了吧。

四周很静，因为她是重犯，所以是隔开的单独一间。深秋的夜很凉，囚室阴暗潮湿更是冷得如同冰窖，而她唯一可以取暖的东西，只有那几把早已腐烂发霉的稻草。躺在稻草上，她蜷着身子，紧紧地抱着胳膊、辗转难眠。半夜的时候，突然有冰凉的水兜头淋下来，刚开始她还以为是外面的雨透过窗溅了进来，后来才发现是有狱卒朝里面泼冷水。来人泼完就走，无声无息。如此一来，她的衣服都湿了，稻草也湿了，觉是无法再睡了，她便在黑暗中睁着眸子，抱紧自己的胳膊。

一连几日都是这样，每到半夜就会有人朝里泼水，淋湿的衣衫都是靠着体温在第二天才捂干，可一到夜里就又变得透湿。刚开始，她也叫、也喊、也质问、也骂人，可是，她发现，根本就没有人理会，慢慢的，她也就安静了。

于是，她都是白日里睡觉，不仅不用担心睡梦中被淋醒，而且相对于夜里，白日也不是那么冷。于是，黑夜就成了她的魇，她整夜整夜睁着眼睛，如同暗夜里机警的兽，戒备地听着人的脚步声，有人泼水，她就尽量跳开躲避，可是囚室就那么大，却又无处可避。

是夜。

云轩阁，一豆烛火，一个身着白衣的身影坐在灯下，低垂着眉眼看着平铺在桌案上的一幅画。画中，秋海棠开得正艳，落红满天，一个女子掩在花中笑，如黛的秀眉，如月的明眸，如玉的葱鼻，如丹似的朱唇，如墨的发丝在绿叶红花中缠绕，那秋海棠就像有了生命，女子更是灵动得呼之欲出，就像要从画中走出来。果然是神笔吴生，不仅将千城画得栩栩如生，他万万没有想到的是，竟然也将他画了进去，当时，他的眼睛看不到，后来他看见了也被震惊了。他的眉眼，他那微微上扬的唇角，两人相依偎的姿势，让他想到了神仙眷侣这个词。

抬手，抚摸上画中女子的脸，他慢慢抿起了唇。三日，她进天牢已经三日了，显然，文帝很好地封锁了消息，他的人私下里去打探竟也是一无所获，也不知她怎么样了。有细碎的敲门声响起，他敛了敛心神，将画卷轻轻地卷了起来："进来！"

杨痕闻声而入："四爷，属下已按照四爷的吩咐将一切安排妥当了，只是不知何时行动？"

苏墨沉垂眸，略一思忖，复又抬眼看向他："再等几日吧。"既然都按兵不动，比的就是看谁沉得住气，何况事情刚刚发生，马上出手，只会欲盖弥彰。

"是！"杨痕躬身退出。虽心中急迫，但对这个男人，他一直都是相信的，无论他做什么决定，一定都有他的道理。走到门口的时候，他突然又想起什么，脑子一热就转身问出了口，"四爷，你恨千夫人吗？"

苏墨沉一怔，没想到他会问出这样的问题，眼梢轻抬，淡淡地朝他看了过去。杨痕一惊，方知自己莽撞了："对不起，四爷，我……其实……我……"他其实真心想知道这个男人的想法，因为他太想让那个女人幸福。

看着他的窘迫和语无伦次，苏墨沉轻轻笑了，薄唇笃定地逸出两字："不恨。"

牢房里从来都不掌灯，一团黑暗，唯一能够让人辨清事物的就靠牢顶那一小窗口的星空。不知道是因为天慢慢转凉了，还是因为她本身发着低烧，千城觉得夜越来越难熬了，实在太冷了。她抱着胳臂，双手不停搓揉着，想借此让自己能够暖一点，可是根本没用，那种蚀骨的寒意还是从四肢百骸透出来。夜很深了，很奇怪，今夜竟不见泼水的狱卒过来。千城心里幻想着，是不是上头改变主意了，或者狱卒良心发现了？可她还没有幻想多久，就发现更可怕的噩梦等在后面。

突然感觉到有什么钻进了裤管，她吓了一跳，本能地伸手去拂，就触碰到一个毛茸茸的东西，那东西被她的动作甩到地上，发出一阵吱吱的叫声，她脸色大变，弹跳起来。老鼠，是老鼠！黑暗中，她睁着惊恐的眸子，一颗心狂跳，不知道手脚该往哪里放。

很快，囚室里又恢复了一片静谧，她以为那只老鼠已经跑了。谁知，又是一阵吱吱的声音响起，并且以极快的速度由弱变强，最后变成震耳欲聋的声响。借着牢顶微弱的星光，千城发现许多许多的老鼠穿过囚室的门桩子，朝里面涌进来。那一刻，她以为自己是在做梦。她掐着自己的手，告诉自己，赶快醒来，赶快醒来！直到那些老鼠来到她的脚边，有的顺着她的裤管往上跑的时候，她才身子一紧，尖叫起来。

那些老鼠好像经过专门训练了一般，整齐有序，来势汹汹，将她牢牢地围作一团，往她脚上爬。她几乎站立不稳，只感觉到有无数把刀子，正割破她的身体。终于，她再也承受不住，倒了下去了，那一瞬，有破碎的哭喊声从喉间逸出："苏墨沉，救我……"

苏墨沉被梦魇所缠，几经周折，终于醒来，他发现自己竟是满头大汗。他披衣而起，厉声喊着："杨痕，杨痕……"

杨痕急急地进来，捻亮烛火，不明所以："爷。"他从未看到过如此惊慌失措的苏墨沉。

"她肯定经历了什么！"苏墨沉敛眸，眸色逐渐清明，一抹寒芒从眸底掠过。杨痕这才反应过来他嘴里的她是谁，连忙宽慰道："四爷是太担心千夫人了……"日有所思、夜有所梦吗？

"我们的人还是没有探到她的消息吗？"

杨痕微微地叹出一口气："没有。"

苏墨沉静默了片刻，抬眸看着他："明日夜里，我们便实行第一步计划。"

杨痕一愣："四爷不是说，皇上其实就是等着我们反应，等着我们出手，谁沉不住气，谁就先输了吗？"

"可是本王不能等了。"因为，他怕她不能等了。杨痕没有说什么，他的心情他懂，他又何尝不是？

下午的时候，苏墨沉正思忖着夜里的计划该怎样进行才更合理的时候，宫里突然传来旨意，说今日是立冬，是民间各家团圆的日子，让各个王爷夜里去宫里吃个家宴，连被禁足的三王爷也被叫在一起。苏墨沉有些诧异，不过，静心一想，又觉得可能是文帝别有用心，于是，连忙吩咐杨痕，当夜的计划取消，等他夜里先摸清虚实再说。

家宴在未央宫举行，出席的除了文帝、皇后，就是各宫的妃嫔以及王爷公主。没有文武百官，没有旁人，文帝甚至连龙袍都没有穿，一袭轻便的居家长袍，头顶的墨发束起，其余的都随意地垂在脑后，那样子就像一个有钱人家的老爷，虽然脸色依旧是病态的苍白，但少了几分平日的冷峻严厉，多了几分温润。

不知道是不是因为大家还在前段时间锦囊事件的阴影中没有走出来，还是说，大家觉得君就是君，臣就是臣，即便是家宴，也是君臣之间。所以，无论文帝怎样地放下架子，和蔼可亲，众人都还是很拘谨，吃得小心翼翼。自始至终，文帝含笑的目光总在几个儿子脸上盘旋。皇后一直不声不响，眼角眉梢萦绕着淡淡的愁绪。丽妃一直看着苏墨风，柳眉深蹙，一副恨铁不成钢的表情。苏墨风兀自饮着酒，清瘦的脸上清愁点点。小七苏凝霜一会儿看看苏墨沉，一会儿看看文帝，不知心中所想。梅妃静静地饮茶，温婉娴静、人淡如菊。苏墨沉亦是一样，淡然饮茶，眸底尽收个人眉眼。

西苍的习俗，立冬，家家户户都吃雪米糕，寓意着步步高升以及来年丰收。在夜宴行到一半的时候，文帝突然提出，让李公公给冷宫天牢里的千城也送些雪米糕去，毕竟她也曾经是他的家人，他的儿媳妇。众人震惊，苏墨沉和苏墨风更是心尖一抖，直怀疑自己的耳朵。难怪，原来是关在冷宫的天牢里，那里都只是关犯了事的妃嫔的，难怪没有人知道消息。只是，文帝一向封锁消息，今夜为何又毫不掩饰地告诉大家？苏墨沉怎么想怎么觉得他是刻意的，只是为了什么，他还不知道。

李公公领命而去，夜宴继续。苏墨沉端着酒盏，若无其事地饮酒，其实一颗心早已经随李公公去了冷宫天牢，他好想见她，真的好想。文帝闲适地吃菜，不时地咳嗽几声，黑眸的目光若有似无地扫过苏墨沉、苏墨风、苏墨鸿……

对，让李公公去给那个女人送糕，他就是故意的，他的目的只是想告诉大家那个女人被关在哪里而已。原本他是想封锁消息，让有些人心急出手，可是没用，大家都没有一丝行动。更要命的是，天牢里的那个女人，根本油盐不进，什么也不说。泼冷水，没用，她能忍，后来，他又对她用鼠群，看到她疯狂崩溃、绝望号叫的样子，他以为她熬不了多久，可是，事实再一次让他失望。他怕再这样下去，会闹出事来，反而对自己不利，所以，他决定换个思路想问题，告诉众人她的消息，有些人指不定就行动了。

李公公脸色煞白地跑进来，上气不接下气："皇……皇上，不……不好了，有人闯进冷宫天牢想要杀……杀……杀千城姑娘……"

众人大骇，有杯盏掉地的碎响。骤然，一紫一白，身影晃动，等众人反应，才发现是苏墨沉和苏墨风，已经冲了出去。文帝亦是变了脸色，连忙起身："走，去看看！"他一边疾步而走，一边问喘着粗气亦步亦趋地跟在身后的李公公，"人，是否无恙？"

"不知道，奴才……奴才还没有进去，就在外面，刺客……刺客已经被宫中的弓弩队团团围住，这个刺客会……会封喉香，守门的几个禁卫都死了……所以众人也不敢靠近……"

封喉香？文帝一震，敛眸，更是加快了步伐。夜宴的众人也是纷纷跟了出来。

苏墨沉、苏墨风、文帝先后赶到冷宫天牢的门口。门口早已围满了持刀的禁卫和拉弓的弓弩手，地上横七竖八地躺着几个禁卫的尸体，皆是五窍流血，死相凄惨。有禁卫统领上前，跟文帝报告，因他们发现及时，千城丝毫未伤。苏墨风大吁了一口气，苏墨沉的一颗心也终于安定，文帝亦是心口微微一松，他们循着众人的视线望过去。远远地，可以看到天牢屋顶的飞檐上站着一个人，一袭白衣，满头黑发没有一丝束缚，全部披散开来，被夜风一吹，发丝有的盘旋在头顶，有的沾在脸上，遮住了大半个面容，就像是行走在暗夜里的鬼魅，根本看不清是谁。

苏墨沉眸光微闪。小兰？没道理啊！他明明已经通知杨痕将计划取消的，而且，他在计划时，也不知道千城是在冷宫的天牢里啊，怎么会……

边上，已有禁卫开始喊话："你跑不掉了，还是乖乖下来束手就擒吧，不然，我们可是要放弓箭了。"

那人骤然大笑了起来，笑得肆意猖狂，隔得那么远，甚至都可以看到她咧嘴露出的一口白牙，在暗夜里闪着刺眼的光，显得阴森可怖。

是她！苏墨沉心口一撞，怎么会是她？她果然还是不放过千城吗？这个疯子！他瞳孔一敛，眸中寒芒万丈，正欲开口说话，那人却先开口了。

“苏墨沉呢？我要见苏墨沉！”

大家一怔，全场哗然，是认识四王爷的人？于是，众人的目光又从那个屋顶上的女子齐刷刷地落在苏墨沉的身上，充满了好奇探究，文帝亦是看着他，微微眯了眸子。苏墨沉抿了抿唇，脱离众人、稳步上前几步，微微抬头，看着屋顶那个疯狂的身影，目光如炬，沉声开口：“童素倾，你可知道自己在做什么？”

童素倾？全场再次哗然！原来是四王爷苏墨沉的夫人童素倾。众人更是来了兴致，纷纷看向屋顶的女子，等着她的回复。只见那人似乎怔了怔，瘦削的身子在风中摇摇欲坠，半晌才冷嗤一声：“我当然知道自己在做什么，不需要四爷提醒。”

这厢，云蔻已经开始一人一人发封喉香的解药，自那次锦囊事件以后，文帝就让她配制封喉香的解药，没想到刚制成就派上用场了。发到苏墨沉的时候，云蔻轻捏了一下男人的手心，水眸带着深意地看了他一眼，黛眉微蹙。苏墨沉自是明白她担忧的是什么，如今童素倾俨然一副癫狂的模样，如果她将她知道的秘密抖出来，那后果，简直不堪设想。苏墨沉抬手将药丸放进嘴里，缓缓咽下，紧紧地盯着那风中的身影，漆黑深邃的眸子眯起：“要不你下来，要不我上去，我们谈谈。”

童素倾眸光微闪，低垂着眉眼看着远处的那个身影，唇角浮起自嘲的笑意：“谈谈？四爷有多久没有跟素倾谈谈了？这个时候才想起来，已经迟了。”

“你到底想要怎么样？”苏墨沉黑眸中的阴霾迅速聚集。

“我想怎样？”童素倾冷笑，骤然，笑容一敛，咬牙道，“我只想杀了那个狐媚子。”

众人一惊，很快，又都反应过来，她说的是千城。苏墨沉无奈地摇头，只觉得这个女人不可理喻：“千城并未伤害过你什么。”

“是，她是没有伤害过我什么，可是四爷却深深地伤害了我。”童素倾厉声打断他的话，胸口急速起伏，显然很是激动，“如果不是她，四爷会将我捧在手心，如果不是她，四爷最爱的人就是我，可是，她的出现，将这一切都改变了，四爷的心全部被那个女人占据了，再也没有了我的一席之地，你要我如何能咽下这口气？”

众人唏嘘，听了半天算是听明白了，原来是一个为爱疯狂的女子。

"只可惜……"她的话还在继续，音量却是明显地低了下去，透着说不出的落寞颓废，"只可惜天不遂人愿，没能让素倾出了这口恶气。"

"所以，锦囊是你偷的？"文帝骤然开口，脸色阴沉。众人一惊，皆难以置信，纷纷露出愕然的表情。苏墨沉亦是心中一撞，强自镇定。连童素倾自己也是为之一怔，没想到文帝会如此问，抿唇静默了片刻，哧然一笑："是，又如何？不是，又如何？"

众人大骇，对方可是皇帝啊！这……这是什么态度？可是文帝似乎并不以为意，同样回之以冷笑："是，你就是死罪，不是，你擅闯天牢行凶，亦是死罪。"文帝说得云淡风轻，众人却听得冷汗涔涔。苏墨沉眸光微闪，抿了唇。童素倾大笑起来，笑得花枝乱颤、笑得摇摇欲坠，好半天才止住。

大家都被她癫狂的样子震住，苏墨沉敛眸："童素倾！"边上的李公公亦是忍不住呵斥："大胆狂徒，在皇上面前还敢如此放肆！"

童素倾却毫不为之所惧，又笑了好一会儿才将笑声慢慢敛起："横竖都是死吗？呵……真不公平！"

"有何不公？"文帝沉声开口。童素倾伸手一指，直直地指向脚下的天牢，厉声道："既然，皇上已经认定这个女人偷了锦囊、杀了禁卫，又为何迟迟不杀了她？"

反了，反了，竟然如此逼问天子！众人皆大气不敢出。苏墨沉广袖中的大手紧紧攥起，苏墨风亦是眼露寒芒，文帝却是低低一笑，抬眸玩味地看着她："果然是你窃取了锦囊，你倒是胆子不小，连朕的手也敢借，只可惜，朕让你失望了，害得你今夜又跑了一次，而且又是白跑。说吧，如今锦囊在哪里？"文帝缓缓眯起了眸子，眸中神色不明。

苏墨沉心口一撞，锦囊！原本准备今夜行动的，锦囊已经给到了御香坊小兰的手里。如今……心头狂跳，他抿唇看向童素倾，远远地，似乎正撞上她看过来的眼神，只一瞬，对方就别过视线，看向文帝，冷声道："如果我将锦囊还给皇上，皇上是不是可以饶我不死？"

什么？众人都以为自己的耳朵出了问题。苏墨沉亦是不敢相信，只不过，众人不相信的是这个女人竟然敢拿自己偷的东西来威胁天子，而他不相信的是，她怎么可能会有锦囊？

文帝哧然冷笑，黑眸写满讥诮讽刺：“跟朕谈条件？”就在众人以为这位天子会大发雷霆的时候，他却突然道，“好，不过要让朕先见到锦囊再说。”

苏墨沉呼吸一滞。众人难以置信。童素倾轻轻一笑，伸手自袖中取出一个东西，举起。虽然是夜里，却因周围的风灯尽数被点亮，所以，视线还算清明，只见她手中握着一个上好锦缎制成的小口袋，锦缎上绣着明黄的龙纹，在各种光影下，闪着金闪闪的光芒。

别人不识，文帝很清楚，那是藏经阁失窃的锦囊不假，文帝眸光微闪，苏墨沉愕然震惊。童素倾五指一收，又将锦囊扣入掌心，朱唇轻启：“皇上，锦囊是真的吧？”

文帝的黑瞳一点一点敛起，冷笑：“当真是朕小瞧了你。”他怎么也无法将那个单纯、空灵的盲女童素倾与眼前的这个女人重叠在一起，爱，真是一个可怕的东西。

“你可知这个锦囊的用处？”

“不就是先帝曾经说，得其者得天下嘛！”

“既然，你千方百计想要挽回老四的心，你又深知锦囊的用处，但为何不将其给老四？”

闻言，压抑的倒抽气声四起，苏墨沉眼波微动，薄唇越抿越紧，他心中自是明白，文帝这是在试探。

“给四爷？”童素倾哑然失笑，“皇上当我是傻子吗？先帝已去，如今金口玉言、指点江山者是皇上，这个锦囊又有何用？而且还是非法所得，不是吗？如果让四爷知道是我陷害的千城，会是什么后果，我比任何人都清楚，他，只会杀了我。”说最后一句话的时候，她是看着苏墨沉说的，一字一顿，语气沉重。苏墨沉一怔，胸口微微震荡，有什么东西慢慢浮出水面，他终于明白过来这个女人今夜过来的真正目的，一时说不出心中的感觉，就只是看着她。

众人窃窃私语。文帝突然朗声大笑了起来：“既然，你也知道这个锦囊只是徒有其名，并无实质性用处，那你凭什么笃定朕会为了它而饶你不死？”

众人惊错，童素倾亦是身子一晃，脸色骤白，不过，很快又恢复如常，笑道：“这么说，皇上还是要杀了素倾？”

文帝亦是一笑："杀死禁卫、擅闯藏经阁、窃取锦囊、嫁祸他人，如今又擅闯天牢再次行凶，你难道觉得你罪不至死？"

童素倾心口一堵，竟不知该说什么。

"你还是乖乖下来束手就擒吧，朕还可以赏你一个全尸，当然，如果你想尝尝万箭穿心的滋味，朕也不拦你！"文帝一边说，一边看向四周严阵以待的弓弩手，苏墨沉眉心微拢。

良久的沉默。

"好，我甘愿被擒，但是，我有一个问题要问四爷。"

众人一震，苏墨沉抬眸。童素倾正怔怔地看向他，虽然距离有些远，可是她还是看得很清楚，仿佛时间就在这一刻停止，天地之间只剩下他们两个人。彼此的眸子胶着在一起，她轻轻一笑，如同破晓的朝阳一样明媚动人："四爷，你爱过素倾吗？"

苏墨沉一怔，眉心微动，许久才开口，声音沙哑低沉："素倾……你这又是何苦？"

童素倾重重地闭眸，眼泪夺眶而出。值了！即使不爱，这个男人终究原谅她了不是。一阵夜风疾来，带起她的长发和衣衫一起飞舞，如同暗夜里正在羽化的蝶，她闭眸不动，带着泪在风中笑。骤然，她睁开眸子，冷冷地盯着苏墨沉，咬牙，厉声道："苏墨沉，不管你爱不爱我，你都是我的，今生是，来世也是，谁也别想抢走！"话音刚落，只见她脚尖一点，飞身而起，直直地朝苏墨沉的方向飞了过来，而她的手中赫然是一枚匕首，光影婆娑中，闪着幽蓝的寒光。

众人大骇，惊呼声一片。

苏墨沉敛眸，一动不动，慢慢收缩的瞳孔中倒映着女子翩然若蝶的样子，闪着寒光的匕首、女子流着泪的眼。事情发生得太突然，众人都惊愕得忘了反应，还是禁卫首领最先回过神来，本能地大吼道："放箭！"那些拉着满弦的弓箭手手一松，顿时，无数支闪着寒芒的羽箭带着惊人的速度齐刷刷地飞向空中。苏墨沉恍然回神，脸色一变，想阻止亦是来不及，漫天的羽箭如同秋天的落英，弥漫了半个夜空。

"嘶嘶嘶……"

"嗯……"女子闷哼的声音。

"当……"匕首掉在地上的声音。女子瞳孔一缩，身子僵住，顷刻间，羽箭雨点一般落在她的胸口、背上、手臂上、腿上。女子皱眉，满目痛苦，即使浑身被羽箭插满，血流如注，她却依旧紧紧地望着一个方向，那个有他的方向。风带起她的墨发，凄绝地盘旋，白衣被鲜血染上，绽出最妖娆的花朵，她的身体就像一只断翼的蝶在空中颤抖、落下，重重地砸向地面。

"素倾！"苏墨沉眸光一敛，疾步上前。看着那一步一步奔向自己的身影，童素倾笑了，他的心里终究还是有她的，还是有她的对吗？

"四爷……抱我！"她吃力地伸出手。苏墨沉抿着唇，眸色深沉，见状，连忙伸出大掌裹了她的手背，握在掌心，蹲下身子，轻轻扶起她的肩，因为她浑身插满羽箭，他的动作很慢很轻，好半天，才勉强让她的身子靠在自己的怀里。熟悉的胸膛，熟悉的温度，熟悉的轻檀气息，童素倾有些恍惚，就好像回到了从前，她躺在他的怀里，看着满天繁星。

"爷……"她苍白着脸，张着嘴，大口地喘息，殷红的鲜血从她的唇角汩汩流出，她蠕动着嘴唇，想说话，却发现自己根本发不出任何声音。她要告诉这个男人，她不是真的想要杀他，她只是想将妒妇的戏演得更真一点，让那个多疑的文帝彻底相信。她知道是这样的结果，这样万箭穿心的结果。

见她吃力地张着嘴，呜咽着，苏墨沉眸色一痛，轻声道："别说话，我懂。"他又何尝不知道她的良苦用心，他想说，早知如此，又何必当初？不过，他终究没有说。面对一个将死之人，他还能说什么？终究是自己害了她，曾经的她并不是这个样子。

听到他说他懂，童素倾的泪再一次夺眶而出，够了，她已然知足。一股腥甜从胸口直直地冲上咽喉，喉中痒痛，她张嘴，一股血泉喷涌而出，溅了两人一身。她靠在他的怀里浑身抽搐个不停，头顶是满天星光，蔚蓝的夜空，她又想起了他们第一次见面时的情景。也是这样的良夜，也是这样的星光，那时她父母双亡，被姑母卖到了青楼，她从里面逃出，青楼里的人正在追赶她，是他，是苏墨沉，救了她。她记得，当时她坐在地上，害怕地哭泣，他如同天神一般出现在她面前。他伸手，将她从地上拉起，问她："你没事吧？"

她觉得，那是她在这世上听过的最好听的声音。只一眼，她便认定了他，她发誓，这辈子一定要做他的女人。后来，他将她秘密送到了黑煞门，让她练习武功。冷宫的那场大火，是她将良妃救出的，因为当时火势太大，她被浓烟迷了眼睛，暂时看不到，后来虽然痊愈了，可她想让这个男人永远记住她的恩情，所以她便一直装失明。

果然，这个男人封了王爷，赐了府邸，光明正大地让她住进了府中。还记得他们两人的第一次，那是一个夏夜。夏虫唧唧，蝉鸣声声，空气中飘荡着夜来香的香气，她亲手做了小菜，他喝了点酒，当然，她在酒里面稍微加了一点点可以催情的东西。于是接下来的一切顺理成章，她起身假装没站稳，跌入他怀中的那一刻，他便倾身吻住了她，就在院子里，就在石凳上，他就着她的姿势要了她。

如果时间就停在那一刻该多好，如果她没有去天牢杀那个女人，或许……或许他也会一直对她好。可是没有如果，这世上没有如果……夜好静，连一丝风都没有，她感觉到自己的身子轻飘飘地浮了起来，她想伸手抓住身边的温暖，可是，却发现自己根本不能动，她拼命地睁大眸子，却依旧觉得满天的星光逐渐变得斑驳，慢慢模糊，慢慢黑暗……

苏墨沉静静地抱着她，感觉着怀里身体的体温慢慢流逝，一动不动。全场少说也有一百多人，愣是声息全无。众人都看着那场中的身影，露出各种表情，有人叹息，有人不屑，有人震惊，有人难过，有人看好戏。云蔻微微抿着唇，水眸深深，九王爷苏墨逸和十四王爷苏墨宇深深地皱着眉，满目沉痛。

文帝眸光微闪，抬手，示意着边上的禁卫。几个禁卫上前，将已然死去的童素倾从苏墨沉怀里抬出，其中一人自童素倾袖中取出锦囊交到文帝手中，其他几人抬起童素倾的尸体便走。

“父皇。”苏墨沉本身是坐在地上的，忽然起身对着文帝一跪，“童素倾罪有应得，也已为自己的行为付出代价，儿臣斗胆，可否让儿臣将她的尸体带回四王府，自行安葬？”

文帝沉默不语，几个抬尸体的禁卫便站在那里等着，走也不是，不走也不是。许久，文帝才开口道：“好吧，虽然她犯下滔天大错，不过，她也为此枉送了性命，所谓一日夫妻百日恩，她终究是因为爱你，只是用错了方式，你想带回便带回吧。”

文帝低低地叹出一口气，眸色疲惫，又抬手示意禁卫：“将她送至四王府！”

苏墨沉伏地：“多谢父皇！”

“起来吧。”文帝淡淡地开口，突然，眸光微闪，“对了，如此一来，千城盗取锦囊、毒杀禁卫一事就不成立了。”苏墨沉心尖一抖，愕然地抬起头，苏墨风亦是抬眸看着文帝，等着他继续说下去。对，她盗取锦囊那事是过了，可是，她的欺君大罪啊，要怎么办？文帝说那话是什么意思？所有人都屏息看着那个天子，那个动一动嘴巴，就可以决定人生死的天子。

文帝垂眸，似乎在思忖，半晌，才抬起眼睛：“看在千城也是被人嫁祸，而这几日在天牢中思过态度也极好的份上，朕便不追究其欺君之罪了，但是，将染将军府的兵权收回，染家军交由朝廷重新编制。”

苏墨沉心头狂跳，恍惚间只怀疑自己听错了，苏墨风亦是难以置信地开口问道：“父皇的意思是放了千城？”

文帝唇角一勾：“不然你以为呢？”

苏墨沉狂喜，起身，直奔天牢而去。

天牢里，第一次亮起了烛火。

苏墨沉也不问，一间一间地找着，经过千城的那一间时，他第一眼没认出来，又接着往前面找，可是走了两步，又顿住，一颗心狂跳着。他缓缓地退了回来，再次看向天牢里那个蜷缩在墙边、一动不动的身影。如果不是那种强烈的熟悉感，如果不是自己的心跳踉跄，他真的怀疑那个人是不是她。一袭大红的喜袍早已破碎成褴褛，而且已经遍布着脏污的血，几乎看不出原本的颜色，满头发丝凌乱，有的甚至已经打结成团，部分垂到脸前，遮住了她半边脸，她的脸色苍白如纸，下巴瘦尖，眼窝深陷……

这才多长时间不见，她为何会变成这个样子？苏墨沉感觉到有一只手狠狠地捏着他的心脏，痛得他几乎不能呼吸。

“千城……”他轻轻地唤她，好像生怕声音大了会陡然吓到她。千城没有任何反应，依旧垂着眸子一眨不眨地看着自己脚前的地面，一动不动，他瞳孔一敛，提高了音量，“千城……”

这时，狱卒赶了过来，掏出钥匙替他打开门柱上的锁链，他哪里等得起，迫不及待地大手一挥，将狱卒挥开老远，自己徒手捏着锁链，咬牙拼尽全力一拉，哗啦一声脆响，锁链碎成两段。他奔了过去，蹲在女子面前，一手扶住女子的肩，一手轻轻撩开她挡在脸前的碎发，黑眸紧紧地凝在她的脸上。或许是感觉到他的触碰，千城终于缓缓地抬眼，木然地看向他，对，是木然，眼波里没有一丝微澜，只看了一眼，她又垂下视线看着自己的脚尖。

“千城，你怎么了？”他又惊又痛，抓起她的手捧在手心，发现她的小手冰凉一片，他两手上下将她的手心手背裹住、轻轻揉搓，一颗心痛得无以复加。她经历了什么？他那个所谓的父皇对她做了些什么？随着他揉搓的动作，女人的袖管被不经意地带起，原本娇嫩的手腕上一排排触目惊心的伤让他大骇，他眸光一敛，撩起她的袖管。

果然，伤痕累累，他喘息着，又卷起她的裤管，意料之中，同样是疮痍一片。他细细地检查那些伤口，发现那是被什么东西咬过的痕迹，因为可以清晰地看到尖锐的牙齿印，一个动物钻进脑海。老鼠，是老鼠，是她最害怕的老鼠！这么多的伤，绝对不是一只，他瞳孔一敛，鼠群！深宫里的酷刑之一。

“千城……”他伸手将她揽进怀里，下颚抵在她的发顶上，鼻尖充斥着酸酸的汗味和淡淡的血腥，他抬起头，不让自己眼角的酸涩流出来。他发现，他从未像此刻这样恨那个帝王，噬心蚀骨地恨。

“走，千城，我们回家！”

龙吟宫，文帝合上最后一份奏折，抬手捏了捏隐痛的眉心：“如今什么时辰？”李公公连忙上前：“回皇上，已经丑时了。”

文帝蹙眉：“这么晚了？”

“是啊。”李公公整理着龙案上堆如小山的奏折。不得不承认，这个帝王是个心系天下江山社稷的好帝王，每夜无论多晚，都一定会将当天的奏折看完，从不留到隔夜。

“皇上今夜去哪宫？奴才去通禀一声，好让他们准备接驾。”

文帝静默了片刻道：“去丽妃那儿吧，千城的事儿了了，老三也不用禁足了，丽妃也没什么好求朕的。”而且，他也甚是想念她的身体。

苏墨沉坐在浴桶里，任温热的水紧紧裹着自己的身体，头轻轻在靠在浴桶的桶沿上，微微合着眼睛，一脸的疲惫萧瑟。他真是一个失败的男人，作为儿子，他是失败的，永远也得不到父亲母亲的信任和疼爱；作为丈夫，他也是失败的，连自已的女人都保护不了，两个夫人，一死一伤。这些年，多舛的世事教会了他隐忍内敛，教会了他阴谋算计，教会了他睚眦必报，却独独没有教会他要怎样去爱。似乎每一个跟着他的女人，他只会给她们带来伤害。

童素倾是，千城也是。如果不是他，童素倾也不会变成那样，原本她也是一个单纯的女人，是他让她背负了太多的东西，他的母妃让她背负了太多的东西。其实，他也不知道，她是什么时候跟母妃在一起的，或许说，她几时成了他母妃的人。恨她吗？他问自己。其实，那时是恨的，在天牢里，她差点勒死了千城，如果他晚去一步，千城绝对会死在她的手上。心里虽然恨，但那次他还是饶过了她，因为她救了他母妃一命，他当还她恩情。他以为她会改过，她会收敛，谁知又出了这次锦囊事件，她再一次将千城置于死地。那一刻，他真的是恨的，恨不得将她挫骨扬灰。即使他知道，她不过是他母妃的傀儡而已，他还是难解心中的愤懑，他跟她说，这辈子都不要再见，他是这样想的，也是这样做的。

可他做梦也没有想到的是，今夜，她竟选择这般决绝的方式去赎罪、去成全。原本他的计划也是找个替死鬼出来，他们黑煞门有很多死士，例如御香坊的小兰，云蔻调制的封喉香和锦囊都早已交到了她的手上，他不知道那枚锦囊是怎样又到了童素倾的手里？不过，这些已经不重要了，一切因她而起，她用结束自己生命的方式让这一切结束了。他发现，在她轻轻一笑，问他，“四爷，你有没有爱过素倾？”的时候，在她颤抖地伸出手，说，“四爷，抱我！”的时候，他心中所有的恨都消失不见了，占据心头的只有悲凉，说不出的悲凉。她终究是一个被他母妃利用的可怜女人而已。说到底是他苏墨沉害了她，是他对不起她。如今千城又变成这样，他知道，一定也是为了他。

瑶华宫，文帝靠在床头上，眯眼看着那个身着轻纱的女子一步步朝自己走来，氤氲的烛光、曼妙的身姿，莹白的肌肤若隐若现。心神一荡，他坐起身，朝她伸出手："丽妃。"

丽妃柔媚一笑，故意避开他的大手，小嘴一噘："皇上还记得自己有个丽妃啊？"那风情万种的模样，真是后宫佳丽三千都比不上。文帝低低地笑出声，愉悦至极，趁她不备，一伸手，还是将她的小手捉在了手中，用力一带，就将她卷入怀里裹住。

帷幔摇曳，春色无边，几番大起大落以后，文帝骤然喉咙痒痛，他禁不住咳嗽起来，一股腥甜蓦地从胃里冲进喉中，他张嘴，那抹殷红喷涌而出，直直地溅在床上和丽妃的身上。丽妃大骇，花容失色，连忙爬起来："皇上，皇上……"

男人的咳嗽仍旧没有停住。女子跳下床，倒了一杯水上前，男人伸手接过饮下，可症状并没有得到一丝缓解，反而越咳越烈。丽妃急了，彻底乱了阵脚："皇上，怎么办？"要是这个男人死在她的瑶华宫，她可担不起这个责任。文帝靠坐在床头上，抬手抹去唇角的血渍，喘息道："传太医！"

"哦哦，"丽妃赤脚就往外冲，冲到一半，又想起自己什么都没穿，又跑回去拾起床榻上凌乱的轻纱套在身上，出门就喊，"来人，快，快传太医！"李公公本就守在门口，一听这话，拔腿就往太医院跑。丽妃便又折了回来，帮文帝套上寝衣。

很快，太医就来了。太医姓胡，是个四十多岁的中年人，今夜，太医院他当值。胡太医放下手中药箱，就连忙跪地对着床榻上的文帝一拜，文帝虚弱地靠在那里，不住地咳嗽，没有说话，边上的李公公却早已急坏了："快，快帮皇上看看！"

"是！"胡太医诚惶诚恐，因为文帝的这个病太医院的人全都看过，包括太医院的院正在内，无一人能查出病因，没有想到今夜自己当值就发生这样的事情，看来自己难逃一劫。李公公取了蒲团放在床榻边的地上，胡太医上前跪下，小心翼翼地探上文帝的脉搏。丽妃紧紧地咬了樱唇，满目忧虑，当然，至于忧的是什么，只有她自己心里清楚。李公公站在边上大气不敢出，一颗心被高高地拧起，他知道这个男人这段时间虽一直都在咳嗽，可咳出血来这还是第一次。

胡太医的手指搭在文帝的腕上，大汗淋漓。其实，他心知肚明，这探与不探，都是一样的，不过是走个形式而已。不过，对方是天子，他又岂敢怠慢，依旧很仔细地探着，希望自己今夜能够有所发现，可是，除了感觉他的脉搏跳动得比平时要快，其他毫无异常。至于跳得快，他清楚，那是因为这个男人刚刚经历了一场激烈的男欢女爱。因为半晌查不出病因，所以他半晌也不敢说话，一颗心仍旧狂跳不已。

“如何？”文帝皱眉，因为咳嗽，声音有些沙哑。胡太医冷汗涔涔，慌忙伏在地上：“恕臣愚钝，从脉象来看，皇上龙体并无异样，如今臣只能给皇上开一些定喘平气血的药物。”

丽妃紧紧抓住衣襟的手一松，一颗心终于安定。李公公面色一凝：“这……”

出乎意料，文帝只是摆了摆手，似是疲惫至极：“罢了，朕也不为难你，你就先给朕开一些定喘平气血的药吧。”

胡太医原本三魂去了七魄，乍听文帝此言，心中一喜，抬手抹了一把额头上的汗水，毕恭毕敬地道：“臣遵旨！”

正欲起身，这才发现在自己脚边，一块丝绢委于地上，方才许是心中忧急，没有注意到。一时，捡也不好，不捡也不好，犹豫了一下，他还是将它拾起。丽妃一看，那是方才欢爱时，文帝替她擦拭汗水的丝绢，脸一红，连忙上前接过：“多谢胡太医。”

胡太医略一鞠身算是回礼，末了，又快步来到案前，打开药箱取出宣纸准备开方子，丽妃连忙上前替他研墨。许是胡太医还在给文帝探病的余悸中没有回过神来，他的手有些抖，一叠宣纸粘在一起，他拨弄了半天也没取下一张，索性用手指舔了一口唾液，这才捻下一张平铺在桌案上，执起狼毫笔准备写药方，却突然觉得浑身一热。起初他没有放在心上，继续挥笔，可全身的血液越来越沸腾，小腹处一紧，作为男人，他当然知道这是什么反应，可作为医者，他却感到甚是奇怪。

见他写了一半顿住，脸色发红、微微喘息，边上的丽妃甚是奇怪，禁不住问道：“胡太医，你没事吧？”

胡太医此时已经觉得全身紧绷得要死，就像一座即将爆发的火山，却找不到突破口，难受至极，而丽妃一开口，声音软糯清润，如同一根羽毛，轻轻撩拨过他的心弦，令他更是奇痒难耐。他竟有种想将她压在身下的冲动。怎么会这样？他闭眼晃了晃头，想丢掉那些羞耻龌龊的情绪。再睁眸，就看到丽妃正疑惑地看着自己，她只穿着薄薄的轻纱，曼妙的身姿、凹凸玲珑的曲线若隐若现，他心神一荡，脑中一热，竟丢掉手中狼毫笔，伸手握住了女子研墨的小手。

“啊……”丽妃惊呼，被他的举动吓住，手边的砚台被打翻，漆黑的浓墨撒泼出来，溅得桌案上、地上到处都是。李公公也立在边上，自是看到了这一幕，顿时大骇。这吃了熊心豹子胆了，皇帝的女人竟也敢碰！文帝听到丽妃的惊呼亦是看了过来，脸色一变，厉喝道：“你在做什么？”

胡太医身子一震，丽妃连忙将手抽回，花容失色。胡太医此时一个激灵回过神，连忙端起桌案上的一个茶盏，对着自己的头就淋了下来。彻底清醒了，他又惊又惧，又懊恼又羞愧，扑通一声跪伏在地上，求饶道：“皇上饶命，皇上饶命，臣……臣……”他臣了半天也说不出个所以。

李公公目瞪口呆地看着这一切。丽妃也是惶恐不知所措，心里却隐隐地觉得哪里不对。文帝靠在床头上缓缓地眯起眸子，半晌不说话，这时咳嗽也慢慢地停了下来，只是偶尔几声，他凌厉探究的目光从跪在地上的男人脸上打到立在边上绞着丝绢的女子身上，盘旋来，盘旋去。

胡太医低着头大气不敢出，心中反复过滤着进瑶华宫以后自己的种种举动。作为医者，他很清楚，能让身体机能发生反应的除了自然反应，就是药物作用，而药物要不外敷，要不内服，内服又分为两种，用鼻子嗅入，或者用嘴巴服下。外敷排除，嗅入也排除，因为如果是嗅入，这屋里不只他一人，却只有他一人有这个反应。那就只剩下用嘴巴服下了，可是他进来一没喝什么，二没吃什么，怎么会？有什么是通过嘴的？

骤然，他瞳孔一敛，自己的一个动作在脑海里放大。他取宣纸的时候，曾经舔过自己的手指，而手指在这之前，又抓过那方丝绢。丝绢……他大惊！

“来人！”文帝骤然沉声开口，门口有禁卫应声而入，文帝伸手一指，直直地指着跪在地上的胡太医，“将这个大逆不道的东西给朕带下去，等候发落！”

胡太医大惊失色，连声求饶，禁卫已上前抓住他的手臂，他挣扎着：“皇上，皇上，臣知道皇上的病因了……”

屋里三人皆是一震，文帝眯眸，有些怀疑，丽妃心头一跳，手一抖，手中的丝绢就掉在地上。文帝抿唇，大手一挥，禁卫会意，松了对胡太医的钳制，躬身退了出去。

“说吧，朕的病因是什么？如果你只是为了自保而瞎说，朕同样还是会要了你的命。”文帝不徐不疾地缓缓开口，声音不大，却字字有声，那浑身散发出来的寒气足以将人冻僵。

丽妃的一颗心狂跳，狠狠地掐着自己的手，强自镇定。胡太医敛了敛心神，伸手指向垂落在丽妃脚边的那一方丝绢：“皇上命人检查一下那方丝绢，便可知一切。”

丝绢？众人一震，文帝眸光微闪，丽妃煞白了脸色，丝绢上面有什么？不就是她擦过的汗吗？

宫里来人通知各个王爷即刻进宫面圣，苏墨沉就猜想，宫里肯定又是出了什么大事。果然，等他赶到金銮殿的时候，金銮殿里气氛冷凝，众人跪倒一片。他大概掠了一眼，竟然所有的皇子和后宫妃嫔都在。原本金銮殿只是用来上朝议事的，从不许妃嫔踏入，今日这是……

“儿臣给父皇请安！”他在众人的后面跪了下来。文帝眉眼不抬，依旧冷冷地看着跪在最前面的两个身影，苏墨沉一看，竟是苏墨风和丽妃。他们？正微微疑惑，文帝已沉声开口：“对于给朕下药谋害朕一事，丽妃可还有话讲？”

下药？谋害？众人一震，包括苏墨沉，皆难以置信。丽妃泪流满面，跪爬到文帝的脚边，哽咽不止：“皇上……臣妾知道错了……请皇上饶过臣妾这次……臣妾再也不敢了……”

文帝冷哼道：“朕差点就不明不白地死在你的手上，你要朕如何能饶过你？”文帝边说，边抬脚，毫不怜惜地将丽妃踢翻在地上。

“母妃……”一旁的苏墨风连忙将她扶起。

众人听得云里雾里，而且文帝似乎也不打算细说，但是，大家心里清楚，肯定跟他近段时间连太医院都查不出来的咳嗽顽疾有关。可是，众人做梦也想不到，竟是跟这两个人有关。众妃嫔都知道，这个帝王最宠的女人便是丽妃，众皇子也都知道，这个父皇最爱的儿子是苏墨风，几乎事事都想着替他铺垫。丽妃怎么会谋害皇帝？

文帝缓缓地抬起头，凌厉的目光一一扫过在场的众人，沉声开口：“你们做什么，其实朕心里都清楚，不问不说，并不表示朕不知道，所以，你们也千万不要妄想来触碰朕的底线！”此话一语双关、颇有深意，众人低着头，冷汗涔涔。

“丽妃，念在你这些年伺候朕也算尽心尽力的份上，朕就赏你个痛快，鸩酒和白绫，你挑一个吧。”

众人大骇，丽妃更是惊惧不堪：“皇上……皇上饶命啊……皇上……”

“父皇，母妃所做一切都是为了儿臣，只是用了错误的方式。儿臣愿意接受一切惩罚，只求父皇看在多年夫妻的份上，饶过母妃性命。”苏墨风伏地，深深叩首。没有人知道他此刻痛苦无奈的心情，他无心争夺皇位，却又不能责怪他的母亲，毕竟，她也是为了他。

文帝看着埋首不抬的苏墨风，缓缓地眯起了眸子。丽妃见状，嘶吼出声：“不……跟风儿没有关系，这一切风儿都不知道，都是臣妾自作主张，臣妾没有别的意思，臣妾只想留住自己的男人，只想留住皇上啊！”

文帝一怔，脸色愈发难看，众人愣了愣，许多人都已经大概猜出了是什么药。梅妃垂眸，眸中的光华黯淡了几分。

“李公公，拟旨！赐丽妃三尺白绫，回瑶华宫即刻行刑。将三王爷苏墨风打入天牢，等候发落！”

众人心中一撞，丽妃身子一歪，失魂落魄地跌坐在冰冷的青石地面上。文帝说完，愤然起身往外走，经过苏墨风旁边的时候，突然衣袍一重，他一怔，垂眸，就看到一只紧紧拉着他衣袍的手，是苏墨风。不知为何，眼前竟掠过小时候这个儿子拉着他的衣袍撒娇撒泼的情景。苏墨风跪在地上，仰着头，眼含乞求地望着那个帝王：“父皇，儿臣求你，求你饶了母妃性命……”

文帝心口微滞，莫名地烦躁，他皱了皱眉，抬手将那紧紧抓住他衣襟不放的手指用力掰开，决然离去。众人山呼道：“恭送皇上！”

苏墨风眼里的光华慢慢地剥落，他跪在那里，一动不动，大家起身，再次看向那两个萧瑟的身影，有人木然，有人惋惜，有人得意。不知怎地，苏墨沉忽然难过起来，在苏墨风的身上，他好像看到了自己。曾经的他也是这样，母妃被关押，他被送去寄养，母妃的寝宫被放火，他被流放……他不懂，这便是帝王家的亲情吗?

众人鱼贯而出，梅妃经过他身旁的时候睨了他一眼，微微叹息，偌大的金銮殿只剩下他们三人。有禁卫进来准备带二人离开，苏墨沉想了想，抬步走出金銮殿，他知道，此刻的苏墨风，就和曾经的他一样，并不需要别人的同情。

杨痕走进云轩阁的时候，苏墨沉正在小心翼翼地给千城喂粥。见他杵在那里，苏墨沉淡淡地抬眼：“有事吗？”

“四爷，听说你们出宫以后，皇上又召了三王爷觐见，两人似乎谈了很久，谈了什么没人知道，最后，丽妃娘娘被打入冷宫，三王爷被流放到大漠边关。”

苏墨沉的手一顿，丽妃不用死了？苏墨风也不用被关进天牢了？所谓金口玉言，圣旨已下，都能给改了，绝非一般人能为。他微微苦笑，这手心手背上的肉终究还是有区别的。

“爷，你说，皇帝跟三王爷会谈什么？会是什么交换条件吗？”杨痕皱眉问道。苏墨沉眸光微敛，沉默着，又舀起一勺粥送到千城的嘴里。

在苏墨沉的悉心照料下，千城的身子很快就好了，只是，整个人更加沉静了，有时，一整天都难得说一句话。

苏墨风出发去大漠的那一天，千城却是意外地出现在他的面前，说是听说了他的事，来给他饯行。苏墨风的眼睛都潮了，心里也是百折千回，如今他遭遇此等际遇，更是不能守护在她的身边了，他很难过。

其实，千城心里也是不舍的，这个男人，她亏欠他太多，而这辈子，也只能是亏欠下了。

“三爷这次在大漠要待多长时间？”

“不知道，”苏墨风摇头，有些黯淡，“这要看父皇交代的事情，我办得怎么样。”

文帝交代的事情？千城有些震惊，不是流放吗？意识到她的疑惑，苏墨风微微一笑：“母妃本来是被赐死的，后来，许是父皇于心不忍，又收回圣旨，改为将母妃打入冷宫，不过，有个条件，就是要我替他取回一样东西。”

“什么东西？”

“太医根据母妃的毒给父皇开了药方解毒，但是煎药的水必须是天然温碱水，而天然温碱水，听说只有黑煞门总舵里的一口井里才有……”

“皇上让你取温碱水？”

“嗯，”苏墨风点头，叹出一口气，“可是，这谈何容易？全天下的人都知道，黑煞门的总舵在达旈绿洲，却没有人知道具体位置在哪里，就算去偷点水，也得先找到井在哪里才行。”

黑煞门总舵？千城怔了怔，这么神秘？想想也是，上次，司空畏大婚就是在悦来酒楼里举行的。不过……她眸光一敛，她想，她应该是有办法的。

“我跟你一起去达旈！”

“不行，你不能和我一起，虽然黑煞门与朝廷看起来并无瓜葛，但是，上次的舍利子事件，已让黑煞门对朝廷积怨，所以此次取水，恐凶多吉少。”虽然，他心里求之不得她能跟他在一起。

千城轻轻一笑，拉过苏墨风手里的缰绳，翻身上马，又往前挪了挪身子，将马后面一截的位子给他腾出来：“三爷当真是小瞧了我，如果我说，我能帮助三爷顺利取到温碱水，三爷信不信？”

苏墨风震惊，黑眸满是怀疑地看着她：“你？你怎么取？”

千城没作声，她突然想，如果她说，她认识一个故人名叫司空畏，不知这个男人会是什么反应。

半个月后。

黑煞门总舵，司空畏一袭白衣胜雪，一副铁面如冰，负手立在院子里，微微扬着头，望着天边，一动不动。身后，两个黑影翩然而落，是黑煞门的左右使。两人对着司空畏毕恭毕敬地鞠躬：“门主，我们的人找遍了整个大漠都没有找到门主要找的那个女子。”

还是没有找到？那日发现她不见了，他差点疯了，他还以为她在怪他，离家出走了，后来听说她竟然是跟苏墨风一起去了大漠。司空畏抿起薄唇，缓缓地收回目光，转过头看着两人：“继续找，直到找到为止！”

这时，有一个男人急急忙忙地走了进来，对着司空畏一躬身："门主，满春茶楼里有两个公子说是想见门主。"司空畏还没开口，左右使已经脸一沉，喝道："你是第一天进黑煞门吗？这种消息也来禀报？我们门主是谁想见便能见的吗？"

男人有些委屈："可是……可是他会说我们黑煞门的暗语，黑夜自光明，煞然归西风，还……还说门主的烤鸭烧得很好吃，核桃也剥得……"男人的话还没有说完，只觉喉间一紧，等他反应过来，才发现自己已经被人手抄衣领提了起来。他大骇，"门主……门主饶命，我以为他们跟门主是熟人，所以……"

"快说，他们人在哪里？"司空畏迫不及待地低吼。男人一懵："在……在满春茶楼。"话音刚落，男人顿觉呼吸一松，眼前白衣如雪动，哪里还有司空畏的人影。

满春茶楼，雅阁，苏墨风端起手中的茶盏轻轻地抿了一口，探究的眼神落在对面的女子脸上，一眨不眨。千城瞪了他一眼："不要用那种眼神看着我，我可是在帮你忙。"

"你这样就能见到叱咤江湖的黑煞门门主？"苏墨风依旧表示怀疑。千城垂眸，把玩着手中的杯盏，声音有些黯淡："其实，我也不知道。"她不知道他在不在，她记得最后一次见面，是他送月盈霜的解药给她，他说自己要出一趟远门，或许一个月，或许两个月，或许永远也回不来……不知道他还好不好？这般想着，千城忽然觉得自己竟是有些牵挂他的。

苏墨风自是不知道这些，见她颓然的样子，以为她是在担心自己的方法能不能帮上忙，心中一动，就情不自禁地伸手将她的手背轻轻裹住，笑道："没关系，见得到就见，见不到我再想其他办法。"

雅阁门口，一抹身影静静而立，白衣胜雪，正是司空畏。他眯着眸子，黏稠的目光胶着在那个一身男装、低垂着眉眼说话的女子脸上。好一会儿，黑眸的目光才从女子的脸上掠开，他冷冷地看向桌上那一双相裹的手，薄唇慢慢地抿成直线。

这时，千城似是不经意转头，蓦地就看到立在门口的他，先是一怔，接着一喜，起身就朝他奔了过来。

"司空畏，"她如同一只翩然的蝶，跑到他的跟前，欣喜地抓着他的臂膀，全身上下地看他，“能再见到你真好！”她粲然地笑着，如破晓的朝阳一般明艳动人。司空畏淡勾着唇角，没有说话，静静地睨向她。笑容是真的，欣喜是真的，他突然想，这个女人是那个在四王府成日不说一句话的千城吗？还是说，只是在苏墨沉的面前那样？

“来，我介绍一下，”千城已经拉起他的手臂往雅阁里面走，伸手指了指坐在那里一脸震惊的苏墨风，“这位是三王爷。”然后又指了指司空畏，“这位是黑煞门司空门主。”

苏墨风不相信这是真的，半天才回过神，连忙起身，抱拳道：“久仰司空门主。”司空畏面具后的黑眸淡淡地落在他的脸上，唇角始终带着一抹微弧，他略一颔首：“三王爷客气。”

“坐吧！”千城指了指凳子，自己先在一方坐了下去。两个男人互相伸手做了一个请的姿势，方才各自一撩袍角坐下。千城暗忖，这虚礼还真多，于是说道，“都是自己人，就不要那么多的规矩礼节吧。”

司空畏轻轻一笑，黑眸熠熠生辉：“本人一介草莽，可不敢高攀跟三王爷称自己人。”苏墨风的脸色微微一变。千城连忙拉拉司空畏的袖子，笑道：“撇开各自的身份，都是我的朋友嘛。”司空畏又是一笑，未语，苏墨风亦是弯了弯唇，脸色稍霁。

司空畏端起桌上的茶盏，轻啜了一口，淡笑：“你来大漠做什么？”

“找你啊！”

司空畏一怔：“找我？”

“嗯，”千城点头，一本正经道，“是这样的，当今的皇上病了，太医开了药方，可是煎药的水必须是温碱水，听说温碱水只有黑煞门总舵有，所以……”她看着司空畏，没有说完，言下之意却很明显。司空畏缓缓地眯起眸子，一抹复杂的神色从眸底掠过，稍纵即逝，他笑道：“所以，文帝派你来取水？”

“不，”千城摇头，“皇上是派三爷来取水，然后，我看我们是朋友嘛，就……”

“那你凭什么就认为，我会给你？”他唇边的笑容不减，声音却带着戏谑，可是千城却生生地听出了寒意，有些意外，就怔怔地望着他，抿起了唇，一时不知该说什么。司空畏心口一滞，他最见不得她这样楚楚可怜的样子，可是他心中有气，又无法排解，只得别过视线，又端起茶盏饮了一口。

苏墨风见千城委屈不语，一时心疼，忍不住伸手过来轻轻握住她的手，轻轻摇了摇头，示意她，要不，我们算了吧。

砰的一声脆响，司空畏将手中的杯盏重重地置于桌案上。杯盏里的茶水溅泼出来，有些还溅到了千城和苏墨风的手上。两人皆是一震，不明其意。司空畏骤然起身，拉了千城的腕便走。千城也没想到他会如此，一时更加莫名："你带我去哪里？"

边上的苏墨风见状，脸色一变，亦是连忙起身。司空畏冷冷一笑："你不是要温碱水吗？不跟我去总舵，怎么取水？"

千城怔了怔，接着一喜："你愿意给我们水了？"

我们？司空畏只觉得这再平常不过的两个字眼竟深深地划痛了他的耳膜，唇边冷魅的笑意更甚："当然，不然也对不起你千里迢迢而来不是？"千城笑笑，没说什么，不管他这话发自真心还是讽刺，毕竟，他终究是答应了，于是就任他拉着腕，紧随着他的步子而走。

苏墨风微蹙了眉心，大步跟在边上。三人走了一会儿，司空畏突然顿住脚步，眼梢轻掠，掠过边上的苏墨风，淡淡地道："想必你们也知道，我们黑煞门总舵从不接待外客。"言下之意……千城和苏墨风两人对视了一眼，都没有说话。司空畏心中怒意更甚，直截了当，"三王爷请止步吧！"

苏墨风怔了怔，微微一鞠："千城去哪里，我便去哪里，还请司空门主成全。"

好一个她去哪里，他便去哪里，那曾经她在天牢，怎不见他在天牢？司空畏将薄唇抿成一条直线，未响，却也一动不动。千城看了看两人，伸手轻拉了一下苏墨风的手臂，弯唇一笑："三爷，你去客栈等我，我去取水。"苏墨风张嘴，欲再说什么，千城连忙朝他轻轻地摇了摇头，他剑眉拢起，噤了声。两人的眉来眼去，司空畏尽收眼底，讥诮一笑，再次擒起千城的腕便走。

苏墨风站在原地没有动。望着两人远去的身影，他略一沉吟，还是跟了过去。虽然千城说，她跟这个门主的交情颇深，可他看这个门主的脾气太过古怪，终是放心不下，不过，他只是远远地跟着。司空畏是何等精明的男人，自是知道他在后面，将唇角冷冷一勾，也懒得去理会。

难怪世人都不知道黑煞门总舵在哪个地方，千城发现，下次再让她一个人来找，她也不一定能找到，因为真是十八弯、九连环，就像走迷宫一样。到了总舵里面，倒是别有洞天，如入人间仙境，亭台楼阁、绿树红花、曲径通幽，司空畏一直紧紧地拽着千城的手腕，似乎有些愠怒，又似乎生怕她丢了。千城一边被拉着疾走，一边歪着脑袋瞅他："司空畏，你怎么了？"

司空畏抿着唇，未响，脚下却不停。

"这可不像你。"千城仍旧瞅着他不放，司空畏冷笑："那你觉得我应该是怎样？"他径直将她带到一间厢房，"你就住这里。"说完，扭头就往外走。

住？千城有些懵，她是来取水的，怎么说住？而且这个男人似乎在生气？他气什么呢？

"那……"她追了出去，"那温碱水……"司空畏头也不回，冷冷地道："三日后给你。"

三日？还要三日？心中甚是不愿，却也无可奈何，毕竟是她有求于人家，三日便三日吧，她鼓鼓嘴，便回了房。

司空畏紧紧地抿着唇，冷凝着脸，走得极快，脚步翩跹，突然想起什么，抬手一个击掌，有黑影翩然而来，落于身后。

"让我们的人都回来，不用找了。"

左右使一愣，方应道："是！"忽又想起什么，"听说门主带了一个人进来？"

司空畏面色沉静，未置可否。左右使互看了一眼，眉心微拢，躬身小心翼翼地道："我们黑煞门的规矩，外人不能……"

"她不是外人！"左右使的话还没有说完，已被司空畏沉声打断，门主回过头淡淡一瞥，扫了二人一眼。二人一惊，便再也不敢多言。

晚膳是两个人一起用的，司空畏亲自下厨烧了烤鸭。千城终究没忍住，还是问了温碱水的情况，司空畏当即就让人拿着水袋去取了一水袋过来交给了她。任务完成，千城也算松了一口气，一顿晚膳用得还算愉快，两人甚至还喝了一点小酒。

晚膳用完，夜已经很深了。司空畏让千城早点休息，说明日带她去一个地方，有事跟她讲，然后，便离开了。

盥洗沐浴以后，千城正准备关窗睡觉，却骤然看到幽幽夜色下，院中有一抹熟悉的身影走过。千城呼吸一滞，云蔻？恍惚间，她直以为自己看错了，抬手揉了揉眼睛，再透过窗棂望过去，那一袭素色衣衫，身披同色披风、边走边环顾左右的女子，不是云蔻，还能是谁？她怎么在这里？

徐徐的夜风中，云蔻正好回头，一张小脸清冷。千城一惊，怕被她看到，连忙转过身靠在窗楣上。她怎么会跑来黑煞门总舵来？忽然，千城想起一件事来，对了，云蔻也是司空畏的人，她竟差点忘了，她和她一样，都是被司空畏控制的人。夹在两个男人之间，她真正帮的还是苏墨沉吧？那她此次来，又意欲何为？

虽然她不让司空畏伤害苏墨沉，但是，她也不想有人伤害司空畏。抿了抿唇，她连忙悄声走到桌案边上，吹灭了烛火，再次来到窗边，看向外面。室内一团漆黑，院中星光斑驳，内暗外明，视线变得更加清晰。

云蔻拢了拢披风，莲步轻盈，穿过抄手游廊，径直来到一间厢房的外面，抬手，正欲敲门，门却在这时被人从里面打开，一袭纤白中衣的司空畏出现在门口。四目相对，两人皆是一怔。

“沉……”云蔻鼻子一酸，带着夜露的湿凉扑进对方的怀里。男人身子一僵，片刻，才回过神，突然意识到什么，心头狂跳，抬眼慌乱地看了看对面的厢房，连忙伸出手臂一裹，将云蔻裹进门，哐当一声将门带上。

事情发生得太突然，似乎只在一瞬之间，他的动作也很快，根本来不及让人看清楚，可是，千城却听真切了，那一声，“沉”。沉？这世上有几个人是云蔻扑进怀里叫沉的？千城身子一晃，靠在窗楣上，几乎站立不稳。

第十八章　谁的生路

夜凉如水，司空畏再次打开房门，就看到盈盈立在月下的女子。女子一袭寝衣，白得不染纤尘，满头青丝没有一丝束缚，如瀑般倾泻而下，静静地立在一株花树下，宛如误入凡尘的仙子。

“千城。”他眉心微拢，走过去。女子看着他浅笑，虽然夜色清冷，可他却觉得那笑容似乎明媚了整个夜空，他的心都颤了，她很少这样对他笑，或者说，她很少这样对司空畏笑。

“夜里这么凉，为什么穿这么少站在院子里？”司空畏伸出手臂，很自然地将她裹进怀里，那一刻，他真的没有多想，甚至忘了自己是司空畏，不是苏墨沉，这个动作不妥。奇怪的是，千城竟也没有抵触，就任由他拥着，虽然他的怀里还有着淡淡的脂粉气息，那属于另一个女人的气息，而那个女人此刻还在他的厢房里。

她皱眉强自忍住作呕的冲动，笑得倾国倾城，魅惑众生：“我在等你。”

“等我？”司空畏微微一怔，有些吃惊。千城不语，自他的怀里慢慢地抬起头，看着他，清冷的月光打在冰冷的铁面上，泛着粼粼的光泽。她歪着脑袋，几许认真，几许俏皮，细细地睨着他。司空畏没来由地心尖一抖，那样的眼神，他竟有些不敢直视，今夜的她似乎很特别，可这种特别却让他心神不宁。

“外面太凉，我们进屋吧。”他扶着她的肩膀，准备带她回屋，她却不知哪里来的力气，愣是站在那里一动不动。

“怎么了？”司空畏疑惑地看着她。她嘴巴一噘，垂眸，嘟哝道：“不回，屋里黑。”

她很少撒娇，司空畏也难得看到她如此娇憨可爱的样子，顿时心中一动，心底的某一处便柔软得不行，他抬手轻轻地将她额前的一缕碎发撩开，笑道：“黑就掌灯啊。”

“掌了灯还是黑。”

“还是黑？”司空畏想了想，道，“可能一盏不够亮，那要不，我让人多送几盏灯过来？”

“没用，”千城的头摇得像拨浪鼓一样，“点再多的灯也没用，还是黑，很黑……”

“怎么会？”司空畏低低地笑了起来，觉得她就像一个撒娇的孩子。

“怎么不会？”她抬起眸子，看着他，骤然，声音一冷，“因为我被人蒙住了眼睛。”

司空畏身形一震，笑容僵在唇边。

“我肯定是被人蒙住了眼睛，不然……”千城冷冷一笑，“不然，我怎么会一直到现在都没看出来你是谁呢？我尊敬的四爷。”几乎就在话落的同一瞬间，她骤然抬手，用尽蛮力地一挥，带着痛，带着恨，带着决绝。司空畏只觉得面上蓦地一轻，哐当一声，什么东西掉在地上，破碎的脆响，在静谧的夜里显得那般让人心悸。

两人都缓缓地垂眸看向地上，看向地上支离破碎的面具，又都不约而同地抬眸，凝向对方，四目相对，他的慌乱，她的沉痛。苏墨沉皱眉闭上眸子，他知道会有这一天，只是当真相大白的时候，总是会觉得太快。许是这几日习惯戴着面具，面具突然被揭掉，他觉得这夜风怎会如此地冷？打在脸上，就如刀割。

千城微微笑着，水眸一眨不眨地凝在那张俊美无俦的脸上，那眉，那眼，那口，那鼻，那熟悉得不能再熟悉的容颜，呵……她突然想起自己对这张脸曾有过的猜测，疤痕交错？到底是谁的脸疤痕交错，还是她的心疤痕交错？现在想想，当真是她自己痴了，那么多的疑点，她竟然都没看出。

难怪他可以在四王府来去自如，难怪他和苏墨沉从来都没有一起出现过，难怪他对她的事情了如指掌，难怪他总能在她最需要的时候及时出现，难怪云蔻是他的人，亦是他的人……那么多的难怪，她却一直被蒙在鼓里。

原来当初的舍利子也是他自编自演、监守自盗的一出戏，而她那时却像个跳梁小丑，上蹿下跳。那次为了小七，她离开四王府，住在东山的农舍，还以为自己跳出牢笼，原来，也只是从他的左手跳进他的右手。还有这次……

“苏墨沉，既然你那般狠心地对我下月盈霜，置我于那种人不人、鬼不鬼、生不如死的境地，你为何又要假装好心地去帮我寻找解药？

“将我玩弄于股掌之中，看我一边对你畏怕恐惧，一边对你感激涕零，觉得很好玩是吗？”千城扯了扯唇，低低地笑出声来，也笑出了眼泪。泪在风中笑，她缓缓后退着，脚步踉跄，身子在夜风中摇摇欲坠，她红着眼睛看着他，一眨不眨。

“千城……”苏墨沉嘶声低吼，痛苦的神色纠结在眸子里。

“苏墨沉，既然哪一个都是你，你为何要对我那样百般试探？你一边故意让隐卫出现在我面前，一边又故意问我王府里面有没有禁卫？你到底想知道怎样的结果？是想看到我对司空畏的忠心，还是想看到我对苏墨沉的不渝？

“舍利子自始至终就在你的手里，你却还要来大漠，假装又是探又是偷又是大婚，还要让你的手下绑架我来威胁你自己，天啊，你到底是怎样的一个男人？”千城瘦弱的身影在风中颤抖，神情几欲崩溃。

“一边苏墨沉让我伤痕累累，一边司空畏利用月盈霜，利用我身边的人，生生逼我留在四王府，既然……既然每次伤痛都是你给的，你又为何不让我走？为何？”说到这里，她突然想起那次，他们的孩子没了，她想离开，司空畏威胁她说，如果你想死，想云蔻死，想更多的人成为柳姨，你大可以试试。呵……现在想来，真是讽刺，想云蔻死？他竟然用云蔻的命来威胁她？而当时的她竟然还受了。

“云蔻压根就没有中月盈霜吧？”她记得品香会结束后的那夜，胜出的五人见了司空畏，包括她，包括云蔻，也就是那天夜里，司空畏给她们五人食了月盈霜。当时，云蔻并没有真食吧？

苏墨沉沉痛地看着她，薄唇紧抿，沉默不语。沉默就等于回答，她懂。也是，月盈霜的滋味，那让人生不如死的滋味，他怎么会舍得让云蔻去受？她不想哭，真的不想哭。方才在房间里面，她已经沉淀了很久，她告诉自己不许哭的，可是，眼中还是有温热的液体滑过，那是什么？为什么止也止不住？

嘴唇被咬破，她握紧拳头，毫不吝惜地砸向自己的心口。痛？还会痛吗？痛到极致就是麻木吧？有人过来扯她的手臂，眼前一片模糊，她看不清那个人是谁。亦或许，从未看清过。他将她紧紧地拥在怀里，在她耳边唤着她的名字，轻声说着什么。她听不清，但那语气，似乎带着一丝乞求，带着一丝低声下气。

乞求吗？苏墨沉，腹黑如你，步步算计，毁我的人是你，救我的人也是你，深情是你，无情也是你，我不知道了，我真的不知道了，哪一个才是真正的你？好累，她微微歪着头看他，疲惫地开口："放开我！"

"不！"苏墨沉轻轻地摇头，苦涩地笑着，手臂反而越圈越紧，生怕自己一松手，她就会消失再也不见他，温热的唇瓣贴着她的耳垂，"我不放手，这一次，我再也不会放手！"

千城哑然失笑，这一次，我再也不会放手？他对她似乎永远都是这样，永远都是该放手的时候死拽着不放，不该放手的时候却一直要将她弄丢，她想走，他偏要禁锢着留她，她想好好地留了，他却又一次一次将她丢下、置于险境。

"放手吧，苏墨沉，放你，放我，放我们大家一条生路！"

"生路？"苏墨沉扬唇轻笑，笑得近乎残忍，"原本我的人生只有一条生路，那便是坐上皇位，是你让这一切变了，你现在跟我说放大家一条生路，你说，我会放吗？"

千城想笑，却笑不出来，敢情都是她的错了，敢情是她染千城才导致了今日的纠复？

"你放还是不放？"她怒了，低吼。

"不放！"苏墨沉口气笃定。她抿了唇，将全身还没散落的气力聚了起来，用力地推开那怀抱，抬手挥向那人。啪的一声清脆，击碎了这寂静的夜，也将自己的心摔成粉末。她曾经扇过苏墨沉耳光，因为童素倾差点杀了她，而他却放过了童素倾。她也曾经扇过司空畏耳光，因为她失去了孩子伤心欲绝，而他却还利用她身边的人的生死来威胁她留下。可哪一次都没有这次这般痛。这种痛，甚至比当初发现云蔻是他心尖上的那人时更甚。

苏墨沉不偏不斜地承接了她的耳光，由于承受的力度，他被扇得微微偏过头，许久，他都保持着那个姿势没有动。千城恨恨地看着他，眸色猩红，她知道自己用了全力，月光淡薄，她甚至能清楚地看到他白璧似的脸上，一个红红的巴掌印。没有心疼，她只有恨，很深的恨。

“苏墨沉，我染千城到底哪里对不起你，你要如此对我？既然不爱，既然心头的那人不是我，为何还要死抓着我不放？还是说我知道了你太多的秘密，你要将我禁锢在你的身边，就是怕我说出去？

“其实，你真的不必担心的，我要是说，早说出去了，就是面对万鼠的噬咬，我都没有将你说出去，你还有什么好担心的？当然，如果你还是不放心，其实你也可以杀了我……”

“不要再说了！”苏墨沉终是再也忍不住，又一次将她裹进怀里，心房收紧，又痛又惧，“千城，你明知道不是这样的，不是这样的……”如果他不放心，如她所说，他早就杀了她，他本不是心软仁慈之人，从来不是。如果他不放心，他也不会在苏墨风将那封信拿出来以后，还选择一如既往地相信她。一切的威胁和禁锢，说到底终究是一个怕字，他怕她离开，他怕她变心，他怕失去她而已。

人，总是这样，越害怕失去的东西，越拽得死紧，而结果就好比是抓着沙子，越紧，手心的沙子就会越少。道理人人都懂，可一旦摊到自己头上，却仍旧不肯松手。他便是这样，他何尝不知道司空畏这个身份，她迟早会知道的，他又何尝不知道，与其哪天被她识破，不如自己主动坦白，他都知道。可是，他仍旧不敢说，他怕，他怕她恨他、不原谅他、离开他。毕竟，他对她的伤害有多重，只有他自己清楚。月盈霜啊，他曾经对她下过月盈霜啊，那几次三番差点要了她命的毒药，那也是他心中永远也抹不去的伤。他要怎么说？说那时，她还不是她，或者说，那时，她还只是她，还没有走进他心里的她？

其实，两人夜里一起用膳的时候，他还在想这个问题。打打闹闹的晚膳，再寻常不过的饭菜，他却吃出了与平时不一样的感觉。这种感觉让他贪恋，他希望今后的日子能够每天都跟她这样用膳，所以，他决定，还是要跟她讲明了，夜里回去好好想想，怎么说，才可以将伤害降到最低。但是，上天却没有给他这个机会，她终究是先他一步。

“千城，都是我不好，都是我的错，不要走，好不好？”咽下心中的苦涩，他轻轻地捧起她的脸，一点一点抬起，黑眸紧紧地胶着在她的瞳上，绷直了声线。

都是我不好，都是我的错……多么熟悉的话语。他曾经跟她说过的，天伦节那夜在后山，他也跟云蔻这样说过。他还跟多少人说过？她早已经不信。缓缓抬眸，透过他的肩头，她看向那个立在厢房门口娇俏的身影。

想必她站了很久了吧？他们的话，她的狼狈，都尽收眼底了吧？千城弯了唇，轻轻地笑着，缓缓地收回目光，凝在苏墨沉的脸上，抬手将那捧着她脸颊的大手挥开，朱唇轻启，坚定又冷漠地逸出两字："不好！"

一次一次的离开，一次一次的回来，不过是心中还有爱，还有期待而已。如今，没有了，什么都没有了，她胸口的某一个地方，空了。如果这样还不走，她都不知道自己的底线在哪里了？紧紧抓着寝衣的衣襟，她缓缓地转身，因为浑身的力气似乎都被抽干了，她必须给自己找个着力点，找个支撑点，她唯有拽着自己的衣襟。脚步刚迈出，身子却再次被男人箍住："不，就算你恨也好，怨也好，不情愿也好，我都不会放你走！"

千城哧然一笑，抬眸冰冷地凝视着他："不放我走？又想逼我留下是吗？这次用什么？再给我下月冧霜，还是用将军府一干人的性命？没用的，苏墨沉，这些都没用，如果我死了，这些……"

"不要轻言死！"苏墨沉心中剧痛，厉声打断她的话。

"何来轻言？"千城依旧轻轻地笑着，"对于一个死过几次的人来说，何来轻言？"

"千城……"没有人知道苏墨沉此刻的心情，那种痛到颤抖的心情，那种慌乱到极致的心情。

"放手！"千城垂眸，清冷的目光落在那修长的大手上面。

"不放！"

"苏墨沉，你是不是想让我现在就死在你的面前？"男人环着她臂膀的手顿时一松，他凝眸定定地看着她，难以置信地看着她。许久，倏尔就笑了，笑容冷漠："几时你也学会了威胁？"拿他最怕的东西威胁！

千城弯唇，满是苦涩苍凉："这得谢谢四爷，是四爷教得好。"说完，便不再看他，决绝地转身。忽然，软履碰到了什么东西，她垂眸，是一块玉，红绳绿玉，红绳被编织成蝴蝶结的模样，那是，她送给他的。许是刚才两人推搡的时候掉的，他们的位置是在一棵花树下面，泥土松软，加上两人的心思根本不在他物上面，所以掉了，他也没有察觉。循着她的目光，苏墨沉也看到了，摸了摸自己的广袖，眸光一敛，欲弯腰拾起，却不想，千城先他一步将玉握在手上。

“千城……”有人唤她，却不是苏墨沉。苏墨沉微微一怔，千城慢慢地直起腰身，回头看向喊她之人。夜色下，云蔻缓步朝两个人走了过来，宽大的披风被夜风扬起，逶迤翻飞。苏墨沉眉心微拢，不是让她不要出来吗？云蔻没有看他，径直走到千城的面前，微微一颔首：“千城，对不起。”目光淡淡地落在千城的手上。

对不起？千城一怔，她跟她说对不起？她为何要跟她说对不起？是因为这三年，她们情同姐妹，她却没有告诉她自己和苏墨沉的关系吗？还是因为苏墨沉伤害了她，她作为苏墨沉的女人，替他跟她道歉？抑或是她觉得自己赢了，以一个胜利者的姿态来安慰一个失败者？无论是哪一种，她染千城都不需要。

“云蔻，不要对我说这种话，我受不住。”掩去眸中苦涩，千城笑了笑，“真的，我受不住，你没有对不起我，该说对不起的人是我，我才是那个破坏人家幸福的第三者，我才是那个可耻的第三者。”

“千城……”一男一女，异口同声，是苏墨沉和云蔻，甚至连声音都是一样的颤抖。千城想笑，还真是默契如斯啊！为什么喊我？她看了看云蔻，又看了看苏墨沉，目光淡漠得如同秋水一般。

“不许你这样说自己！”男人眉宇紧锁，深邃的眸中满满的都是沉痛。

千城无所谓地笑笑。苏墨沉垂眸，将眸中的沉痛掩去，又轻抬眼梢，淡淡地掠过云蔻。云蔻心中一惊，慌乱地别过眼神，心中略一计较，便对着二人道：“云蔻身子不好，有些受不住这夜里的凉气，先行告退了。”说完，轻轻睨了一眼苏墨沉的反应，又看向千城的手中，黛眉微蹙，方转身往苏墨沉的厢房走去。

千城终于明白云蔻过来的原因了，因为玉吗？云蔻以为这是自己送给苏墨沉的那块玉？

“等等！”千城骤然开口。云蔻顿住脚步，回头。

“对不起，你送给四爷的那块玉被千城无意中弄碎了。”事情毕竟是她做的，始作俑者是她，她得承认，免得引起两人不必要的矛盾。

云蔻微微错愕，苏墨沉抿起了唇，千城垂眸，看向自己的手中，自嘲地笑了笑：“这一块是我后来去做的，跟你的那块一模一样。可是，四爷说，有些东西是永远也无法替代的，即使长得再像，它终究不是原本的那个。所以……这块赝品我便收回了，还得麻烦你再送一块给四爷，对不住了。”

云蔻怔怔地看向苏墨沉。苏墨沉将薄唇越抿越紧，黑眸中渐渐腾起薄怒，千城也不理会，将玉拢进袖中，对着两人略一鞠身：“告辞！”说完，转身便走，在两人看不到的方向，重重地闭眸，眼泪再一次夺眶而出。

云蔻以为苏墨沉会追过去，出乎意料，他没有，就站在那里一动不动，黑眸凝着女子踉跄离开的方向。风带起他白色的衣袂和墨色的发丝，孤寂地盘旋，幽幽夜色下，显得是那般苍凉。她心中一痛，走过去：“爷……”

许久，男人都没有反应，直到女子彻底走出了他们的视线，他才转过头，淡淡地看了她一眼，冰凉的衣袂轻轻擦过她的手背，大步往另一间厢房的方向走去。云蔻突然心头狂跳，他那是什么眼神？是不屑，还是警告？这么多年，他从没有用那种眼神看过她，今夜，他却看了两次。是因为发现了她的那点私心吗？

为了不引起注意，她趁夜黑了才来这黑煞门总舵，她其实也不确定他在不在，在她准备敲门，他却同时开门的那一刻，没有人知道她的欣喜若狂。她想，什么叫默契，什么叫缘分，大抵就是如此吧：我推门、你开门，我们一下子四目相撞！他看到她，又不由分说地将她裹卷进门，那般迫不及待，她更是心中如小鹿在撞，在门砰的一声带上的那一刹那，她甚至娇羞地在想，今夜会发生什么吗？结果，什么都没有发生。

一到屋中，他便将她放开了，问她怎么来了？让她在房里休息，不要擅自出去，他有点事情要去办，回来有话跟她讲。当时她不明白，既然这般心急如焚地将她抱进屋里，又如何要如此心神不宁地将她放开？后来，在开门看到千城的那一刹那，她明白了。他在怕，他怕千城看到她，他怕千城知道司空畏就是苏墨沉，他怕……他几时这样在意过一个女人的想法？他变了，他的的确确变了，似乎变得离她越来越远了。所以，揣着那可怜的、卑微的一点私心，她出来了，可终究是她错了吗？

没有掌灯，屋里很暗，苏墨沉独坐在桌案边，将自己陷在黑暗里，一动不动。命运真会开玩笑，不久前，他们还在这张桌子上愉快地用着晚膳，两个时辰不到，变故就这样当头一棒，让人措手不及。重重地靠向身后的椅背，苏墨沉怀着一颗焦虑的心缓缓地闭眸。

这时，外面突然传来嘈杂的声音，他心中一惊，陡然睁开眼睛，屏息静听，似乎是厮杀的声音。厮杀？怎么会？总舵的位置可是没有人知道的，也是一般人无法进来的。急忙迅速起身，破门而出，外面的声音愈发清晰。他眸光一敛，欲循声而去，骤然想起自己没有戴面具，便又折了回来。而此时云蔻正拿着一副面具从房里面走出来，见到他便迎了上来，眉目之间都是忧色："沉，我正要去找你，好像有人要突袭黑煞门……"

苏墨沉面色冷凝，薄唇紧抿，没有说话，接过她手中的面具戴在脸上。

"这位置向来隐蔽，怎么就有人……"云蔻的话顿在那里，苏墨沉瞟了她一眼，抬手快速将面具的细绳系在脑后。她的意思，他明白，肯定是有人作祟。会是谁呢？绝对不是千城，他相信。蓦地一个人影跃进脑海，一个答案就浮出水面。他眯眸，眸中寒芒一闪，转过头，对云蔻说道："我去前面看看，你先离开这里。"

"不，我要跟你在一起！"云蔻紧步跟上。苏墨沉蹙了蹙眉，低叹一声顿住脚步："你的身份现在还不适合露面，听话，快离开这里！"

听话？快离开这里？谁也不知道云蔻此时的心情，那被狂喜填满的心情。她怔怔地看着苏墨沉，眼角有些湿："沉，你在担心我是不是？你……"她的话还没有说完，突然身子一轻，一阵天旋地转，苏墨沉卷起她腾空而起。紧接着，一声惊天巨响，尘沙漫天，碎石翻飞……

烟尘散去，苏墨沉带着她翩然落下，方才两人站立的地方早已一片狼藉。云蔻看着横陈的碎石树木、有些震惊，这是什么武器，竟有如此大的威力？这时，黑煞右使捂着胸口，脚步踉跄，急急而来，殷红的鲜血顺着他的指缝流出，逶迤了一地："门主，我们……我们被人围攻了……"

苏墨沉眉心微拢，却问了另一个问题："人，送出去了吗？"

"送出去了。可刚送出去不久，就有很多人冲进了总舵，会不会是……"右使的话还没有说完，就被苏墨沉沉声打断："我去前面看看，你先带她离开。"

炸药声肆虐，房屋顷刻之间就只剩下残垣断壁。一束束火把似要将这一方天空点燃。远处的小山丘上，似有什么人在指挥着，裹着火焰的剑雨呼啸而来。那是一场屠杀，入眼全是血，只看得见一片鲜艳。没有人知道那夜到底发生了什么，只听说当时血光染红了大半个天空，惨叫声几里外都能听得见。

这些都是江湖传闻，到底发生了什么，人们不得而知。不过，翌日，有人发现，绿洲原本有座山谷，一夜之间竟被夷为平地，更让人震惊的是，地上到处都是血，血流成河。只是不见一具尸体，显然已被人处理过。从现场的残骸废墟来看，这座山谷应该就是传说中的黑煞门总舵。

千城缓缓地睁开沉重的眼睑，发现自己躺在一个狭小的空间里，身下轻晃。意识有些混沌，反应了好半天，她才知道自己是在马车上。

“醒了？”她吃了一惊，转眸，就看到苏墨风俊美如俦的脸，微笑着，如四月的春风，五月的晨曦。千城愣了愣，她记得她从黑煞门总舵出来，苏墨风就一直等在外面。说来也奇怪，她进去的时候，觉得那十八弯、九连环的路自己肯定不认识，没想到竟让她走出来了。当时，她仅凭一口气撑着，一见到焦急徘徊在外面的苏墨风，终是再也坚持不住，眼前一黑，便晕了过去。

“我们这是去哪里？”她蹙眉，撑着身子坐起来，头有一些疼。苏墨风拉起披风盖在她的身上：“回宫，将温碱水给父皇送去。”

温碱水？千城一震，愕然抬眸。她记得苏墨沉给她的一水袋温碱水被她放在厢房里面，走的时候并没有带出来。

“你哪里来的温碱水？”

苏墨风一愣：“跟着你后面出来的那个男人给的啊。”

跟着她后面？

“什么男人？”是苏墨沉吗？

“不认识，反正是黑煞门的人。”

“哦。”千城有些怔忡，苏墨沉派人跟着她？为什么？是不放心她，担心她吗？

“怎么了？”见她面容惨淡、目光缥缈，苏墨风忍不住开口问道。其实，他更好奇的是，那个黑煞门门主到底对这个女人做了什么，让她出来时就直接晕了过去，而且，现在又像被抽去了灵魂，一副失魂落魄的样子。千城未语，只沉浸在自己的情绪里。苏墨风又连续喊了两声："千城……"她才恍恍惚惚地回过神，看了看他，勉力一笑："没什么。"绝不能让这个男人知道苏墨沉就是黑煞门门主的事情。

皇宫，幽梅宫，梅萍坐在窗前，静静地看着窗外，不知在想什么，直到一瓣雪花透窗而入，打在她的脸上，带着凉意，她才惊觉过来，下雪了。今年的冬天似乎来得早了点。她起身，婢女香草连忙上前搀扶。

"本宫想去外面走走。"

"可是，娘娘，外面下雪了……"

梅萍微微一笑："就是因为下雪了，所以才想出去。"

香草不懂，可是主子的心思又岂是她们这些下人能轻易揣测的，于是连忙取了披风披在她的身上，又取了手炉给她，才轻搀着她往外走。雪，显然是下了一会儿了，虽然地上没有积雪，但是一些树木花枝上，已裹了一层淡淡的白，梅萍缓缓地走在院中，看着这一院景致，思绪似乎又回到了二十多年前，她与那个男人，那个天下最尊贵的男人初见时的情景。

也是这样的冬日，也是这样的白雪纷飞。江南的小镇，白雪皑皑，她撑着黄纸伞，走在乡间的青石桥上，青石被薄冰薄雪覆盖。青石桥上一抹白衣翩跹的身影迎风而立，不知他想起了什么，突然转身，脚下却一滑，而她正好看到，想也没想，就上前伸手一扶。结果非但没有将人扶住，自己反而滑倒，纸伞坠入河中，倒是男子伸手一捞，将她捞入怀里，在桥上一个旋转，稳稳地落下。就这样，他们相遇了，似乎是冥冥之中注定的，又似乎寻常得不能再寻常。他说："是姑娘救了我，还是我救了姑娘？"

她又惊又惧又羞又慌，却独独忘了要从他的怀里挣脱出来，她怔怔地看着他，看着他龙章凤姿、惊艳绝世的脸，一眼万年。那时，她还不知道他的身份，她不知道他是微服到江南寻药医眼疾的皇上，看他锦衣华袍、气度非凡，只当他是哪个有钱人家的公子。虽然男子的眼睛看不到，但是仍旧能感觉出来她在看他，唇角一弯道："好看吗？"她这才惊觉过来，连忙伸手一推，从他怀里挣开，红着脸转身便逃，甚至狼狈地连谢谢都没有道。

想到这里，她竟是忍不住莞尔，当初少女的情怀是那样的美丽。现在想想，所幸他的眼睛看不到，不然，他一定会笑她的糗态。回到家中，她的一颗心久久不能平静，她以为这只是一个意外而已，她和他只是擦肩而过，她摔倒了，而他正巧扶了她一下。谁知当天，她家的农舍就来了好几个意外之客，包括他，那个让她瞧上一眼便脸红心跳的男人。那时，她才知道他是当朝天子。

她的农舍又乱又脏，他也不嫌弃，就住了下来。于是，接下来的事情就顺理成章。在那个寒冷的冬夜，他钻进了她的被褥，她又急又羞，半推半就，却也忘了拒绝。只记得那夜很凉，他的身子却滚烫，在那个破旧得几乎连风雨都遮不住的寒舍里，他温柔又疯狂，在她耳边说着最动听的情话，他说，让她等他，他要娶她做天下最尊贵的女人。终究，她是没有等来这一切。想到这里，她有些黯然，眼角有温热的泪滑出，跌落在地上的薄雪中，消融不见。

"在想什么，这么出神？"背上一热，有人从背后裹她入怀，她身子一僵，没有说话。来人又扶着她的臂膀将她的身子轻轻地扳了过去，看到她脸上的泪痕，微微一怔，"怎么了？"边说，边抬手，用温热的指腹缓缓拭去她脸上的潮湿，黑眸一眨不眨地看着她。

梅萍心中大痛，她好想问当年的事情。后来想想，还是算了，二十多年的旧事了，不提也罢，个中牵涉了太多的人和事，提起来，只会徒增烦恼。她勉力一笑，幽幽地道："臣妾有些想家了。"

想家？文帝微微一愣，选秀女之时，不是听说她无父无母，没有任何亲人吗？除了第一眼见到她，心头的那一份悸动，这也是他将她选上的原因之一，毕竟，后宫里面除了要一些牵制朝堂势力的女人，也需要一些无任何身世背景的女人。

"萍儿的家乡也在江南？"

梅萍心中一涩，自是知道那个也字是什么意思，因为良妃的家乡在江南。她微微苦笑，点头："是啊，江南。"文帝弯唇，将她复又揽进怀中："好，朕将手头上的事处理一下，就带你去江南走走。"

梅萍一震，自他怀里抬起头来看着他，难以置信："真的吗？"

“当然。”

四王府，云轩阁，苏墨沉一袭黑袍裹身，盘腿坐在矮榻上，双手摊开置于自己的腿间，微微合着眸子，他面色苍白、薄唇紧抿、似是在调息。杨痕轻轻地推开门走了进来，眉心微蹙：“爷……”

苏墨沉缓缓地抬起眸子，淡看了他一眼：“去门口守着，不要让任何人进来。”

杨痕的眉心蹙得更紧了：“要不，还是找个大夫过来吧。”苏墨沉未响，又看了他一眼，他便连忙噤了声，抿了抿唇，退了出去。没有人知道这个男人的伤，因为今天早晨，他很平静地回来了，就像平日回来一样，没有一丝异样，如果说有什么不同，就是他穿了一件很大很黑的披风，很不合身。

杨痕如果不踏进云轩阁，或许他都不知道苏墨沉受伤了。他记得推开门的时候，这个男人就躺在云轩阁的地上，一动不动，他唤他，他没有反应，他轻轻地揭开他的黑色披风，才发现披风里面，这个男人的血污了全身，已分辨不出原本内袍的颜色，身上大大小小，有多处洞眼，正在不断地往外淌着血水。

他吓坏了。他甚至以为苏墨沉要死了，正准备出门寻大夫，却被苏墨沉擒住了手臂，他的声音沙哑得如同破锣一般：“不要声张。”

杨痕守在门口，心中又急又忧，他不知道他为何会伤成这样。等他再次进去的时候，苏墨沉已经换了一身干净的衣衫，而地上都是血，苏墨沉盘腿坐在那里继续打坐，面色沉静。他知道一定发生了什么事，但是不敢问，只是默然地收拾着屋里的东西。突然苏墨沉开口对杨痕说道：“杨痕，你知道吗？黑煞门总舵没了，总舵的几千人也没了……”杨痕一震，怎么会这样？那可是这个男人多年的心血，怎么会？

“是谁？”他犹不相信。是谁做的？谁有那么大能耐？苏墨沉沉默不语，缓缓地眯起眸子，眸中寒芒万丈，良久，才敛了眸中寒霜道：“通知各个分舵，近段时间不要有任何行动，随时待命！另外注意隐蔽！”

杨痕一惊：“爷的意思是……”

苏墨沉冷冷一笑：“都是他逼的！”

良妃一脸黑沉地踏进云轩阁的时候，杨痕刚刚将屋里收拾干净，燃上了暖炉，苏墨沉还在那里打坐。杨痕想，这个女人耳目众多，肯定是已经得知总舵的事情，不然，她不会轻易在白天露面。他拧了拧眉，朝良妃行了个礼就退了出去。

屋里只剩下母子两人，一下子静谧了下来。良妃不由分说地上前，扬手狠狠地扇苏墨沉一个耳光，苏墨沉却不偏不躲，甚至微微抬起脸，承接了她的耳光。原本他的身子就很虚弱，良妃又用了蛮力，一巴掌下去，苏墨沉几乎坐不稳，他硬是强自忍住，一抹腥甜却还是从唇角逸出，他抬手一抹，也不理会。

“你满意了吧？你现在满意了吧？”良妃摇晃着他的身子，猩红着眸子，嘶吼出声，激动得无法自持，“多年的心血毁于一旦，你现在满意了吧？”

苏墨沉一声不响，就任由她摇晃着，刚刚包扎的伤口撕裂了，他也不知道痛，就木然地坐在那里，面无表情。许是心中实在太气太恨，又许是苏墨沉的表现更加激起了良妃的怒气，良妃骤然抬脚，一脚踹在苏墨沉的心窝上：“你这个不争气的东西！”

苏墨沉终是再也坚持不住，闷哼一声从矮榻上跌下，倒在地上，一股腥甜从胃中直冲上喉咙，喉间痒痛难耐，他张嘴，一股血泉喷涌而出，喷溅在地上的富贵蒲团上，艳红一片。他再次抬手抹了一把唇角的血沫，缓缓地从地上坐起身子，闭上双眸，调理着自己的内息。

良妃眸光微闪，紧紧地抿着唇，胸口急速地起伏：“我说过，那个女人只会害了你，你偏不听！结果怎样？结果几千人的性命就葬送在她的手上，你如何对得起那些死去的兄弟？你如何……”

“不是她！”良妃的话还没有说完，却被苏墨沉沉声打断，“不是千城！”他睁开眸子看着她，口气笃定。

“不是她？”良妃气结，身子抖得厉害，“你竟然到如今还在执迷不悟，到现在还在替她狡辩，你不要以为我不知道，你带她进了总舵，结果总舵就被灭门，不是她又是谁？肯定是她在天牢的时候，跟你父皇达成了协议，她负责探路，老皇帝负责剿灭。这么多年，老皇帝早就对黑煞门虎视眈眈，这次被你的那个女人带路，轻轻松松，不费吹灰之力就灭了你的总舵，你竟然到现在还说不是她！”

苏墨沉发出一丝冷笑："进总舵的又不是她一人，云蔻不是也在总舵吗？母妃怎么就不说是她？"

良妃震惊，难以置信地看着他，就像不认识他一般。他说什么？他说云蔻？那个他放在心尖、一分委屈都舍不得让她受的云蔻？

"你明知道云蔻是不会背叛你的！"

苏墨沉淡漠一笑："这个孩儿自是知道，但是，孩儿也知道千城不是那种人，孩儿之所以这样说，只是希望母妃不要对千城有偏见，厚此薄彼。"

厚此薄彼？良妃冷笑，几时在这个男人的心里，那个女人可以跟云蔻相提并论了？甚至为了那个女人，他不惜这样说云蔻？

"那既然不是她，又是谁？"良妃厉声质问。苏墨沉静默了片刻，薄唇轻启，淡淡地逸出两个字："老三。"

"苏墨风？"良妃再次震惊，在她的印象中，苏墨风不像是那样的人，"他如何知道总舵的位置？"

苏墨沉未响，将薄唇紧紧地抿成一条冰冷的直线，广袖中的大手攥握成拳，好半天，才道："他利用了千城。"

是他大意了。其实，那日，文帝与苏墨风密谈后，突然将圣旨改动了，不赐死丽妃，而是将她打入冷宫，不把苏墨风关押在天牢而是流放，他就应该知道。连杨痕都想到了，苏墨风和文帝之间会不会有什么交换条件，而他却没有放在心上。终究是他害了黑煞门，是他害了那一干誓死相随的好兄弟。更让他痛心的是，苏墨风利用了千城，而他竟然还将千城送回到苏墨风的身边。一想到这里，他就恨不得立即找到苏墨风，将他碎尸万段。

"那接下来你准备怎么办？"良妃沉声开口。虽然黑煞门各个分舵还在，但是总舵的覆灭却直接让他们的势力大伤，因为骨干都在总舵这边，如果想重建，也不是一朝一夕的事情。

苏墨沉微微眯着眸子，良久的沉默以后，坚定地逸出一字："反！"

反？良妃一震，旋即，又是一喜，她等这一日等了太久了，以前她让他反，他总是能找出这样那样的理由，如今听他亲口说出，她哪能不激动？只是，如今他们的力量……已然失去了与朝廷抗衡的资本。

“沉儿有几成把握？”

苏墨沉微微一笑，为她那声沉儿，从进门到现在，她第一次用这两个字，在听到他说反之后。

“一成都没有。”

“一成都没有？”良妃蹙眉，有些愠怒，“那你还反？”

苏墨沉的眸底掠过一抹复杂的微光，唇边笑容却不减：“我在等一个时机。”

龙吟宫，文帝缓缓地合上手中奏折，眼梢轻抬，看向跪在殿前之人，一抹精光从黑眸中掠过。

“染飞，此次围剿黑煞门总舵，你做得漂亮。”

染飞一袭铠甲在身，风尘仆仆，他微微颔首：“多谢皇上夸奖。”

文帝一笑，从龙座上站起身，缓缓地踱到染飞的面前，将他虚扶了起来：“你知道吗？这么多年，黑煞门一直是朕的一块心病，虽然他们没有明着跟朝廷为敌，但是，他们日益壮大，总归是对朝廷的一种威胁。而且前段时间，他们还公然来宫中偷朕的舍利子，分明就是不将朝廷放在眼里，所以，朕对他们不能放任不管，这次，你帮朕出了这口恶气，朕要好好赏你，说吧，想要什么赏赐？”

染飞抱拳，略一鞠身，在文帝看不到的方向将眉心微微一拧：“为皇上分忧，是身为臣子的本分，况且此次围剿，若不是三王爷在前面探路，臣也不会这般顺利，臣不敢一人邀功。”

文帝眸光微闪：“三王爷没有发现你们跟着他吧？”

染飞摇头：“没有。”

文帝微微松了一口气：“那就好。”

“臣有一个请求！”染飞复又跪在地上。

文帝一愣：“说！”

“臣不想要任何赏赐，也请皇上不要让人知道，此次围剿是臣带人所为。”

“为何？”文帝眯眸，凌厉的目光探究地打在他的脸上，“怕黑煞门余党寻仇？”

染飞微微地垂了头，不置可否。怕寻仇？想他染飞戎马半生，伤的人何止千万，黑煞门那几千人根本不算什么，他几时担心过人家寻仇？他怕的是一个人，他捧在手心里的人。他跟踪苏墨风才知道，苏墨风是跟着他的女儿千城的，是千城进了黑煞门总舵。换句话说，他不是利用了苏墨风，而是利用了千城。如果哪一天，千城知道这一切是自己的父亲做的，该是什么反应，他不敢想。

文帝见他不响，哧然一笑："我们的染大将军几时胆子变得这般小了？"

染飞微微一震，想了想道："因为今时不同往日，如今染家军没有了，臣孤家寡人一个，难免有此忧虑。"

"你想要回兵权？"文帝眸光一敛。

"臣不敢！"

苏墨风担心回京师又会发生什么变故，便让自己的亲信将温碱水送到宫里给文帝，而自己却是借着游历之名，直接带着千城去了江南。不知何故，千城觉得自己特别嗜睡，一路上一直昏昏睡睡，有时一睡便是一天，醒来后，又觉得脑中有什么东西慢慢模糊，又像有什么东西渐渐清晰。那种感觉很奇怪，她也说不上来。

到达江南，已是数日之后。时值冬日，江南一片白雪皑皑，苏墨风买了一处房舍，便带着千城住了下来。但是家务成了头痛的事情，苏墨风便去女奴市场，买了个丫头回来，名叫冬儿，负责洗衣做饭打扫等家务。

这一日，千城又是一觉睡到自然醒，她缓缓地睁开惺忪的双眼，冬日的阳光透窗而入，阳光下，有细细亮亮的灰尘飞舞，她怔怔地看着，突然觉得脑子里空了一块，有些不知身在何处。失神了好一会儿，她才起身穿衣出去。

外面院子里，苏墨风正攀在门口的廊柱上，将一盏红灯笼挂在屋檐上，然后，飞身翩然落下，又拿起地上的另一盏，脚尖一点，飞身而起，挂于院中的一株大榕树上。他一袭白衣胜雪，身轻如燕，冬日的暖阳斜射进院子，照在他身上，闪耀得直晃人的眼睛。千城立在门口怔怔地看了好一会儿，在看到男人的面容时，心中一喜，提起裙裾便奔了过去："风哥哥……"

扑通一声，有重物委地，溅起一地的细尘。千城顿住脚步，愕然地看着跌落在地上的男人，完全无法将此时狼狈的他与刚才潇洒地飞来飞去的他联系在一起。不是会功夫吗？怎么就掉了下来？

“你没事吧？”她走过去伸手准备搀他，而男人却一动不动，保持着不雅的摔跤姿势，一双黑眸紧盯着她看，一副难以置信的表情。千城有些懵，低头打量了一下自己，“怎么？我有什么不妥吗？”

“你刚才叫我什么？”苏墨风急切地开口，心头狂跳。

“风哥哥啊，”千城微微蹙起秀眉，甚是疑惑，“难道不对吗？”

风哥哥？苏墨风身子一震，几乎忘了呼吸，多么久违的称呼，多么熟悉的称呼。三年前，她就是这样叫他的，三年来，却只能在梦里听见。骤然翻身而起，他紧紧地抓着千城的臂膀，激动得几乎无法自持：“千城，你恢复记忆了吗？你记起我们的过去了吗？”

看着男人的样子，千城只觉得莫名其妙，抿着唇不语。

“那你为什么叫我风哥哥？”

千城很无辜，甚至有些被他的样子吓住：“不知道……本能地就觉得是这样叫你，所以……”

苏墨风身子一晃，刚刚怦怦乱跳的一颗心瞬间沉入谷底。也是，他只不过对她用药，封了她这一段时间的记忆，怎么能奢望她能记起以前的事情？他只要她不再痛苦就够了，只要她不为了那个男人肝肠寸断就够了。记不记得起以前，又有什么关系？他们可以重新开始，他可以重新走进她的心里。其实，他也是犹豫了很久，才决定这么做，甚至没有征求她的意见，因为他知道，只要问她，她肯定不愿意。

人都是这样，她是，他也是，宁愿清醒地痛着，痛苦地记着，也不愿意走出来，也不愿意忘记。但是，他却见不得她受苦，一分一毫都见不得。她从黑煞门出来后，晕倒在他的怀里，人没有醒，却一直在梦呓，梦里只有一个人的名字，那就是苏墨沉。他不知道，苏墨沉到底对她做了什么，但是，他知道，他该让她忘了那个人，那个让她痛不欲生的男人。即使，以后她知道了可能会恨他，恨便恨吧，只要她不痛苦就好。所以，他毫不犹豫地对她用了药，一点一点地模糊她这段时间的记忆，看来，已经有效果了。

千城见他抓着她的手臂，半天不说话，表情凝重，神思悠远，便伸手在他眼前晃了晃：“喂，你没事吧？”

苏墨风怔怔地回神，突然想起什么：“对了，你认识四王爷苏墨沉吗？”

苏墨沉？千城的心尖似乎微微一颤，她蹙眉略一思忖，答道："认识啊。"

"认识？"苏墨风呼吸一滞。

"不就是当今四王爷吗？"千城狡黠一笑，似乎对他吃惊的样子很受用，"你说的。"

苏墨风怔了一下才反应过来，只觉得又好气又好笑，却犹不放心："那你记不记得和他……"话没有说完，因为他不知道该怎样问。千城倒是爽快，直接接了过去："我和他怎么了？我和他有关系吗？"

苏墨风看着她，细细地睨着她的表情，终于肯定了，她的确忘了和那个男人的过往，顿时心中一喜，讪讪地笑道："你和他当然没关系，是我和他有关系，他是我四弟。"

千城反应了好一会儿，只觉得这个男人无聊至极，狠狠地白了他一眼："你是三王爷，他是四王爷，我当然知道他是你四弟，我看啊，以后干脆不叫你风哥哥，叫你疯子哥哥好了。"

苏墨风也不生气，反而甚是愉悦，朗声而笑。

床榻上，千城半靠着软枕，面容惨淡，微微喘息着。也不知是水土不服，还是吃坏了肠胃，本没有吃多少东西，却吐了个天昏地暗。苏墨风坐在床榻边上，修长的手指轻轻地落在她的皓腕上面，专注地给她探着脉搏。她便盯着他看。这段时间以来，她知道自己肯定丢了一段记忆，似乎这世上的人她都不记得了，只认识眼前的这个男人。她想，他和她的关系应该是不一般的，不然，她为什么忘了很多东西，却知道他是三王爷，他是她的风哥哥，而且，他们还住在一起。

搭在她腕上的手蓦地一抖，她看到苏墨风敛起眸光，面露微愕。

"怎么了？"她疑惑地问道。该不会是什么重疾吧？

苏墨风没有回答，再次凝神细探，探了很久之后，才终于抬眼看向她，眸色复杂。千城被他凝重的脸色震住："怎么了？你不要吓我。"

苏墨风怔怔地看着她，其声恍惚："你有喜了。"

啊！千城一震，只以为自己听错了。边上的冬儿却是雀跃起来，一个劲地道喜："恭喜三爷，恭喜夫人！"

有喜？夫人？千城好半天都没有回过神，心绪纷乱不堪，猛地想起一个问题，直直地问向苏墨风："对了，我们成亲了吗？"如果没有成亲，怎么会住在一起？如果成亲了，怎么又不睡一张床？如果没有睡一张床，怎么又会有孩子？她的世界彻底凌乱了。

苏墨风垂眸一笑，长睫掩去眸中落寞，静默了半晌，方抬头，黑眸深深地凝着她，温热干燥的大掌将她的小手裹住："千城，你忘记的都是一些不重要的，重要的是我们在一起，你先好好休息，我去开个保胎的方子，让冬儿去抓点药回来。"苏墨风边说，边起身，又抬手将她身上的被褥掖了掖，方转身离开，在千城和冬儿看不到的方向，满眸沉痛苦涩。

听说要去抓药，冬儿也跟着一起出去了。留下千城一人坐在那里发懵，什么叫忘记的都是不重要的，重要的是我们在一起？那他们两个人几时有了孩子，她也忘记了，难道那也不重要？心中郁闷纠结，却也无可奈何。抬手摸上自己平坦的小腹，心中有说不出来的感觉，震惊有之，惶恐有之，忧虑有之，当然，欣喜亦是有之。孩子，她竟然有了孩子，可是，看刚才苏墨风的反应，似乎不是那么高兴……

书房。

冬儿立在书桌旁边。

苏墨风泼墨挥笔，一味一味写下药名。

随着那黑色的字龙飞凤舞地跃然纸上，他只觉得一颗心痛得揪在一起。

她有孩子了，再一次有了孩子，却依旧不是他的。

事情发生得有点突然，让他有种措手不及的感觉。

他知道，有了和那个男人的孩子，就必定会再与那个男人有瓜葛，这是他最不愿意看到的。

但是，他也知道他断不会伤害这个孩子。

因为孩子是她的，是他爱的女人的。

即使孩子的父亲不是自己，但他爱她，他就必须爱她的孩子，不是吗？

边上的冬儿疑惑地看着这个男人，看着这个男人手执着毛笔顿在那里，面色凝重，眼神缥缈，静站了许久。

直到她轻轻唤了一声："三爷。"苏墨风才回过神来，将毛笔置于砚台上，轻轻地折起药方，递给她。

两辆马车缓缓地从宫门口驶出，门口的侍卫例行盘查，李公公露了个脸，手执文帝令牌一挥，侍卫便一个个毕恭毕敬地退了回去。马车里面，文帝微微合着眼睛，闭目养神，梅萍坐在边上，抬眼偷偷睨着这个男人。也不知道是不是情人眼里出西施，她觉得，岁月好像并没有在这个男人身上留下太多的痕迹，他比二十多年前她看他的那一眼，似乎只是多了沉稳内敛的东西。今日的他一袭月牙软袍，头顶的墨发用同颜色的发带高高束着，其余散发都轻垂于脑后，相比平日里一袭明黄的威严冷漠，此刻的他儒雅飘逸了许多，也温润如玉了许多，让她有种错觉，他此时只是一个寻常的男人，一个寻常百姓家的丈夫，带着妻子出去游玩而已。

这么多年，她心墙高筑，不过是自己的心结而已，而他也很淡漠，很少主动找她，于是，两人相处得就像白开水一样。其实，这一刻，她心里有多雀跃，多满足，只有她自己知道。直到坐上马车的这一刻，她甚至还怀疑这是不是真的？他真的因为她的一句想家就撇开江山社稷带她去江南吗？还是说，江南是他心中那个女人的故乡，他在那里有他缅怀的人和事？想起良妃，她心中微涩，她想，这么多年，这个男人的恨有多浓烈，当初，他的爱就有多强烈吧？

心里一下一下地抽疼，她微微蹙眉，垂眸的瞬间，男人正好睁开眼睛，看到她的黯然，她再次抬眸，两人恰好四目相对。她心头狂跳，她连忙别开视线。耳边却传来文帝低低的笑声，似乎被她的样子愉悦到，文帝大手一捞，将她揽进怀里："萍儿想去江南的哪里？"

他的气息滚烫，喷薄在耳边，有些微痒，梅萍轻轻地缩了缩脖子，笑道："周庄。"她明显地感觉到文帝的身子一僵，静默了片刻，才听到他的声音响起："你和她是同乡？"

她？梅萍一怔，自是知道"她"指的是谁，心中再次紧窒得疼。不是良妃，而是她，只有一直盘亘在心里的人，才会脱口而出这个字吧？所有的温情瞬间灰飞烟灭，她微微苦笑，"嗯"了一声。

因为是微服出巡，所以他们很低调，一切从简，身边就带了随侍李高李公公，和梅妃的随侍香草以及两个大内侍卫，总共六人。甚至连朝堂上面都没人知道此行之事，只听说，皇帝偶感风寒，正在静养，暂罢朝几日。

四王府，杨痕踏进云轩阁的时候，苏墨沉正在案桌边上看着一张画像一动不动，连他走到近前，竟也未曾发觉。杨痕斗胆一看，竟是这个男人和千城的画像，因为就一眼，没看得真切，只看到似乎在一棵什么花树下面，两人动作亲昵。他想再看，画却被苏墨沉陡然抬手一折。

“有事吗？”苏墨沉缓缓地将画像折起放到衣襟里，淡淡地睨向他。杨痕有些窘迫，想了想道：“姑娘带信来说，文帝和梅妃去了江南，我们的人也在江南看到了三王爷和千……千主子。”

苏墨沉眸光一敛，静默了片刻，道：“准备一下，明日随我一起去江南。”

“可是，爷的伤……”

“无碍。”

火，到处都是火，熊熊大火。红红的火苗带着摧毁一切的力量，染透了大半个天空。没有出路，往前一步，一根如同火龙的横梁掉下来，砸在她的脚下，点燃了她的裤管。往后一步，里面噼里啪啦烧得正旺的门板倒了下来，砸在她的背上，背上灼痛不堪。动不能动，逃不能逃，哪儿都是火，吞噬一切的大火……

“啊……救命……”一声凄厉的喊叫划破静夜，梅萍陡然翻身坐了起来，大汗淋漓。

“怎么了？是不是做噩梦了？”文帝放下手中的朱砂笔，从桌案边起身，走到床榻边，将她抱进怀里。梅萍睁着一双眸子，又惊又惧，身子颤抖个不停，怔怔地看着文帝，好半天才缓过神来，鼻子一酸，将脸埋进他宽厚的胸膛：“皇上。”

在文帝的眼里，她一向淡漠，一直一副清冷的样子，有时即使他主动，她也是不咸不淡，不反抗不抵触，此时看到她委屈示弱的样子，顿时心中一动，柔软得不行，大掌一下一下抚摸着她的背，轻声哄慰道：“别怕，朕在这里。”梅萍温顺地点了点头，一颗心慢慢安定。

“回到家乡怎么还会做噩梦呢？应该做美梦才对。”文帝戏谑道。

美梦？梅萍微微苦笑，这里是她这一辈子的魇。在这里，她的孩子被人抱走，在这里，她差点葬身火海，她怎么可能有美梦？

“睡吧，”温热的唇贴在她的耳边，他软声细语，“朕在这里。”

熟悉的温度，熟悉的气息，熟悉的姿势，那一刻，梅萍想哭。她想起了那一夜，他们两人第一次的那个冬夜，也是这样的冷，他也是这样钻进她的被窝，也是这样将她抱在怀里，在耳边说，等我，我会娶你做全天下最尊贵的女人。

“皇上，为何对臣妾那么好？”梅萍在他的怀里轻轻地抬起头，一双水眸静静地看着他。其实，她想问的是，为何现在对她那么好？二十多年的不温不火，她早已习惯，这段日子的宠爱让她有种像在做梦的错觉。文帝低低一声轻叹，抬手轻轻捧住她的脸：“因为，因为朕没有太多的东西可以失去了……”

梅萍微微一怔，很快便明白过来他的意思。先有良妃的背叛，后有丽妃的陷害，前者已经死了，后者几乎死了。后宫虽然还有很多女人，但是，他最宠爱的两个人都不在了。梅妃低垂眼睑，敛去眸中情绪，说不出心中的感觉，只觉得一颗心又痛又涩。如果她们还在，站在他身边的一定不是她，对吗？正涩涩地想着心事，突然唇上一重，属于这个男人的气息就铺天盖地地席卷了过来。

对于床笫之欢，他是个中高手，再加上心中本就有着浓浓的情愫，不一会儿，梅萍就在他的身下化成一团春水。

一场极致的欢爱过后，男人似乎睡得很安稳，她其实也很疲惫，却是睡意全无。两人都没穿衣服，赤诚相对，她窝在他的怀里，肌肤贴着肌肤，滚烫炙热，除了二十多年前的那个冬夜，她第一次觉得他离她那么近，无论是身体，还是心。抬手轻轻抚着男人的眉宇，浓黑细密，英气逼人，一如初见时那般好看。

还记得，那个冬夜过后的第二天早上，这个男人便走了。他让她等他，她等了。她有了孩子，她和腹中的孩子一起等。一日一日，他都没有来，却等来了要杀她的人。如果不是她的邻居，她的好朋友陈珠儿救她，她早死了，何来今日的梅妃和今日的四王爷苏墨沉？

皇上，即使你不爱我，即使你不能让我进宫，你也不应该要杀我，你怎么能这么狠心对一个将身心都给了你的女人？

雪后初晴，阳光正好。千城百无聊赖地走在江南小镇的街头，东瞧瞧、西瞅瞅，浓浓的冬日暖阳懒懒地打在她身上，舒服惬意。一早起来，苏墨风说有点急事要办，便行色匆匆地出去了，半晌也不见回来。她一人实在是闷得慌，又见天气极好，便想着到镇上来逛一逛。

镇上很热闹，车水马龙、人来人往。路两边都是小摊，卖的东西也是琳琅满目，吃的、用的应有尽有，小商小贩的叫卖声此起彼伏、连绵不绝。她的目光被一个卖婴儿鞋服的小摊吸引了过去。小摊的四周挂满各种小孩的衣服，童男童女的，色彩斑斓，中间则是摆着各式的绣花小鞋，有虎头的、猫头的，各种动物图案，煞是可爱。她弯了弯唇，抬手抚上自己完全还是扁平的小腹，心想着，也不知是男是女，那就索性各买几套再说。

见有主顾，小贩满脸堆笑，问她想要点什么。她环视了半天，眼花缭乱，最后，伸手一指，指着一套大红的小袄裤，正欲开口说要那个，突然脸色一变。透过衣架上挂的衣服与衣服的间隙，可以看到不远处的一个茶摊，茶摊外面的一个木桌边，有两个男人正相对而坐，端着碗饮着茶水，低声说着话。

这并没有什么奇怪的。奇怪的是，其中一人的背影，对于没有记忆的她来说，竟是莫名地熟悉。身材伟岸挺拔，一袭绛紫色华服，头顶白玉绾发，脑后墨发轻垂。他是谁？心头莫名地狂跳，令她好奇不已，抿唇想了想，便悄声走了过去，站在茶摊边上一个卖布匹的小摊旁，假装挑选布匹。

“三哥要去见父皇？”白璧纤长的手指端起桌上的茶碗，抿了一口，苏墨沉轻挑眉眼，问向坐在对面的杨痕。

“嗯，”杨痕点头，“听我们的人说，是皇上约的，一个时辰后，就在双桥碰面。”

双桥？苏墨沉眸光微敛，缓缓地放下手中茶碗，只听下面的人说在江南看到了苏墨风和千城，具体住处却不知道，这几日，他也寻了好多地方，也没有寻到。如今，苏墨风要去见文帝？一个游玩的皇帝，一个被流放的王爷，两人见面？苏墨沉黑如曜石般的眸子缓缓眯起，狭长凤眸中寒芒一闪。

“消息可靠吗？”他沉声开口。

杨痕想了想道：“应该可靠。”

苏墨沉不响，薄唇微抿，眸光深邃悠远，似在沉思。

“四爷准备怎么做？”这么多年跟随这个男人，杨痕很清楚，他的心中定是有了打算。

苏墨沉冷冷一笑，薄薄的唇边轻轻逸出一字：“杀！”

杀？杨痕一震，转念一想，其实也是意料之中。因为苏墨风，才导致黑煞门总舵被灭，让这个男人受如此重挫。几千条人命，血债累累。

苏墨沉这个人，杨痕了解，平日他虽然隐忍，那也是因为其心思缜密谨慎，其实他也是一个极狠之人，睚眦必报，只是……苏墨风毕竟是他的哥哥。

“这次任务就让属下去完成吧。”杨痕抬眸，目光坚定地看着他。十几年前，这个男人将他从强盗手中救下，他就下了决心誓死跟随这个男人。既然有些事，他不方便，有些人，他下不了手，那么，他去替他做。见男人沉默，他又补充了一句，“属下一定完成任务！”

“不，”苏墨沉抬眼看向他，面色冷峻，“我要亲手杀了苏墨风，我要以司空畏的身份杀了他，我要在文帝的面前杀了他。”

杀了他几千个兄弟，还利用了他的女人，这个仇是非报不可的。不是父子勾结吗？不是父子达成协议吗？既然父子同心，我倒要看看，父看到子为自己所做的一切付出代价，是如何反应的？

梅萍看着前面的青石桥，彻底震惊了，脚下的步子便再也挪动不了分毫。双桥？今日文帝说带她去一个地方，她怎么也没有想到会是这里。在这座青石桥上，有着她最美好的回忆。她与他的邂逅，那一眼万年，便从这里开始。一颗心难以抑制地狂跳，她转眸怔怔地看着边上的男人。

“怎么？萍儿不舒服？”文帝微微地侧过头，轻声问道。好半天，她才答道：“没有。”

“那我们去桥上看看。”文帝弯着唇角，黑眸中流转着万千光华。她听到自己说：“好。”

她和文帝走在前面，李公公和香草不远不近地跟在后面。他们拾阶而上，桥上人来人往。桥还是那桥，青石亦是那年的青石，只是今日阳光正灿，没有那年的薄冰薄雪。梅萍弯了弯唇，其实，物是又如何呢？人已非！

文帝在桥上站定，负手而立，黑眸微眯，望着远处的风景，一动不动，似是在回忆什么，又似是在凭吊什么。梅萍在他身后看着他，看他的墨发被河风吹起，风中他白衣翩跹。仿佛时光倒流，又回到了那日的午后。他还是他，她亦还是她。这一刻，她突然有了冲动，一种想跟他问明白的冲动。

“皇上！”她上前一步，和他并肩而立。文帝缓缓地收回目光，侧首看她，四目相对，她正欲开口，却是被李公公上前轻声打断：“皇上，三王爷来了。”

梅萍一怔，与文帝一起，循着李公公的目光看过去，只见苏墨风正远远而来。他同样一袭白衣胜雪，脚步翩跹，走在金黄色的暖阳下，翩然若仙。似乎也看到了他们，他微微弯了弯唇，轻提袍角，快步拾阶而上。

在桥的对岸，一抹玄色身影静静而立，远远地望着这边。身边人来人往，玄色身影腰佩长剑，一副铁面如冰，铁面下一双寒眸更是冷得如同腊月飞霜，不见一丝温度。此人正是苏墨沉。他眯着眸子，看了看文帝，又看了看那个拾阶而上的白衣身影，骤然眸光一敛，大手握住腰间的剑鞘，长剑飞出，他脚尖一点，跃身而起，将长剑剑柄稳稳地接于手中，飞过偌宽的河面，如同一只敏捷的燕，手中长剑带着刺眼的寒芒，直直地朝苏墨风刺了过去。

文帝一行人和苏墨风的注意力都在对方身上，加上街上人多喧哗，根本就没有人注意到苏墨沉，而且他的动作又快，似乎只在一瞬间，众人根本都来不及反应。眼见着长剑的剑尖就要刺向苏墨风的胸口，骤然，一声女声焦急地响起：“风哥哥……”

声音那般熟悉，随之，一个粉色钗裙的女子出现在苏墨沉的视线里，气喘吁吁地拉住了苏墨风的袍角。

千城！苏墨沉心口一震，脸色巨变，想停下已然来不及，只得拼着全力，手腕骤转，临时改变长剑的方向，朝苏墨风边上的空当刺了过去。

“风哥哥，有人要杀你！”女子心急如焚的话音刚落，苏墨沉已经随着惯性落于桥上，众人也同时反应过来。当场都变了脸色，两个隐藏在人群中的大内禁卫更是手持兵器飞身而起，直攻向苏墨沉。

“千城……”苏墨沉还没来得及说话，两个禁卫已逼于面前，他只得挥剑抵挡。顿时，桥上乱作一团，路人慌乱逃窜，尖叫声、兵器交接声，各种声音四起……

眨眼工夫，偌大的青石桥上，一个行人都没有，只剩下文帝、梅妃、苏墨风、千城、李公公、香草以及痴缠打斗的三人。文帝面色冷峻，微微眯了凤眸，眸色深邃寒凉，虽然他没有见过司空畏，但是，以他对黑煞门的了解以及江湖上关于黑煞门门主的传闻，他已知来者何人。

梅妃咬着唇，有些害怕，正惶恐不知所措间，突然手背一热，文帝将她的手握住了，捏了捏她的手心。她弯了弯唇，一颗心慢慢安定，心中甚至涌起一股与心爱的男人同生共死的豪迈。李公公和香草皆是吓得面色苍白，可是主子们都站在那里岿然不动，他们也只得硬着头皮站在那里听天由命。

苏墨风微微蹙眉，看着三个打斗的身影，脸上一直是微愕的表情，司空畏刚才的目标明明是他。可是，他和他无冤无仇，而且前段时间，他还赠温碱水给他，怎么现在又要杀他？突然想起什么，他转过头问向早已被他护在身后的女人："你怎么知道他要杀我？"

千城怔了怔，想起方才在街上的情景，心中暗自庆幸："我偷听到的。"方才在茶摊上，跟他一起的那个男人喊他四爷，他又叫苏墨风三哥，那，他就是……

那厢，因心中有许多话和许多疑问，苏墨沉战得甚是急切，所以出招极快，剑花变幻、快如闪电，且招招狠戾，招招致命，慢慢地，两个大内侍卫便有些招架不住，显出败象。文帝的薄唇越抿越紧，大手更是慢慢收拢，意识到他的用力，梅萍抬头看了看他，她知道，这个男人想要出手了。苏墨风的黑眸亦是紧紧追随着几个人，心中亦是犹豫着，要不要上前。

骤然，一道女子清润的嗓音划过所有人的耳膜："四王爷！"

三个字如平地惊雷，在这冬日的午后炸响。一瞬间，所有人都震住了，甚至包括苏墨沉自己。

四王爷？李公公和香草环顾四周，哪里有四王爷？文帝、梅萍、苏墨风则是看向出声的女子，满是探究。而女子却是盯着那一副铁面、且战且凝着她的男人，再次出声："四王爷，风哥哥是你的哥哥，你怎么忍心？"

四王爷？此人是四王爷？黑煞门门主是四王爷？文帝震惊，梅萍惊惧，苏墨风难以置信。苏墨沉脚下一软，听到心中有什么轰然碎裂的声音。她喊他四王爷？众目睽睽！怎么会？苏墨沉后退了两步，才稳住自己的身子，犹不相信这是真的。

李公公和香草你看看我，我看看你，完全懵了。两个大内侍卫听说是四王爷苏墨沉，愕然不已，一下子不知道该怎么办了，这还要不要打下去……

"老四？"文帝骤然沉声开口，口气中透着寒凉，也透着一丝不确定，他紧紧地凝着苏墨沉，深邃的眸中竟是从未有过的复杂。苏墨沉持剑的手一顿，沉痛的眸子缓缓地从千城的脸上移开，看向文帝。两侍卫听闻文帝骤然开口，又见苏墨沉放弃了攻击，便也停了下来，毕竟是王爷啊！还是听皇帝吩咐吧。世界仿佛瞬间静止了下来，只有风吹衣袂的声音。

忽然，一个娇小的粉色身影从苏墨风身后跑出，直直地跑向苏墨沉。

千城！苏墨沉忘了动，也忘了反应，就怔怔地看着女子如同一只展翼的蝶朝自己飞来。面上陡然一轻，女子已经抬手将他脸上的面具揭了下来。四目相对，阳光刺眼，所有人都震惊了！文帝的薄唇抿成一条冰冷的直线。梅萍脸色骤变，如纸般苍白。苏墨风拢眉，不敢相信自己的眼睛。铁面从千城手中跌落，滚下青石台阶，金属撞击石面的声音，一声一声令人心悸。

苏墨沉重重地闭眸，如果说总舵的那一揭他又惊又惧，那么此刻的这一揭，他只有痛。

千城静静地凝着男人俊美无俦的脸，那眉、那眼，竟是说不出的熟悉，心中却又对这个人莫名地排斥。苏墨沉亦是紧紧地凝着她不放。彼此的眸子绞在一起，不同的是，这次，他的沉痛灰败，她的淡若秋水。

"竟然真的是你！"文帝首先打破静寂，冷声开口。

苏墨沉沉默不响，黝黑的瞳一直落在千城的脸上。千城心口一窒，别过视线，她不知为何，被他这样看着，竟突然难过起来，很复杂很纠结的心情，那感觉无以名状，她不喜欢。千城蹙了蹙眉，转身又走回到苏墨风的身边，不再看那个男人，其实，她害怕看。

"老四，你太让朕失望了！"文帝强压住心头的怒火，一字一顿，声音从喉咙深处发出来。

失望？谁让谁失望？苏墨沉微微苦笑，没有说话。从小到大，他又几时给过他希望？

“朕是你的父亲，老三是你的哥哥，你流着皇家的血，竟然做匪的头目、黑煞门的门主，现在还要杀你的亲哥哥，你说，你居心何在？”

居心何在？苏墨沉依旧轻轻笑着，落寞苍凉：“我的居心，父皇不是清楚得很吗？”如果不是他逼他，如果不是他们逼他，他又如何会这样？皇家的血是血？他几千兄弟的血就不是血吗？这世上，谁又比谁尊贵？

见他这样说，文帝的脸色愈发铁青，凤眸中的阴霾越积越多，仿佛暴风雨前夕天上密集的乌云，直欲摧城，他一甩袍袖：“将这个孽子抓起来，带回皇宫天牢！”

两个侍卫得令，又七手八脚地上前。对付这两个人，苏墨沉本绰绰有余，可是，他却并不打算反抗。抬头，望了望天，他突然觉得自己所有的坚持都失去了意义。既然，所有人都想让他死，他挣扎着活，又有什么意义？

冬日的阳光斜铺在桥上，落在他一身玄色的衣衫上。阳光下，他缓缓地转过头，再次看向千城，光影偏逆，所有人都看不清他脸上的表情，只听到他的声音恍惚传来：“千城，我没想到你竟恨我至此，既然，这是你想要的结局，那，我便给你！”手臂骤扬，手中长剑飞出，直直地插在青石桥面上，剑身轻晃。

千城一震，只觉得那被他甩出的剑尖就像陡然插在她的心上一般，痛得她瞳孔一敛。她捂着心口，呼吸困难，没有勇气看他……

文帝微微怔愣，似乎也没想到他会主动弃械，抿唇静默了片刻，便示意边上的侍卫：“带走！”

侍卫上前抓住苏墨沉的手臂。苏墨沉垂眸浅笑。

“不……”一声女子痛楚的叫声骤然响起。众人一震，齐刷刷地看向出声之人，竟是梅妃。文帝将瞳孔一圈一圈缩起，眸中的阴霾更甚，缓缓地转过头，冷冷地看向身边的女人。梅萍心中一颤，被他眼中的戾气吓住，仿佛这些日子这个男人所有的温情都只是她的一场梦。

“你想怎样？”文帝开口，一字一顿，森冷的声音从牙缝中迸出来，瘆人得寒。梅萍微微蹙了秀眉，他用的是你，而不是萍儿。撩开披风的袍角，梅妃缓缓地跪在冰冷的青石桥面上。众人先是震惊，后是大骇。皇帝的女人为别的男人下跪求情？这是什么状况？众人大气不敢出，都看着那个一脸阴沉的帝王。

苏墨沉亦是震惊了。平素这个女人对他极好，他是知道的，每每在他处在困境的时候，她都会出手帮他，他也是知道的，但是，这次……这次他的事情有多严重，他清楚得很，所谓带回宫中大牢，不过是死路一条，谁也帮不了他。

“梅妃娘娘……”他刚准备说话，却是被文帝沉声打断，当然，他不是跟他说，而是对着梅萍：“你想给他求情？”

文帝看着梅萍，手指却直直地指向苏墨沉：“你可知道他犯的是死罪？早知道他今日是这般孽障，生下来的时候，朕就应该掐死他，也省得他弄出这么多纠复。”

身后，苏墨沉微微苦笑，掐死他？当初为何不掐？掐死他倒好了！

不，梅萍伸手颤抖地抓住文帝的袍角，怎么可以这样说她的孩子？说她那可怜的孩子？她抬着头，乞求地望着那个神一般的男人，水眸中有泪花在晃：“皇上，其实他是……”

“休得再说！”文帝手臂一甩，毫不留情地将她的手挥落。梅萍猝不及防，差点摔倒在地上。

“什么样的娘，生什么样的儿子，也只有陈珠儿这样的贱人才会生出这样的孽障，咳咳……”文帝的胸口急速起伏着，或许是太过激动，说到最后竟是猛烈地咳嗽起来。李公公大惊，连忙从袖中取了药上前。丽妃事件以后，这个男人经太医院的医治，已经很久没有咳嗽了，今日这般，可见真是气得不轻。文帝挥臂直接将他手中的药打掉，末了，又恶狠狠地指着苏墨沉，将阴冷的目光一一扫过众人，“如果谁再替他求情，朕，现在就杀了他！”

那一刻，他决绝的样子让在场所有的人都相信，谁若敢求，他便真的会杀，哪怕那人是他的儿子！全场静谧。

文帝又转回头看向跪在地上摇摇欲坠的梅萍，抬手猛地掐住她的下巴，薄唇抿出一丝冷笑：“还有你！你有什么资格替他求情？你凭什么就以为你求情，朕就会放了他？别以为朕带你出来，给你几日宠爱，就骨头轻得自己几斤几两都不知道，在朕心里，你什么都不是！”被他的大手掐着，梅萍被迫扬着头，她看着他，沉痛地看着他，看着这个这几日带给她幸福的男人，水眸中的光华一点一点剥落。

在朕心里，你什么都不是！他的话就像一把穿心的剑，直刺得她的心一瓣一瓣，鲜血淋漓。原本她还准备说苏墨沉是她的孩子，幸亏没讲。不然，不仅帮不了他，反而更加害了他，还得落个欺君的罪名。陈珠儿才是这个帝王心尖的女人，虽然他恨，那是因为他爱！其实她一直都知道，只是这几日被蒙蔽了双眼而已，这一刻她真的觉得自己好傻。

忽然，她对着面前熟悉又陌生的男人唇角一弯，轻轻笑开。文帝心口一撞，眸光微闪，只觉得那笑容竟是那般刺眼，他手一松，别过视线。到这一刻，他忽然有些明白自己到底在气什么，在气这个女人对另一个男人的好吗？怎么会？

“梅妃娘娘仁义，苏墨沉感激不尽，只是今日之事，谁也帮不了，请娘娘不要管。”苏墨沉没想到，这个女人竟然为他至此，可是，他并不想连累任何人。

梅萍重重地闭眸，泪水夺眶而出，你是我的儿子啊，我如何能不管？是娘对不起你，本就弃你在先，如今又人微言轻，帮不了你。

“带走！”文帝衣袖一挥，负手于身后，转过身，不再看梅萍，不再看苏墨沉，亦不再看任何人。苏墨沉轻轻笑着，眼梢轻抬，再次看向千城。千城虽然惧怕看他，但是，亦是忍不住心中煎熬，偷偷地抬眼睨向他，两人的目光不期而遇，千城心尖一抖，慌乱地别开视线。心中剧痛，她也不知道为的什么，她似乎做错了，她似乎害了这个男人，可是，他为什么要杀她的风哥哥？

苏墨风眉心微拧，他从来没有看到过这样灰败、颓废，甚至有些自暴自弃的苏墨沉，从来没有。其实，他知道，这个男人若想走，谁也拦不住他。

两个侍卫准备带着苏墨沉转身，梅萍也摇摇晃晃地站起身。骤然，有道黑影不知从何处窜出，嗖的一声，是利刃划破空气的声音，闪着幽光的寒刃，直直地朝着一个方向刺去。众人大骇，那竟是文帝的方向。变故发生得太突然，似乎只在眨眼之间，众人根本来不及作出过多反应。苏墨风一惊，本能地拾起脚边被苏墨沉抛插在桥上的那柄长剑，猛地朝那黑衣刺客刺去。苏墨沉亦是一怔，抬步的瞬间，事情却陡然发生了逆转。

“嘶……”利器入肉的声音。

“唔……”男人、女人闷哼的声音。

血珠四溅……

“皇上！”李公公脸色大变，惊呼上前，可是，他却陡然发现，他的皇上安然无恙，因为有人挡在了这个男人的前面。

时间仿佛定格在这一刻。刺客的剑插在女子的心窝，而苏墨风的剑，直直地插在刺客的背心。众人皆愣在了原地。苏墨沉亦是怔了怔，突然意识到什么，瞳孔一敛，甩开两个禁卫的钳制，疾步走过去，大力地挥开苏墨风，抱起刺客，脚尖一点，飞身而去。踏风而行中，他缓缓地回过头，看到苏墨风被他一掌重重地推出，后退了好几步，边上的千城连忙伸手去扶，她叫他：“风哥哥。”

眸色一痛，他转过头去，不敢再看。身后两个侍卫飞身追了上来，他没有回头，抬手，袍袖轻扬，暗器飞出，两人应声落于水中。

桥上。

“萍儿！”文帝惊呼一声，慌忙伸手将梅萍揽在了怀里。连他都反应不及，她竟然想也没想就挡在了他的身前，这是怎样的女人？大手捂上了她的伤口，那里温热黏稠的血顺着他的指缝往外冒，他第一次感觉到了恐慌。

“萍儿，坚持住，朕这就带你去找大夫。”文帝伸手，点了她身上几个大穴，打横将她抱起，疾步下桥。李公公和香草连忙紧步跟在后面。千城怔怔地看着青石桥面上一摊一摊的鲜血失神，陡然胃中一阵翻涌，她扶着桥栏剧烈地呕吐起来。

“你没事吧？”苏墨风脸色一变，连忙上前轻轻地抚着她的背。她摇了摇头，从袖中取出一块丝绢，拭了拭唇角，只觉得心中纷乱如麻，抬头，她看向桥对岸的方向，那是那个男人离去的方向。

第十九章　惊天骗局

苏墨沉抱着怀中的人走得飞快，有温热的液体从怀中之人的背心不断涌出，滴滴答答逶迤了一地。他知道，苏墨风的那一剑几乎将这个男人穿膛刺过。他没有想到他也会去了双桥，更没有想到他会去刺杀文帝。

“杨痕，不要睡，坚持住！我们去找大夫！”

“爷……”杨痕虚弱地笑，“没用了……”他的伤有多深，他自己知道，他的血流了多少，他自己也知道。

苏墨沉心中大痛，加快了脚下的步子，可看到杨痕几乎合上了眼睛，他又顿住脚步，放下他，双双坐于地上。他将手抵在他的头顶，将自己的内力输了进去。终于，杨痕又缓缓睁开眼睛，俊朗的脸上并没有将死的悲哀，反而是笑着，他努力让自己看起来没事一般：“爷……你不能被他们带回去，那……是死路一条，这么多年的夙愿……你怎么可以说放弃就放弃呢？你不能让杨痕白死……不能让几千兄弟白死，还有老夫人……如果……如果你放弃了……老夫人怎么办？”说到最后，他的声音越来越小，越来越弱，几不可闻。

苏墨沉将自己的内息催到最大，疯狂地注入他的脑门，沉声道：“别说话！”然而，这世上最无奈的，莫过于生死。苏墨沉明显地感觉到这个男人的生命在随着他的血一起流逝，忽然，杨痕伸出手，握住他的腕，努力清晰地说道：“……杨痕……杨痕这辈子……最庆幸的是追随了爷……最……最遗憾的是……等不到爷穿龙袍的那一天了……”杨痕吃力地说着，殷红的血从他的嘴里涌出来。

苏墨沉反手将他的手握住，冷斥道：“不要再说话！”可是，不说话也没用，真气度过去也是没用，杨痕身体的温度依旧在慢慢流逝。

不知过了多久，杨痕的身子慢慢凉了，苏墨沉仍旧坐在那里，成了一尊石雕，一动不动。脑中全是这些年与这个男人日日相处的情景。如果说这个世上，有一个人真心地对他死心塌地，有一个人可以分享他所有的秘密，那这个人便是杨痕，也只有杨痕。他是他的属下，是他的朋友，亦是他的亲人。文帝没有给过的温暖，良妃没有给过的温暖，杨痕给了。

“爷，你不能让杨痕白死……不能让几千兄弟白死，还有老夫人……如果……如果你放弃了……老夫人怎么办？”

“早知道他今日这般孽障，生下来的时候，朕就应该掐死他，也省得他弄出这么多纠复。”

“什么样的娘，生什么样的儿子，也只有陈珠儿这样的贱人才会生出这样的孽障！”

苏墨沉缓缓地站起来，眸光冰冷坚毅，他低头，轻轻拂掉玄色衣袍上沾染的红色尘土，那红色是杨痕的血。

是夜，龙吟宫，灯火通亮。文帝负手立在龙榻边上，面色冷峻，看着床榻上的梅萍。梅萍面色苍白，嘴唇亦无一丝血色，轻轻合着眼睛，一动不动。太医院院正和两个医女正仔细检查着梅萍的情况。太医院所有的人都来了，一屋子的人都大气不敢出。

“怎么样？”文帝沉声开口。

院正冷汗涔涔，慌忙地跪在地上，回复道：“回皇上的话，梅妃娘娘她失血过多……”院正的话没有说完，就顿在那里。文帝将落在女子脸上的目光收回，缓缓地转过身，冷冷地看着众人。他当然知道她失血过多，在江南，他找了好几个医馆，才将她的血止住，可是，即使止住了血，她却还是一直昏迷不醒。他想着太医院的医术水平应该是天下最好的，所以紧赶慢赶，才赶回了皇宫。但如今却还是这个答案。

"可以先开一些补气血的药服用，至于……"院正低着头，不敢抬眼看这个帝王，顿了顿，又硬着头皮接着说道，"至于娘娘几时会醒来，这个微臣暂时也无法确定，需先观察几日。"

许久都没有听到文帝的反应，就在众人以为一场暴风雨就要降临的时候，文帝却只是淡淡地朝众人挥手："都出去吧。"

所有人都如同得到大赦，大松了一口气，连忙行礼作鸟兽散。李公公走在最后面，走到门口，又折了回来："连日舟车劳顿，奴才伺候皇上早点歇了吧。"别人不知道，他一路跟着回来，一切都看在眼里，这个男人几日都没有休息，一直守着这个女人。

文帝未响，亦是疲惫地朝他挥了挥手，李公公无奈地低叹，退了出去。殿中一下子静谧了下来，文帝深深地呼出一口气，坐在软椅上，身子靠向椅背，缓缓地合起眸子。有细碎的脚步声靠近，文帝没有睁开眼睛，他以为是去而复返的李公公。直到感觉到来人在他面前站定，却半天不出声，他才觉得有异，陡然睁开眸子。

"你怎么来了？"看到来人，文帝有些愠怒，口气甚是不悦。

来人冷佞一笑："父皇闭关静养数日，儿臣也没能过来请安，心中甚是挂念，今夜特来看看父皇龙体是否安康？"

"朕累了，"文帝起身，"要请安明晨再来吧。"

"明晨？"来人嗤笑，"明晨就迟了。"

文帝脸色陡然一变，回身看向来人。

客栈厢房内，一豆烛火，千城端坐在铜镜前，木然抬手，拔掉发髻上的双蝶金钗，顿时，一头乌黑浓密的长发倾泻而下，如缎似瀑。铜镜中的人儿肌肤胜雪、眉目如画，是记忆中自己的模样，她却觉得是那么陌生。千城，你到底是谁？四王爷苏墨沉与你又是什么关系？你为何想到他会痛，会难过，会想哭？

她如同一个失了灵魂的木偶，拿起木梳一下一下机械地梳理着长发，眼前又浮现出那个男人轻轻笑开了的眉眼，却又分明沉痛至极的眉眼。虽然不知前因，但是，她已然知道，那日她在众目睽睽之下，将他脸上的面具揭下，造成了什么样的后果。当时她满心满眼都是他要杀苏墨风，心中又急又怨，根本就没有想其他的。

那一声四王爷，那抬手一揭，她终究将他逼到了绝路。

“千城，我没想到你竟恨我至此，既然，这是你想要的结局，那，我便给你！”

她恨他？她想要的结局？她想要怎样的结局？直觉告诉她，她和那个男人一定有着很浓烈的纠复，可为何她一丝一毫都记不起？头，好痛，就像有把钢刀在里面深绞，支离破碎、鲜血淋漓。越想越痛，越痛越空白。手中的木梳掉在地上，她抱着自己的头，痛得眼泪直流。

耳边一直有个声音在轻轻地唤着她，千城，千城……抬眼的瞬间，她看到铜镜中分明多了一个人影，那人轻轻捧起她的脸，温柔地亲吻着她的鼻翼唇角，深情款款……

啊——她尖叫！她觉得自己快要疯了，她起身奔到床上，拿起被褥捂住自己的眼耳，身子抖个不停。没用，还是没用，那低沉的声音，那透着无限苍凉的声音久久地回荡在她的耳畔，那个人就像侵入她的骨髓一般，如影随形。

意识到这边的动静，住在隔壁厢房的苏墨风破门而入，奔到床榻边上，掀开被褥，将她瑟瑟发抖的身体紧紧地拘在怀里，急切地问道：“怎么了？千城，怎么了？是不是做噩梦了？”

“告诉我，他是谁？他到底是谁？”千城泪流满面，一只手紧紧地抓住自己胸口的衣襟，纤细的指节泛出森森白色。为什么她的心会那么痛，那么痛？

“风哥哥，我好难受，好难受，我觉得自己快要死了……”她苍白着脸，无助地哽咽。

苏墨风眸色一痛，紧紧地握住她冰冷的小手，下颚抵在她的发顶上：“是我不好，千城，都是我不好，让你这么痛，都是我不好……”

他不知道该怎样说，也不知道该怎样安慰千城。他的初衷是为了让她忘了那个男人，忘了痛苦，可事实证明，他似乎错了。他真的错了，她反而更加痛苦。他没有想到会这样，因为那个药他以前也见人服用过，从没有出现过她这种情况。也就是到这一刻，他才明白，有些人、有些事是刻在骨子里的，如同他记忆中的她，她记忆中的另一个男人，若要强行剔除，那便只能是剜肉的痛。是这样吗？千城！你不想忘，你不想忘了他，是吗？还是你潜意识里在自责，自责自己不该伤了那个男人？

苏墨风低头，轻轻吻着她头顶的发丝，一颗心痛得无以复加。千城，我该如何减轻你的痛苦？当年，他的师傅研制这种药，就是为了忘掉一个女子，他的师傅怕他自己后悔，并未研制解药。靠药物让她记起，已然没有可能，只有一点一点将她的过去讲与她听。可是，苏墨沉现在的处境……此次怕是凶多吉少了。他不敢想，如今没有记忆，她都如此痛苦，如果知道自己与那个男人的爱恨纠葛后，又如何能承受失去那个男人的痛苦？

“千城，等此次回京的事情一了，我就将你和他的故事都告诉你，都讲与你听，好不好？”温热的唇轻轻地贴在她的耳边，他低低地哄慰着她。

“真的吗？”千城在他的怀里抬起头，泪眼婆娑地看着他。

“真的。”他弯唇，坚定地点头，抬手，捧起她的脸，用温热的指腹抹去她脸上的濡湿。这一刻，他真是这样想的，他不能再那般自以为是地替她作决定，如果，苏墨沉真能平安度过此次劫难，他便告诉她曾经发生的一切。只是……想平安，谈何容易？他眉心微拢，几不可闻地叹息。

金銮殿，早朝。前段时间，文帝缠绵病榻，罢朝多日，今日是文帝痊愈后的第一次上朝。文武百官、王爷亲王们尽数到齐，分左右两排，齐齐而立。有两个王爷不在。一个是三王爷苏墨风，因丽妃事件被流放在外，一个是四王爷苏墨沉，听说带着他的女人去了大漠。

文帝端坐在正上方的龙椅上，身着一袭明黄龙袍，龙袍上的九条蟠龙栩栩如生，似要翱翔飞去。他双手随意地搭在龙椅的把手上，五指微曲，轻轻敲击，脸色微微苍白，但目光如炬，一一扫过殿下众人，在看到六王爷苏墨鸿的时候，眸光微顿，片刻，又掠开了去。

听说今日有重要事情要宣布。众人大气不敢出，眼观鼻鼻观心。良久的静谧之后，才听到文帝开口：“朕近段时间身体抱恙，朝中诸事有劳各位爱卿了。”顿了顿，他又接着说道，“朕这一年来，身体每况愈下，太医嘱咐，不宜太过操劳国事，朕的儿子一个一个也都长大了，朕考虑再三，是时候让他们历练历练、担当一番了，朕也好安心静养，不再为国事烦忧，所以，今日，朕要宣布继位人选。”

继位？全场震惊，接着又是一阵压抑的哗然，所有人都怀疑自己的耳朵。怎么可能？这个男人连太子都迟迟不立，怎么会突然提起继位之事？而且，虽然身体有些微恙，却也正值盛年，完全可以边调养，边做皇帝，怎么无端地要退位了呢？发生了什么事吗？众人心下疑虑，却无一人敢多言。

只是这继位人选，会是谁呢？王爷们一个个心头狂跳，忐忑有之、欣喜有之、期待有之、淡然亦有之。文武百官你看看我，我看看你，面面相觑。十四王爷苏墨宇看看九王爷苏墨逸，苏墨逸与他对视一眼，眉心拢起。十四弟的意思他懂，这个时候宣布继位人选，对他们不利啊，他们的四哥还在大漠没有回来呢。

六王爷苏墨鸿低垂着眉眼，唇角一抹微弧，立在那里一动不动，脑中不禁想起昨夜他去龙吟宫的情形。

龙吟宫外面的人早已被他换成自己的人了，所以，他轻轻松松地就进去了，当时，这个帝王正靠在一个软椅上，微微合着眸子。他以为他睡着了，站在边上看了一会儿，皇帝突然睁开眸子，见到是他，似乎很不高兴，问他怎么来了。如果说，进龙吟宫之前，他还在想一个儿子对一个父亲，这样逼宫是不是不好，那么那一刻，那个帝王冷漠的样子和疏离的口气让他心中唯一的一丝愧疚也荡然无存。

这么些年，这个父亲不喜欢他，他是知道的，不然，作为一个皇后的儿子，怎么会连一个太子都没有被封上，而且，他也深深地知道，这个皇位不是他的，所以他要争取。皇帝对外宣称自己身体有恙，实则偕同梅妃秘密去了江南，他早就知晓，而在这个时候，对皇位最有威胁的两个男人苏墨风和苏墨沉也同时不在朝里。他想，是时候行动了，机不可失时不再来。

所以，他一进龙吟宫，趁文帝还没戒备的时候，便伸手按住了躺在龙榻上的梅妃的脉门。他想，既然将她偷偷带去江南，因为一个剑伤连夜召集了太医院所有的人，还能第一个堂而皇之地睡在龙吟宫龙榻上的女子定是在这个男人心里举足轻重的人吧？果然，他清楚地看到这个沉稳的帝王脸色都变了，他问他，到底想怎样？

他说，不怎样，只是想好好照顾梅妃娘娘而已。于是，他让两个婢女，其实是他手下会功夫的人乔装的，将梅妃带走。他只有这样拿这个帝王在乎的东西威胁他才行，不然，斗智斗勇斗谋斗力，他永远不是这个男人的对手。最后，文帝冷笑，说你想要什么，朕心里清楚，朕给你便是。

那一刻，他震惊了，不是震惊他的心知肚明，而是震惊，他竟然真的为了一个女人而受制于他。于是，才有了现在金銮殿上的这一幕，皇帝借身体不适为由退位。当然，那继位之人便是他了。苏墨鸿回神，轻抬眼梢，睨了一眼殿上，文帝依旧微微抿着唇，看着众人，半天不响，似乎在想什么，又似乎在犹豫什么，还似乎在等什么？苏墨鸿心中一惊，犹豫什么，等什么？他连忙轻轻地清了清喉咙，不动声色地提醒，也算是警告，果然，闻听动静的文帝瞟了他一眼，骤然沉声开口："李公公，拟旨！"

李公公毕恭毕敬地上前，只是谁也没有注意到，今日的他似乎跟平日有些不同了。众人见终于要宣旨了，皆屏息静听，偌大一个金銮殿声息全无。苏墨鸿心中暗喜。这时，大殿门口有喜鹊的叫声划过，众人愣了愣，这大冬天怎会有喜鹊？因只有一声，众人都便没放在心上。苏墨鸿心中却愈发欢喜，喜鹊临门，这是天有吉象呢，说明他继承大统，是顺应天意。

全场鸦雀无声。文帝唇角一勾，声音继续："瞧朕果然是病得糊涂了，三王爷和四王爷都不在呢，这继位之事也非同儿戏，等大家都回来，朕考验大家一番再说，虽然朕身体微恙，也不在这一时，改日朕就宣他们回来。"

啊！全场一阵压抑的唏嘘。搞了半天，又不宣布了？苏墨鸿更是脸色青了又白，白了又青，这什么意思？这个皇帝到底什么意思？说好了的事情，怎么可以出尔反尔？难道就不怕他真的对梅妃不利？他本就不是一个沉得住气的人，忽见事情发生了变故，哪里还记得顾忌，连忙对着文帝一鞠："父皇，三哥四哥不在，并不影响宣旨，即使这继位之人是他们中的一人，也没关系，宣了旨，再宣他们回来也不迟吧？"心中急切之意溢于言表。众人错愕，文帝冷笑。

"父皇……"他再次喊了一声，意为提醒，再为警告。文帝低低一笑："鸿儿似乎迫不及待。"戏谑、嘲讽之意甚为明显，人群中也有人发出嗤笑的声音，苏墨鸿侧目看了看，是十四王爷苏墨宇。顿时，苏墨鸿心中的怒火往上一蹿，敢情是逗着他玩的，压根就没有想过要将皇位传给他，好在，他早已做好了万全准备，反正司马昭之心，已路人皆知，反正箭已在弦上……

"父皇，你昨夜答应儿臣的事呢？父皇身为帝王，金口玉言、一言九鼎，怎可以出尔反尔？"苏墨鸿声声质问、义愤填膺。

众人大骇！这是什么口气？这是什么态度？出乎意料，文帝倒是不怒反笑："朕答应了鸿儿什么？"

"将皇位传于儿臣！"见事已至此，苏墨鸿便也无所顾忌。殿下略见骚动，众人震惊，原来准备说的继位之人是苏墨鸿。可这个人，似乎有勇无谋了些，怎可以担起天下重任？

文帝弯弯唇角："鸿儿是说，你用梅妃威胁朕，朕答应你的那件事吗？"

全场一阵倒抽气声，用梅妃威胁？原来如此。用如此极致手段，这不是等于反了吗？于是众人投在苏墨鸿身上的目光就变得复杂起来，震惊有之，不屑有之，叹息有之，同情亦有之。

苏墨鸿的脸色愈发难看，广袖中的大手攥了又攥，冷笑道："儿臣还以为父皇忘了此事，如此看来父皇是想弃了梅妃娘娘……"

"梅妃如今安然地躺在朕的龙吟宫，何来弃了一说？"

苏墨鸿脚下一软，愕然抬眸，看向文帝，不可能，他将梅妃藏得很隐蔽，一般人如何能找出？

"父皇想唬儿臣？"

"不，方才朕的人已经用喜鹊报喜，告诉朕，梅妃已被安全救出。"文帝一脸淡然，说得不徐不疾。

原来如此，众人恍悟，难怪啊，难怪。苏墨鸿的脸色愈发苍白如纸。

"很震惊是吗？"文帝冷笑，"朕身为天子多年，难道想在自己的宫里救个人还救不出？"

苏墨鸿紧紧地抿着唇，不作声。众人大气不敢出，看来，今日这个六王爷是彻底完了。这时，苏墨鸿突然大笑了起来，众人莫名，文帝亦是为之一怔。

"父皇，可认识这个东西？"苏墨鸿笑声止，抬手举着一个东西，斜佞地看向文帝。

众人朝他手中望去，只一眼，便都变了脸色，包括文帝。那是一块虎符，可以控制整个禁卫军的虎符。众人的反应苏墨鸿尽收眼底，心中微微得意。看来，他趁文帝离宫去江南之际，设法秘密盗取虎符是对的，历朝历代，手握兵权才是硬道理。虎符这东西真好，老祖宗的规矩，只认虎符不认人，真好。

“父皇，宣旨吧。”苏墨鸿五指一收，将虎符攥在手心。

众人大惊，这分明是逼宫！全部目光都聚焦在坐在高座龙椅上的天子，不知他会作出什么反应。文帝脸色黑沉，冷笑，森冷的声音从牙缝中迸出，一字一顿：“如果朕不呢？”

苏墨鸿亦是回之以冷笑：“那也休怪儿臣翻脸无情，儿臣想，父皇并不希望看到如此吧？”边说，边垂眸看向手中的虎符，用指腹轻轻摩挲。言下之意再清楚不过，如果不，他就用武力解决。

众人又惊又惧，苏墨宇和苏墨逸又对视了一眼，眉心紧紧地皱起。气氛一下子冷凝了下来，所有人都看着文帝。文帝沉默不语，看不出心中意味。

“殿外也都是儿臣的人，父皇可要考虑清楚……还有你们……”苏墨鸿回头，一一扫过身后的文武百官，“也不要有什么小动作，今日，若本王不愿意，你们谁也走不出这个金銮殿。”

众人不响，有人惊慌，有人淡然，有人等着看好戏。

“李公公……”文帝终于出声了，众人心口一撞，正等着他继续，却骤然听到一记低沉冷魅的声音从大殿门口传来：“本王似乎来迟了，错过了什么好戏。”

所有人一震，包括苏墨鸿，也包括文帝，全部循声望了过去。外面阳光正好，只耀得来人一身铠甲光芒刺目，光影偏逆，看不到来人脸上的表情，只感觉那伟岸的身姿往那里一站，遮住了一大片光线，恍如天神。全场一片静谧。来人阔步而入，稳健从容、铠甲铿锵。当来人走近，隐在光影里的俊美面容才终于清晰，众人发现，原来是四王爷苏墨沉。

苏墨宇和苏墨逸面上一喜：“四哥，你终于来了。”苏墨沉对着两人淡勾了唇角，微微一笑，然后，直接走到苏墨鸿面前，站定。

“你……你是怎么进来的？”苏墨鸿半天没有回过神来。明明门口都是他的人，这个男人怎么能进来？何况还穿着一身铠甲。苏墨沉弯唇，微笑着，优雅地摊了摊手：“六弟也看到了，走进来的。”

苏墨鸿脸色一白，苏墨宇忍不住轻笑。殿上的文帝抿着唇，黑眸微微眯着，面色冷峻，看不出其心中所想。

“你想怎么样？”苏墨鸿攥紧了手心，强自镇定，“如果我没有记错，四哥手上并没有一兵一卒，我，可是有十万禁军。”

是啊，众人也都想起这茬儿，刚刚松下的一颗心又被提了起来。苏墨沉却蓦地轻笑了一声，闲闲地扫了一眼众人，又轻抬眼梢，看向苏墨鸿：“莫非六弟以为我是过来送死的？”

苏墨鸿讥诮冷哼：“不然呢？”

苏墨沉弯唇，微微侧首，淡淡地看向门口，目光不知落往何处，片刻，又转了回来看向苏墨鸿：“不知四万黑煞门门徒，加十万东墨大军，对付六弟十万禁军如何？”

众人一震，包括苏墨鸿，也包括文帝。黑煞门门徒？东墨大军？如果说东墨大军，大家还理解，因为四王妃西陵雪是东墨的公主，东墨皇帝愿意出兵十万助自己女婿，也是情理之中的事。可是，这黑煞门门徒……那可是江湖组织，而且从不与朝廷为伍，甚至还曾经公然来过皇宫偷走了文帝的一颗舍利子。怎么会？众人不明所以。苏墨宇和苏墨逸亦是拧眉看向苏墨沉。苏墨鸿好像突然抓到什么把柄似的，心中一喜：“怎么？四哥带着黑煞门的人前来，是想谋反吗？”

所有人都以为苏墨沉会说不，会说自己是来救驾的，可事情的发展永远出乎人意料，只见他不以为意地一笑，薄唇轻启：“为何六弟可以，我就不可以？”

众人大骇，苏墨宇和苏墨逸亦是变了脸色，轻声斥他：“四哥，不要胡说！”

文帝依旧高坐，面色沉静、薄唇紧抿，看不出喜怒。苏墨沉依然淡笑着，无视众人惊愕的目光，轻抬眼梢，淡淡地看向坐在高座上的男人，眸底掠过一抹不易觉察的苦涩。既然，他已经毫无退路，那他便只有前行，是王爷，是匪类，又有什么关系？

边上，苏墨鸿突然哈哈大笑起来，半天也止不住：“没想到我们人淡如菊的四王爷也对这个皇位有如此兴趣，看来……我们其实是一种人！”

“不，”苏墨沉轻声打断他的话，笑道，“我跟你不一样。”

“有何不一样？”苏墨鸿冷笑，“都是为了那个皇位无所不用其极的人，不是吗？”

苏墨沉笑笑，摇头，不予理会，他要那个皇位不过是因为想要活，他活，他母妃活。见他不语，苏墨鸿又沉声开口：“那现在四哥准备怎么样？”

苏墨沉依旧面色不改，薄唇边弧光浅浅："我并不想大动干戈，毕竟兵戎相见，必有伤亡，只要六弟愿俯首称臣，那么，给你块封地，也不是不可以。"

俯首称臣？众人愣住，如此看来，苏墨沉欲夺皇位已是事实。其实，自从苏墨沉进来，众人就应该发现，他并未对文帝行礼，甚至几乎看也没看文帝，这不是一向循规蹈矩、温润淡然的四王爷苏墨沉。苏墨宇和苏墨逸互相看了看，皱眉摇头，众人又齐刷刷地将目光投向自始至终一言不发，冷眼看一切的文帝。悲哀吧？这就是皇家。两个儿子撞破脑袋，就是要将他这个父亲挤下那个所谓的龙椅。

文帝依旧一声不吭，苏墨鸿却是嗤笑了一声："四哥好大的口气！敢问四哥可是从四王府出来进的宫？"

苏墨沉怔了怔，看了他一眼，未响。他又接着说道："想来不是，如果是从四王府出来，应该看到我的人了吧？为防万无一失，我已经命人包围了各个王府。"

众人震惊，全场骚动，这个男人竟然如此卑鄙，王爷中已有人骂骂咧咧。苏墨鸿却也不以为意，得意地睥睨着苏墨沉。苏墨沉却仍旧是极其淡然的模样，眸光微冷："是吗？"

"是，只要我有事，你们一个个王府的人都得跟着我陪葬，所以，你们都要保证我好好的。"

王爷们一个个咬牙切齿，却又无可奈何。

"那六爷也最好祝愿她能好好的！"一记清冷的女声骤然从门口传来。众人一震，再次循声望去，今日好像特别热闹，连女子也来金銮殿了。

首先出现在众人视线里的是皇后。苏墨鸿的母后？众人一愣，方才明明说的是六爷，应该不是出自她的口，直到皇后缓缓地走进殿内，众人才看到皇后身后有一个拿着匕首抵着她的脖子的另一个女子，原来，皇后被人挟持了！众王爷心中不免雀跃起来，纷纷侧首朝身后的女子看去，只见女子一身宫女装扮，清瘦盈盈，眉目如画、小脸清冷。在场的很多人都识得，此女赫然是——皇后的随侍婢女云蔻。

怎么会？众人震惊，苏墨宇惊愕，文帝也缓缓地眯起了眼睛。苏墨沉淡淡地勾了唇角，面色沉静，苏墨鸿脸色一白："母后。"

皇后面容惨淡："鸿儿……"

苏墨鸿脸一冷，眸光如刀，凌厉地射向云蔻："你是四哥的人？"

云蔻浅浅一笑，朱唇微动，轻轻吐出那个肯定的字：“是！”语罢，水眸流转，深深地凝向苏墨沉，苏墨沉眼波微动。苏墨宇脚下一软，后退了一步，险些摔倒，边上的九王爷苏墨逸连忙伸手将他扶住。没事，没事，苏墨宇提醒着自己，没事，不要多想，她是四哥的人，不是四哥的女人，人和女人还是有区别的。只是，四哥，云蔻，你们藏得好深啊！

这厢，云蔻已经推着皇后，站到了苏墨沉的身边，一起冷冷地看向苏墨鸿：“六爷一向孝顺，想必不想见娘娘受苦吧？”边说，手中闪着幽光的匕首又往皇后的脖子近了一分。

“苏墨沉，你好卑鄙，竟然安排细作在我身边！”苏墨鸿终于不再淡定，嘶吼出声。苏墨沉弯唇，薄薄的唇边绽放出一抹动人心魄的浅笑：“六弟不是说过吗？我同六弟一样，无所不用其极，又何须如此震惊？”

“你……”苏墨鸿气结。千算万算，顺风顺水，终究是家贼难防啊。大业只差一步，可是，他又不能置他母后的性命于不顾。他咬牙，强自镇定，“苏墨沉，如今你挟持了我母后，我挟持了四王府，充其量我们打个平手，我并没有输。”

“如果六哥发现六哥手中的虎符不过是一块没用的破玉，六哥是不是才会承认自己输了呢？”女子清脆的声音从殿门口传来。

众人一怔，今日是怎么了？一个接一个地来，这次又是谁？众人愕然回头，就看到七公主苏凝霜在殿门口探头探脑，见被人发现，便一吐舌头大摇大摆地走了进来，对着殿上方的文帝躬身一鞠：“参见父皇。”

文帝黑了脸，眉心一皱，难得开了口：“你来做什么？快回去，这不是你该来的地方。”小七也不为所惧，对着文帝明媚一笑，露出两颗小虎牙：“回父皇，是这样的，昨日我去六哥府上玩，结果六哥正在跟府上的姬妾做那羞人的事情，我一时玩心大起，想逗一逗六哥，便偷了他的衣服，然后，就发现了袖中的虎符，就偷了出来……后来，想着不妥，又连忙去做了一个假的送了回去，放在了他的被褥里面……”

众人一阵唏嘘，一般女子都羞于在大庭广众之下说男女房中之事，更何况还是未出阁的女子。不过，对方是刁蛮任性的七公主苏凝霜，众人也就见怪不怪了，越格的事她都能做，何况说出越格的话。

文帝的脸色越发黑沉，苏墨沉始终薄笑浅浅，小七一边说，一边从袖中掏出一块虎符。苏墨鸿猛然倒退了好几步，脸色青灰："原来是你！"昨日他和姬妾云雨完毕，发现虎符不见了，四处寻找也不见踪影，他急得差点揭瓦翻地，后来夜里睡觉的时候，发现在被褥里面，他的一颗心才安定下来。原来……

"小七，来，那是六哥的东西，还给六哥……"他朝苏凝霜伸出手，诱哄道。

"不要给他！"文帝沉声开口。

小七无所谓地耸肩，嘴巴一撇："这个也不知道是不是真的，"边说，边转身，走到苏墨沉面前，将虎符递到他的手上，"四哥，你见过虎符的，你看看这个是不是真的？"

苏墨沉唇角轻勾，垂眸看了看手中物件，五指收拢，将虎符攥在掌心。众人方才醒悟，七公主苏凝霜也是站在四王爷苏墨沉一方的人。虽然她举止随意，可是目的却很明显，为何殿中众人，她独独将虎符给了他？而苏墨沉拿到虎符后，又一声不响地捏在手里？苏墨宇和苏墨逸相视一笑。文帝瞳孔一敛，眸中寒气聚集。

胜负已见分晓，苏墨沉手中有四万黑煞门徒，十万东墨大军，再加十万禁军，而苏墨鸿剩下的……苏墨鸿脚下一软，彻底跌坐在地上。

"鸿儿……"皇后脸色苍白，泫泪欲滴，摇摇欲坠地看向站于殿中的染飞。染飞眸光微闪，拧眉别过视线，他也想救啊，可是，如今的他只是光杆将军一个，如何救？

"来人！"苏墨沉沉声发令。门口有侍卫鱼贯而入。

"将皇后娘娘和六王爷带下去！"苏墨沉手臂一挥，身上的铠甲铿锵作响。

"慢着！"突然，一声冷厉的声音从殿上方传了过来，"朕还在这里，几时轮到你一个孽子发号施令？"

众人一怔，包括苏墨沉，都抬眸看向高坐在龙椅上的那人，这是自苏墨沉进来后，他第一次与他说话。只见他凤眸微眯，眸中紫气吞吐，深凝着苏墨沉，似乎要将他吞噬。明黄袍袖骤扬，他拍案而起："来人！将这个孽子抓起来！"

众人大骇，门口传来动静，是纷乱急促的脚步声。苏墨沉微微侧首，就看到一袭白衣的苏墨风立在门口，丰神如玉，在他的身后有很多侍卫，而在他的身边站着一个女子……苏墨沉呼吸一滞，是千城。千城也正好朝他看过来，目光中带着一分迷茫，绞着一丝疼痛。两人目光相撞，千城就像被蜇到一般，连忙别过视线，垂下眉眼。

苏墨风环顾殿中众人，目光轻轻掠过苏墨沉，抬步往里面走，千城亦是跟着一起走了进来。苏墨沉的视线始终追随着千城，一眨不眨。千城始终微低着头，眉眼低垂，看着自己的脚尖。云蔻看了看千城，又看了看身边的男人，微微抿了唇。小七愁眉紧锁，侧首低声问苏墨沉："四哥，现在怎么办？"

苏墨沉未响，依旧望着那个随着苏墨风一起走向殿中的身影。

"儿臣救驾来迟，请父皇责罚！"两人来到殿中，苏墨风一撩袍角跪于地上，千城看了看，亦是跪了下去。

"不迟，"文帝讳莫一笑，抬手，示意两人起来，"你们来得刚刚好，不早不晚。"语罢，文帝起身，优雅地踱步而下，"如果来早了，朕又如何看出这些不孝之子的狼子野心？如果来晚了，怕是这龙椅上早已换了人。所以，你们来得正是时候。"

众人这才恍然大悟，方才，这个帝王一直静坐不言，原来早就成竹在胸，不过是在等而已。

"老四，"文帝走到苏墨沉面前站定，微抬着头，斜斜地睥睨着他，"朕该叫你一声司空门主才是，这么多年当真难为你机关算尽。"

苏墨沉冷冷一笑，对他的嘲讽不以为意。

"对了，"文帝指了指他手中的虎符，嘴唇讥诮一撇，"这块虎符也是假的，真正的虎符，朕早已在江南的时候就给了老三。"

苏墨风？早已？江南？所有人都震惊了。苏墨沉微微苦笑，再一次觉得手心手背永远都是不一样的。同样是他的儿子，同样儿子的母妃犯了错误，同样被流放，一个是真的去受苦，受尽旁人白眼，而一个不过是借着流放之名，养精蓄锐、韬光养晦。难怪苏墨风先去了江南，文帝也跟着去了江南，原来就是为了密谋今日这一场好戏，是吗？苏墨沉苦涩地弯了弯唇，轻轻地笑开，五指骤然收紧，手中虎符顿时化成灰烬。抬手，暗红色的粉末纷纷扬扬，他挑眉看着文帝："那又怎样？"不就是他没有那十万禁军了吗？不就是苏墨风手握十万禁军吗？

"四弟！"出声的是苏墨风。他缓缓地走到苏墨沉的面前，微微蹙着眉心，面色凝重，抿了抿唇，语重心长地道，“四弟，收手吧，回头是岸。”

回头是岸？苏墨沉嗤笑，一个杀了杨痕的男人，一个杀了他几千兄弟的男人，跟他说，收手吧，回头是岸，他的世界里没有岸。曾经他无数次地回头，一次也没有看到岸，看到的是，所有人都恨不得他溺水而亡。

“如果我说不呢？”他弯着唇角，眼梢轻抬，透过苏墨风的肩头，看向那个静静地站在苏墨风身后的女子。他早已没有什么东西可以失去了，难道他赤脚的还怕穿鞋的不成？

苏墨风轻轻地叹出一口气：“我不想与你为敌，但是，也绝对不允许你犯上作乱，我手上不仅有十万禁军，原本的染家军也在我的手上。”

众人唏嘘，苏墨沉薄笑浅浅，原来，西苍大部分的兵力都在这个王爷的手上，这个被流放在外的王爷手上。

“休得跟这个孽障多言！”文帝厉声打断二人的对话，“来人，将这个逆贼给朕抓起来！”

有侍卫七手八脚地上前，云蔻、小七、苏墨逸、苏墨宇皆是变了脸色，却唯有当事人苏墨沉，依旧是极其淡然的模样。

“沉，我们杀出去吧，只有这样，我们才有一线生机，否则只会是死路一条。”云蔻微微侧首，轻声说道。苏墨沉沉默不语，再次抬眸看向那个眼观鼻鼻观心立在那里的女子。千城，不闻不见，你便当真心下没有一丝起伏了吗？今日这样的结局，当真就是你想要的吗？他唇边一抹微笑，也好，千城，这样也好。我不过是谋权篡位的孽障，就让我在黑暗里堕落成魔、愈溺愈深吧，你是属于光明的，只有三哥那样活在爱里，懂得爱的，属于光明世界的男人才有资格让你过得好。儿女情长，并不适合他这样的男人。心中主意已定，他微微侧首，跟立于左右的云蔻和小七低声道：“好，我们杀出去。”

“狗皇帝，拿命来！”突然，一声女子的冷喝在大殿中突兀地响起。众人一愣，还没有反应过来，只见一个黑影随声直直地扑向文帝，手中的匕首泛着幽蓝的寒光。啊！事情发生得太突然，似乎只在一瞬之间，所有人都被震住。就在黑影快要接近文帝的时候，文帝突然将手臂一抬，就像早已预料到一般，重重挥下，快如闪电，毫不留情。一声闷哼，一声脆响，等众人反应过来时，看到的就是李公公痛苦地倒在地上，在他的手边是摔落的匕首。

李公公？众人错愕，刚刚刺杀文帝的是李公公？明明是个女声，即使太监声音尖细，但也不是女声，而且平日李公公的声音大家都熟识，绝不是这个人。已有几个侍卫上前，将李公公擒住，李公公挣扎，却也无济于事。文帝危险地眯起眸子，快步上前。李公公跟随他多年，他何其熟悉，今日，他就觉得这个人不对劲，便多了一个心眼，果然！

众人只见明黄衣袖一扬，刺啦一声，文帝已将李公公薄如蝉翼的面皮撕掀在手上，果然是一张女人的脸。啊，全场震惊，这……这不是良妃吗？场中有很多人是认识她的，现在一个个却只怀疑自己的眼睛，她不是已经死了很多年了吗？怎么会？文帝更是身子一僵，忘了动，也忘了呼吸。

苏墨沉身子一晃，后退了两步，惊呼出声："母妃！"

她怎么也来了？只是她的脸，她的脸不是被大火烧坏了吗？所以，这么多年，她一直以轻纱掩面。可是，此时，她却肤如凝脂，没有一丝疤痕，怎么回事？

"你还活着！"许久，文帝才发出自己的声音，他绷直了声线，却依旧难掩声音的颤抖。陈珠儿恨恨地看着他，冷冷地一笑："是啊，我还活着，让皇上失望了。"

文帝眸光微闪，摇了摇头："朕早就应该想到的，在朕的舍利子被盗的时候，就应该想到的，你还活着。"他自言自语地说着，突然想起什么，瞳孔一敛，"当年冷宫的那场大火是你自己放的吧？目的是，金蝉脱壳。"

自己放的？怎么会？所有人都愕然地看向那个一身太监服的女人。陈珠儿怔了怔，张嘴本欲回答，突然想到什么，转眸看了一眼苏墨沉，便连忙抿了唇，不作声了。不作声，就等于默认，所有人都心知肚明。苏墨沉轻轻地摇头，犹不相信，不，绝对不是她放的，怎么可能是她放的？哪有一个人自己放火，将自己烧成那样，脸毁容了不说，连一条小腿也被烧坏，她肯定有苦衷。

"你逃出冷宫，处心积虑这么多年，就是为了今天，为了将朕推下皇位，甚至杀了朕，是吗？"文帝的问话还在继续，语气冰冷，可是声音中却带着一丝连他自己都未觉察到的受伤。

所有人以为陈珠儿会继续沉默，出乎意料，她却出了声。

“是，”她抬头看着文帝，目光灼灼，口气坚定，“我就是为了今天，我要你的江山，也要你的命，我要你失去一切。”

所有人大骇，这……这人吃了熊心豹子胆了，敢这样跟天子说话。苏墨沉微微地抿了唇，他知道这些年他母妃的恨，他知道，她说的是实情。

“你就如此恨朕？”文帝敛眸，看着矮他一头的女子，陈珠儿冷哼，憎恶地别过脸。文帝摇头，“当初，为了纳你为妃，朕甚至不惜忤逆先帝，拂了朝臣。朕给你三千宠爱，即使……即使你跟那个野男人在床上被朕抓了个现行，朕都没有杀你，只是将你打入了冷宫，你却自放大火、金蝉脱壳，该恨的人是朕才对，你有什么好恨的？你有什么资格恨？”说到最后，文帝突然抬高了音量，声音颤抖，胸口急速地起伏，他咬牙又厉声重复了一遍，“你说，你有什么可恨的？你有什么资格恨朕？”

所有人都被这个帝王有些失控的样子震住，大气不敢出。文武百官中不乏多年老臣，对文帝所说之事当年也有所耳闻，不过那时只听说，良妃与男人苟且，倒不知道，原来竟是被这个帝王抓了个现行，如此，只是打入冷宫，当真是轻的。于是，众人看陈珠儿的目光又多了几分嫌恶和鄙夷。

“当年那件事，父皇调查过吗？”苏墨沉沉声开口，他受不了这些人看他母妃的目光，一个活得这么苦的女人不应该受到别人的白眼，“父皇不问青红皂白就将母妃打入冷宫，难道就没有想过母妃是被人陷害的？”

“陷害？”文帝回过头看着他，冷嗤。突然伸手一指，直直地指向陈珠儿，厉声道，“你问她是不是陷害？”

当年他怎么没有调查过？他也希望那只是被人陷害，毕竟，他是真心想对这个女人好的，可是调查的结果却是她和那个男人多次有染。陈珠儿不响，依旧扭着头看向别处。文帝只觉得心中的怒火噌地一下被点起，他抬手，用力地掐上陈珠儿的下巴，迫使她转过头来：“怎么？不敢承认吗？不敢在你儿子面前承认自己是个娼妇吗？”他冷笑，恶狠狠的声音从喉咙深处出来，眸中闪着嗜血的光芒，五指用力，甚至能听到骨节收缩的声音。

众人都被他的样子吓到，陈珠儿吃痛，眼泪就流了出来。

“不！母妃她不是……”苏墨沉摇头，刚要争辩，却是突然被陈珠儿打断，

“是，我是娼妇！”下颚被钳制，她被迫抬着头，迎视着文帝的视线，眼眶红红，却丝毫掩盖不了满目的恨，突然，她咧了嘴，轻轻笑了，“我就是喜欢勾引男人，我就是喜欢在别的男人身下承欢，我就是喜欢他带给我那种欲仙欲死的感觉，谁让皇上这方面不如他。”

天啊，全场哗然，所有人都怀疑是不是自己的耳朵出了问题，这世上，还有比这个女人更不知廉耻的吗？肯定没有。苏墨沉微微拢了眉心，他有种感觉，他的母妃是在故意激怒文帝，只是，这个时候，她为何……容不得他多想，因为事情的结果如他所料。只见，文帝低吼一声：“贱人！”就顺手拔出边上侍卫腰间的长剑，直直地指着陈珠儿的眉心。

他心中一惊：“母妃！”

文帝的手在抖，嘴唇也在抖，胸口急速地起伏，显然气得不轻：“那朕现在就杀了你，让你去跟那个男人在阴曹地府里欲仙欲死！”陈珠儿眸光微闪，转眸看向苏墨沉，满目沉痛，泪花点点：“沉儿，娘先走一步，不能陪你了，也再没有人逼你了，保重。”说完，她重重地闭上眸子，扬着脸，等着文帝刺入。

“不……”苏墨沉嘶吼出声。只听一声脆响，是铠甲撞击地面的声音，众人一看，苏墨沉已屈膝跪于地上，“求父皇放了母妃，所有的罪责都由儿臣一人承担。”他用了求字，他苏墨沉第一次这样求一个人。所有人都震惊了，包括文帝，他拿剑的手也微微一顿。

“沉儿……”陈珠儿睁开眼睛，痛呼。谁也没有注意到，她眼底一掠而过的那抹精光。

“如果朕说不呢？”文帝黑眸中蓄满风暴，咬着牙，一字一顿，森寒的声音从牙缝中蹦出，“陈珠儿，朕不饶，你苏墨沉，朕也不饶。”

陈珠儿脸色一白，苏墨沉微微苦笑，云蔻、小七皆拢紧了眉心，咬着唇，不知该怎么办。千城突然心口一痛，几乎站立不稳，边上的苏墨风见状，连忙伸手将她揽住：“怎么了？”她咬牙，摇了摇头：“没事。”却是忍不住眉眼轻抬，看向那个跪在那里背脊挺得笔直的男人。

那厢，陈珠儿突然大笑了起来，笑声尖锐、肆意狂狷。众人一震，不明所以。突然，她笑声一敛，厉声对着苏墨沉说道：“沉儿，不要求他，他不是你父皇，你不是他的儿子，你没必要跪他。”

什么？她的话如同平地惊雷，在偌大的金銮殿炸响，所有人错愕，包括文帝，包括苏墨沉。他不是他的儿子，什么意思？

“把话说清楚！”文帝厉吼，手腕一颤，锋利的剑尖刺破了陈珠儿眉心的皮肉，殷红的鲜血流了出来。陈珠儿仍旧是笑着，疯魔了一般，她嘲讽地看着文帝：“皇上不是知道我的为人吗？皇上不是说我是娼妇吗？皇上如何就那般相信一个娼妇的孩子？对，他不是皇上的儿子，他是我跟别的男人的野种，不过，我还是要感谢皇上，替我养了他那么多年。”

文帝脚下一软，后退了几步，手中的长剑更是无力地垂下。苏墨沉愕然不已，怎么会？他的黑眸沉痛地看着陈珠儿，难以置信。突然，眉心一凉，他怔怔地回神，只见眼前幽光闪闪，是长剑，是文帝手中的长剑改指着他的方向：“那朕就先杀了这个野种。”

“不，他是皇上的骨肉。”一声女子的痛声嘶吼自门口传来。所有人一震，循声看向门口，只见一个身着白色狐裘的女子在一个宫女的搀扶下，缓缓地走了进来。众人识得，是梅妃。

“萍儿，你醒了？”文帝眼睛一亮，难掩满面欣喜，欲抬步迎过去，突然想起什么，又脚步一顿，停在原地，脸色慢慢冷凝，“萍儿可又是要替这个孽障求情？”

“不，”梅萍轻轻地摇头，一直搭着婢女香草的手走到殿中，缓缓站定，对着文帝嫣然一笑，“臣妾醒了，却不见皇上，听说今日金銮殿甚是热闹，一时心中好奇，便过来看看。”梅萍一边说，一边轻抬眉眼，看向那个被侍卫钳制住身穿太监服的女人，陈珠儿，原来你没死。方才她在殿外听了许久，似乎突然明白了一些事情，一些二十多年她都没搞明白的事情。

陈珠儿亦是看着她，脸色微微发白，唇角一弯，将目光掠开。文帝自是不会相信她的这些说辞，方才明明在门口说的是，苏墨沉是他的骨肉，现在却说只是过来看看，谁会相信？分明就是想救他剑下的男人。文帝心中甚是不悦，声音自然就变得没有一丝温度：“这不是后宫女人该来的地方，你身子未愈，回去歇着吧。”

“是，”梅萍轻轻颔首，忽然想起什么，抬眸看向文帝，“对了，听香草说，臣妾此次受伤，是皇上一路用内力相护，臣妾多谢皇上的救命之恩。”

文帝眸光微闪，抬手将衣袖一挥：“不必谢朕，你也是为了救朕才弄成这样，朕自当要护你周全，若没其他事，就退下吧。”

“是，臣妾告退！”梅萍再次颔首，转身的刹那不知想起什么事情，竟扑哧一下笑出声来。众人一怔，文帝亦是微愕，几时看到这个女人这样过？

“萍儿在笑什么？”望着她的背影，他终是忍不住开口相问。梅萍顿住脚步，回头，唇角挂着一抹微笑：“没什么，只是臣妾听到皇上方才的话，蓦地想起了一件陈年旧事而已。”

如果说这世上怎样做最能挑起人的好奇心，那绝对是说一半留一半，譬如现在梅妃的话。

“什么事？”文帝沉声开口。梅萍抿了抿唇，静默了片刻，才道：“此次在江南的双桥，臣妾先是想救皇上，结果反被皇上所救。臣妾就想起二十多年前，也是在那里，白雪皑皑，有个人眼睛看不见，差点摔倒，臣妾上前想扶他，结果自己却差点跌倒，又被那个人所救，当时，他问臣妾，是姑娘救了我，还是我救了姑娘。臣妾刚刚想起此事，一时觉得世事竟是如此凑巧，所以便笑了笑。若皇上没有其他吩咐，臣妾告退。”梅萍说完，转身便走，脚步不作一丝停留。

文帝早已脸色大变。变了脸色的又何止他一人，陈珠儿亦是脸色青灰，一副见了鬼的表情。

当啷一声，是文帝手中长剑掉地的声音：“等等！”

梅萍脚步一滞，心头狂跳。文帝疾步走到她的面前，黑眸探究地凝着她看，一眨不眨，梅萍亦是回望着他。彼此的眸子绞在一起，竟是说不清的缱绻。许久，梅萍忽地唇角一弯：“好看吗？”二十多年前，初见的那一天，她盯着他看，他就是这样问她的，她现在还给他。文帝脚下一软，猛地后退了几步，黑眸中满是不可思议和难以置信：“你是谁？为何知道这些？”文帝有些怔忡，胸口震荡不堪。这些，这些不是他和陈珠儿的旧事吗？

“是她，是她告诉你这些的是不是？”文帝伸出手指，直直地指着陈珠儿，黑眸却一直凝在梅萍的脸上，厉声质问。众人都错愕地看着这一切。除了当事人和陈珠儿，没有人知道到底发生了什么事？但是，所有人却都看到了这个帝王眼中的慌乱、惊痛。见梅萍不说话，他又伸出手死死地捏着她的肩头摇晃，眸色猩红：“说，快说！这些是不是陈珠儿告诉你的？”

他不知道，自己到底想要怎样的答案，或许，他的心里已经有了答案。虽然单凭这两点并不能说明什么，但是，他有感觉，真的有感觉。其实，这感觉很早之前他就有，只是，他没有面对，因为他觉得不可思议。怎么会？梅萍本就受伤未好，突然被这一摇晃，胸口的伤口就裂开了。她蹙眉，佝偻着身子，强忍住剧痛，额头上大汗淋漓。意识到她的异样，文帝一惊，连忙止了手中的动作，心中又惊又痛，连忙大手一揽，将她摇摇欲坠的身子拥在怀里。

梅萍虚弱地笑：“皇上，这些本就是臣妾亲身经历，何须要外人讲与臣妾听？”

亲身经历？文帝有些茫然，她亲身经历，那那个女人又是谁？那个被他宠了五年，又恨了十几年的女人又是谁？他缓缓地抬头，看向早已面色如纸的陈珠儿，黑眸中波涛汹涌，薄唇轻启，轻轻地逸出三个字：“你是谁？”他的声音很轻，很轻，可陈珠儿只觉得那三个字就像重锤一般，狠狠地敲击在她的心头，她紧紧地咬了牙，未响。

“让臣妾来告诉皇上她是谁。”梅萍从文帝的怀里挣脱出来，面色清冷，眸光淡定，似乎刚才的柔弱不过是一场梦。她缓缓地走到陈珠儿的面前，站定，“陈珠儿，你还记得我吗？”

梅萍伸手自脸上一抹，刺啦一声，一张人皮面具被揭下，顿时，一张疤痕交错的脸出现在众人面前。啊！众人惊呼，陈珠儿脸色煞白，文帝身子一晃。

“母妃！”是苏墨宇呼痛的声音。

“陈萍，你竟然是陈萍，”陈珠儿摇头苦笑，呵，“在宫里这么多年，我竟然没看出来，你是陈萍。”

陈萍？众人皆是一震。原来，梅萍不姓梅，而是姓陈，同陈珠儿一个姓。所有人都愕然地看着这一切，苏墨宇摇头，眸色沉痛，他竟如此不了解自己的母妃。苏墨沉亦是错愕，不明白梅妃跟他的母妃之间到底有着怎样的瓜葛。

无视众人惊诧的目光，梅萍缓缓地自袖中取出一方丝绢，轻轻地掩在脸上，遮住脸上狰狞的伤疤，方淡淡开口：“陈珠儿，我将你当作最好的朋友，那么相信你，没想到到头来，你竟如此算计我。”

“我没有！”陈珠儿嘶声否定，可是，却明显底气不足。

“没有？”梅萍嗤笑，“有没有你心里明白。”末了，她又摇头苦笑，“也怪我那时太傻，什么事都跟你讲，什么秘密都跟你分享，将你当作最好的姐妹，没想到，最后，被你抢走了男人，抢走了儿子，还落得如今这样人不人、鬼不鬼的下场。”

众人惊错，为她那句抢走了男人，抢走了儿子。什么情况？男人指的是当今圣上，那儿子呢，良妃不是只有一个儿子吗？四王爷苏墨沉？众人大骇，苏墨沉和文帝皆是脸色大变。特别是文帝，直接冲上前去，紧紧地抓着梅萍的手臂，那样子又惊又乱，又慌又痛：“怎么回事？快说，到底怎么回事？”

陈珠儿脸色苍白，有些颓败地看向苏墨沉，正好撞上苏墨沉凝着她的目光，她心口一颤，竟不敢直视，连忙将视线收回。梅萍微微侧首，静静地看向文帝，因口鼻都被丝绢掩去，一双大眼睛就显得格外清明透彻：“臣妾能否先问皇上两个问题？”

文帝怔了怔，“嗯”了一声。整个金銮殿上百人，声息全无。梅萍笑笑，开口道：“当年皇上说，让臣妾等，皇上会娶臣妾做天下最尊贵的女人，皇上后来忘了吗？”

文帝身子一晃，却也更加肯定了她就是她。他没有忘，一刻也没有忘，只是，他一直以为那个她就在他身边，所以，他给她万千宠爱，给她这世上最好的东西，除了一个后位没给她，他几乎将所有都给了她。如果皇后不是先帝定的，他想，后位他也会毫不犹豫地给她的。就是因为他的付出，却换来她和另一个男人的苟且，所以，他恨，很恨，恨不得让她生不如死。可是，这一切……原来只是一个笑话，一个开了二十多年的笑话，他给错了人，宠错了人，爱错了人，也恨错了人。

“萍儿……”他不知道该怎样回答，只觉得一颗心被什么东西裹得死紧，透不过气。梅萍反而淡然很多，轻轻一笑：“皇上只需回答忘还是没忘就可以。”

“没忘。”文帝想也没想，就接了上去。梅萍微微怔忡，抿了唇，眼角便有了潮意，她吸吸鼻子，笑道：“嗯，那臣妾再问皇上第二个问题，不能接臣妾进宫就不进宫，皇上为何要派人来杀臣妾？”

“杀你？”文帝愕然，“没有，朕从来没有派过什么人去杀你。”他如何会杀她？他何必要杀她？又怎么舍得杀她？

梅萍轻轻地呼出一口气，气息打在浅蓝色的丝绢上，丝绢微曳。其实今天在殿外的时候，她就已经知道，不是这个男人所为。但是，毕竟这两个问题困扰了她二十多年，她还是想要听他亲口说出。而且刚刚进来的时候，她没有直接说出真相，而是委婉地用当年两人相遇的小事试探，她就是想要确认一下这个男人的心。既然这样，她想，事情的大概，她已明了。梅萍将目光从文帝脸上掠开，又看向陈珠儿：“当年，我将你当作最好的朋友，将自己的事都告诉你，你却利用皇上眼睛看不见，又利用知晓了我和皇上之间的事，还偷了皇上给我的定情信物，李代桃僵，取代了我。”

李代桃僵？众人一震。陈珠儿脸色再次一白。文帝眯眸，想起那时的一些事来，恍然大悟：“原来是这样。”

“当年，因为考虑到你的身世并非望族，朕是准备先回宫打理好一切再将你接进宫的，结果你自己先找过来了。不，是陈珠儿以你的身份找了过来，她有朕给你的玉佩，她和你一样的声音，她知晓我们之间发生的一切，她说她受不了相思的煎熬，她说她一天都不能等。朕……难怪啊，难怪在这之前，朕还遭到了伏击，那日同朕一起去你家的几个侍卫都死了，现在想来，真是漏洞百出，朕……”文帝苦笑着摇头，“朕当时怎么就会被蒙蔽了双眼？”

即使当时他的眼睛看不见，他的心没有瞎啊，竟然相信了这一切，甚至当那个女人说自己名萍，字珠儿的时候，他还说珠儿好听，以后就叫字吧，太可笑了。想他一生都在算计，算计朝臣，算计儿女，没想到到头来，自己却被一个女人算计了。他倾心了的人只是一个替身，而他心心念念的女人却一直在受苦。他抬头，看向陈珠儿，黑眸中风起云涌。

“不……不是的，是陈萍诬陷我！”陈珠儿摇着头，声嘶力竭。

文帝冷冷一笑，转眸，他沉痛地看向梅萍：“那你为何不来找朕？后来进了宫在朕身边了，为何又不跟朕说？”

梅萍轻轻一笑，苦涩至极：“那一日，你走了，你让我等你，我就等，一直等，后来我发现自己有了孩子，你依旧没有来，却等来了两个杀我的人，他们自称是大内侍卫，是来替你扫除后患的，我被我的邻居陈珠儿所救，她给我安排了一个秘密住处，我想过死，但想到腹中的孩子还是苟且地活了下来。中间，陈珠儿偶尔来看过我两次，她跟我说，你又一次下江南，遇到了她并看上了她，她已经是你的妃子……”梅萍顿了顿，似乎想起了不堪的往事，眸色痛苦，身子微微颤抖。

“萍儿。”文帝伸手，将她的手背裹住。她勉力弯了弯唇，又继续道：“她说，她已经假装怀孕，到时候我的孩子出生，她作出早产的样子，就可以将我的孩子带进宫里抚养，她说她能帮我的就这么多了。因为她是我最好的朋友，又救了我的命，我很信任她，我想，如果让孩子跟着我，这辈子只会受苦，只会颠沛流离，而进了宫他就是皇子，有着尊贵的身份，有着优越的条件，所以，我便答应了她。孩子生下来那一夜，她派人过来抱了去，可是，孩子刚被抱走，房子便起火了，好大的火，到处都是火……”似乎又看到了当时的情景，梅萍的眼中都是惊恐和无助，她喃喃地说着，“四周都是火……”

“萍儿，”文帝心中大痛，再也忍不住伸手将她裹进怀里，“是我不好，都是我不好，让你受苦了。”

偌大的大殿，一片静谧，落针可闻。所有人都看着他们的皇帝心痛地将那个女人抱在怀里，说着自己不好，他第一次用的是我，不是朕。陈珠儿在侍卫的钳制下摇摇欲坠。苏墨沉跪在原地，一动不动，十四王爷苏墨宇面色沉痛，皇后的唇角带着一抹冷笑。千城靠在苏墨风的身上，一直看着大殿中那个唯一跪着的身影。

梅萍沉淀了一下，又在文帝的怀中抬起头，继续说道：“许是天不亡我，我虽被大火毁了容貌，但终是大难不死，活了下来。我恨，我心中好恨，所以，我隐姓埋名，乔装改扮，我参加皇帝的选秀，我要进宫，我要复仇……”

“你撒谎！既然有了孩子，你又如何能通过宫中选拔，宫中选秀第一关，就要检查是不是完璧？你既非完璧之身，又如何能被选上？”陈珠儿眸底带着阴鸷，似乎抓到了最后一根救命稻草。

是啊，全场哗然。文帝眉心一皱，且不说选秀时嬷嬷要看，宫中女人第一次侍寝，也都有白布作验，他和梅萍的第一次，也是见了红的。这……

似乎早就想到了这样，梅萍淡然一笑：“既然决心进宫，自是做足万全准备。”她顿了顿，似是在犹豫，半晌才轻声说道，“我对落红动了手脚。”

“我信！”文帝斩钉截铁，再不信他就是傻子。他可以不信一切东西，但是，他信自己心中的感觉，那无以名状的感觉。

“我原本怀着一颗复仇的心进宫，可进了宫以后才发现，自己根本下不了手，无论是对自己最好的朋友，还是对自己最深爱的男人，我都狠不下心。后来，陈珠儿被打入冷宫，我就想算了，静静地待在宫里，默默地守着自己爱的男人，远远地看着自己的儿子，也未尝不是一种幸福。”

“老四……是你的儿子？”虽然答案早已明显，文帝还是颤抖地问了出来。那个孽子怎么可能是她的儿子，怎么可以是她的儿子？天啊，那这些年他都做了什么？他都对那个儿子做了什么？

梅萍没有回答，只是缓慢地转过头，看向那个一动不动木然地跪在地上的身影。循着她的目光，所有人也都看向苏墨沉。苏墨沉依旧没有动，就像是一尊穿着铠甲跪在那里的雕塑。

“你应该早点说的，你应该早点说出来的……”文帝仰头，痛苦地闭上眸子。苏墨沉这些年受了多少苦，他都清楚。以前，他每每心有不忍的时候，就告诉自己，他是那个贱人的儿子，理应受到这样的惩罚。所以，才有了一次一次的狠心，一次一次的伤害。可是，如今……让他如何面对这个处处被他逼上绝路的儿子？

“我不敢，我不敢说，”梅萍惨淡地摇头，“我的儿子冒充别人的儿子是欺君，我伪装进宫也是欺君，何况，在宫里，你对我又极其冷淡，我如何敢说，我以什么为资本来说？我怕，我死了不要紧，我怕我的孩子受牵连。本来我也准备一辈子都不说的，就让这个秘密永埋于世，可是，她……”梅萍骤然伸手一指，直直地指向陈珠儿，眉目之间竟是从未有过的狠戾。

“她竟然这样对我的儿子，她利用他谋权篡位，让他和你父子相残，自始至终，她都是在利用，我的儿子不过是她手中的一枚棋子，是她用来报复你的利器。方才我在殿外很久，也听得真切，她故意说下贱的话来激怒你，就是想让你杀她，然后又对着沉儿说那些话，她知道沉儿定不会坐视不管，果然，沉儿替她求情了，沉儿愿意一人承担，愿意自己放弃生命，只求你放了她，她的目的达到了。可是，你却铁了心，你说不放过她，也不放过沉儿，所以，她又急了，就开始疯言疯语，说我的沉儿是野种，再次激怒你，想让你亲手杀了自己的儿子。陈珠儿，我说的对吗？”梅萍灼灼地看向陈珠儿，银牙咬到颤抖。

陈珠儿哈哈大笑，眉心一抹殷红刺目，血污了半边脸，竟是说不出的狰狞恐怖，她咬牙切齿，恶狠狠地说道：“陈萍，那场大火怎么没有烧死你？”

梅萍轻轻一笑：“那是我命不该绝，那是老天要我活着来揭穿你这种人的真面目，我感谢你放了那场火，虽然大火毁了我的容貌，却也让我的心更加清明。不然，我的男人，我的儿子被你害死，我还在那里感谢你这个救命恩人。”

唰的一声，是利器摩擦的声音。文帝蓦地拔出侍卫腰间的长剑，直直地指向陈珠儿，黑眸中掠过沉痛、悔恨、颓废、憎恶，各种复杂的情绪。他咬牙，声音沙哑破碎：“朕到底哪里对不起你？你要如此对朕？”让他的女人受苦，让他的儿子恨他，让他亲手将自己的儿子逼上绝路，这是怎样蛇蝎心肠的一个女人？

“说，你为何要如此恨朕？”见陈珠儿不响，文帝又嘶吼出声，锋利的剑尖对着她原本已经被他刺破的眉心。

事到如今，陈珠儿倒也坦然了，不惧了：“因为你杀了我的男人，我要报仇！”她咬牙切齿，眸中闪着嗜血的恨意。

“你的男人？”文帝一怔，忽然想起什么，讥诮一笑，“就是那个跟你苟且的侍卫？”

众人唏嘘，这时才知道，原来当年跟这个女人在床上被抓现行的是宫里的侍卫。只听说，文帝当场拔剑，那人人头落地，原来只是个侍卫。

“不是他，”陈珠儿冷冷地看着文帝，“皇上还记得当年的江南薛家吗？被你灭门的薛家？”

文帝一震，众人一阵倒抽气，一些老臣都知道的，这是当年文帝登基时候的事情。文帝是七王爷，当时的八王爷也觊觎皇位，在文帝登基不久，就领兵谋反，薛家的薛将军是八王爷的人。后来，文帝平定叛乱，将八王爷的所有党羽都收监了，当然也包括江南薛家，最后这些人都被判了极刑。

“你的男人是薛家人？”文帝危险地眯起眸子。

陈珠儿未置可否：“我进宫的时候，他们都还没死，只是被关在了天牢，我跟那个侍卫苟且，也是为了救我的男人，因为那个侍卫是看守天牢的侍卫长。”

“结果呢？救出去了吗？”文帝冷笑，讥诮嘲讽之意毫不掩饰。

结果？结果他们都被处以极刑，不然，她也不会那么恨。她要报复，她要文帝承受相同的痛苦，她要他失去江山、妻离子散、众叛亲离，可惜，天不遂人愿……

“既然，你跟你的男人如此深情，那么，朕现在就成全你，让你到阴曹地府去和他做一对苦命鸳鸯。”文帝手腕一动，欲挥剑而出。

“如果你想你跟陈萍的儿子死，你就刺下去！”陈珠儿突然开口。文帝一震，连忙将剑力收回，因为惯性极大，自己后退了几步，才稳住身子。所有人都震惊了，梅萍的脸色也煞白。

“你什么意思？”文帝脸色黑沉可怖，声音从喉咙深处发出来。

“没什么意思，”陈珠儿很无辜地一笑，“我只是告诉你一个事实，如果想让苏墨沉死，你就大可以杀了我。”

“你对老四做了什么？”文帝脚下移动，黄影晃动，瞬间来到她的面前，抬手狠狠地掐住她的颈脖。陈珠儿不响，就看着他，张着嘴喘息地看着他，脸上浮起得意的冷笑。文帝一惊，又连忙将手松开，他不能赌，不能以儿子的命去赌。

“将这个女人给朕关进天牢！”

侍卫领命，押着陈珠儿离去。离去之时，陈珠儿大笑着，肆意狂狷，经久不息。

“将皇后和六王爷也押下去关进天牢！”

“退朝吧。”文帝眸色疲惫，朝众人挥了挥手。

一场闹剧就这样结束了吗？有人惋惜，有人失落，有人松了一口气，有人意犹未尽。六王爷被抓起来了，这四王爷苏墨沉不是也意图谋反吗？如今……大家心中好奇，可对皇家之事也不敢妄自议论，众人便纷纷鱼贯而出。梅萍走到苏墨沉的面前，缓缓地蹲下身，扶着苏墨沉的双臂：“沉儿……”

苏墨沉没有反应。就在梅萍不知道该说什么的时候，他又突然站起身，转身往外走。此时殿中还有很多人在，都纷纷朝他看了过来，没有人看到他脸上的表情，因为他根本没有表情，甚至连一向深邃的眸子都是空的。他一步一步往外走着，外面正午的阳光照进来，他身后的影子，透着说不出的苍凉孤寂。

云蔻看着他的背影眼角酸痛难忍。这些年，坐上皇位，让良妃过上光明磊落的生活，几乎成了这个男人唯一的心愿。受了那么多苦，隐忍了那么多的痛，甚至放弃生命，他只是为了那个女人，那个被他喊了二十多年母妃的女人。如今，这一切只是一个骗局，他如何能够承受得住？心中一痛，她连忙追了上去。

“沉儿，”梅萍亦欲抬步追上，陡然喉间痒痛，她连忙扯下掩盖在脸上的丝绢，张嘴，一抹腥甜从嘴里涌出，溅在白玉石地面上，留下一泓刺目的殷红。刚才仅凭一口气撑着，她知道，她的身子已到了极限。

“萍儿！”边上的文帝见状，脸色大变，连忙伸手将她揽进怀里。

“皇上……”梅萍虚弱地将脸埋在文帝的胸口，微微地喘息，“臣妾……臣妾……”

文帝自是知道她顾忌的是什么，容貌吗？身为一个帝王，他什么样的女人没有，后宫女人更是个个国色天香。可他从她们的身上看到了什么，一副皮囊而已。

“萍儿，当年我与你相遇，那时，我的眼睛看不到，我也并不知道你长什么样子，不是吗？”

梅萍心中触动，埋首在他胸前，将丝绢又再次掩于面上，方才抬起头来，转眸看向大门的方向：“沉儿他……”

“让他一个人先静一静吧，毕竟发生了这么多事，换成谁一下子都无法接受。”文帝低低喟叹。其实，说归说，他心中又何尝不惶恐难受？那个儿子心中的鸿沟怕是再难填平了吧？

苏墨宇看着殿中相拥的两人，嘴唇动了动，终还是什么都没有说，回头看了看疾步而出的云蔻，也跟了上去。

“我们也回去吧。”苏墨风望着千城轻声说道。

“嗯。”千城点点头，心中满是说不出的滋味，就像有座千斤大山压着，沉重得让她透不过气。

第二十章　新帝登基

出了殿门，云蔻抬头望了望天，太阳正当空，一个早朝竟是上到了正午。望着前面走得极快的那个身影，她也加快了脚下的步子："爷，四爷……"苏墨沉就像没有听到。

"云蔻！"身后传来一声低唤。云蔻脚步一顿，不用回头，她也知道是谁。想了想，她还是停了下来，转身的刹那，苏墨宇已经行至跟前。

"十四爷。"她淡淡地施礼。

"那个……"苏墨宇有些窘迫，清清喉咙，竟一时不知道该怎么开口。问，你是四哥的人？明显没话找话，这个问题苏墨鸿在金銮殿上已经问过这个女人了，这个女人也已经明确回答了。问，你是四哥的女人？这个问题也太……他问不出口。但是，他真的想知道啊，很想。云蔻疑惑地看着他，又回头看了看那个渐行渐远的身影，眉心微微一拧。

"没想到你和我一样，都是四哥的人。"憋了半天，苏墨宇终于憋了一句话出来。云蔻怔了怔，旋即便明白过来这个男人的心思。可她心中现在满满的都是对苏墨沉的担忧，哪里还有心思去跟他纠缠，便微微一笑，算是作答。

"想不到四哥竟然是我的亲哥哥……"

"若十四爷没有其他吩咐，奴婢先行告退。"云蔻打断苏墨宇的话。苏墨宇一怔，有些意外，正微微怔忡间，云蔻已转身离去。望着女子急切离去的背影，苏墨宇好半天才回过神来，微微苦笑，或许，他已经知道了答案。

四王府门口，西陵雪盈盈而立，一身艳红的狐裘在阳光的照耀下，如燃烧的火焰。可一张小脸却是另一番景致，眉宇之间尽是忧虑，连手炉中的炭火已经渐熄也浑然不觉。苏墨沉身着一袭铠甲，骑着一匹白马从街头疾驰而来，西陵雪眼睛一亮，连忙拾阶而下迎了上去："爷，怎么样？"

她的男人今日进宫要做一件大事，她知道。东墨十万大军就是她跟她的父皇调的。其实，皇位，对她来说，根本不重要。只要跟这个男人齐眉比肩，是王妃，是皇后她都无所谓。但是，只要他想要的，她便帮他。苏墨沉翻身下马，没有说话，俊美的脸上没有一丝表情，径直越过她的身边往府里面走。

西陵雪有点蒙，一颗心大起大落，这是成了，还是没成？如果没成，怎么还能毫发未伤地回来？如果成了，又为何是这样一副表情？她从没有见过他这个样子，即使平日里的面沉如水也不是这样。那是一种比沉静更可怕的表情。面，是空的，眼，是空的，灵魂，似乎也是空的。宫里到底发生了什么事？

苏墨沉脚步不停，直接回了云轩阁。西陵雪跟了过去，走到门口的时候，似乎听到男人低沉地喊了一声："杨痕。"那声音竟是说不出的沙哑破碎、痛苦苍凉。她一惊，僵硬地立在原地，杨痕，不是已经死了吗？

整个下午，四王府里很是热闹，人一拨接一拨地来，先是皇后的婢女云蔻，接着是十四王爷苏墨宇，接着又是七公主苏凝霜，还有九王爷苏墨逸，最后，连文帝和梅妃都来了。一院子的人，独独主角不在，苏墨沉不见了。

云轩阁的门是关着的，众人推门而入的时候，里面没有人，一套金色铠甲委地。梅萍当场口吐鲜血，文帝急忙带其回宫，其他众人分头寻找。可就在大家正准备出府的时候，书房的门却突然开了："你们在找我吗？"

众人一震，尽数回头，看向那个从书房走出的男人。天色已是黄昏，残阳似血斜铺进来，打在那一袭白袍的男子身上，竟有种凄绝的妖娆。他缓缓地走出书房，在众人面前站定，似乎在笑，又似乎没有，众人看着他淡淡地勾着的唇角。没有想象中的萧瑟，没有想象中的颓废，他很平静，声音一如往常的低沉好听，就好像什么事都没有发生过，他只是那么寻常一问，你们在找我吗？

“沉儿！”文帝最先出声。苏墨沉的目光淡淡地看过来，落在文帝的脸上，又轻轻掠过他怀里的女子，薄唇轻启：“梅妃娘娘似乎伤得不轻，应赶快医治才行。”他的声音如同他的人一样清冷寡淡，不带一丝情绪，不带一丝感情，似乎在说一个毫不相干的人，即使那人是他的母亲。梅萍喉中骤痒，一股腥甜往上一蹿，她硬是强自忍住，没让血喷吐出来。文帝微微拢起了眉，一时不知该说什么才好：“沉儿，朕知道，现在说什么都没有用，这些年是朕亏欠了你，朕会慢慢补偿，朕回宫便拟诏，将皇位传给你。”

苏墨沉没有说话，目光从文帝和梅妃的身上掠开，望向日暮的天边，不知落往何处。其他几人互相看了看，即使是跟他相交多年的云蔻，此刻亦是猜不出他心中的想法。皇位，似乎是他这些年一直所想。可是如今，似乎什么都不是他所想的了。

“老四，不管你现在是怎么想的，事情已经发生了，这是改变不了的事实。你母妃身体不好，朕现在带她回宫，不日后会带她去找神医治疗，在这之前，朕会将传位之事处理好。”

苏墨沉缓缓地将落在远处的目光收回，依旧没有说话，默然地转身往云轩阁走，众人就怔怔地看着他落寞萧瑟的背影，听到他低低的笑声传来。

翌日早朝，所有人都以为四王爷苏墨沉不会来，包括文帝。出乎意料，他来了，一身朝服，玉带蟒纹，风姿绰约，就像什么事都没有发生过。文帝心中甚是欣喜，连忙颁布传位诏书，新帝登基大典于三日后的二十八举行。

尘埃落定，王爷中有人欣喜，有人不甘，有人淡然，苏墨风则微微苦笑。苏墨沉淡然接旨，淡然谢恩。文武百官齐贺。

昨日从金銮殿回来，千城一直处在一种半游离状态，好像一颗心是飘浮着的，怎么也着不了地。原本苏墨风说，等回京事情一了，就告诉她她和苏墨沉的事，可是昨日，她问他，他又矢口不提，说现在还不是时候。其实，对于苏墨沉这个人，她说不出心中的感觉，只觉得有一些好奇，有一丝熟悉，又有一些抵触，还有一些上次自己将他逼上绝境的愧疚。而好奇主要来自她的痛，她不知道为什么会莫名地为了另一个人痛。

听说自己是染飞染将军的女儿，她决定回将军府一趟。或许他们能告诉她一些什么，于是千城给苏墨风留了张字条，便让三王府的马车送她回将军府。此时已是黄昏，街上甚是热闹，人来人往、摩肩接踵，于是马车就走得非常缓慢，走走停停。千城心中甚是急切，忍不住撩开窗幔往外看，入眼的是一片繁华景象，忽然，一个熟悉的背影跃入眼帘。

京师，东山，一抹白衣翩跹的身影顺着山路盘山而上。本来这里就人迹罕至，又正值冬季，山上的树木叶子早已掉光，只剩下光秃秃的树干，显得更加静谧荒凉。白衣身影在一个陵墓前站定，落日的余晖漫洒过来，他微微眯眼，看着那墓碑上的字，杨痕之墓。他就那般站着，怔忡良久，微凉的山风袭在脸上，他才恍然回过神来。

“杨痕，我来看你了。”苏墨沉盘膝坐在陵墓前面，风过衣袂，透体的凉。他将手中的两个酒坛往地上一放，白璧似的大手拧开两个酒坛的盖子，一坛提于手中，一坛放在碑前。

“杨痕，你知道吗？我做皇上了，我多年的愿望终于实现了，你知道吗？我好开心，来，我们庆祝一下。”提起酒坛与碑前的那 坛 撞， 声清脆的声响后，男人将酒坛送到唇边，仰脖，猛然饮下几口。一股浓烈辛辣直直地窜入心肺，他呛得咳嗽起来。末了，他抬手一抹，将唇角的酒渍抹掉，眯着眼睛笑了起来，“杨痕，那日你跟我说，爷，你不能让杨痕白死，不能让几千兄弟白死，还有老夫人，如果你放弃了，老夫人怎么办？老夫人？”说到这里，苏墨沉低低地笑出声来，“你知道老夫人是谁吗？杨痕，你知道我喊了二十多年母妃的人是谁吗？”

咽下心中的苦涩，男人又仰脖，饮下几口烈酒：“虽然这些年，我想要做的事，她阻止，我想要保护的人，她要除去，连我想听从自己的心，争取好好爱一个人的权利，她也要剥夺，但我还是在想，她是为了我好，她是爱我的，她是爱我这个儿子的，她不过是严苛了一点，她不过是用了自己的方式，毕竟她受了那么多的苦，她也不容易。可我做梦也没有想到的是，原来，这一切都是一个骗局，从一开始就是一个骗局，她对我的种种，不过是在训练一个报复的利器而已。”

苏墨沉弯唇，轻轻笑开：“她不是我的母妃。”倏尔，他又缓缓侧目，看向那块冰冷的墓碑，“杨痕，你知道我的母妃是谁吗？”微微失神，半晌，才将目光掠开，“你肯定想不到，因为……我也没想到。”

他仰脖再次饮下几口酒，才接着说道：“是梅妃，梅妃竟然才是我的母妃，是不是很好笑？不过，我高兴啊，如今我有光明正大的母妃，我有父皇的愧疚疼爱，我荣登九五之尊，所有该有的，我都有了，杨痕，我高兴啊！”他低低地苦笑，他举起酒坛，直接将酒坛里的酒尽数倒进嘴里，酣畅淋漓。一坛饮尽，他又端起墓碑前给杨痕的那坛，一口气将偌大的一坛酒也尽数饮尽。

当啷一声脆响，是空酒坛砸在地上的声音，碎屑四溅，苏墨沉已经有些摇摇晃晃，酒已醺。他微微倾身，靠坐在冰冷的墓碑上，两颊泛起潮红，一动不动，半天不作声响。

天色慢慢地暗了下来，四周都是悚然的静谧。男人含糊的声音又蓦地响起：“杨痕……不要走……你就这样走了，我连个喝酒的人都没有……所有人都是骗子……所有人都在骗我，千城是，父皇是，母妃也是……”

要不是亲眼所见，千城绝对不会将眼前的这个男人跟那日双桥上被她揭下面具的那个男人联系在一起，也绝对不会与昨日那一身铠甲，风姿卓越地走进金銮殿的男人联系在一起。彼时的他，丰神如玉、尊贵如皇，此时的他，是如此颓废，又是如此脆弱。他佝偻着背，靠在青石墓碑上，也不管自己一袭胜雪的白衣，狼藉一片。胸前、袖管都是被酒濡湿的水渍，袍角沾染的都是灰尘、落叶，在他的金线软履的边上，四处都是酒坛瓦片。

是什么样的打击，能让那样一个男人变成这个样子？如果说，她那日的伸手一揭，将他逼上了绝路，那昨日金銮殿里二十多年的真相揭晓，彻底将他的心杀死了吧？心口，就像有一只无名的手在捏着、绞着、蹂躏着，千城也痛得弓起了身子。她在为他而痛吗？她怀着别人的孩子，为何又为这个男人心痛？

她深深地呼吸，鬼使神差地走了过去。对，鬼使神差，就好像方才在街上，她看到他提酒上山，竟然下了马车尾随着他也来了这里一样。

“四王爷……”

头很重，很痛，苏墨沉滚烫的额头抵在冰冷的墓碑上，昏昏欲睡、半梦半醒。是谁？是谁的声音那般熟悉？千城？不是！微微苦笑，怎么可能是她？她现在正和苏墨风在一起，而且，她也不会喊他四王爷，她只会喊他苏墨沉。

“四爷……”

声音似乎又往近前靠了几分。是她！明明是她的声音，苏墨沉缓缓地睁开沉重的眼睑，视线有些模糊，而且日已西落，光影偏逆，只看得见眼前有个黑影，似乎蹲在他的面前。他眯着狭长的凤眸静静地看着她，许久，视线才似乎有了一丝清明，醉眼蒙眬中，女子婆娑的眉眼时而清晰，时而模糊。

“呵……”他靠在墓碑上没有动，低低地笑了，眼角眉梢都是绵长的笑意，“酒果然是个好东西，喝了它竟然就能看到你。”

“四爷，天色不早了，而且，似乎要变天了，你……”千城抬头望了望骤然阴沉下来的天空，微微蹙了蹙眉，这个男人似乎醉得不轻。突然，手背一热，她一震，还没有反应过来，身子却陡然失去平衡，下一瞬，已经被人深深地裹进怀里。

千城猝不及防，惊呼一声，身子直直地撞在苏墨沉的胸口上，整个人跌坐在他的怀里，她心尖一抖，又惊又惧，连忙想起身，却发现自己被他裹得死紧，根本无法动弹。

“别走，千城……”滚烫的唇贴在她的耳边，他沙哑地央求着。千城的心莫名一颤，微微僵硬了身子。对于他，她是陌生的，她不知道两人曾经有过什么，是什么关系，关系发展到了哪一步？她只知道，这样的拥抱让她有些贪恋，又有些抵触。她不明白，对一个人，怎么会有这么极致矛盾的两种感觉？

“四王爷，你喝醉了。”她试着用手肘去推他，他却依旧死缠着不放，就像怕自己一松手，她就消失了一般：“千城……你的心好狠啊……”

千城心口蓦地一窒，像被什么捏住。

“我那么爱你……你却帮着三哥想要我去死……你是因为太恨我了吗？……还是心里一分一毫都没有我？……以前的一切也是做戏吗？就像我的那个母妃一样，你只是在骗我，只是在利用我吗？千城……”

“我宁愿你是因为恨我，至少……那是在意我……”男人不停地说着，口齿不清地说着，声音沙哑得如同破锣一般，温热的气息夹杂着氤氲的酒气喷洒在她的脸侧，酥酥麻麻，撩起一阵火热。千城说不出来心中的感觉，有些震撼，有些懵懂，有些茫然，有些无措。他说，我那么爱你，他爱她？千城的心中有些纷乱，突然，有凉湿的什么落在脸上，她一惊，竟是雨落了下来，细细绵绵，四周一片沙沙的细响。千城微微拧眉，这都深冬了，怎么天气跟夏日一样，说变就变？记得上山的时候，还夕阳红艳呢。

“四爷，下雨了，我们赶快下山吧！”千城抬头望了望天，头顶一片黑沉阴霾，估计这雨一时半会儿是不会停的，而四周都是光秃秃的大树，连避雨的地方都没有。可男人似乎醉得不轻，意识很淡薄，眼睛微微合着，双颊通红，依旧将她紧紧地圈在怀里不放，整个人的重量便落在她的双肩上。千城欲哭无泪。

雨丝虽小，可很快还是湿了发，湿了衣衫。深冬的黄昏本就冷得瘆人，被这样一淋，人哪里受得了？不一会儿，千城已经冻得直打哆嗦。不行，得赶快下山，即使不下山，最起码得找个地方避避。费了好大的力气，她终于从苏墨沉的怀里挣脱出来，站起身，又将男人从地上扶起来：“四爷，我们下山吧。”她将男人的胳膊搭在自己的肩上，她扶着他慢慢地往山下走。

天黑、路滑，雨越下越大，睁不开眼，又加上苏墨沉如烂泥一般依附在她的身上，她几乎寸步难行。后来，竟然还夹杂着点点雪花，千城还跌倒了两次。所幸腹中孩子还小，三个月不到，不然，她真担心会碰到孩子。

在半山腰的时候，她惊喜地发现，竟然有个小山洞，她连忙将苏墨沉扶到了洞里。天色很暗，洞里更是黑得伸手不见五指。她摸索着将男人扶到洞壁边上，让他靠坐着，自己便一屁股跌坐在旁边直喘粗气。雨雪是不用淋了，冷风是不用吹了，可是，山洞里又黑又冷。也不知这个男人带火折子没有？凑到他的面前，将手伸到他湿漉漉的广袖中，一顿摸索。忽然，腕上一重，千城先是一惊，不过很快就发现，是苏墨沉擒住了她的手。

“千城……”沙哑的声音在黑暗中传来。千城一喜：“你醒了？”她的话还没有说完，面上陡然一热，男人已经将她拉过去，双手捧住她的脸，摸索着吻上了她的唇。事情发生得太突然，如同瞬间被一团火焰击中，千城脑子一懵，忘了动，也忘了反应，就在黑暗中睁着大大的眸子一动不动。

男人的唇火热滚烫，挤压在她的唇瓣上，揉捻，她一个激灵反应过来，连忙伸手推他，可他的身子就像一堵墙，纹丝不动。吻一点一点加深，男人灵巧的舌带着氤氲的酒香探进她的口中，霸道强势。潜意识里，她很抵触他这样的触碰，可是，也不知是不是他唇舌上的酒气太过浓烈，到后来，她竟觉得自己似乎也有了几分醉意。

不行！风哥哥，她不能对不起她的风哥哥。她又羞又急，曲起腿准备踢一下男人，却不想身子陡然失去平衡，男人竟是一个翻身将她压在地上。两人身上的衣服早已透湿，两个湿漉漉的身子就这样紧贴着。她不知道事情怎么会演变成这样？明明她是好心，他却这样对她。

就在她有些绝望的时候，他却陡然滚到一边，将她紧紧地抱在怀里，埋首在她的颈项，含糊不清地嘟囔道："千城还有没有酒？酒好啊……有酒就有你……不要醒……我还要喝……"男人呓语着。千城这才发现，原来这个男人的酒根本就没有醒。那刚才……难道是发酒疯？千城准备起身，却发现身子被男人箍得死死的，根本无法动，而耳边已经传来男人均匀的呼吸声。啊，睡着了？就这样睡着了？千城再次郁闷，她一边提醒自己，不要跟一个醉鬼去计较什么，一边耐着性子，轻轻推着身后紧紧抱住她不放的男人。

"四爷，地上太凉，我们坐起来吧。"

"四爷，我们两人的衣服都是湿的，这样躺着明天会生病的。"

"四爷……"

最后，她说累了，男人依旧睡得香甜，她便也放弃了。虽然他的衣服是湿的，但可能因为饮了酒，他的身子却滚烫火热得很，不能挣脱，往他怀里缩还是可以的。

千城再次醒来的时候，天已经大亮，她揉着惺忪的睡眼，竟有些不知身在何处。身上的衣服已经干了，在她的旁边，篝火将熄，只剩下一堆黑色的灰烬。意识慢慢回笼，她陡然想起什么，蓦地翻身而起，就看到坐在对面的苏墨沉。

苏墨沉似乎原本也在看她，又似乎不是，看她醒了，淡淡地掠过目光，看向洞外，声音亦如他的目光一样寡淡："你怎么在这里？"

千城有些怔忡。冬日的晨曦透过洞口投了进来，虽然里面依旧很暗，但是视线却很清明。千城看着他，风神如玉、冷漠俊雅，此时的他早已将所有的脆弱和颓废敛去，剩下的唯有清冷，那种拒人于千里之外的清冷，似乎昨夜的一切都不过是她的一场梦。

“你的酒醒了？”她不想回答他的问题，也不知道该怎样回答。总不能说，我跟踪你，所以在这里，或者说，我正好路过，碰到你……前者她说不出口，后者，说出来她自己都不相信。

苏墨沉眸光微动，缓缓地将目光掠回，淡淡地落在她的脸上：“是你自己来的，还是三哥让你来的？”他想，是前者吧，多少他还是了解苏墨风的为人，是不会利用这个女人做什么的。这个女人对他所做的种种，不过是她自己心甘情愿地为苏墨风付出而已，这才是他最心痛的地方。微微蹙了蹙眉，他就静静地看着她，等着她回答。

千城有点蒙，反应了好半晌才明白过来他话中的意思。他怀疑她的出现是蓄意的，是有目的，是吗？心中顿时气结，她果然是吃饱了撑着，跟这个男人又淋雨、又挨冻、又挨饿，还要受他气。

“那四爷就只当我没有来过。”千城冷着脸说完，便起身，准备走。可刚刚站起来，脚踝刺痛，她一个踉跄，差点摔倒，连忙伸手扶住洞壁才稳住自己的身子。俯下身，她掀起裤管看了看，脚踝处一片红肿，显然是扭到了，昨夜自己仅凭一口气撑着，竟是没有发觉。现在好了，走也走不了了。心中懊恼，她只得又挨着洞壁，重新坐了下来，脱了鞋子，轻轻揉着自己的脚踝，刺痛难忍，她痛得差点落下泪来。

苏墨沉就坐在她的对面，一声不响。千城揉着揉着，就觉得委屈起来，什么人嘛？昨天还说有多爱她。这就是他的爱？难怪她会不记得他，难怪她跟苏墨风在一起，这种男人，她如何会喜欢？自私自利、口是心非、不知好歹、疑心病重、没有同情心、又没风度，还……还没有酒品、乘人之危。千城正在心里面暗暗地将他的缺点一一罗列，忽然，身边白影一晃，苏墨沉已站起身来，一阵清檀拂过，千城抬头，就看到男人已经朝洞口外走去。

什么意思？走了？弃她不管？她的脚这样，如何下山？脑子一热，她就对着那抹背影喊道：“喂！苏墨沉，我可是你的救命恩人。”

男人身子一顿，不知为那声苏墨沉，还是为那句救命恩人。此时的他已经身在洞口，身形挺拔颀长，金黄色的阳光照在他一袭白袍上面，那灿灿的金属光芒，让千城陡然想到天神这个词。阳光下，他缓缓地转过身，凝着她，唇角讥诮地一勾：“所以呢？”

所以？千城一愣。所以你不能弃你的救命恩人于不顾！再抬眸，洞口一片光芒刺眼，哪里还有男人的身影？真的走了？什么人啊？千城彻底崩溃，果然是可怜之人必有可恨之处，难怪这世上这么多人要骗他，活该，他这种人，活该让人骗。千城越想越气，揉着自己脚踝的手就陡然没了轻重，她痛得瞳孔一缩，龇牙咧嘴。心中又将苏墨沉咒骂了一番。

也不知揉了多久，她的脚也未见一丝好转。她想再这样下去也不是办法，揉到天黑估计还是这样，便将鞋子穿上，起身，准备单脚下山。许是因为坐了太久，又许是因为是个孕妇，她陡然起身的时候，猛地眼前一黑，情急之下她想伸手扶住洞壁，可洞壁没扶住，脚下却是一软，她整个人就朝一边直直地倒了下去。

啊！她惊呼。预期中的疼痛并没有来，她也没有倒在地上，因为，一双有力的手臂适时地接住了她。千城一震，抬头，就看到男人俊美无俦的脸，是苏墨沉！

“你怎么又回来了？”千城难掩心中激动。

“因为不想欠你人情。”男人淡淡地道。

不想欠她人情？这话说得……千城又是好一顿气结，正欲开口跟他斗上一番，却发现男人已经抱着她坐下。他坐在地上，她坐在他怀里，很暧昧的姿势。千城的脸顿时红了一个通透，昨夜两人如此，最起码他醉得不省人事，现在……正有些恍惚间，脚下蓦地一凉，她回神一看，男人已经兀自将她的鞋袜尽数脱掉了。

“啊，四爷……”她又急又羞，就想将脚收回。女人的脚不是只能给自己的丈夫看吗？那她的脚怎可以给除了风哥哥以外的男人看？

“别动！”足上一热，男人温热干燥的大手已经将她的赤足裹住，握在掌心。

“四爷……”

“叫我苏墨沉！”男人沉声打断她的话，一手握住她莹白的玉足，一手将一个瓷瓶中的药粉洒在她的脚踝处，然后又轻轻按摩涂开。千城有些怔忡，为他那句叫我苏墨沉，也为他竟然这样给她擦药。男人温热的指腹在她的脚踝处轻柔辗转。顿时，一抹清凉在肌肤上慢慢晕染开来。两人隔得很近，呼吸可闻，鼻息交错。淡淡的浅檀萦在鼻尖，千城有些恍惚，眼梢轻抬，静静地看向男人俊美的侧脸，看着他专注的神情。心中的感觉，竟无以名状。

“四……苏……苏墨沉，我自己来擦吧，这样……我们这样……不太好。”

男人的手微微一顿，没有抬头，发出一声冷笑：“不好？你身上哪个地方我没看过？”

啊！千城一震，愕然抬眸，恍惚间，她只以为自己听错了：“你说什么？”

男人侧首瞟了她一眼，又是讥诮地冷冷一笑，未响，又转过去，拾起地上的袜子，缓缓地穿在她的玉足上。千城伸手将他的手腕抓住：“苏墨沉，告诉我！”

“什么？”男人口气极淡，淡若秋水。

“告诉我，我们是什么关系？”千城紧紧地凝着他，目光殷殷。她明明是苏墨风的女人，还怀着他的孩子，为何这个男人又说看过她的身子？为何？她难道是个人尽可夫的女人吗？

“告诉我，我们是什么关系？告诉我，我们曾经发生过什么？告诉我，我为什么要恨你？告诉我，通通都告诉我！”千城有些激动，一口气急急地说完，微微喘息。

当啷一声脆响，是男人手中装药的瓷瓶掉在地上的声音。男人身子一僵，半晌，才愕然地转过头，难以置信地对上她的眼。千城也喘息地看着他，眼睛一眨不眨。两人的眸子绞在一起，苏墨沉眉心一拧，几乎难以克制地伸手捧住她的脸，往面前一拉，更近地逼视着她的眼睛，死死地、凌厉地、难以置信地，努力地想从她眸中看出一点什么来。

千城吃痛，有些被他的样子吓住。她蹙起秀眉，抬手抓住他的腕，想要将他紧紧钳制在她脸上的大手拉开：“不说就不说，你也用不着这样……”她被迫扬着头，艰难地、吃力地开口，却是被他沉声打断：“你没了记忆？”他绷直了声线，却依旧难掩声音的颤抖。

“没了记忆又不是我的错！”千城挣不脱他的手，心中又委屈又气苦，“你为什么一副要杀人的样子？”

苏墨沉一震，这才意识到自己的失控，连忙将手松开，一颗心却是难以抑制地狂跳澎湃，百折千回也不过如此，她竟然没了记忆。那……那日双桥上的一声四王爷，那奔到自己面前的抬手一揭，那在金銮殿上和苏墨风的情意绵绵，都是因为她没有了记忆吗？是这样吗？他不知道自己该高兴还是该难过。高兴她的无心伤害，难过她的有心忘却？一颗心大起大落，他又忍不住再次捧起她的脸，只是这次温柔了许多：“千城，那，那你认识我吗？”

“认识！”千城怔怔地看着他，不明白这个男人的情绪怎会变得如此之快，顿时心中又将这个男人的缺点加了两个，粗暴、变化无常。

“认识？”苏墨沉黑眸一亮，紧紧地凝着她。

“嗯，你不就是当今四王爷苏墨沉吗？”

苏墨沉一怔，黑眸中的光华慢慢剥落，等了一会儿，见她没有再继续说下去，便微微眯了眸子：“仅此？”

“还应该有什么吗？”千城睁着一双清澈透亮的眸子看着他。

“譬如说我是你的谁？”

千城一震，他是她的谁？茫然地摇了摇头，她也想知道，他是她的谁：“我们真的有关系吗？”

“是！”苏墨沉抿紧了唇，黑眸中波涛起伏。我们真的有关系吗？这句话是那般刺耳，生生地割破了他的耳膜和心扉。她忘记了他，忘记了他们的关系，却记得苏墨风，是吗？心中一团无名的怒火往上一蹿，他缓缓地凑近她，沉声道：“我们不仅有关系，而且关系还非同一般。”

千城愕然地抬眸。蓦地，唇上一重，男人直接吻住了她。千城呼吸一滞，睁着大大的眸子，又惊又恼，本能地伸手推他，脖子却被他的手臂一勾，死死地将她禁锢住。温热的唇紧紧地噙住她的唇瓣，那样子恨不得想要将她吞入腹中一般。

因为他的这个动作，千城被迫张着嘴，承受着他的掠夺，那一刻，她突然觉得屈辱，张开嘴，准备对着他的舌头用力咬下，男人却是突然放开了她。微微拉开了一些距离，他看着她，她瞪着他，两人的呼吸都粗重了起来。

“想起我们的关系了吗？”男人冷声开口。千城只觉得委屈，恨恨地瞪着他，冷笑：“原来我们就是这种关系。”她的笑靥深深地刺痛着苏墨沉的眼睛，他沉默了片刻，同样回之以冷笑：“不，比这关系更甚，譬如……”他蓦地抬手伸进她的衣襟，探上她的胸脯。她一惊，抬手按住他的腕，却陡然发现他温热干燥的手停留在她胸口的一处，低沉沙哑的声音响在头顶，“譬如，我知道你这里有个伤疤。”

千城一怔，苏墨沉的手又拖着她的手顺着她如丝般顺滑的肌肤，来到她的小腹。滚烫的大掌就像是高温的烙铁，千城的身子一阵颤抖，她又惊又惧地看着他：“你要做什么？”男人没有理她，大手在她的肚脐边上顿住：“又譬如我还知道你这里有颗朱砂痣，千城，你说，我们是什么关系？”

千城震惊了，也彻底凌乱了。苏墨沉将手自她的衣襟内抽出，替她拢了拢衣衫。千城就怔怔地看着他，茫然地看着他，身体摇摇欲坠。苏墨沉眸色一痛，伸手，又将她裹进了怀里，低低地叹出一口气，其声恍惚：“千城，你怎么可以忘了我……”

千城不记得自己是怎样来的四王府，只记得最后苏墨沉问她，那你想找回失去的记忆吗？她说，想。苏墨沉说，那就跟我回去，然后，不由分说，抱起她便走。一路上浑浑噩噩，等再次有意识的时候，苏墨沉已经抱着她进了四王府，确切地说，是进了四王府一个叫清华苑的院落。

冬日的暖阳斜斜地落进院子，一只纯白色的猫慵懒地趴在半人高的院墙上，眯着眼看着院中两个正给几株一品红松土的婢女。苏墨沉顿住脚步，温热的唇贴着千城的耳边，轻声问：“这里，记得吗？”千城有些茫然地看着院中的一切，努力在记忆中搜索着影像，没有，零星的印象也没有。见她抿唇不语，苏墨沉微微一笑，“没关系，我们有的是时间去慢慢想。”说完，便抬步往里面走。

院墙上的小白喵呜一声，蹿了下来，跑到苏墨沉脚边，摇着尾巴一边轻蹭，一边转来转去，“喵呜，喵呜”地叫个不停。院中的两个婢女听到动静，亦是直起身子回头，见到两人，顿时目瞪口呆忘了反应，甚至连手中的小锄掉在地上也未觉，好半天才回过神，欣喜若狂地奔了过去：“千夫人！”

千夫人？千城再一次凌乱了，她们叫她千夫人？那她是他的……她心跳骤停，错愕地转眸看向抱着他的男人，苏墨沉什么也没说，唇角一弯，径直将她抱进厢房，放在一把软椅上。一人坐着，三人站着，外加一只白猫在她脚边拱来拱去。千城很不习惯，便连忙站起身，却又被苏墨沉强行按坐下：“你的脚还要不要了？”

“用了四爷的药，我的……”

“叫苏墨沉！”男人打断她的话，沉声命令道。千城一怔，一旁的春兰和夏莲更是被吓住了。这个男人……

“用了你的药，我的脚已经没事了，”千城强行站起，“我还是回去吧。”什么记忆不记忆的，她突然不想找了，这太多的震撼她受不了，而且，她也不喜欢这种感觉。

她刚抬脚迈了一步，苏墨沉便发出一声冷笑：“回去？回哪里去？将军府？还是三王府？”

千城顿了顿，回头，就看到他清冷的眉眼以及唇角讥讽的弧度。心口有片刻的紧窒，不知为何，她讨厌极了他这个样子，心中蓦地升腾起一股想赌气的冲动，她扭过头不看他，嘟囔道：“哪里都行。”

“哪里都行？”苏墨沉低低地笑着，从她的身后踱到她的面前，睥睨着她，“哪里都比这里强是吗？”明明他是笑着的，眼角眉梢都是绵长的笑意，可千城却明显地感觉到他的黑眸中就像裹着一层风霜雨雪，带着瘆人的寒气，让人不敢直视。她垂下眸子，沉默不语。

她的沉默再次激起了苏墨沉心中的怒气。他弯唇，缓缓地笑开，俯首凑到她的耳边，轻声说道：“想回你的风哥哥那里去，是吗？我告诉你，你最好想也别想，只要我一日不下休书给你，你就一日是我苏墨沉的女人。”

千城愕然地抬眸，看着他，为他那句苏墨沉的女人！

“怎么？”苏墨沉唇边笑意不减，眼睛斜斜地看着她，“郁闷了？”

郁闷？千城反应了一会儿，才明白过来他话里的意思。心中一时气结，她重重地闭眸，强自忍住想咬人的冲动。

“很痛苦？”男人冷嘲热讽的话语还在继续。终于，她忍无可忍，陡然睁开眼睛，伸手朝他的胸口重重一推：“够了，苏墨沉，我只说一句，你就要说上那么一大堆，什么话都是你一个人在说，你还有完没完？这样很有意思吗？”

苏墨沉被推得后退了一步，看着千城被他气得牙痒痒的样子，他的唇角几不可察地一勾：“你明明说了两句，你还说……”千城彻底抓狂，返身抓起椅子上的软垫砸向男人：“苏墨沉，你不可理喻！”苏墨沉伸手将软垫接在手中，薄薄的唇边缓缓地绽出一记动人心魄的浅笑：“如果你想挑战我的脾气，我还可以更加不可理喻，你若不信，大可以试试。”男人说完，走过去将软垫垫在椅子上，又按着她坐下。见她气恼的样子，又低低地叹出一口气，“放心，我答应你的事我一定会做到，你就安心住在这里找你的记忆。”

千城既崩溃又无奈，又甚是委屈：“我又不是非要找记忆的，是你要我来四王府的。”她眼眶红红，一副要哭出来的样子。苏墨沉心中一动，伸手将她揽在怀里：“是我不好。”这时，有下人进来禀报，说十四爷和九爷来了。

苏墨沉微微蹙眉，放开了千城，又仔细吩咐了一遍春兰和夏莲，方才离开，可走到门口，又想起什么，顿住脚步，猛地转身往回走。屋里，春兰和夏莲按照吩咐一人在给千城的腿上盖着薄毯，一人在给手炉生着火，陡然看到这个男人去而复返，皆不明所以。千城正低着头检查自己的脚踝。苏墨沉径直走到她面前，双手捧起她的脸，低头轻吻上她的鼻翼唇角，那般旁若无人。

千城吓了一跳，待明白过来怎么回事，顿时又羞又恼，连忙伸手推他：“苏墨沉！”

他微微一笑，将她放开：“我去去就回。”

春兰和夏莲目瞪口呆地看着这个男人，看着他唇边薄薄的笑靥，石化了一般。这是她们的王爷吗?

书房，茶香袅袅，苏墨宇和苏墨逸围案而坐，两人皆是一脸惨淡的样子，他们是受文帝之命而来。文帝听说苏墨沉昨日接了圣旨以后，就不见了，一夜未归，今日早朝也没有去上，所以让他们两人到府里来看看。

“等会儿见了四哥说什么？”苏墨宇眉头紧锁。自从那日金銮殿事件之后，苏墨沉一直很沉静，沉静得可怕，甚至可以说沉静得近乎恐怖。相交多年，他们了解那个男人，面上有多波澜不惊，心里就有多波澜壮阔，越平静，说明他越有事。

“什么也不要说，别提父皇，也别提你母妃，谁都别提，我们就当平时一样，只是单纯地过来坐坐。”苏墨逸深深地叹出一口气。

“嗯，”苏墨宇点头，“我们见机行事。”

苏墨沉从门外走进来的时候，苏墨宇和苏墨逸几乎都不敢相信自己的眼睛。那是他吗？一袭白衣胜雪，玉带束发、意气风发，他看到两人，唇角一勾：“九弟、十四弟。”

“四哥……”两人同时站了起来，又互相看了看，最后审视的目光就齐刷刷地落在苏墨沉的脸上，“你还魂了？”

门砰的一声被人直接撞开，阳光流泻，屋里顿时一亮。三人一怔，纷纷回头，循声望向门口，就看到一脸盛怒的苏墨风和一脸惊慌失措的下人，显然下人想拦没拦住，追了进来。

“三哥来了？”苏墨沉缓缓地起身，唇角勾着一抹浅笑，黑眸平静地睨着破门而入的男人。他会来，他知道。苏墨风脸色冷凝，环顾了一下四周，沉声问道：“千城呢？”

千城？苏墨逸和苏墨宇微微一愣，看向苏墨沉，只见苏墨沉依旧目光沉静、薄笑浅浅。

“三哥找千城可是有事？”苏墨沉一掀袍角，优雅地坐了下去，白璧似的大手端起桌上的茶盏送到唇边，轻啜了一口，长睫低垂，掩去眸中寒芒。

“我要见她！”苏墨风抿了抿唇道。

“她在歇息，”苏墨沉将茶盏放到桌上，发出一声清脆的细响，又转过头看着他，唇角带着一抹微弧，似笑非笑，“如果三哥有什么事，可以跟我讲，等千城醒了，我转告她。”

苏墨风广袖中的大手攥了又攥，脸色变得十分难看，气氛一时间变得诡异起来。苏墨宇和苏墨逸见状，连忙起身笑着圆场：“三哥，四嫂的确在睡觉，要不，三哥先坐下和我们喝杯茶吧。”

“我要带她走！”苏墨风没有理会两人，只灼灼地看着苏墨沉，沉声说道。昨日，她留了一张字条便这样走了，她说她回将军府了。他想了一夜，他想她肯定生气了，气他出尔反尔，答应告诉她和苏墨沉的事又不说了。是的，他是有私心，他在怕，他怕失去她。他是人，不是神，他也有七情六欲，他也会嫉妒，他也会恨。无私不是爱，他只想爱自己所爱！他只想给她幸福，而眼前的这个男人只会不停地带给她伤害。颠沛流离、刀光剑影，她只是一个女人，她承受不了那么多。做了皇上又如何，那也只会属于天下人，属于所有后宫的女人，终是给不了她想要的。所以，他要带她走，即使兄夺弟妻，违背伦常，即使对方即将是手握生杀大权的帝王，他也无惧。

“我要带她走！”苏墨风又重复了一遍。苏墨逸和苏墨宇震惊，苏墨沉低低的笑声传来：“三哥可知道自己在说什么？千城是我的女人，三哥要带我的女人走？”

“可是，她已经将你忘了。”苏墨风将薄唇抿出一丝冷笑。似乎被戳到了痛处，苏墨沉身子几不可察地一晃，不过片刻，又恢复如常。唇边再次勾起一抹浅笑，道：“那只是暂时的，我会让她记起来。”

“苏墨沉，放过她吧，你不爱她。”苏墨风无奈地低叹，他也是上次从千城的梦呓中才知道，这个男人和云蔻的关系，既然心中有人，为何要抓着她不放？

你不爱她？所有人一怔，包括苏墨沉，他有些微愣地看着苏墨风，没有说话。苏墨风继续说道：“而且，她既然选择忘了你，她必不会再爱上你！你又何必？”苏墨沉心中一沉，面色微恙，倏尔，又哧然笑了起来：“三哥不是我，何以知道我不爱她，三哥亦不是她，何以知道她必不再爱我？我看该放手的人是三哥才对，她是我的女人，曾经是，现在是，以后也是！”

爱，是一个人的事，爱不爱，有多爱，只有他一个人知道，他不想标榜，也不想多说什么，但是有一点，他必须说清楚，那就是，他绝对不会放她走。

“让我见她，让她自己作决定！”苏墨风一副豁出去的样子，依旧不依不饶。

“如果我说不呢？”

“那我就自己去见她！”苏墨风冷声说完，扭头就往外走。他就不信，人在四王府，他还找不到不成！

“苏墨风！”苏墨沉厉声喊道，脸色也瞬间转冷，黑眸中寒气聚集，如同腊月飞霜，“你做过的事，欠下的债我还没有跟你算，你若再不知死活，信不信，我杀了你？”他的声音不大，甚至可以说很轻，最后几个字甚至几不可闻，但是，在场的每一个人都听得真切。而且，这一刻，他的样子，让所有人都相信，苏墨风若敢做，他便真的会杀了苏墨风。苏墨宇和苏墨逸大惊，连忙跑过去，拦劝苏墨风：“三哥……都是自己兄弟，有话大家坐下来好好说……”

苏墨风自是不知道苏墨沉所说的债是什么，只当是那日金銮殿上，他最后带兵过去一事。冷笑一声，却没有理会十四弟和老九，径直抬手握住门栓，准备拉开房门。

唰，利器摩擦的声音，是苏墨沉拔出了书桌边上的长剑。

哐当一声，是有人从外面推开房门的声音，对，从外面。所有人都震住了。千城站在门口，静静地看着屋里的众人，目光掠过十四爷和老九，看向苏墨沉。片刻，又缓缓地掠开，看向他手中的长剑，最后看向那明晃晃的剑尖所指的男人。

“风哥哥，你回去吧。我知道你是为了我好，但是风哥哥，你知道吗？一个人没有了记忆有多可怕，不知道自己是谁，不知道自己曾经经历过什么，不认识所有人，那种感觉就像是一个人没有心，没有根，两脚踩在半空中，没有一丝一毫的安全感。我现在只是想找回自己忘记的东西而已，日后等我搞清楚了，我想任何人也决定不了我的去留。”千城说完，眼梢轻抬，目光从苏墨风的脸上掠开，淡淡地睨了一眼苏墨沉，转身离开。

“千城……”苏墨风身子一晃，苏墨沉手臂一扬，长剑入鞘，苏墨宇和苏墨逸还没回过神，只见眼前白衣飘动，哪里还有苏墨沉的人影？

虽然脚踝还有一些痛，但是，千城依旧走得极快。而且，她莫名的有一种感觉，有人会追出来，所以，她略一沉吟，便不往清华苑走，而是顺着游廊一拐，朝另一个方向走了过去。方才苏墨沉走后，春兰和夏莲讲了很多她的事情。她戴着面具嫁到四王府，她本是御香坊的人，会调香。她还失去过一个孩子，在天伦节上，她失踪了。后来就变成了染将军府的三小姐，也就是现在拿掉面具的样子，还与苏墨沉一起上过战场。然后，又被人陷害进了天牢，出来后回四王府住了些时日，然后就失踪了，后来听说是随苏墨风去了大漠，再往后，她们也不知道了。

苏墨沉对她极好，她失踪了，他也不将春兰和夏莲拨给其他苑使唤，还跟她们说，她一定会回来，让清华苑定要保持与她在时一模一样，她们经常看到他一个人站在清华苑外面，一站就是一两个时辰，她中毒了，他还去替她寻药，寻了两个月，弄了一身伤回来，几乎死掉……

千城说不出心中的感觉，对于这些，她已然没有了记忆，听她们说来，也只是觉得是在听别人的故事。但是，她还是感叹，怎么有这么多纠复？似乎一个人的一生都让她在这一年中经历了。她也想不明白，既然苏墨沉对她那么好，可她为何不在他身边，而是跟另一个男人在一起，甚至还有了另一个男人的孩子。心绪纷乱不堪，所以，她想出来走走，结果远远地就看到了苏墨风，等她追过去，他人已经闯进了书房。她在外面，屋里的对话她听得真切，她是不会跟苏墨风回去的，至少现在不会。

她想，春兰和夏莲是不会骗她的。既然，她跟苏墨沉有这么多纠葛，那么，在这个男人身边，重拾记忆的可能性就应该比较大。而且，与苏墨风相处下来，她发现，他不仅对她的过往只字不提，甚至还有心回避，就连曾经答应要跟她讲的一切也没有讲。虽然他或许是为了她好，但是，她要真相，她要真实，她要完整地活着，而不是这样一个记忆空空的人。

第三个原因就是为了苏墨风的安全，她不知道这两个男人曾经还有什么深仇大恨。但是，她在门口听得真切，苏墨沉说要杀了苏墨风，虽然，当时她看不到屋里的情形，但是那一刻，她绝对相信那个男人不是说着玩的。所以，她才连忙推开了门，她不要苏墨风有事，不要！

千城又浑浑噩噩地疾走了一阵，等到回神，才发现自己竟然来到了一个小池塘边。冬日的池塘甚是萧条，偶尔有一两根莲藕的残枝浮在水面上，很多薄冰在阳光的照耀下闪着刺目的光。池塘边的一座小石山，是由人工堆砌而成，倒也极为别致。许是方才走得太急，脚踝又传来阵阵刺痛，千城皱眉，看了看周边，便在假山的一块石头上坐了下来，一边揉着脚踝，一边胡乱地想着心事。

“迷路了？”蓦地，一记低沉的声音在身后响起，吓了她一大跳。还没来得及回头，身边白影一晃，来人已挨着她的边上坐了下来，是苏墨沉。她没有理他，继续低垂着眉眼，揉得起劲。

“唉，”一声轻叹来自头顶，她只觉得身子陡然腾空，还没来得及叫喊，自己已经落入了一个温暖的怀抱。苏墨沉一边抱着她，一边倾身替她揉着脚踝，“脚伤成这样，为什么还到处跑？”语气中明显带着一丝责怪。怪她偷听吗？千城又陡然想起在书房外听到的事。用手肘碰了碰苏墨沉，低声道：“苏墨沉，我有事问你。”

男人怔了怔，似乎没想到她会主动问话，便停下手中的动作，直起身子，一手揽住她的腰，另一只手直接裹了她的手背，一双黑眸一本正经地凝着她，灿若星辰。那炙热黏稠的目光让千城有些不自在，心头重重地跳了跳，她连忙撇开视线，看向他的大手，强自定了定心神，才低声问道：“春兰和夏莲叫我千夫人，所以，我是你的夫人是不是？”

“是！”苏墨沉唇角一弯。

“是品香会上你主动跟皇上要的我，是不是？”

“是！”

“可是你并不爱我，是不是？”

苏墨沉身子一僵，有些震惊地看着她，似乎没有想到她会问出这么直接的问题来：“为什么这么问？”

“方才在书房风哥哥这样说的，他说你不爱我。”

苏墨沉眉心一拧，脸色瞬间冷凝了下来：“他说的话你就相信？”

“那你爱我，是不是？”千城自他的怀里抬起头，看着他。此时的她没有了记忆，没有了那些伤，那些痛，思想也就变得简单。在她看来，人的感情不就是爱与不爱吗？既然不是后者，那便是前者了。而且，春兰和夏莲说，他对她极好，如果不爱，又怎会极好？如果不爱，又怎会为了她连命都不要？如果不爱，又怎会不让苏墨风将她带走？可是，如果爱，她又为何要恨他？如果爱，她又为何一点也不记得他？如果爱，她又为何跟另一个男人在一起？

苏墨沉抿着唇，黑眸深邃地看着她，没有说话。

“很难回答吗？”千城怔怔地看着他，一颗心莫名地有些失落。

“不是。”苏墨沉轻轻摇头。

“不是什么？不是很难回答？还是，不是爱我？”千城似乎并不打算轻易放过他，歪着脑袋，直直地盯着他的眼睛看。两两相望，彼此的眸子绞在一起。苏墨沉突然开口：“苏墨风说，你既然选择忘了我，定不会再爱我，是吗？”他的声音沙哑暗沉，听得千城一震，失神了一会儿，才想起明明是她在问他，怎么变成他问她了呢？

“你先回答……”千城不悦地噘嘴，唇上却是陡然一重，等她反应过来，他已经将她狠狠地按进怀里，吻上了她，那样子，就像恨不得将她揉进骨血一般。她不知道，他这是什么意思？在用这种方式回答她吗？还是用这种方式宣示着什么？

是夜，清华苑，一豆烛火，亦是一片静谧。床榻上女子睡得香甜，春兰和夏莲在灯火下打着盹，苏墨沉推门而入，两人闻声惊起，正欲行礼，苏墨沉挥了挥手让二人退了出去。苏墨沉来到床边，轻轻地坐下，就着烛火看着已然睡得香沉的女子。千城双目微合，纤长卷翘的睫毛就像两扇蝶翼，在眼窝处留下两排好看的剪影，葱鼻如玉，小巧高挺，樱唇似丹，微微嘟着，让人看一眼便忍不住想一亲芳泽。此时的她就像一朵睡莲，安静美好，一头乌黑的青丝铺满整个软枕。她还是她，还是他心中的样子，可是，她又不是她，简单单纯了很多，会说很多以前不会说的话，会做很多以前不会做的事。

苏墨沉弯了弯唇，俯身，轻轻地亲吻上千城光洁的额头，直起身子时，才发现，一双惺忪的大眼睛正懵懂地看着他。他一怔："你醒了？"

千城睡眼蒙眬地看着他，又茫然地看了看四周，有些不知身在何处，半晌才彻底清醒过来，而此时，他已经脱了外袍、脱了软履，掀开被褥，挨着她躺了下来。千城一个激灵，翻身坐起，戒备地看着他："你做什么？"

苏墨沉一本正经："帮你找记忆啊。"

"找记忆？"千城将被褥抱在胸前，怒道，"哪有这样找记忆的？你分明是乘人之危！"

苏墨沉不怒反笑，甚至还侧身用手肘支起脑袋，看着她，很无辜的样子："以前我们也是这样睡啊。"

"以前我不记得了，反正现在不行，你不要忘记了你答应我的事。"千城就坐在那里，恨恨地瞪着他。

"我答应你什么？"苏墨沉继续无辜地说道。

"你说在我没有恢复记忆之前，你会尊重我，不会动我。"

苏墨沉弯唇，唇边的笑容摄人心魄，持续无辜的语气："我现在要动你了吗？"

"你……"千城险些被自己的口水呛住，一时被气得面红耳赤，"反正……反正睡在一起也不行。"一边说，一边用脚在被褥里面推他，苏墨沉的身体却纹丝不动。千城崩溃了，望着帐顶，半晌，才咬牙说道，"苏墨沉，你无耻！"

"嗯，"男人放下手肘，平躺了下去，不以为然道，"以前的你也是这样说我的。"

千城再次无语，又坐在那里兀自生闷气，苏墨沉却缓缓地合起眸子，似乎就要睡去。她银牙暗咬，从床上站起，跳下床。

“去哪里？”男人睁开眼。

“去厅里睡长椅。”

苏墨沉叹息着起身，让她睡长椅那还是算了吧，他回云轩阁便是。可他刚刚坐起，突然，一阵吱吱声响起，紧接着，千城就尖叫着扑到他的怀里。他有些蒙，千城又惊又惧地抱着他，说：“有……有老鼠。”

苏墨沉怔了怔，便彻底乐了，这老鼠来得也太是时候了。王府里面竟然有老鼠？而且清华苑里还有小白，这老鼠也太胆大了，不过，胆大好啊！

“哪里？哪里？”他故意探出头，看向床边上，即使有，被这动静一闹，还不是早跑没影了。千城伏在他怀里，微微发抖：“刚才，刚才在我鞋子边上……”

“没有啊！许是你看花了眼睛。”

“绝对不可能！我都踩到它了。”千城在他怀里抬起头，水眸中还有未褪的恐惧。

苏墨沉看着她，想起她一直怕老鼠，而且他的父皇曾经还对她用过鼠群的酷刑。虽然，记忆没有了，但是，恐惧还在。顿时，心中一痛，抬手将她的头按在怀里，一颗原本想逗逗她的心全部被心疼填满。“别怕，我在！”大手一下一下地轻抚着她的发丝，温热的唇贴在她的耳边，他耐心地低哄她，千城也慢慢地安定下来。于是，很自然地，两人便睡在了一起，他抱着她，她枕着他的手臂。

许久，两人都没有睡意，确切地说，千城是不习惯这样被一个男人抱着睡觉，而苏墨沉却是因为温香软玉在怀，而且还是自己想要的女人，却只能抱着不能动。

“苏墨沉，你能不能答应我一件事？”千城在他的怀里抬起头，看着他。

“嗯。”苏墨沉低头，看着她水眸潋滟的样子，心神一荡，忍不住轻轻地吻了一下她的唇角，不过只蜻蜓点水的一下，在她还没有反应之前已经离开。千城也没有跟他计较，抿了抿唇，一本正经地说道：“因为我失忆了，曾经经历过什么我自己也不知道，所以，你能不能也不要在意我在失忆这段时间做过了什么，即使……即使可能是伤害你的事，你也不要怪我，不要恨我，也不要迁怒于别人。”

苏墨沉一怔，凝眸看着她，没想到她会突然说出这样的话。这是在解释吗？对那日双桥之上揭下他的面具，对金銮殿上与苏墨风带兵前来的解释吗？不要在意，不要怪她，不要恨她？她这是在在意他的想法、在意他的态度吗？是的，他曾经的确很恨，非常恨。但是，在得知她失忆的那一刻，他早已原谅了她，如今满腔剩下的唯有心疼。

至于她说的迁怒别人，他自是知道指的是谁，苏墨风吧。这个男人何须用迁怒二字，就冲他杀了杨痕，欠黑煞门几千兄弟的血债，他杀他一千次一万次也不为过。但是，她不想让苏墨风死，是吗？杀了那个男人，她会难过，是吗？他发过誓，要替杨痕报仇，要替几千兄弟报仇，何况，他原本就是一个睚眦必报的人。但是，这一刻，看着怀中女人祈盼的眸子、无助的眸子，他突然想，算了吧。既然她不想让他杀苏墨风，便不杀吧。当然，只是不杀。

见他半天不响，千城有些失望，淡淡地垂下眸子，没有说话。

"好，我答应你。"苏墨沉却突然开口了。千城一震，愕然抬眸："真的吗？"

"嗯，"苏墨沉淡笑着点头，伸手将她的头按在怀里，轻声道，"睡吧。"

千城亦是展颜一笑，乖顺地窝在他的怀里，突然想到什么，又猛地抬起头："不行，口说无凭，要是哪天你出尔反尔，要杀了我怎么办？"

要杀了她？苏墨沉哭笑不得。即使她在众目睽睽下揭下他的面具，将他逼上绝路，他那般恨，都没有动过一分一毫这样的念头，以后又如何会？

"那你想怎么样？难不成还要立个字据？"他不过随便一调侃，千城却是眼睛一亮："提议不错啊，听春兰和夏莲说，你马上就要做皇帝了，你的话便是金口玉言，拿着你的字据就等于捏着圣旨，不是吗？"

还真当真了，苏墨沉再次哭笑不得："这天寒地冻的，还要研墨，要不，明日写给你吧。"

"不行，"千城好不容易将憋在肚子里的话说出来，又得了他的保证，哪里肯依，"要不，这样吧，也不要起身了，你将随身的一个什么物件信物之类的给我也行。"

随身物件？除了神笔吴生给他们两人画的那幅画他随身携带着，其他的他什么都没有，以前他还有块玉，她送给他的玉，后来也被她拿回去了，他哪里还有什么随身物件？

“没有，就我自己，你要吗？如果要，我倒是挺乐意。”苏墨沉笑得绝艳，嬉皮笑脸地往她面前凑。

“停！”千城连忙伸手抵在他的胸口，顿了顿，蓦地抬手，将他头顶绾发的一块羊脂白玉取了下来，顿时，他的满头墨发倾泻而下，散铺在软枕上。

“就这个吧。”千城拿着那块方形的白玉看了看，上面竟还雕琢着一个肆字。肆？四？她对着苏墨沉眉眼一弯，“很好，这样你想赖也赖不掉。”

苏墨沉笑着摇摇头，甚是无奈，想了想道：“你拿了我的东西，那你也要送样东西给我。”

“我？”千城一愣，冥思了一会儿，“我孑然一身……”

“你不是有一块红绳绿玉吗？”苏墨沉直接将她的话打断。千城震惊：“你怎么知道？”

我当然知道，因为那是你送给我的，只是你伤心了又从我这里拿走了。

“别忘了我们是什么关系。”

“什么关系？”话一出口，千城便后悔了，这还用问吗？明摆着，他是她的夫，她是他的女人。那，她和苏墨风又怎么……心头一时纷乱，她有些怔忡地自袖中掏出那块红绳绿玉，苏墨沉眼疾手快，一把夺过，紧紧地拽在手心，生怕她会反悔一般。两人又闹腾了好久，已是下半夜。

“睡吧，明日还要搬去宫里，有你累的。”

“搬去宫里？”

“嗯，后天要登基了，以后就都住在皇宫里，你也一样。”

千城抬头怔怔地看着他，他了然一笑：“只是住在宫里，暂时不会强行册封你什么，等你好了再说。”

千城心中一动，笑着点了点头，又安静地躺回到他的怀里。缓缓地合上眸子，她抬手轻轻地覆在自己的小腹上，一颗心很乱，也很迷茫。她和他躺在一起，腹中却怀着别的男人的孩子。她不知道自己曾经对这个男人有着怎样的感情，或者说，对苏墨风又是怎样的感情？只知道，记忆里只有苏墨风，而这个男人又会让自己心痛。她也想过要不要将孩子的事告诉这个男人，可是却不知从何说起，因为连她自己也不知道是怎么回事。所以，她想尽快找回记忆，或许一切就都明白了，但是，她还是怕，怕一旦肚子再也藏不住，而自己的记忆还没回来，怎么办？这个男人一旦知道自己怀着别人的孩子又会如何对她？这两日下来，特别是两个人单独相处的时候，这个男人眼中对她的占有欲毫不掩饰，也让她害怕，所以，她刚才才要了他的保证，让他不要计较她在失忆时做的事情，拿了他绾发的玉。希望这只是自己的多此一举，希望她的记忆能赶快回来。

"千城……"身边的男人哑声一唤，搂着她的手臂又紧了紧。她回过神来，轻嗯了一声，却半晌不见男人的动静，她轻轻侧目，才发现男人睡得香沉，刚才那一声只是梦呓。她便又在那一声梦呓中失了神。

翌日，四王府里一片忙碌。各苑都在收拾着进宫的东西，清华苑当然也不例外，春兰和夏莲兴奋得不行，忙得不得了，倒是千城很无所谓的样子，搬了个软椅在院子里，抱着小白窝在上面，慵懒地晒着太阳。

云轩阁里，苏墨沉同样也在收拾着东西，原本这些都是下人做的事情，可他没让，因为哪些东西该带，哪些东西不该带，下人不知道。

"王爷，王爷，不好了……"有人跌跌撞撞地冲了进来。

"何事如此慌张？"苏墨沉冷声开口，转过头，见到是清华苑的春兰，眉心一跳。

"千……千夫人晕过去了……"春兰的话还没有说完，眼前紫影晃动，等她回过神，苏墨沉已不见了人影。

千城再次醒来的时候，已是身在陌生的环境中。粉色的帷帐，楠木雕花大床，雕梁画栋、金碧辉煌，一片琳琅满目。熏香袅绕，暖炉中炭火烧得正旺，暖意融融如春上。她有些茫然地坐起，她记得自己在四王府的院子里晒太阳，准备起身回屋，不知是久坐的原因，还是骤起的原因，眼前一黑就晕了过去。怎么现在……

小白在屋里摇头摆尾地上蹿下跳，春兰和夏莲正忙进忙出地收拾着物件，见她起身，连忙跟过来伺候。她这才知道，已经进宫了，这个地方是分给她的宫殿，不知是原本就有，还是后来改的，宫殿竟然和四王府的清华苑是一样的名字，叫清华宫。春兰和夏莲已经换上了宫里宫女的装扮，千城有些怔忡，失神了一会儿，又想起什么，问道："我晕倒后没发生什么事吧？"

春兰和夏莲互看了一眼，眸光微闪，摇了摇头道："没有。"

"没有？"千城微微蹙眉，"王爷不知道吗？"她晕过去了，他如果知道会担心吧，担心就一定会请大夫吧？如果请了大夫……她一惊，手心汗湿一片。

"奴婢通知了王爷，王爷过来看了，王爷说……王爷说，千主子是昨夜……昨夜太累了。"

昨夜太累了？千城反应了一下才明白过来，脸顿时红了个通透。那厮……他们昨夜什么都没做好不好？不过转念一想，也是，两人差不多折腾到了天亮。所幸那个男人这样想。千城又抬头看了看门口，依稀可以看到立在门口的太监的衣袂，外面红霞满天，竟已是日落黄昏。微微拢起秀眉，她竟晕了那么久吗？

一直到夜里，苏墨沉也没有出现。清华宫里倒是很热闹，一直有人来，然后又将日用的物件一样样送过来，除了春兰夏莲，另外还拨了四个宫女过来供她使唤。偌大的宫殿，人来人往，可不知为何，千城竟莫名有些失落起来。她竟然在想一个人，他怎么没来？依照他这几日对她的上心，他不是应该过来问问，习惯吗？还缺什么吗？她被自己的这种想法吓了一跳。无论她曾经和这个男人有过什么，即使她曾经是他的妻，但是，她都忘了不是吗？如今的她与他几乎就是陌生人，不是吗？而且，他有一身的臭毛病不是吗？为何才相处不过三日，他不在，她竟然会想他？怎么会？

用过晚膳，沐浴完，一直到上床睡觉，苏墨沉都没有来。不知道是不是挑生床的缘故，拥着软被，她却辗转难眠。于是，又拿出那块羊脂白玉把玩，眼前晃动着苏墨沉笑开了的眉眼。

腊月二十八，本是一年中最冷的时候，可是这一日皇宫里却是热浪滔天、一派喜气洋洋，因为今日是西苍国新帝登基的日子。天气出奇的好，阳光明媚，万里无云。

千城在清华宫里，没有参加大典，可是晌午的时候，圣旨却是来了，他册封她为宸妃娘娘。她完全蒙住了，苏墨沉不是答应她暂时不强行册封她的吗？怎么出尔反尔？而且，听说，被册封的并非她一人，西陵雪被封为皇后了，就连那个叫云蔻的女子也被封了云妃。

春兰和夏莲进来的时候，就看到殿中的这样的情景。李公公手捧明黄卷轴、一脸苦相地站在那里，在他的面前，穿着一袭紫衣华裳的女子跪在地上，宽大的袍角轻铺在地上，就像一朵孤寂开放的花朵。怎么回事？两人互看了一眼，眉心一皱，走了过去："千主子。"

李公公正愁她不接圣旨，见两人过去，心中略一思忖，便将圣旨递给了春兰："你们主子被封为宸妃娘娘了，快扶娘娘起来吧。"说完，便像甩了一个大包袱，一溜烟出了清华宫。春兰和夏莲连忙将千城扶起，心中却甚是不解。这封了娘娘不应该高兴才对吗？怎么一副失魂落魄的样子？两人交汇了一下眼神，便笑着齐声道："恭喜娘娘，贺喜娘娘！"

千城垂眸，轻轻一笑，苦涩黯然："还是叫我千主子吧。"春兰和夏莲微微一怔，千城已是拾步往内殿走去。

"主子，慢点……"夏莲连忙跟了过去。

望着她的背影，春兰眉心微拢，又想起昨日的事来。昨日，这个女人晕倒了，她去找苏墨沉，苏墨沉火急火燎地赶到了清华苑，并让她去寻了大夫。她永远也忘不了大夫说夫人是喜脉的那一刻，那个男人眸光熠熠、胸口震荡、欣喜若狂的样子，他紧紧地抓住大夫的手，她看到他的手在抖，他说："我有孩子了，你是说我有孩子了？"那是春兰从未见过这个男人的样子，那样的失控不属于这个一向沉静的男人。

然后，他又不停地问，她好吗？孩子好吗？要注意一些什么吗？大夫说，现在孩子还小，只有一个多月，也看不大出什么，只要平日注意休息就好了。她看到了苏墨沉唇边笑容的僵硬，他说大夫，你看错了吧，怎么会只有一个多月呢，明明有三个月了，又抓起大夫的手按在女人的脉搏上，让他仔仔细细地探。最后的结果还是一样，大夫说就是一个多月。她看到苏墨沉身子一晃，差点摔倒，说了一句不可能，就抱起床上的女子疯了一般冲了出去。

等她和夏莲到宫里的时候，千城已经睡在清华宫的床上了，有太医正好出去，男人负手立在床边，脸上没有一丝表情，见她们两人进来，丢了一句，好生照顾，今日之事不许跟她提起，就走了。

她就搞不懂这两个人了，明明有孩子是好事，一个多月、三个月又有什么关系，男人却不让她们提起；明明封妃也是好事，在这个宫里总归要有个身份才能不被人瞧不起，千城却不让她们叫娘娘。唉，其实，这两个人，她从来就没有懂过。

瑶华宫，宫灯氤氲，云蔻端坐在铜镜前，静静地睨着镜中眉目如画的自己，眼神缥缈，兀自失着神。两个身穿宫装的婢女，一左一右，小心翼翼地拆卸着她头顶繁复的头饰。满头青丝如瀑布一般倾泻，未施粉黛的小脸，一袭纤白的寝衣，很是清新脱俗。见她坐着半晌未动，边上的婢女怯怯地提醒：“娘娘，夜里凉，奴婢伺候娘娘歇着吧。”

云蔻恍恍惚惚地回神，水眸瞟了一眼墙角的更漏，淡淡地开口：“什么时辰了？”

“回娘娘，亥时了。”

亥时？云蔻弯唇，竟是这么晚了，那个男人怕是不会来了吧。吃了那么多苦，等了那么多年，终于等来了今日，她终于做了他的女人，名正言顺、光明正大的女人。没有人知道她心中的那份欣喜，那种激动到天崩地裂的感觉，她觉得这一切就像做梦一般不真实。

她想，今夜，他肯定是她的，他应该是她的吧？想着想着，她就笑了。看，自己都没有底气了，自己都惶恐了，不是吗？搭着婢女的手缓缓起身，她告诉自己，睡吧。多年的相交，她了解那个男人，她绝不能如同一个怨妇一般去找他，那只会让他厌恶。那么多年都等过来了，何必在乎这一日？

龙吟宫，灯火通亮，苏墨沉坐在灯下，眉眼低垂，执着御笔在一个折子上写着什么。李公公抿着唇立在旁边，瞅了瞅外面的天色，又瞅了瞅奋笔疾书的男人，心中略一沉吟，便小心翼翼地躬身上前：“皇上，不知今夜要召哪个宫侍寝，奴才先去提醒一下准备接驾。”

一直到手中的那封奏折批阅完，苏墨沉合上奏折，掷于案上，才缓缓地抬起头来，看了他一眼，起身站起。李公公连忙上前整理龙案上的奏折，苏墨沉已经越过他的身边，往外走。他一愣，忙不迭放了手中奏折，追了出去："皇上，这天寒地冻的，奴才去准备撵车。"

"不必了，朕只是走走。"

"可是……"苏墨沉回头，目光淡淡地掠了他一眼，他吓得连忙噤了声。

两人一前一后地走着。深夜的皇宫很安静，宫道边上的风灯发出微弱昏黄的光。风很大，直直地往人身上吹，李公公缩了缩身子，刚想张嘴跟前面的男人说，回去给他取件大氅来，一股冷风直呛入喉，他愣是没有发出声音。苏墨沉在前面缓缓地走着，身形俊逸挺拔，似乎一点都不觉得冷，风过衣袂，一片明黄飞扬，竟是说不出的万千风华。

两人就在偌大的宫道中走着，李公公暗暗叫苦，也不知道他到底要走到哪里去。不知走了多久，在一座宫殿前，苏墨沉却是突然顿住了脚步。他一怔，抬头一望，竟是清华宫。原来是来宸妃这里，他心中一喜，躬身上前："皇上，容奴才去禀报一声，让宸妃娘娘出来接驾。"

"不必了，回宫。"苏墨沉转身，快步往回走。

清华宫，千城躺在床上，辗转难眠，特别是在今日听说，苏墨风竟然被他派去守皇陵了，她的心里更是难受。她不明白，一个人的性情怎么可以如此反复？他完全忘记了自己曾经跟她说过什么，承诺过什么吗？

今夜，他应该宿在西陵雪那里吧？毕竟人家是后。帝后和鸣，应该的。弯了弯唇，她竟发现自己的心在疼，很疼。或许，她不该回到这个男人身边。她可以不要找回记忆，不要记忆，她同样可以活不是吗？疲惫地合上眸子，她跟自己说，走吧，有机会就走吧，不要跟这种男人耗着自己。只是，这宫中戒备森严……

西陵雪醒来的时候，天已经大亮。她发现自己竟然趴在案桌上睡了一夜，身上盖着厚实的披风。一把扯下身上的披风，她双眸熠亮："皇上来过了吗？"

婢女们你看看我，我看看你，竟无一人敢答。这个女人昨夜非要坐着等新帝，无论她们怎么劝说，愣是不上榻休息，那般执拗，她们谁敢说男人没来。

见婢女们扭捏为难的样子，西陵雪眸中的光华慢慢剥落，惨淡地说道："没来是吗？”突然又想起什么，“那可知皇上昨夜召的谁人侍寝？”

“回娘娘，听说皇上昨夜在龙吟宫批阅奏折到深夜，没有召任何人侍寝。”

没有人侍寝?

“是吗？”刚刚黯淡的眸子瞬间又亮了，西陵雪雀跃起来。没有就好，没有就好！她怕什么？反正她是皇后，是那个天下最尊贵最优秀的男人的皇后，是站得离他最近的女人。睥睨天下、袖手江山，与他并肩齐眉的人是她，不是吗？她怕什么？

“小四，小五，去尚衣局看看，本宫定做的凤袍好了没有，明日是除夕，夜里要参加团圆家宴，本宫总得像个样子，不能丢皇上的脸。”

“是！”

第二十一章　精巧布局

除夕如期而至。皇宫里早已被布置得春意融融，红绸满天，彩灯高挂。宫道上到处都是忙忙碌碌、来回穿梭的宫女太监，人人脸上都挂着喜悦的笑容。除夕原本就是一年中最大的节日，更何况，这是新帝登基的第一个除夕，所以，所有人都格外重视和谨慎。团圆家宴在未央宫举行，与上次的立冬家宴一样，出席的都是皇家自家人。新帝，皇后以及妃嫔、王爷、王妃、公主、亲王、文帝和梅妃也来了，所不同的是，有些人换了身份。

千城原本打算称病不参加的，想了很久，还是来了，整个夜宴，她一直很沉默，所幸新帝看也没看她一眼，别人的目光也就不在她的身上。夜宴结束，很多人留下来观看烟火，她跟春兰回了清华宫。

清华宫里，夏莲迎了出来："千主子，方才有个小太监送来一封信，说是让交给千主子的。"

千城眸子空洞地转，微微呆滞的目光落在夏莲手中的信笺上。草黄色的信笺，红蜡封口，上面写着，千城亲启，那字她识的，是……苏墨风的。风哥哥？终于，千城眼波总算起了一丝微澜，她伸手将信笺接过，快速地撕开封口，抖开……

幽梅宫，文帝负手立于窗边，黑眸静静地凝着天空中璀璨的烟火，不知心中所想。梅萍轻轻地走过去，伸手自身后环住他的腰，脸颊轻轻地贴在他的后背上。

“是不是在想风儿？”

文帝没有吭声，他何止在想苏墨风，也在想苏墨鸿，在想他所有的儿子。团圆夜不团圆，人生这么多年他从来没有像今年这样心中悲凉。或许，这就是帝王家的悲哀，又或许，是他咎由自取的下场。想想这些年，猜忌、利用、机关算尽，终究，是他亏欠了他们。

见他眸色落寞，梅萍心中了然，握了他的手，柔声道：“明日是初一了，按照惯例，所有王爷都要来给您请安拜年，或许，沉儿会准风儿也前来……”

“我没事，”文帝笑着打断她的话，“早点歇着吧。”

大年初一，新年第一天，西苍从这一天起正式进入新的年号。苏墨沉是毅景帝，所以从这一日开始便是毅景元年。

一大早天空竟下起雪来，一大片一大片如鹅毛一般，纷纷扬扬。千城静静地站在清华宫寝殿的门前，看着外面飘落的雪花。这天气真是如同某人的脸，说变就变，昨日还艳阳高照，今日竟下起这么大的雪来。

“千主子……”春兰捧着一个手炉走了出来，看着她瘦削的背影，微微蹙眉，走到她的面前，将手炉轻轻地塞在她冰凉的手中，“天儿那么冷，主子为什么站在外面？”

千城回神，朝她看了看，微微一笑，没有说什么，一阵寒风吹过，手炉中的炭火扬起几颗小火星，瞬间又熄灭不见。春兰低低地叹出一口气，又进屋里取了件披风出来搭在她的身上：“千主子，皇后、云妃她们都去幽梅宫给太上皇和太妃娘娘请安拜年去了，听说王爷们也都去了，主子要不要也去……”

“我就不去凑那个热闹了。”千城轻叹，眸光定定地望着门前的一株梅花，眼神缥缈。

“可是，主子不去的话，似乎不大好。”

“是吗？”千城垂眸一笑，眼角眉梢绞着丝丝苦涩黯然，还是不去了，免得去坏了那些人的心情。

夏莲从院门口走了进来，眼眶红红，见到千城和春兰站在门口连忙垂下眉眼。

“怎么了？”千城瞟了她一眼，没有说话，倒是春兰先开了口。

“没……没什么。”夏莲咬了咬唇，直接进了里屋。春兰莫名其妙，本想问个究竟，见千城什么都没有说，便也不好多言。小白从里屋跑出来，围着千城的脚边亲昵地蹭来蹭去，千城垂眸看着，禁不住微微一笑，将手中的暖炉递给春兰，弯腰将它抱在怀里，脸轻轻地贴上它光滑的绒毛上。

幽梅宫，完全是另外一种景象，熏香袅绕、炭火浓旺，众人围坐在炭火边，品着香茗，吃着瓜果蜜饯，欢声笑语、其乐融融。比起昨夜的除夕宴，今日反而更有些团圆的味道。许是因为那个令人大气都不敢出的新帝没有来吧，哦不，确切地说，是两个人没有来，宸妃也没有来。有一些有家室的王爷拜完年便回了，部分人留了下来，小七也在，西陵雪和云蔻也是一大早就过来了。

有小七在的地方自然就是热闹的。几乎都是她和西陵雪两人在说话，讲到好笑处，众人哄堂大笑。梅萍一直浅笑盈盈地忙碌着，也不要婢子们伺候，亲自给大家煮茶。文帝就坐在那里看着儿女们谈笑风生，微微抿着唇，时而跟着大家乐乐，时而眸色深幽地沉思。云蔻也一直静静含笑，偶尔应上一两句。苏墨宇原本是个多话的主儿，不知为何近段时间，却变得很沉默，就坐在那里一个人拿着小火钳拨弄着炭炉中的炭粒子。

午膳是在幽梅宫用的，除了御膳房的饭菜，梅萍还亲自弄了几样江南小点心，众人也都吃得惬意。苏墨沉一直都没有来，西陵雪派婢女去龙吟宫探过几次，回来都说皇上在批阅奏折。刚刚登基，哪有那么多的奏折要批？而且还非得在大年初一批？众人心知肚明，那是因为，那个男人还在对文帝和梅妃这对父母心有芥蒂。梅萍笑笑，心中苦涩，却也是有苦说不出。就想着，中午忙，夜里或许就能闲下来了吧，于是又借故说夜里想下厨给大家弄几样江南小菜，将大家挽留了下来。她知道，如果众人在，她的那个皇帝儿子兴许还会过来，如果没有人，那是断然没有来的可能。

下午的时候，三王爷苏墨风来了，发丝和大氅上都是雪花，风尘仆仆。说是新帝特准他今日进宫给文帝拜年，拜完年还得赶回皇陵去。文帝很开心，父子俩在院子里聊了很久，至于聊了什么，不得而知。屋子里的众人聊天的聊天，下棋的下棋，有几人还玩起了雀牌，玩玩闹闹中，时间倒也是很快打发了去。

傍晚的时候，苏墨风便提出要先回了。毕竟他是戴罪之身，众人也不好强留，便也随了他去。梅萍包了许多点心，让他带回皇陵，西陵雪也让婢女回凤栖宫取了东墨刚送过来的一块上好的虎皮赠给了他。

一直到晚膳时间，苏墨沉依旧没有来。菜摆上了席，众人心照不宣地等了又等，西陵雪又让婢女去龙吟宫探探李公公的口气，却被告知皇上已经用过晚膳了，大家便也失去了等下去的意义。草草用过晚膳，西陵雪提出，大雪初歇，梅园的梅花开得正好，要不，大家一同去踏雪寻梅。众人一听，雪夜观梅，倒的确为一件雅事，纷纷赞同。于是，众人有的披上披风，有的套上大氅，有的带着暖手炉，一行数人便出了门，连一向不喜热闹的梅萍也是被文帝轻揽着和众人一起去赏梅。

梅园，虽是夜里，却一点也不黑，在白雪的映衬下，视线反而清明得让人有种身处白昼的错觉。到处都是厚厚的积雪，白皑皑一片，一排排梅树银装素裹，枝头的红梅开得正欢，一朵朵、一簇簇争芳斗艳，暗香袅袅。一个身穿白色披风的女子缓缓穿梭在梅林中，左顾右盼，不知在找寻着什么，披风宽大的帽子戴在头上，只露出一张小脸，肌肤胜雪，眉目如画，翩然走在这样的白雪红梅中，美得如同天人。许是天气太冷的缘故，一张小脸被冻得通红，她微微拢了袍袖，愈发走得急切。

对，她就是千城。昨日夜里，她接到苏墨风的来信，说苏墨沉特准他今日来宫里给文帝请安拜年，他想见她一面，为了避嫌，约她戌时在梅园等他。是自己来早了吗？怎么不见风哥哥的人影？千城不停地拿手放到嘴边哈着热气，四下张望，软履踩在松软的积雪上，咯吱作响。

梅林深处，一抹俊逸的身影静静而立，一袭月牙色软袍，外披一件藏青色大氅，头顶白玉绾发，脑后墨发轻垂，华贵俊美的样子，无法比拟。他微微眯着眸子，黑眸的目光紧紧追寻着那个穿梭在白雪红梅中的娇俏身影。千城，你真的来了。一抹复杂的神色从眸底快速而过，他眼梢轻掠，从她身上移开，看向梅林的远处，片刻，又掠了回来，薄唇轻启："千城。"

千城一愣，顿住脚步，抬眸四顾，终于看到了立在不远处的男人，水眸一亮，"风哥哥……"话音未出，人已经如同一只展翼的蝶朝男人飞奔了过去。

“千城……”男人微微一笑，朝她伸出手，她便直直地扑进了他的怀里。熟悉的身子入怀，带着雪夜的凉气，也带着属于她独有的气息，男人胸口震荡，双臂将她紧紧环住。

“千城，你好吗？孩子好吗？”男人的声音有些颤抖，在静夜里沙哑得有些不像平日苏墨风的声音。千城埋首不抬，许久都没有出声，男人发现她的身子在他的怀里颤抖。微微一怔，抬手捧住她的脸，才发现，她竟然在哭，泪流满面，却悄无声息。

“千城……”眸色一痛，他深深凝着她，不知该怎样安慰，只知道用指腹轻轻地拭着她脸上的潮湿，可是，女子的泪水就像断了线的珠子，簌簌而下，怎么擦也擦不干净，反而越擦越多。

“风哥哥，带我走吧，带我走，好吗？”千城将他落在她脸上的大手按住，抓在手里，泪眼婆娑地看着他，有些哽咽。她手心的冰凉，惊得他一颤，手腕一动，将她的小手反裹在掌心，拿到唇边替她哈着热气，末了，又捧在大手中，轻轻揉搓，低叹道：“出门怎么也不知带个手炉？”

见男人没有正面回答她的问题，而故意言其他，千城有些黯然，淡淡地垂眸看向两人交握的手，低声嘟囔道：“我竟忘了，风哥哥如今也是深陷困境中，自己进宫都不易，如何能将我带走。”

“你真想走吗？真想离开他吗？”纤长的手指轻轻地挑起她的下巴，迫使她再次抬头与他相对，他紧紧地凝进她的眼，就像要从她的眼中看出点什么。不知为何，千城竟有些害怕他这样的眼神，微微侧首，将目光掠开，她吸吸鼻子道：“我不想找记忆了，我想，既然我选择忘记，那些记忆肯定都是不堪的，都是我不愿意记起的，既然这样，我为何要自讨苦吃？”

“可是，你爱他，不是吗？”男人再次捧起她的脸，弯着唇角，却眸色沉痛，让千城一时不知他到底是不是在笑，不过，他的话却是让她很震惊。她爱苏墨沉？爱吗？她不知道。如果爱，为何选择了忘记？如果不爱，为何会如此痛苦？男人逼视的目光让她有些透不过气，她抬手不动声色地将他的大手拂开，微微侧首，看向身边的一株红梅，幽幽地说道：“可他不爱我，不是吗？”

“不，他爱！”男人摇头，口气笃定得好像不是在说别人，而是在说自己。千城亦是摇头，苦笑着摇头，她没看到爱。

“他比任何人都爱你！”男人又坚定地补充了一句。

“比你还爱我吗？”千城抬眸，定定地看向那个一直在帮别人说话的男人，今夜的他好奇怪，以前，她跟他说苏墨沉，他一直故意回避，今夜，她不想说，他反而一直主动提。

“风哥哥不是这个世上最爱我的人吗？”千城歪着脑袋看着他，又问了一句。不然，她如何会跟他有了孩子？

“我……”男人竟一时语塞。千城从他的眼中看到了矛盾，她误以为那是他的为难，便轻轻一笑，“算了，不逼你了，这些也不重要，说点别的吧，对了，你在皇陵过得还好吗？”

“嗯，挺好的。”男人眉眼轻垂，长长的眼睫掩去眸中情绪，再抬眸，已是一脸淡然，“你呢？你和孩子……”

“也都挺好的。”不好又能怎么样呢？他又带不走她，何必说一些话，让彼此担心。

“孩子快三个月了，怎么竟是一点都看不出？”男人眸光落在她的肚子上，唇角轻勾，黑眸深邃。

“是啊，”千城点点头，亦是垂眸，抬手轻轻覆上自己的小腹，温柔地弯了弯唇，“许是我太瘦的原因吧，不显怀，再说，冬天嘛，穿得衣衫又多。”心中却暗自庆幸，幸亏看不出啊，不然，那个男人知道了，可就惨了。不行，腹中的孩子一天一天大起来，总是藏不住的，她得趁早逃走才是，如今风哥哥帮不上忙，她也不能连累他，得想个其他什么法子才行。

“千城，我要走了。”

千城恍恍惚惚回神：“这……就要走了吗？”

“嗯，”男人点头，眸光透过她的肩头，看向不远处，皑皑白雪中有一行人正朝着梅林的方向而来，“如果晚了宫禁了，就出不去了。”

“哦……”千城有些失落。男人微微一笑，缓缓将目光收回，凝着她，一对漆黑如墨的眸子熠熠生辉，突然开口道：“千城，我可以再抱抱你吗？”

千城怔了怔，便笑了。这个男人，方才还要将她往别的男人那里推，明明最爱她的人是他才是。千城眉目弯弯，走到他的面前，主动伸手抱住他的腰，将脸靠在他的胸口，不知为何，她竟然嗅到了一丝熟悉的清檀气息，方才刚过来的时候，在他的怀里，她只顾着哭了，没有留意，如今……她的心一惊。可更让她心惊的事情还在后面，一个女人尖锐的声音划破雪夜，突兀地响起："你们在做什么？"

苏墨风和千城两人连忙分开，双双回头循声望去。一袭火红狐裘入眼，是西陵雪，在她身后是数道错愕的目光，竟是一堆的人。文帝、梅妃、云蔻、十四爷、老九、小七、八王爷……还有谁，千城也没有心思去关心了，心想，今日完了。

"原来三王爷那般急着要回皇陵，就是为了过来私会宸妃娘娘。"西陵雪皮笑肉不笑，满含得意的眸子玩味地在苏墨风和千城身上流转。千城有种百口莫辩、跳到黄河也洗不清的感觉。倒是边上的苏墨风淡然很多，他低低一笑，对着西陵雪微微一鞠："请皇后娘娘慎言，我和宸妃娘娘只是偶遇而已。"

"偶遇？"西陵雪笑了起来，就像听到了全天下最好笑的笑话，笑得花枝乱颤，"偶遇能偶遇到抱在一起？如果是本宫一人看到，你还可以说本宫诬陷你，如今，众目睽睽，所有人都看在眼里，三爷跟本宫说偶遇？不觉得太可笑了吗？"

众人都没有吭声，文帝沉眸，梅萍眉心微拢，云蔻抿了抿唇，看着他们两个。千城沉默。苏墨风依旧不徐不疾、云淡风轻，优雅地踱了两步，走到离西陵雪四五步远的地方站定，浅浅一笑："我与宸妃娘娘自幼熟识，多年深交，这些早已不是什么秘密，两个好友久别重逢，难道一个拥抱也犯了西苍律法不成？"

所有人一震，包括千城。那厮几时变得如此伶牙俐齿起来了？西陵雪脸色一阵青，一阵白，苏墨风看着她，眼角眉梢都噙着笑意。西陵雪胸口起伏，兀自镇定，冷笑道："好友？"

"是，好友，"苏墨风眉眼弯弯，笑着道，"这个连皇上也是知道的，即使今日这事儿闹到皇上那里去，他也定不会怪罪于我与宸妃娘娘。"

"噗，"西陵雪哧然一笑，满面嘲讽，"皇上不会怪罪？那你问问你的好宸妃娘娘，这几日过的什么日子？"苏墨风一怔，回头看向千城，千城垂下头别过视线。

"这段日子，我在皇陵，跟宸妃娘娘有什么关系？"

西陵雪冷哼："你自己做的事自己心知肚明！"

"请皇后娘娘把话说清楚，我到底做了什么不齿的事，让皇上猜忌宸妃娘娘？"

西陵雪依旧是冷哧，得意的目光轻轻掠过千城的小腹：“这些你去问皇上好了，本宫不知。本宫只知道，宸妃与你在此私通，淫乱宫闱，本宫作为六宫之首，定是不能姑息！”

“来人……”她厉叫一声，“将这两个狗男女给本宫抓起来，交给皇上亲自处置！”

众人一惊，可又都没有立场求情，毕竟，两个人抱在一起，每个人都看到了。千城又慌又惧，苏墨风便伸手将她的小手裹住。似乎很凑巧，正好有大批的禁卫在附近巡视，所以，片刻工夫就都赶了过来，拿着兵器将二人团团围住。苏墨风突然笑了起来。所有人一震，包括西陵雪，也包括千城。

“我再说一遍，我与宸妃娘娘只是至交好友，所以，我奉劝皇后娘娘还是慎行的好，不然皇上与宸妃娘娘恩爱情深，见皇后娘娘如此对她，怕是会对皇后娘娘不利啊。”

“恩爱情深？”西陵雪冷笑，似乎很不以为然，那是曾经，任何一个男人都受不了自己的女人怀着别的男人的孩子吧？越情深越受不了，苏墨沉也一样。就凭他这几日对千城的态度，那般冷淡的态度，那个女人的好日子已经到头了。如今两人私会，众目睽睽，铁证如山，也只会让苏墨沉更加忌恨两人，直接将那个女人置于死地。这么长时间，这个女人就是她的眼中钉、肉中刺啊，她盼星星盼月亮，盼来如今这么好的拔刺除钉的机会，她为何要慎行？

“多谢三爷的提醒，本宫自认为坐得直、行得正，今日这般也是为了后宫干净，皇上知道了，也定是会站在本宫这边，所以，请三爷不要替本宫担心，还是自求多福的好。来人，将二人给本宫抓起来！”

数个禁卫手拿兵器，七手八脚地上前。

“等等！”苏墨风再次厉声制止，禁卫们一顿，征询的目光看向西陵雪。

“还想说什么？”西陵雪蹙眉，语气中明显透着不耐和迫不及待。苏墨风弯唇一笑，玩味的黑眸落在她的脸上：“皇后娘娘要仔细考虑清楚，当真要将我以及宸妃娘娘两人一起抓过去交给皇上处置吗？”

“废话！”西陵雪冷嗤，“所谓捉贼要捉赃、捉奸要捉双，难不成你想本宫放了你不成？好了，休得再啰唆了，有什么话你自己跟皇上说去。”西陵雪狠戾的眼神一扫边上的禁卫，“还不快将二人抓起来！”

禁卫得令，再次上前。

“西陵雪，你好大的胆子！”男人沉声厉喝。

是谁？所有人一惊，西陵雪更是大骇。是谁在说话？怎么那么像那个男人？可是，他在哪里？西陵雪惊惧地四顾，一颗心几乎就要跳出胸腔。

“你知道自己在做什么吗？”男人的声音再次响起。西陵雪又是一颤，声音来自旁边，她循声望过去，心口一松，原来是苏墨风，可是，很快又是大惊，哪里是苏墨风？分明就是苏墨沉！他……

所有人都震惊了，包括西陵雪，包括千城，都惊愕地看着那个原本是苏墨风，如今是苏墨沉的男人。男人手上拿着一张人皮面具，薄如蝉翼。原来是当今圣上假扮的，并不是苏墨风。

当啷的声音四起，是禁卫们手中的兵器掉地的声音。西陵雪身子一晃，手中暖炉脱手而落，砸在雪地上，溅起一地雪花，也溅起一地火星，边上的婢女一骇，连忙上前将她的身子扶住。所有人都难以置信地看着苏墨沉，文帝依旧眸色深深，云蔻微微抿着唇。千城侧首怔怔地看着身边的男人，说不出心中的感觉，轻轻地摇了摇头，幽幽道：“怎么是你？”

难怪他身上有清檀的气息？那，方才她说的那些话……他好像还说到孩子……千城一惊，满手心的汗。苏墨沉转过头，朝她弯唇一笑：“等会儿再跟你解释。”说着，温热干燥的大掌更紧地握住了她的小手。

“参见皇上！”好一会儿，所有人才从震惊中回过神来，惊觉要行礼。偌大的梅园，齐刷刷跪了一地。

“起来吧。”苏墨沉深邃凌厉的目光扫过全场，在云蔻的身上微顿，快速掠开，最后落在西陵雪的身上。西陵雪摇摇欲坠，许久，才强自镇定过来：“皇上，所谓不知者无罪，臣妾并不知道是皇上，臣妾和众人一样，看到的是三王爷和宸妃娘娘抱在一起，臣妾作为皇后，六宫之首，难道这样处理也有错吗？”

字字句句都是理。众人想想，似乎也是。苏墨沉却低低地笑了起来，黑眸在雪夜里炯炯发亮：“好一个不知者无罪，皇后敢说，你约大家前来梅园，不就是为了看一场好戏，让众人作个见证吗？”

所有人一怔，西陵雪更是脸色一白：“皇……皇上如何知道？”

苏墨沉冷哼：“要想人不知，除非己莫为。”

“所以……宸妃收到的那封三王爷的信，是皇上写的……”西陵雪难以置信地摇头，一张脸苍白如纸，“目的是，为了引我今夜前来……”

今晨，她接到消息，苏墨风写了封信给宸妃，约那个女人戌时在梅园见面。她想，正好苏墨沉与那个女人为了腹中孩子的事情心生嫌隙，她再添上一把火，就可以置那个女人于死地，所以，她来了。她知道，一人说话没分量，还有可能被人说成栽赃诬陷，所以，她借踏雪寻梅之名，将众人都带来了。顺风顺水，一切都在意料之中，一切都按着她期待的方向走，谁知最后……

这个男人，这个可怕的男人，她看着那个华贵俊美的男人，苍白着脸摇头，怎么会？怎么会？明明他刚封她为皇后，怎么会？

“皇上为何要这样做？”

苏墨沉冷冷一笑，一字一顿，声音从喉咙深处发出来：“如你所言，将心怀不轨的人引出来。”

心怀不轨？西陵雪震了震，须臾，又微微苦笑：“即使臣妾得知了信上的内容，故意约大家前来，臣妾也是为了皇上好，为了皇上的颜面考虑，何来心怀不轨？”

“为了朕的颜面？”苏墨沉低低地笑出声来，突然，笑容一敛，冷冽的目光扫向全场，“为了朕的颜面，就带了这么多人前来？能来的都来了吧？你怕是恨不得世人皆知吧？”

西陵雪脚下一软，幸亏有婢女在旁搀着。她紧紧地攥着手心，长长的指甲深深地嵌在肉里，痛也浑然不知，闭了闭眸，强自镇定：“好，就算臣妾错了，臣妾甘愿受罚，可是，她……”西陵雪伸手一指，直直地指向千城，“她难道就没错吗？与臣妾以及众人一样，她也不知道今夜的苏墨风是皇上假扮的吧？身为皇上的女人，那她为何会前来私会另一个男人？又为何不知廉耻地与人家抱在一起？”

千城脸色一白。

“住口！”苏墨沉沉声打断她的话，眉宇微凝，黑眸中的阴霾寒气昭然，“宸妃与三王爷的关系轮不到你来评头论足，朕方才也说过，他们是至交好友，朕信他们！”

所有人一震，包括千城，她再次看向身边的男人，微微抿起了唇。

“至交好友？”西陵雪骤然哈哈大笑起来，就像听到了一个好笑的笑话，笑得肆意，半天都止不住，“皇上几时也会自欺欺人了？至交好友会让皇上的女人怀上他的孩子？”

她的话如平地惊雷，在静谧的雪夜炸响。所有人大骇，千城更是脚下一软，苏墨沉眼疾手快，长臂一卷，直接将她裹入怀中。

众人还在震惊中回不过神，这个女人怀了孩子，怀了别的男人的孩子？天啊，不管是真是假，这个消息都足以让人震撼。所有人都以为苏墨沉会怒，却没有，就像所有人以为他会质问那个叫千城的女人一样，也没有，反而是将她拥在了怀里，那般坚定。

“身为皇后，说出这样的话，不觉得有失身份吗？”男人的声音响在头顶。熟悉的轻檀入鼻，沉稳有力的心跳就在耳畔，千城有些恍惚，一颗心却更加慌乱。她要怎么跟这个男人说，西陵雪说的话是真的，她真的怀了苏墨风的孩子？她不敢说！可是，已经有人知道了，不是吗？这件事瞒不了多久。她缓缓地抬起头，怔怔地看着男人刚毅的下巴、俊美的容颜，小声开口：“苏墨沉……”

她的话还没说完，却是被西陵雪邪肆的声音打断：“皇后？皇后又怎么了？皇后就不能讲丑陋的事实吗？”

“丑陋的事实？”苏墨沉哧然一笑，黑眸讥诮玩味地落在她的脸上，“皇后可知事实是怎样？”没等西陵雪反应，他又接着说道，“朕来告诉皇后事实，事实就是宸妃的确怀了孩子，但是，那孩子是朕的龙种，跟三王爷没有半丝关系。”字字珠玑、字字铿锵，那般笃定，那般掷地有声。

所有人再次震惊了，千城，也惊愕了，怎么会是他的？明明不是？他为何要承认？苏墨沉啊，苏墨沉，你到底是怎样的一个男人？

那厢西陵雪难以置信地摇头：“怎么会？不可能！皇上那日从大漠回来，就跟这个女人分开了，不久前从江南回来时，你们二人才在一起，中间将近三个月，这个女人都是跟三王爷在一起，她腹中的孩子却只有一个多月，皇上不是也找大夫和太医都看过吗？孩子分明是三王爷的，如何会是皇上的龙种？”

全场一阵压抑的倒抽气声。千城，彻底凌乱了，孩子明明是三个月，怎么又变成一个多月了？在江南被苏墨风检查出来的时候，就已经一个多月，快两个月了，如今怎么又会？而且，这个男人还让大夫和太医看过？是她晕倒的那日吗？她再次抬眼，看向这个紧紧拥着她的男人，其实，所有人都在看着这个男人。毕竟西陵雪说得有鼻子有眼的，似乎真是那么回事。

苏墨沉云淡风轻地一笑，笑容冷魅："皇后当真用心了，对朕的行踪了如指掌啊，可是，朕比较好奇，皇后又是如何知道宸妃有了孩子？而且孩子还只有一个多月？宸妃有孩子的事并没有几个人知道，就连宸妃自己，都以为朕不知道此事，皇后又是从何处得知？"

西陵雪脸色一白，被呛得一时语塞，心中不禁暗暗懊恼起自己的不打自招。

见她不响，苏墨沉冷冷一笑："千城的婢女夏莲是你的人吧？"

西陵雪心口一撞，难以置信地看着他。难以置信的又何止她一人，千城亦是。夏莲？她的婢女夏莲，是西陵雪的人？怎么会？

西陵雪低低地苦笑，太可怕了，原来所有的事情他都知道。不错，她收买了夏莲，夏莲是她的人，她所有的信息都是夏莲告诉她的，譬如孩子，譬如今夜的梅园密会……可是这些也不能否认孩子只有一个多月的事实，不是吗？她张嘴，正欲说话，却听到一声尖细恭顺的声音响起："皇上。"

是李公公，还有两个禁卫押着一个女子，一身宫女装扮，勾着头。众人定睛一看，可不正是千城的婢女夏莲。西陵雪脸色愈发苍白，千城难过得蹙起秀眉。

几人在苏墨沉面前站定，纷纷行礼。夏莲抬头看了一眼千城，眸中掠过一抹内疚，便直直地对着苏墨沉跪了下来："皇上，奴婢知错了，奴婢再也不敢了，求皇上饶过奴婢这次，奴婢一定做牛做马服侍好千主子……"她一边说，一边不停地叩首，额头撞在雪地上，有些疯狂，脸上、发上被雪污得一片白。千城有些不忍心看，将脸埋进男人的怀里，心中却有说不出来的感觉。苏墨沉拥着她的手臂又紧了紧。

"夏莲，朕和宸妃都对你不薄，特别是宸妃，一心一意为你们，从来没有将你和春兰当下人看，甚至还教你们调香，到头来，你就是这样报答她的吗？"

"奴婢错了，奴婢知道错了，求皇上饶过奴婢这次……"夏莲哭着，泪痕、雪污，狼藉了满脸，见苏墨沉决然而立、不为所动，她又看向千城，“千主子……千主子，看在奴婢服侍千主子那么长时间的份上，请千主子给奴婢求求情，饶过奴婢这次，奴婢保证，奴婢保证不会再有下次了……”

千城依旧埋首不抬，浑身颤抖。其实她没有了记忆，曾经与春兰和夏莲这两个丫头经历的事情她也都不记得了，心中有的也就是这几日她们的照顾。她受不了欺骗，却也还是很难过，她不知道怎么办。头顶苏墨沉开口了：“现在才知悔改已经迟了，求宸妃也没用，即使宸妃替你求情，朕，也不会轻饶了你。”

夏莲身子一软，瘫坐在自己腿上，就像瞬间被人抽干了力气一般，失魂落魄。骤然，又像想起什么：“皇后娘娘……”

“皇后娘娘，”她一边嘶声叫唤，一边跪爬着来到西陵雪的身边，伸手扯住她的袍角，“皇后娘娘，你要救奴婢啊！你说过，你会保奴婢安全的，你说让我将药给千主子服下，只是让她三个月的身孕诊断起来变成一个多月，并不会伤害孩子，你说一切都是为了皇上好，如今，如今怎么成了这样？你要救奴婢啊，皇后娘娘，你要救奴婢啊……”

全场震惊，原来如此！

西陵雪脚下一软，差点跌坐在地上：“你……你……”带着玳瑁的纤指颤抖地指着跪在脚边的夏莲，西陵雪的胸口急速起伏，脸色青灰，话都说不出来，“你……你血口喷人……”然后又是全然不顾形象地抬起一脚，大力地将扯着她袍角的夏莲踢翻，摇摇晃晃地来到苏墨沉面前，屈膝一跪，声泪俱下，“皇上……皇上别听那小蹄子的……她……她诬陷本宫……”

苏墨沉面色冷峻，沉默不语。

“皇后娘娘，你怎么能这样？”夏莲又是跪爬了过来，“皇上，奴婢所言，字字句句都是真的。事到如今，奴婢的罪孽已经犯下，自知难辞其咎，又何必要冤枉皇后？”

夏莲抿唇顿了顿，较方才的凌乱不堪，已经淡然了不少，她接着说道：“奴婢的父亲原本是村里的郎中，奴婢也略懂一些探脉之事，千主子回到清华苑那日，奴婢见她闻见油味作呕，便借服侍她更衣之机，悄悄探了她的脉搏，发现她已经有孕三个月了，奴婢见千主子自己没有讲，便也没有吭声。第二日，奴婢去街上买东西，被皇后娘娘的人拦住，密会了皇后娘娘，她给了奴婢很多银两，还许诺一旦她坐稳了后位，保证奴婢荣华富贵，于是，奴婢就将千主子有孕的消息告诉了她，她让人取了一包药给奴婢，让奴婢悄悄放在千主子的饭菜里面……”

“你胡说……”西陵雪嘶声厉吼，相比于夏莲，她反而显得更加凌乱，头顶的发髻已经歪斜，一只金步摇垂在一侧，一副马上就要掉下来的样子，一袭华贵的凤袍早已被雪污了一片。

“奴婢有没有胡说，皇后娘娘心里明白。”

“你……”西陵雪终是再也忍不住，猛地扑向夏莲，一手揪住她的头发，一手揪住她的衣领，又抓又晃，双眸猩红，一张小脸狰狞可怖，“你这个小贱人，你害本宫，打死你……”

所有人目瞪口呆地看着两人扭作一团。

“够了！”苏墨沉厉声喝道，“还嫌不够丢人吗？”

西陵雪才怔怔地停了下来。

“西陵雪身为皇后，理应母仪天下，却心胸狭窄，无容人之量，设计陷害妃嫔，下药陷害龙子，即日起削去皇后头衔，打入冷宫！”

西陵雪脑子一嗡，彻底瘫倒在地上。

“婢女夏莲不忠不义、陷害主子、陷害龙子，拖下去杖毙，即刻行刑！”

夏莲跪在那里一动不动，脸上挂着苦涩的笑容，却也不再求饶，或许忘了，或许知道求饶亦是徒劳。

偌大的梅园声息全无，所有人都惊惧地看着那个男人，那个少年天子，薄唇轻启，冰冷地说出每个字，淡然地宣判这两个人的命运。年华正好，如花的生命，一人陨落，一人将与孤灯相伴。

西陵雪呵呵笑着，支撑着身子，缓缓地站起来，摇摇欲坠，有婢女上前扶她，被她一手推开：“臣妾还有一事不明，可否请皇上赐教？”她摇摇晃晃地走到苏墨沉面前，有禁卫怕她对苏墨沉不利，准备上前，却是被苏墨沉扬手制止。

“讲。”苏墨沉沉声开口，眼睛却没有看她。

“既然……既然皇上早知她腹中孩儿是自己的，那为何这几日要冷落她？”

苏墨沉抿着唇，未响。怀中千城亦是抬起头看他，她也想知道答案，为何？

见他沉默，西陵雪又笑了："是想给臣妾造成皇上已与她心生嫌隙的错觉吗？让臣妾得意便忘了形，然后，今夜就急急地出手了，是吗？"

"是。"苏墨沉笃定地逸出一个字。西陵雪身子一晃，再次笑出声来，也笑出了眼泪，"懂了，臣妾懂了，都懂了……"

千城不知道自己是怎样回的清华宫，只记得似乎是被苏墨沉抱回来的，然后，让春兰好好照顾她，他就走了。他不是应该要解释的吗？怎么就走了？不过也是，现在这个时候，她都缓不过神来，他解释，她也听不进去。因为今夜的事太过震撼，一茬一茬就像在做梦。他说孩子是他的？他所有做的一切都是为了她，为了揪出那个幕后陷害她的人？

陷害她的人是西陵雪，夏莲还是西陵雪的人，她们一人被打入冷宫，一人被行杖毙？她凌乱了，怎么会这样？怎么会是这样啊？

幽梅宫，梅萍枕在文帝的手臂上，手指把玩着他的一缕头发："你是不是早已知道下午过来的三王爷是沉儿？"

"嗯。"文帝轻应。下午，苏墨风一身风尘地赶了过来，他是欣喜的，然后，两人就去了院子里面，可是，只片刻，他就知道了他不是苏墨风。他是谁，他是这些孩子的父亲，这么多年来，他研究他们、防备他们，每个人是怎样的，他比任何一个人都清楚。他不明白他为何要假扮成苏墨风的模样，他想了想，还是揭穿了他，苏墨沉也没有否认，苏墨沉说，他要演一出戏，揪出一个人，希望他替他保密。他答应了他。

后来，两个人谈起了梅萍，说是谈，其实也不是，只是他一人在说、在劝，他的那个儿子在听。这些年，他做了很多对不起这个儿子的事，他不祈求他的原谅，但是梅萍不同，她并没有伤害她，她只是身不由己罢了。后来，他的那个儿子进了屋，进屋之前，就说了一句："儿臣知道她过得苦。"虽然只是一句，而且还是没有表明自己任何态度的一句，他还是很欣慰，他知道，这个儿子正在慢慢改变。

"他是沉儿，那也就是说，他过来给我们请安拜年了？"梅萍有些兴奋，起身看着他，水眸晶亮。

“嗯，”文帝笑着点头，又将她按进怀里，“做什么起来，小心着凉。”

梅萍心情大好，乖顺地躺了回去，又陡然想起什么：“对了，你说要揪出西陵雪的方式有很多种，为何沉儿要如此大费周章？”

文帝微微一笑：“这你们妇人家就不懂了，西陵雪是谁？可不是简单的人啊，她是东墨的公主，东墨皇帝的女儿，要对付她岂是那么容易的？搞得不好，还会引起两国战争。所以，必须设计周全、一招制敌。不仅要证据确凿，而且还要罪孽深重，然后，还必须多人在场见证，这样她辩无可辩不说，还不需要我们去讲，那么多人，也终会将消息传出去，这样，东墨也无话可说，且不会说我西苍捏造事实。”

“这么复杂？”梅萍嘟囔道。

“当然，”文帝挑眉，伸手在她脸上一捏，“你以为为君者那么容易啊？考虑的可是方方面面。不过，你的这个儿子啊，倒真是出乎我的意料，看来，西苍交到他的手里，没有错。”

瑶华宫里，烛火摇曳，云蔻坐在灯下，把玩着手中的一块玉，红绳绿玉。那日在黑煞门总舵，那个女人说她将她送给苏墨沉的玉弄碎了，让她再送一块给他，她重新再做了一块，却一直没有一个好机会给他。本想着作为新年礼物送给他，可是除夕夜，他没有来，今夜初一，他依旧没有来。

“娘娘，夜深了，让奴婢伺候娘娘歇着吧。”

云蔻抬了抬手，眸色疲惫：“你们都退下吧。”

两个婢女对视了一眼，也不好多言，将炭炉中又加了一些炭粒子，就悄声退了出去。她们不明白，今夜那个皇后不是翻船了吗？这个女人应该高兴才对，怎么会一副失魂落魄的样子？两人刚刚带上房门，一转身，就看到快步而来的男人，一袭月牙色软袍、龙章凤姿、丰神如玉，不是当今圣上又是谁？两人心中一喜，这自从封了妃以后，这个男人可从来没有踏进过瑶华宫，今夜还是第一次来。

“参见皇上！”两人齐齐跪地。苏墨沉没有理会二人，径直越过她们的身边，推门而入，然后，又听到吱呀一声，房门关上的声音。两人才敢缓缓起身，心中却还是开心不已，在这后宫里，主子荣、下人荣，一荣俱荣、一损俱损，如今，皇后刚废，这个男人就来了她们主子这里，而不是清华宫，那说明了什么？想想都觉得开心，便也不退下了，就想着站在门口等着伺候，看到立在门口的李公公，又忍不住同他开起了玩笑："喂，李公公，跟我们说说，皇上是个怎样的人？"

在她们眼里，虽然王爷亲王各个都是人中龙凤，但是，当今圣上却真是第一人，就是那种让人看一眼就会脸红心跳的第一人。

"我的小祖宗，皇上也是我们能私下妄议的？找死啊？"李公公手执拂尘，在两人头上一人敲下一记。两人便吐吐舌头，咯咯地笑。

屋里，却是另外一番情境。男人坐在主座之上，微微抿着唇，一脸沉静，眉眼低垂，看着手中的茶盏，白璧纤长的手指捏着杯盖，不徐不疾地轻拂着茶面。屋里很静，落针可闻，只有杯盖碰撞茶盏的声音，一声，一声，异常清脆。

云蔻坐在梳妆镜前，手执象牙梳一下一下地梳理着满头的青丝，面上不惊，心中却早已狂跳。大冬天的，她只着一件寝衣，却依旧一手心的汗。这个男人自从进门后，就坐在那里，一声不响，她倒了茶给他，他便默然接过，亦是不说话。跟他相交多年，他是怎样的一个人她很清楚，越是沉默，越是可怕。

透过铜镜，她再次看向那个男人，男人依旧保持着杯盖拂茶的动作，眉眼未抬。她心中微微苦笑，几时开始，他们两人变成了这样？变成了这样近在咫尺，却相对无言的状态？云蔻将目光收回，看向铜镜中的自己，一袭白色寝衣，纤尘不染，满头乌黑青丝，如瀑布一般倾泻，眉目如画，无一分装饰，无一分粉黛。她抿了抿唇，心中略一计较，便将手中的梳子轻轻置于台上，盈盈起身。

"沉……"她伸出玉臂自身后抱住苏墨沉，女人玲珑凹凸的曲线就紧紧地贴上男人的背脊，她埋首在他的后颈处，吐气如兰。苏墨沉没有动，甚至连手中杯盏里的茶面都没有晃一下。见男人没有推开她，云蔻心神俱动，唇角扬起一丝笑靥，她颤抖地伸出小手，探进男人胸口的衣襟，男人的胸膛火热滚烫，烫得她小手一颤，一颗心更是如同小鹿乱撞，正准备进一步动作，手腕却是陡然一重，苏墨沉抓住了她的手。她以为男人会就手一拉，将她拉到前面，却没有！

一声令人心悸的脆响，是茶盏重重地置在桌案上的声音，苏墨沉应声而起甩开了云蔻的手臂。

"沉……"云蔻有些难以置信地看向那个突然转身面对她的男人。

“这些年，还以为你是懂朕的。”苏墨沉淡淡开口，又转身在案桌边坐下，只是换了一个位子。云蔻没有动，就站在那里，身子却有些颤抖，为了他那个朕字，也为他换离的位子。几时开始，他们之间这般生疏？私下里还要以朕相称。几时开始，他避她如同避瘟疫？连一个拥抱都吝啬给她。她云蔻不是那般不知廉耻的女人，她很受伤。

好半天，她才将心神转了回来，弯弯唇角，走到他对面的位子上坐下，静静地看着他，清冷地说道：“皇上今夜过来，所为何事？如果是为了侍寝，那现在就上床，天都快亮了；如果为了别的事，那就快说事，我很累，想早点歇着。”

“你几时变成这个样子了？”苏墨沉眸光微微一厉，缓缓地看到她的身上。

“哪个样子？”云蔻自嘲地一笑。

苏墨沉摇了摇头，眉心微拢：“朕的确有些事要跟你谈。”

云蔻一怔，见他略带冷凝的脸色，心下慌乱，却强自镇定，她微微一笑，道：“皇上请讲！”

“今夜的事如果是别人所为，朕已经杀了她。”

云蔻心口一撞，手心又是惊出了一层冷汗。他这话是什么意思？他口中的她指的是谁，是指西陵雪，还是指她云蔻？她紧紧地咬着牙，眼睛一眨不眨地看着他。苏墨沉弯弯唇角，勾起一丝冷魅的笑意，黑眸同样回望着她，薄唇轻启：“夏莲是吃两家饭的人吧？”

云蔻心中一惊，水眸中浮起难以置信的神色。苏墨沉的话还在继续：“她表面上是西陵雪的人，实则是你云蔻的人，朕说得对吗？”

一颗心狂跳，云蔻想起夜里在梅园，男人曾轻轻看向她的那一眼，当时，她就在想，他是不是在怀疑她，他是不是觉察出了什么？后来她看到这个男人一直在和西陵雪对峙，她的一颗心才终于慢慢地安定下来。难道他一直在怀疑她吗？还是说只是试探？凛了心神，罗袖下的小手攥了又攥，她淡然一笑：“不好意思，我不知道皇上在说什么？”

苏墨沉低低一笑，唇角的笑容慢慢敛起，最后只剩下清冽：“你知道朕不是一个有耐心的人。”云蔻呼吸一滞，身子难以抑制地颤抖起来，她紧紧攥着苏墨沉手心，长长的指甲剜进皮肉，她告诉自己要镇定，镇定：“皇上到底想说什么？”

苏墨沉眉眼轻垂，扫了一眼她绷得极紧的手臂："你知道朕想说什么，给千城下药让脉象异常的人是你吧？"

云蔻听到自己指甲崩断的声音。

"不，"她冷冷一笑，"明明是西陵雪……"

"不是她，"苏墨沉沉声打断她的话，"她不过是被夏莲栽赃陷害。"

栽赃陷害？云蔻微微苦笑："就因为她说，她是冤枉的吗？"为何这个男人信所有人，却独独来怀疑她？染千城的脉象都那样异常了，他还那般坚信孩子是他的。西陵雪说她是冤枉的，是被诬陷的，他便说不是西陵雪所为。那她云蔻呢？她才应该是他最相信的女人不是吗？

"你竟宁愿信她，也不愿信我。"云蔻心中悲苦到了极点。

"朕只是用事实说话，"苏墨沉语气轻凝，清冷寡淡地瞟了她一眼，"当她让禁卫将扮作苏墨风的朕抓走的时候，朕反复问她，当真要将我和千城一起抓到皇上那里去吗？她很肯定地说，当然，捉奸要捉双。那时，朕就知道，下药之人不是她了。她并不知道脉象被人破坏的事情，她一直就以为孩子真的只有一个多月，是苏墨风的。夏莲就只给了她这样一个信息，她也很坚信，所以才敢将苏墨风和千城两人一起带来见朕。如果脉象是她破坏的，她怎么敢这样？难道就不怕苏墨风和千城一对质真相就出来了？"

云蔻一震，是啊，她竟然将这一点给忘了。

"那又怎样？西陵雪没做，也并不表示是我做的。"

苏墨沉紧紧地抿着唇，闭眸，似乎在隐忍着怒气，半晌，陡然睁开眼睛，眸色寒凉："朕在给你机会，今夜朕没有让西陵雪纠缠下去，朕就是在给你机会，朕将夏莲判了杖毙，即刻行刑，朕也是在给你机会。如今，坐在这里，朕依旧在给你机会，如果，你还要执迷不悟……"

"你就杀了我，是吗？"云蔻冷冷地打断他的话，目光灼灼地看着他，眼眶慢慢红了。她终于明白了，他刚才的那句"今夜的事如果是别人所为，朕已经杀了她"那个她指的是谁了，可不就是她云蔻。

"是，"男人薄唇轻启，清冷地逸出一个字。末了，又补充了一句，"如果再有下次，朕必杀了你。"

云蔻身子一晃，险些瘫倒到凳子下面去。一时心中大痛，她抬手紧紧地捂着绞痛的胸口，脸色苍白如纸地看着他，犹不相信：“沉，你变了……”

苏墨沉眼波微动，没有说话。或许吧，或许是他变了，又或许他没有变，只是身边的人和事变了。良久的沉默以后，他缓缓地开口道：“十四弟是个不错的男人，也一直对你用情，如果你愿意，朕可以放出云妃薨逝的消息，然后让你以另一个身份嫁给他……”

“苏墨沉，你说什么？”云蔻嘶吼出声。他在说什么？这个男人在说什么？将她推给另一个男人？不，苏墨沉，你怎可以这样？你怎可以这样狠心？云蔻的一颗心就像有千万只手在抓、在挠、在蹂躏，那疼痛几乎让她不能忍受，她颤抖着，泪淌了满脸。

苏墨沉低低地叹出一口气：“云蔻，我是为你好，终究是我负了你。可是，你还年轻，往后的路还很长，我不希望你被我耗着，也不希望你为我变坏。除了荣华富贵和一个妃位，你要的，我给不了你，十四弟却可以，你有权利我也支持你去追求自己的幸福。”

云蔻苦笑出声，这个男人终于自称我，而不是朕，可是说出来的话却是如同把利刃，将她戳得千疮百孔。不，喉咙像是被什么堵住，她痛苦地摇头。幸福？什么是幸福？你难道不知道，你才是我的幸福？你苏墨沉才是我云蔻的幸福？

“你自己考虑一下吧。”男人起身，作势就要离去。

“不……沉……不……”云蔻疯了一般，冲上去，从后面抱住苏墨沉，紧紧地、死死地、卑微地抱着他，“我哪里也不去……我就要留在你身边……我答应你，以后……再也不做伤害她的事……”

男人微微一顿，闭眸，深深地叹出一口气，抬手将环在自己腰上的手掰开，开门走了出去。门一张一合，一股夜的寒气卷了进来，云蔻打了一个寒战，跌坐在地上……

是的，夏莲是西陵雪的人，也是她的人。所不同的是，西陵雪给她的是金银，而她用的是她家人的性命相威胁。钱乃身外之物，而人命永远关天，所以，注定她是那个赢家。她永远也忘不了，夏莲告诉她千城怀孕时，她的心情。那一刻，她是恨的，她从来没有如此恨过一个人，从来没有。跟那个男人有孩子的人应该是她不是吗？只能是她不是吗？染千城怎么可以？于是，她让夏莲给那个女人下了药，让她的脉象出现了异常，她要她和那个男人出现嫌隙。她还让夏莲将这个消息带给西陵雪，她知道，依照西陵雪的性格定是会好好利用这样的机会，果然，西陵雪出手了，只是，她没有想到，这是苏墨沉的一个圈套。

不过，是圈套，她也无惧，因为她知道夏莲是不会揪出她的，毕竟她家人的性命还捏在她的手里。可是，一切的一切终究没能逃过这个男人的眼睛。她不知道自己是该高兴还是该难过。高兴这个男人就任由西陵雪替她背了黑锅？难过这个男人竟然为了那么一点小事要杀了她？完了，她突然有种很强烈的感觉，她和这个男人完了。

清华宫。

清晨，一声女子的尖叫声划破所有的静谧，从内殿传来。春兰一惊，急急地推门而入，就看到床榻上，男人轻捂住女人嘴巴的画面，两人都只着一件寝衣，身子半拢在被褥里面，男人一脸无奈，轻哄着："别叫，别叫……"女人咬牙切齿地说道："你怎么睡在我的床上？"

春兰被震撼得目瞪口呆，脚下的步子就忘了迈开。听到门口的动静，两人都纷纷扭头，春兰看到男人的脸都绿了，顿时一惊，跪在地上："皇上！"后来又觉得不妥，连忙起身逃窜，逃了几步，又想起房门未关，又折回来胆战心惊地将门带上。两个人就怔怔地看着比他们还要失态的春兰，半晌，女人忍不住扑哧一声笑了出来。

难得见女人展颜，苏墨沉一双黑眸瞬间炯亮，伸手将女人按进被褥里面："快躺下来，要是染了风寒，你这个时候身子重又不好用药，有得苦头吃。"

"谁让你偷偷跑来人家的床上？"千城沉着脸，拿眼瞪他。一觉醒来，突然身边睡了个大活人，她被惊吓到了，于是，就出现方才的那一幕。

"哪里是偷偷？"苏墨沉挑眉一笑，伸手拉上被褥将她盖好，自己也滑了下去，"我来的时候，还跟你说话来着，只是你睡得太沉了，没有听到而已。"苏墨沉一边说，一边伸手来抱她。

"别动！"千城伸手一抵，推在他的胸口上，"你要再乱动，我就起来了。"

“好好好，我不动，你将手放下来……”苏墨沉甚是无奈。千城将信将疑地瞅了瞅他，收了手，可手刚刚拿开，身体就被一股力量一卷，她还没反应过来，已经被严严实实地裹进了苏墨沉的怀里。

“苏墨沉，你无耻！”千城气结，想挣扎，可男人的手臂岿然不动。

“你，出尔反尔，说话不算话！”千城拿手用力掰他，苏墨沉的手臂却依旧似铁钳：“别动……我只是想抱着你。”

千城怔了怔，停了手中动作。

苏墨沉深深地嗅着属于这个女人特有的气息，心都颤了。他有多久没抱她了，才几日吧，也才几日而已，他竟然觉得像是一辈子那么长。那一日，这个女人突然晕倒，大夫说，她是喜脉，没有人知道他的心情，那种欣喜若狂到难以置信的心情。曾经他们失去过一个孩子，那是她永远的殇，也是他的，所以，这一次，他一定要让这个孩子平安地生下来。可是，大夫接下来的话让他的心情瞬间跌入冰窖，大夫说，孩子只有一个多月。

明明他们三个月没有在一起了，孩子怎么可能只有一个多月？他的第一反应是，大夫看错了，第二反应还是，大夫看错了。所以，他点了她的睡穴，将她带进了宫里，让太医院中一个他私交甚好的太医过来重新看，结果还是一样，只有一个多月。他依旧觉得不可能，他摸过她的小腹，虽然还没有显怀，但还是稍稍有异，只是如果不注意，是不会觉察的。他将他心中所想都跟那个太医讲了，太医说，还有一种可能，就是被人用药物强行改变了脉象，这种情况以前在后宫也发生过。

所以，才有了后面一系列的人为纠复。他要揪出那个人，那个藏在他们身边，觊觎着他们的人。他想，想要他和千城之间产生嫌隙的人，其实也就那么几个，不是西陵雪，就是云蔻，或者小七，而能够对千城下手的，一定是她身边的人。于是，他将计就计，作出冷落这个女人的假象。但是，冷落她，他根本做不到，所以，他必须主动出击，他要速战速决。于是，他模仿苏墨风的笔迹写了一封信给这个女人。

果然，有人沉不住气了。一切真相也随之浮出水面。对于西陵雪，他其实是有些歉疚的，毕竟始作俑者不是她，但是，他知道，废她是迟早的事，因为那个后位，他要给千城，虽然，她并不在乎。

他没有想到事情是云蔻做的，在他的记忆里，她是善良的，可是，事实往往让人出乎意料。有那么一刻，他真想杀了她，甚至坐在瑶华宫里，他还一直在想这个问题，但是，他终究没有下手。终究，是他害了她，是他让她蒙蔽了眼睛。

“千城……”他轻轻地将怀中女子扳了过来，让她面对着自己。千城睁着一双水汪汪的大眼睛瞪着他，半晌，伸出纤指重重地戳向他的胸口：“道歉！”

“什么？”

“道……歉！”

他有些蒙，不，是心跳踉跄，震惊、欣喜、难以置信……各种情绪激荡。昨夜将她送回来，他其实有一肚子的话想跟她说，想跟她解释，可是又不知从何说起，他甚至在怕，在怕她即使知道真相也不会原谅他。没想到……这一刻，他甚至在庆幸，幸亏她没有了记忆，如今的她如此单纯，单纯得就像一张白纸，性情也简单、心思也浅薄。如果是曾经，她绝对不会理他。

见他半天不说话，千城脸色一沉，气恼地伸手推他：“离我远一点！”看着她娇嗔的模样，苏墨沉低低一笑，反而将她搂得更紧了：“对不起，对不起，我道歉，我道歉……”

“苏墨沉，我发现，你就是一个浑蛋，就会欺负我。”

“哪有？”

“那你为什么不先将你的计划告诉我？你如果跟我说了，我也不会这么难过了。”

“告诉你？”苏墨沉嗤笑，“如今的你又藏不住事，什么都写在脸上，一看都知道你在做戏，谁还来上当？”

“哪有你说的那么严重，”千城撇嘴，突然又想起什么，仰起小脸怒视着他，“还有，你为何要册封那两个女人？”

苏墨沉怔了怔，旋即，便笑了，黑眸熠熠生辉：“在吃醋？”

“哪有？”千城嗤之以鼻，接着，脸一板，“快说，难道这就是你口中的好好安排吗？”

“不是，这不是将计就计嘛！”苏墨沉笑着，大手不停地在千城身上占着便宜，“而且，册封西陵雪那是没有办法的事，她是正妃，又是东墨的公主，我登基，她必然就是皇后，现在她不是已经在冷宫待着了吗？”

“那还有那个云妃呢？”

“放心，她根本对你造成不了威胁。”

这话说得……什么叫造成不了威胁？千城张嘴，刚想表示自己的不满，忽然，胸口一热，竟是男人将手伸到她的衣服里拂过她的胸脯。她一颤，惊呼：“苏墨沉……”男人的手已经下滑到她的小腹，轻轻地覆在上面。千城微微松了一口气，心中却有种说不出的感觉，她以为自己会生这个男人的气生很久，结果却是如此没骨气，还没说上几句，就原谅了他。

“苏墨沉，你怎么那么肯定孩子是你的？”

苏墨沉一怔，旋即便低低地笑了起来，笑得有些不怀好意：“自己做过的事我自己当然清楚。”

自己做过的事？千城愣了一会儿才反应过来他话里的意思，顿时又羞又恼，小脸就红了一个通透：“苏墨沉，你还可以再无耻一点吗？”

“可以！”苏墨沉脸上的笑容愈发摄人心魄，黑眸晶亮得如同璀璨的曜石，他低头，轻咬上她的耳垂，“只要你愿意。”

千城一颤，彻底崩溃。

“将手拿开，我要起床了。”

“不行，再睡会儿。”苏墨沉裹着她不放。他真的有些贪恋这一刻的美好。走了太多路，吃了太多苦，他们之间有过太多的纠复，他怕，他怕他的一个放手就是失去。

“太阳都晒到屁股了，难道你不用上朝吗？”

“不用，文武百官都过年。”

千城再次崩溃。

苏墨沉的手还在她的腹上，没有动，她突然想起，如果他知道，她一直以为孩子是苏墨风的，会是什么表情？估计一张脸是绿的吧？她自己也当真糊涂，连孩子父亲都不知道是谁，其实，现在想想，苏墨风也自始至终没有正面说过孩子是他的，而她还这般坚信不疑，想着想着，便忍不住自嘲地笑了起来。

“笑什么？”男人微微怔愣。

“没什么。”总不能为了看他绿脸，告诉他实情吧。

“快说！”

“真没什么。”千城嘴上说着，脸上却还是难以抑制地笑着。

“到底说不说？”男人已经将手从她的衣内抽出来，双手捧住她的脸，逼视着她问。

“真没……”话没说完，却突然失了所有的声音——他的唇已经堵住了她的嘴。她颤了一下，睁着大大的眸子看着面前放大的俊颜，忘了动，他的舌已轻轻撬开她的唇齿，钻入她的檀口，纠缠上她的舌。炙热的气息铺天盖地，千城被吻得七零八落，一双瞪大的眸子慢慢迷离，睫毛轻颤，她缓缓地合上眸子。

初三一过，苏墨沉就忙碌起来，每日基本上千城还没有醒，他就已经起身上朝去了。夜里，她睡了，他才批完奏折来清华宫。只有半夜醒来，千城才知道身边有个人，抱她而眠。而她自己却清闲得要命，每日除了吃就是睡，天气好就出去走走，或者去幽梅宫串串门。梅萍对她极好，经常做些好吃的东西给她吃，还开始动手给她腹中的孩子做小衣服、小鞋子。

日子一天一天过去，岁月静好，转眼竟是到了初夏。苏墨沉依旧是很忙，上朝、批奏折，跟大臣们商量政事，还经常和十四爷以及老九密谈，偶尔还亲自微服去民间。在他的努力下，西苍也逐渐走进繁华盛世。

千城的肚子越来越大了，人也越来越吃力，近日双脚还出现了浮肿，所以，她也极少出门。好在苏墨沉一有时间，就过来陪她，如此这般倒也觉得日子不是那么难打发。

六月的一个清晨，千城刚起床，小腹就忽然传来刺痛，锥心难忍。

“好痛……我的肚子好痛……”

春兰脸色一变：“主子怕是要生了，快，快去请太医！”

要生了？这不是离预产期还有半个多月吗？众人也管不了那么多，听说要生了，又惊又喜，整个清华宫鸡飞狗跳起来，有的去太医院，有的去请稳婆，还有人去龙吟宫通知李公公，让李公公速速通知在外微服私访的当今圣上。

太医和稳婆都是苏墨沉早就指定好的，已经做好了充足的准备，一听说宸妃要生了，更是片刻都不敢耽搁，急急地就奔了过来。

床榻上，千城大汗淋漓，衣服湿透，就像刚从水里面捞出来一样。太医给她搭着脉搏，稳婆手脚麻利地做着接生的准备，春兰站在边上心急如焚，手执锦巾不停地给她擦着汗水，还有两个婢女拿着蒲扇给她轻轻扇着风。所有人都是大汗淋漓、谨小慎微的样子。因为大家都知道这个女人对于那个少年天子的重要性，稍有差池，那可是项上人头不保的事。

阵痛越来越强烈，越来越密集，一轮一轮，一波一波，刚开始还有些间隙，到最后，只剩下满满的痛楚，她终于再也忍不住大叫了起来："苏墨沉……苏墨沉……"

对于这个女人直呼天子名讳，清华宫的人早已见怪不怪，可是几个太医稳婆却是吓得不轻，还以为是痛糊涂了，连忙吩咐宫女将切好的人参片给她含上。

苏墨沉赶到清华宫的时候，清华宫的院子里站满了人，有宫女、太监、太医，云蔻也在，连文帝梅妃都来了，一个个面色凝重。屋里传来女人沙哑破碎的声音，他听得真切，那是一声一声的呼喊："苏墨沉"。

原来真有冥冥之中的感觉，就像曾经她在宫里遭受鼠刑的时候，他也感觉得到。所幸，这次他没有走远，收到李公公的飞鸽传书，他便马不停蹄地赶了回来。一路上，他都听到她在叫他，只恨不得自己能插上翅膀飞起来。

对于他的突然出现，院中的众人还没反应过来，就只见紫影一晃，男人已经破门入了厢房。等大家意识到想要阻止时，门早已砰的一声被带上。众人大骇，一个帝王怎么可以入血房这样污浊的地方？那是要不祥的！人人皆是又惊又惧，不知要不要进去将他劝出来，可是又知那个少年天子的脾性，那可不是一个会听劝的主，于是征询的目光全部看向文帝，这个曾经的西苍帝王。

梅萍轻轻一笑："就由着他吧，祥与不祥，都是他心甘情愿的。"

"嗯。"文帝点头。

众人便只得作罢。边上，云蔻眸光微敛，紧紧地抿起了唇。

屋里，稳婆见到骤然而入的苏墨沉，霎时大惊，慌忙行礼："皇上怎么进来了？娘娘在这里生产，皇上不能留在这里，赶快出去！”苏墨沉哪里听得进去，直接奔到床榻边。千城全身湿透地躺在那里，脸色苍白，连嘴唇都没有一丝血色，双眸微微合着，要不是一声一声唤着他的名字，几乎让人怀疑，她是不是还活着。他慌痛难当，一颗心颤了又颤：“千城，我回来了，我在，我在这里……”

千城已经几欲晕厥，浑浑噩噩中，似乎听到苏墨沉的声音，心中一喜，虚弱地笑道：“苏墨沉……孩子……孩子……”

苏墨沉眸色一痛，将她冰凉的小手递到唇边，轻轻吻着：“别怕，千城，孩子没事，孩子一定会没事的……”

“娘娘，用力，再用力一点！”稳婆也是气喘吁吁，汗流浃背，这眼见着一两个时辰都过去了，孩子还一点要出来的迹象都没有。

千城一手与苏墨沉的手交握，另一只手紧紧抓着被单，意识已经淡薄，脑子里只有稳婆让她用力的声音，也就仅凭一口气撑着，拼尽全力。不知过了多久，孩子还是没有出来，而稳婆的声音还在继续，千城却觉得全身软得就像一团泥，连个动动小指的力气都没有了。

“娘娘，娘娘，不能睡，一定要保持清醒，不然就危险了，来跟着奴婢做，纳气、吐气……”

耳边嘈杂不堪，千城已经分不清是谁的声音，也听不见他们说了什么，只觉得意识越来越混沌。

“千城，乖，别睡，醒着，一定要醒着！”苏墨沉慌乱不堪，一边通过掌心给她输送着真气，一边低头轻吻着女子的鼻翼唇角，“千城……千城……坚持……一定要坚持住，我们的孩子……我们的孩子马上就要出来了……”他绷直了声线，却依旧难掩声音的颤抖，真恨不得此时此刻，受苦受难的人是他。

或许是他的真气起了作用，又或许是听到了他的召唤，千城再次睁开了眼睛。这时，稳婆看着千城的下身，也是大喜：“快了，快了，快，娘娘再用力，再用力！”感受着腹下的阵痛，千城重重地闭上眼睛，再次拼尽全力，一声凄厉的嘶叫破喉而出，划破所有人的耳膜，“啊……”众人一震，还没反应过来，就听到婴儿嘹亮的啼哭声响起。

“生了，生了，恭喜皇上，恭喜娘娘，是位公主。”是稳婆欣喜万分的声音。

“生了，生了，主子生了。”清华宫的宫女太监也是喜作一团。

所有人都面部一松。梅萍长长地吁出一口气，文帝笑着捏了捏她的手心。云蔻微微苦笑，抬头望了望天，头顶繁星斑驳，竟已是夜里，缓缓转身，她抬步出了清华宫。

屋里，苏墨沉轻轻地吻着女子汗湿的额头，眼角眉梢都是绵长的笑意：“千城，我们的瑾儿出世了……”她和他的瑾儿。千城缓缓地睁开眼睛，猝不及防地撞进男人的黑瞳，盛满柔情和心疼的黑眸。四目相对，黏稠的眸光绞在一起，似乎再也分不开。

“苏墨沉……我想看看女儿……”千城虚弱地开口。

“好。”苏墨沉笑着起身。这厢稳婆已将孩子清洗干净，包好了，苏墨沉接过襁褓，黑眸紧紧地凝着襁褓中的小人儿，心都颤了，那感觉无以名状。看着男人有些生疏的抱姿，千城苍白的唇边浮起一抹欣慰的笑容，动了动身子，想起身，却是陡然眼前一黑，晕了过去。耳边是男人惊惧的声音：“千城……”

就在内务府将宸妃娘娘喜诞公主的喜讯传出去不久，又陡然传来宸妃娘娘产后昏迷不醒的消息。清华宫，灯火通亮，苏墨沉坐在床榻边，面色冷凝，在他的前面，所有人都跪倒一片，太医、稳婆、宫女、太监。数十人，愣是声息全无，所有人都低着头，不敢看这个少年帝王，汗湿了衣衫。

良久的静谧以后，才听到苏墨沉有些恍惚的声音传来：“你们的意思，朕现在只能等，是吗？”

太医院所有的太医都来了，包括院正也在，此时，却没有人敢发一言。他们每个人都给那个女人把过脉，并未发现任何异样，而且生产过程中，也未发生大出血，他们也不知道她为何会昏迷不醒？

见所有人沉默，苏墨沉发出一声冷笑：“这便是朕的太医院？”对一个产妇晕厥都束手无策的太医院？

“朕给你们三日时间，如果三日后，宸妃再不醒过来，朕会让西苍再无太医院！”他抬手，疲惫地朝众人一挥，声音不重，却字字句句都是从喉咙深处出来，让在场的所有人听得脸色巨变、胆战心惊，一时就忘了反应。见众人依旧跪在那里一动不动，他蓦地大吼一声，“滚……”

所有人一惊，冷汗涔涔，仓皇地爬起作鸟兽散。

屋里再次静谧下来。苏墨沉怔怔地坐了好一会儿，才缓缓转身，看向床榻上的女子。他低头，轻轻吻上女子有些干涸的唇瓣，辗转，呢喃：“千城，你如果累了，就睡一会儿，但是，睡够了，就一定要醒过来，我们的女儿你还没看到呢……”

春兰走进来的时候，就看到男人一边亲吻着女人，一边不停哑着喉咙说着话的情景，那般的深情。其实，对于这两个人，她早已见怪不怪，曾经她还看到过这个少年天子给这个女人洗脚的情形。女子高坐着，男人蹲在地上，挽着袖管，捧着女子的玉足，放在铜盆中轻轻地洗着，两人都是笑弯了眉眼。春兰在想，这世上怕是再也找不出这样的第二对人了吧？可是，世事总是无常，往往在给你一份欣喜的同时，又要给你当头一棒。怎么就能昏迷不醒呢？许久，苏墨沉才缓缓地直起腰身，回头，看了她一眼：“有事吗？”

春兰这才想起正事来，对着苏墨沉一鞠：“皇上，邱太医去而复返，说有事找皇上。”

苏墨沉怔了怔，眼睛骤然一亮：“快让他进来！”

第二十二章　我信皇上

皇陵，苏墨风浅浅而眠，梦里面，都是那个女子或笑、或嗔、或怒、或哭的眉眼。

“风哥哥，来追我呀！”蓝天白云下，红花绿草之间，女子白衣翩跹、素若流雪回风，不停地跑着，不停地回头朝他笑，一串串银铃般的笑声洒遍整个山冈。

“千城，跑慢点……”他追着，同样笑得灿烂。可是，忽然，千城越来越快，越跑越远，他脸色一变，连忙脚尖一点，提了轻功上前，却发现，哪里还有千城的身影。空阔广袤的天地间，他茫然四顾，什么都没有，连花草树木都通通不见了，只有他，孑然一人立在天地间。

“千城……”他陡然翻身坐起，才发现原来只是一个梦。窗外，天已经蒙蒙亮。他有些自嘲地弯了弯唇，看来，酒也没用了，即使喝得烂醉如泥，有些人照样入梦而来。

“三爷。”木门的门扉处传来被轻叩的声音。

“谁？”这么早，谁会来找他？他微微拧眉，披衣而起，开了门。是一个太监，一身的风尘，一看就知道是连夜赶路而来。见到他，太监面上一喜，连忙行了个礼道：“三爷，皇上急召，让三爷立即回宫。”

云蔻搭着婢女的手走进清华宫的时候，清华宫里静谧一片。宫女们在院中打扫，见到她进来，纷纷放下手中工具，对她行礼："云妃娘娘。"

云蔻淡笑着点头，雍容大方："宸妃娘娘醒了吗？"

宫女们惨淡着摇头："还没有。"

"本宫去看看她。"云蔻径直入了里屋，宫女们想找个理由阻止都来不及。苏墨沉有交代过，让宸妃好好休息，不要让别人来打扰。宫女们想，这别人应该不包括云妃吧。听说，这个女人与当今皇上有着十几年的感情，患难与共，亦是皇上心头之人，她来探望，皇上应该不会怪罪的吧。其实，即使别人包括云妃，又怎么样？她们这些做奴才的如何能阻拦得了一个主子？

春兰抱着小公主和奶娘从外面走了进来，宫女们便连忙上前跟她说了云妃正在里屋探望宸妃的事，春兰一听，脸色一变，怒道："皇上不是说不要让别人打扰宸妃娘娘吗？你们都忘了？"

"可是……"宫女们委屈，"人家是云妃娘娘，是主子。"

"哎！"春兰一跺脚，抱着瑾儿就准备进屋，走到门口，门却是忽然从里面被人打开，云蔻走了出来。春兰一怔，愣了片刻，便敛了眉眼，对其微微躬身行了个礼，"云妃娘娘。"

云蔻点了点头，还笑着逗了逗春兰怀中的瑾儿，才一日的光景，小家伙就一双黑亮的小眼睛滴溜溜地转着，着实惹人怜爱。末了，云蔻又吩咐春兰和宫女太监们好生照顾着千城和孩子，这才搭着婢女的手离开。春兰想起什么，抱着瑾儿快步入了里屋。

苏墨风赶到皇宫的时候，已经是晌午了，明晃晃的太阳火辣辣地照下来，就像要将人烤焦。他的心情也如同这日头，急切如焚，虽然他不明白苏墨沉突然召他回宫所为何事，但直觉告诉他，应该跟千城有关。因为，算算时日，千城此时应该分娩了。

龙吟宫外，李公公手执拂尘立在门口，见到他连忙行个了礼："三爷。"

"皇上在吗？"

"在，正在里面等着三爷呢。"

等着他？苏墨风怔了怔，抬步走了进去。陡然从敞亮的外面走进屋里，只觉得视线一暗，眼睛一时有些适应不过来，过了好一会儿，他才看到坐在龙案后批阅奏折的男人，一袭明黄龙袍、满头墨发轻垂脑后，丰神如玉、冷漠俊雅。他从他身上生生地看出了那种拒人以千里的冷漠，还有一丝寒气。苏墨风眉心微敛，躬身行了个礼："皇上。"

苏墨沉缓缓地从奏折中抬起头，看了他一眼，将手中奏折轻轻一扬，啪的一声置于龙案上，不徐不疾地开口："知道朕为何召你入宫吗？"

苏墨风弯了弯唇，沉默不响，静静地睨着他，等着他继续说下去，他不想跟这个男人玩心理战。苏墨沉也不在意，缓缓起身，负手而立："千城生了你知道吗？"

骤闻此言，苏墨风原本淡然的脸色终于不复存在，他又惊又喜："真的吗？那她……她和孩子都好吗？"

苏墨沉垂眸低低一笑，抬头再看向他时，已是满目寒霜，唇角一抹冰冷微弧，他薄唇轻启，一字一顿："三哥说呢？"苏墨风的心蓦地一沉，一种不好的预感袭了上来，他急切地问："皇上这话什么意思？"

"什么意思？三哥做的事三哥应该心里清楚，不是吗？"

"我……"苏墨风不解，心中急切得不行，偏偏这个男人的话说一半，又留一半，便克制不住地有些恼了，没好气地道，"我不知道，还请皇上明示！"

苏墨沉却也不以为意，依旧一抹冷笑，似有似无："从昨日诞下瑾儿到现在，千城依旧昏迷不醒，三哥说她好不好？"

瑾儿，骤听前一句，苏墨风心中微微一松，哦，是个小公主，可下一瞬，又被他后半句骇得心跳滞住。昏迷不醒？他猛地抬头："为何？"难产吗？还是什么？一直昏睡到现在，难道连太医都没有办法？

"让我去看看吧！"毕竟他也擅长岐黄之术，而且得知那个女人如此情况，心中那份想见她的欲望膨胀得不行，这般想着，脚便有些管不住，转身就准备往外走。突然，身后衣袂簌簌，他一怔，等他反应过来，颈脖处已经被一枚寒剑相抵。他顿住脚步，缓缓地回头，愕然地看向那个站在身后、手持银剑、一脸冷冽的帝王。

"你竟然给她下失忆的药！"苏墨沉开口，一字一顿，声音从喉咙深处迸出，寒冷彻骨。苏墨风脚下一晃，难以置信地看着他，却是半天也说不出一个字。他竟然知道了，那她呢？她知不知道？忽然，苏墨风又想起什么，颤抖地看着苏墨沉，艰难地开口："你的意思是……是那失忆的药导致了她现在昏迷不醒？"

苏墨沉抿唇不语，黑眸中阴霾聚集，就像暴风雨前乌云的拢聚。那一刻，苏墨风从他的眼中看到了杀气，他脚下一软，倒退了好几步，才稳住自己的身子，倒不是因为惧怕他的杀意，而是他的沉默等于承认了他的猜想。他的药导致了千城的昏迷，怎么会？天啊，他都做了什么？他摇头，垂眸看着自己的双手，男人的寒剑再次逼了过来："你的药伤害了她的脑神经，而此次生产她又耗尽心神，才导致如今还在昏迷。"

这是昨夜邱太医告诉他的，邱太医说，他也只是猜测，但不敢肯定。他不敢肯定，苏墨沉自是更不敢肯定。其实，在召苏墨风入宫的那一刻，他甚至还在想，苏墨风是不会做这样的事。可是，事实往往在意料之外。

"一个人的经历是痛是喜，那都是她的经历，你怎么可以这样武断地将她的记忆抹去？你问过她吗？你征求过她的意见吗？是她心甘情愿如此，还是你存有私心地一意孤行？还记得那日在四王府书房，你说过的话吗？你说，既然她选择忘掉了朕，她必不会再爱上朕，现在朕想问，到底是她选择忘掉，还是你强行为之？"

"朕一直敬你是一条汉子，朕以为无论如何，你是断然不会伤害千城的，所以，就算千城被人破坏了孕脉，朕都没有怀疑过你与她的清白，但是，你终究为了自己的一己私欲，伤害了千城。"苏墨沉口气森冷地说着，声音不大，却字字充满寒意。

苏墨风就怔怔地看着他，看着他薄唇一张一翕，只觉得那一字一句就像一把把锋利的刀子，直直戳向他心里的痛处，一句反驳的话都说不出来。他何尝不知道自己伤害了她？在江南看到她失魂落魄不知自己是谁的时候，他就知道。后来又看到她屡屡抱着自己的头、痛苦不堪、泪流满面，他就后悔了。他真的后悔了，可是，他没有解药，就像这世上没有后悔药一样。如今，她又昏迷不醒……

苏墨沉的话还在继续："你做了两件最错的事，第一件，当日在大漠你不该利用朕对千城的信任来探得黑煞门总舵的位置；第二，你不应该妄自对千城下失忆的药，朕说过，任何伤害过她的人，朕都不放过，你，亦是如此！"手中寒剑骤然抬起，剑尖直直地指着苏墨风的眉心。

苏墨风的一颗心早已混沌不堪，恍恍惚惚中似乎听到他说黑煞门总舵，才怔怔地回过神来，张嘴刚想说什么，大门吱呀一声开了，夏日的强光透门而入。殿内两人皆是一怔，本能地朝门口望去，一抹羸弱的身影出现在门口，黑发长衣，素若流雪回风，缓缓走入。两人都忘了动，忘了反应，甚至忘了呼吸。来人越走越近，视线也越来越清明，他们终于敢肯定这一切不是梦境。

是千城，真的是千城，她醒了，她终于醒了，虽然小脸虚弱苍白，而且还一脸清冷。清冷？两人心口皆是一撞。未曾开口，女子已经来至两人跟前，伸手淡漠地将苏墨沉指着苏墨风眉心的银剑推开，轻轻一笑："利用和下药这两件事，皇上不是也曾对我用过吗？说到底，你们都是一样的人，又何必非要杀了他？"

苏墨沉一震，又惊又喜。她……她恢复记忆了，是吗？她都想起来了是吗？可是，惊喜只是瞬间，接着便是被无边无际的惶恐所代替。她说什么，她说，他也利用过她，他也对她下过药？是啊，娶她便是利用，大婚之夜让苏墨风醉酒揭了她的盖头是利用，带她去大漠取舍利子也是利用……他对她有过很多很多的利用，他还对她下过月盈霜，那让她一夜白发、生不如死的月盈霜。她统统都记起来了，是吗？手中长剑骤然跌落，砸在汉白玉石地面上，发出一声令人心悸的响声。

"千城……"许久，苏墨沉才听到自己的声音。此时的苏墨风也好不到哪里去，同样慌痛不堪。他颤抖地看着女子，一颗心乱到极致，她知道了，她终究知道了他给她下药。她说，说到底，你们都是一样的人。哪一样的人？不，千城，不是，你不能这样看我，心中剧痛，喉头却是被什么东西哽住，他竟是连一个字都说不出。

千城淡淡地看着苏墨沉，唇角一抹浅笑如花："还有，以后不要再说什么'任何伤害过我的人，你都不放过'这样的话了，真的没必要，没必要说得那么情深，我受不起。"千城说完，缓缓转身，目光轻轻看过苏墨风，抬步往殿外走。

苏墨沉好久都没从她最后一句话里回过神来，什么叫不要再说了，什么叫没必要，什么叫受不起？她是想说，这世上伤害她最深的人是他苏墨沉吗？不，千城。眸色一痛，他抬步追了出去。苏墨风就像被夺了魂魄，失神地站在殿中，一动不动，脑中全都是千城刚刚出门前，对他的那一眼轻看。那是什么眼神？是轻视吗？

对他居然对她下药的轻视吗？还是失望？对他的失望？抑或是沉痛？身边的两个男人都如此对她，她肯定是痛的吧？笑靥有多如花，心便有多痛吧？

千城走得极快，虽然刚刚生过孩子，下身很痛；虽然刚刚苏醒过来，脚步虚浮，但是，这些疼痛都没有心痛来得强烈。是的，她恢复记忆了，今早醒来的时候，她就恢复了，她只是没有让春兰说出去。虽然她记起了曾经的一切，曾经与苏墨沉的种种纠复，但是，她也没有忘记这段时间的记忆，这段时间与那个男人的种种美好。所以，她说服自己，过去的便过去吧，只要现在的他一心一意地对她就好。所以，她故意没有让春兰将她苏醒的消息说出去，她甚至想着，要给他一个惊喜。

果然，惊喜来了。只不过不是她给他的，而是另一个女人给她的。云蔻来了，在她让春兰去奶娘那边将孩子抱过来的时候来的。她不知道云蔻有何目的，便只好继续装昏迷。结果，云蔻倒没对她做什么，只是抚着她的脸，对着“昏迷”的她说了几句话。可那几句看似忏悔的话，生生地将她心中强自坚持的火花一点一点地浇灭了。

云蔻说：“千城，你为何还不醒来呢？是因为我给你下的那个破坏孕脉的药物造成的后遗症吗？如果是，我真的很抱歉。对不起，千城，其实，我也无心害你，毕竟我们曾经是很好的姐妹，我只是为了心中的男人而已，如果真想害你，让你滑胎的方法有很多种，但是，我没有，我只是扰乱了脉象而已。千城，你能原谅我吗？我保证，以后再也不做伤害你的事了，真的，而且，通过这件事，我也明白了沉的心意。他都宁愿让西陵雪这个东墨的公主来替我背黑锅，我又如何还要小心眼地去怀疑他什么？我就说呢，我与他这么多年的感情，他不是不爱我，如果不爱，他怎会为我想那么多，又怎会如此千方百计也要护我周全？他只是暂时迷了一段路而已，我会给他时间，我会等他，我会在原地等他。”

当时，她只差没笑出来，但是，她忍着，忍着想笑的冲动，也忍着心中支离破碎的声音。竟是如此真相，原来，西陵雪是替死鬼，夏莲也是替死鬼，而真正伤害她和孩子的人却被保护得好好的。他刚才竟然还大言不惭，说任何伤害过她的人，他都不放过，所以，她让他不要说，以后都不要这样说，她受不起。

还有苏墨风，那个在她心中美好得如同四月的风、五月的阳光一般纯净的男人，竟然也……

“千城……”身后传来男人喑哑的低唤。她没有回头，快步往前走着，只觉得这龙吟宫到清华宫这一段路今日出奇得长，怎么走也到不了似的。身后衣袂簌簌，背上一热，她已被人深裹入怀。她顿住脚步，任由他拥着，没有动。男人下颚抵上她的发顶，一遍一遍地唤着，“千城，千城。”声音颤抖又破碎。

没有人知道他的心情，那种各种情绪一起激荡的心情。这段时间太过美好，美好得让他觉得就像做梦一般不真实，他觉得自己就像一个小偷，在跟老天偷取幸福，他甚至在想，如果能一直这样，他宁愿她永远都不要恢复记忆。但是，他知道，那是不可能的，偷的东西终究是要还的。他知道会有今天，他知道她终有一天会想起所有的一切。

方才，看着她笑靥如花、眸光清冷的样子，他的一颗心慌痛到了极致。她记起来了，她或许会将他们的关系打回原形。但此时此刻，熟悉的身子入怀，他忽然发现，惊喜终究超过了恐惧。他要她，他要完整的她。即使从今天开始，他可能还有很长的一段路要走。

他轻轻地将女子的身子扳过来，低头，想吻上她的唇，就像曾经的无数次一样。女子的头微微一偏，他的唇就落在她的脸颊。他一怔，女子柔软的身子轻轻地靠在他的身上：“皇上，我好累，能不能送我回去休息？”

千城是被苏墨沉抱着回清华宫的。如同寻常，千城双手勾着他的脖子，虚弱地靠在他的怀里，柔顺乖巧，就好像刚才发生的事只不过是一场梦。可是越是这样，苏墨沉的心里就越是发毛。她的样子似乎跟恢复记忆前没什么区别，可是，他知道，有些东西变了就是变了。例如，她叫他“皇上”，以前，她从不这样叫他，都是直呼他的名字。

当千城出现在瑶华宫的时候，云蔻着实吃了一惊。不过，她是谁，跟着那个男人多年，早已学会了他的冷静和心思深沉，掩饰慌乱不过是眨眼的事。她淡笑着迎过去，轻轻地搀住千城，略带责怪地道：“千城，你身子正虚着，为什么跑出来？”

千城也微微笑着："这宫里太闷了，我没地方可去，就想着来你这里坐坐。"

"你呀，"云蔻笑着瞪了她一眼，将她扶往院中凉亭的木椅上坐下，自己也挨着坐在边上，抓着她的手，"你闷，可以让下人过来跟我说呀，我过去清华宫就行，还非得自己这样跑出来，这要是让皇上知道了，可不得心疼啊！"

千城没有说话，依旧是笑着，目光不知落往何处。半晌，突然想起了什么："对了，云蔻，前段时间我失忆了，你应该知道吧？"

云蔻怔了怔，垂下眼眸，点头："嗯。"顿了顿，又抬起眸子看着千城，"那你……是几时恢复记忆的？"

千城眸光微闪，淡淡地道："这次醒来就恢复了。"

"哦，那就好，"一抹精光从云蔻眼底掠过，她笑道，"恢复了就好，不然，你岂不是连我这个你的好姐妹都不认识了？"

千城笑笑，未响，是啊，好姐妹。那个在天伦节的夜里，故意将丝毫武功都不会的她弃下，让那些边国的黑衣人来追杀的好姐妹！那个为了制造她和苏墨沉的嫌隙，不惜下药给她破坏孕脉的好姐妹吗？那个明知道她已经醒了，还故意将真相残忍丢给她的好姐妹吗？人真的很奇怪，似乎非要经历，非要头破血流，有些事情才能想明白。曾经她以为，天伦节她撞破云蔻和苏墨沉关系的那一夜，云蔻没有杀她，是因为顾及姐妹之情，今日她仔细回想了一下事情始末，才顿然发现，原来，她不是不想杀，而是想假人之手而已。

还有这次这件事，云蔻来到清华宫问她的宫女，宸妃娘娘醒了没有的时候，她就听到了。当时，她口渴正下床倒水，听到云蔻说本宫去看看她，她便连忙脱了鞋子上床装昏迷。云蔻进来看了她一会儿转身就走了，可是走了几步，又顿住，她偷偷眯了眯眼，发现她正在看地上她由于匆忙甩得凌乱的鞋子。果然，下一瞬，她又转回来了，抚着她的脸，说了那么一堆忏悔的话。虽然，她知道她说的是真相，因为没有一个人愿意将罪名往自己身上揽。但是，她在知道她醒了的时候，才故意说这个真相，又是为了什么？真的只是忏悔吗？当然不是！如果是，她就不会说后面的那些话，那些晒幸福、表决心，却对她来说如同尖刀利刃的话。想来，目的只有一个吧，跟下药破坏她孕相的目的一样，让她和苏墨沉再生嫌隙，是吗？原本，这些也只是她的猜测，不过，现在她已经可以肯定了。

“云蔻，我有点累，先回去了。”掩去眸中情绪，千城起身。

“嗯，”云蔻亦是站起，伸手轻轻地扶住她，“我送你。”

千城淡淡一笑，眸光落在搭在她手臂的那只玉手上面：“不用了，春兰在门口。”

冷宫。

如果不是亲眼所见，千城都不敢相信眼前的人是西陵雪。记忆中，西陵雪永远是鲜艳夺目、光彩照人的，无论是穿着，还是妆容，总是极尽妖娆的那种。可是眼前的女人，一袭素裙，满头青丝松松一盘，没有任何珠花发簪，甚至连发带都没有一条，素面朝天、略显憔悴。她正坐在冷宫的屋檐下，吃着葡萄，吃掉一颗，然后又不顾形象地啐一口，将嘴里的葡萄籽吐出老远，不停地反复着。

千城蹙了蹙眉，环顾了一下四周，发现虽是冷宫，但物件还是一应俱全，甚至还有一个老嬷嬷在服侍。这宫里，如果没有苏墨沉发话，谁敢给冷宫这样的用度待遇？也是，毕竟让人背黑锅，他多少是内疚的吧？弯唇笑笑，她抬步准备进去，却是被边上的春兰拉住：“主子，这种地方还是不要进去的好。”

“没事，你在外面等我一下，我很快就出来。”千城拍拍她的手，给了她一个安心的笑容，便走了进去。

老嬷嬷先看到她，连忙过来行礼，她挥了挥手让嬷嬷退了下去。西陵雪看到她的时候，有些震惊，坐在躺椅上半天没反应过来。千城喊了一声：“西陵雪。”女人才怔怔地回神，手中装葡萄的瓷盘骤然跌落在地上，一声脆响，瓷屑四溅，紫红色的葡萄滚得满地都是。

“染千城！”女人突然嗷的一声从躺椅上起来，冲到她的面前，伸手抓住她的衣领。千城一惊，以为她要掐她的脖子，然而，她只是拉着她的衣服摇晃，眸色猩红，“你这个妖女，你这个狐狸精，都是你将本宫害成这个样子，本宫没有给你下药，本宫没有……是你故意陷害本宫，你想坐皇后的位子，是不是！是不是？”

千城皱眉，将她的手狠狠地挥开，转身往外走。本来，她还想着，跟她好好谈一谈，如果可以，她想让苏墨沉放了她，现在看来，她还在执迷不悟。

西陵雪在这里被关了半年多，每日都在痛和恨中度过，终于看见仇人，她如何会善罢甘休。眼见着千城转身就走，她疾步追上来，拉过千城，扬手便是一巴掌。啪的一声，清脆响亮，似乎用尽了全身的力气，惊得里屋的嬷嬷和外面的春兰都听到了动静，冲了过来。而千城的脸上，此时已经多了五个清晰绯红的指痕。

“主子……”春兰惊呼，顿时又是心疼又是气愤，准备上前去推西陵雪，却发现眼前明黄一晃，已经有人将西陵雪踹翻在地上。

“千城，你为什么跑到这种地方来？”苏墨沉低沉的声音响在头顶，千城已经被人裹入怀中，“疼不疼？”大手轻轻地抬起她的下巴，苏墨沉蹙眉看着她，看着她微微红肿的脸，黑眸中绞着疼惜。千城摇了摇头，抿着唇，转眸看向倒在地上的西陵雪。此时的她正好倒在散落在地的葡萄上，紫红色的葡萄汁晕染了素色的衣衫，残血一般，触目惊心。

苏墨沉眸色一寒，欲再次上前，却被人拉住了衣襟。他一愣，看向拉住他衣襟的手，再看向手的主人，沉声道：“她打了你！”

千城微微一笑：“她说她没有下药。”

“你信她？”

“不，我信皇上。”千城抬起头，看着那个俊美无俦的男人。

苏墨沉一怔，黑眸中有什么东西一闪而过，等千城想捕捉的时候，却又消失不见，只剩一团玄黑。他深深地睨着她，微微抿着唇，良久都没有开口，似是在纠结，在犹豫，在做着激烈的思想斗争。千城便笑了，眼中的光华一层一层地剥落，正准备开口说，就蓦地见他侧首睨了一眼倒在地上的西陵雪。西陵雪同样目光灼灼地看着他，她也在等答案吧。与此同时，千城感觉到自己身子一轻，等意识过来，发现自己已经被苏墨沉抱起，驾着轻功离开。

千城只觉得全身力气全无，连说话的力气都没有，虚弱又疲惫。她轻轻地靠在他的身上，听着他沉稳的心跳，嗅着熟悉的清檀气息，一颗心一点一点地往下沉。苏墨沉脚步如飞，直接将她抱回到她的清华宫，让她在软椅上坐下。她看着他，他亦看着她，彼此的眸子绞在一起，却都没有说话。最后，还是千城一笑，率先撇过视线，刚准备起身站起，骤然眼前明黄一晃，男人半蹲在她面前，拉过她的手：“千城，你当真信我？”

千城微微一怔，没想到他会突然如此，就又重新看着他，不语。

“是不是我说什么，你都信我？就像我信你一样信我？”男人又急切地补充了一句，声音暗哑、低沉，又有一丝丝颤抖，他深深地凝进她的水瞳，似乎想要看到她的心底深处。千城的眼睫微微颤了颤，却依旧只是看着他，没有说话，不过，眸中原本剥落的光华似乎又在一点一点燃起。

“是的，药不是西陵雪下的，是云蔻，云蔻才是真正下药之人，你的婢女夏莲不仅是西陵雪的人，也是云蔻的人。她先帮云蔻下药破坏了你的脉象，然后，又将你有喜了、孩子却只有一个多月的消息放给了西陵雪。西陵雪是一个沉不住气的人，就想趁早将你扳倒，所以才有了让众人去梅园捉奸一事。”苏墨沉一边说着，一边仔细睨着千城的反应。

然而，千城一丝反应都没有，面色沉静、目光如水，依旧只是淡淡地看着他，听他继续说。他心中一紧，连忙又接着说道：“我之所以如此处置西陵雪，一来，是因为她确有害你之心，你想，如果那夜梅园与你相会的不是我，而是三哥，众目睽睽，即使我有意护你，可悠悠众口难堵，终究会落人口实；二来……”

他顿了顿，又看了看她平静的脸色，继续道：“二来，废除她是迟早的事，原本我就是打算在梅园那一夜将她废除，因为那夜天时地利人和，该在的、不该在的都在，所有的证据都指向她。虽然那时我已经知道始作俑者不是她，但是我还是不愿意放弃这个废除她的好机会，她是东墨的公主，处理不当就会招来两国战争，只有罪名成立、证据确凿，又有众多的人见证才可以名正言顺。所以，当云蔻让夏莲出来揽下罪责，将责任全部推给西陵雪的时候，我就将计就计了，废了西陵雪、处死了夏莲。因为那个后位，我想给的人只有你，当然，我知道你不在乎，但是，我就是这样想的，我希望站在我身边、离我最近、同我比肩、齐看天下的人是你，只能是你……”

他一口气说完，千城依旧面无表情，秋水淡淡地睨着他，似乎还在等着他继续说下去。抿了抿唇，他又道：“至于云蔻，我没有处置她，一是因为当时既然处置了西陵雪，必不能同时处置她，西陵雪本就大喊冤枉，如果云蔻这边再有事，必定让人生疑；另外……”他顿了顿，又看了看千城，似乎是在鼓着勇气，“另外，云蔻这些年也对我有恩，她原本是个善良的女子，能有如此之举，也是因为我的心不在她那里，她被嫉恨蒙蔽了眼睛。”

苏墨沉几不可闻地叹出一口气："终究是我害了她。虽然，我没有处置她，但是，我已经跟她将话说得很清楚，她要的我给不了，她接下来的路我让她自己选择。千城，事实就是这样，你信我吗？"他静静地睨着千城，等待着她的回应。谁也不知道他此时的心情，那种释然、忐忑又期待的心情。其实，他一直在纠结要不要告诉她真相。

他怕啊，他怕一旦告诉她，她想着伤害她和孩子的人就被他这样放过了，她会原谅他吗？可是，如果不告诉，哪一天她自己知道了真相，不是更加不能原谅他了吗？所以，他很矛盾，直到方才在冷宫，她灼灼地凝着他，说她信他，他终于下定决心，跟她坦白一切，他不能再赌了，他已经输不起了。可是，她这是什么表情？平静的？清冷的？凉薄的？听他说了那么多，她竟是没有一丝反应，就好像他方才是对别人说的，而她连眼波都没有起伏一下。

"你不信？"他抬手捧起千城的脸。千城抿着唇，别过脸。蓦地，他便笑了，缓缓地起身站起。许是蹲得太久，脚有些麻，脚下一软，后退了两步，他微微摇着头，看着她，眼神沉痛寂寥，"经历了那么多，我还以为你也像我信你一样信我，原来不过是我一厢情愿的自以为是。那日在刑部，三哥拿出你进御香坊之前写给他的信，我虽然心痛，但我告诉自己要信你；那日你前脚走出黑煞门总舵，后脚黑煞门总舵就被灭门，所有人都说是你，我还是信你；就算你的脉象显示有喜一个多月，而这一个月你都跟三哥在一起，我依旧坚定不移地信你，终究……"苏墨沉蓦然眸色深沉，上前，手指勾起她尖尖的下巴，"终究，我信你如斯，你却对我连基本的信任都没有吗？"他语气渐厉，手中也不觉一重，千城原本脸颊被西陵雪那一巴掌扇得正火烧火燎地疼，如今下巴又被他一捏，便不自觉地蹙了蹙眉，却依旧没有说话。

苏墨沉冷笑一声，放开了她："好，就当我没说，就当我活该，谁让我曾经那样对你，如今的我也是咎由自取。"他猛然转身，甚至带翻了边上的一个矮木几，上面放着两本平日千城看的书，跌落在他的脚边，他抬起一脚，踢得老远，一拂袍袖，径直往外走。

千城挑了挑眉，某人似乎很生气呢。

苏墨沉冷凝着脸，往外走，忽然身后传来扑哧一声轻笑，他一愣，刚准备回头，背上蓦地一重，女子纤细的手臂已经缠上他的腰，有人自身后抱住了他。他一震，僵直了身子，有些难以置信。千城将脸埋在他厚实的背心上，微微扬着唇角：“苏墨沉，你知道吗？方才在冷宫回清华宫的路上，我不停地跟自己说，如果，今日你不跟我说实话，不告诉我实情，我们之间就完了。”

苏墨沉的心中微微震荡，已经明白了过来，抓住环在自己腰间的小手，回身看着她：“那结果呢？可还满意？”千城看着他依旧还有些黑沉的脸，抿嘴一乐，将脸埋进他的胸膛：“勉强。”

勉强？苏墨沉捧起她的脸，逼视着她：“那你方才一直那样一个表情算什么意思？”

千城又克制不住地笑了：“如果我不是那个表情，怎么能听到你这个惜字如金的闷葫芦说出那么多真心话？如果我不是那个表情，又怎么能看到你这个泰山崩于眼前都面不改色的男人失控发火的样子？如果我不那个……”话还没有说完，却陡然没有了声音，因为有人已经发狠地堵住了她喋喋不休的嘴，唇舌火热，长驱直入，瞬间席卷她的唇舌，深深地萃取、霸道地吸吮，不给她一丝喘息的机会，直吻得她舌根发麻，偏生又说不了话，只得伸出粉拳敲打着他的胸口，表示着自己的不满。

苏墨沉却也不管不顾，大手托着她的后脑，愈发加深了这个吻。幸福来得太快，让人觉得是那样不真实。心中就像有无数朵烟火在绽放，那感觉强烈得让他几乎不能自持。她信他，是吗？她原谅了他，她接受了他，无论是失忆前的她，还是失忆后的她，都接受了他，是吗？他重重地吻着她，用力地吻着她，恨不得将她吸入到自己的骨血里面。

不知吻了多久，直到千城气喘吁吁、不能呼吸，他才缓缓地放开了她。千城红着脸，略带嗔怪地看着他。他亦看着她，眼底的暗芒闪闪烁烁，犹如湖面苍茫的波光，潋滟生姿。

“千城，你真的不怪我了吗？”苏墨沉犹不相信这一切。如今的她不同往昔，他根本不知道她真正想的是什么。

千城但笑不语。

“云蔻的事……她伤害了你们母女，而我……”他的话还没说完，千城已经伸出白皙纤长的手指压上了他的唇瓣："我知道她对你有恩，我也不希望你对一个于自己有恩的人无情无义，那样也不是我爱的苏墨沉，再说，后到的是我……"说到这里，她有些黯然地垂下眼眸，不过，只片刻，她又抬起头，看着面前的男人，"只要你彻底明白自己的心就行，到底是真心爱我，还是一时迷途？"她记得有人跟她说，他只是暂时迷了一段路而已，如果果真如此，如果那个人那般笃定，又何必见她醒了，跟她说这些？

"反正，你要自己搞清楚。"她又补充了一句。苏墨沉一怔，旋即又是一喜，几乎是难以克制地将她抱起来转了一圈："我的心，八百年前我就搞清楚了。"

千城进龙吟宫的时候，苏墨沉难得不在批阅奏折，而是站在书桌前，提笔画着什么，见到她进来，眸光一亮，旋即，又想起什么，伸手指了指边上的矮榻："先在那里坐会儿，别过来。"

千城微微一怔，见他神秘兮兮的样子，虽依言顿住了脚步，却还是忍不住伸出脖子瞧了瞧："你……在画画？"

苏墨沉微微一笑："马上便好了。"

千城只得讪讪地放下手中瓷碟，坐到矮榻上等他，矮榻上放了许多奏折，她便随意地翻看起来。约摸过了小半个时辰，她才再次听见苏墨沉的声音："好了。"

放下手中奏折，千城饶有兴致地起身，走近一看，净白的宣纸上，大朵的秋海棠，女子掩在花间笑，人比花娇，不是她又是谁。宣纸的边上，摆着另一幅画，画上一男一女，是她和苏墨沉，并肩站于海棠树下。画有些陈旧，纸张折痕清晰，边缘都已发毛，有些地方甚至有被不知是水，还是汗染过，留下斑驳的印子。她识得，这是神笔吴生那次画的。看看两幅画上的自己，千城笑道："你倒是临摹得挺像。"

苏墨沉挑眉，难掩得意之态："那是，画别人不知道，画你，我还是有把握的。"当然，没有人知道，他其实练了很久。

"为何只有我，你呢？"

"自己画自己画不来。"放下手中毛笔，苏墨沉将吴生画的那张画小心地叠起，放进胸口的衣襟里面。千城震惊："这画儿你一直随身带着？"

“不行吗？”苏墨沉笑着从身后抱住她，手臂揽过她纤细的腰肢，温热的鼻息喷薄在她的脖间，“你不在的那些日子，都是它陪着我。”

千城的眼睫微微一颤，心头便像是被浮柳划过的春水，细密的涟漪一层一层荡开。

“对了，我给你送吃的来了。”红着脸推开他的手，她回到矮榻边端起瓷碗递给他。苏墨沉却是没有接，而是再次将她抱住：“你索性好人做到底，喂我吃。”

千城剜了他一眼，微微噘嘴，可手中却还是忍不住舀起一勺，送到他的唇边。他张嘴，含笑接过。

苏墨沉批完奏折回到清华宫的时候，夜已经深了，清华宫里静谧一片。内殿还亮着灯火，他知道她在等他，即使她先睡了，也一定会给他留一盏烛火。他很喜欢这种感觉，即使朝中之事再烦再累，每每走到这个宫里，他都觉得自己的全身心都放松了下来。春兰和一个宫女守在外殿，见他进来，慌忙起身行礼，声音都压抑得很小，生怕吵到里屋的人，他便也只是抬抬手让她们起身，眼角余光瞥到那个宫女，　时只觉得面生，心中微微一顿。

内屋熏香缭绕，是驱蚊的檀香和避暑的薄荷香，金楠木雕花大床上，女子面朝外侧身而躺，一动不动。苏墨沉走过去，轻轻地坐在床沿边，静静地看她。千城似是睡得香甜，浓密卷翘的长睫轻垂，两颊泛着淡淡的红晕，朱唇微微嘟着，满头青丝铺满软枕，因是夏日，天气炎热，她穿得极少，只着一袭轻薄的白色寝衣，又什么都没有盖，曼妙的身材若隐若现。

苏墨沉低叹一声，上床将她轻轻地拥在怀中。这个女人就是有这样的魔力，就那么一个随意斜倚的睡姿，就那么一个自然得不能再自然的酣态，已让他心神荡漾。似乎感受到他的触碰，千城呢喃一声，小脸往他怀里埋了埋，继续睡。睡了一会儿，感觉到有温软湿热的感觉落在她的鼻翼唇角，她微微蹙了蹙眉，迷迷糊糊地睁开眼，抬头，发现苏墨沉正在看她，一双黑色的眼清亮得仿佛映入暗夜的星辰。两人对视了半晌，千城才似乎彻底清醒过来，微微怔忡：“你怎么还不睡？”

苏墨沉低头，吻住她的耳垂，一手抱住她，一手便顺势探入她的衣襟里：“千城……我想要你……”暗哑低沉的嗓音带着浓浓的情欲，响在耳畔。千城的身子微微一紧，握住他的手，阻住了去路。苏墨沉急促的呼吸顿了一顿，反手将她的手握在掌心，俯身将她压在身下，埋首在她的发间，“千城……”

千城抬眸望着床榻上粉色的帷幔，在烛火的照映下叠影重重，她将手从他的手心抽出，伸出双臂，圈住男人的脖子，幽幽开口：“苏墨沉，你会一生一世只爱我一人吗？”

男人缓缓地抬起头，稍稍拉开一点两人之间的距离，俯身望着她，眸子里细碎的光亮渐渐凝聚，专注地一寸一寸扫过她的眉眼，他一本正经地开口，低沉喑哑的声音流泻：“苏墨沉一生一世就只爱染千城一人。”一字一顿，鲜有的认真，也鲜有的慎重，更是鲜有的笃定。千城鼻尖一酸，顿时就红了眼眶。记忆中，也就是那次醉酒后，他说了句我那么爱你，其他时候，他从未向她表白过什么。

“苏墨沉……”千城眸光一柔，伸手再次搂住他的脖子，闭眼吻住他的唇。

尚书房，灯火明亮，苏墨沉一袭绛紫色龙袍，袖口和衣襟的龙纹在烛火的辉映下若隐若现，愈发衬得人风神如玉、气宇非凡。他负手立于桌案旁，听着一旁九王爷苏墨逸报告着暗查到的朝中大臣的动向，狭长的凤眸微微眯着，面色冷峻。

苏墨沉登基不久，便将苏墨逸调到了御史台当值。御史台，历朝历代都是监察百官的部门，是个有着至高权力，却又得罪人的地方。不过，苏墨逸一向为人刚正不阿，又对苏墨沉忠心耿耿，几个月下来，也算不负圣望，不断查出一些重臣的不为人知的事情。上次那两个被扳倒的老臣就有他的功劳。

“对了，十四弟呢，这几日都不见他的人影，在做什么？”

“他……”苏墨逸似乎有些为难，欲言又止，这时，尚书房的门却被人从外面打开。一个人影带着夜的凉气疾步走了进来：“四哥，我有事要跟你说。”

屋内两人闻声一看，十四王爷苏墨宇一袭青袍，袍下摆褶皱不堪，头顶冠玉束发，略显凌乱，脸色晦暗，原本一双清亮的黑眸此时布满血丝。

“十四弟！”苏墨逸拧了拧眉，略带警告地提醒。而苏墨沉却只是淡淡地看了他一眼，一撩袍角在书桌边坐了下来：“你几夜没睡觉了？”

苏墨宇不响。他不是没睡，是睡不着，他想了很久，还是决定来找苏墨沉，方才在门外又犹豫了很久，正听到苏墨沉问他，他才一咬牙，闯了进来。见他不说话，苏墨沉也不生气，面沉如水，抬手指了指软椅，淡淡地道，“都坐吧。”

苏墨逸坐了下去，可是苏墨宇却依旧还是站着。见他如此，苏墨沉也不强求，抬眸静静地看着他：“你不是有事情跟我说吗？说吧。”

“我喜欢云蔻。”苏墨宇沉声开口，语气又快又笃定，似乎鼓了很大的勇气，怕自己一旦错过机会又不敢说了。苏墨逸大骇，脸色一变，急忙冷斥：“十四弟！”苏墨宇喜欢云蔻，他自是知道的，但是，毕竟现在人家已经贵为云妃，已经是这个君王的女人，他怎么可以？这是大逆不道，这是违背伦常。他以为苏墨沉会生气，至少会变一变脸色，而苏墨沉的脸上连丝毫波动都没有。

“所以呢？”苏墨沉将桌案上的奏折理了理，又抬起头看着苏墨宇。

“所以……”苏墨宇一时语塞，不知该说什么好，想了想，又道，“反正我喜欢她，见不得她受委屈。”

这话说得……是说苏墨沉让那个女人受了很大的委屈吗？苏墨逸被他的话吓得心惊肉跳。倒是苏墨沉一如既往的平静，甚至还微微勾了一下唇角：“那十四弟是想要我怎样？”

苏墨宇一怔，显然也没有想到他是这种反应：“我不知道。”

“不知道？”苏墨沉轻轻一笑，垂眸沉默。屋里一下子又静谧下来，两个男人都看着那个帝王。良久的沉默以后，苏墨沉又抬起头，问道，“那你有多喜欢她？”

“很喜欢！”苏墨宇想都没有想，脱口而出，末了，又补充道，“四哥有多喜欢千城，我就有多喜欢云蔻。”苏墨逸发现，在听到那个女人的名字时，这个男人的眸光终于有一丝波动，他蓦地笑了一声：“你想要她？”

要？十四爷心口一撞，抿了唇没有说话，心中却是有个声音高叫着，当然，他当然想要，可是……又如何要？他要不起，她也不让他要。见他不响，苏墨沉心中明了，低低一笑，双手撑在桌面上站起身，“好，我会让十四弟如愿。”

屋内两人皆是一震，苏墨宇更是难以置信，只怀疑自己的耳朵。

“四哥？”他又惊又喜，心头狂跳，似乎黑眸中的血丝在这一刻也通通不见，只剩下，晶亮如星。

“夜已深了，都回吧。”苏墨沉朝两人挥了挥手，正欲抬脚，骤然眼前金星一冒，他脚下一软，连忙伸手扶住桌案，呼吸也同时变得有些困难，他微微喘息。苏墨宇和苏墨逸也看到了他的异样，都是脸色一变，慌忙上前："四哥。"

苏墨沉摆了摆手，淡然地说道："我没事，许是近段时间太累了。"

两人点了点头，轻轻扶着他坐了下来。的确，新帝登基，内忧外患，事无巨细，这个男人都面面考虑周全，别人不知，他们可是很清楚，这段时间他有多忙。要削弱朝中顽固势力，要让天下百姓安居乐业，要防范周边国家的虎视眈眈，还要不断想出改革变通的新方案……他是他们敬重的四哥，也是西苍的好皇帝，他的身子一定不能有事。见苏墨沉脸色微微苍白，苏墨逸又忍不住道："四哥，要不，宣太医来看一下吧。"这个男人体魄一直极好，连感冒发热都几乎很少见到，几时见过他这个样子，心下还是不免忧虑重重。

"真的没事，"苏墨沉淡淡一笑，"你们都回吧。"

见他如此，两人也不好勉强："那四哥也早点回去歇着。"两人躬了躬身，面色凝重地退了出去。

看着两人的背影消失在门口，苏墨沉唇角的笑容微敛，眉宇一皱，又忍不住低低地喘息起来，他连忙闭目，调整内息，片刻，才慢慢稳定下来。眸光微敛，一抹复杂的神色从眸底掠过，他沉声喊道："李高。"

李公公闻声而入，躬身来到面前："皇上。"

"速速宣邱太医来见朕！"

李公公怔了怔，道："是，奴才这就去。"

清华宫，一豆烛火，金丝楠木床榻上，千城梦呓一声，翻了个身，习惯性地伸手摸了摸身边，手臂落了空，她一怔，便醒了。睁开惺忪的眼睛，身边没有人，苏墨沉竟还没回来？撑着身子坐起，她想看一下更漏是什么时辰，就蓦地看到坐在灯下的那个身影。一袭白色中衣胜雪，橘黄的烛光打在他的身上，将他整个人镀上一层朦胧的色彩，如梦似幻，谪仙一般。他坐在那里一动不动，不知在想什么。千城心中微微一滞，起身下床，蹑手蹑脚上前，从身后轻轻地抱住他："这么晚了还不睡，在想什么？"

苏墨沉怔了怔，反手将她拉至面前，抱坐在自己腿上，轻轻一笑："是不是我将你吵醒了？"

“不是，”千城靠在他的怀里，随手拨弄着他绣着龙纹的袖边，“你坐在这里一动不动，一响不响，何来吵？”末了，又想起什么，转过身，抬起手臂轻轻地勾住他的脖子，与他脸对着脸，额头相抵，小巧的鼻翼甚至调皮地去轻轻摩擦着他的鼻梁，用只有他们两人能听到的声音说道，“是不是遇到什么不开心的事了？”

如兰的气息喷洒在苏墨沉的肌肤上，激起点点酥痒。她的声音本就好听，如此这样亲密地响在他的唇边，更是魅惑撩人，苏墨沉心中一动，忍不住轻轻噙住她的唇瓣，温柔地辗转。

“没有，只是有些累了。”低沉沙哑的声音从两人相贴的唇片逸出，他伸手，托住她的后脑勺，一点一点加深了这个吻。他吻得很温柔，但眼眸中却都是浓烈的情绪，千城知道，他心中肯定有事。许久，男人才放开她，两两相望，他的眸色深沉似海。

“苏墨沉……”千城再次伸手勾住他的脖子，轻声道，“如果你有什么事就说出来，你的快乐我想分享，你的不开心，我同样想要分享。”

苏墨沉微微一笑，伸手将她的头按在怀里：“真的没事。”在她看不到的方向，黑眸掠过沉痛。

翌日清晨，千城醒来的时候，如往常一样，也是不见苏墨沉的人影，她知道，他已上早朝了。想起昨夜的种种，想起那个男人说，他是累了，她又禁不住叹出一口气，心口微微发疼。宫女伺候着她更衣盥洗，春兰便端了早膳进来。她看到春兰拿了一根银针，每一个碗碟里面都插一下，然后每一样又都用附筷尝了一口，方才端到她面前，她便忍不住笑了：“几时我也享受到了皇上的待遇？”在宫里，只有苏墨沉的膳食是专人负责，每次用之前还有人专门检测是否有毒，由太监先食用，今日怎么也轮到她了？

春兰亦是一笑，将玉筷呈给她：“这是皇上吩咐的，可见他心中有多紧张主子，在这深宫，奴婢也觉得，多个心总归是没有错的。”千城笑着摇摇头，也没太往心里去，就低头用起了早膳。

晌午的时候，千城闲来无事，又见天气晴好，便和春兰去后花园散着步。时值深秋，本应该百花凋零，可后花园中还是一片姹紫嫣红，都是从他国移过来的一些秋冬季节开的花木。天空湛蓝，花香四溢，千城微微扬着头，深深地呼吸，只觉得岁月是这般静好，静好得有些像是在梦里。

这时，花径中突然窜出一个小太监，直直地撞上千城，千城猝不及防，踉跄一下，春兰大惊失色，连忙上前将千城扶住："主子！"

小太监低着头，低声道了声"对不起"，扭头就跑，等春兰准备去逮的时候，早已不见了人影。

"这是哪个不长眼睛的奴才？"春兰气结，见千城脸色有异，又连忙问道，"主子没事吧？等会儿，奴婢让李公公去查查，这是哪宫的奴才，如此不懂规矩？"

"我没事。"千城笑笑，攥紧了华袍广袖下的小手，手心里的一封信，是方才那个小太监撞上她的那一瞬塞给她的。

回到清华宫，她借口想休息，支走春兰，便迫不及待地打开那封信。白绢的纸，娟秀的字，是个女人写的，不过笔迹透纸，可见写信之人手腕的力度。上面只有一句话，千城看完，已是脸色煞白如纸。

"不想你的男人死，今夜戌时天牢一见，不许告诉任何人，否则后果自负！——陈珠儿"

只这么一句话，千城却反应了很久。她的男人？苏墨沉，苏墨沉不是好好的吗？如何扯到死？还有陈珠儿，曾经是苏墨沉的母妃，假母妃良妃？良妃约她？有什么目的？

不想你的男人死，不想你的男人死……她反复咀嚼着这句话，心口蓦地一撞，她陡然想起夺嫡那日在金銮殿上，文帝要杀她，她跟文帝说，如果你想让苏墨沉死，你大可以杀了我。呼吸一滞，她紧紧地抓着自己胸口的衣襟，只觉得一颗心被什么裹得死紧，透不过气。什么意思？她这话到底是什么意思？当时，她还以为那个女人只是为了自保才这样胡说，毕竟她与苏墨沉也以母子相称多年，即使没有血缘关系，也是有感情的吧？可如今……

她到底对苏墨沉做了什么？想想，这个女人也真是厉害，人在牢笼，却依旧能让人将信带出。不过，转念一想，她和苏墨沉曾经处心积虑了那么多年，这宫里还有一两个对她忠心的人也并不奇怪。只是……

深秋的夜，很冷。没有星子，连月亮也似乎被蒙上了一层迷雾，只有微弱的、朦胧的月影，越发显出夜的萧瑟静寂。宫道两边的风灯发出淡淡的黄光，一个身穿黑色斗篷的女子快步走过。对，她就是千城，她想了一下午，还是决定去赴良妃的这个约。她不能赌，不能拿苏墨沉的命去赌，只要跟他扯上关系，上刀山下火海，她也一定会去，更何况还在皇宫里，在她的男人的皇宫里，有那么多的禁卫，而且那个女人还被关着，她怕什么。

因为信上说不能告诉任何人，所以她打发了众人，包括春兰，她只身出了门。守在天牢门口的侍卫伸出兵器将她拦住，她取下斗篷的帽子，便有人识出了她，错愕之后，众人纷纷行礼："宸妃娘娘。不知宸妃娘娘深夜到此，所为何事？"

千城径直越过众人，往里走："本宫过来见一个人。"众人还没起身，只见黑色斗篷如同蝶翼从眼前拂过，一阵淡淡的清香袭来，顿觉心旷神怡，还没有反应过来，众人皆是眼前一黑，晕了过去。身后是众人身子委地的声音，千城没有回头，只是弯了弯唇。

天牢里，良妃被单独关了一间。千城过去的时候，良妃一身囚服，正微微合着眸子，坐在牢房内的石床上打坐，她虽然被困在牢狱已久，却依旧一副清冷华贵的身姿。这是千城第一次看到她的真容，以前见过几次，都是以轻纱掩面。去沙溪寻医的时候，曾听苏墨沉说，她被冷宫的大火毁了容貌，原来也是假的。其实，她也是一个有着倾城之资的女子。

"你来了！"良妃缓缓地睁开眸子，看向千城，嘴角噙笑，眸色却一如既往地寒凉："我知道你会来。"

千城却也不惧，在牢房外站定，透过牢桩，直直地迎着她的目光："不知你找我何事？"

良妃缓缓起身，下了石榻，一步一步往她面前走，站定。结实的牢桩隔在两人中间，一人牢外，一人牢内，两两对视。千城心下急切，面上却并未表现出，只平静地看着她，等着她开口说事。果然，许久的沉默以后，良妃冷冷一笑，别过视线："你似乎比以前沉得住气了？"

千城亦是回之以冷笑，回头淡扫了一眼身后委于一地的侍卫，笑道："莫非你找我过来就是为了看我有没有进步？”

“当然不是，”良妃转过身，又走回石榻边坐下，清淡地说道，“我不过是想告诉你一些不为人知的秘密。”

千城的心蓦地咯噔一下，看着她。良妃轻轻一笑，不徐不疾地开口：“夺嫡那日你也在金銮殿，想必我的事你也知道，我曾被文帝亲自抓到跟一个侍卫在床上苟且……”千城微微蹙了蹙眉，心里却也不得不佩服这个女人，能将如此不光彩的事讲得似是在炫耀，普天之下怕也只有她了。

“接下来，我就被打入冷宫，这些所有人皆知，可是没有人知道，我却怀上了那个侍卫的孩子。”

千城一震，愕然抬眸。

“原本我不想要，可是，我一生孤苦，第一次有了自己的孩子，我舍不得，我舍不得将她打掉，便冒着生死危险，将她留了下来。所幸自从我被关入冷宫，便无人问津，而且肚子大起来的时候，已是冬日，衣服穿得多，所以也没被任何人察觉。后来，孩子生下来了，是个女孩，为了她的安全，我便让照顾我的嬷嬷把孩子送出了宫。”说到这里，良妃瞟了千城一眼，见她一声不响，忍不住问道，“难道你不想知道她是谁吗？”

千城弯唇，冷冷一笑：“我对良妃娘娘的故事不感兴趣。”其实，心中早已猜测开了，既然她这样跟她说，那个女孩，肯定她也认识。是小七吗？

见千城这般，良妃却也不恼，垂眸一笑：“是云蔻。”

云蔻？千城震惊，有些难以置信地看着她。

“怎么？很意外吗？我还以为你已经猜出了。”看到她的表情，良妃又是一笑。

怎么会是云蔻？千城微微摇了摇头，一颗心震撼不已，蓦地，想起什么，便轻轻地笑了：“不知良妃娘娘编出这样一个故事来是想告诉千城什么？”

“你以为是我编的？”良妃反问。

“难道不是吗？”千城亦是冷笑反问。见良妃但笑不语，她又接着说道，“当年，你被打入冷宫的时候，苏墨沉五岁，如果那时你有了云蔻，那云蔻应该比苏墨沉小五岁不是吗？可是，当年苏墨沉第一次见到云蔻的时候，苏墨沉十岁，云蔻七岁，你又如何解释？”

良妃低低地笑了起来：“不错，沉儿十岁的时候，云蔻七岁，可那是她自己说她七岁，不是吗？你有没有想过，她连前面的记忆都没有了，她又是如何知道自己是七岁的？”

千城只觉得喉头一堵，一个字也说不出。是啊，那日苏墨沉跟她讲了自己跟云蔻的过往，当时有人追杀云蔻，苏墨沉救了她。那时，云蔻七岁，云蔻的记忆从七岁开始，以前的事她都不记得了。

“她的记忆是我让人用药抹掉的，我让人告诉她，自己已经七岁了，其实，那时她只有五岁，我那样做的目的只是不想让一些有心人查出什么。”

“所以，她被人追杀都是假的，只不过是你想将她送到苏墨沉身边，是吗？”千城看着她，眼睛一眨不眨。

“是，”良妃点头，“因为我知道沉儿他日必能成大事，云蔻跟着他定能享受人生荣华。可沉儿性格清冷怪癖，不听任何人的诱劝，又心思细腻，我怕他瞧出端倪，才让人制造了偶遇。”

太可怕了，这个女人太可怕了，千城摇了摇头，心中有种说不出来的感觉。人在冷宫，却还不消停，一直工于心计，连自己的养子，连自己的女儿，都得用阴谋算计。千城嘴角噙起一抹嘲讽的冷笑，千城看着她，淡淡地开口：“如果你找我过来就是为了告诉我云蔻是你的女儿，好，我知道了。”其实，事到如今，不论是真是假，这些又有什么关系，并不影响她什么，她不在乎。

良妃瞟了她一眼，冷声开口：“当然不是这一件事，我还有你更关心的事要告诉你。”

千城心口一撞，蓦地想起信上面写的第一句。如果不想你的男人死……

“什么事？”她紧紧地攥着自己的手心，面色沉静，可一颗心早已难以抑制地狂跳起来，一下一下，仿佛都能撞进耳朵里。她有种很不好的预感。

“你的男人中毒了你知道吗？”良妃看着她，声音清淡无波。千城身子一晃，虽然，在来之前，她已经有了心理准备，可听这个女人亲口说出来，她还是觉得难以置信。怔忡了一会儿，她似乎才听到自己的声音。

“你下的毒？”她紧紧地凝着良妃，那个刚刚还口口声声叫着沉儿，这会儿却又改口叫苏墨沉为你的男人，多么可怕的女人。良妃笑笑，未置可否。千城摇头，心中却一阵一阵地抽痛，“他喊了你二十年的母妃，你怎么下得了手？”

虽然跟苏墨沉在一起才一年多，可是，连她都知道，这些年，这个女人对苏墨沉来说意味着什么？他所有坚持的信念几乎都是因为这个女人，所有的隐忍，所有的努力，所有的处心积虑都是想让这个女人能生活在阳光下而已。他对她如斯，她竟是这般待他。她怎么下得了手？

“你的心到底是什么做的？”千城觉得好难过，真的很难过，不是为自己，而是为苏墨沉。她甚至不敢想，夺嫡那日以后，二十多年的真相揭晓，那时，苏墨沉是怎么挺过来的？难怪他会在杨痕的墓前醉成那样。

见她眸色沉痛，良妃眼波微闪，冷哼：“谁让他是那个男人的儿子！这些都是他必须承受的。”

千城依旧只是摇头：“既然你那般恨，又为何要将云蔻送到他身边？”不应该是爱屋及乌吗？不应该是为了自己的女儿也希望女婿好吗？

“这是两码事。”良妃秀眉微蹙，冷声低喝，语气中明显透着不耐。

“那你现在想要怎样？”千城亦是冷声开口，直截了当，“什么条件？”经历了这么多，也没有让这个女人醒悟过来，她觉得没必要在这里跟她多费口舌。

“很简单，我只要云蔻幸福。”良妃抬眼看着她。千城一怔，亦是回望着她，半晌才道：“所以呢？让我离开是吗？”可还没等良妃作出反应，千城又笃定地说道，“休想！良妃娘娘要搞清楚几件事情，第一，既然云蔻爱苏墨沉，你作为她的母亲，却对她爱的男人用毒，本身就已经将云蔻推向了不幸福；第二，云蔻的幸福不是我给的，跟我离开不离开没有关系，你要找去找苏墨沉，我帮不了你。”

“所以我没有想过让你离开。”

千城一震，愕然地看着她。良妃却蓦地沉默了下来，好一会儿才道：“我知道感情不能强求，我知道即使你离开，沉儿的心依旧不会在她的身上。或许，云妃、瑶华宫，便是她的一生，我这辈子已经这样了，我不希望她也跟我一样孤苦伶仃，我只想让她下辈子有个寄托，有个希望，所以……”良妃顿了顿，才接着道，“所以，即使苏墨沉不能给她爱，只要给她一个孩子，她怀上子嗣之日，便是我给苏墨沉解药之时。”

千城错愕，脸上露出不可思议的表情，不过，很快，却又被冷笑取代："良妃娘娘确定是在跟我谈条件吗？她要苏墨沉的孩子，让她去要，让苏墨沉去给，跟我何干？我说了，你应该跟苏墨沉去谈……"

"依照苏墨沉的性子，你觉得能谈得妥这件事吗？"良妃厉声打断她的话，眸色寒凉。千城不响，亦是冷冷地看着她。她当然知道谈不妥，苏墨沉什么性子她还不知道，肯定是宁愿不要解药，也不要受人摆布。

"昨夜，他来过了。"良妃忽然放低了声音，轻轻地叹出一口气。千城怔了怔，很快便明白过来她说的他是指的是谁。难怪，他那么晚才回清华宫。

"这是我被关在这里以后，他第一次来天牢……他就站在那里，一身明黄，即使中了毒，还是那样的气宇不凡。"良妃指了指千城旁边的位子，表情竟隐隐的有一丝落寞，"他说，母妃，我中毒了。"

千城心口一颤。

"他叫我母妃，他依旧叫我母妃……我以为他是过来问我要解药的，没有，他压根没有提解药的事，他就只是问我，是不是我下的毒，我没有回答，他就走了。"良妃幽幽地说着，牢房墙壁上的烛火昏黄黯淡，微微摇曳下，照得她的脸忽明忽暗。

"如果他问你要，你会给他吗？"千城忽然开口，那一刻，她甚至有种错觉，其实这个女人对苏墨沉是有感情的。

"不会。"良妃答得干脆。千城便笑了，"看来，他很了解你。"

良妃沉了脸，没有说话。

"你不给苏墨沉解药，难道你就不怕影响到孩子？"千城实在不知道该怎样去说服这个执迷不悟的女人。良妃眸光微闪："毒是我的，对孩子有没有影响我很清楚，这个你无需操心，你只要告诉我，你答不答应我的条件？"

"如果我不答应呢？"千城冷冷地看着她。良妃不咸不淡地一笑，"那你就等着给你的男人收尸吧，他只有最多四个月的时间，反正云蔻得不到，你也得不到。"

"你……"千城气结，胸口因为隐忍的怒气微微起伏着。半晌，却忽然笑了起来，"我才不会相信你呢，像你这种女人一生都在算计，从你嘴里说出来的话，能有几句是真的？我看我的男人好好的，哪里像是中毒的样子？”一个能筹谋二十多年阴谋的人什么事情做不出？她不能轻易落入人家的圈套。何况，将别的女人送到自己最爱的男人床上，她做不到！

“我不会答应你的，今夜就当我没来。”千城说完，转身便走，一刻都不想跟这个女人纠缠。身后传来低低的冷笑：“好好的？你太不了解他了，或许到死，他在你面前都会表现得好好的。”

千城脚步一顿，一颗心被翻搅到极致，闭眸深深地呼出一口气，她终是没有回头，继续往外走，脚边都是委顿在地的侍卫，她抬手，抛出一把什么东西，长长的甬道，顿时暗香袅袅，是迷忘香的解药。迷忘香，不仅可以让人昏迷，还会让人失去昏迷前后的记忆。

第二十三章　谁最心痛

龙吟宫，苏墨沉坐在灯下，眉眼低垂，手执御笔专注地批阅着奏章。忽然，胸口一阵紧窒，似有巨石排山倒海一般压过来。停下手中的御笔，他蹙了蹙眉，又来了，每夜似乎都是这个时辰。暗自调息，他极力隐忍着，面色沉静地抬手示意立在一旁的李公公："到外面去守着，不要让人进来打扰朕。"

李公公一怔，不明白他为何突发此言，却也不敢妄自猜测和多疑，只道了句"是！"便退了出去。听到门吱呀一声被带上，苏墨沉身子一松，靠向身后的椅背，脸色微白，张着嘴喘息。半开的金镂窗边，站着一人，墨染般的夜色里只看到稀薄的影子，仿佛要与这漆黑融成一片，唯有从颤抖的双肩看得出来，那人似乎在哭，却又在极力隐忍着，没有发出一丝声响。

不知过了多久，那种强烈的窒息感才慢慢转淡、褪去，呼吸也渐渐平稳起来，苏墨沉却还是感觉到整个人就像大病过一场，疲惫虚脱。抬手捏了捏刺痛的眉心，他深深地叹出一口气，又重新看起了奏章。这时，门外响起李公公的声音。

"宸妃娘娘请留步，皇上正在批阅奏折，已交代不许任何人打扰。"

苏墨沉微微一怔，片刻，才听到女子略带失落的声音："哦，那等会儿烦请公公将这碗燕窝给他。"

门口，千城将手中的瓷碗递到李公公手上，想了想，又缩了回来："算了，这天儿那么凉，也不知道他几时能出来，本宫还是端回清华宫煨着吧。"转身的瞬间，门开了，苏墨沉走了出来："千城。"

千城回头，不知是不是因为夜色太沉太灰暗，须臾间，她只觉得天地都失了颜色，他站在门口望着她，薄唇轻勾，眼角眉梢都是绵长的笑意，龙章凤姿，似乎方才毒性发作、苍白喘息的人根本就不是他。千城只觉得心中有什么东西往上一涌，哽在喉间，慢慢氤氲进眼里，她将手中的瓷碗往边上李公公的手里一塞，快步走过去，扑进男人的怀里。苏墨沉身子一僵，连边上的李公公也是一脸惊愕。

"怎么了？"苏墨沉垂眸看着怀中紧紧抱着自己的人儿，抬手轻轻抚摸着她的发丝，眸中掠过一丝疑惑。

"没什么，就是想你了。"千城将脸埋在他的胸前，瓮声瓮气。苏墨沉愣了愣，下一瞬，笑意便在深邃的黑眸中漾开，波光潋滟、灿若星子。这个女人几时说过这般动听的话语？抬手捧起千城的脸，苏墨沉低头轻啄了一下她柔软的唇瓣，许是夜里更深露重，她的唇很凉，凉得他一颤，他索性将她的唇瓣衔在嘴里，包裹住，用温热的舌尖轻轻暖暖地描绘着。

千城的身子一寸一寸地软。直到她几乎不能呼吸，他才放开她的唇："外面凉，我们进去吧。"男人裹着女人转身进了屋。李公公立在那里半天回不过神，直到手上一空，手中的瓷碗被去而复返的千城端走，他才反应过来。

"多谢李公公。"千城浅浅一笑，转身往殿里走。李公公只觉得那含笑的眸子里漾着水光一般，明媚照人，想起方才那个帝王和她的举动，脸上顿时一热。

日子一天一天过去，平静无波。只有千城知道，这无波的日子后面掩藏着怎样的激流。每夜，她都会去龙吟宫提醒那个男人休息，当然会避开他毒发的时间去。卖乖讨巧也好、死缠烂打也好、佯装生气也好，反正都以将他拖回清华宫休息为己任。可她也深深地知道，即使休息得再好，他的身体依旧在一点一点往坏的情况发展，毒发的频率加快了，毒发的时间也变长了。

他依旧只是忍着，没有在她面前表现出分毫不适，不仅是她，在天下人面前，他也永远是那个风神如玉、冷漠俊雅的毅景帝。有几次她看到邱太医从他的宫里出来，她想，或许他正在寻找或者研制解药，可是，她却不抱太大的希望。因为良妃跟她说过，除了她，此毒无解。她开始失眠，开始整夜被梦魇所缠。梦里面一会儿是良妃笑得得意的眉眼，一会儿是苏墨沉躺在椅子上痛苦地抽搐，一会儿是云蔻抱着一个小孩看着她，梦的终结都是一片血红，然后她被吓得醒过来。

这日，她再次大汗淋漓地醒来，正好他也是清醒的，一双黑色的眼清亮得仿佛映入暗夜的星辰，却也深沉如海。两人对视了半晌，千城才缓缓地挪开眼，苏墨沉抬手将她额头濡湿的发丝顺到耳后，轻声问道："是不是做噩梦了？"

千城怔了怔，回想了一下自己的梦境："我有没有说什么梦话？"

苏墨沉摇摇头，略略侧身，伸出手臂将她纳入怀中："睡吧，我抱着你。"

千城嗅着苏墨沉身上熟悉的清檀气息，一颗心慢慢安定，闭目酝酿了良久，却终究还是没有睡意。轻轻抬头，见男人竟也还是醒着的，睁着眸子一动不动地望着帐顶，不知在想着什么。

"苏墨沉。"

"嗯？"男人轻应。

千城轻轻地转过身，看着他，情不自禁地抬手触摸上他的俊颜："你为什么对我那么好？"话一问出口，她便酸了鼻尖。苏墨沉怔了怔，半晌未语，却在她以为他不会回答的时候，蓦地抓住她乱动的手，握在掌心，声线低沉："我不过是听从了自己的心而已，难道你不值得我这样吗？"他静静地看着她，唇角一抹微弧，似笑非笑。

千城弯了弯唇，躺了下来，纤长的手指勾起他的一缕墨发，随意地绕着圈，她貌似不经意地开口："你会一直对我好是吗？"

"嗯。"

"你和我一样，很爱很爱瑾儿是吗？"

"嗯。"

"即使，你以后有了别的儿女，也会最爱瑾儿，是吗？"

"别的儿女也是由你而生，只要到时你不要说我偏心就行。"

"如果是别人所生呢？我是说如果，如果是别人所生，又比瑾儿优秀，你还是最爱瑾儿吗？"

"没有如果，如果是别人所生，那孩子的爹一定就不是我。"他的口气笃定，也绞着一丝薄怒，千城一震，侧首看他，见他正凝着自己，略带探究和深意，她不由得心口一撞，别过视线，将脸埋进他的怀里：“我只是随便问问……”

苏墨沉看完奏折，已是下半夜，抬手捏了捏隐隐作痛的眉心，舒展了一下筋骨，才发现今夜那个女人竟然没有来。心中不免有些失落，他起身便往外走。守在门口的李公公见状，知道他要去清华宫，连忙奔回内殿，取了披风追过去。

清华宫，烛火下，千城低垂着眉眼，不知在忙碌着什么。一袭洁白的中衣，满头青丝倾泻，未加一丝束缚地垂于腰际，橘黄色的灯光打在她的白衣黑发上，将她整个人镀上了一层圣洁的光。苏墨沉站在门口看了一会儿，才弯着唇角走过去，伸出手臂从后面揽住她：“在忙什么？”其实，在问的同时，他已经看到她在做什么了。在做衣服，确切地说，在做一件小衣服。

千城显然太过专注，被吓了一跳，手中的绣花针就差点戳到了指尖上，回头嗔怒地瞪了他一眼：“走路都没有声音，吓了我一跳。”末了，又转过头继续娴熟地穿针引线：“我给瑾儿做一件小袄。”

苏墨沉抱着她没有松开，下颚抵在她的肩上，静静看着她手中不停的动作。她做的是一件对襟小袄，面子用的是粉色锦缎，上面还绣了几只可爱的小动物，苏墨沉勾了勾唇角：“想不到你的女红这么好。”

千城没有抬眼，微微一笑：“你想不到的还多着呢。”本是一句再寻常不过的话，不知为何却听得苏墨沉心中一凛。千城自是不知这些，还笑着回头看了他一眼，调侃道，“你不是御香坊最大的主子吗，你该很清楚，御香坊的女子不仅要会调香，琴棋书画，包括女红，都得样样精通，否则怎么脱颖而出？说到底，我还得感谢你的培养。”

苏墨沉一震，也不知她这话里有几分玩笑，几分责怪，一时忍不住伸手将她的脸扳了过来，只见她笑靥如花。不知为何，他却莫名地有些恼了，低头，便将她轻轻扬起的红唇重重地吻住。千城瞳孔一敛，倒不是因为他突如其来的吻，而是因为手中的绣花针这一次是真的刺进了指腹。绣花小袄从手中掉落，落在两人的脚边。苏墨沉一震，突然意识到什么，连忙放开了她，低头看向她的手，莹白纤长的手指上，殷红点点。

“对不起……”他心疼地抓起她的手。

“没事。”千城淡淡一笑，准备将手从他的掌心抽开，却是蓦地指头一热，男人已经将她受伤的手指吮进了自己的口中。淡淡的刺痛和温暖瞬间从指尖蔓延开来，还带着丝丝酥酥麻麻的感觉，千城怔怔地看着他，看着他温柔似水的模样，心中一痛，眼角便酸涩起来。

他一边轻轻地吮吸，舌尖轻触在她伤口上辗转，淡淡的血腥入口，他也顾不上，只是黑眸深深地凝着她，一眨不眨。良久的对视，彼此的眸子纠缠在一起。最终，还是千城率先撇开了视线。因为她怕，她怕他那样的眼神，她怕她会忍不住哭出来。

“别做了，好不好？”不知过了多久，苏墨沉才放开她的手指，弯腰将掉落在地上的小袄捡起来。千城咬着唇，没有说话，只觉得他的声音说不出的喑哑低沉，听得她心中闷堵得要命。

“这些事情不需要你亲自动手，尚衣局的人会替你做，如果你不喜欢她们的样式，你可以将自己的要求尽数告诉她们，让她们按照你的要求来做。”将小袄置于桌案上，苏墨沉握着她的手蹲在她面前。千城心中又是一阵大恸，却极力不想被他瞧出半分，只得眉眼委屈，嗫嚅道：“那不是说只有娘做的袄子才暖和吗？”

苏墨沉怔了怔，轻轻浅浅的笑意在他玄黑色的深眸中漾开：“那就以后再做，瑾儿周岁都未满，你看你做的袄子，那么大，至少两三岁都能穿。”

“我就是做给她以后穿的。”话一说出口，千城觉得鼻子都酸了。苏墨沉亦是眸光一敛，蓦地直起身子，将她打横抱起：“既然是以后穿的，那便以后再做。”身子陡然失去平衡，千城本能地伸手，圈住他的脖子，靠在他的胸口，她竟是从未有过的失神模样，以后？

千城枕在苏墨沉的臂弯里，娇喘吁吁，苏墨沉拉过被褥，盖在两人的身上，又歪头轻轻地吻了一下她的唇角。

“苏墨沉……”千城艰难地翻了个身，将头靠在他的胸口上。

“嗯。”大手轻轻地抚上她浓密柔软的发丝，苏墨沉微微合起眸子。

“后天是我的生辰。”

“嗯。”

嗯是什么意思？千城一怔，不禁抬起头，看向男人，只见男人闭着眸子，不知是睡了还是醒着，一时心中失落至极。这可是她和他在一起的第一个生日，或许也是最后一个，他竟这般不在意。心中一片黯然，她苦涩地笑了笑，无声地躺了下来。闭着眼睛一动不动的男人却是唇角一弯。

秋月清冷，月辉绵长，千城让春兰将桌上的酒菜摆好，便让其将下人都带了下去。桌上三副碗筷，三个酒盏，千城失神地看了一会儿，又走到窗边，看着远处天边的月亮，不知心中所想。直到外面婢女行礼的声音传来："云妃娘娘。"她才恍恍惚惚地回过神来。转身，她迎到门口，就见云蔻搭着婢女的手走了进来，今夜的她穿着一袭杏色云锦裙，外披同色披风，淡施粉黛，见到千城，她盈盈一笑上前："千城，生辰快乐。"云蔻边说，边示意边上的婢女将一个朱漆木盒呈给千城。

"谢谢。"千城含笑接过，打开，竟是一枚发钗。这枚发钗，她见过一次，那时还在御香坊，她记得，云蔻跟她说过，这枚发钗是云蔻的娘留给她的唯一信物。良妃的东西？她送给她？心中只觉得恶心和讽刺，千城轻轻地将盒子盖上，塞回到云蔻手中，嫣然浅笑着，"这是你娘留给你的，你怎么能送给别人呢？"

"谁让你是我最好的姐妹呢，"云蔻复又将盒子塞给她，微微一笑，"我实在想不到送你什么礼物好，我有的你都有，我没有的你也有，所以……"千城一怔，自是听出了她话里的落寞和深意，便也不想再跟她就这件事纠缠："那我就恭敬不如从命了，多谢。"千城眉眼弯弯，转身将木盒置于梳妆台的抽屉里，又过来拉起云蔻的手，带着她在桌子的一方坐下，"你先坐，皇上应该一会儿就来了，等他过来，我们便开席。"

"嗯，"云蔻微笑着点头，抬手示意跟着一起来的婢女退下。末了，又转眸过来睨着千城，突然道，"谢谢你，千城。"

千城微微愣了愣，旋即又狡黠一笑，一双水眸潋滟如粼粼湖光："谢我什么？"

"谢谢你请我过来和你一起过生辰。"云蔻凝着她，说得真诚。千城眸光微闪，面上却依旧笑容灿烂："这有什么好谢的？就像你说的，谁让我们是最好的姐妹呢，曾经在御香坊，每年生辰不都是你陪我过吗？"

"这倒也是。"云蔻含笑点头，正欲再说什么，却忽闻外面婢女太监行礼的声音："参见皇上！"

两人皆是一怔，只是回头的瞬间，苏墨沉已经拿着一个黄色卷轴，快步走了进来。男人一袭绛紫龙袍、冠玉束发、意气风发、丰神如玉，他唤了一声“千城”，就看到端坐在那里的云蔻，微微一怔，可只片刻，面色又恢复如常，轻勾了唇角：“云蔻也来了。”声音清淡，听不出任何意味。

云蔻连忙盈盈起身，躬身行礼：“臣妾见过皇上。”千城从来没有行礼的习惯，见她如此，也不想表现出自己有多特殊，便也跟着福了身子。

“都起来吧。”话是对着两个人说的，苏墨沉却径直走到千城的身边，将她扶了起来。云蔻低垂着眉眼，等了一会儿，见他也没有要扶她的意思，便自嘲地一笑，直起了腰身。

“都坐吧。”苏墨沉将手中的卷轴置于桌上，一掀袍角，坐于一方。千城笑了笑，拉着云蔻坐下，便轻轻拢了一边云袖，提起案桌上的酒壶，开始给每人的杯盏中添酒。

“这些可以让春兰来做。”苏墨沉看着她，黑眸中都是缱绻和柔光。千城抬眸，睨了他一眼，娇嗔道：“我不想有太多的外人在场，再说，我也是难得服侍你们，心里高兴着呢。”苏墨沉笑笑，未语，黑眸的视线深邃悠远，一直追随着她。

酒水斟满杯盏，发出淅淅沥沥的声响。云蔻端坐在那里，微微抿着唇，突然努力地回想，这个男人曾经有没有用过这种目光看过她？记忆如潮、脑中纷乱，却是怎么也想不起来这种如同深海漩涡，让人一撞进去就会淹溺的眼神。没有吗？怎么会？

那厢，千城已经将三人的杯盏尽数倒满，这才在云蔻对面的位子坐下。纤纤玉手端起酒盏，千城巧笑倩兮，美眸若珠，目光流转地望着苏墨沉和云蔻：“感谢你们两个陪千城过这个生辰，千城先干为敬！”话音刚落，等苏墨沉准备伸手接过她的酒盏时，她已经仰脖一口将杯盏中的酒水饮尽。许是喝得太急，竟是猛地被呛住，她连忙掏出丝绢掩嘴侧过头咳嗽了起来。

“不会喝酒为什么还要喝得那般急切？就像谁要跟你抢似的。”苏墨沉轻叹一声，伸出大手抚拍着她的后背，毫不掩饰满眼的宠溺和无奈。千城咳得满脸通红、眼泪汪汪，半天才止了下来，看到两人的酒盏还一动未动，便不满地嚷开了：“今天我是寿星，寿星都喝成这样了，你们竟然动也没动，快快快，都将自己的酒给喝了，我再给你们添上。”

苏墨沉弯唇一笑，白璧纤长的大手端起酒盏，黑眸深深地凝在她已经染满红霞的脸上，桌下，更是伸出一手将她的手背裹在掌心。

“千城，生辰快乐！”他看着她，仰脖，也是一口饮尽。千城微微蹙了蹙眉，眸底掠过沉痛，稍纵即逝，又转眸笑睨向云蔻，云蔻便也端起酒盏，笑道：“我也祝你年年有今日岁岁有今朝。”说完，优雅地抬起一方云袖，轻掩了杯盏，这才慢慢地将酒水饮尽，动作轻柔流畅。

看着她雍容得体的样子，千城笑笑，自己跟她比，似乎总是那般毛躁，不懂规矩，没有礼节，也帮不上这个男人的忙。而她即使那时只是皇后身边的一个婢女，也永远是娴静得体的模样，她曾经陪着这个男人游历，经历着这个男人的苦难和沧桑，分享着这个男人的寂寞和秘密，站在他身边，关键时候帮他的忙。罢了，这杯酒她云蔻有资格喝，她是有资格喝的，千城如是告诉自己。

再次将三人的酒盏倒满，千城忽然说道：“皇上，你还没有听过我唱歌吧？难得今日有雅兴，我给皇上唱上一曲如何？”苏墨沉怔了怔，黑眸略带探究和深意地看过来。不知是不是酒水太过浓烈，只一杯，他和云蔻的脸上竟都染上淡淡的红潮。千城轻轻地将自己的手从他的掌心抽出，起身来到房中的一尾瑶琴前，轻拂裙裾坐了下来。十指尖尖快速抚过琴弦，带起一串悠扬的音符，忽然，又双手平按在琴弦上，琴声戛然而止。苏墨沉和云蔻都朝她看过来。她莞尔一笑，“不知能否像以前在御香坊一样，我抚琴，云蔻为我伴舞？”两人皆是微微一怔。

“我……”云蔻轻咬唇瓣，水眸潋滟地看向苏墨沉，而苏墨沉的目光根本就不在她身上，他的眼中只有一人，今夜她似乎不该来。云蔻落寞地收回视线，抿了抿唇，道，“好。”便起身站起，解了身上的披风，露出一身杏色的菱花丝质长裙。

千城微微一笑，浓密纤长的长睫低垂，掩去眸中万般情绪，葱手如玉，娴熟灵活地抚过琴弦，顿时，缠绵悱恻的琴声在她的指下如溪水般流淌。她轻轻地抬起头，看向那个坐在桌案边眼睛一眨不眨地看着自己的男人，二人目光黏稠，在空中交汇，再也分不开。房中间，云蔻亦是莲步轻移、柳腰款摆、转朱袖、轻掩面，风情万种地舞起。琴声婉转、舞姿翩然。

苏墨沉微微抿着唇，这个女人的确有很多他想不到的。大手执起酒盏又饮下一口，眼角的余光突然觑到桌案上的明黄卷轴，他才想起来自己的生辰礼物还没有送给这个女人，便放下酒盏，准备伸手拿过。突然，小腹一紧，一股难耐的燥热从身体深处窜出来，直直地抵达五脏六腑。他何其敏锐，马上就反应过来是怎么回事，难以置信地看了看面前的杯盏。千城给他下药？怎么会？他错愕地抬眸看向那个女人，却发现屋里哪里还有她的人影，只有一个女子不断旋转的身影。头好重，视线也变得有些模糊，他甩了甩头，眸色猩红，摇晃着起身，欲寻出去："千城……"

而此时的云蔻也是粉面含春、香汗淋漓，一股热流在她的血管中横冲直撞，她难耐地扭动着腰肢。旋转，旋转，再旋转……似乎这样还是不能驱走身体里如同火山一般的燥热。眼光迷离处看到一袭紫袍的身影，是他吗？心中的欲望膨胀，再膨胀，她便朝那个方向转了过去。

千城静静地站在门外，透过门缝的间隙，她看到云蔻转着，转着，转到刚刚起身的苏墨沉的身边，脚下一软，跌在男人的怀里，身上杏色的钗裙也由于旋转的力度，滑下一侧的香肩，露出一大片莹白的肌肤。

"沉……"云蔻身子一倾，搂住男人的脖子，仰首吻住他。千城抬手咬上自己的手背，转身，泪流满面。她不敢看，接下来会发生什么，她很清楚。方才在屋内她一直仅凭一口气撑着，几次都差点哭了出来，然后又一边笑靥如花，一边告诉自己要坚强。有什么比生命还重要呢？她不能让苏墨沉死去。如果他不能活，她空守着他的爱，有什么用，她一样不会独活，不是吗？没什么，这没什么，这真的没什么！她不在乎，她告诉自己，她是不在乎的。

她再三思虑过的不是吗？她早已经做好了心理准备不是吗？对，她不在乎，她喃喃自语。可是，为什么心还是那样痛？就像有无数只手在她的心里狠狠地抓、狠狠地挠、狠狠地蹂躏，痛得她连呼吸都觉得困难。抬手，她紧紧地抓着自己胸前的衣襟，一步一步，迈着沉重的脚步往外走。守在门口的春兰和宫女们，见到她失魂落魄、泪流满面地出来，都吓了一跳。

"主子……"春兰更是急忙上前将她搀住，满脸疑惑和担忧。千城抬起手臂将她的手挥开，眸子空洞地转，跌跌撞撞地往外走。众人大骇，不知发生了何事，也不知该怎么办。春兰皱起眉心，回头看了看亮着烛火的里屋，里面剩下的是天子和云妃，却不见出来，顿时，心下也大概明白了几分，心中一痛，又追上了千城："主子，这么晚了，你去哪里？"

千城脚步一顿，对啊，她的宫是清华宫呢，她去哪里？可是在她的宫里，在她的床上，此刻，她的男人在和另一个女人缠绵，这一切还都是她一手促成的。她茫然四顾，似乎哪儿都去不了，可是这个地方她不能待啊，一刻都待不下去。染千城，你终究是懦弱的，你既然有本事做，为何没本事承担后果，为何没勇气面对？她木然地抬起步子，又机械地朝前迈，春兰便跟在她的后面。

“不要跟着我，我只是随便走走。”

“主子……”春兰几乎就要哭出来，脚下依旧不紧不慢地跟着。千城恼了，回头厉吼：“不要跟着我，你没听到吗？”春兰一震，这才不得不停了下来，站在夜风中，终于哭了出来。千城瞟了她一眼，没有理她，径直往前走。

不知走了多久，眼泪在风中干了又流，流了又干，最后，她发现自己竟然在龙吟宫前面停了下来。李公公立在门口，见到她很是奇怪，皱眉想了想，便躬身来到她面前：“宸妃娘娘？怎么是你？皇上不是在清华宫陪娘娘过寿辰吗？他说今夜不回龙吟宫批奏折了，所以让奴才不要跟过去，怎么？怎么你一人来了这里？皇上呢？”

千城面无表情地看了看李公公，没有说话，径直越过他的身边，缓缓地拾阶而上，入了龙吟宫。李公公就一脸愕然地站在那里，因为深知这个女人在那个帝王心中的分量，所以，也不敢上前拦她。因为是皇上的寝宫，所以即使没有人，也一直亮着烛火，烛火通亮，熏香袅绕。空气中似乎还有微微的、若有若无的那个男人的气息。千城一步一步走向他平日批阅奏折的龙案，在他一直坐的椅子上坐下来。她脱了鞋子，抱着自己的膝盖缩在上面，龙椅上铺着厚厚的毛毯，可是，她依旧觉得寒冷。她想，如果明日，他清醒了，知道了这一切，他会怪她吗？肯定会的。那日，她问他，如果他有了别人的孩子，还会最爱瑾儿吗？他说，没有如果，如果真的有了别人的孩子，那孩子的爹一定不是他。他对她如斯！可是，她却亲手将别的女人送上了他的床。他一定是恨她、怨她的。

罢了，恨便恨吧。在没有拿到解药之前，她是不会告诉他真相的，不然，依他对她的心意，他定然会选择死也不会做对不起她的事。他能如此情深似海地对她，她为何就不能承受那么一点他的误解呢？只要他好好的，只要他好好地活下去，她怎么样，她都愿意。

其实，她也是想了很久，才决定用这个方式促成两人的。既然苏墨沉已经许了她一生一世，她知道，他自是再也不会去碰云蔻，所以只能下药。一般人用香就可以，但是，云蔻和他都不是一般人。一个是御香坊的顶级调香师，一个是御香坊真正幕后的老板，他们都深谙香道。而对苏墨沉下药更不容易，所有的膳食都是经过各种人检验和试吃，无奈之下，她才想到了自己弄个小宴。因为，他对她不设防啊！她摇头苦笑，她竟然利用了他对她的信任。光这点，便是他最痛恨的。

殿里面安静极了，只有墙角的更漏发出沙沙的细响，千城看了看，竟然已经四更天了，也不知道两人完事没有？脑中浮现出她和那个男人欢爱的情景，她不禁在想，他也会像对她一样对云蔻吗？心中痛作一团，她颤抖着，努力让自己不要去想，只希望良妃给的那个什么秘药真的有用，就这一次便能让云蔻怀上孩子。不然，再有第二次，第三次，她肯定会在没有拿到解药前，自己就痛死了。而且，此次她用这个方法留住了苏墨沉，往后呢，往后用什么方法，他断然不会再上当。

当龙吟宫的大门嘭的一声被人从外面打开的时候，千城才猛地从浑浑噩噩中清醒过来，她竟是睁着眼睛到了天亮。随着门被打开，一抹晨曦从门外倾泻进来。她抬起头，眯眼看向门口，只见一抹翩跹的身影背着晨曦走了进来，光影偏逆，看不到来人脸上的表情，但是……那身影何其熟悉，她心跳骤停，是他。回来了？已经上完早朝了吗？

千城觉得自己从来没有这么慌乱过，原来想了一夜该如何面对，等到真的要去面对，她还是不知所措。她应该在他回来之前离开的，抓着衣襟，她开始找鞋子。男人越走越近，脚步从容，千城只觉得那原本轻巧的脚步声伴随着她的心跳，一下一下，重重地撞进自己的耳朵里。

殿中的烛火还没有熄灭，男人走进光亮中，面容也渐渐清晰。她的第一反应是，面沉如水，第二反应是，面无表情，她还想再仔细看看他的反应，目光正好撞进他轻抬的眼梢，朝她看了过来，她以为在看到她的那一刻，他会震惊或者震怒，然而他只是静静地看着她，面色沉静、目光寡淡，一双眸子无波无澜，一直走到龙案前，他才站定。

怎么会是这样的反应？千城心跳更甚，她一边抿唇看着他，一边凌乱地穿上鞋子，小声地喊了声："苏墨沉。"

苏墨沉就像没听到一样，平静地收回目光，将手中的明黄卷轴甩手丢于桌案上，便转身往一旁的衣架走过去。千城看了一眼被丢在桌上的东西，想起昨夜这个男人是拿着它进了清华宫。圣旨吗？什么圣旨？此时，她也顾不上多想，因为苏墨沉已经将身上的绛紫龙袍换下，穿了一件居家的月白色软袍，再次朝龙案走过来。

要批奏折了？她连忙从椅子上起身，站在边上，见他依旧不理她，只觉得心中就像有块千斤巨石压着，拥堵得要命。紧紧咬着牙，她强自忍着，才没有让眼角的酸涩流出来。她觉得再这样下去，她肯定会疯掉，既然有人当她是空气，那她也没必要在他的眼前惹人厌烦地晃。无声地对他微微一鞠，算是打声招呼，她便逃似的快步往殿外走。心痛剧烈，落荒而逃，甚至还差点被自己的裙裾给绊倒。

就在她刚走到门口，准备抬脚迈过门槛的时候，身后一阵凌厉的疾风骤然袭来，偌大偌沉的大门哐的一声被掩上，她心中一震，还没有反应过来，身子就被一股外力卷起，天旋地转，等她有意识的时候，自己已经重重地落在昨夜坐了一夜的这张龙椅上。而苏墨沉就站在旁边，负手而立，让她心头狂跳。

好快的身手，好强的武功。千城苍白着脸看着他，心下又不禁暗暗自嘲，自己竟然此时还有心情去感叹他的功夫。

“去哪里？”苏墨沉终于开口说了进殿以来的第一句话。千城怔了怔，他的语气同他的脸色一样清淡无波，听不出喜怒。想了想，她答道：“回我的清华宫。”

苏墨沉低低一笑，转过头看着她，黑眸中的讥诮和嘲讽毫不掩饰：“你也知道那是你的清华宫？”

“你的”二字被他咬得很重。见千城不响，他又陡然倾身朝她凑了过来，一点一点逼近，千城心尖一抖，本能地往后挪着身子，直到最后退无可退，她孱弱的身子紧紧地靠在椅背上，苏墨沉才止住动作，大手撑在椅子两侧的扶手上，将她禁锢在自己的胸膛和椅背之间，他低头凑到她的耳边，温热的气息喷薄：“我想知道，昨夜你坐在这里，脑子里想的是什么？”

千城一震，只觉得呼吸骤沉，一股气息哽在喉间，如何都吐不出来，哽得鼻子也酸了，眼圈也红了，却只能怔怔地看着近在咫尺的男人。脑子里想的是什么？满脑子想的是他和另一个女人。良久的对视，他深深地凝进她的瞳里，似乎想要看进她的心底深处，千城心口一撞，慌乱地别过视线，可是下一瞬，却又被他的大手扳过，逼得她不得不与他对视。他抬手轻轻地抚上她的脸，温热干燥的指腹一点一点摩挲着她光洁的脸颊，那般轻柔。

“千城，告诉我，你是被云蔻威胁的……”他看着她，紧紧地看着她，低沉暗哑的声音流泻，仿佛魔音，带着蛊惑人心的力量，“告诉我，你是被她威胁的，你是迫不得已的，乖，告诉我……”

“我……”千城颤抖着，声音带着哭腔，那一刻，她差点就将真相脱口而出，可是终究，理智占了上风，“没有人威胁我。”她不想看他，但是，他的动作却让她不得不将他的表情尽收眼底，她清楚地看到，在她说出没有人威胁我的那句话时，这个男人眼中骤然激涌的情绪，那如同黑色旋涡，要将人吞噬一般的浓烈情绪。

“那你为什么要这样做？”他依旧保持着手中的动作，声音很轻。她知道他在隐忍。

“因为……”千城抿了抿唇，背书一般背着昨夜想好的说辞，“因为你是帝王，要雨露均沾，要开枝散叶，而且云蔻对你有恩，这么多年，她将一个女人最好的年华都给了你，你不能这样对她。”她清楚地听到自己的心一瓣一瓣裂开的声音，她不敢看他，偏生他又捧着她的脸不让她如愿，于是，她只得闭上眼睛。

她以为听完这些这个男人会怒，没有，反而有低低的笑声传来：“所以你给我下药？所以你让别的女人分享你的男人？”突然，下颚一痛，是苏墨沉猛地加重了手中的力道。千城痛得一颤，睁开了眼睛，他依旧是笑着的，笑得俊美无比，可是黑眸中阴霾密布，浑身散发出来的那种寒气就像他是刚从冰窖里走出来的，千城顿时手足一片冰冷。泪毫无征兆地流了出来，下颚很痛，可是终究没有胸口那一处的痛楚来得强烈。她想说，不是，不是这样的，可是，她不能，在没有拿到解药之前。许久，她才艰难地开口：“我想了很久，我不能那么自私，我不能独霸着你的爱，不是吗？”

“呵——”苏墨沉嗤笑，缓缓地松了手中力道，轻轻地挑起她尖细的下巴，另一只手一点一点地拭着她脸上的潮湿，“千城，不要自欺欺人了，这根本不是原因。”

千城一震，愕然地看着他。

“真正的原因是，你不爱我，或者说你不够爱我，如果你爱，你不会这样，如果你爱，不会愿意和别人分享，爱是占有，爱是不允许别人有一丝一毫的觊觎不是吗？我想，如果是你和三哥，我会杀了三哥，但是，你，染千城，却伟大得将我送上另一个女人的床，这不是爱，千城，这不是……”苏墨沉笑着摇头，千城看到他的眸中掠过沉痛、灰败、黯然、不甘、愤懑……各种情绪。那一刻，她的泪流得更凶了。

“苏墨沉……”她哽咽地看着他。她要怎么说？不是不爱，不是不够爱，而是因为太爱，可是为何，深爱却要如此折磨？心中万般情绪排山倒海，她伸手，颤抖地攀上他的脖子，“不，苏墨沉，我爱你，相信我，我爱你，如同你爱我一样爱你。”

苏墨沉没有动，也没有说话，就静静地看着她，那深邃如幽潭的眸子似乎能将人的灵魂穿透。千城忽然有些后悔自己的一时忍不住，连忙不动声色地撇开视线，略带讨好地将脸靠在他的胸口：“可，爱是爱，我也不能那么自私不是吗？云蔻也爱你，她是你的妃子，就是你的女人，你不能对她那么残忍，苏墨沉，我不要求你必须只有我一个女人，真的。”

苏墨沉冷笑，不要求？那是谁问他，我要的是一生一世一双人，四爷给得起吗？又是谁问他，苏墨沉，你会一生一世只爱我一人吗？他伸手，将她的脸一点一点抬起，他轻轻地笑：“可是，千城，你如此大方，而我却只对你的身子感兴趣，怎么办？”他蓦地倾身，将她压在龙椅上，大手就顺着她的衣襟滑进了衣里。他的手火热滚烫，惊得千城一颤，可让她更惊的是他的话。只对她的身子感兴趣？什么意思？那昨夜……失败了？

“你和云蔻……”在他的唇落在她的颈上之前，她终究还是忍不住问了出来。他轻轻地吻着她，从颈子到耳边，一路吻到唇角，大手更是来到她的腰间，摸索着她的罗带，猛地一拉：“我和云蔻如你所愿。”衣衫滑落，身上陡然一凉，心也跟着猛地一颤，不知是因为透体的凉意，还是因为他的话语。他和云蔻如她所愿？那就是成了，是吗？好，很好，她笑，泪水肆意地漫出眼眶。

他亲吻着她的脸，一点一点将她的泪吞入腹中：“千城，你知道吗？今日早朝我做了两件事，一个不知死活的臣子想谋反，在家里私置龙袍，被我灭了满门；另一件就是册封你，染千城为西苍国毅景帝的皇后，我苏墨沉唯一的后。”

千城一震，有些愕然地看着他。他的声音很轻，不带有丝毫情绪，不知为何，她却只感觉到刺骨的寒意，四肢百骸都冷得疼。睨着她的反应，苏墨沉微微笑着，侧首，睨了一眼桌案上的那个明黄卷轴：“原本我是准备在昨夜作为生辰礼物送给你的，只是，你没有给我机会。”

“苏墨沉……”千城心中凉凉的痛，唇瓣颤抖着，刚想开口说什么，却是被他猛地低头重重地吻住。

时间过得飞快，转眼入了冬，还迎来了今冬的第一场雪。纷纷扬扬下了一夜，虽说翌日清晨便放了晴，但整个皇宫还是银装素裹，白茫茫一片。清华宫，香炉中怡人静神的熏香袅袅漫漫，火炉中炭火烧得通红，殿内温暖如春。

千城只着一袭白色的中衣坐在窗前，黑发齐腰，眉眼低敛，面容清淡，一下一下轻轻地摇晃着面前的摇篮。摇篮里瑾儿睡得香甜，粉雕玉琢的模样，甚是惹人怜爱。千城静静地看着她，眼神缥缈，兀自失了神。离上次那件事已经一个多月了，苏墨沉也已经一个多月没踏进她清华宫的大门。所有人都不明白，包括春兰，宸妃宠极一时，荣登皇后宝座，可为何光鲜的身份上去了，却一夜之间宠爱不再？

如今的清华宫，与冷宫并无两样。虽然吃穿用度是后宫最好的，下人配备是后宫最好的，所有该有的清华宫都有，所有不该有的清华宫也有，可在这后宫里面，没有那个男人的爱，没有那个天下最尊贵的男人的爱，再锦衣玉食，再富丽堂皇，也不是天堂。每每春兰问千城，主子，到底是怎么了？千城只是笑。她知道，他在怪她。其实，到现在她也不知道，那夜他和云蔻到底有没有在一起，只听春兰说，他们两人都是天亮才从屋里出来。她想，应该有吧，不然，那么一夜两人干了什么呢？被下了药的男女共处一室，无异于干柴烈火，不是吗？而且，那个男人也亲口说，如她所愿。

经过上次，她才发现，她的心远远没有自己想得那般坚强。心里面有多痛，只有她自己知道，那种撕心裂肺的痛，那种痛彻心扉，根本无法用言语来形容。她要怎么办？她不知道该怎么办。那个男人的毒越来越深，越来越严重。虽然，他没有踏进清华宫，但是，她却每夜都会去龙吟宫，当然，她是不会进去的，只是偷偷地站在窗口，在别人看不见的地方看他。她看到他发病的样子，她看到他专注批奏折的样子，她看到他失神的样子……

自从那夜以后，她也没有见过云蔻，听说她一直在自己的瑶华宫里不出门，她想去看她，探探虚实，却又觉得不知道该怎样面对，所以，便也按捺住了。

“主子，奶娘过来了，说该给公主喂奶了。”春兰走了进来。千城怔怔地回神，正准备说公主还睡着呢，就看到摇篮里的瑾儿不知何时已经醒来，正一边吮着自己的小拇指，一边睁着滴溜溜的黑眼睛看着她，可爱至极。千城心神一动，俯身在她的粉嘟嘟的小脸上亲了一口。春兰在边上也是看得开心，“主子，公主眉眼慢慢长开，越来越像主子了，将来也是一等一的美人胚子啊。”

千城笑笑，伸手将瑾儿抱了起来：“美不美那都是皮相，我只希望她能平安喜乐、健康成长就好了。”帝王家的孩子一生下来就已经注定了和别的孩子不一样，她不想让她的孩子背负太多的东西，她有些庆幸，瑾儿是女孩。

春兰取来小袄，两人好一顿折腾，才将瑾儿拾掇得整整齐齐，瑾儿也乖，一直扑着小手，对着两人咯咯咯地笑。被她这样一笑，千城顿时觉得连日来的阴霾也散去了不少，心中的那种满足，无以名状。

“主子，听说梅园的梅花开了，今儿个天气晴好，要不，奴婢陪主子去梅园走走？”

不知是不是大雪的原因，偌大的一片梅林，竟是一夜之间，梅花开遍，红梅似火，艳得妖娆，在皑皑白雪、满树琼枝的辉映下，更是灿若烟霞。千城身着一袭白色狐裘，轻轻缓缓地走在林中，眸光淡淡地看着这一树树的傲雪红梅，不知心中所想。春兰亦步亦趋地跟在身后，软履踩在厚厚的积雪上面，咯吱咯吱地响。一阵微风拂过，梅枝轻轻摇摆，随着沙沙的细响，落红伴着白雪纷扬，如红白相间的花雨，美不胜收。

更美的要数走在花雨中的女子，肌肤胜雪、眉目如画，阳光穿透梅枝投下来，在她的身上投下斑驳的暗影，随着她的走动，明暗交替、不停变幻，就像跳动的精灵。梅林的深处，一抹明黄负手而立，狭长黝黑的凤眸微微眯着，望着不远处款款而走、淡淡观景的女子，一动不动。

“主子，这梅花当真开得好，要不，奴婢折一些回去，插于清华宫中，可好？”

千城弯了弯唇，边走边伸出纤纤玉手轻轻抚弄着身侧的红梅：“梅花傲雪而开，你将它折回温室，没有了这份天寒地冻，没有了这深埋于地的根，它又能绽放多久？”

春兰一怔，只觉得这话太过深奥，不过，字面上的意思，她还是听懂了，就是不要折。只得嘿嘿一笑，道：“奴婢听千主子的。”千城回头淡笑着看了她一眼，未响，轻轻地凑近身边的一株梅花，深嗅。

“难道皇后没有听说过‘有花堪折直须折，莫待无花空折枝’吗？”一道低沉的、略带揶揄的男声自前方梅林深处传来。千城一震，小手一抖，随着一声突兀的脆响，手中的那株梅花竟是被生生地折断。她被动地握着红梅，站在原地，怔怔地看着前方的男人。一袭明黄刺眼，负手而立，袖口和衣襟的龙纹在阳光下闪着粼粼的光，愈发显出龙袍的主人气宇不凡。他也正看着她，凤眸微眯，眸色深沉似海，倒是唇角一抹微弧轻扬，似笑非笑。

一个多月没有见面，突然这样在梅园不期而遇，千城只觉得有种措手不及的茫然。一颗心狂跳着，她抿了抿唇，只觉喉中干涩，一时不知该如何回答他的问题。心中却隐隐地觉得他的那句话意有所指、意味颇深。两人都没有说话，就这样站着，就连反应过来的春兰对着男人跪地行礼，亦是被男人无视。

白雪、红梅、红白相间的梅林间，一袭白衣胜雪，一袭明黄夺目，分别立于梅径的两头，久久伫立，久久凝望。风过衣袂，落红缤纷，千城忽然就笑了，笑得人比花娇。有花堪折直须折，莫待无花空折枝，这个骄傲的男人，是在等着她主动道歉，主动示弱是吗？是说他给她机会，她要珍惜是吗？跟这个男人比犟、比死撑，她似乎永远是那个输家。

“苏墨沉，你的皇后才疏学浅，听不懂太深奥的话怎么办？”巧笑倩兮，一双水眸潋滟生姿，光华万千，倾国倾城也不过如此。男人就静静地看着她，不动不响，雪后的冬阳打下来，将他的影子投在身前的白雪上，细细长长。就在千城以为她是不是会错意了，微微怔忡间，男人却是突然开口了：“不，我的皇后很聪明，而且还很听话，我的话一说完，皇后不就按照话面上的意思去做了吗？”他唇角轻弯，黑眸炯亮，明黄衣袖抬起，指了指她手中。

循着他所指，千城垂眸看向手中，可不就是那株被她折断的梅花。小脸顿时红了个通透，她想都没想，就习惯性地一跺脚：“我……我……这还不是被你突然冒出一句话给吓的，我又不是有心要折它。”

似乎被她娇嗔的模样愉悦到了，苏墨沉竟低低地笑了起来：“结果都一样，不是吗？”

“苏墨沉，你就是故意的！”千城瞪着他，心中却如同清风拂过春日的湖面，漾开一层一层的涟漪。树下的男人亦是望着她笑，阳光洒下来，眼底像是洒满了金色的沙子，漂亮得让人移不开目。

心中所有冷凝的高墙在这一刻轰然坍塌。千城抿了抿唇，准备抬步走过去，却忽见李公公急急奔了过来，对着男人一鞠：“恭喜皇上，贺喜皇上，瑶华宫传来消息，云妃娘娘有喜了。”千城脚步一滞，还没有反应过来，就只见眼前明黄一晃，苏墨沉已越过她的身边快步离开。千城垂眸，怔怔地看向自己的手中，红梅似血，久久地失了神……

千城不知道自己是怎样回的清华宫，满脑子都是那句，云妃娘娘有喜了。可她还是怀疑自己听错了，颤抖地抓着春兰问：“春兰，方才李公公说什么，是不是说云妃娘娘有喜了？”

春兰一脸沮丧地点头：“嗯。”

千城便笑了，一个劲地说好，好啊。

“主子，你没事吧？”春兰轻声地问，平日也不少见这个女人笑，可都是笑得温婉，笑得含蓄，从没有看到过她笑得如此开怀的模样。

“我没事。”千城坐在梳妆台前，执起木梳梳理着自己的长发，一遍又一遍。她能有什么事？她高兴啊，云蔻怀孕了，那就可以找良妃要解药了不是吗？那苏墨沉的毒就可以解了不是吗？那日他说，我和云蔻如你所愿，果然，如她所愿啊。

接下来的日子，苏墨沉依旧没有来清华宫。倒是随着云蔻怀有龙种的消息在宫里面传开，众人经常看到那个少年天子的身影在瑶华宫出现。宫里面有什么好东西，内务府也是第一个往瑶华宫里送。于是，私下里纷纷有人传言，这原本的两宫娘娘怕是要风水轮流转了，皇后一落千丈，云妃如日中天，只怕长此以往，云妃生个儿子出来，这废后也不一定。春兰听着就气，在千城面前抱怨，怒其不争。

千城静静地听着，依旧只是笑。只有她自己知道，她在等，等那一天的到来。在云蔻被查出怀孕的第二日，她就去天牢找过良妃，良妃允诺冬至那日会给苏墨沉解药，至于怎么给，她问了良妃，良妃沉着脸说，不用她管。

离冬至不过几日的光景，对千城来说，却好比度日如年。好不容易挨到了这一日，一大早李公公就过来通知说，今日冬至，正逢十五，新立皇后，云妃有喜，宫里喜事连连，皇上今夜在未央宫摆席，大宴群臣，让千城准备。

宫宴？不知为何，一听宫宴，千城心里就慌乱得很，似乎每次这样的聚会，总会有这样那样、或大或小的状况发生，而且今日还是良妃给解药的日子。一颗心惴惴不安，黄昏的时候，尚衣局的人送来了新制的凤袍，让她吃惊的是，凤袍竟然并非用了惯有的大红，而是她深爱的紫色。上好的贡锦，细腻、光滑、闪亮，上面手绣着百鸟朝凤的图案，一针一线做工精良，凤凰的羽翼之处镶嵌着各式宝石玉钻，流光溢彩。听尚衣局的人说，这件凤袍从她封后前几日就开始做了，一直赶工到今日才完成，用了整整两个月的时间。

其实，千城本身并不喜欢这种奢华、高调的装扮，但是，既然已经在其位，而且还是在公众场合，她便也不能拂了规矩。当她一身凤袍、妆容精致地走出清华宫的时候，竟然发现苏墨沉站在那里，一身明黄，背对着门口，负手而立，目光不知落往何处，似乎已经等了良久。千城怔了怔，一时竟不知道要不要行礼，该怎么称呼？倒是双方的婢女太监们最先反应过来。

春兰对着苏墨沉一跪，李公公对着千城一躬。

“皇上吉祥。”

“娘娘吉祥。”

闻言，苏墨沉缓缓地转过身，朝她看过来。只一眼，便再也无法移开视线，千城亦是看着他。此时日已西斜，光线偏暗。隔得有些远，可她竟然清楚地看到了他漆黑如墨的眸子里映入的浓紫以及流光溢彩，他唇角轻弯，朝她伸出手。他的手白璧纤长，在落日余晖下，泛着迷人的光泽。就像被他蛊惑，千城竟真的走过去，将手放在他的掌心。一递一握，似乎再寻常不过，浑然天成。两人都没有说话，一起往未央宫走。宫女太监们连忙躬身跟上，不时有人抬眼，偷偷看向前面那对相携而走，明明很默契却又很奇怪的帝后。

第二十四章　最美风景

当他们走进未央宫的时候，皇亲国戚、文武百官基本都已经到齐，文帝、梅妃、云蔻也坐在席间。小七、九王爷、十四王爷也都在，十四王爷眸色猩红、血丝密布，不知是哭过，还是几夜没有睡觉。随着李公公唱喏：“皇上驾到，皇后娘娘驾到……”除了文帝梅妃，众人齐刷刷地起身，跪地行礼。

苏墨沉眼梢轻抬，凌厉的目光快速地掠过众人：“都平身吧！”末了，便走到主座上坐下，并示意千城坐在他的右边。众人起身，纷纷落座。苏墨沉突然朝云蔻伸出手，温润浅笑，“坐到朕这里来。”

千城一怔，众人亦是愕然，虽说云蔻怀有龙种，但是身份毕竟是妃，妃和后有天壤之别，这样坐过去，岂不是要和皇后并肩了？腹议归腹议，却无一人敢言。云蔻脸一红，抬眼睨了睨千城，微微扭捏了一下，便走了过来，苏墨沉牵着她的手让其坐在自己的左边。

苏墨沉说了些场面上的话，晚宴便正式开始。因为心中装着事情，千城吃得很少，云蔻也是没有怎么动筷子，小脸清冷，看不出喜怒，倒是苏墨沉，自始至终面色如常、淡定从容。晚宴到了一半的时候，突然有个小太监闯进来，门口的侍卫拦也拦不住，他直嚷着有急事求见皇上。众人大骇，苏墨沉明黄衣袖一挥，道：“让他进来！”

小太监又慌又乱、跌跌撞撞，跪地行礼的时候，甚至还不小心弄掉了头上的太监帽，一头银发如霜。所有人一震，千城更是差点从椅座上滑下来，月盈霜，他竟然中了月盈霜。千城认识此人，就是那日在后花园，故意撞上她，将良妃的信带给她的那个小太监。原来，良妃是通过给他下月盈霜控制他，让他为其卖命。只是，此时前来……她瞳孔一敛，莫不是跟解药有关？侧首看向苏墨沉，却只见他面色沉静，无波无澜，口气亦是如同他的脸色一样寡淡："说吧，有什么急事要跟朕禀报？"

瞬间，大殿中百十号人声息全无，落针可闻。小太监哆哆嗦嗦，抖作一团，"良……良妃……哦，不，陈……陈珠儿让奴才转告皇上，她……她想亲自前来未央宫，将皇上身上所中之毒的解药交给皇上。"

如平地惊雷，小太监的话在众人耳边炸响，所有人震惊，一个个直怀疑是不是自己没有听清，文帝和梅妃更是惊愕不已，难以置信。

"沉儿，那个贱人果然对你下了毒？"文帝终是按捺不住，沉声开口。苏墨沉淡淡地看了他一眼，未响。

未响就是默认，文帝身子一晃，边上的梅妃更是脸色煞白，侧首猛地一阵咳嗽，气氛瞬间冷凝，整个未央宫顿时被一股高气压覆盖。当今天子被人荼毒，而荼毒之人还是他曾经喊作母妃的女人？所有人又惊又惧。然而，与众人的反应恰好相反，当事人却显得相当淡定，他微微勾了唇角，淡淡一笑："好，既然她如此有心，朕怎能不如她所愿？来人，去天牢将陈珠儿带过来。"

"沉儿，不要相信那个女人的话，既然当初能狠心给你下毒，她就一定不会轻易将解药给你，肯定又是在玩什么花样。"文帝想制止苏墨沉，苏墨沉眸光微闪，顿了顿，却依旧朝领命的侍卫挥了挥手："去吧，将她带过来。"

众人大气不敢出。千城的一颗心七上八下，偷偷拿眼睨向边上的云蔻，只见她微微抿着唇，眉眼低敛，不知在想什么。原本是宴席，却再也没有一个人动筷子，整个未央宫一片静谧，所有人都在等。

良妃很快就被带了过来，一身囚服，满头青丝未束，垂于腰际，脸色微显苍白，乍一看也是一个绝美的人儿，只是那双眼睛，阴沉犀利，如同鹰隼一般，与她那张脸格格不入。她的脚下套着沉重的脚链，随着她一步一步走向未央宫的殿中，金属撞击在汉白玉地面上的声音尤为响亮，也无端地令人心悸。在殿中间站定，她眼梢轻掠，掠过云蔻、掠过千城、掠过文帝梅妃，最后落在苏墨沉身上，微微一笑："沉儿，别来无恙啊！"

苏墨沉静静地看着她，眸色深沉，倒是边上的李公公一声厉喝："大胆，你一个阶下囚，见到皇上也不下跪，还直呼皇上的名讳！"李公公边说，边示意良妃边上的几个太监，几人会意，七手八脚上前，准备将良妃按着跪下，却是被苏墨沉抬手制止："听说，你要亲自前来，亲手将解药交给朕？"说着，苏墨沉优雅地从座位上起身，缓缓地踱着步子，来到良妃的面前站定，看着她，良妃亦是抬眼回望着他，两人只有一步之遥，皆不响不动。

众人大气不敢出。千城却是心中一痛，虽然苏墨沉是背朝着她，她看不到他脸上的表情，但是，她却完全可以猜得到他此刻的心情。这个男人就是这样，永远都是这样，哪怕心在流血腐烂，面上却永远波澜不惊，再痛也不过如此吧。她紧紧地拽着自己的衣襟，忽然想哭。而良妃此时却突然笑了："沉儿还是这么天真，我说什么，你就信什么，可是沉儿，如果我说，你的毒不是我下的，我根本没有解药，你信不信？"

众人一震，千城更是惊愕，手一抖，她听到自己指甲绷断的声音。良妃的声音还在继续："是因为那日在金銮殿，我跟文帝说，如果想要你死，大可以杀了我，所以你就觉得毒是我下的对不对？可是，沉儿，不是我，真的不是我，我也是在那夜你去天牢找我，我才知道你中了毒，我根本没有解药。"良妃轻轻地摇着头，微微地笑着。

千城有种天崩地裂的感觉，一旁的云蔻同样露出错愕的表情。苏墨沉蓦地转身往回走，紧紧地抿着唇，眸色幽深，一个字也没有说。文帝却是忽然开口了："陈珠儿，你知不知道你这样说的后果？曾经我留你一命，不过就是不想拿沉儿的命去赌，既然，你现在说，你并没有对沉儿做过什么，那你的命留着又有何用？你就不怕我现在杀了你？"

"杀我？"良妃嗤笑，"我早已将生死看透，死又何妨？今日过来我就没有打算活着回去。"

"将生死看透？"文帝亦是回之以冷笑，"你若果真将生死看透，当初又为何用沉儿的命胁迫我饶过你？"

"那是因为那时我输了，我不甘心，我要留着这条命让你生不如死，"她顿了顿，脸上露出得意的笑容，“如今，我做到了。”

众人一震，文帝更是变了脸色，凤眸微眯，冷光聚集，凌厉的目光朝她扫射过去，沉声道：“什么意思？”

苏墨沉在自己的座位上坐下，听得良妃所言，亦是凉凉地抬眼望过去。千城心中百折千回，早已凌乱得一塌糊涂。

“快说，什么意思？”文帝厉吼，显然失了耐心，声音还带着一丝连他自己都没有觉察到的颤抖。的确，人生最恐怖的事，莫过于对未知事物的恐惧。

“没什么意思。”良妃也不为所惧，直直地迎着文帝的视线，笑得花儿一般，“不过是让你的儿子睡了你的女儿，两人有了孩子而已。”

所有人大骇，千城一阵眩晕，身子再也支撑不住，真的从椅座上滑了下来，就在她跌坐在地上之前，倏地手臂一重，有人适时地扶住了她。熟悉的力度、熟悉的姿势，是谁？她怔怔地抬眸，就看到苏墨沉俊美无俦的脸，她努力让自己看清他的表情，她想，此时的他，应该是痛苦和绝望的吧？可是，她看不出他一丝情绪，只见他的一双黑眸深深地落在她的脸上，说：“你没事吧？”

千城恍恍惚惚地回神，心口一突，撇过视线：“没事。”勉力笑了笑，又坐回到自己的位子，一双小手紧紧地抓住椅子的扶手，心中却惊涛骇浪肆掠。她能有什么事，有事的人是他和云蔻，不是吗？儿子睡了女儿，两人有了孩子，良妃的话像魔音一般在她的耳边纠缠。

云蔻竟然是文帝的女儿。天啊，她都做了什么，心中纷乱不堪，她微微侧首，朝一旁的云蔻看过去，只见这个女子也早已失了一贯的淡定，脸色煞白如纸，微微抿着唇，似在强自隐忍着什么。那厢，文帝亦是被惊得半天回不过神，许久之后，才猛地从座位上站起，飞身落在良妃的面前，用大手擒住她的衣领，几乎将她整个人的身子提起：“把话说清楚！谁跟谁？”文帝眸色猩红，几乎咬牙切齿。

在场的所有人都清楚，这个帝王有很多个儿子，而女儿却只有一个，那就是七公主苏凝霜。依照良妃的意思，那就是某一个儿子跟七公主乱伦，七公主怀了孩子，于是，所有人的目光又都不约而同地朝七公主苏凝霜看过去。小七很莫名其妙，却又隐隐地意识到了一些什么，又惊又惧，又慌又乱，小手紧紧地绞着自己的衣襟，坐在那里不知所措。

“谁跟谁？”良妃嗤笑，由于领口被文帝封着，说话有些吃力，她艰难地转眸看向苏墨沉，摇摇欲坠，“你的皇帝儿子和七公主。”

全场再次传来一片压抑的唏嘘，竟然是当朝天子，于是所有人的目光又都齐刷刷地看向了那个端坐在上方的少年帝王。苏墨沉抿着唇，面色冷峻，黑眸深沉似海，漆黑如墨，一眨不眨地看着文帝手中那个几欲疯狂的女人。没有人知道他的心思，就连边上的千城此时亦是不知他心中到底是怎样想的。或许绝望的尽头就是这样的毫无反应吧！心痛，千城只觉得心痛，她颤抖地看着他，情不自禁地伸出手，轻轻覆上男人搭在椅子扶手上的手背，却在刚刚触上的那一瞬间，被男人反手一裹，将她的手握住，紧紧地握在掌心。那一刻，她终于忍不住哭了出来，泪流满面，却不敢发出声音。

众人的目光本来就在苏墨沉这边，所以，即使她极力无声无息，所有人都还是知道她在哭。只是没有人真正知道她为何在哭？就像没有人知道她此刻的心情一样，那种痛到想死，内疚到想死的心情。苏墨沉轻轻地拍了拍她的手背，起身站起，往文帝和良妃那边走。

众人都看着他，文帝亦是看着他的这个儿子，眸色沉痛：“沉儿，你当真跟小七……”

苏墨沉看了他一眼，未响。倒是小七被众人如芒的目光看得受不了了，猛地站起：“我没有。”如果说她和苏墨沉之间真的有些什么，那也不过是她对他的一颗心而已。可是，他的心却不在她的身上，这个她早已经认知清楚。这个男人连一个亲吻都吝啬给她，又何来孩子？

众人一怔，文帝亦是面上一松，冷笑，大手从良妃的衣领转而到直接掐住她的脖子：“你这个疯言疯语的女人，我杀了你！”手一寸一寸收紧，文帝狭长的凤眸危险地眯起，寒气吞吐。良妃也不反抗，就任由他掐着，身子摇摇欲坠，只是笑，冷笑，笑得阴森恐怖。

这时，苏墨沉已走到两人面前，站定，抬手按住文帝的手臂。文帝一怔，看着他，半晌，终于松了手。

“你为何要这样做？”苏墨沉凝着良妃轻轻摇头。良妃大口地喘着气，原本苍白的脸色也因为方才的窒息微微泛红：“为何？我已说了很多次，我要让他生不如死。”良妃嘶声吼出，伸手一指，直指向边上的文帝。末了，又是一笑，看向苏墨沉，“让自己的妹妹承欢在自己的身下，沉儿，是不是很销魂？”

众人一震，冷汗涔涔。苏墨沉眉眼冷凝，依旧只是看着她，薄唇越抿越紧。边上的文帝却忍不住厉喝：“小七都已经说没有了，你这个贱人还在这里胡言乱语……”他的话还没有说完，却是已被良妃打断，“她当然没有，因为她本来就不是七公主，我说的对吗？谢云汐。”她转眸看向小七，小七脸色一变。

所有人都脸色巨变，包括文帝。看到文帝的反应，良妃就笑了：“很震惊是吧？是不是没有想到自己疼爱多年的女儿是假的？”

“把话给我说清楚！”文帝再一次拽起那个女人，森冷的声音从喉咙深处迸出，一字一顿。良妃无谓地挑眉：“事到如今，我也不准备隐瞒。对，七公主苏凝霜是假的，是被我掉包的，她的真名叫谢云汐，而真正的公主是她！”陈珠儿边说，边伸出修长的手指，指向那个坐在主座上脸色微微发白的女子。

云蔻，云妃娘娘？所有人大惊。

难怪，难怪说儿子睡了女儿，还怀了孩子。天啊，完全乱套了，皇室的兄妹乱伦，这要是传出去，该是多大的笑话？

“不可能！”文帝厉吼出声，犹不相信，“小七一直住在宫里，你没有机会掉包，如果掉包了，我也一定会识出。”

“是吗？”良妃冷笑，“七公主生在民间，七岁才入宫……”

文帝惊愕：“你的意思是入宫前，你就已经将她们换了？”

良妃只是笑，未置可否。

“你这个贱人！”文帝嘶吼，骤然抬起手臂，大力一挥，随着一记清脆的耳光，良妃的身子如同残叶一般飞起，然后又重重地委于地上，锁在脚上的铁链撞在汉白玉地面上，发出一声令人心悸的巨响。众人都目瞪口呆地看着这一切。良妃依旧是笑着，有殷红的血从嘴角渗出，她抬手抹了一把，带着胜利的狞笑看着文帝。

“我杀了你！”文帝气结，猩红着眸子正欲拔身边侍卫的佩剑，却是被一记女子的声音打断。

“等等！”

所有人一怔，循声望了过来，竟是云蔻，真正的七公主，也是此次事件的当事人之一。众人都心下好奇，文帝也是止了手中动作，千城亦是侧首看向身旁的女子，不知她意欲何为。如果说曾经云蔻下药破坏她的孕脉，她心中有恨，此刻她的心中却只剩下满满的难过和内疚，终究是她的自以为是，将事情推到了万劫不复的地步。

全场一片静谧，在众人齐刷刷的目光下，云蔻微微抿了唇，站起身，莲步轻移，越过文帝，越过苏墨沉，一直走到良妃的身边才站定。良妃看着她，缓缓地从地上站起。

“你说你是我娘。”云蔻清冷地开口，一张小脸同她的声音一样清冷。那日，这个女人让一个小太监带信给她，说有一个天大的秘密要告诉她，让她去天牢。她去了，这个女人声泪俱下地跟她说，她是她娘，是她亲娘，跟她讲了这些年她的经历以及她不得已的苦衷。

许是她从来不知道母爱是什么，心中太过于渴望，又许是苏墨沉如此对她，她太需要温暖，那一刻，她竟然相信了。她真的相信，她是这个女人的女儿。她跟她说，只要她配合，她一定会帮她得到苏墨沉。谁知道，到头来，自己不过是被人家利用的一颗棋子。云蔻微微苦笑，看着良妃，看着这个可以哭得上气不接下气却不过是做戏的女人，第一次觉得仇恨的力量是如此可怕。

良妃亦是看着她笑，只不过不是苦笑，而是冷笑：“如果我不说你是我的女儿，你又如何会甘心听我的话？”

所有人一怔，包括千城，她怔怔地看着云蔻，心中有着说不出来的感觉。直到现在她才知道，原来此次事件是良妃和云蔻两人共同设计的圈套，原来，自始至终，云蔻都参与其中，而她还以为她只是一个被自己伤害了的无辜者。人心莫测，她似乎总也学不会。

这厢，两个女人的对峙还在继续。看着良妃眼角眉梢的那一抹得意，云蔻轻轻地笑：“那现在你可满意了？”

“自是满意得很，大仇得报，有人生不如死，我死也瞑目。”良妃咧着嘴笑着，苍白的脸色和嘴角刺目的殷红形成鲜明的对比，让人只想到狰狞二字。

“可是……”云蔻顿了顿，唇边笑容倏地一冷，“可是，云蔻不孝，怕是要让你这个‘娘’死不瞑目了。”

闻言，众人一怔，良妃亦是变了脸色。云蔻抿了抿唇，眉眼低垂，如葱的手指缓缓地撩起自己的衣袖，凝脂一般的玉臂，一抹朱砂鲜艳夺目，赫然是——守宫砂。在良妃错愕的目光中，云蔻将自己裸露的手臂高高举起，对着众人，落寞苍凉地笑。

全场震惊，即使刻意压抑，可一阵高过一阵的唏嘘还是层层迭起，怎么会？不是有喜了吗？怎么会还是完璧之身？千城更是愕然地睁大眸子，难以置信。

“云蔻。”苏墨沉轻呼，声音沙哑低沉。云蔻回头朝他笑笑，轻轻摇头，她知道这个男人已经给她留足了面子，也顾及了她的自尊，自始至终，都没有说出，她为妃多时，他从未碰过她的事。

“你骗我？”良妃脸色青灰。

“你不是也骗了我吗？”云蔻弯着唇角嘲讽地笑，“说到底，我不过是以其人之道还治其人之身罢了。”

“你……”良妃气结，这也是她从进来以后第一次表现出失控的样子，“你和苏墨沉不是都中了染千城下的媚药吗？”

媚药？全场唏嘘，纷纷转过目光看向那个坐在高座上、一袭凤袍、美得不可方物的女子。这世上竟然有人亲自下药，送自己的男人和另一个女人上床？千城紧紧地抿起了唇，广袖下的小手攥了又攥，只恨不得找个地洞钻进去。云蔻轻笑出声，眼角眉梢却是从未有过的苦涩：“是，我和他是中了媚药，但是，这世上就是有一种人，即使中了媚药，却依旧能做到不受控制。”苏墨沉就是。

她永远也忘不了那一夜发生的事。因为事先有跟良妃勾结，所以，当千城请她去参加生辰小宴的那一刻，她就知道会发生什么。她是雀跃的，跟随他这么多年，即使他们曾经很多次共处一室，但是，他一直对她以礼相待，他宠她、溺她，却从来不碰她。即使千城失去孩子的那一夜，她冒雨去四王府，准备主动将自己给他，他也是借自己染了风寒怕传给她为借口拒绝了她。其实有的时候，她甚至还羡慕过童素倾，不管有没有爱，最起码，童素倾做过他的女人，真正的女人。

所以，那夜去清华宫之前，一整个下午，她都在做着准备，为自己成为他真正的女人做着准备。她仔细地沐浴，她用百香熏过身体，她穿着他喜欢的素色，她不施一丝粉黛。在千城的巧计下，一切顺风顺水，她中毒了，他也中毒了，屋里只剩下他们两人。虽然中了媚毒的她恍恍惚惚、混混沌沌，但是，毕竟她是练武之人，所以，她还是有一些意识的。她借着药性，壮着胆子，风情万种、香艳魅惑，她故意跌在那个男人的怀里，她看到男人同样潮红的脸色，她知道，他中的媚毒并不比她浅，她知道，机会就在今夜。

仰头，她吻住了他。他没有拒绝，甚至伸手托住了她的后脑勺。她欣喜，体内药力的冲击和心底原本的渴望，让她一沾染就想要得到更多，她迫不及待地将自己的小舌探进男人的口中，小手也顺势滑进他的衣襟，抚上他滚烫的胸膛。可是，下一瞬，他却是用力地推开了她。他说："你不是千城。"

就这一句，就如同一盆冷水浇在她的头顶，让她的意识又多回了几分。她不死心，双臂又缠了上去，他便伸手点了她的穴道。他跟她说："云蔻，我们中了媚毒，你不要动。"然后，她看到他摇摇晃晃地走到桌边，提起茶壶将里面的水淋在头上，她看到他盘腿坐在地上大汗淋漓地用内力控制着药性，她还看到他满屋子找解药，她听到他说，既然三个人喝了一样的酒，只有他们两个人中毒，说明千城是服用过解药的。看着他的身影，她越来越悲凉，她越来越绝望，都这种情况了，这个男人还能冷静如斯，这个男人太可怕了！苏墨沉，你还能更狠心一点吗？

因为被点了穴，她不能动、不能说话，她就呜咽着，他以为她难受，不得不解开了她的穴道。她抓起他的手臂，重重地咬了上去，不是因为身体难受，因为她的心，凉到了极致。她死死地咬着他的手臂不放，用尽了全力，就像曾经她用尽了全力去爱他一样。他没有动，就任由她咬着，直到他的手臂鲜血淋漓，直到她的牙齿酸痛无力，她才放开了他。她果断地拔下自己头上的发簪，划破了自己的手腕，她不过是不想被这个男人看轻。他被她吓住了，他以为她要自杀，连忙抱起她准备出去寻太医。她说："如果你想让我失去最后一点自尊，你就带我去找太医。"他便停了下来，他给她包扎着伤口，相对无语，两人坐了一夜。她知道自己在那撕心裂肺的一咬中，拼尽了全力，也拼尽了最后一丝坚持的勇气。

那一夜以后，她闭门不出，她也在沉淀，想了很多这么多年她和他的事，也想明白了一些事实，他终究不是她的。想起他身上的毒，想起良妃给解药的条件是要她能怀上孩子，所以她演了假孕这出戏。就算良妃是她娘，她也决定这样骗了，毕竟幸福不幸福，如人饮水，冷暖自知，如果他的心不在她这里，即使，她有了他的孩子，她也是一个悲剧。

想让一个没有怀孕的人出现喜脉其实很容易，用药就行，曾经童素倾就对西陵雪用过。她用了药，让太医查出是喜脉，她让婢女去通知苏墨沉。苏墨沉紧接着就来了瑶华宫，然后也不说什么，就坐在那里饮茶，如同上次她下药破坏千城的脉象时一样，他静静地饮茶，面色冷峻。她想笑，可终是连笑的力气都没有，她知道，这个男人又以为她是在玩什么伎俩了。

许是不想再被这个男人看轻，她将良妃的计划和盘托出。她以为他会震惊，或者生气，都没有，他很平静，就像早已经知晓，她甚至还看到他的眸中掠过不易觉察的光亮，他说："她果然是被逼的。"她自是知道，他话里的那个她指的是谁。如果说她的心经过那夜那件事以后，已经死了，那么听到他的这句话时，她的心也终是彻底僵硬。

咽下所有苦涩，摒弃所有杂念，她只想帮他拿到解药，于是他们合力演着这出戏。谁知道到头来，毒并非良妃所下，良妃也没有解药，她还莫名其妙地成了七公主，成了他的妹妹。老天真是会开玩笑，她不知道自己该感到庆幸，还是应该感到悲哀，悲哀这些年他对她的以礼相待，庆幸这些年他对她的以礼相待，才让他们之间清清白白。不论她是他的云妃，还是他的皇妹，他们之间是清白的，不是吗？

手臂举得有些酸，她放了下来，她缓缓地掠过殿中众人的眉眼。有人震惊，有人叹息，有人讥诮，有人木然，她甚至还看到了苏墨宇沉痛的双眼。她是苏墨沉的妹妹，便是这个男人的姐姐不是吗？好，很好，一直以来她觉得难以处理的关系一下子迎刃而解了。

"云蔻。"是文帝苍老颤抖的声音。她缓缓地回头，突然，身旁人影一晃，一声女子的嘶叫划破所有的静谧，也划破所有人的耳膜："我杀了你！"

所有人大骇，云蔻亦是一惊，以为良妃的目标是她，脚尖一点，本能地闪躲，却在下一瞬发现，不是。虽然锁着沉重的脚链，良妃依旧身轻如燕，她手持一柄短小的匕首，直直地飞往一个方向。匕首在殿中烛火的辉映下，闪着幽兰的寒芒，而她的目标是赫然坐在席间的——梅萍。

事情发生得太突然，似乎只在一瞬间，众人都没反应过来这突如其来的变故，目瞪口呆。梅萍本就不会武功，更是被这突发的状况吓得脑中空白，就坐在那里眼睁睁看着疾驰而来的匕首一动不动。文帝脸色大变，正欲飞身而起，却发现已经有人先他一步冲上前去，用身子挡在了梅萍身前，一片明黄入眼，是苏墨沉。所有人大惊，甚至有人吓得尖叫出声，千城更是又惊又惧，颤抖地喊着苏墨沉。

良妃看到是苏墨沉，眸中掠过愕然的表情，脸色也是为之一变，下一瞬，手腕紧急翻转，想将发出的力道收回来，身子便随之急速地往后翻，可是隔得太近，出手原本又快又狠，即使临时改变，她手中的匕首还是朝苏墨沉的胸口划了过去。

刺啦一声，是布帛被割破的声音。

随后，是利器入肉的声音。

“唔”有人闷哼的声音。然后，殿中一片寂静，所有人都惊恐地看着这一切，忘了动，忘了反应。最后还是千城最先反应过来，脸色煞白地起身，跌跌撞撞地冲过去，抓着苏墨沉的手臂，眼泪直流：“苏墨沉，苏墨沉……”梅萍也是被吓得魂飞魄散，惊慌不堪中，难以置信地看着不顾一切舍身相救的人：“沉儿……”

“我没事。”苏墨沉低沉的声音响在耳畔。千城怔怔地回过神，这才终于将眼前发生的一切看清。苏墨沉胸口的衣衫被划出长长的口子，甚至连中衣都被割破，露出白色的里衣，虽衣衫破碎，却并没有受伤。而在他的前面，良妃的身子抽搐着，柳眉深蹙、眸色痛苦地看着苏墨沉，殷红的鲜血从她的唇角汩汩地冒出来。在她的身后，文帝手持银剑，而银剑锋利的剑尖直直地从良妃的后背穿膛而过，从胸口出来，殷红的血泉顺着剑尖往下淌，染红了良妃一身天蓝的囚装。文帝面色冷峻、眸色猩红，突然手臂一挥，拔出刺入良妃身体的长剑。

“父皇！”苏墨沉想制止，却已然太迟。随着长剑带出一股四溅的血泉。

“唔”良妃又是一声痛苦的闷哼，身子也终于再也支撑不住，摇晃了两下，颓然地朝地上倒去。如同一片破败的落叶，她的身子重重地委于地上。随着她的身子一起翩然而落的还有一张画，那是随着苏墨沉抬手准备制止文帝的动作，从他胸口划破的衣衫中掉出来的，画纸飘飘扬扬，最后落于良妃身前的地上。原本奄奄一息的良妃骤然露出震惊的表情，双眸中更是瞬间聚集着各种浓烈的情绪。她苍白着脸，张着嘴，大口地喘息，殷红的血从她的口角中涌出，她也不管不顾，竟然蠕动着身子，艰难地朝那张画爬过去。

众人错愕，苏墨沉眸光微敛，上前一步，弯腰将画拾起。那是吴生给他和千城画的合像，他一直随身珍藏。良妃匍匐在苏墨沉的脚边，抓着他的袍角，颤颤巍巍地抬起头，祈求地看着他：“沉儿……”就像曾经的无数次一样，她喊着他沉儿，声音却从来没有一次像这次这般沙哑苍凉。

在苏墨沉的记忆里，这个女人一直都很强势。无论是她得宠时，还是失宠被关在冷宫时，抑或是逃出冷宫后，她都一直是以一个强者的姿态出现在他的面前，几时这般可怜过？苏墨沉眸色一痛，一颗心更是痛到颤抖，他蹲下身，缓缓地将她抱在怀里。良妃的脸上露出欣慰的笑容，她靠在他的怀里，浑身抽搐，她吃力地伸出手，指着他手中的那幅画，“给……给我看看……”

苏墨沉看了看她，抿着唇，眸色深沉，一手扶着她的肩，一手抖开那张画像。他和千城站在花中笑。

“是他，”良妃骤然抓住他的手，情绪激动起来，“是他！”

“是谁？”苏墨沉微微蹙眉，有些不解地看着这个女人，他看到她眸中充斥着近乎狂喜和难以置信的神色，可是接着又被满目的苍凉与绝望所代替。

“他还活着……却不来找我，而我……而我却为他赔了一生……”她笑着，咧着嘴笑着，两行清泪自眼角流出，在脸上划过长长的水痕，竟是从未有过的破败和自嘲。突然一股腥甜从胃中直直地冲上来，喉中痒痛，她瞳孔一敛，张嘴，一股血泉喷涌了出来，溅了她和苏墨沉一身。

“母妃。”苏墨沉惊呼。

“沉儿……”良妃紧紧地抓着他的手，吃力地张着嘴，呜咽着，气若游丝，“毒……药……”她的话还没有说完，苏墨沉只感觉到手背一轻，原本抓着他手背的那只手无声地跌落。

不知过了多久，殿中的人在文帝的示意下陆陆续续离去。苏墨沉一动不动地抱着良妃，感觉怀里身体的体温慢慢冷却，再也温暖不了。他静静地看着她，看着她坚毅冷漠的脸庞终于失了那种尖锐锋利，许是鲜血流尽，她的脸苍白如纸。她亦是睁着大大的眸子，眼角还有未干的泪滴。他抬手，用指腹将那抹湿凉轻轻拭去，温热的掌心覆上她的双眼，缓慢地拂下，再移开时，他发现，她竟然还是睁眼不闭。苏墨沉忽然觉得一颗心大痛，那感觉就像有无数只手在狠狠地蹂躏着他的心脏。这就是人们常说的死不瞑目吗？他不知道。他只知道这个女人说：“他还活着……却不来找我，而我……而我却为他赔了一生……”

她为了一个男人被仇恨蒙蔽了双眼，恨了一生，算计了一生，报复了一生，结果到头来，那个男人还活着，也将她忘记了，是吗？

“母妃，你这是何苦？你这又是何苦？”他摇头，看着她怎么也不肯闭上的眼眸，苦笑着摇头，回忆的碎片锋利地划过眼前。很是奇怪，明明她对他所做的一切都是利用，明明她带给他那么多的伤害，可为什么她的一言一行他都还铭刻在心呢？她教他武功，她教他用毒，她教他算计，她叫他沉儿。她虽然严苛，心狠，她虽然在他痛的时候都不许他流泪。但是，过去的二十年，他却真真切切地为她所活，坐上皇位、让她重见天日是他这二十年来唯一的使命。如今她走了，这个一直逼他的女人走了，这个顶着他母妃头衔实则心狠手辣的女人走了，他应该高兴才对，可此时为什么那么难过？

偌大的未央宫灯火通明，空气中飘荡着浓浓的血腥。千城站在他身后，静静地看着那个蹲在地上抱着良妃的男人，一颗心痛到颤抖。几个负责处理尸体的侍从抬着担架站在男人边上，不敢上前，一个个都求助地看向千城。千城抿了抿唇，正准备走过去，却发现苏墨沉骤然站了起来。在众人愕然的目光中，他将良妃的尸体轻轻地放在担架上，淡淡地交代了一句：“葬于东山！”便抬步往外走。

千城看着他微微抿着薄唇，面色冷峻，胸口的衣袍破碎，满身血污，却一点都不显狼狈，依旧龙章凤姿的样子。心中一动，她上前，朝他伸出手，就像今夜来未央宫时，他等在清华宫门口朝她伸出手那样。苏墨沉微微怔了怔，抬眸看了她一眼，没有说什么，径直伸手将她的手裹住，牵着她往外走。

冬夜极冷，刚出门，一阵寒风迎面而来，风过衣袂，千城禁不住打了一个寒战，裹着她手背的大掌便紧了紧。两人都没有说话，并肩往前走着。许是心中有事，又许是怕她跟着吃力，他走得很慢，宫道两边的风灯发出橘黄色的光，打在两人身上，将两人的影子拉得斜斜长长。四周一片静谧，静谧得似乎只能听到两人的心跳和呼吸声，千城忽然觉得，如果这条路能够再长一点，如果能够一直这样走下去该多好。

走到清华宫的门口，他停住了脚步，她心知肚明，他不想进去。心中不禁有些失落，她缓缓地将手从他的手心抽出，对他弯了弯唇：“我进去了，你也早点歇着。”

“嗯。”苏墨沉点了点头。虽是冬夜，却有一缕清亮的月光穿过云层，不偏不倚地映在他的脸上，那一瞬，千城看到了他眸中的疲惫和苍凉。心中一痛，却也未多言，她转身离开，行了几步，又突然顿住，回头望去，苏墨沉竟然还站在原地看着她。

“苏墨沉……”她幽幽地开口。今夜发生了太多事，她知道他心里难受，她想道歉，就下媚药的事给他道歉，良妃的事，她想让他不要难过，她有很多话想跟他说，却又觉得有什么哽在喉间，怎么也说不出来。眼角酸涩，她飞快地上前，扑进他的怀里。男人的身子微微僵了僵，伸手捧起她的脸，低叹：“我的身上脏。”千城怔了怔，才知道他说的是血污，便越发往他胸口靠了几分，身子还故意往他的衣袍上蹭了又蹭：“脏便脏，大不了一起脏。”

她的样子终于让他冷峻的脸色有一丝缓和：“你身上可是价值连城的凤袍。”

“那又怎样？”千城伸出手臂圈着他的脖子，“皇上国库殷实，赶明儿个再给你的皇后做上一件不就得了。”千城仰着小脸看着他，看到一抹柔色终于在他冷肃的眉宇间化开。

“你想让我做昏君？”他唇角微扬，荡漾起和暖的笑意。千城心中一痛，只觉得连日来的委屈、担忧、惊惧、茫然，就在那一笑里慢慢氤氲，她将脸靠在他的胸口，笑道：“不是我想，是你已经昏了。”

“哦？”苏墨沉微微挑眉，黑眸晶亮，“看样子我要自省。”

“那皇上回去好好自省自省，我走了。”千城踮起脚尖在他的唇上印下一吻。

瑶华宫，云蔻端坐在铜镜前，看着镜子里的自己，眼神缥缈，白璧纤长的手指执着一枚象牙梳有一下没一下地梳理着长发。解脱了，终于解脱了，她不需要再在自己的执念中越走越远、越陷越深了。可是为何在如释重负的同时，她的心中又空了一块呢？那空泛就像缺失的岁月，就像记忆的空白，让她有些无所适从。深深地叹出一口气，她抬头，蓦地发现铜镜里不知何时竟然多了一张脸，俊美的面容、沉痛的眉眼，是苏墨宇。她一怔，自己竟是如此失神，连有人这样站在身后，都未觉察出来。

“你怎么来了？”她没有回头，也没有起身，就透过铜镜看着身后的男人。

“云蔻……”苏墨宇开口，声音沙哑破碎，听得云蔻心口一颤。敛了心神，她微微一笑：“你应该叫我七姐。”

“不，这不是真的，”苏墨宇摇头，痛苦的神色纠结在眸子里，他走到云蔻的面前，扶着她瘦弱的肩膀，蹲在她的面前，深深地凝着他，“我不相信这是真的。”

云蔻怔怔地看着他，倏尔就笑了，伸手将他搭在她肩上的手轻轻拂开：“十四弟不相信什么是真的？是我嫁给你四哥多时，却依旧还是完璧之身这件事，还是我和你四哥中了媚毒，他依然没有碰我这件事，还是……”她的话还没有说完，却是被苏墨宇厉声打断：“我不相信你是我姐姐，我不相信！”

云蔻却是笑得更欢了：“我也不相信，可那又有何用？”

“云蔻，”苏墨宇突然站起，伸手将她按进怀里，“云蔻，我们走好不好？我们离开皇宫，我们去没有人认识我们的地方……”

龙吟宫，门前，一抹身影缓缓地迈着步子、走来走去，一会儿抬头望望天，一会儿又低头看着自己的脚下，徘徊、踟蹰，似是等候已久。苏墨沉微微怔了怔，抬步走过去：“九弟怎么还没回府？”

苏墨逸抬头，见到是他，面上一喜，赶紧迎了过来：“我在等四哥。”

“等我作甚？”苏墨沉看了他一眼，脚下不停，拾阶而上。苏墨逸愣了愣，原本想今夜发生的事情太多，怕这个男人一时承受不住，想留下来安慰他几句，可是他这是什么表情，平静得就像个没事人一样。怔忡间，只见苏墨沉已上了台阶走出很远，便抬步跟了上去。

门口，李公公行礼，苏墨沉和苏墨逸两人一前一后进了殿内。苏墨沉将身上破碎的衣衫脱下，换了一件软袍，抬手指了指边上的软凳，自己也走到桌案边，一掀袍角，坐了下来。苏墨逸没有坐，反而上前两步，走到他面前：“四哥，你中毒的事是不是真的？”

“嗯。”苏墨沉淡淡地点头。苏墨逸身子一晃，蹙眉，急道：“是谁？是谁做的？”

“江南薛家的后人。”苏墨沉依旧口气极淡，似乎在说着一件跟自己无关的事。

“薛家后人？”苏墨逸愕然，抬眼看着他，“薛家后人如何能近四哥身？”

苏墨沉微微一笑，唇角绞着一丝苦涩，大手伸进里衣的袖口，取出一幅画，轻轻展开在桌案上：“这个。”

苏墨逸一愣，微微拢了眉心，伸头凑近一看，是一张苏墨沉和千城的画像，他记得方才在未央宫，良妃也是拼命想看这幅画，可心中仍是不解，这跟这个男人中毒有什么关系。

见他困惑的样子，苏墨沉已先开了口："这是神笔吴生所画，他将毒藏于浓墨之间，画于纸上，而我一直将这张画贴身带着，长此以往毒便入了身。"

吴生？苏墨逸倒是听说过此人，江湖上将此人传得邪乎，妙笔生花，只给有缘人画像，可是，这又跟苏墨沉有什么关系？蓦地，他似乎想到什么："四哥是说吴生是薛家后人？"

苏墨沉未响，这也是良妃死之前极力想告诉他的信息。

见苏墨沉沉默着，苏墨逸也心下了然："我立马派人去找吴生。"

"不用了，解药我已经拿到了，"苏墨沉低低地叹息，其声恍惚，"她终究还是给了我解药。"

苏墨逸一愣，旋即一喜："有解药？良妃给的？"他有些难以置信。

"嗯。"苏墨沉点点头。

最后的最后，那个女人，那个他叫了二十年母妃的女人，紧紧地攥住他的手，将一粒药丸塞在他的手里。

千城来到龙吟宫的时候，李公公正手执浮尘低着头立在门口，不知在想什么，她一直走到他面前，他竟然都浑然不觉。直到她轻轻唤了一声"李公公"，他才猛地一惊回过神来，抬头看到是她，作势就要行礼，被千城抬手止了。

"娘娘深夜到此，不知……"他的话还没说完，就被千城打断："本宫来看看皇上。"

"可是皇上交代……"话再次被千城接过："一切后果本宫承担。"话音未落，千城已经推开殿门走了进去。李公公本想阻拦的，想了想，又作罢。

内殿，灯火明亮，可是很奇怪，千城第一次在这个时辰没有看到在灯火下批阅奏折的身影。心中微微疑惑，她莲步轻移，往里面走。在明黄的龙榻上，她看到了那个男人的身影，他拥着薄被面朝里躺着，只留给外面一个冰冷的背脊。目光缓缓地移到床头的一盏暗灯上，光亮影影绰绰，千城只觉得一颗心又大痛了起来。

在她的印象中，他几乎从来没有这么早睡过。而且，也不知是睡得太沉，还是心事太重，她这样走进来，他竟还一动不动没有察觉。悄声脱了外袍，脱了鞋子，千城掀开被褥，挨着他的身边躺了下去，伸出手，自后面抱住他，紧紧的、一动不动。苏墨沉身子微微一僵，刚想转身，却是被千城轻声制止："别动！"

"就这样躺着，不要动！"千城将脸深深地埋进他的背心，嗅着这个男人独有的好闻的清檀气息，呢喃，"苏墨沉，让我抱着你，就这样躺着……"

这个男人总是这样，永远都是这样，即使再受伤，也会将所有的事情一个人来扛，既然他什么都不愿说，她便就这样静静地陪着他。两厢沉默，夜静得出奇。千城贴着他的背心，觉得来自他胸腔的震荡她都听得一清二楚，她又紧了紧手臂，恨不得将自己嵌进他的身体里面。不知道是不是被她箍得不舒服，他却忽然转过身来，面对着她，她一怔，他已反手将她抱在怀里。

"怎么想到来龙吟宫了？"男人低低地问。除了给他和云蔻下药的那夜，这个女人在龙吟宫的椅子上坐了一夜，她从未在龙吟宫留宿过。

"因为你一直不去清华宫，我只好来龙吟宫了。"窝在他的怀里，她幽幽地开口，略带埋怨地说道。他已经两个月没有踏足清华宫，即使今夜去接她，又送她回去，他亦是只站在门口不进去。她知道，他在怨她。

"苏墨沉，对不起。"她在他的怀里扬起头，看着他。

"什么？"男人亦是回望着她，眸色深沉。

"我……我不该给你和云蔻下药。"一想到她的自以为是差点铸成大错，她就后悔得要死。

苏墨沉看着她，许久都没有说话，她看到他眸底的暗芒闪闪烁烁，犹如湖面粼粼的波光，潋滟生姿。千城心中忐忑，不知道他这是生气还是不气，是原谅她了还是没有？正欲开口补上一句，却忽然听得他道："你不是希望我雨露均沾吗？你不是不在意我有别的女人吗？"口气极淡，也极冷。

"我……"千城只觉得一股气息哽在喉间，如何都吐不出来，哽到最后，鼻也酸了眼也红了，却只能怔怔地看着他。这的确是她所说，她无力辩驳，可是……

看着她委屈的模样，男人又禁不住一声低叹，伸手将她的头按进怀里："千城，你也是痛的吧？"下颚轻轻地抵在她的发顶上，他几不可闻地叹息，"那日我问你坐在龙吟宫一夜，你脑子里想的是什么？其实，我当时只想知道，将我推给别的女人的那一刻，你也是痛的吧？”他的声音很轻，可千城还是听出来了他语气中绞着的那一丝受伤和自嘲。

一颗心顿时纠成一团。你也是痛的吧？她何尝是痛，简直痛得快要死了，被他的飞镖击中，被他抛弃，被边国的黑衣人追杀她都没有这么痛过。

许是没有等到她的回答，苏墨沉修长的手指轻轻地挑起她的下颚，将她的脸一点一点抬起，深邃的目光静静地落在她的脸上。千城怔怔地看着他，眼泪汹涌而出，这一刻，她似乎除了哭，再也想不到其他。苏墨沉无奈地苦笑，双手捧起她的脸，轻轻地吻上她的唇，然后又缓缓地移向她的脸颊、眼睑，辗转将她脸上的泪一一吮去。

夜变得更静了，似乎只能听到两人的呼吸声和心跳声。千城情不自禁地伸出手臂，勾住他的脖子。两人间的气息渐渐灼热，苏墨沉再度吻上她的唇，轻啄慢吮，一点一点加深，带着一丝微不可察的颤抖。唇舌纠缠良久，他才缓缓地放开她，彼此的眸子深绞在一起，他的熠熠生辉，她的眸光迷离。

“以后你再将我推给别的女人，我必如你所愿，让你痛死！”苏墨沉说得有一丝咬牙切齿，千城一怔，还没有反应过来，他的吻便再度落下，大手也顺势探进她的衣襟。千城的身子微微一颤，握住他的手，反问道：“那这次为何没有让我如愿？”

她一直不知道那夜究竟发生了什么，虽然她不懂医，但是，她通晓香理，媚毒和媚香是一样的，她知道那药的药性是极强的，可为何在孤男寡女共处一夜之后，云蔻还是完璧之身？苏墨沉缓缓地移开了自己的唇，反手将她的手裹在掌心，淡淡地道：“因为心不在那里。”他说得很随意，可一字一字却如同重锤敲进千城的心里，让她的心都颤了。

心在不在那里。这世上最动听的情话也不过如此，她从未有过的动容，只觉得眼角又有了潮意，想了想又忍不住道：“那你方才说，以后再有，必定如我所愿，难道以后你的心便在那里？”

苏墨沉没有回答，而是蓦地翻身，将她压在身下，将头埋在她的发间，深深地呼吸，半晌才听到他低沉的声音响在头顶：“那要看你有没有心？”

千城一震，还在咀嚼他这句话的意思，他却是已经微微抬起自己的身子，俯瞰着她："我只希望你明白，哪些东西是我真的想要的，哪些东西不是。即使云蔻不是我的妹妹，即使我和她真的有了孩子，即使我顺利地拿到了解药，那又怎样呢？"他后面的话没有说出来，他想要的只是一个她而已，信守对她的承诺，给她这天下最好的，他只想要这些而已。

千城怔怔地看着他，心中满是说不出来的感觉，半晌才幽幽地开口："可是，你身上的毒……"话一出口，鼻尖就酸了，泪又流了出来。

男人却低低地笑了。

千城莫名其妙，她在哭，他却在笑。

"苏墨沉，你什么意思？"

男人便笑意更浓："我没事，身上的毒已经解了。"

千城一震："真的？"她不相信，她觉得他肯定是不想让她难过，故意说谎话宽她的心。

"真的。"

"良妃给你的？"千城想起良妃临死前的一幕，红着眼睛看着他。

"嗯。"他点头，眸子里细碎的光亮渐渐聚拢，他深深地凝着她，一点一点扫过她的眉眼，当眸光落在她眼角的泪渍时，那光亮便如燎原之火，一瞬迸发。他低头，吻住她的唇。

翌日，当千城在那个温暖的臂弯里醒来的时候，太阳已经升得老高。她睁着惺忪的睡眼看着明黄的帐顶，有些不知身在何处。明黄帐顶在透窗而入的晨曦下叠影重重，她扭头，就看到男人俊美无比的睡颜。昨夜的事一点一点钻入脑海，她脸上一热，挪了挪身子，想起来，却发现身上酸痛得厉害。

"什么时辰了？"许是被她的动作惊扰到，苏墨沉也缓缓地睁开眼睛，只怔忡了一秒，便猛地坐起身，看着满室的阳光，蹙眉。千城扭头看了看墙角的沙漏，先是一惊，接着一怔，最后便忍不住低笑了起来："看来，我昨日说的话一点都不假。"

"什么话？"男人掀开被褥，起身下床。

"你是个昏君啊！"千城翻身，手肘撑着脑袋，笑看着他，"你说，一个君王不早朝，算不算是昏君？”

闻言，苏墨沉低低一笑，捡了中衣套在身上，回头看了她一眼，黑眸晶亮：“自古历朝历代的昏君背后都有一个红颜祸水。”

红颜祸水？只一瞬，千城就明白过来他话里的意思，却也不恼，反而璀璨一笑：“是不是每一个红颜祸水的最后都没有好下场？”男人扣着盘扣的手一顿，下一瞬，便朝床榻边走了过来。千城不知道他要做什么，连忙倒下，往被子里一缩，却被他的大手又给捞了出来。

“啊，昏君！”千城惊叫，以为他又要……却发现他只是合着被子抱着她。千城一怔，他不动，她便也只好不动。

“千城……”他轻轻地唤着她。声音喑哑低沉，如醇酒一般令人沉醉，千城心尖一抖：“嗯？”她最怕他这般温柔深情的模样。苏墨沉却骤然直起身子，笑道：“我想问你几时起来？是不是果真下不了床了？”

千城气结，随手拿起另一个枕头又砸了过去：“苏——墨——沉——”

男人笑得很无害，转身取下衣架上的龙袍穿在身上。其实，他想跟她说的是，两个月以来，昨夜他第一次睡得如此安稳。

“十四爷，你不能进去，皇上还在安寝，十四爷……十四爷……”外面突然传来李公公略带哭腔的声音，紧接着就是大门嘭的一声被踢开的声音。再接着就是苏墨宇急切沙哑的声音：“四哥，四哥……”

苏墨沉微微蹙了眉，看了千城一眼，便走出了内殿。刚刚踏进外殿，苏墨宇就直直地闯了进来，手里拿着一封信笺。苏墨沉见苏墨宇一副几乎就要哭出来的模样，俊眉蹙得更紧了些：“十四弟，发生了何事？”心中却已经隐隐地觉得跟云蔻有关。果然，听得苏墨宇喑哑苍老的声音：“四哥，云蔻走了，云蔻离开了……”

苏墨沉一怔，这点倒是他没有想到的，他还以为苏墨宇是因为接受不了自己和云蔻是姐弟的关系。

“几时的事？”

“不知道，”苏墨宇摇了摇头，黑眸中满是血丝，原本意气风发的俊朗少年，近段时间被生生折磨得不成人样，似乎一下子苍老了好几岁，他只是摇着头，“我不知道，早上去瑶华宫的时候，就看到这封信笺，她说她走了，让我们不要找她。”

苏墨沉眸光微敛，抿了唇，伸手将他手中的信笺接过，抖开。果然，就只有那么简短的一句话，甚至连写给谁和落款都没有，但是云蔻的字他却是识得，的确是出自她的手。苏墨沉轻叹，心中是说不出来的感觉，他想象得出，她写这封信时的心情，该是怎样的百折千回。

这些年，他了解她，就像她了解他一样。没有写给谁，是她不肯定他会不会去瑶华宫，不肯定是他先发现这封信，还是十四弟先发现它。不落款是因为她不知道该落谁，云蔻，还是小七，还是苏凝霜，是吗？昨夜的事，他知道她肯定一下子接受不了，原本也打算今日去瑶华宫看看她，却不想，她已经走了。心中戚然，见苏墨宇这般痛不欲生的模样，却又不得不宽慰道："你也莫急，云蔻也是一时难过心中的那道坎儿，出去散散心，等她想通了，自然就会回来了。"

"不，她不会回来了……"苏墨宇茫然又哀恸地摇头，"昨夜我去找她，我说带她走，我说带她离开，带她去没有人认识的地方一起生活，她肯定是被我吓到了，所以独自走了，肯定是。"

苏墨沉有些震惊地看着他，他知道这个弟弟对云蔻动了真心，却没想到已经到了这般地步，竟然连血脉亲情、伦常道德都不顾了。

"十四弟……"他不知道该说什么，或者说，他不知道该怎样安慰这个男人，想了很久，唯道，"我派人去找她。"

"不用了，"苏墨宇微微苦笑，落寞苍凉地转身，一步一步往外走，脚步沉重虚浮，"我自己去找她，天涯海角，我定能找到她……"

苏墨沉本想喊住他，却终究只是动动嘴唇没有喊出口。换作以前，他肯定早就斥责他了，如今的他，早已懂得，情之一字，半点不由人，岂是能放便放，能舍便舍的？背上一热，有温热的身子贴了上来，他淡勾了唇角，垂眸看着圈在腰间的玉臂："起来了？"

"嗯。"千城点头，被他反手从身后拉至面前。

"苏墨沉，云蔻走了，你是不是很难过？"千城深深地看着他，轻声开口。

"怎么？"苏墨沉低低一笑，黑眸中炙暗不明，"到这个时候，你还在吃醋？"

"当然不是，"千城微恼地打断他的话，末了，又禁不住低叹一声，缓缓地将脸靠在他的胸口，幽幽地道，"我知道你难过，这么多年，即使无关情爱，云蔻对于你来说，也是一个特别的存在，不是吗？”方才在内殿，苏墨宇和他的对话她都听到了，连她都觉得难过，何况这个男人。

苏墨沉微怔，静默了片刻，修长的手指轻轻地挑起她的下巴，深邃的黑眸紧紧地凝进她的眼，似乎想要确定她的话有几分真假。千城有些受伤。

“我说的是真心话。”她不偏不斜地迎着他的视线，一本正经道。苏墨沉沉默着，只是微蹙了眉宇，伸手将她深拥入怀。两人静静地拥了一会儿，千城又蓦地想起另一件事来，“对了，苏墨沉，小七你准备怎么办？就是谢云汐，你打算怎样安排她？”

“只要她一直懂分寸、知进退，她就一直是我的皇妹、西苍的公主。”

“嗯，”靠在他的怀里，千城点点头，理解他如此，忽然又想起苏墨风，那个温润如玉、如春日阳光的男人，“听说，你封了三王爷为镇南王？”

“嗯，这也是他自己的意思，那日我召见过他，我赦免了丽太妃，让他将她从冷宫接出，皇陵也不用回去了，让他去御史台帮老九，他拒绝了，说丽太妃风湿严重，想带她去南方疗养。所以，我就干脆封他为镇南王。”

千城有些震惊，从他怀里抬起头看着他，却又被他的大手给按了回去：“怎么，不相信？我还不是为了你，看在自始至终，他都是对你好的份上，而且，他也是我唯一敬佩过的男人。”

所以，他让这个他曾经恨极、憎极的三哥成为了西苍历史上第一个被封土的王爷，也是第一个有封地的封王。

千城怔忡了一会儿，身边是熟悉的温暖，腰间是紧紧环着她的有力的手臂，她伸手覆上苏墨沉的手背，却被苏墨沉反手握住裹在掌心。她靠在苏墨沉怀里，抬眸望向窗外。天空湛蓝，橙红的朝阳，圆圆的一轮，雪白的云朵折射出各色彩光，映得天空流光溢彩。这真是她见过的最美的风景。